全国机械行业高等职业教育"十二五"规划教材
高等职业教育教学改革精品教材

文学名著导读

主 编 徐福义 范亚纳 熊 睿
参 编 杨 春 陆年晨 许 婧

机械工业出版社

为了满足教学的需要和学生的需求，我们根据教学中的实际情况，编写了这本《文学名著导读》。本书分为中国文学卷和外国文学卷两大部分。对每一部作品，我们都从作者简介、名著概要、作品导读、精彩文段、名家点评五个方面进行了认真地编写。作者简介，可以让读者对作者的人生经历有一个大概的了解；名著概要，能够让读者从整体上熟悉作品的主要内容；作品导读，则是对作品阅读方法的指导；精彩文段，是节选作品中一部分内容进行阅读学习；名家点评，是专家学者对作品或作家的精要评论。本书既适合高等职业院校选作教材，也可以作为大学生和文学爱好者的自学读本。

为方便教学，本书配备电子课件等教学资源。凡选用本书作为教材的教师均可登录机械工业出版社教育服务网 www.cmpedu.com 注册后免费下载。如有问题请致电 010-88379375 联系营销人员。

图书在版编目（CIP）数据

文学名著导读/徐福义，范亚纳，熊睿主编. —北京：机械工业出版社，2014.8（2025.1重印）

全国机械行业高等职业教育"十二五"规划教材　高等职业教育教学改革精品教材

ISBN 978-7-111-46990-2

Ⅰ.①文…　Ⅱ.①徐…②范…③熊…　Ⅲ.①世界文学-文学欣赏-高等职业教育-教材　Ⅳ.①I106

中国版本图书馆CIP数据核字（2014）第155180号

机械工业出版社（北京市百万庄大街22号　邮政编码100037）
策划编辑：赵志鹏　责任编辑：赵志鹏　杨　洋
封面设计：鞠　杨　责任校对：程俊巧
责任印制：张　博
北京建宏印刷有限公司印刷
2025年1月第1版·第6次印刷
184mm×260mm·18印张·438千字
标准书号：ISBN 978-7-111-46990-2
定价：54.00元

电话服务　　　　　　　　　　网络服务
客服电话：010-88361066　　机 工 官 网：www.cmpbook.com
　　　　　010-88379833　　机 工 官 博：weibo.com/cmp1952
　　　　　010-68326294　　金 书 网：www.golden-book.com
封底无防伪标均为盗版　机工教育服务网：www.cmpedu.com

前　言

　　几千年积淀下来的中外文学作品是我们汲取营养的巨大宝藏，它滋养了一代又一代人的心灵，为我们提供了巨大的精神动力。但随着全球一体化和市场经济的快速发展，生活节奏明显加快，人们对文化的追求也很难再专注于大部头的鸿篇巨制了。再加上现在文学作品的市场行情，要么是专业性很强的文学专业著作，要么是适合中小学生的精缩版，而面向大学生的名著导读类书籍并不多。因此，编写一本既能满足大学生学习文化知识需要，又适合他们文化程度的文学作品的导读类书籍，就是顺应时代的需求了。

　　编者在多年教学经验和在学生中间进行充分调研的基础上，对中外大量的文学作品进行了细致的筛选，并按照中国、外国两大部分进行分类，然后，对每一部作品又从作者简介、名著概要、作品导读、精彩文段、名家点评五个方面具体编写。读者既能从中了解作家的创作过程，又能整体上把握作品的内容，通过导读的引导，读者就可以慢慢去接触文段，从而引起对整部作品的兴趣。本书在内容上可供读者选择的余地非常大，涵盖了古今中外各种文学名作。本书既可以作为教材选用，也可以作为学生及广大文学爱好者的自学读本。

　　本书是由江苏省无锡交通高等职业技术学校的几位教师编写。具体分工如下：

　　中国文学卷的第1～28讲由徐福义编写，其中后三讲分别由杨春、陆年晨、许婧参加编写；29～38讲由熊睿编写；外国文学卷（39～54讲）由范亚纳编写。

　　本书在编写过程中参考了大量的文献资料。由于资料的来源比较庞杂，未能对出处一一标注，在此对各位著作权人表示衷心的感谢。本书在编写过程中得到了杨春副教授和赵志鹏编辑的大力指导和支持，在此一并致谢。由于编者水平有限，书中难免有不足之处，敬请各位专家、读者批评指正。

编　者

目　　录

中国文学卷

1 诗 经

一、作者简介

《诗经》是我国最古老、影响非常深远的一部诗集，它产生的地域之广、时间之长、内容之丰富都让后人景仰，但它的创作并没有统一的作者，或者说它的作者成分是非常复杂的。从《诗经》的内容来看，它的作者包括了从贵族到平民的社会各个阶层，由于时间久远，加上历史条件的限制，绝大部分已经不可考。《诗经》的来源除了周王朝乐官制作的乐歌，公卿、列士进献的诗歌，还有许多是一直流传于民间的歌谣。至于这些乐诗是怎样汇集到一起的，历史上有"采诗""献诗""删诗"之说。汉代某些学者认为，周王朝派有专门的采诗人，到各诸侯国等民间搜集歌谣，以了解政治和风俗的盛衰利弊。又有说法，这些民歌是由各国乐师搜集的。乐师是掌管音乐的官员和专家，他们以唱诗作曲为职业，搜集歌谣是为了丰富他们的唱词和乐调。诸侯之乐献给天子，这些民间歌谣便汇集到朝廷里了。至于"删诗"说，有些人认为《诗经》的成书是由孔子删选而定的，其实这并不可信，因为在早于孔子的时代，与现今见到的《诗经》类似的"诗三百篇"就已经存在。孔子对"诗"做过"正乐"的工作，甚至在某些方面进行过一些加工整理则是比较可信的。

二、名著概要

《诗经》是我国第一部诗歌总集，原名《诗》，汉代提倡儒术，被尊为经典，始称《诗经》，位居五经（《诗》《书》《礼》《易》《春秋》）之首，共305篇，又称"诗三百"。另外有6篇有题目无内容的"笙诗"。全书主要汇集了从西周初年至春秋中叶（公元前11—前6世纪）500多年间的诗歌作品。

《诗经》从内容上看，主要有风、雅、颂三类。"风"也就是音乐的曲调，"国风"即当时各地区（主要包括今天山西、陕西、河南、河北、山东及湖北北部一些地方）的乐调，地方土乐，类似于今天的地方民歌。共有十五国风160篇，是《诗经》中的核心内容。"雅"是正声雅乐，分为大雅和小雅，是朝廷的正乐，即贵族享宴或诸侯朝会时的乐歌。"大雅"共31篇，作者主要是上层贵族，均为西周的作品。"小雅"共74篇，作者既有上层贵族，也有下层贵族和地位低微的人，大多为西周晚期作品，少数篇目可能写成于东周时期。"颂"是宗庙祭祀的乐歌和舞歌，内容多是歌颂祖先的功业的，分"周颂"31篇、"鲁颂"4篇、"商颂"5篇，共40篇。

《诗经》的表现手法为："赋""比""兴"，简单理解就是现在所说的修辞，它开启了我国古代诗歌创作的基本手法。"赋者，敷陈其事而直言之也""比者，以彼物比此物也""兴者，先言他物以引起所咏之词也"（朱熹《诗集传》）。"赋"即铺陈，也就是诗人把自己的感情等直接铺陈叙述出来，是《诗经》最基本的表现手法。如《诗经·邶风·击鼓》：

"死生契阔，与子成说。执子之手，与子偕老。"即是直接表达自己的情感。"比"即比喻、打比方，也就是以彼物比此物。《诗经》中用比的例子随处可见，如《卫风·硕人》："手如柔荑，肤如凝脂，领如蝤蛴，齿如瓠犀，螓首蛾眉。"就运用了一连串的比喻。"兴"即烘托、衬托，大多是眼前的客观事物触动了作者的情感，引起诗人的即兴歌唱。"兴"大多在诗歌的开始部分。"兴"字的本义是"起"，因此后世又多称为"起兴"，"兴"对于诗歌中渲染气氛、创造意境起着重要的作用。《周南·桃夭》就用"桃之夭夭，灼灼其华"起兴，用桃枝的茂盛、桃花的艳丽和新娘的青春貌美以及婚礼的喜庆热闹相互映衬。当然，"兴"的运用情况是比较复杂的。

三、作品导读

对于《诗经》的学习，可以从其描述的内容和其对后世的影响等方面去重点把握。《诗经》由于产生的地域广、时间长，其内容也涉及很多方面，深刻反映了西周初期至春秋中叶社会生活的方方面面。从政治到经济，从军事到文化，从劳作到燕飨到爱情到战争，从上层统治阶级到普通的劳动大众……可以说，《诗经》描述的就是当时整个社会的画面，就是一幅活生生的"《清明上河图》"。

在上古时期，不同的民族都有了祭祀祖先、神灵以及祈福祛灾的活动，因而也就有了关于这些祭祀等的祭歌。祭祀在当时是"国之大事"。《诗经》中关于祭祀的诗歌主要是歌功颂德之作，如存在于大雅中，被认为是周族史诗的五篇作品《生民》《公刘》《绵》《皇矣》《大明》，就赞颂了后稷、公刘、太王、王季、文王、武王的伟大业绩，反映了西周的开国历史。从始祖后稷的神异诞生、开展了农业生产，到公刘率领周人开始了定居的生活，再到古公亶父创业立国，又到太王、王季的德业，到后来的文王娶大姒生武王，直到最后的武王在牧野大战。周人从诞生到一步步强大，最后消灭商朝，建立统一的周朝的历史，完整地展现给世人。

我国是四大文明古国之一，很重要的一点是农业生产、农业文明在我国开始得比较早。到了周朝时，农业生产就受到重视，占有重要地位。《诗经》中就有一些直接描写农业生产生活以及与之相关的农事诗。周人对农业的重视体现在很多方面。每年的农事活动开始前有祈求上帝保佑丰收的祈谷、藉田典礼，秋天获得丰收后为了表示对神灵恩赐的感谢，还要举行隆重的报祭礼。《臣工》《噫嘻》《丰年》等就属于这类农事诗。当然，在《诗经》中直接反映周朝农业生产、描写生活情况的作品，最优秀的农事诗应该是《豳风·七月》。该诗共8章88句，380个汉字，也是国风中最长的一篇。它用相当长的篇幅，叙述了农夫一年四季的艰苦劳动生活，并记载了当时的农业知识和生产经验。从诗的内容可以看到，农夫们既要在田中耕作劳动，又要种桑养蚕，纺麻织丝，乃至练习武功，打猎捕兽；农闲时还得到城堡里去修理房屋，就是在寒冬里也不得闲，要凿取冰块藏入地窖，供"公"及"公子"们夏日里享用，辛苦劳动获得的成果却被贵族占去，自己"七月食瓜，八月断壶，九月叔苴"，一切好吃的全归主人所有，自己只能吃些葫芦、麻子等来填饱肚子了。农夫们不但物质上受欺负，而且在精神上也被"奴役"。"跻彼公堂，称彼兕觥，万寿无疆!""公"和"公子"们不但享受了农夫们的所有劳动成果，还驱使他们为自己高呼万岁。这首《七月》涉及了社会学、历史学、农学等方面的知识。当然，从文学史的角度看，这首诗应该是后代田家诗的滥觞。

周朝时君臣、亲朋聚会宴饮，尤其是上层社会的欢乐、和谐的场面，也成为《诗经》

描写的对象。如《小雅·鹿鸣》就是描写周天子宴请群臣的诗作。第一章："呦呦鹿鸣，食野之苹。我有嘉宾，鼓瑟吹笙。吹笙鼓簧，承筐是将。人之好我，示我周行。"这样的场面是非常热闹和谐的，是周初社会繁荣、稳定、融洽的真实反映。周朝是从商朝的残酷暴政中夺取政权的，因此，周天子应该非常注重君臣的血缘亲族的关系。燕飨诗赞美守礼有序、宾主融洽的关系，否定的是不能守礼自制、纵酒失德的情况。燕飨诗直接反映了周代的礼乐文化。大家非常熟悉的大政治家、大文学家曹操更是把"呦呦鹿鸣，食野之苹。我有嘉宾，鼓瑟吹笙。"直接引用到自己的诗歌《短歌行》里。

到了西周中后期，随着周王室的衰微，朝纲废弛，社会动荡不安，尤其是到了周厉王、周幽王时，政治更加腐败黑暗。这时出现了针砭时弊的怨刺诗。怨刺诗主要存在于雅（大雅、小雅）和国风中。如大雅中的《民劳》《板》《荡》，小雅中的《节南山》《正月》《雨无正》《巧言》等，反映了周朝末期的苛重的赋税、腐朽黑暗的政治、残酷的社会现实。国风中的怨刺诗也非常多，如《魏风·伐檀》《魏风·硕鼠》《邶风·新台》《齐风·南山》等，讽刺了统治者的不劳而获、贪得无厌、无耻与丑恶。怨刺诗的作者，大雅中主要是身份和社会地位较高的作者，他们既有对当时统治者的讽刺和指责，但更多的是对其规劝，试图改变社会现状，力挽狂澜。小雅中怨刺诗的作者身份地位没有大雅中的高，但也是统治阶级的一员，不过在森严的等级社会中，小雅怨刺诗的作者显然是受压抑的阶层。小雅中的怨刺诗在讽刺统治阶级、忧国哀民的同时，也多了对自身境况的哀悼。国风中的怨刺诗与二雅不同，它没有对周王室衰微、朝政的不正、礼乐制度破坏的批评和同情，它主要是对统治者进行辛辣的、犀利的讽刺，如《魏风·伐檀》《魏风·硕鼠》等，对统治者的指责可以说是血淋淋的、痛恨到极点的。

《诗经》中还有战争徭役诗。战争诗中正面描写天子、诸侯的武功的部分，主要是对其赞颂的，如《江汉》《常武》（大雅）、《出车》《六月》《采芑》（小雅）、《小戎》《无衣》（秦风）等作品。这些战争诗并没有血腥场面的具体描写，而是注重道德的感化和军事力量的威慑作用，体现了我国古代的战争思想。当然，《诗经》中更多的战争诗是对战争的厌倦和对和平的向往，充满了感伤的情绪。如《小雅·采薇》结尾处："昔我往矣，杨柳依依。今我来思，雨雪霏霏。行道迟迟，载渴载饥。我心伤悲，莫知我哀。"充满了归来时悲凄的情感。如《豳风·东山》："我徂东山，慆慆不归。我来自东，零雨其濛。仓庚于飞，熠耀其羽。之子于归，皇驳其马。亲结其缡，九十其仪。其新孔嘉，其旧如之何！"该诗主要描写了征人回忆新婚的情景及其对妻子的思念，整首诗写出了诗人对战争的厌倦和对和平生活的向往。《诗经》中的徭役诗完全是对繁重徭役的愤慨，描写了战争和徭役的承担者征夫士卒的痛苦，以及繁重徭役给人们带来的苦难，《唐风·鸨羽》就属此类诗作。战争徭役诗还表现在以战争徭役为背景，写夫妻离散的思妇哀歌。如《王风·君子于役》就描写了黄昏时分，牛羊等家禽都能按时回家，而自己的丈夫由于要服徭役而不能回来，以思妇的口吻抒发了对战争徭役的强烈不满，渗透着思妇的无尽的相思之苦，也暗含着百姓的无奈和悲哀。

《诗经》中最精彩动人的篇章当属婚姻爱情诗。不仅有反映当时男欢女爱的情诗，也有婚嫁场面的描写；不仅有记述家庭生活的婚姻家庭诗，更有表现不幸婚姻并给妇女带来极大伤害的弃妇诗。这类婚姻爱情诗作不仅数量多，而且内容非常之丰富。如《诗经》的首篇《周南·关雎》写了男子对女子的追求，和他"求之不得"的痛苦心情。《邶风·静女》描写了男女约会的场景，十分滑稽可笑，男女两情相悦，感情真挚。《周南·桃夭》反映了结婚和夫妻家庭生活。《郑风·女曰鸡鸣》描写了夫妻之间美好幸福的生活。当然，有幸福就会有痛苦，《邶风·绿衣》就写了因妾得宠而失位的妇女的痛苦。当然，弃妇诗的杰出代表作当属《卫风·氓》，该诗以一个普通女子的口吻叙述了自己从恋爱、结婚到最后被抛弃的全过程，读后让人愤恨和怜悯。

《诗经》中还有一类描写故国之思的作品，如传诵千古的名篇《王风·黍离》。"黍离之悲"也成了后代故国之思的代名词。

《诗经》在艺术成就上的贡献，除了上面提到的"赋""比""兴"的手法外，还有它的句式，以四言为主，四句独立成章，其间杂有二言至八言不等。《诗经》的叠字、叠句、叠章外加多种多样的押韵方式和优美的语言，读起来具有很强的节奏感，非常适合诵读。《诗经》是四言诗的集大成者，后世的曹操、嵇康、陶渊明等人的四言诗创作也直接继承《诗经》的四言句式，并各自奠定了在文学史上的地位。《诗经》既反映了当时的社会现实，也抒发了众多作者真挚的情感，《诗经》是我国诗歌现实主义的开端，也奠定了我国诗歌抒情的主要形式。

四、精彩文段

桃 夭

桃之夭夭，灼灼其华。之子于归，宜其室家。

桃之夭夭，有蕡其实。之子于归，宜其家室。

桃之夭夭，其叶蓁蓁。之子于归，宜其家人。

——《诗经·周南·桃夭》

黍 离

彼黍离离，彼稷之苗。行迈靡靡，中心摇摇。知我者，谓我心忧。不知我者，谓我何求。悠悠苍天，此何人哉？

彼黍离离，彼稷之穗。行迈靡靡，中心如醉。知我者，谓我心忧。不知我者，谓我何求。悠悠苍天，此何人哉？

彼黍离离，彼稷之实。行迈靡靡，中心如噎。知我者，谓我心忧。不知我者，谓我何求。悠悠苍天，此何人哉？

——《诗经·王风·黍离》

硕 鼠

硕鼠硕鼠，无食我黍！三岁贯女，莫我肯顾。逝将去女，适彼乐土。乐土乐土，爰得我所。

硕鼠硕鼠，无食我麦！三岁贯女，莫我肯德。逝将去女，适彼乐国。乐国乐国，爰得我直。

硕鼠硕鼠，无食我苗！三岁贯女，莫我肯劳。逝将去女，适彼乐郊。乐郊乐郊，谁之永号？

——《诗经·卫风·硕鼠》

蒹 葭

蒹葭苍苍，白露为霜。所谓伊人，在水一方。溯洄从之，道阻且长。溯游从之，宛在水中央。

蒹葭萋萋，白露未晞。所谓伊人，在水之湄。溯洄从之，道阻且跻。溯游从之，宛在水中坻。

蒹葭采采，白露未已。所谓伊人，在水之涘。溯洄从之，道阻且右。溯游从之，宛在水中沚。

——《诗经·秦风·蒹葭》

采 薇

采薇采薇，薇亦作止。曰归曰归，岁亦莫（mù）止。靡室靡家，玁（xiǎn）狁（yǔn）之故。不遑启居，玁狁之故。

采薇采薇，薇亦柔止。曰归曰归，心亦忧止。忧心烈烈，载饥载渴。我戍未定，靡（mǐ）使归聘。

采薇采薇，薇亦刚止。曰归曰归，岁亦阳止。王事靡盬（gǔ），不遑启处。忧心孔疾，我行不来！

彼尔维何？维常之华。彼路斯何？君子之车。戎车既驾，四牡业业。岂敢定居？一月三捷。

驾彼四牡，四牡骙（kuí）骙。君子所依，小人所腓（féi）。四牡翼翼，象弭（mǐ）鱼服。岂不日戒？玁狁孔棘！

昔我往矣，杨柳依依。今我来思，雨（yù）雪霏霏。行道迟迟，载渴载饥。我心伤悲，莫知我哀！

——《诗经·小雅·采薇》

五、名家点评

1. 《诗》三百，一言以蔽之，曰："思无邪"。温柔敦厚，诗教也。不学诗，无以言。小子何莫学夫《诗》？《诗》可以兴，可以观，可以群，可以怨。迩之事父，远之事君。多识于鸟兽草木之名。——孔子

2. 说诗者不以文害辞，不以辞害志，以意逆志，是为得之。颂其诗，读其书，不知其人可乎？是以论其世也。——孟子

3. 《易》著天地阴阳四时五行，故长于变；《礼》纲纪人伦，故长于行；《书》记先王之事，故长于政；《诗》记山川溪谷、禽兽草木、牝牡雌雄，故长于风；《乐》乐所以立，故长于和。诗三百篇，大抵圣贤发愤之所为作也。——司马迁

4. 现存先秦古籍，真赝杂糅，几乎无一书无问题，其真金美玉，字字可信者，《诗经》其首也。——梁启超

5. 以性质言，风者，闾巷之情诗；雅者，朝廷之乐歌；颂者，宗庙之乐歌也。——鲁迅

2　论　　语

一、作者简介

《论语》是记录孔子及其弟子言行的著作。它是由孔子弟子及再传弟子辑录而成。班固的《汉书·艺文志》说："《论语》者，孔子应答弟子时人及弟子相与言而接闻于夫子之语也。当时弟子各有所记，夫子既卒，门人相与辑而论纂，故谓之《论语》。"可见《论语》的编和辑应该出自多人之手。较为可信的说法是，《论语》最后的编定是由曾参的学生完成的，最后成书大约在战国初年。

孔子（公元前551—公元前479），名丘，字仲尼。春秋时期鲁国人，我国古代伟大的政治家、思想家、教育家，儒家学派的创始人。孔子一生弟子多达3000人，比较有名的有72人。

二、名著概要

孔子先人本是西周宋国的贵族，到其曾祖父的时候迁到鲁国。孔子小时候家庭贫贱，长大后曾做过一些小吏。孔子十五岁开始志于学，三十多岁时就已通晓"六艺"，开始收徒讲学，开办私塾，一举打破了学在官府的惯例。三十五岁时离开鲁国到齐国，大约两年后返回鲁国。五十一岁时任中都宰，一年后升任司空、大司寇。五十五岁开始率领众弟子周游列国，宣传自己的政治主张，一直在外十四年，七十三岁时在鲁国去世。

《论语》是记录儒家创始人孔子思想的主要作品。魏人何晏的《论语集解》，是我们今天所能见到的关于《论语》的最早注本。南宋著名大学者朱熹把《论语》和《大学》《中庸》《孟子》合称为"四书"，并为之作了集注，成为后世考生学习的主要内容。《论语》各篇本来没有篇名，后人为了方便就从每篇的第一句话中摘取两个或三个字作为篇名，各篇之间没有时间上的先后顺序，每篇内的各章之间在内容上也没有共同的主题，记录的都是孔子的只言片语，或者是孔子与其弟子及时人的一些对话，篇幅相对简短。孔子成为后世景仰的圣人，一直影响中国几千年。但当时虽有政治理想，孔子在鲁国的为官和周游列国的行动都没有取得成功。孔子一生忙于从政行道，都没有达到自己的人生理想，反而碰壁后从事的文献整理工作和创作活动，为中国的文化事业作出了杰出贡献。他创立的以"仁"为核心的儒学思想形成了我国封建社会文化的主要内容。

《论语》作为孔子及门人的言行集，内容十分广泛，涉及人生修养及社会生活问题，对中华民族整体心理素质及道德行为产生了重大影响。直到近代新文化运动之前，在约2000多年的历史发展中，《论语》一直是中国文人的必读之书。今本《论语》共20篇，492章，其中记录孔子与弟子及时人谈论之语的约444章，记录孔门弟子相互谈论的约48章。

三、作品导读

学习《论语》这本著作，我们首先要领会的就是通过简短的谈话和问答，来展现丰富的人物形象。语录体是《论语》的基本特征，也是其一大特色。它只记录了孔子言行的一些片段，并没能把孔子一生都完整地表现出来，但就是通过这些只言片语的文字，我们也能够感受到一位伟大圣人的亲切形象。我们对孔子的认识也主要是通过这部作品来了解的。除了孔子之外，我们还能够了解到孔子众多弟子的性格特点，如聪明机智的子贡，安贫乐道备受老师称赞的颜回，耿直鲁莽的子路等。《论语·先进》的第二十六章《子路、曾皙、冉有、公西华侍坐》，就描写了几个弟子鲜明的性格特点：子路坦率，冉有、公西华谦逊，曾皙洒脱。通过简短的对话探讨，每个人的形象栩栩如生。当然这一章在《论语》里也属于较长的一章了。

又如《阳货》篇的第四章："子之武城，闻弦歌之声。夫子莞尔而笑曰：'割鸡焉用牛刀？'子游对曰：'昔者偃也闻诸夫子曰："君子学道则爱人，小人学道则易使也。"'子曰：'二三子！偃之言是也。前言戏之耳！'"这段对话既诙谐，又严肃。孔子平日的风趣，子游的笃信师说，他们老师弟子间的和平愉悦之情都宛然如见。当然还有《微子》篇第六章《长沮、桀溺耦而耕》篇，就把长沮、桀溺、丈人遗世傲慢的隐逸形象，写得具体生动。

《论语》这部作品还通过简短的对话，深刻平实、含蓄隽永的语言展现了孔子深刻的教育思想、人生哲理和治世之道。如："见贤思齐焉，见不贤而内自省也"体现其修身好学的态度（《论语·里仁》）。"由，诲女知之乎？知之为知之，不知为不知，是知也。"（《论语·为政》）体现了孔子对待学问的真诚态度。"父母在，不远游，游必有方。"（《论语·里仁》）简短几字展现其孝道文化。"君子成人之美，不成人之恶；小人反是。"（《论语·颜渊》）一个简单的对比就把君子和小人的区别一语道破。如："子曰：'贤哉，回也！一箪食，一瓢饮，在陋巷，人不堪其忧，回也不改其乐，贤哉，回也！'"（《论语·雍也》）简短的几句话包含了对颜回的真挚的情感，以及对颜回安贫乐道自在心境的由衷赞赏。"子曰：'志士仁人，无求生以害仁，有杀身以成仁。'"（《论语·卫灵公》）话语之中对"仁"的追求体现得淋漓尽致。又如"子曰：'人无远虑，必有近忧。'"（《论语·卫灵公》）则体现出其辩证的哲学思想。这样以形象、简短、通俗的语言来表达深刻道理的例子在《论语》一书中俯拾皆是。

四、精彩文段

1. 曾子曰："吾日三省吾身：为人谋而不忠乎？与朋友交而不信乎？传不习乎？"（《论语·学而》）

2. 子曰："不患人之不己知，患不知人也。"（《论语·学而》）

3. 子曰："吾十有五而志于学，三十而立，四十而不惑，五十而知天命，六十而耳顺，七十而从心所欲，不逾矩。"（《论语·为政》）

4. 子曰："人而无信，不知其可也。大车无輗，小车无軏，其何以行之哉？"（《论语·为政》）

5. 孔子谓季氏："八佾舞于庭，是可忍也，孰不可忍也？"（《论语·八佾》）

6. 仪封人请见，曰："君子之至于斯也，吾未尝不得见也。"从者见之。出，曰："二三子何患于丧乎？天下之无道也久矣，天将以夫子为木铎。"（《论语·八佾》）

7. 子曰："朝闻道，夕死可矣。"（《论语·里仁》）

8. 子曰："富与贵，是人之所欲也；不以其道得之，不处也。贫与贱，是人之所恶也；不以其道得之，不去也。君子去仁，恶乎成名？君子无终食之间违仁，造次必于是，颠沛必于是。"（《论语·里仁》）

9. 宰予昼寝。子曰："朽木不可雕也，粪土之墙不可杇也，于予与何诛？"子曰："始吾于人也，听其言而信其行；今吾于人也，听其言而观其行。于予与改是。"（《论语·公冶

长》）

10. 子曰："质胜文则野，文胜质则史。文质彬彬，然后君子。"（《论语·雍也》）

11. 子曰："不愤不启，不悱不发；举一隅不以三隅反，则不复也。"（《论语·述而》）

12. 子曰："饭疏食、饮水，曲肱而枕之，乐亦在其中矣！不义而富且贵，于我如浮云。"（《论语·述而》）

13. 子曰："君子坦荡荡，小人长戚戚。"（《论语·述而》）

14. 曾子有疾，孟敬子问之。曾子言曰："鸟之将死，其鸣也哀；人之将死，其言也善。君子所贵乎道者三：动容貌，斯远暴慢矣；正颜色，斯近信矣；出辞气，斯远鄙倍矣。笾豆之事，则有司存。"（《论语·泰伯》）

15. 子在川上，曰："逝者如斯夫！不舍昼夜。"（《论语·子罕》）

16. 子曰："岁寒，然后知松柏之后凋也。"（《论语·子罕》）

17. 子路、曾晳、冉有、公西华侍坐。子曰："以吾一日长乎尔，毋吾以也。居则曰：'不吾知也！'如或知尔，则何以哉？"子路率尔而对曰："千乘之国，摄乎大国之间，加之以师旅，因之以饥馑；由也为之，比及三年，可使有勇，且知方也。"夫子哂之。"求！尔何如？"对曰："方六七十，如五六十，求也为之，比及三年，可使足民。如其礼乐，以俟君子。""赤！尔何如？"对曰："非曰能之，愿学焉。宗庙之事，如会同，端章甫，愿为小相焉。""点！尔何如？"鼓瑟希，铿尔，舍瑟而作。对曰："异乎三子者之撰。"子曰："何伤乎？亦各言其志也。"曰："莫春者，春服既成，冠者五六人，童子六七人，浴乎沂，风乎舞雩，咏而归。"夫子喟然叹曰："吾与点也！"三子者出，曾晳后。曾晳曰："夫三子者之言何如？"子曰："亦各言其志也已矣。"曰："夫子何哂由也？"曰："为国以礼，其言不让，是故哂之。""唯求则非邦也与？""安见方六七十如五六十而非邦也者？""唯赤则非邦也与？""宗庙会同，非诸侯而何？赤也为之小，孰能为之大？"（《论语·先进》）

18. 齐景公问政于孔子，孔子对曰："君君、臣臣、父父、子子。"公曰："善哉！信如君不君、臣不臣、父不父、子不子，虽有粟，吾得而食诸？"（《论语·颜渊》）

19. 子曰："其身正，不令而行；其身不正，虽令不从。"（《论语·子路》）

20. 子贡问曰："有一言而可以终身行之者乎？"子曰："其恕乎！己所不欲，勿施于人。"（《论语·卫灵公》）

21. 季氏将伐颛臾。冉有、季路见于孔子，曰："季氏将有事于颛臾。"孔子曰："求！无乃尔是过与？夫颛臾，昔者先王以为东蒙主，且在邦域之中矣，是社稷之臣也。何以伐为？"

冉有曰："夫子欲之，吾二臣者皆不欲也。"

孔子曰："求！周任有言曰：'陈力就列，不能者止。'危而不持，颠而不扶，则将焉用彼相矣？且尔言过矣，虎兕出于柙，龟玉毁于椟中，是谁之过与？"

冉有曰："今夫颛臾，固而近于费。今不取，后世必为子孙忧。"

孔子曰："求！君子疾夫舍曰欲之而必为之辞。丘也闻有国有家者，不患贫而患不均，不患寡而患不安。盖均无贫，和无寡，安无倾。夫如是，故远人不服，则修文德以来之。既来之，则安之。今由与求也，相夫子，远人不服，而不能来也；邦分崩离析，而不能守也；而谋动干戈于邦内。吾恐季孙之忧，不在颛臾，而在萧墙之内也。"（《论语·季氏》）

22. 子曰："唯女子与小人为难养也，近之则不孙，远之则怨。"（《论语·阳货》）

23. 长沮、桀溺耦而耕，孔子过之，使子路问津焉。长沮曰："夫执舆者为谁？"子路曰："为孔丘。"曰："是鲁孔丘与？"曰："是也。"曰："是知津矣。"问于桀溺。桀溺曰："子为谁？"曰："为仲由。"曰："是鲁孔丘之徒与？"对曰："然。"曰："滔滔者天下皆是也，而谁以易之？且而与其从辟人之士也，岂若从辟世之士哉？"耰而不辍。子路行以告。夫子怃然曰："鸟兽不可与同群，吾非斯人之徒与而谁与？天下有道，丘不与易也。"（《论语·微子》）

24. 子路从而后，遇丈人，以杖荷蓧。子路问曰："子见夫子乎？"丈人曰："四体不勤，五谷不分，孰为夫子？"植其杖而芸。子路拱而立。止子路宿，杀鸡为黍而食之，见其二子焉。明日，子路行以告。子曰："隐者也。"使子路反见之。至，则行矣。子路曰："不仕无义。长幼之节，不可废也；君臣之义，如之何其废之？欲洁其身，而乱大伦。君子之仕也，行其义也。道之不行，已知之矣。"（《论语·微子》）

五、名家点评

1. 《论语》是孔子弟子们记的。这部书不但显示一个伟大的人格——孔子，并且让读者学习许多做学问做人的节目：如"君子""仁""忠恕"，如"时习""阙疑""好古""隅反""择善""困学"等，都是可以终身应用的。——朱自清

2. 《论语》的真谛，就是告诉大家，怎么样才能过上我们心灵所需要的那种快乐的生活。——于丹

3. 《论语》虽然是代表中国封建文化的经典，但作为一个中国人要了解中国文化、中国伦理道德的根源，必须阅读这一本书。它的"仁"学以及对教育的理论，都是全人类的瑰宝。《论语》字句精当，也可当作文学书籍来读。——当代作家李准

4. 我们在现代化的建设中必须重铸我们的民族精神，而铸造民族精神，不能离开中华民族的传统文化。在几千年的中国历史上，没有哪一位思想家、文学家不受《论语》这本书的影响。——当代作家叶朗

3 孟　子

（东周）孟子

一、作者简介

孟子（约公元前 372—约公元前 289），名轲，字子舆，东周邹国（今山东邹城）人，战国时期伟大的思想家、政治家、教育家。孟子在政治上主张法先王、行仁政；在学说上推崇孔子，反对杨朱、墨翟。他是战国时期儒家的代表人物，属孔子第四代弟子，是曾子的再传弟子。他继承并发扬了孔子的思想，被称为"亚圣"。孟子与孔子合称孔孟其道，多数人称为"孔孟之道"。

孟子出生之时距孔子去世（公元前 479 年）大约百年左右。孟子的生平和孔子很相似，都是贵族的后裔，平民出身，幼年丧父，一生所走的道路都是求学、教书、周游列国。相传孟子是鲁国贵族孟孙氏的后裔，家庭贫困，曾受业于孔汲的学生。学成以后，以士的身份游说诸侯，想要推行自己的政治主张，到过梁（魏）国、齐国、宋国、滕国、鲁国。当时几个大国都致力于富国强兵，争取通过暴力的手段实现统一，孟子的仁政学说被认为是"迂远而阔于事情"，没有得到实行的机会。最后退居讲学，和他的学生一起，"序《诗》《书》，述仲尼之意，作为《孟子》七篇"。

孟子继承并发展了孔子的思想，但较之孔子的思想，他又加入了自己对儒术的理解，有些思想也较为偏激。其弟子将孟子的言行记录成《孟子》一书，属语录体散文集，是孟子的言论汇编，由孟子及其弟子共同编写完成。他提倡仁政，提出"民贵君轻"的民本思想。"孟母三迁""孟子受教""断织喻学""杀豚不欺子"等有关孟母、孟子的故事为后人称道，成为后人学习的典范。

二、名著概要

《孟子》有七篇十四卷传世：《梁惠王》上、下；《公孙丑》上、下；《滕文公》上、下；《离娄》上、下；《万章》上、下；《告子》上、下；《尽心》上、下。

《孟子》一书是孟子的言论汇编，由孟子及其弟子共同编写而成，记录了孟子的语言、政治观点（仁政、王霸之辨、民本、格君心之非、民贵君轻）和政治行动，属儒家经典著作。它继承并发展了孔子的思想，其学说理论基础为性善论。孟子认为，人都有恻隐之心、羞恶之心、恭敬之心、是非之心，这四心就是人类的文化规范——仁义礼智的萌芽和根本。将人性善的理论推广到政治领域，就是孟子提出的"仁政"学说，这也是孟子思想的核心。孟子的"仁政"就是对人民"省刑罚，薄税敛"。他从历史经验总结出"暴其民甚，则以身弑国亡"。又说三代得天下都因为仁，最终都因不仁而失天下。仁政包含了对人民的重视，即其民本的思想。"民本思想"是把人民看作国家政治的根本，人民的地位超越了君主和社稷，"民为贵，社稷次之，君为轻"的民本思想是孟子学说中最光辉的组成部分。他反对实行霸道，即用兼并战争去征服别的国家，而主张应该行仁政，争取民心的归附，以不战而服，也即他所说的"仁者无敌"，实行王道就可以无敌于天下。

考诸《孟子》，孟轲所见时君如梁惠王、梁襄王、齐宣王、邹穆公、滕文公、鲁平公等皆称谥号，恐非孟子自作时所为也；又记孟子弟子乐正子、公都子、屋卢子皆以"子"称，也断非孟子之所为，故《孟子》的编定者极可能是孟子的弟子，其成书大约在战国中期。南宋的朱熹将《孟子》与《论语》《大学》《中庸》合在一起称为"四书"。《孟子》是四书中篇幅最大的一本，有 35 000 多字。从那时起直到清末，"四书"一直是科举必考内容。

《孟子》这部书的理论不但纯粹宏博，文章也极雄健优美。孟子的文章说理畅达，"气势浩然"是孟子散文的突出特征。《孟子》行文气势磅礴，感情充沛，雄辩滔滔，极富感染力，流传后世，影响深远，成为儒家经典著作之一，代表着传统散文写作的最高峰。

三、作品导读

阅读《孟子》，重点是把握孟子的思想和学说。

（一）民本思想

孟子根据战国时期的经验，总结各国治乱兴亡的规律，提出了一个富有民主性精华的著名命题："民为贵，社稷次之，君为轻"。意思是说，人民放在第一位，国家其次，君在最后。孟子认为如何对待人民这一问题，对于国家的治乱兴亡，具有极端的重要性。孟子十分重视民心的向背，通过大量历史事例反复阐述这是关乎得天下与失天下的关键问题。孟子认为君主应以爱护人民为先，为政者要保障人民权利。孟子赞同若君主无道，人民有权推翻政权。

（二）仁政学说

孟子继承和发展了孔子的德治思想，发展为仁政学说，成为其政治思想的核心。孟子的政治论，是以仁政为内容的王道，其本质是为封建统治阶级服务的。他把"亲亲""长长"的原则运用于政治，以缓和阶级矛盾，维护封建统治阶级的长远利益。

（1）易子而教

孟子的教育思想，也是孔子"有教无类"（《论语·卫灵公》）的教育思想的继承和发挥。他们都把全民教育当作实行仁政的手段和目的。一方面，主张"设为庠序学校以教之"（《孟子·滕文公章句上》）加强学校教育；另一方面，要求当政者要身体力行，率先垂范。"君仁，莫不仁；君义，莫不义；君正，莫不正。"（《孟子·离娄章句上》）以榜样的力量，教化百姓。教化的目的，就是要百姓"明人伦"，以建立一个"人伦明于上，小民亲于下"（《孟子·滕文公章句上》）的和谐融洽的有人伦秩序的理想社会。

（2）道德伦理

孟子把道德规范概括为四种，即仁、义、礼、智。他认为"仁、义、礼、智"是人们与生俱来的东西，不是从客观存在着的外部世界所取得的。同时把人伦关系概括为五种，即"父子有亲，君臣有义，夫妇有别，长幼有序，朋友有信"。孟子认为，仁、义、礼、智四者之中，仁、义最为重要。仁、义的基础是孝、悌，而孝、悌是处理父子和兄弟血缘关系的基本的道德规范。他认为如果每个社会成员都用仁义来处理各种人与人的关系，封建秩序的稳定和天下的统一就有了可靠保证。

（三）哲学思想

孟子的思想是复杂的，其思想主要以唯物主义的成分居多。《孟子》一书中所反映出来的关于认识论的见解，包含着许多朴素的唯物主义思想。

（1）认识论

认识世界是为了改造世界，最重要的一环在于掌握客观规律。孟子拿夏禹治水，根据水势就下、可导而不可遏的规律，来说明人认识世界、改造世界都须如此。

（2）性善论

孟子的主要哲学思想，是他的人类性善论。"性善论"是孟子谈人生和谈政治的理论根据，在他的思想体系中是一个中心环节。

此外，孟子还非常重视修养。在心性修养方面，孟子从"性善论"这一根本思想出发，认为实行"仁政"的最重要的动力，完全仰仗于君子大发"仁心"。这种"良知""良能"，"操之所存，舍之所亡"，贵在一个"养"字。孟子以子思的"思诚之道"为依据，提出了"尽心""知性""知天"等观点，从而形成了一套含有主观唯心主义成分的思想体系。

（3）饮食见解

孟子在饮食上提出了较多的见解，多被后人视为经典。他从仁爱的角度出发，说道："君子之于禽兽也，见其生，不忍见其死；闻其声，不忍食其肉，是以君子远庖厨也。"后人将"君子远庖厨"解为不近厨房，并作为孟子贱视烹饪的依据，这是不可取的。《孟子》记载，诊断饮食是人生最基本、最重要的事情，这与儒家自孔子开始对饮食的观点是一脉相承的。

四、精彩文段

寡人之于国也

梁惠王曰："寡人之于国也，尽心焉耳矣。河内凶，则移其民于河东，移其粟于河内。河东凶亦然。察邻国之政，无如寡人之用心者。邻国之民不加少，寡人之民不加多，何也？"

孟子对曰："王好（hào）战，请以战喻，填然鼓之，兵刃既接，弃甲曳（yè）兵而走。或百步而后止，或五十步而后止。以五十步笑百步，则何如？"

曰："不可！直不百步耳，是亦走也。"

曰："王如知此，则无望民之多于邻国也。

不违农时，谷不可胜（shēng）食也。数罟（gǔ）不入洿（wū）池，鱼鳖不可胜食也。斧斤以时入山林，材木不可胜用也。谷与鱼鳖不可胜食，材木不可胜用，是使民养生丧死无憾也。养生丧死无憾，王道之始也。

"五亩之宅，树之以桑，五十者可以衣（yì）帛矣，鸡豚狗彘（zhì）之畜（xù），无失其时，七十者可以食肉矣。百亩之田，勿夺其时，数口之家可以无饥矣。谨庠（xiáng）序之教，申之以孝悌（tì）之义，颁白者不负戴于道路矣。七十者衣帛食肉，黎民不饥不寒，然而不王（wàng）者，未之有也。

狗彘食人食而不知检，涂有饿莩（piǎo）而不知发。人死，则曰：'非我也。岁也。'是何异于刺人而杀之。曰：'非我也，兵也。'王无罪岁，斯天下之民至焉。"《孟子·梁惠王章句上》

宋人有闵其苗之不长者

宋人有闵其苗之不长而揠之者，芒芒然归，谓其人曰："今日病矣！予助苗长矣！"其子趋而往视之，苗则槁矣。天下之不助苗长者寡矣。以为无益而舍之者，不耘苗者也；助之

长者，揠苗者也——非徒无益，而又害之。(《孟子·公孙丑章句上》)

什一去关市之征

戴盈之曰："什一，去关市之征，今兹未能，请轻之，以待来年，然后已，何如？"

孟子曰："今有人日攘其邻之鸡者，或告之曰：'是非君子之道。'曰：'请损之，月攘一鸡，以待来年，然后已。'——如知其非义，斯速已矣，何待来年？"(《孟子·滕文公章句下》)

齐人有一妻一妾

齐人有一妻一妾而处室者，其良人出，则必餍酒肉而后反。其妻问所与饮食者，则尽富贵也。其妻告其妾曰："良人出，则必餍酒肉而后反；问其与饮食者，尽富贵也，而未尝有显者来，吾将瞷良人之所之也。"

蚤起，施从良人之所之，遍国中无与立谈者。卒之东郭墦间，之祭者，乞其余；不足，又顾而之他——此其为餍足之道也。

其妻归，告其妾，曰："良人者，所仰望而终身也，今若此。"与其妾讪其良人，而相泣于中庭，而良人未之知也，施施从外来，骄其妻妾。

由君子观之，则人之所以求富贵利达者，其妻妾不羞也，而不相泣者，几希矣！(《孟子·离娄章句下》)

人皆可以为尧舜

曹交问曰："人皆可以为尧舜，有诸？"

孟子曰："然。"

"交闻文王十尺，汤九尺，今交九尺四寸以长，食粟而已，如何则可？"

曰："奚有于是？亦为之而已矣。有人于此，力不能胜一匹雏，则为无力人矣；今日举百钧，则为有力人矣。然则举乌获之任，是亦乌获而已矣。夫人岂以不胜为患哉？弗为耳。徐行后长者谓之弟，疾行先长者谓之不弟。夫徐行者，岂人所不能哉？所不为也。尧舜之道，孝弟而已矣。子服尧之服，诵尧之言，行尧之行，是尧而已矣。子服桀之服，诵桀之言，行桀之行，是桀而已矣。"

曰："交得见于邹君，可以假馆，愿留而受业于门。"

曰："夫道若大路然，岂难知哉？人病不求耳。子归而求之，有余师。"(《孟子·告子章句下》)

孔子登东山而小鲁

孟子曰："孔子登东山而小鲁，登泰山而小天下，故观于海者难为水，游于圣人之门者难为言。观水有术，必观其澜。日月有明，容光必照焉。流水之为物也，不盈科不行；君子之志于道也，不成章不达。"(《孟子·告子章句下》)

尽信书不如无书

孟子曰："尽信《书》，则不如无《书》。吾于《武成》，取二三策而已矣。仁人无敌于天下，以致仁伐至不仁，而何其血之流杵也？"(《孟子·尽心章句下》)

五、名家点评

1. 专提孔门欲立立人、欲达达人，天下有道，某不与易之宗旨，日日以救天下为心，实孔学之正派也。——梁启超

2. "孟子长于譬喻。""孟子既没之后，大道遂绌。逮至亡秦，焚灭经术，坑戮儒生，

孟子徒党尽矣。其书号为诸子，故篇书籍得不泯绝。"——赵岐（《孟子题辞》）

3. 求观圣人之道者，必自孟子始。——韩愈

4. 伏请命有司去庄、列之书，以《孟子》为主。有能精通其义者，其科选视明经同。苟若是也，不谢汉之博士矣。既遂之，如儒道不可，圣化无补，是可刑于言者。"——皮日休（《皮日休文薮》）

4 楚　辞

一、作者简介

《楚辞》是我国第一部浪漫主义诗歌总集。"楚辞"是指以具有楚国地方特色的乐调、语言、名物而创作的诗赋。《楚辞》主要是屈原的作品，其代表作是《离骚》，后人因此又称"楚辞"为"骚体"。西汉末年，刘向搜集屈原、宋玉等人的作品，辑录成集。《楚辞》的主要作者是屈原。

屈原（约公元前340—公元前278），名平，初任楚怀王左徒、三闾大夫。因主张彰明法度，举贤任能，联齐抗秦，受令尹子兰及上官大夫靳尚等人谗害而革职。顷襄王时，屈原被放逐，他无力挽救楚之危亡，又无法实现政治理想，遂投汨罗江而死。他创作了《离骚》《九歌》《九章》《天问》等不朽作品。在屈原的影响下，楚国又产生了宋玉、唐勒、景差等楚辞作者。现存的《楚辞》总集中，主要是屈原及宋玉的作品，唐勒、景差的作品大都未能流传下来。

二、名著概要

《离骚》是屈原的代表作，是带有自传性质的一首长篇抒情诗。全诗共370多句，近2500字。"离骚"二字，古来有多种解释。司马迁认为是"遭受忧患"的意思，他在《史记·屈原贾生列传》中说："《离骚》者，犹离忧也。"汉代班固在《离骚赞序》里也说："离，犹遭也；骚，尤也。明己遭忧作辞也。"王逸在《楚辞章句·离骚经序》中把它解释为"离别的忧愁"。这两种解释在历史上影响也较大。因为司马迁毕竟距离屈原生活的年代较近，且楚辞中多有"离尤""离忧"之语，"离"皆不能解释为"别"，所以司马迁的说法最为可信。《离骚》的写作年代，一般认为是在屈原离开郢都到汉北之时。

《九歌》共11篇，也是《楚辞》中重要的作品，其幽微绵缈的情致和优美的诗歌形式深受后人的喜爱。从现存的《九歌》来看，它的民间文化色彩十分浓郁，而屈原的个人身世、思想痕迹倒并不重，《九歌》主要是南方巫祭文化的产物。《九歌》中最多最动人的还是对人神情感的摹写，除《东皇太一》《国殇》《礼魂》外，其他各篇都有这一内容。如《少司命》中的"悲莫悲兮生别离，乐莫乐兮新相知"一句，被王世贞推许为"千古情语之祖"。《山鬼》所描述的更是对爱情的绝唱。

《九章》是屈原所作的一组抒情诗歌的总称，包括《惜诵》《涉江》《哀郢》《抽思》《怀沙》《思美人》《惜往日》《橘颂》《悲回风》9篇作品。"九章"的名字大约是西汉末年刘向编订屈原作品时加上去的。《九章》的内容与《离骚》基本接近，主要是叙述身世和遭遇的。

《天问》是《楚辞》中一首奇特的诗歌。所谓"天问"，就是列举出历史和自然界一系列不可理解的现象，对天发问，探讨宇宙万事万物变化发展的道理。诗中一共提出了172个问题，大致次序是先问天地之形成，次问人事之兴衰，最后归结到楚国的现实政治，线索基本清楚。《天问》以一个"曰"字领起，全诗几乎都是由问句组成的，这在中国文学史上是罕见的。全诗基本上以四言为主，间以少量的五言、六言、七言；四句为一组，每组一韵，也有极少数两句一韵。全诗显得整齐而不呆板，参差错落，奇崛生动。

《招魂》是在楚怀王死后，屈原为招楚怀王之魂而作。全诗由引言、正文、乱辞三部分组成，其内容主要是以宏美的屋宇、奢华的服饰、艳丽的姬妾、精致的饮食以及繁盛的舞乐，以招徕怀王的亡魂。总之，《楚辞》对后世文学影响深远，不仅开启了后来的赋体，而且影响历代散文创作，是我国积极浪漫主义诗歌创作的源头。

三、作品导读

《离骚》反映了屈原对楚国黑暗腐朽政治的愤慨，和他热爱宗国，愿为之效力而不可得的悲痛心情，也抒发了自己遭到不公平待遇时的哀怨。《离骚》大致可分为前后两个部分。前一部分从开头到"岂余心之可惩"，首先自叙家世生平，认为自己出身高贵，又出生在一个美好的日子里，因此具有"内美"。他勤勉不懈地坚持自我修养，希望引导君王，兴盛宗国，实现"美政"的理想。但由于"党人"的谗害和君王的动摇多变，使自己蒙冤受屈。在理想和现实的尖锐冲突之下，屈原表示"虽体解吾犹未变兮，岂余心之可惩"，显示了坚贞的情操。后一部分极其幻漫诡奇，在向重华（舜）陈述心中愤懑之后，屈原开始"周流上下""浮游求女"，但这些行动都以不遂其愿而告终。

一般认为，《离骚》的主旨是爱国和忠君。国君在一定程度上是国家的象征，而且只有通过国君才能实现自己的兴国理想。所以，屈原的忠君是他爱国思想的一部分。屈原的爱国之情，是和宗族感情连在一起的。对宗国命运的担忧，发而为一种严正的批判精神，这是《离骚》中非常值得珍视的地方。他的"美政"理想在一首抒情诗中当然不能全部表明，但我们从《离骚》中仍能略微知道一些主要内容，这就是明君贤臣共兴楚国。首先，国君应该具有高尚的品德，才能享有国家。其次，应该选贤任能，罢黜奸佞。修明法度也是其"美政"的内容之一。总之，相对于楚国的现实而言，屈原的"美政"理想更加进步，并符合历史发展的趋向。他在诗中反复地咏叹明君贤臣，实际上也是对楚国现实政治的尖锐批判，更是对自己不幸身世的深切哀叹，其中饱含着悲愤之情。

屈原的形象在《离骚》中十分突出，他那傲岸的人格和不屈的斗争精神，激励了后世无数的文人，并成为我们民族精神的一个重要象征。《离骚》最引人注目的是它的两类意象：美人、香草。美人的意象一般被解释为比喻，或是比喻君王，或是自喻。同时，香草意象作为一种独立的象征物，它一方面是指品德和人格的高洁，另一方面和恶草相对，象征着政治斗争的双方。《离骚》中的"香草美人"意象构成了一个复杂而巧妙的象征比喻系统，使得诗歌蕴藉而且生动。"香草美人"作为诗歌象征手法，是屈原的创造，但它们又是与楚国地方文化紧密相关的。民间祭祀等较为原始的楚地文化中的文学意象不但被屈原借以描述现实，同时也帮助屈原进入古代神话或原始宗教的情境之中，通过对来自历史和人类心灵深处的自由和激情的体验，达到对现实的超越。

相对于《诗经》，屈原的作品在形式上也有新的特点。它是一种新鲜、生动、自由、长短不一的"骚体"。这种形式是建立在对民间文学学习的基础之上的，例如，屈原之前，楚地流行的民歌句式参差不齐，并且采用"兮"字放在句中或句尾，这些特点屈原在作品中都有吸收。不仅如此，《离骚》还吸收了大量的楚地方言，楚语使《离骚》带有浓郁的地方色彩，增加了生活气息。

四、精彩文段

离　骚（节选）

帝高阳之苗裔兮，朕皇考曰伯庸。摄提贞于孟陬兮，惟庚寅吾以降。皇览揆余初度兮，肇锡余以嘉名：名余曰正则兮，字余曰灵均。

纷吾既有此内美兮，又重之以修能。扈江离与辟芷兮，纫秋兰以为佩。汩余若将不及兮，恐年岁之不吾与。朝搴阰之木兰兮，夕揽洲之宿莽。日月忽其不淹兮，春与秋其代序。唯草木之零落兮，恐美人之迟暮。不抚壮而弃秽兮，何不改乎此度？乘骐骥以驰骋兮，来吾道夫先路！

昔三后之纯粹兮，固众芳之所在。杂申椒与菌桂兮，岂惟纫夫蕙茝？彼尧舜之耿介兮，既遵道而得路。何桀纣之昌披兮，夫唯捷径以窘步！惟夫党人之偷乐兮，路幽昧以险隘。岂余身之惮殃兮，恐皇舆之败绩。忽奔走以先后兮，及前王之踵武。荃不察余之中情兮，反信谗而齌怒。余固知謇謇之为患兮，忍而不能舍也。指九天以为正兮，夫唯灵修之故也。曰黄昏以为期兮，羌中道而改路。初既与余成言兮，后悔遁而有他。余既不难夫离别兮，伤灵修之数化。

余既滋兰之九畹兮，又树蕙之百亩。畦留夷与揭车兮，杂杜衡与芳芷。冀枝叶之峻茂兮，愿俟时乎吾将刈。虽萎绝其亦何伤兮，哀众芳之芜秽。

众皆竞进以贪婪兮，凭不厌乎求索。羌内恕己以量人兮，各兴心而嫉妒。忽驰骛以追逐兮，非余心之所急。老冉冉其将至兮，恐修名之不立。朝饮木兰之坠露兮，夕餐秋菊之落英。苟余情其信姱以练要兮，长顑颔亦何伤。擥木根以结茝兮，贯薜荔之落蕊。矫菌桂以纫蕙兮，索胡绳之纚纚。謇吾法夫前修兮，非世俗之所服。虽不周于今之人兮，愿依彭咸之遗则。长太息以掩涕兮，哀民生之多艰。余虽好修姱以鞿羁兮，謇朝谇而夕替。既替余以蕙纕兮，又申之以揽茝。亦余心之所善兮，虽九死其犹未悔。怨灵修之浩荡兮，终不察夫民心。众女嫉余之蛾眉兮，谣诼谓余以善淫。固时俗之工巧兮，偭规矩而改错。背绳墨以追曲兮，竞周容以为度。忳郁邑余侘傺兮，吾独穷困乎此时也！宁溘死以流亡兮，余不忍为此态也！鸷鸟之不群兮，自前世而固然。何方圜之能周兮，夫孰异道而相安！屈心而抑志兮，忍尤而攘诟。伏清白以死直兮，固前圣之所厚。

悔相道之不察兮，延伫乎吾将反。回朕车以复路兮，及行迷之未远。步余马于兰皋兮，驰椒丘且焉止息。进不入以离尤兮，退将复修吾初服。制芰荷以为衣兮，集芙蓉以为裳。不吾知其亦已兮，苟余情其信芳。高余冠之岌岌兮，长余佩之陆离。芳与泽其杂糅兮，唯昭质其犹未亏。忽反顾以游目兮，将往观乎四荒。佩缤纷其繁饰兮，芳菲菲其弥章。民生各有所乐兮，余独好修以为常。虽体解吾犹未变兮，岂余心之可惩。

女嬃之婵媛兮，申申其詈予，曰：鲧婞直以亡身兮，终然殀乎羽之野。汝何博謇而好修兮，纷独有此姱节？薋菉葹以盈室兮，判独离而不服。众不可户说兮，孰云察余之中情？世并举而好朋兮，夫何茕独而不予听！

五、名家点评

1. 屈平词赋悬日月，楚王台榭空山丘。——李白《江上吟》
2. 《离骚》未尽灵均恨，志士千秋泪满裳。——陆游《哀郢二首》
3. (《湘夫人》) 千古言秋之祖。——(明) 胡应麟
4. 一叶《离骚》酒一杯，滩声空助故城哀。——(清) 屈大均
5. (屈原的作品) 其影响于后世之文章，乃其或在三百篇以上。——鲁迅《汉文学史纲要》

3）多维透视。

4）旁现侧出。旁现侧出法，又称为"互现法"，即在一篇传记中着重表现他的主要特征，而其他方面的性格特征则放在别人的传记中显示。如《高祖本纪》中主要写刘邦带有奇异色彩的发迹史，以及他的雄才大略、知人善任。

（3）悲壮的风格特征

1）宏廓画面和深邃意蕴。

2）浓郁的悲剧气氛。

3）强烈的传奇色彩。

（三）史学影响

（1）建立了杰出的通史体裁

《史记》是中国史学史上第一部贯通古今，网罗百代的通史名著。正因为《史记》能够会通古今撰成一书，开启先例，树立了榜样，于是仿效这种体裁而修史的也就相继而起了。通史家风，一直影响着近现代的史学研究与写作。

（2）建立了史学的独立地位

中国古代，史学是包含在经学范围之内、没有自己的独立地位的，所以史部之书在刘歆的《七略》和班固的《艺文志》里，都是附在《春秋》的后面。自从司马迁修成《史记》以后，作者继起，专门的史学著作越来越多。于是，晋朝的荀勖适应新的要求，才把历代的典籍分为四部：甲部记六艺小学，乙部记诸子兵术，丙部记史记皇览，丁部记诗赋图赞。从而，史学一门，在中国学术领域里才取得了独立地位。饮水思源，这一功绩应该归于司马迁和他的《史记》。

（3）建立了史传文学传统

司马迁的文学修养深厚，其艺术手段特别高妙。往往某种极其复杂的事实，他都措置得非常妥帖，秩序井然，再加以视线远、见识高、文字生动、笔力洗练、感情充沛，信手写来，莫不词气纵横，形象明快，使人"惊呼击节，不自知其所以然"。（《容斋随笔·史记简妙处》）。

（四）文学影响

《史记》对古代的小说、戏剧、传记文学、散文，都有广泛而深远的影响。

首先，从总体上来说，《史记》作为中国第一部以描写人物为中心的大规模作品，为后代文学的发展提供了一个重要基础和多种可能性。

《史记》所写的虽然是历史上的实有人物，但是，通过"互见"即突出人物某种主要特征的方法，通过不同人物的对比，以及在细节方面的虚构，实际把人物加以类型化了。

在各民族早期文学中，都有这样的现象，这是人类通过艺术手段认识自身的一种方法。只是中国文学最初的类型化人物出现在历史著作中，情况较为特别。

由此，《史记》为中国文学建立了一批重要的人物原型。在后代的小说、戏剧中，所写的帝王、英雄、侠客、官吏等各种人物形象，有不少是从《史记》的人物形象演化而来的。

四、精彩文段

平原君虞卿

平原君赵胜者，赵之诸公子也。诸子中胜最贤，喜宾客，宾客盖至者数千人。平原君相赵惠文王及孝成王，三去相，三复位，封于东武城。

　　平原君家楼临民家。民家有躄者，槃散行汲。平原君美人居楼上，临见，大笑之。明日，躄者至平原君门，请曰："臣闻君之喜士，士不远千里而至者，以君能贵士而贱妾也。臣幸有罢癃之病，而君之后宫临而笑臣，臣愿得笑臣者头。"平原君笑应曰："诺。"躄者去，平原君笑曰："观此竖子，乃欲以一笑之故杀吾美人，不亦甚乎！"终不杀。居岁余，宾客门下舍人稍稍引去者过半。平原君怪之，曰："胜所以待诸君者未尝敢失礼，而去者何多也？"门下一人前对曰："以君之不杀笑躄者，以君为爱色而贱士，士即去耳。"于是平原君乃斩笑躄者美人头，自造门进躄者，因谢焉。其后门下乃复稍稍来。是时齐有孟尝，魏有信陵，楚有春申，故争相倾以待士。

　　秦之围邯郸，赵使平原君求救，合从于楚，约与食客门下有勇力文武备具者二十人偕。平原君曰："使文能取胜，则善矣。文不能取胜，则歃血于华屋之下，必得定从而还。士不外索，取于食客门下足矣。"得十九人，余无可取者，无以满二十人。门下有毛遂者，前，自赞于平原君曰："遂闻君将合从于楚，约与食客门下二十人偕，不外索。今少一人，原君即以遂备员而行矣。"平原君曰："先生处胜之门下几年于此矣？"毛遂曰："三年于此矣。"平原君曰："夫贤士之处世也，譬若锥之处囊中，其末立见。今先生处胜之门下三年于此矣，左右未有所称诵，胜未有所闻，是先生无所有也。先生不能，先生留。"毛遂曰："臣乃今日请处囊中耳。使遂早得处囊中，乃颖脱而出，非特其末见而已。"平原君竟与毛遂偕。十九人相与目笑之而未发也。

　　毛遂比至楚，与十九人论议，十九人皆服。平原君与楚合从，言其利害，日出而言之，日中不决。十九人谓毛遂曰："先生上。"毛遂按剑历阶而上，谓平原君曰："从之利害，两言而决耳。今日出而言从，日中不决，何也？"楚王谓平原君曰："客何为者也？"平原君曰："是胜之舍人也。"楚王叱曰："胡不下！吾乃与而君言，汝何为者也！"毛遂按剑而前曰："王之所以叱遂者，以楚国之众也。今十步之内，王不得恃楚国之众也，王之命悬于遂手。吾君在前，叱者何也？且遂闻汤以七十里之地王天下，文王以百里之壤而臣诸侯，岂其士卒众多哉！诚能据其势而奋其威。今楚地方五千里，持戟百万，此霸王之资也。以楚之强，天下弗能当。白起，小竖子耳，率数万之众，兴师以与楚战，一战而举鄢、郢，再战而烧夷陵，三战而辱王之先人。此百世之怨，而赵之所羞，而王弗知恶焉。合从者为楚，非为赵也。吾君在前，叱者何也？"楚王曰："唯唯，诚若先生之言，谨奉社稷而以从。"毛遂曰："从定乎？"楚王曰："定矣。"毛遂谓楚王之左右曰："取鸡狗马之血来。"毛遂奉铜盘而跪进之楚王曰："王当歃血而定从，次者吾君，次者遂。"遂定从于殿上。毛遂左手持盘血而右手招十九人曰："公相与歃此血於堂下。公等录录，所谓因人成事者也。"

　　平原君已定从而归，归至于赵，曰："胜不敢复相士。胜相士多者千人，寡者百数，自以为不失天下之士，今乃于毛先生而失之也。毛先生一至楚，而使赵重于九鼎大吕。毛先生以三寸之舌，强于百万之师。胜不敢复相士。"遂以为上客。

　　平原君既返赵，楚使春申君将兵赴救赵，魏信陵君亦矫夺晋鄙军往救赵，皆未至。秦急围邯郸，邯郸急，且降，平原君甚患之。邯郸传舍吏子李同说平原君曰："君不忧赵亡邪？"平原君曰："赵亡则胜为虏，何为不忧乎？"李同曰："邯郸之民，炊骨易子而食，可谓急矣，而君之后宫以百数，婢妾被绮縠，余梁肉，而民褐衣不完，糟糠不厌。民困兵尽，或剡木为矛矢，而君器物钟磬自若。使秦破赵，君安得有此？使赵得全，君何患无有？今君诚能令夫人以下编于士卒之间，分功而作，家之所有尽散以飨士，士方其危苦之时，易德耳。"

22

于是平原君从之，得敢死之士三千人。李同遂与三千人赴秦军，秦军为之却三十里。亦会楚、魏救至，秦兵遂罢，邯郸复存。李同战死，封其父为李侯。

虞卿欲以信陵君之存邯郸为平原君请封。公孙龙闻之，夜驾见平原君曰："龙闻虞卿欲以信陵君之存邯郸为君请封，有之乎？"平原君曰："然。"龙曰："此甚不可。且王举君而相赵者，非以君之智能为赵国无有也。割东武城而封君者，非以君为有功也，而以国人无勋，乃以君为亲戚故也。君受相印不辞无能，割地不言无功者，亦自以为亲戚故也。今信陵君存邯郸而请封，是亲戚受城而国人计功也。此甚不可。且虞卿操其两权，事成，操右券以责；事不成，以虚名德君。君必勿听也。"平原君遂不听虞卿。

平原君以赵孝成王十五年卒。子孙代。后竟与赵俱亡。

平原君厚待公孙龙。公孙龙善为坚白之辩，及邹衍过赵言至道，乃绌公孙龙。

五、名家点评

1. 百年之间，天下遗闻古事，靡不毕集太史公。——《汉书·艺文志》

2. 叙楚汉会鸿门事，历历如目睹，无毫发渗漉，非十分笔力，模写不出。——（宋）刘辰翁

3.《离骚》为屈大夫之哭泣，《史记》为太史公之哭泣。——（清）刘鹗

4. 太史公称《庄子》之书皆寓言，吾观子长所为《史记》，寓言亦十之六七。——（清）曾国藩

5. 恨为弄臣、寄心楮墨，感身世之戮辱，传畸人于千秋。——鲁迅

6 汉乐府诗

一、作者简介

两汉乐府诗是指由朝廷乐府系统或相当于乐府职能的音乐管理机关搜集、保存而流传下来的汉代诗歌。现存两汉乐府诗的作者涵盖了从帝王到平民各阶层，有的作于庙堂，有的采自民间，像司马相如这样著名的文人也曾参与乐府歌诗的创作。《汉书·艺文志》著录西汉歌诗28家，314篇，基本都是乐府诗。现在能见到的两汉乐府诗，可以认定是西汉的作品有《大风歌》《安世房中歌》17章、《郊祀歌》19章、《铙歌》18首，以及另外为数不多的几首民歌，其他乐府诗都作于东汉。

二、名著概要

乐府是自秦代以来设立的配置乐曲、训练乐工和采集民歌的专门官署，汉乐府是指由汉时乐府机关所采制的诗歌。这些诗，原本在民间流传，经由乐府保存下来，汉人叫做"歌诗"，魏晋时始称"乐府"或"汉乐府"。后世文人仿此形式所作的诗，亦称"乐府诗"。

两汉乐府诗都是创作者有感而发，具有很强的针对性。激发乐府诗作者创作热情和灵感的是日常生活中的具体事件，乐府诗所表现的也是人们普遍关心的敏感问题，道出了那个时代的苦与乐、爱与恨，以及对于生与死的人生态度。两汉乐府诗的作者来自不同阶层，诗人的笔触深入到社会生活的各个层面，因此，社会成员之间的贫富悬殊、苦乐不均在诗中得到充分的反映。相和歌词中的《东门行》《妇病行》《孤儿行》表现的都是平民百姓的疾苦，是来自社会最底层的呻吟呼号。两汉乐府诗在表现平民百姓疾苦时，兼顾到表现对象物质生活的饥寒交迫和精神、情感世界的严重创伤。尤其可贵的是，诗的作者对于这些在死亡边缘挣扎的平民百姓寄予深切的同情，是以恻隐之心申诉下层贫民的不幸遭遇。

同是收录在相和歌词中的《鸡鸣》《相逢行》《长安有狭斜行》三诗，与《东门行》等三篇作品迥然有别，它们展示的是与苦难完全不同的景象，把人带进另一个天地。这三首诗基本内容相同，都是以富贵之家为表现对象；三首诗的字句也多有重复，最初当是出自同一母体。

汉乐府诗还对男女两性之间的爱与恨作了直接的坦露和表白。爱情婚姻题材的作品在两汉乐府诗中占有较大比重，这些篇目多是来自民间，或是出自下层文人之手，因此，在表达婚恋方面的爱与恨时，都显得大胆泼辣，毫不掩饰。鼓吹曲辞收录的《上邪》系铙歌18篇之一，是女子自誓之词。另一篇铙歌《有所思》反映的是未婚女子那种由爱到恨的变化及其表现。《孔雀东南飞》所写的是另一类型的爱与恨：男女主人公为了恩爱的夫妻之情不被外力所拆散，而双双殉情，用以反抗包办的婚姻，同时也表明了他们至死不渝的爱情。这一类作品还有《陌上桑》和《羽林郎》等。

《薤露》《蒿里》是汉代流行的丧歌，送丧时所唱，都收录在相和歌辞中。两汉乐府诗坦率地传达了人们对死亡的厌恶之情，同时又以虚幻的形式把乐生愿望寄托在与神灵的沟通上。两汉乐府诗在表达长生幻想时，有时还写神界的精灵来到人间，和创作者生活在同一世界。

两汉乐府诗在表现世间的苦与乐、两性关系的爱与恨时，受《诗经》影响较深，有国风、小雅的余韵；而在抒发乐生恶死愿望时，主要是继承楚文化的传统，是《庄子》《离骚》的遗响。

三、作品导读

两汉乐府诗中有叙事诗，也有抒情诗，而以叙事诗的成就更为突出。《诗经》《楚辞》基本都是抒情诗，抒情过程中也时而穿插叙事，但叙事附属于抒情。两汉乐府叙事诗的出现，标志我国古代叙事诗的成熟。

两汉乐府诗都是"感于哀乐、缘事而发"的，创作的主体在选择叙事对象时，善于发现富有诗意的镜头，及时摄入画面。酒店是人来人往、熙熙攘攘的热闹场所，饮食服务自古以来就是社会的窗口行业，尤其是酒店的女人，更是引人注目的对象，许多故事都发生在她们身上。两汉乐府诗有两篇以酒店妇女为主角，一篇是《陇西行》，另一篇是辛延年的《羽林郎》。收录在古诗类的《上山采蘼芜》实际是乐府诗，写的是弃妇与故夫的邂逅。《艳歌何尝行》以鹄喻人，写的是一个突发事件。两汉乐府诗作者在选择叙事题材时，表现出明显的尚奇倾向。

两汉乐府叙事诗多数具有比较完整的情节，而不限于撷取一两个生活片段，那些有代表性的作品都是讲述一个有头有尾的情节、有连续情节的故事。《妇病行》有临终托孤、沿街乞讨、孤儿啼索等场面，中间又穿插许多细节。《孤儿行》通过行贾、行汲、收瓜、运瓜等诸多劳役，突出孤儿苦难的命运。《孔雀东南飞》的故事情节更是跌宕起伏。

两汉乐府叙事在刻画人物方面也取得了很大成就，塑造出一批栩栩如生的形象，他们各具特点，绝无雷同。秦罗敷和胡姬都是反抗强暴的女性，秦罗敷以机智的言词戏弄向她求婚的使君，演出一场幽默的喜剧；胡姬则是以生命抗拒羽林郎的调戏，具有悲剧主角的品格。一个聪明多智，一个刚烈坚贞，显示出两种不同的气质和性格。至于《孔雀东南飞》中出现的人物群像，更是个个肖其声情。刘兰芝的刚强、焦仲卿的忠厚、焦母的蛮横、刘兄的势利眼，以及太守府求婚使者的傲慢，无不刻画得惟妙惟肖，入木三分。诗人在塑造人物形象时，运用了个性化的对话，注意细节的描写，善于利用环境或景物衬托。

两汉乐府叙事诗的娴熟技巧，还体现为叙事详略得当，繁简有法。大体遵循以下规则：详于叙事而略于抒情；铺陈场面、详写中间过程而略写首尾始末；详写服饰仪仗而略写容貌形体。

两汉乐府有多首寓言诗，是汉乐府叙事诗的重要组成部分，以寓言的形式叙事，成为两汉乐府诗的一个特点。

两汉乐府诗对中国古代诗歌样式的嬗革起到了积极的推动作用，实现了由四言诗向杂言诗和五言诗的过渡。两汉乐府诗最初是配乐演唱的。汉代乐府诗歌的曲调来源是多方面的，除了中土各地的乐曲外，还有来自少数民族的歌曲，鼓吹曲辞收录的铙歌18首就是配合北狄西域之乐演唱的。对乐府诗体产生重大影响的乐曲除楚声和北狄西域乐外，还有中土流行的五言歌谣。从西汉五言歌谣到乐府五言诗，再到文人五言诗，这是早期五言诗发展的基本轨迹。

四、精彩文段

战　城　南

战城南，死郭北，野死不葬乌可食。为我谓乌："且为客豪！野死谅不葬，腐肉安能去子逃!"水深激激，蒲苇冥冥；枭骑战斗死，驽马徘徊鸣。梁筑室，何以南？何以北？禾黍不获君何食？愿为忠臣安可得？思子良臣，良臣诚可思：朝行出攻，暮不夜归！

有 所 思

有所思，乃在大海南。何用问遗君？双珠瑇瑁簪，用玉绍缭之。闻君有他心，拉杂摧烧之。摧烧之，当风扬其灰。从今以往，勿复相思，相思与君绝！鸡鸣狗吠，兄嫂当知之。妃呼豨！秋风肃肃晨风飔，东方须臾高知之。

上 邪

上邪！我欲与君相知，长命无绝衰。山无陵，江水为竭，冬雷震震夏雨雪，天地合，乃敢与君绝！

江 南

江南可采莲，莲叶何田田。鱼戏莲叶间，鱼戏莲叶东，鱼戏莲叶西，鱼戏莲叶南，鱼戏莲叶北。

饮马长城窟行

青青河畔草，绵绵思远道。远道不可思，宿昔梦见之。梦见在我傍，忽觉在他乡。他乡各异县，辗转不相见。枯桑知天风，海水知天寒。入门各自媚，谁肯相为言。

客从远方来，遗我双鲤鱼。呼儿烹鲤鱼，中有尺素书。长跪读素书，书中竟何如。上言加餐食，下言长相忆。

十五从军征

十五从军征，八十始得归。道逢乡里人："家中有阿谁？""遥看是君家，松柏冢累累。"兔从狗窦入，雉从梁上飞。中庭生旅谷，井上生旅葵。舂谷持作饭，采葵持作羹。羹饭一时熟，不知饴阿谁。出门东向看，泪落沾我衣。

上山采蘼芜

上山采蘼芜，下山逢故夫。长跪问故夫："新人复何如？""新人虽言好，未若故人姝。颜色类相似，手爪不相如。""新人从门入，故人从阁去。""新人工织缣，故人工织素。织缣日一匹，织素五丈余，将缣来比素，新人不如故。"

五、名家点评

1. （《孔雀东南飞》）淋淋漓漓，反反复复，杂述十数人口中语，而各肖其声音面目，岂非化工之笔！——沈德潜《古诗源》（卷四）

2. 汉乐府民歌，乃闾巷谣讴。远自汉末，便已步入文坛，魏晋已还，人争效尤，影响所及，实开一代新风。——姚大业

3. 如果文学中有所谓正统的话，无疑诗是中国文学的正统，即在两汉也非例外。以产量论，赋在当时诚然居第一位，若论到质，则远不如诗，因之两汉文学的真实价值在诗而不在赋。……反之，汉诗却仅进了一步的三百篇，只要排除了儒生们势利眼的尊经心理，我们当承认三百篇的文艺价值早已被超过了。建安以后不必论，因为那属于另一个文学的纪元，拿它和三百篇并论，根本是不公平的。……建安以前，概括地说，是一个无主名的诗人时期，诗在当时也可说是社会的而非个人的产品。这样一个时期，与建安以后相对照，我们称之为古代。就作品说，"古代"的诗大体是歌曲，"近代"的诗才是诗。——闻一多

7 世 说 新 语

（南朝宋）刘义庆

一、作者简介

刘义庆（403—444），彭城（今江苏徐州）人，南朝宋代文学家。刘义庆是宋宗室，宋武帝刘裕的侄子，在诸王中颇为出色，且十分被看重。袭封临川王，曾任荆州刺史等官职，在政八年。后任江州刺史，到任一年，因同情贬官王义康而触怒宋文帝，责调回京，改任南京州刺史、都督加开府仪同三司。不久，以病告退，元嘉21年死于建康（今南京）。刘义庆自幼才华出众，爱好文学。除《世说新语》外，还有志怪小说《幽明录》《宣验记》等。《世说新语》是由他组织一批文人编写的。

京尹时期（15～30岁）　刘义庆自16岁以来一路平步青云，任秘书监一职时，掌管国家的图书著作，有机会接触与博览皇家的典籍，为《世说新语》的编撰奠定了良好的基础。27岁升任尚书左仆射（相当于副宰相），位极人臣，但他的伯父刘裕首开篡杀之风，使得宗室间互相残杀，因此刘义庆也惧有不测之祸，29岁便乞求外调，解除左仆射一职。

荆州时期（30～37岁）　刘义庆担任荆州刺史，荆州地广兵强，是长江上游的重镇，在此过了八年安定的生活。

江南时期（37～42岁）　刘义庆担任江州刺史与南兖州刺史，38岁开始编撰《世说新语》，与当时的文人、僧人往来频繁。42岁病逝于京师。刘义庆尊崇儒学，晚年好佛，是"为性简素，寡嗜欲，爱好文义"的人。他一生虽历任要职，但政绩却乏善可陈，除了本身个性不热衷外，最重要的原因就是不愿意卷入刘宋皇室的权力斗争。

二、名著概要

《世说新语》原名《世说》，因汉代刘向曾经著《世说》（原书亡佚），后人将此书与刘向所著相别，取又名《世说新书》，大约宋代以后才改称《世说新语》。《世说新语》是中国魏晋南北朝时期"笔记小说"的代表作，为言谈、轶事的笔记体短篇小说。它采用文言，篇幅短小，记录魏晋名士的逸闻轶事和玄言清谈或其只言片语，可以说这是一部记录魏晋风流的故事集。它在故事情节的叙述、人物性格的描写等方面都已初具规模，是"志人"小说的代表，在我国小说史上具有重要地位。

《世说新语》根据其内容可分为德行、言语、政事、文学、方正、雅量、识鉴、赏誉等36门（先分上、中、下三卷）。在《世说新语》的三卷36门中，上卷四门：德行、言语、政事、文学；中卷九门：方正、雅量、识鉴、赏誉、品藻、规箴、捷悟、夙慧、豪爽，这13门都是正面的褒扬。至于下卷23门，情况就比较复杂了。有的褒扬之意比较明显，如容止、自新、贤媛；有的看似有贬义，如任诞、简傲、俭啬、忿狷、溺惑，但也不尽是贬责；有的是贬责，如"谗险"中的四条，以及"汰侈"中的一些条目。也有许多条目只是写某种真情的流露，并无所谓褒贬。既是真情的流露，也就是一种风流的表现，所以编撰者津津有味地加以叙述。每门有若干则故事，全书共有1200多则，每则文字长短不一，有的数行，有的只三言两语，由此可见笔记小说"随手而记"的诉求及特性。《世说新语》的内容主要是记载东汉后期到晋宋间一些名士的言行与轶事。从全书内容看，一是记述优秀人物的美好品德，二是暴露魏晋统治者残忍的本性和奢侈的生活，三是表现当时"名士"放荡不羁的生活态度。书中所载均属历史上实有的人物，但他们的言论或故事则有一部分出于传闻，不尽符合史实。此书中相当多的篇幅系杂采众书而成，如《规箴》《贤媛》等篇所载个别西汉人物的故事，采自《史记》和《汉书》，其他部分也多采自于前人的记载。一些晋宋人物间的故事，如《言语篇》记谢灵运和孔淳之的对话等则因这些人物与刘义庆同时而稍早，可能采自当时的传闻。

从这部书的思想内容来看，全书没有一个统一的思想，既有儒家思想，又有道家思想和佛家思想，可能是因为出自多人之手，刘义庆召集的文学之士很可能都参加了该书的编撰。纵观全书，可以得到魏晋时期几代士人的群像。通过这些人物形象，可以进而了解那个时代上层社会的风尚。

三、作品导读

《世说新语》一书描写的人物众多，《世说新语》及刘孝标注涉及各类人物共 1500 多个。魏晋两朝主要的人物，无论帝王、将相，或者隐士、僧侣，都包括在内。《世说新语》中对人物的描写有的重在形貌，有的重在才学，有的重在心理，但都集中到一点，就是重在表现人物的特点，通过独特的言谈举止写出了独特人物的独特性格，使之气韵生动、活灵活现、跃然纸上。如《俭啬》中所记述："王戎有好李，卖之，恐人得其种，恒钻其核。"仅用 16 个字，就写出了王戎的贪婪吝啬的本性。又如《雅量》记述顾雍在群僚围观下棋时，得到丧子噩耗，竟强压悲痛，"虽神气不变，而心了其故。以爪掐掌，血流沾褥"。一个细节就生动地表现出顾雍的个性。《世说新语》刻画人物形象，表现手法灵活多样。有的通过同一环境中几个人的不同表现形成对比，如《雅量》中记述谢安和孙绰等人泛海遇到风浪，谢安"貌闲意说"，镇静从容，孙绰等人却"色并遽""喧动不坐"，显示出谢安临危若安的"雅量"。有的则抓住人物性格的主要特征作漫画式的夸张，如《忿狷》中绘声绘色地描写王述吃鸡蛋的种种蠢相来表现他的性急："王蓝田性急。尝食鸡子，以箸刺之，不得，便大怒，举以掷地。鸡子于地圆转未止，仍下地以屐齿蹍之，又不得，瞋甚，复于地取内口中，啮破即吐之。"有的运用富于个性的口语来表现人物的神态，如《赏誉》中王导"以麈尾指坐"，叫何充共坐说："来，来，此是君从！"生动地刻画出王导对何充的器重。《世说新语》虽然没有虚构，但一定有所提炼，这番提炼就是小说的写作艺术。《世说新语》的语言简约含蓄，隽永传神，透出种种机智和幽默。有许多广泛应用的成语便是出自此书，例如：难兄难弟、拾人牙慧、咄咄怪事、一往情深等。

《世说新语》对后世有着十分深刻的影响，不仅模仿它的小说不断出现，而且不少戏剧、小说也都取材于它。

四、精彩文段

割 席 分 坐

管宁，华歆共园中锄菜。见地有片金，管挥锄与瓦石不异，华捉而掷去之。又尝同席读书，有乘轩冕过门者，宁读如故，歆废书出观。宁割席分坐，曰："子非吾友也。"（《世说新语·德行第一》）

不 卖 的 卢

庾公乘马有的卢，或语令卖去。庾云："卖之必有买者，即复害其主。宁可不安己而移

于他人哉？昔孙叔敖杀两头蛇以为后人，古之美谈，效之，不亦达乎？"（《世说新语·德行第一》）

纯孝之报

吴郡陈遗，家至孝，母好食铛底焦饭。遗作郡主簿，恒装一囊，每煮食，辄贮录焦饭，归以遗母。后值孙恩贼出吴郡，袁府君即日便征，遗已聚敛得数斗焦饭，未展归家，遂带以从军。战于沪渎，败。军人溃散，逃走山泽，皆多饥死，遗独以焦饭得活。时人以为纯孝之报也。（《世说新语·德行第一》）

覆 巢 之 下

孔融被收，中外惶怖。时融儿大者九岁，小者八岁。二儿故琢钉戏，了无遽容。融谓使者曰："冀罪止于身，二儿可得全不？"儿徐进曰："大人岂见覆巢之下，复有完卵乎？"寻亦收至。（《世说新语·言语第二》）

柳 絮 因 风

谢太傅寒雪日内集，与儿女讲论文义。俄而雪骤，公欣然曰："白雪纷纷何所似？"兄子胡儿曰："撒盐空中差可拟。"兄女曰："未若柳絮因风起。"公大笑乐。即公大兄无奕女，左将军王凝之妻也。（《世说新语·言语第二》）

鱼 鸟 何 依

顾长康拜桓宣武墓，作诗云："山崩溟海竭，鱼鸟将何依！"人问之曰："卿凭重桓乃尔，哭之状其可见乎？"顾曰："鼻如广莫长风，眼如悬河决溜。"或曰："声如震雷破山，泪如倾河注海。"（《世说新语·言语第二》）

临 刑 奏 琴

嵇中散临刑东市，神气不变。索琴弹之，奏《广陵散》。曲终曰："袁孝尼尝请学此散，吾靳固未与。《广陵散》于今绝矣？"太学生三千人上书，请以为师，不许。文王亦寻悔焉。（《世说新语·雅量第六》）

儿 辈 破 贼

谢公与人围棋，俄而谢玄淮上信至。看书竟，默然无言，徐向局。客问淮上利害。答曰："小儿辈大破贼。"意色举止，不异于常。（《世说新语·雅量第六》）

杨 修 拆 门

杨德祖为魏武主簿，时作相国门，始构榱桷（cuī jué），魏武自出看，使人题门作"活"字，便去。杨见，即令坏之。既竟，曰："门中'活'，'阔'字。王正嫌门大也。"（《世说新语·捷悟第十一》）

不 见 长 安

晋明帝数岁，坐元帝膝上。有人从长安来，元帝问洛下消息，潸然流涕。明帝问何以致泣，具以东渡意告之。因问明帝："汝意谓长安何如日远？"答曰："日远。不闻人从日边来，居然可知。"元帝异之。明日集群臣宴会，告以此意，更重问之。乃答曰："日近。"元帝失色，曰："尔何故异昨日之言邪？"答曰："举目见日，不见长安。"（《世说新语·夙惠第十二》）

脱 衣 裸 形

刘伶恒纵酒放达，或脱衣裸形在屋中，人见讥之。伶曰："我以天地为栋宇，屋室为裈（kūn）衣，诸君何为入我裈中？"《世说新语·任诞第二十三》

兴 尽 而 返

王子猷居山阴，夜大雪。眠觉，开室，命酌酒。四望皎然，因起彷徨，咏左思《招隐诗》。忽忆戴安道，时戴在剡，即便夜乘小船就之。经宿方至，造门不前而返。人问其故，王曰："吾本乘兴而行，兴尽而返，何必见戴?"《世说新语·任诞第二十三》

望 梅 止 渴

魏武行役，失汲道，军皆渴，乃令曰："前有大梅林，饶子，甘酸，可以解渴。"士卒闻之，口皆出水，乘此得及前源。(《世说新语·假谲第二十七》)

五、名家点评

1. 《世说》虚也，疑《世说》穿凿也。——（南朝）刘孝标

2. 记言则玄远冷隽，记行则高简瑰奇。名士的教科书。——鲁迅

3. 读其语言，晋人面目气韵，恍惚生动，而简约玄澹，真致不穷。——（明）胡应麟《少室山房笔丛》（卷十三）

8 唐 传 奇

一、作者简介

晚唐陈翰采录唐传奇的许多优秀篇章，编成《异闻集》10卷，原书已佚，其中一部分为《太平广记》所采录。宋初李昉等所编《太平广记》500卷，分类编纂汉、魏以迄宋初的小说、野史、杂记等，取材宏富，是保存汉魏六朝和唐代小说的渊薮。明清时代所编的《说海》《五朝小说》《唐人说荟》等书，则往往"妄制篇目，改题撰人"（鲁迅《唐宋传奇集序例》），不可凭信。"五四"以后，鲁迅据《文苑英华》《太平广记》等书，去伪存真，专采唐、宋单篇传奇为《唐宋传奇集》一书，末附《稗边小缀》，对所收各篇传奇及其作者进行考订，把这方面的整理研究工作引入科学化的道路。后汪辟疆又编《唐人小说》一书，除单篇外，还选录了一部分专集中的代表作品，各篇均有说明考订，可与《唐宋传奇集》相辅并行。唐传奇的专集，今人亦在分别加以校点整理中，已经出版的有《博异志》《集异记》《传奇》等。

二、名著概要

唐传奇是指唐代流行的文言小说，作者大多以记、传名篇，以史家笔法，传奇闻异事。

中国小说在魏晋南北朝时期还处于萌芽阶段，当时大量的是记述神灵鬼怪的志怪小说，少数记人事的小说如《世说新语》，则多记上层人士的谈吐和轶事。这些小说，大抵篇幅短小，文笔简约，缺少具体的描绘。到唐代传奇产生，情况有了很大的改变。唐传奇的内容除部分记述神灵鬼怪外，大量记载人间的各种世态，人物有上层的，也有下层的，反映面较过去远为广阔，生活气息也较为浓厚。唐传奇的出现，标志着中国古代短篇小说的成熟。宋洪迈说他把唐传奇同唐诗相提并论，给予很高的评价。

唐传奇的发展过程历经前期、中期和后期三个阶段。

初、盛唐时代为发轫期，也是由六朝志怪小说到成熟的唐传奇之间的一个过渡阶段，作品数量少，艺术表现上也不够成熟。

中唐时代是传奇发展的兴盛期，名家名作蔚起，唐传奇的大部分作品都产生在这个时期。这个时期的繁荣还与此时期特殊的社会风尚紧相关联。中唐时期，通俗的审美趣味由于变文、俗讲的兴盛而进入士人群落，传奇在很大程度上已为人们所接受和欣赏，已经有了广大的接受群。

唐传奇在经过发轫期的准备、兴盛期的极度发展之后，终于在晚唐时开始退潮，出现了由盛转衰的局面。

三、作品导读

从内容题材上看，唐传奇大致可分为神怪、爱情、历史、侠义诸类，其中有些作品内容交叉，如神怪兼爱情类的题材就很多，其他题材也有结合的。

神怪类

讲的是神仙鬼怪一类的故事。题材虽沿袭六朝志怪小说的传统，但内容、形式都具有新的特色。沈既济的《枕中记》、李公佐的《南柯太守传》，分别写卢生、淳于梦于梦中位极宰相，权势赫，梦醒觉悟，皈依宗教。主题为表现人世荣华富贵如梦境之空虚，不足凭恃。题材皆受南朝志怪小说《幽明录》中《焦湖庙祝》的影响。但《焦湖庙祝》全文仅百余字，写杨林在枕中婚宦得意之事不过数十字，叙述简略；《枕中》《南柯》两篇则篇幅较长，描绘具体，委曲细致，显示出"施之藻绘，扩其波澜"的特色。而且由于把梦境中的仕途荣遇与波折铺叙得淋漓尽致，也间接反映了当时朝廷和官场的某些情况，具有一定的现实意义。此外，《古岳渎经》《庐江冯媪传》《三梦记》《周秦行纪》等，或述神鬼，或记奇梦，也属于这一类。

神怪兼爱情类

沈既济的《任氏传》，写狐精化为美女任氏，与贫士郑六同居，任氏不仅艳丽非凡，善良聪慧，并能抗御强暴，形象动人，为后世《聊斋志异》等着重写狐精故事的先导，故事文笔也较其《枕中记》更为细腻。陈玄佑的《离魂记》，写张倩娘为了追随爱人王宙，魂魄与躯体相离。李朝威的《柳毅传》，写书生柳毅传书搭救洞庭龙女脱离困境后，几经曲折，终于与龙女结为夫妇，情节离奇，性格鲜明，铺叙细致，文辞华艳，为唐传奇中的杰作。李景亮的《李章武传》，写李章武与华州街坊妇女王氏一度热恋，王氏病故后，鬼魂与重游旧地、夜居其宅的李章武追叙欢情。汪辟疆称其叙述"文笔婉曲，凄艳感人"，并谓《聊斋志异》专学此种笔法（《唐人小说》）。这些篇章，实际写的都是以爱情婚姻为主的人情世态，如果剥去其神怪外衣，就是优秀的爱情小说，另外，沈亚之的《湘中怨解》《异梦录》《秦梦记》三篇，也属这一类作品。叙事虽较简约，但多诗歌，饶有韵致，表现出作者飘渺的情思。

爱情类

除上述以神怪形式出现的爱情故事外，还有一些专写人间爱情的传奇。如许尧佐的《柳氏传》，写诗人韩翊（一作"韩翃"）与柳氏相爱，经动乱离散，最后团圆的故事。此事也见于孟棨的《本事诗》，当为实事。又如白行简的《李娃传》，写荥阳大族郑生热恋长安倡女李娃，屡经波折，几经丧生，终获美好结局。蒋防的《霍小玉传》，写陕西李益与长安倡家霍小玉相爱，后登第授官，遂致负心。这两篇传奇，都以世族子弟与妓女的恋爱为题材，有其现实意义。唐代士人以娶名门女子为荣，因这种联姻有利于仕进和提高社会地位。世族子弟溺爱倡妓，一般说来只能是暂时的风流韵事。李娃在郑生登第授官后，要求离去，并劝郑生"当结媛鼎族"。霍小玉也自知与李益的同居生活不能持久，只求暂度八年，当李益满30岁时，再"妙选高门"。这里反映了森严的阶级界限与真挚爱情之间的深刻矛盾。两篇传奇的主要人物性格鲜明突出，情节曲折，波澜起伏，文笔细腻生动，与《南柯太守传》《柳毅传》《虬髯客传》等篇，共同标志着唐传奇艺术的高峰。在这类作品中，元稹的《莺莺传》也很著名，篇中刻画莺莺性格尤为深刻细致。

历史类

以陈鸿的《长恨歌传》和《东城老父传》为代表。《长恨歌传》前半写唐玄宗宠幸杨贵妃，朝政腐败，招致安史之乱，暴露了玄宗后期的黑暗现实。后半写杨贵妃死后，玄宗日夜思念，有蜀地方士为至蓬莱仙山访得杨贵妃，故事纯出虚构，但叙述宛曲，富有情致。同时有白居易所作《长恨歌》与传文相配合。《东城老父传》写的是贾昌少年时以善于斗鸡得玄宗爱幸，声势赫，从侧面反映了玄宗后期的荒淫生活。后安史乱起，昌家道中落，依佛寺为生。文中写斗鸡一段较生动，但大部分叙述质直，不及《长恨歌传》文采斐然。唐玄宗当国近50年，是唐代由盛转衰的一个关键性历史人物。他前期励精图治，英明有为；后期迷信方士，沉溺女色，信用奸佞，招致祸乱。他又长于诗歌音乐，富有才艺，因此关于他和开元天宝年间人物事件的传说特别多。唐人诗文、笔记、小说中也有许多有关他的歌咏和记载。小说除上述陈鸿二传外，尚有吴兢的《开元升平源》（一说陈鸿作），郭湜的《高力士外传》等，但文笔都较朴直，缺少文学性。

侠义类

这类小说在唐中期还较少。李公佐的《谢小娥传》是写谢小娥的父亲、丈夫为盗申兰、申春所杀，小娥女扮男装，佣于申兰家，终于设计杀兰擒春，表现了智勇俱备的侠义精神。沈亚之的《冯燕传》，写的是冯燕与滑州将张婴妻私通，后婴妻授刀于冯令杀其夫，冯怒其不义而杀之，及闻婴为此蒙屈将戮，复挺身出而自首，也表现了犯法后勇于承担责任的豪侠作风。此外，如《柳毅传》中的钱塘君，《柳氏传》中的许俊，《霍小玉传》中的黄衫客，也都属于侠义一类人物，但在全篇中不是主要角色。这类小说在唐晚期有较大的发展。

综上所述，唐传奇的内容丰富多彩，反映的社会生活面较广，有的表现了男女情人的悲欢离合及社会原因，有的通过幻想形式反映了人们对幸福生活的美好理想，有的暴露了上层社会的种种丑恶现象，有的歌颂了见义勇为，反抗强暴的豪侠行为，大都具有积极意义。唐传奇也包含着许多思想糟粕，如宣传鬼神迷信和宿命论，宣扬女人是尤物、祸水，赞美出于个人感恩而为主子效忠的行径等，应注意鉴别。

四、精彩文段

南柯太守传

东平淳于棼，吴楚游侠之士。嗜酒使气，不守细行。累巨产，养豪客。曾以武艺补淮南军裨将，因使酒忤帅，斥逐落魄，纵诞饮酒为事。家住广陵郡东十里。所居宅南有大古槐一株，枝干修密，清阴数亩。淳于生日与群豪，大饮其下。贞元七年九月，因沉醉致疾。时二友人于坐扶生归家，卧于堂东庑之下。二友谓生曰："子其寝矣！余将秣马濯足，俟子小愈而去。"生解巾就枕，昏然忽忽，仿佛若梦。见二紫衣使者，跪拜生曰："槐安国王遣小臣致命奉邀。"生不觉下榻整衣，随二使至门。见青油小车，驾以四牡，左右从者七八，扶生上车，出大户，指古槐穴而去。使者即驱入穴中。生意颇甚异之，不敢致问。忽见山川风候草木道路，与人世甚殊。前行数十里，有郛郭城堞。车舆人物，不绝于路。生左右传车者传呼甚严，行者亦争辟于左右。又入大城，朱门重楼，楼上有金书，题曰："大槐安国。"执门者趋拜奔走。旋有一骑传呼曰："王以驸马远降，令且息东华馆。"因前导而去。

俄见一门洞开，生降车而入。彩槛雕楹，华木珍果，列植于庭下；几案茵褥，帘帏肴膳，陈设于庭上。生心甚自悦。复有呼曰："右相且至。"生降阶祗奉。有一人紫衣象简前趋，宾主之仪敬尽焉。右相曰："寡君不以弊国远僻，奉迎君子，托以姻亲。"生曰："某以贱劣之躯，岂敢是望。"右相因请生同诣其所。行可百步，入朱门。矛戟斧钺，布列左右，军吏数百，辟易道侧。生平生酒徒周弁者，亦趋其中。生私心悦之，不敢前问。右相引生升广殿，御卫严肃，若至尊之所。见一人长大端严，居正位，衣素练服，簪朱华冠。生战栗，不敢仰视。左右侍者令生拜。王曰："前奉贤尊命，不弃小国，许令次女瑶芳，奉事君子。"生但俯伏而已，不敢致词。王曰："且就宾宇，续造仪式。"有旨，右相亦与生偕还馆舍。生思念之，意以为父在边将，因殁虏中，不知存亡。将谓父北蕃交通，而致兹事。心甚迷惑，不知其由。是夕，羔雁币帛，威容仪度，妓乐丝竹，肴膳灯烛，车骑礼物之用，无不咸备。有群女，或称华阳姑，或称青溪姑，或称上仙子，或称下仙子，若是者数辈。皆侍从数千，冠翠凤冠，衣金霞帔，彩碧金钿，目不可视。遨游戏乐，往来其门，争以淳于郎为戏弄。风态妖丽，言词巧艳，生莫能对。复有一女谓生曰："昨上巳日，吾从灵芝夫人过禅智寺，于天竺院观石延舞《婆罗门》。吾与诸女坐北牖石榻上，时君少年，亦解骑来看。君独强来亲洽，言调笑谑。吾与穷英妹结绛巾，挂于竹枝上，君独不忆念之乎？又七月十六日，吾于孝感寺侍上真子，听契玄法师讲《观音经》。吾于讲下舍金凤钗两只，上真子舍水犀合子一枚。时君亦讲筵中于师处请钗合视之。赏叹再三，嗟异良久。顾余辈曰：'人之与物，皆非世间所有。'或问吾氏，或访吾里。吾亦不答。情意恋恋，瞩盼不舍。君岂不思念之乎？"生曰："中心藏之，何日忘之。"群女曰："不意今日与君为眷属。"复有三人，冠带甚伟，前拜生曰："奉命为驸马相者。"中一人与生且故。生指曰："子非冯翊田子华乎？"田曰："然。"生前，执手叙旧久之。生谓曰："子何以居此？"子华曰："吾放游，获受知于右相武成侯段公，因以栖托。"生复问曰："周弁在此，知之乎？"子华曰："周生，贵人也。职为司隶，权势甚盛，吾数蒙庇护。"言笑甚欢。俄传声曰："驸马可进矣。"三子取剑佩冕服，更衣之。子华曰："不意今日获睹盛礼，无以相忘也。"有仙姬数十，奏诸异乐，婉转清亮，曲调凄悲，非人间之所闻听。有执烛引导者，亦数十。左右见金翠步障，彩碧玲珑，不断数里。生端坐车中，心意恍惚，甚不自安。田子华数言笑以解之。向者群女姑娣，各乘凤翼辇，亦往来其间。至一门，号"修仪宫"。群仙姑娣亦纷然在侧，令生降车辇拜，揖让升降，一如人间。撤障去扇，见一女子，云号"金枝公主"。年可十四五，俨若神仙。交欢之礼，颇亦明显。生自尔情义日洽，荣曜日盛，出入车服，游宴宾御，次于王者。王命生与群寮备武卫，大猎于国西灵龟山，山阜峻秀，川泽广远，林树丰茂，飞禽走兽，无不蓄之。师徒大获，竟夕而还。生因他日，启王曰："臣顷结好之日，大王云奉臣父之命。臣父顷佐边将，用兵失利，陷没胡中。尔来绝书信十七八岁矣。王既知所在，臣请一往拜观。"王遽谓曰："亲家翁职守北土，信问不绝。卿但具书状知闻，未用便去。"遂命妻致馈贺之礼，一以遣之。数夕还答。生验书本意，皆父平生之迹。书中忆念教诲，情意委曲，皆如昔年。复问生亲戚存亡，闾里兴废。复言路道乖远，风烟阻绝。词意悲苦，言语哀伤。又不令生来觐，云："岁在丁丑，当与汝相见。"生捧书悲咽，情不自堪。他日，妻谓生曰："子岂不思为政乎？"生曰："我放荡不习政事。"妻曰："卿但为之，余当奉赞。"妻遂白于王。累日，谓生曰："吾南柯政事不理，太守黜废。欲籍卿才，可曲屈之。便与小女同行。"生敦授教命。王遂敕有司备太守行李。因出金玉锦绣，箱奁仆妾车马，列于广衢，以饯公主之行。生少游侠，曾不敢有望，至是甚悦。因上表曰："臣将门余子，素无艺术，猥当大任，必败朝章。自悲负乘，坐致覆𫗧。今欲广求贤哲，以赞不逮。伏见司隶颍川周弁，忠亮刚直，守法不回，有毗佐之器。处士冯翊田子华，清慎通变，达政化之源。二人与臣有十年之旧，备知才用，可托政事。周请署南柯司宪，田请署司农。庶使臣政绩有闻，宪章不紊也。"王并依表以遣之。其夕，王与夫人饯于国南。王谓生曰："南柯国之大郡，土地丰壤，人物豪盛，非惠政不能以治之。况有周田二赞。卿其勉之，以副国念。"夫人戒公主曰："淳于郎性刚好酒，加之少年。为妇之道，贵乎柔顺。尔善事之，吾无忧矣。南柯虽封境不遥，晨昏有间。今日睽别，宁不沾巾。"生与妻拜首南去，登车拥骑，言笑甚欢。累夕达郡。郡有官吏，僧道，耆老，音乐，车舆，武卫，銮铃，争来迎奉。人物阗咽，钟鼓喧哗，不绝十数里。见雉堞台观。佳气郁郁。入大城门，门亦有大榜，题以金字，曰"南柯郡城"。见朱轩称、重复、变化的地方。节奏本是异中有同，同中有异，律诗的平仄式也不外这个理。即使不懂平仄的人只默诵或朗吟这两个平仄式，也会觉得顺口顺耳；但这种顺口顺耳是音乐性的，跟古体诗不同，就像语言跟音乐不同一样。律诗既有平仄式，就只能有八句，五律是四十字，七律是五十六字——排律不限句数。绝句的平仄式照律诗减半——七绝照七律的前四句——就是只有一组节奏。这里所举的平仄式只是最基本的，其中有种种重复的变化。懂得平仄的自然渐渐便会明白；不懂平仄的，只要多读、熟读、多朗吟，也能欣赏那些声调变化的好处，恰像听戏多的人不懂板眼也能分别唱的好坏，不过不大精确就是了。律诗还有一项规律，就是中四句得两两对偶。

初学人读诗，往往给典故难住。他们一回两回不懂，便望而生畏，因畏而懒，这会断了他们到诗去的路。所以需要注释。但典故多半是历史的比喻和神仙的比喻；用典故跟用比喻往往是一个理，并无深奥可畏之处。不过比喻多取材于眼前的事物，容易了解些罢了。广义的比喻连典故在内，是诗的主要的生命素；诗的含蓄、诗的多义、诗的暗示力，主要建筑在广义的比喻上。那些取材于经验和常识的比喻———一般所谓比喻只指这些——，可以称为事物的比喻，跟历史的比喻、神仙的比喻是鼎足而三。这些比喻（广义，后同）都有三个成分：第一，喻依；第二，喻体；第三，意旨。喻依是作比喻的材料，喻体是被比喻的材料，意旨是比喻的用意所在。先从事物的比喻说起。如"天边树若荠"（五古，孟浩然，《秋登兰山寄张五》），荠是喻依，天边树是喻体，登山望远树，只如荠菜一般，只见树的小和山的高，是意旨。意旨却没有说出。事物的比喻虽然取材于经验和常识，却得新鲜，才能增强情感的力量，这需要创造的工夫。新鲜还得入情入理，才能让读者消化，这需要雅正的品位。

有时全诗是一套事物的比喻，或者一套事物的比喻渗透在全诗里。前者如朱庆余《近试上张水部》：

洞房昨夜停红烛，待晓堂前拜舅姑。
妆罢低声问夫婿，"画眉深浅入时无？"（七绝）

唐代士子应试，先将所作的诗文呈给在朝的知名人士看。若得他赞许宣扬，登科便不难。全诗是新嫁娘的话，她在拜舅姑以前问夫婿，画眉深浅合适否？这是喻依。喻体是近试献诗文给人，朱庆余是在应试以前问张籍，所作诗文合适否？新嫁娘问画眉深浅，为的请夫婿指点，好让舅姑看得入眼。这是全诗的主旨。又，骆宾王《在狱咏蝉》：

西陆蝉声唱，南冠客思深。
那堪玄鬓影，来对白头吟。
露重飞难进，风多响易沉。
无人信高洁，谁为表予心！（五律）

这是闻蝉声而感身世。蝉的头是黑的，是喻体，玄鬓影是喻依，意旨是少年时不堪回首。"露重"一联是蝉，是喻依，喻体是自己，身微言轻的是意旨。读有长序，序尾道："庶情沿物应，衰弱羽之飘零，道寄人知，悯余声之寂寞"正指出这层意旨。"高洁"是蝉，也是人，是自己，这个词是双关的，多义的。

典故只是故事的意思。这所谓故事包罗的却很广大。经史子集等可以说都是的，不过诗文里引用，总以常见的和易知的为主。典故有一部分原是事物的比喻，有一部分是事迹，另一部分是成辞。上文说典故是历史的和神仙的比喻，是专从诗文的一般读者着眼，他们觉得诗文里引用史事和神话或神仙故事的地方最困难。这两类比喻都应该包括那三部分。

引用事迹和成辞不然，得知道出处，才能了解正确。如"圣处无隐者，英灵尽来归。遂令东山客，不得顾采薇。"（五古，王维，《送綦毋潜落第还乡》）。谢安曾隐居会稽东山，东山客是喻依，喻体是綦毋潜，意旨是大才隐处。采薇是伯夷、叔齐的故事，他们义不食周粟，隐于首阳山，采薇而食。采薇是喻依，隐居是喻体，自甘淡泊是意旨。又，"客心洗流水"（五律，李白，《听蜀僧浚弹琴》），流水用伯牙、钟子期的故事，伯牙弹琴，志在流水。钟子期就听出了，道："洋洋乎，若江河！"此诗句是倒装，原是说流水洗客心。流水是喻依，喻体是蜀僧浚的琴曲，意旨是曲调高妙。洗流水又是双关的，多义的。洗是喻依，净是喻体，高妙的琴曲涤净客心的俗虑的意旨。洗流水又是喻依，喻体是客心，听琴而客心清净，像流水洗过一般，是意旨。又，"后来鞍马何逡巡，当轩下马入锦茵。杨花雪落覆白苹，青鸟飞去衔红巾。炙手可热势绝伦，慎莫近前丞相嗔！"（七古，乐府，杜甫，《丽人行》）。全诗咏三月三日长安水边游乐的情形，以杨国忠兄妹为主。诗中上文说到虢国夫人和秦国夫人，这几句说到杨国忠——他那时是丞相。"杨花"二语正是暮春水边的景物。但是全诗里只在这儿插入两句景语，奇特的安排暗示别有用意。北魏胡太后私通杨华作《杨白花歌辞》，有"杨花飘荡落南家""愿衔杨花入窠里"等语。白苹，旧说是杨花入水所化。杨国忠也和虢国夫人私通。"杨花"句一方面是个喻依，喻体便是这件事实。杨国忠兄妹相通，都是杨家人，所以用杨花覆白苹为喻，暗示讥刺的意旨。青鸟是西王母传书带信的侍者。当时总该有些待婢是给那兄妹二人居间。"青鸟"句一方面也是喻依，喻体便是这些居间的侍婢，意旨还是讥刺杨国忠不知耻。青鸟是神仙的比喻。这两句隐约其辞，虽志在讥刺，而言之者无罪。又，"今朝郡斋冷，忽念山中客。涧底束荆薪，归来煮白石"（五古，韦应物，《寄全椒山中道士》），煮白石用鲍靓事。《晋书》："靓学兼内外，明天文河洛书。尝入海，遇风，饥甚，取白石煮食之。"煮白石是喻依，喻体是那山中道士，他的清苦生涯是意旨。这也是神仙的比喻。又，"总为浮云能蔽日，长安不见使人愁"（七律，李白，《登金陵凤凰台》），两句一贯，思君的意思似甚明白。但乐府《古杨柳行》道，"谗邪害公正，浮云冷白日"，古句也道，"浮云蔽白日，游子不顾反"，本诗显然在引用成辞。陆贾《新语》说："邪官之蔽贤，犹浮云之障日月。"本诗的"浮云能蔽日"一方面也是喻依，喻体大概是杨国忠等遮塞贤路，意旨是邪臣蔽君误国，所以有"长安"句。历史的比喻和神仙的比喻引用故事，得增减变化，才能新鲜入目。宋人所谓"以旧换新"，便是这意思。所引各例可见。

典故渗透全诗的，如孟浩然《临洞庭上张丞相》（五律）：

> 八月湖水平，涵虚混太清。
>
> 气蒸云梦泽，波撼岳阳城。
>
> 欲济无舟楫，端居耻圣明。
>
> 坐观垂钓者，徒有羡鱼情。

张丞相是张九龄，那时在荆州。前四语描写洞庭湖，三四句是名句。后四语蝉联而下，还是就湖说，只"端居"句露出本意，这一语便是《论语》"邦有道，贫且贱焉，耻也"的意思。"欲济"句一方面说想渡湖上荆州去，却没有船，一方面是一喻依。伪《古文尚书·说命》殷高宗命傅说道，若济巨川，"用汝作舟楫"。本诗用这喻依，喻体却是欲用世而无引进的人，意旨是希望张丞相援手。"坐观"二语是一喻依。《汉书》用古人语，"临渊羡鱼，不如退而结网"。本诗里网变为钓。这一联的喻体是羡人出仕而得行道。自己无钓具，只好羡人家钓得鱼，自己不得仕，只好羡人家行道。意旨同上。全诗用典故最多的，本书中推杜甫《寄韩谏议注》一首（七古）。

诗和文的分别，一部分是在词句篇段的组织上，诗的组织比文的组织要经济些。引用比喻或典故，一个原因便是求得经济的组织。在旧体诗里，有字数声调对偶等制限，有时更不得不铸造一些特别经济的组织来适应。这种特殊的组织在文里往往没有，至少不常见。初学遇到这种地方也感困难，或误解，或竟不懂。这得去看详细的注释。但读诗多了，常常比较着看，也可明白。这种特殊的组织也常利用比喻或典故组成，那便更复杂些。如刘长卿《送李中丞归汉阳别业》（五律）：

> 流落征南将，曾驱十万师。
>
> 罢归无旧业，老去恋明时。
>
> 独立三边静，轻生一剑知。
>
> 茫茫江汉上，日暮欲何之！

"轻生一剑知"就是一剑知轻生的意思；轻生是说李中丞作征南将时不顾性命杀敌人。一剑知就是自己知；剑是杀敌所用，是自己的一部分，部分代全体是修辞格之一。自己知又有两层用意：一是问心无愧，忠可报君，二是只有自己知，别人不知。上下文都可印证。又，"即经羡闲逸，怅然吟式微"（五古，王维，《渭川田家》），式微用《诗经》。《式微》篇道："式微，式微，胡不归！"本诗的《式微》是篇名，指的是这篇诗。吟《式微》，只是取"胡不归"那一语，用意是"何不归田呢"。又刘长卿《寻南溪常道士》：

> 一路经行处，莓苔见屐痕。
>
> 白云依静渚，芳草闭闲门。
>
> 过雨看松色，随山到水源。
>
> 溪花与禅意，相对亦忘言。

去寻常道士，他不在寓处；"随山到水源"才寻着。对着南溪边的花和常道士的禅意，却不觉忘言。相对是和"溪花与禅意"相对着。禅意给人妙悟，溪花也给人妙语——禅家有拈花微笑的故事，那正是妙悟的故事——所以说"与"。妙悟是忘言的。寻着了常道士，却被溪花与禅意吸引住！只顾欣赏那无言之美，不想多交谈，所以说"亦忘言"。

倒装这特殊的组织，诗里也常见。如"竹喧归浣女，莲动下渔舟"（五律，王维，《山居秋暝》），"归浣女""下渔舟"就是浣女归，渔舟下。又，"家书到隔年"（五律，杜牧，《旅宿》），就是家书隔年到。又，"名岂文章著，官应老病休"（五律，杜甫，《旅夜书怀》），就是文章岂著名，老病应休官。这些倒装句里纯然为了适应字数声调对偶等限制的却没有，它们主要的作用还在增强语气。此外如"何因不归去，淮山对秋山？"（五律，韦应物，《淮上喜会梁州故人》），这是诘问自己，"何因"直贯下句，二语合为一句。这也是为了经济的缘故。至如"少陵无人谪仙死"（七古，韩愈，《石鼓歌》），"无人"也就是"死"。这是求新，求惊人。又，"百年多是几多时"（七律，元稹，《遣悲怀》之三），是说百年虽多，究竟又有多少时候呢？这也许是当时口语的调子。又如"云中君不见"（五律，马戴，《楚江怀古》），云中君是一个词，这句诗上三字下二字，跟一般五言句上二下三的不同，但似乎只是个无意为之的例外，跟古诗里"出郭门直视"一般。可是如"永夜角声悲自语，中天月色好谁看"（七律，杜甫，《宿府》），"五更鼓角声悲壮，三峡星河影动摇"

（七律，杜甫，《阁夜》），都是上五下二，跟一般七言句上四下三或上二下五的不同；又，"近寒食雨草萋萋，著麦苗风柳映堤"（七绝，无名氏，《杂诗》），每句上四字作一二一，而一般作二二或三一。这些都是有意变调求新了。

本书选诗，各方面的题材大致都有，分配又匀称，没有单调或琐屑的弊病。这也是唐代生活小小的一个缩影。可是题材的内容虽反映着时代，题材的项目却多是汉魏六朝诗里所已有，只有音乐图画似乎是新的。赋里有以音乐为题材的，但晋以来就少。唐代音乐图画特别发达，反映到诗里，便增加了题材的项目。这也是时势使然。在各种题材里，"出处"是一重大的项目。从前读书人唯一的出路是出仕，出仕为了行道，自然也为了衣食。出仕以前的隐居、干竭、应试（落第）等，出仕以后的恩遇、迁谪，乃至忧民、忧国、思林栖、思归田等，乃至真个辞官归田，都是常见的诗的题目，本书便可作例。仕君行道是儒家的思想，隐居和归田都是道家的思想。儒道两家的思想合成了从前的读书人。但是现在时势变了，读书人不一定出仕，林栖、归田等思想也绝无仅有。有些人读这些诗，也许会觉得不真切，青年学生读书，往往只凭自己的狭隘的兴趣，更容易有此感。但是会读诗的人，多读诗的人能够设身处地，替古人着想，依然觉得这些诗真切。这是情感的真切，不是知识的真切。这些人不但对于现在有情感，对于过去也有情感。他们知道唐人的需要，唐人的得失，和现代人不一样，可是在读唐诗的时候，只让那对于过去的情感领着走，这种无私，无我，无关心的同情教他们觉到这些诗的真切。这种无关心的情感需要慢慢调整自己，扩大自己，才能养成。多读史、多读诗，是一条修养的途径，就是那些比较有普遍性的题材，如相思、离别、慈幼、慕亲、友爱等也还是需要无关心的情感。这些题材的节目多少也跟着时代改变一些，固执"知识的真切"的人读古代的这些诗，有时也不能感到有兴趣。

至于咏古之作，如唐玄宗《经鲁祭孔子而叹之》（五律），是古人敬慕古人；纪时之作，如李商隐《韩碑》（七古），是古人论当时事。虽然我们也敬慕孔子，替韩愈抱屈，但知识地看，古人总隔一层。这些题材的普遍性比前一类低些，不过还在"出处"那项目之上。还有，朝会诗，如岑参，王维《和贾至舍人早朝大明宫之作》（七律），见出一番堂皇富丽的气象；又，宫词，往往见出一番怨情，宛转可怜。可是这些现代生活里简直没有。最别扭的是边塞和从军之作，唐人很喜欢作这类诗，而悯苦寒饥黩武的居多数，跟现代人冒险尚武的精神恰恰相反。但荒寒的边塞自是一种新境界，从军苦在当时也是一种真情的流露，若能节取，未尝没有是处。要能欣赏这几类诗，那得靠无关心的情感。此外，唐人酬应的诗很多，本书里也可见。有些人觉得作诗该等候感兴，酬应的诗不会真切。但仁兴而作的人向来大概不多，据现在所知，只有孟浩然是如此。作诗都在情感平静了的时候，运思造句都得用到理智。仁兴而作是无所为，酬应而作是有所为，在工力深厚的人其实无多差别。酬应的诗若能恰如其分，也就见得真切。况是这种诗里也不短至情至性之作。总之，读诗得除去偏见和成见，放大眼光，设身处地看去。（据朱自清《＜唐诗三百首＞指导大概》改编）

四、精彩文段

望　岳

杜甫

岱宗夫如何，齐鲁青未了。

造化钟神秀，阴阳割昏晓。

荡胸生层云，决眦入归鸟。

10 西厢记

（元）王实甫

一、作者简介

王实甫，名德信，大都人。他的活动时间略晚于关汉卿，常混迹于艺人官妓聚居的"风月营""莺花寨"等场所，与市民大众十分接近。王实甫创作的杂剧共有14种，除了《西厢记》外，还有《破窑记》四折和《贩茶船》《芙蓉亭》曲文各一折，都完整地保留了下来。至于其他剧作，都已散佚，没有流传。在《贩茶船》中，王实甫写妓女苏小卿怨恨书生双渐负心，痛责茶商王魁"使了些静银夯钞买人嫌"，要"把这厮剔了髓挑了筋剐了肉不伤廉"，她敢爱敢恨，是个敢于为自己命运抗争的女性；《芙蓉亭》中的韩彩云，"夜深私出绣房来，实丕丕提着厉害"，主动到书斋追求所爱的书生，也是个敢作敢为的姑娘。在她们身上，可以影影绰绰地看到《西厢记》中崔莺莺的面影。王实甫对"情"的关注，比关汉卿、白朴都更进一步。

二、名著概要

《西厢记》全名《崔莺莺待月西厢记》，共5本20折5楔子。《西厢记》问世以后家喻户晓，有人甚至把它与《春秋》相提并论。

前朝崔相国死了，夫人郑氏携小女崔莺莺，送丈夫灵柩回河北安平安葬，途中因故受阻，暂住河中府普救寺。这崔莺莺年芳十九岁，针织女红，诗词书算，无所不能。她父亲在世时，就已将她许配给郑氏的侄儿郑尚书之长子郑恒。

书生张生碰巧遇到到殿外玩耍的小姐与红娘。张生本是西洛人，是礼部尚书之子，父母双亡，家境贫寒。他只身一人赴京城赶考，路过此地，忽然想起他的八拜之交杜确就在蒲关，于是住了下来。听状元店里的小二哥说，这里有座普救寺，是则天皇后香火院，景致很美，三教九流，过者无不瞻仰。

本是欣赏普救寺美景的张生，无意中见到了容貌俊俏的崔莺莺，赞叹道："十年不识君王面，始信婵娟解误人。"为能多见上几面，便与寺中方丈借宿，他便住进西厢房。

一日，崔老夫人为亡夫做道场，这崔老夫人治家很严，道场内外没有一个男子出入，张生硬着头皮溜进去。这时斋供道场都完备好了，该夫人和小姐进香了，以报答父亲的养育之恩。张生想："小姐是一女子，尚有报父母之心；小生湖海飘零数年，自父母下世之后，并不曾有一陌纸钱相报。"

张生从和尚那知道莺莺小姐每夜都到花园内烧香。夜深人静，月朗风清，僧众都睡着了，张生来到后花园内，偷看小姐烧香。随即吟诗一首："月色溶溶夜，花阴寂寂春；如何临皓魄，不见月中人？"莺莺也随即和了一首："兰闺久寂寞，无事度芳春；料得行吟者，应怜长叹人。"张生夜夜苦读，感动了小姐崔莺莺，她对张生即生爱慕之情。

叛将孙飞虎听说崔莺莺有"倾国倾城之容，西子太真之颜"，便率领五千人马，将普救寺层层围住，限老夫人三日之内交出莺莺做他的"压寨夫人"，大家束手无策。这崔莺莺是位刚烈女子，她宁可死了，也不愿被那贼人抢了去。危急之中夫人声言："不管是什么人，只要能杀退贼军，扫荡妖氛，就将小姐许配给他。"张生的八拜之交杜确，乃武状元，任征西大元帅，统领十万大军，镇守蒲关。张生先用缓兵之计，稳住孙飞虎，然后写了一封书信给杜确，让他派兵前来，打退孙飞虎。惠明和尚下山去送信，三日后，杜确的救兵到了，打退孙飞虎。

崔老夫人在酬谢席上以莺莺已许配郑恒为由，让张生与崔莺莺结拜为兄妹，并厚赠金帛，让张生另择佳偶，这使张生和莺莺都很痛苦。看到这些，丫鬟红娘安排他们相会。夜晚张生弹琴向莺莺表白自己的相思之苦，莺莺也向张生倾吐爱慕之情。

自那日听琴之后，多日不见莺莺，张生害了相思病，趁红娘探病之机，托她捎信给莺莺，莺莺回信约张生月下相会。夜晚，小姐莺莺在后花园弹琴，张生听到琴声，攀上墙头一看，是莺莺在弹琴。急欲与小姐相见，便翻墙而入，莺莺见他翻墙而入，反怪他行为下流，发誓再不见他，致使张生病情愈发严重。莺莺借探病为名，到张生房中与他幽会。

老夫人看莺莺这些日子神情恍惚，言语不清，行为古怪，便怀疑他与张生有越轨行为。于是叫来红娘逼问，红娘无奈，只得如实说来。红娘向老夫人替小姐和张生求情，并说这不是张生、小姐和红娘的罪过，而是老夫人的过错，老夫人不该言而无信，让张生与小姐兄妹相称。

老夫人无奈，告诉张生如果想娶莺莺小姐，必须进京赶考取得功名方可。莺莺小姐在十里长亭摆下筵席为张生送行，她再三叮嘱张生休要"停妻再娶妻"，休要"一春鱼雁无消息"。长亭送别后，张生行至草桥店，梦中与莺莺相会，醒来不胜惆怅。

张生考得状元，写信向莺莺报喜。这时郑恒又一次来到普救寺，捏造谎言说张生已被卫尚书招为东床佳婿。于是崔夫人再次将小姐许给郑恒，并决定择吉日完婚。恰巧成亲之日，张生以河中府尹的身份归来，征西大元帅杜确也来祝贺。真相大白，郑恒羞愧难言，含恨自尽，张生与莺莺终成眷属。

三、作品导读

这部伟大作品的戏剧冲突、人物塑造、语言等都值得我们好好琢磨、把握。

《西厢记》写了以老夫人为一方，和以莺莺、张生、红娘为一方的矛盾，亦即封建势力和礼教叛逆者的矛盾；也写了莺莺、张生、红娘之间性格的矛盾。这两组矛盾，形成了一主一辅两条线索，它们相互制约，起伏交错，推动情节的发展。《西厢记》的戏剧情节，环绕着两条相互缠绕的线索展开，涌现了多次矛盾激化的场面。它一环扣着一环，一波接着一波，有起有伏，有开有阖，扣人心弦，引人入胜。作者以高超的写作技巧，让观众得到了完美的艺术享受。在每一次的戏剧冲突中，作者总是使人物性格得到进一步的发展；总是写青年一代节节胜利，封建势力节节败退，并且处在被嘲弄的位置。从整部戏看，冲突是尖锐激烈的，却又处处显露乐观的前景。《西厢记》作为一部爱情戏，它的格调是轻松明朗，它让观众在一串串的笑声中得到精神的满足，是我国戏剧史上一部出色的喜剧。

《西厢记》中崔莺莺是带着青春的郁闷上场的。当她遇到了风流俊雅的张生，四目交投，彼此吸引。当二人相遇后，崔莺莺是主动地希望和张生接近的。正是由于莺莺从一开始就对爱情炽热地追求，才使得她一步步走上了违悖纲常反抗封建礼教的道路。在崔莺莺的心中，"情"始终是摆在最重要的位置上的，至于功名利禄，是非荣辱，统统可以不管。她是一个赤诚追求爱情，大胆反抗封建传统的女性形象。然而，强烈追求爱情只是莺莺性格的一个方面。莺莺长期受到封建礼教的熏陶，加上对红娘有所顾忌，她的性格显得热情而又冷静，聪明而略显狡黠。作品中，莺莺的形象具有的两种不同的内心节奏，展示出她对爱情的追求，既是急急切切，又是志志忐忑的。内心节奏的不协调，是导致她的行为举止引人发笑的喜剧因素。

张生是个才华出众风流潇洒的人物。当然，其才华不是作者写作的重点，而是为了表明一旦坠入了情网，这才子竟成了"不酸不醋的风魔汉"。他痴得可爱，也迂得可爱。张生是一个"志诚种"，志诚是作者赋予这一形象的内核。

红娘在作品中既要对付小姐，又要对付老夫人，承担着种种压力，却义无反顾地为别人合理的追求竭尽全力。当然，越是写"两下里做人难""缝了口的撮合山"在困境中巧妙周旋，就越能生动地表现她机智倔强的个性。作品中红娘是泼辣而机智的。

王实甫在《西厢记》中对语言的驾驭，历来为人们称道。它的语言符合戏剧特点，能和表演结合，具有丰富的动作性。《西厢记》的语言具有非常鲜明的个性化特点，即便是唱词，作者也考虑到人物的身份、地位、性格的不同，使之呈现不同的风格。同为男性角色，张生的语言显得文雅，郑恒则鄙俗，惠明则粗豪。同为女性角色，莺莺的语言显得委婉，红娘的语言则显得鲜活泼辣。总之，文采与本色相生、藻艳与白描兼备，具有强烈的戏剧效果，是《西厢记》语言的一大特色。在作品中，王实甫还在唱词中植入了很多的唐诗宋词意象，使人读来满口生香、意趣盎然。由此，《西厢记》也被誉为诗剧。

四、精彩文段
第四本第三折

（夫人长老上云）今日送张生赴京，十里长亭安排下筵席。我和长老先行，不见张生、小姐来到。（旦末红同上）（旦云）今日送张生上朝取应，早是离人伤感，况值那暮秋天气，好烦恼人也呵！悲欢聚散一杯酒，南北东西万里程。

[正宫][端正好]碧云天，黄花地，西风紧，北雁南飞。晓来谁染霜林醉？总是离人泪。

[滚绣球]恨相见得迟，怨归去得疾。柳丝长玉骢难系。恨不倩疏林挂住斜晖。马儿迍迍的行，车儿快快的随。却告了相思回避，破题儿又早别离。听得一声"去也"，松了金钏；遥望见十里长亭，减了玉肌。此恨谁知！

（红云）姐姐，今日怎么不打扮？（旦云）你那知我的心里呵！

[叨叨令]见安排著车儿、马儿，不由人熬熬煎煎的气；有甚么心情花儿、靥儿，打扮的娇娇滴滴的媚；准备著被儿、枕儿，则索昏昏沉沉的睡；从今后衫儿、袖儿，都搵做重重叠叠的泪。兀的不闷杀人也么哥，兀的不闷杀人也么哥！久已后书儿、信儿，索与我恓恓惶惶的寄。

（做到见夫人科）（夫人云）张生和长老坐，小姐这壁坐，红娘将酒来。张生，你向前来，是自家亲眷，不要回避。俺今日将莺莺与你，到京师休辱末了俺孩儿，挣揣一个状元回来者。（末云）小生托夫人馀荫，凭著胸中之才，视官如拾芥耳。（洁云）夫人主见不差，张生不是落后的人。（把酒了，坐）（旦长吁科）

[脱布衫]下西风黄叶纷飞，染寒烟衰草萋迷。酒席上斜签著坐的，蹙愁眉死临侵地。

[小梁州]我见他阁泪汪汪不敢垂，恐怕人知；猛然见了把头低，长吁气，推整素罗衣。

[幺篇]虽然久后成佳配，奈时间怎不悲啼。意似痴，心如醉，昨宵今日，清减了小

腰围。

（夫人云）小姐把盏者。（红递酒，旦把盏长吁科云）请吃酒。

[上小楼] 合欢未已，离愁相继。想着俺前暮私情，昨夜成亲，今日别离。我谂知这几日相思滋味，却元来此别离情更增十倍。

[幺篇] 年少呵轻远别，情薄呵易弃掷。全不想腿儿相挨，脸儿相偎，手儿相携。你与俺崔相国做女婿，妻荣夫贵，但得一个并头莲，煞强如状元及第。

（夫人云）红娘把盏者。（红把酒科）（旦唱）

[满庭芳] 供食太急，须臾对面，顷刻别离。若不是酒席间子母每当回避，有心待与他举案齐眉。虽然是厮守得一时半刻，也合着俺夫妻每共桌而食。眼底空留意，寻思起就里，险化做望夫石。

（红云）姐姐不曾吃早饭，饮一口儿汤水。（旦云）红娘，甚么汤水咽得下！

[快活三] 将来的酒共食，尝着似土和泥；假若便是土和泥，也有些土气息，泥滋味。

[朝天子] 暖溶溶玉醅，白泠泠似水，多半是相思泪。眼面前茶饭怕不待要吃，恨塞满愁肠胃。蜗角虚名，蝇头微利，拆鸳鸯在两下里。一个这壁，一个那壁，一递一声长吁气。

（夫人云）辆起车儿，俺先回去，小姐随后和红娘来。（下）（末辞洁科）（洁云）此一行别无话儿，贫僧准备买登科录看，做亲的茶饭，少不得贫僧的。先生在意，鞍马上保重者。从今经忏无心礼，专听春雷第一声。（下）（旦唱）

[四边静] 霎时间杯盘狼藉，车儿投东，马儿向西，两意徘徊，落日山横翠。知他今宵宿在那里？有梦也难寻觅。

张生，此一行得官不得官，疾便回来。（末云）小生这一去，白夺一个状元，正是：青霄有路终须到，金榜无名誓不归。（旦云）君行别无所赠，口占一绝，为君送行：弃掷今何在，当时且自亲。还将旧来意，怜取眼前人。（末云）小姐之意差矣，张珙更敢怜谁？谨赓一绝，以剖寸心：人生长远别，孰与最关亲？不遇知音者，谁怜长叹人？"（旦唱）

[耍孩儿] 淋漓襟袖啼红泪，比司马青衫更湿。伯劳东去燕西飞，未登程先问归期。虽然眼底人千里，且尽生前酒一杯。未饮心先醉，眼中流血，心里成灰。

[五煞] 到京师服水土，趁程途节饮食，顺时自保揣身体。荒村雨露宜眠早，野店风霜要起迟。鞍马秋风里，最难调护，最要扶持。

[四煞] 这忧愁诉与谁？相思只自知，老天不管人憔悴。泪添九曲黄河溢，恨压三峰华岳低。到晚来闷把西楼倚，见了些夕阳古道，衰柳长堤。

[三煞] 笑吟吟一处来，哭啼啼独自归。归家若到罗帏里，昨宵个绣衾香暖留春住，今夜个翠被生寒有梦知。留恋你别无意，见据鞍上马，阁不住泪眼愁眉。

（末云）有甚言语，嘱付小生咱？（旦唱）

[二煞] 你休忧文齐福不齐，我则怕你停妻再娶妻。休要一春鱼雁无消息，我这里青鸾有信频须寄，你却休金榜无名誓不归。此一节君须记：若见了那异乡花草，再休似此处栖迟。

（末云）再谁似小姐？小生又生此念？（旦唱）

[一煞] 青山隔送行，疏林不做美，淡烟暮霭相遮蔽。夕阳古道无人语，禾黍秋风听马嘶。我为甚么懒上车儿内？来时甚急，去后何迟！

（红云）夫人去好一会，姐姐，咱家去。（旦唱）

［收尾］四围山色中，一鞭残照里。遍人间烦恼填胸臆，量这些大小车儿如何载得起？

（旦红下）（末云）仆童，赶早行一程儿，早寻个宿处。泪随流水急，愁逐野云飞。（下）

五、名家点评

1. 新杂剧，旧传奇，《西厢记》天下夺魁。——贾仲明
2. 实甫《西厢记》，千古绝技；微词奥旨，未易窥测。——王伯良
3. （《西厢记》）字字当行，言言本色，可谓南北之冠。——徐复祚
4. 不是何人做得出来，是他（王实甫）天地直会自己劈空结撰而出。——金圣叹
5. 吾于古曲中，取其全本不懈，多瑜鲜瑕者，惟《西厢》能之。——李渔

11　三　国　演　义

（明）罗贯中

一、作者简介

罗贯中（1330—1400），据有关资料记载，名本，字贯中，号湖海散人，祖籍东原（今山东东平），元末明初通俗小说家，是中国章回小说的鼻祖。

罗贯中的一生著作颇丰，主要作品有：小说《隋唐两朝志传》《残唐五代史演义传》《三遂平妖传》《粉妆楼》《隋唐志传》；剧本《赵太祖龙虎风云会》《忠正孝子连环谏》《三平章死哭蜚虎子》；与施耐庵合著《水浒传》（近年来，学术界多认可这一说法）。他成就最高的还是历史演义小说《三国演义》。

罗贯中作为与"倡优""妓艺"为伍的戏曲平话作家，当时被视为勾栏瓦舍的下九流，正史不可能为他写经作传。唯一可看到的是，明代贾仲明编著的一本小册子《录鬼簿续编》，上写："罗贯中，太原人，号湖海散人。与人寡合，乐府隐语，极为清新。与余为忘年交，遭时多故，天各一方。至正甲辰复会，别来又六十余年，竟不知其所终。"但从罗贯中的传世之作《三国演义》中，体现出罗贯中的博大精深之才，经天纬地之气。他精通军事学、心理学、智谋学、公关学、人才学……如果没有超人的智慧，丰富的实践，执著的追求，何以能成为这般全才？他主张国家统一，热爱民族，弘扬民族传统美德，痛恨奸诈邪恶。在《残唐五代史演义传》中，我们看到了罗贯中依恋故土、缅怀英雄、忧国忧民的高尚情操。他是 14 世纪中国为数不多的伟大作家之一。

二、名著概要

《三国演义》原名《三国志演义》，是在陈寿的《三国志》等历史记载的基础上，按照一定的美学理想所创作的一部历史演义小说，有虚有实。清代的章学诚认为它是"七分事实，三分虚构"（《丙辰札记》）。这个定量分析被后人普遍接受。它是一部断代的历史小说，是明代"四大奇书"之一，也是中国古代历史演义小说的经典之作。全书着重描写了公元三世纪，以曹操、刘备、孙权为首的魏、蜀、吴三个政治军事集团之间的矛盾和斗争。

三国故事在我国古代民间颇为流行，宋元时代即被搬上舞台，金、元时期也搬演了大量的三国戏，演出的三国剧目达 30 多种。元末明初罗贯中综合民间传说和戏曲、话本，结合陈寿《三国志》和裴松之注的史料，根据他个人对社会人生的体悟，创作了《三国志演义》，也就是现在人们看到的《三国演义》。

《三国演义》用"依史以演义"的独特的文学样式，用"天下者汉家之天下也"的观点立场，描写了起自黄巾起义、终于西晋统一的近百年历史，塑造了三个典型：正面人物关羽和诸葛亮，反面人物曹操。它写的庸主献帝、刘禅，无能之辈吕布、袁术、袁绍、刘表、刘璋，器量狭隘的周瑜，长厚的鲁肃，勇者张飞、许褚、典韦，下至因行间而贻笑千古的蒋干，无不各尽其态。当然《三国演义》以描写战争为主，可以说是一部"全景性军事文学"作品。同时它还善于写人，小说塑造了大量具有特征化的人物。《三国演义》所用的语言是

"文不甚深，言不甚俗"的浅近文言。人物的语言也开始注意个性化。

不同版本的《三国演义》在内容和形式上有着很大的差异。明嘉靖壬午年（1522）刊刻的《三国志通俗演义》24 卷，240 则，每则前有七言一句的小目，是现存最早的刊本。至明朝万历年间出版的《新刻按鉴全相批评三国志传》依旧是 240 则，只是已经改为 20 卷。同样是明朝万历年间吴观明刊《李卓吾先生批评三国志》本，将原有的 240 则合并为 120 回，在回目上，将单句改为双句。至清朝康熙年间，毛纶、毛宗岗父子以李卓吾评本为基础，同时又参考了《三国志传》本，对回目和正文进行了较大的修改、增删，并作了详细的评点。毛本《三国》，正统的道德思想色彩更加浓厚，在艺术上有较大的提高，其评点文字也多有精到的见解，也成为后来最流行的本子。近人常将它称为《三国演义》。

三、作品导读

这部作品可以从主要人物形象特点和艺术特色角度去欣赏。

（一）主要人物

关羽

历史上的关羽为"万人之敌"一虎将，傲上而不辱下，恩怨分明，以信义著称，但"刚而自矜"。但在《三国演义》中，可以说关羽不是人，是神。而且历代加封，直封到"盖天古佛"，成为人与神的极致。他降汉不降曹、秉烛达旦、千里走单骑、过五关斩六将、古城斩蔡阳，后来又在华容道义释曹操。他忠于故主，因战败降敌而约好一知故主消息，便不辞万里往投。这是忠的一种新形式。这和后来放走曹操是"义"的一种新形式一样，都是以奇特的方式完成的。在《三国演义》中，作者是不惜笔墨，把关羽刻画成"义重如山之人"，冠、绝、无敌等一类的词样众多，赞美云长的诗句最多，可谓是罗贯中笔下的三国第一将。

诸葛亮

诸葛亮本身是一个谨慎，鞠躬尽瘁的人物。但作者还需要一个祭东风、草船借箭、三气周瑜、智料华容道、巧摆八阵图、识魏延反骨、智取成都、骂死王朗、空城计、七星灯、死了还以木偶退兵、锦囊杀魏延的诸葛亮。诸葛亮治国治军的才能，济世爱民、谦虚谨慎的品格为后世各种杰出的历史人物树立了榜样。历代君臣、知识分子、人民群众都从不同的角度称赞他、歌颂他、热爱他。可以说，诸葛亮在历史上的巨大影响已超过了他在三国历史上的政治军事实践。《三国演义》虽然突出了诸葛亮一生性格、品德、功业等的积极方面，但又把它无限夸大，把他描写成智慧的化身、忠贞的代表，并将其神化成了半人半神的超人形象，这应该不算失败，或者应该是成功的。

曹操

历史上的曹操性格非常复杂，陈寿认为曹操在三国历史上"明略最优""揽申、商之法术，该韩、白之奇策，官方授材，各因其器，矫情任算，不念旧恶"。曹操御军 30 余年，但手不释卷，登高必赋，长于诗文、草书、围棋。生活节俭，不好华服。与人议论，谈笑风生。"勋劳宜赏，不吝千金；无功望施，分毫不与"。他是中国历史上第一流的政治家、军事家、文学家。但是，在《三国演义》中，曹操性格品德中这些好的方面被忽略了，而对他残忍、奸诈的一面又夸大了。因此，罗贯中笔下的曹操是奸诈多疑的人物典型。

（二）艺术特色

《三国演义》不仅是较早的一部历史小说，还代表着古代历史小说的最高成就。小说采用浅近的文言，明快流畅，雅俗共赏；笔法富于变化，对比映衬，旁冗侧出，波澜曲折，摇曳多姿。又以宏伟的结构，把百年左右头绪纷繁、错综复杂的事件和众多的人物组织得完整严密，叙述得有条不紊、前后呼应，彼此关联，环环紧扣，层层推进。

《三国演义》的艺术成就更重要的是在战争描写和人物塑造上。小说最擅长描写战争，并能写出每次战争的特点。注意描写在具体条件下不同战略战术的运用，指导作战的主观能动性的发挥，而不把主要笔墨花在单纯的实力和武艺较量上。如官渡之战、赤壁之战、夷陵之战等，每次战争的写法也随战争的特点发生变化，在写战争的同时，兼写其他活动，作为战争的前奏、余波，或者战争的辅助手段，使紧张激烈、惊心动魄的战争表现得有张有弛，疾缓相间。如在赤壁之战前描写孙、刘两家的合作，诸葛亮、周瑜之间的矛盾，曹操的试探，孙、刘联军诱敌深入的准备等。在人物塑造上，小说特别注意把人物放在现实斗争的尖锐矛盾中，通过各自的言行或周围环境，表现其思想性格。如曹操的奸诈，一举一动都似隐伏着阴谋诡计；张飞心直口快，无处不带有天真、莽撞的色彩；诸葛亮神机妙算，临事总可以得心应手，从容不迫。著名的关羽"温酒斩华雄"、张飞"威震长坂桥"、赵云"单骑救幼主"、诸葛亮"七擒孟获"等更是流传极广的篇章。

《三国演义》的艺术成就是多方面的：

1）它成功地塑造了众多的人物形象。全书写了1799个人物，其中主要人物都是性格鲜明、形象生动的艺术典型。各类人物各有共性，同类人物各有个性。作者描写人物，善于抓住基本特征，突出某个方面，加以夸张，并用对比、衬托的方法，使人物个性鲜明生动，这是作者塑造人物的一条基本原则。小说中运用这一原则的最好说明，就是向来人们所谓的"三绝"，即曹操的"奸绝"——奸诈过人；关羽的"义绝"——"义重如山"；孔明的"智绝"——机智过人。小说刻画人物的主要方法是：把人物放在惊心动魄的军事、政治斗争中，放在尖锐复杂的矛盾冲突中来塑造。对于主要人物，往往通过一系列的故事情节和人物语言表现其复杂的性格。

2）它长于描述战争。全书共写大小战争40多次，展现了一幕幕惊心动魄的战争场面。其中尤以官渡之战、赤壁之战、夷陵之战（又称彝陵之战、猇亭之战）最为出色。对于决定三国兴亡的几次关键性的大战役，作者总是着力描写，并以人物为中心，写出战争的各个方面，如双方的战略战术、力量对比、地位转化等，写得丰富多彩，千变万化，各具特色，充分体现了战争的复杂性和多样性；既写出了战争的激烈、紧张、惊险，而又不显得凄惨，一般具有昂扬的格调，有的还表现得从容不迫，动中有静，有张有弛。

3）它的结构，既宏伟壮阔又严密精巧。时间长达百年，人物多至数百，事件错综，头绪纷繁，而描述既要符合基本事实，又要注意艺术情节的连贯。因此，在结构的安排上是有很大困难的。可是作者却能写得井井有条，脉络分明，各回能独立成篇，全书又是一个完整的艺术整体。这主要得力于作者构思的宏伟而严密。他以蜀汉为中心，以三国的矛盾斗争为主线，来组织全书的故事情节，既写得曲折多变，而又前后连贯；既有主有从，而又主从密切配合。

4）语言精练畅达，明白如话。今天看来，这种语言似乎半文不白，但在当时它却近于白话，用这种语言来写长篇小说，是一种创举，和过去某些小说粗糙芜杂的语言相比，是一个明显的进步。

却说玄德正行之间，只见后面尘头骤起，谓关、张曰："此必曹兵追至也。"遂下了营寨，令关、张各执军器，立于两边。许褚至，见严兵整甲，乃下马入营见玄德。玄德曰："公来此何干？"褚曰："奉丞相命，特请将军回去，别有商议。"玄德曰："将在外，君命有所不受。吾面过君，又蒙丞相钧语。今别无他议，公可速回，为我禀覆丞相。"许褚寻思："丞相与他一向交好，今番又不曾教我来厮杀，只得将他言语回覆，另候裁夺便了。"遂辞了玄德，领兵而回。回见曹操，备述玄德之言。操犹豫未决。程昱、郭嘉曰："备不肯回兵，可知其心变矣。"操曰："我有朱灵、路昭二人在彼，料玄德未必敢心变。况我既遣之，何可复悔？"遂不复追玄德。后人有诗叹玄德曰："束兵秣马去匆匆，心念天言衣带中。撞破铁笼逃虎豹，顿开金锁走蛟龙。"

却说马腾见玄德已去，边报又急，亦回西凉州去了。玄德兵至徐州，刺史车胄出迎。公宴毕，孙乾、糜竺等都来参见。玄德回家探视老小，一面差人探听袁术。探子回报："袁术奢侈太过，雷薄、陈兰皆投嵩山去了。术势甚衰，乃作书让帝号于袁绍。绍命人召术，术乃收拾人马、宫禁御用之物，先到徐州来。"

玄德知袁术将至，乃引关、张、朱灵、路昭五万军出，正迎着先锋纪灵至。张飞更不打话，直取纪灵。斗无十合，张飞大喝一声，刺纪灵于马下，败军奔走。袁术自引军来斗。玄德分兵三路：朱灵、路昭在左，关、张在右，玄德自引兵居中，与术相见，在门旗下责骂曰："汝反逆不道，吾今奉明诏前来讨汝！汝当束手受降，免你罪犯。"袁术骂曰："织席编屦小辈，安敢轻我！"麾兵赶来。玄德暂退，让左右两路军杀出。杀得术军尸横遍野，血流成渠；兵卒逃亡，不可胜计。又被嵩山雷薄、陈兰劫去钱粮草料。欲回寿春，又被群盗所袭，只得住于江亭。止有一千余众，皆老弱之辈。时当盛暑，粮食尽绝，只剩麦三十斛，分派军士。家人无食，多有饿死者。术嫌饭粗，不能下咽，乃命庖人取蜜水止渴。庖人曰："止有血水，安有蜜水！"术坐于床上，大叫一声，倒于地下，吐血斗余而死。时建安四年六月也。后人有诗曰："汉末刀兵起四方，无端袁术太猖狂，不思累世为公相，便欲孤身作帝王。强暴枉夸传国玺，骄奢妄说应天祥，渴思蜜水无由得，独卧空床呕血亡。"袁术已死，侄袁胤将灵柩及妻子奔庐江来，被徐璆尽杀之。璆夺得玉玺，赴许都献于曹操。操大喜，封徐璆为高陵太守。此时玉玺归操。

却说玄德知袁术已丧，写表申奏朝廷，书呈曹操，令朱灵、路昭回许都，留下军马保守徐州；一面亲自出城，招谕流散人民复业。

且说朱灵、路昭回许都见曹操，说玄德留下军马。操怒，欲斩二人。荀彧曰："权归刘备，二人亦无奈何。"操乃赦之。彧又曰："可写书与车胄就内图之。"操从其计，暗使人来见车胄，传曹操钧旨。胄随即请陈登商议此事。登曰："此事极易。今刘备出城招民，不日将还；将军可命军士伏于瓮城边，只作接他，待马到来，一刀斩之；某在城上射住后军，大事济矣。"胄从之。陈登回见父陈珪，备言其事。珪命登先往报知玄德。登领父命，飞马去报，正迎着关、张，报说如此如此。原来关、张先回，玄德在后。张飞听得，便要去厮杀。云长曰："他伏瓮城边待我，去必有失。我有一计，可杀车胄：乘夜扮作曹军到徐州，引车胄出迎，袭而杀之。"飞然其言。那部下军原有曹操旗号，衣甲都同。当夜三更，到城边叫门。城上问是谁，众应是曹丞相差来张文远的人马。报知车胄，胄急请陈登议曰："若不迎接，诚恐有疑；若出迎之，又恐有诈。"胄乃上城回言："黑夜难以分辨，平明了相见。"城下答应："只恐刘备知道，疾快开门！"车胄犹豫未定，城外一片声叫开门。车胄只得披挂上马，引一千军出城；跑过吊桥，大叫："文远何在？"火光中只见云长提刀纵马直迎车胄，大叫曰："匹夫安敢怀诈，欲杀吾兄！"车胄大惊，战未数合，遮拦不住，拨马便回。到吊桥边，城上陈登乱箭射下，车胄绕城而走。云长赶来，手起一刀，砍于马下，割下首级提回，望城上呼曰："反贼车胄，吾已杀之；众等无罪，投降免死！"诸军倒戈投降，军民皆安。

云长将胄头去迎玄德，具言车胄欲害之事，今已斩首。玄德大惊曰："曹操若来。如之奈何？"云长曰："弟与张飞迎之。"玄德懊悔不已，遂入徐州。百姓父老，伏道而接。玄德到府，寻张飞，飞已将车胄全家杀尽。玄德曰："杀了曹操心腹之人，如何肯休？"陈登曰："某有一计，可退曹操。"正是：既把孤身离虎穴，还将妙计息狼烟。不知陈登说出甚计来，且听下文分解。

五、名家点评

1. 欲显刘备之长厚而似伪，状诸葛之多智而近妖。——鲁迅《中国小说史略》

2. （《三国演义》）使本来只有高级知识分子才能读懂的史书，变成几乎连半文盲的一般人都可以勉强看下去。——聂绀弩

3. 诸葛亮云：鞠躬尽瘁，死而后已。为人臣者，惟诸葛亮能如此耳。——（清）康熙

4. 诸葛亮用兵固然足智多谋，可曹操这个人也不简单。唱戏总把他扮成个大白脸，其实冤枉。这个人很了不起。——毛泽东

5. 《三国演义》对民族性格影响最大。——著名学者沈伯俊

12 水浒全传

（明）施耐庵

一、作者简介

施耐庵的生平事迹很难考证，明人除了较为一致地肯定他是杭州人外，其他未曾提供一点可信的材料，连生活年代也有"南宋时人""南宋遗民""元人"等多种说法。后人也有说施耐庵即是南戏《幽闺记》的作者施惠，或说就是宋末元初《靖康稗史》的编者耐庵，但都缺乏确凿的证据。20世纪20年代起，出现了施耐庵是苏北兴化人的说法，但多数学者持否定态度。

二、名著概要

《水浒全传》是明代产生的一部长篇章回体小说，是中国历史上第一部用古白话文写成的歌颂农民起义的小说。小说描写了以宋江为首的梁山英雄聚义的故事。北宋徽宗宣和年间，宋江等36人"横行河朔"进行起义，虽然失败，但宋江等人的英雄故事却流传下来。画家和说书艺人等也开始广泛传播水浒故事。宋元话本小说《大宋宣和遗事》提纲式地记述了一些宋江等人的故事，这也为施耐庵的《水浒全传》的创作提供了很好的基础。全书以宋江领导的起义军为主要题材，通过一系列梁山英雄反抗压迫、英勇斗争的生动故事，暴露了北宋末年统治阶级的腐朽和残暴，揭露了当时尖锐对立的社会矛盾和"官逼民反"的残酷现实。按120回本计，前70回讲述各个好汉上梁山的生动故事：晁盖、吴用、阮氏三雄智取生辰纲，林冲雪夜上梁山，鲁提辖拳打镇关西，还有李逵、解珍解宝投奔梁山……众多的好汉，或被逼无奈、或被诱骗，一个个、一批批如大川归海般汇集到水泊梁山，演绎着一个个传奇的故事。闹江州、打祝家庄、攻曾头市、两赢童贯、三败高俅……后50回主要为以宋江为首的英雄好汉全伙受招安为朝廷效力，以及被奸臣所害的悲惨结局。征辽，征田虎、王庆，打方腊，梁山的势力在为朝廷效力的过程中也大受损失，一步步走向失败。最后，宋江喝了"御赐毒酒"身亡，卢俊义、吴用、花荣……轰轰烈烈的梁山聚义最终以悲惨结局收尾。

三、作品导读

《水浒全传》是我国古代流传最广的小说之一，它所塑造的人物形象及其侠义精神对后世影响很大。本书故事涉及人物数百之多，是世界文学史上人物最多的小说之一。阅读学习这部小说主要是先要把握全书的故事脉络。以120回本《水浒全传》为据，全书可以分为以下几个部分：

1）鲁智深、林冲、武松等好汉上梁山前的个人经历；

2）宋江在发配途中与各路好汉的奇遇以及最终上梁山的经历；

3）宋江带领梁山进行的几场战役，招降一些好汉上梁山；

4）原首领晁盖去世后，宋江确立梁山首领地位以及大聚义的故事；

5）大聚义后与官军的战斗以及受招安；

6）征服企图进犯的辽国；

7）打败割据势力田虎、王庆；

8）在江南与割据的方腊作战并死伤三分之二以上，全书在悲剧性且引人深思的氛围中结束。

全书故事情节进展较快，一波未平，一波又起，可读性强。在人物行动和对话中推进故事。

其次，要把握人物形象的特点。《水浒全传》虽然塑造了丰富众多的人物形象，但一百单八将个个面目不同，《水浒全传》务求人物个性突出，主要人物富有英雄气概。作者善于把人物放在尖锐的斗争中，紧扣人物的身份、经历，通过人物的行动来表现他们的性格。如鲁智深豪放粗犷、疾恶如仇、见义勇为的形象就是通过拳打镇关西、大闹桃花村、火烧瓦官寺、大闹野猪林等一连串激烈的故事突出表现出来的。

《水浒全传》采用章回体形式，每章即独立构成一个完整的故事，情节既有相对的独立性，各章又环环相扣，向前推进，逐步发展到梁山泊众多英雄的大聚义。

《水浒全传》的语言成就也非常突出。大量的从口语和方言中提炼出来的文学语言，洗练、单纯、明快、生动形象。写人，栩栩如生；写景，如临其境。最为人们所称道的是第十回"林教头风雪山神庙"中对雪景的描写，"那雪下得正紧"，一个"紧"字让读者感到风雪扑面，"紧"既是山东方言中常用的口语，又非常的简洁、形象。

四、精彩文段
第十回　林教头风雪山神庙　陆虞候火烧草料场

话说当日林冲正闲走间，忽然背后人叫，回头看时，却认得是酒生儿李小二。当初在东京时，多得林冲看顾。这李小二先前在东京时，不合偷了店主人家财，被捉住了，要送官司问罪。却得林冲主张陪话，救了他，免送官司。又与他陪了些钱财，方得脱免。京中安不得身，又亏林冲赍发他盘缠，于路投奔人。不意今日却在这里撞见。林冲道："小二哥，你如何地在这里？"李小二便拜道："自从得恩人救济，赍发小人，一地里投奔人不着。迤逦不想来到沧州，投托一个酒店里姓王，留小人在店中做过卖。因见小人勤谨，安排的好菜蔬，调和的好汁水，来吃的人都喝采，以此买卖顺当。主人家有个女儿，就招了小人做女婿。如今丈人、丈母都死了，只剩得小人夫妻两个，权在营前开了个茶酒店。因讨钱过来，遇见恩人。恩人不知为何事在这里？"林冲指着脸上道："我因恶了高太尉，生事陷害，受了一场官司，刺配到这里，如今叫我管天王堂，未知久后如何。不想今日到此遇见。"

李小二就请林冲到家里面坐定，叫妻子出来拜了恩人。两口儿欢喜道："我夫妻二人正没个亲眷，今日得恩人到来，便是从天降下。"林冲道："我是罪囚，恐怕玷辱你夫妻两口。"李小二道："谁不知恩人大名？休恁地说。但有衣服，便拿来家里浆洗缝补。"当时管待林冲酒食，到夜送回天王堂。次日又来相请。因此林冲得店小二家来往，不时间送汤送水来营里，与林冲吃。林冲因见他两口儿恭敬孝顺，常把些银两与他做本银。

把闲话休题，只说正话。迅速光阴，却早冬来。林冲的绵衣裙袄，都是李小二浑家整治缝补。忽一日，李小二正在门前安排菜蔬下饭，只见一个人闪将进来，酒店里坐下，随后又一人闪入来。看时，前面那个人是军官打扮，后面这个走卒模样，跟着也来坐下。李小二入来问道："可要吃酒？"只见那个人将出一两银子与小二道："且收放柜上，取三四瓶好酒来，客到时，果品酒馔只顾将来，不必要问。"李小二道："官人请甚客？"那人道："烦你与我去营里请管营、差拨两个来说话。问时，你只说有个官人请说话，商议些事务，专等专等。"

李小二应承了，来到牢城里，先请了差拨，同到管营家中请了管营，都到酒店里。只见那个官人和管营、差拨两个讲了礼。管营道："素不相识，动问官人高姓大名。"那人道："有书在此，少刻便知，且取酒来。"李小二连忙开了酒，一面铺下菜蔬果品酒馔，那人叫讨副劝盘来，把了盏，相让坐了。小二独自一个穿梭也似伏侍不暇。那跟来的人讨了汤桶，自行烫酒。约计吃过十数杯，再讨了按酒，铺放桌上。只见那人说道："我自有伴当烫酒，不叫你休来。我等自要说话。"

李小二应了，自来门首叫老婆道："大姐，这两个人来得不尴尬。"老婆道："怎么的不尴尬？"小二道："这两个人语言声音是东京人。初时又不认得管营，向后我将按酒入去，只听得差拨口里讷出一句高太尉三个字来。这人莫不与林教头身上有些干碍？我自在门前理会，你且去阁子背后听说什么。"老婆道："你去营中寻林教头来认他一认。"李小二道："你不省得，林教头是个性急的人，摸不着便要杀人放火，倘或叫的他来看了，正是前日说的什么陆虞候，他肯便罢？做出事来，须连累了我和你。你只去听一听再理会。"老婆道："说得是。"便入去听了一个时辰，出来说道："他那三四个交头接耳说话，正不听得说什么，只见那一个军官模样的人，去伴当怀里取出一帕子物事，递与管营和差拨，帕子里面的，莫不是金银。只听差拨口里说道：'都在我身上，好歹要结果他性命。'"

正说之时，阁子里叫将汤来。李小二急去里面换汤时，看见管营手里拿着一封书。小二换了汤，添些下饭。又吃了半个时辰，算还了酒钱。管营、差拨先去了。次后那两个低着头也走了。

转背不多时，只见林冲走将入店里来，说道："小二哥，连日好买卖。"李小二慌忙道："恩人请坐，小二却待正要寻恩人，有些要紧话说。"有诗为证：

谋人动念震天门，悄语低言号六军。岂独隔墙原有耳，满前神鬼尽知闻。

当下林冲问道："什么要紧的事？"李小二请林冲到里面坐下，说道："却才有个东京来的尴尬人，在我这里请管营、差拨吃了半日酒。差拨口里讷出高太尉三个字来，小人心下疑惑。又着浑家听了一个时辰，他却交头接耳，说话都不听得。临了只见差拨口里应道：'都在我两个身上，好歹要结果了他。'那两个把一包金银递与管营、差拨，又吃了一回酒，各自散了。不知什么样人？小人心下疑，只怕恩人身上有些妨碍。"林冲道："那人生得什么模样？"李小二道："五短身材，白净面皮，没甚髭须，约有三十余岁。那跟的也不长大，紫棠色面皮。"林冲听了大惊道："这三十岁的正是陆虞候，那泼赖贼，敢来这里害我！休要撞着我，只教骨肉为泥！"李小二道："只要提防他便了，岂不闻古人言：'吃饭防噎，走路防跌？'"

林冲大怒，离了李小二家。先去街上买把解腕尖刀，带在身上。前街后巷，一地里去寻。李小二夫妻两个捏着两把汗。当晚无事，次日天明起来，洗漱罢，带了刀，又去沧州城里城外，小街夹巷，团团寻了一日。牢城营里，都没动静。林冲又来对李小二道："今日又无事。"小二道："恩人，只愿如此。只是自放仔细便了。"林冲自回天王堂，过了一夜。街上寻了三五日，不见消耗，林冲也自心下慢了。

到第六日，只见管营叫唤林冲到点视厅上，说道："你来这里许多时，柴大官人面皮，不曾抬举的你。此间东门外十五里，有座大军草场，每月但是纳草纳料的，有些常例钱取觅。原是一个老军看管，如今我抬举你去替那老军来守天王堂，你在那里寻几贯盘缠，你可和差拨便去那里交割。"林冲应道:"小人便去。"当时离了营中,径到李小二家,对他夫妻两个说道:"今日管营拨我去大军草料场管事,却如何?"李小二道:"这个差使,又好似天王堂。那里收草料时,有些常例钱钞。往常不使钱时,不能够这差使。"林冲道:"却不害我,倒与我好差使,正不知何意?"李小二道:"恩人休要疑心,只要没事便好了。只是小人家离得远了,过几时挪工夫来望恩人。"就在家里安排几杯酒,请林冲吃了。

话休絮烦。两个相别了,林冲自到天王堂取了包裹,带了尖刀,拿了条花枪,与差拨一同辞了管营,两个取路投草料场来。正是严冬天气,彤云密布,朔风渐起,却早纷纷扬扬卷下一天大雪来。那雪早下得密了,但见:

凛凛严凝雾气昏,空中祥瑞降纷纷。须臾四野难分路,顷刻千山不见痕。银世界,玉乾坤,望中隐隐接昆仑。若还不到三更后,仿佛填平玉帝门。

林冲和差拨两个在路上,又没买酒吃处,早来到草料场外。看时,一周遭有些黄土墙,两扇大门。推开看里面时,七八间草屋做着仓廒,四下里都是马草堆,中间两座草厅。到那厅里,只见那老军在里面向火。差拨说道:"管营差这个林冲来替你回天王堂看守,你可即使交割。"老军拿了钥匙,引着林冲吩咐道:"仓廒内自有官司封记。这几堆草,一堆堆都有数目。"老军都点见了堆数,又引林冲到草厅上。老军收拾行李,临了说道:"火盆、锅子、碗碟都借与你。"林冲道:"天王堂内,我也有在那里,你要,便拿了去。"老军指壁上挂一个大葫芦,说道:"你若买酒吃时,只出草场,投东大路去三二里,便有市井。"老军自和差拨回营里来。

只说林冲就床上放了包裹被卧,就坐下生些焰火起来。屋边有一堆柴炭,拿几块来生在地炉里。仰面看那草屋时,四下里崩坏了,又被朔风吹撼,摇振得动。林冲道:"这屋如何过得一冬?待雪晴了,去城中唤个泥水匠来修理。"向了一回火,觉得身上寒冷,寻思:"却才老军所说二里路外有那市井,何不去沽些酒来吃?"便去包裹里取些碎银子,把花枪挑了酒葫芦,将火炭盖了,取毡笠子戴上,拿了钥匙出来,把草厅门拽上。出到大门首,把两扇草场门反拽上锁了,带了钥匙,信步投东。雪地里踏着碎琼乱玉,迤逦背着北风而行。

那雪正下得紧,行不上半里多路,看见一所古庙。林冲顶礼道:"神明庇佑,改日来烧钱纸。"又行了一回,望见一簇人家。林冲住脚看时,见篱笆中挑着一个草帚儿在露天里。林冲径到店里,主人问道:"客人那里来?"林冲道:"你认得这个葫芦么?"主人看了道:"这葫芦是草料场老军的。"林冲道:"原来如此。"店主道:"既是草料场看守大哥,且请少坐。天气寒冷,且酌三杯,权当接风。"店家切一盘熟牛肉,烫一壶热酒,请林冲吃。又自买了些牛肉,又吃了数杯,就又买了一葫芦酒,包了那两块牛肉,留下些碎银子。把花枪挑着酒葫芦,怀内揣了牛肉,叫声相扰,便出篱笆门,依旧迎着朔风回来。看那雪,到晚越下得紧了。古时有个书生,做了一个词,单题那贫苦的恨雪:

广莫严风刮地,这雪儿下的正好。扯絮挦绵,裁几片大如栲栳。见林间竹屋茅茨,争些儿被他压倒。富室豪家,却言道压瘴犹嫌少。向的是兽炭红炉,穿的是绵衣絮袄。手拈梅花,唱道国家祥瑞,不念贫民些小。高卧有幽人,吟咏多诗草。

再说林冲踏着那瑞雪,迎着北风,飞也似奔到草场门口开了锁,入内看时,只叫得苦。原来天理昭然,佑护善人义士。因这场大雪,救了林冲的性命。那两间草厅,已被雪压倒了。林冲寻思:"怎地好?"放下花枪、葫芦在雪里。恐怕火盆内有火炭延烧起来,搬开破壁子,探半身入去摸时,火盆内火种都被雪水浸灭了。林冲把手床上摸时,只拽得一条絮被。林冲钻将出来，见天色黑了，寻思："又没把火处，怎生安排？"想起："离了这半里路上，有一古庙，可以安身。我且去那里宿一夜，等到天明，却作理会。"把被卷了，花枪挑着酒葫芦，依旧把门拽上锁了，望那庙里来。入得庙门，再把门掩上，傍边止有一块大石头，掇将过来，靠了门。入得里面看时，殿上塑着一尊金甲山神，两边一个判官，一个小鬼，侧边堆着一堆纸。团团看来，又没邻舍，又无庙主。林冲把枪和酒葫芦放在纸堆上，将那条絮被放开；先取下毡笠子，把身上雪都抖了，把上盖白布衫脱将下来，早有五分湿了，和毡笠放在供桌上，把被扯来，盖了半截下身。却把葫芦冷酒提来慢慢地吃，就将怀中牛肉下酒。

正吃时，只听得外面必必剥剥地爆响。林冲跳起身来，就壁缝里看时，只见草料场里火起，刮刮杂杂烧着。但见：

雪欺火势，草助火威。偏愁草上有风，更讶雪中送炭。赤龙斗跃，如何玉甲纷纷；粉蝶争飞，遮莫火莲焰焰。初疑炎帝纵神驹，此方刍牧；又猜南方逐朱雀，遍处营巢。谁知是白地里起灾殃，也须信暗室中开电目。看这火，能教烈士无明发；对这雪，应使奸邪心胆寒。

当时林冲便拿了花枪，却待开门来救火，只听得外面有人说将话来。林冲就伏门边听时，是三个人脚步响，直奔庙里来。用手推门，却被石头靠住了，推也推不开。三人在庙檐下立地看火。数内一个道："这条计好么？"一个应道："端的亏管营、差拨两位用心！回到京师，禀过太尉，都保你二位做大官。这番张教头没的推故。"那人道："林冲今番直吃我们对付了，高衙内这病必然好了。"又一个道："张教头那厮，三回五次托人情去说：'你的女婿没了。'张教头越不肯应承。因此衙内病患看看重了。太尉特使俺两个央浼二位干这件事，不想而今完备了。"又一个道："小人直爬入墙里去，四下草堆上，点了十来个火把，待走那里去？"那一个道："这早晚烧个八分过了。"又听得一个道："便逃得性命时，烧了大军草料场，也得个死罪。"又一个道："我们回城里去罢。"一个道："再看一看，拾得他一两块骨头回京，府里见太尉和衙内时，也道我们也能会干事。"

林冲听得三个人时，一个是差拨，一个是陆虞候，一个是富安。自思道："天可怜见林冲！若不是倒了草厅，我准定被这厮们烧死了！"轻轻把石头掇开，挺着花枪，左手拽开庙门，大喝一声："泼贼那里去！"三个人都急要走时，惊得呆了，正走不动。林冲举手，胳察的一枪，先戳倒差拨。陆虞候叫声："饶命！"吓得慌了手脚，走不动。那富安走不到十来步，被林冲赶上，后心只一枪，又戳倒了。翻身回来，陆虞候却才行得三四步，林冲喝道："好贼，你待那里去？"批胸只一提，丢翻在雪地上。把枪搠在地里，用脚踏住胸脯，身边取出那口刀来，便去陆谦脸上搁着，喝道："泼贼！我自来又和你无什么冤仇，你如何这等害我？正是杀人可恕，情理难容。"陆虞候告道："不干小人事，太尉差遣，不敢不来。"林冲骂道："奸贼，我与你自幼相交，今日倒来害我，怎不干你事！且吃我一刀！"把陆谦上身衣服扯开，把尖刀向心窝里只一剜，七窍迸出血来，将心肝提在手里。回头看时，差拨正爬将起来要走。林冲按住喝道："你这厮原来也恁的歹！且吃我一刀。"又早把头割下来，挑在枪上。回来，把富安、陆谦头都割下来，把尖刀插了，将三个人头发结做一处，提入庙里来，都摆在山神面前供桌上。再穿了白布衫，系了搭膊，把毡笠子带上，将葫芦里冷酒都吃尽了。被与葫芦都丢了不要，提了枪，便出庙门投东去，走不到三五里，早见近村人家都拿着水桶钩子来救火。林冲道："你们快去救应，我去报官了来。"提着枪只顾走。有诗为证：

天理昭昭不可诬，莫将奸恶作良图。若非风雪沽村酒，定被焚烧化朽枯。

自谓冥中施计毒，谁知暗里有神扶。最怜万死逃生地，真是魁奇伟丈夫。

那雪越下的猛，林冲投东走了两个更次，身上单寒，当不过那冷。在雪地里看时，离得草料场远了。只见前面疏林深处，树林交杂，远远地数间草屋，被雪压着，破壁缝里透出火光来。林冲径投那草屋来。推开门，只见那中间坐着一个老庄客，周围坐着四五个小庄客向火，地炉里面焰焰地烧着柴火。林冲走到面前叫道："众位拜揖，小人是牢城营差使人，被雪打湿了衣裳，借此火烘一烘，望乞方便。"庄客道："你自烘便了，何妨得！"林冲烘着身上湿衣服，略有些干，只见火炭边煨着一个瓮儿，里面透出酒香。林冲便道："小人身边有些碎银子，望烦回些酒吃。"老庄客道："我们每夜轮流看米囤，如今四更天气正冷，我们这几个吃尚且不够，那得回与你。休要指望！"林冲又道："胡乱只回三两碗与小人挡寒。"老庄客道："你那人休缠，休缠。"林冲闻得酒香，越要吃，说道："没奈何，回些罢。"众庄客道："好意着你烘衣裳向火，便来要酒吃。去便去，不去时，将来吊在这里。"林冲怒道："这厮们好无道理！"把手中枪看着块焰焰着的火柴头，望老庄客脸上只一挑将起来，又把枪去火炉里只一搅，那老庄客的髭须焰焰的烧着。众庄客都跳将起来。林冲把枪杆乱打，老庄客先走了；庄客们都动弹不得，被林冲赶打一顿，都走了。林冲道："都去了，老爷快活吃酒。"土坑上却有两个椰瓢，取一个下来，倾那瓮酒来，吃了一会，剩了一半。提了枪，出门便走。一步高，一步低，跟跟跄跄，捉脚不住。走不过一里路，被朔风一掉，随着那山涧边倒了，那里挣得起来。大凡醉人一倒，便起不得，当时林冲醉倒在雪地上。

却说众庄客引了二十余人，拖枪拽棒，都奔草屋下看时，不见了林冲。却寻着踪迹赶将来，只见倒在雪地里，花枪丢在一边。庄客一齐上，就地拿起林冲来，将一条索缚了。趁五更时分，把林冲解投一个去处来。不是别处，有分教：蓼儿洼内，前后摆数千只战舰艨艟；水浒寨中，左右列百十个英雄好汉。正是说时杀气侵人冷，讲处悲风透骨寒。毕竟看林冲被庄客解投甚处来，且听下回分解。

五、名家点评

1. 《水浒》和《红楼梦》的有些地方，是能使读者由说话看出人来的。——鲁迅《花边文学·看书琐记》

2. 独有《水浒传》，只是看不厌，无非为他把一百八个性格都写出来。——金圣叹

3. 《水浒传》文字，妙绝千古，全在同而不同处有辨。如鲁智深、李逵、武松、阮小七、石秀、呼延灼、刘唐等众人，都是急性的，渠形容刻画来，各有派头，各有光景，各有家数，各有身份，一毫不差，半些不混，读去自有分辨，不必见其姓名，一睹事实，就知某人某人也。——（明）叶昼

13 牡 丹 亭

（明）汤显祖

一、作者简介

汤显祖（1550—1616），明朝江西临川人。字义仍，号若士，海若，清远道人，出身书香门第，为人耿直，敢于直言，一生不肯依附权贵，因此经常得罪人。14 岁进学，21 岁中举。少年时受学于泰州学派创立者王艮的三传弟子罗汝芳。早年参加进士考试，因拒绝内阁首辅张居正的招揽而落选。直到 33 岁时才中进士。中进士后，拒绝当时执掌朝政的张四维、申时行的拉拢行贿而遭排挤。明万历年间曾任给事中，49 岁时弃官回家。他从小受王学左派的影响，结交被当时统治者视为异端的李贽等人，反程朱理学；肯定人欲，追求个性自由的思想对他影响很大。在文学思想上，汤显祖与公安派反复古思潮相呼应，明确提出文学创作首先要"立意"的主张，把思想内容放在首位。这些思想在他的作品中都得到了具体体现。汤显祖虽然也创作过诗文等，但成就最高的还是戏曲。他是中国古代继关汉卿之后的又一位伟大的戏剧家。他的戏剧创作现存主要有五种，即"玉茗堂四梦"（或称"临川四梦"）及《紫箫记》。"玉茗堂四梦"即《紫钗记》《牡丹亭》《邯郸记》《南柯记》。这四部作品中，汤显祖最得意、影响最大的当数《牡丹亭》。史赞曰："为官不济，为文不朽。"万历五年（1577 年）考试失利，试作传奇《紫箫记》34 出，全剧未完。万历十五年，他把未完成的《紫箫记》改写成《紫钗记》。诗文集有《红泉逸草》《问棘邮草》（残）、《玉茗堂文集》。

汤显祖晚年潜心佛学，自称"偏州浪士，盛世遗民"，说"天下事耳之而已，顺之而已"，后又自号"茧翁"。汤显祖也是世界伟人之一，日本学者青木正儿在《中国近世戏曲史》中，将他和莎士比亚并称为东西方交相辉映的两颗明星。

二、名著概要

《牡丹亭》是明朝剧作家汤显祖的代表作之一，全剧共 55 出，描写了杜丽娘和柳梦梅的爱情故事。《牡丹亭》全名《牡丹亭还魂记》，即《还魂记》，也称《还魂梦》或《牡丹亭梦》，传奇剧本，据明代话本小说《杜丽娘慕色还魂》而成，是明代南曲的代表，也是中国戏曲史上浪漫主义的杰作。

贫寒书生柳梦梅梦见在一座花园的梅树下立着一位佳人，说同他有姻缘之分，从此经常思念她。南安太守杜宝之女名丽娘，才貌端妍，从师陈最良读书。她由《诗经·关雎》对爱情的描述受到启发。在婢女春香的怂恿下偷偷走出闺房而伤春、寻春。"不到园林，怎知春色如许"，春天大自然的活力也唤醒了杜丽娘的青春活力。从花园回来后在昏昏睡梦中见一书生持半枝垂柳前来求爱，两人在牡丹亭畔幽会。杜丽娘从此愁闷消瘦，一病不起。她在弥留之际要求母亲把她葬在花园的梅树下，嘱咐婢女春香将其自画像藏在太湖石底。其父升任淮阳安抚使，委托陈最良葬女并修建"梅花庵观"。三年后，柳梦梅赴京应试，借宿梅花庵观中，在太湖石下拾得杜丽娘画像，发现杜丽娘就是他梦中见到的佳人。杜丽娘魂游后园，和柳梦梅再度幽会。柳梦梅掘墓开棺，杜丽娘起死回生，两人结为夫妻，前往临安。杜丽娘的老师陈最良看到杜丽娘的坟墓被发掘，就告发柳梦梅盗墓之罪。柳梦梅在临安应试后，受杜丽娘之托，送家信传报还魂喜讯，结果被杜宝囚禁。发榜后，柳梦梅由阶下囚一变而为状元，但杜宝拒不承认女儿的婚事，强迫她离异，纠纷闹到皇帝面前，杜丽娘和柳梦梅二人终成眷属。

《牡丹亭》在封建礼教制度森严的古代中国一经上演，就受到当时民众的欢迎，特别是感情受压抑的妇女。有记载当时有少女读其剧作后深为感动，以至于"忿惋而死"，以及杭州有女伶演到"寻梦"一出戏时感情激动，卒于台上。杜丽娘与柳梦梅的爱情故事体现了青年男女对自由的爱情生活的追求，显示了要求个性解放的思想倾向。《牡丹亭》中个性解放的思想倾向影响更为深远，从清朝《红楼梦》中也可看出这种影响。

三、作品导读

《牡丹亭》表现出来的进步的光辉思想，具体体现在一系列生动而鲜明的艺术形象的塑造上。

杜丽娘——《牡丹亭》中描写得最成功的人物形象。在她身上有着强烈的叛逆情绪，这不仅表现在她为寻求美满爱情所作的不屈不挠的斗争方面，也表现在她对封建礼教给妇女安排的生活道路的反抗方面。作者成功地、细致地描写了她的反抗性格的成长过程。杜丽娘生于名门宦族之家，从小就受到严格的封建教育。她曾经安于父亲替她安排下的道路，稳重、矜持、温顺，这突出表现在"闺塾"一场。但是，由于生活上的束缚、单调，也造成了她情绪上的苦闷，引起了她对现状的不满和怀疑。《诗经》中的爱情诗唤起了她青春的觉醒，她埋怨父亲在婚姻问题上太讲究门第，以致耽误了自己美好的青春。春天的明媚风光也刺激了她要求身心解放的强烈感情。终于，她在梦中接受了柳梦梅的爱情。

梦中获得的爱情，更加深了她对幸福生活的要求，她要把梦境变成现实，"寻梦"正是她反抗性格的进一步发展。在戏剧中，作者用浪漫主义的手法成功地表现了理想与现实的矛盾，幻梦中的美景，现实里难寻。正因梦境不可得，理想不能遂，杜丽娘忧郁而死。但是作者并没有以杜丽娘的死来结束他的剧本，其独特的艺术构思，又以浪漫主义的手法描写杜丽娘在阴间向判官询问她梦中的情人姓柳还是姓梅，她的游魂还和柳梦梅相会，继续着以前梦中的美满生活。这时，杜丽娘已经完全摆脱了满足一游魂来和情人一起生活，她要求柳梦梅掘她的坟墓，让她复生。为情人而死去，也为情人而再生；为理想而牺牲，也为理想而复活。她到底又回到了现实世界，到底和柳梦梅成就了婚姻。这番过程充分说明了杜丽娘在追求爱情上的大胆而坚定，缠绵而执着。

由唯唯诺诺的官宦之家的千金小姐，发展到勇于决裂、敢于献身的深情女郎，这是杜丽娘性格的第一度发展。一度发展是如此的迅捷，升华得如此强烈，梦醒之后与现实的距离和反差又是如此之巨大，以致杜丽娘不得不付出燃尽生命全部能量的代价，病死于寻梦觅爱的徒然渴望之中。但杜丽娘的可贵之处不仅在于能为情而死，还表现在死后面对阎罗王据理力争，表现在身为鬼魂而对情人柳梦梅一往情深，以身相慰，最终历尽艰阻为情而复生，与柳梦梅在十分简陋的仪式下称意成婚。这是杜丽娘性格的第二度发展与升华，所谓"一灵咬住"，决不放松，"生生死死为情多"。

杜丽娘性格的第三度发展表现在对历经劫难、终得团圆之胜利成果的保护与捍卫。面对亲爹爹再三弹压她那状元夫君的淫威，回应老父亲在金銮殿上指着嫡亲女儿"愿吾皇向金阶一打，立见妖魔"的狠心，杜丽娘在朝堂之上时而情深一叙，时而慷慨陈词，把一部为情而死生的追求史演述得那般动人，就连皇上也为之感动，甚至亲自主婚，"敕赐团圆"。

头发，几条背花？敢也怕些些夫人堂上那些家法。（贴）再不敢了。（旦）可知道？（末）也罢，松这一遭儿。起来。（贴起介）？

【尾声】（末）女弟子则争个不求闻达，和男学生一般儿教法。你们工课完了，方可回衙。咱和公相陪话去。（合）怎辜负的这一弄明窗新绛纱。（下）（贴作背后指末骂介）村老牛，痴老狗，一些趣也不知。（旦作扯介）死丫头，"一日为师，终身为父"，他打不的你？俺且问你那花园在那里？（贴做不说）？（旦做笑问介）（贴指介）兀那不是！（旦）可有什么景致？（贴）景致么，有亭台六七座，秋千一两架。绕的流觞曲水，面着太湖山石。名花异草，委实华丽。（旦）原来有这等一个所在，且回衙去。

（旦）也曾飞絮谢家庭，（李山甫）（贴）欲化西园蝶未成。（张泌）

（旦）无限春愁莫相问，（赵嘏）（合）绿阴终借暂时行。（张祜）

五、名家点评

1. 汤义仍《牡丹亭梦》一出，家户传诵，几令《西厢》减价。——沈德符

2. 玉茗"四梦"，其文字之佳，直是赵璧隋珠，一语一字，皆耐人寻味。——吴梅

3. 我们中国的戏剧并不比外国人差，中国的关汉卿、汤显祖并不比莎士比亚差。——赵景深

4. "春香闹学"的反封建精神和杜丽娘的整个反封建精神完全一致。——徐朔方

14　西　游　记

（明）吴承恩

一、作者简介

吴承恩（约1500—约1582），字汝忠，号射阳居士，淮安山阳（今江苏淮安）人，明代小说家。吴承恩出生在一个由书香门第而败落的小商人家庭，其曾祖父作过训导和教谕的学管（相当于县教育局长），父吴锐经营丝线铺。吴承恩幼年就很聪明，"以文鸣于淮"，而且很喜欢神异故事，爱读"野言稗史"，但屡试不第，约四十余岁时，才补得一个岁贡生。由于母老家贫，曾出任长兴县丞两年，终因受人诬告，两年后"拂袖而归"。晚年放浪诗酒，终老于家。

二、名著概要

《西游记》是中国古典四大名著之一，是中国古代一部浪漫主义长篇神魔小说，作者吴承恩，成书于16世纪明朝中叶，主要描写了唐僧、孙悟空、猪悟能、沙悟净师徒四人去西天取经，历经九九八十一难，最后终于取得真经的故事。《西游记》的成书与《三国演义》《水浒传》相类似，都经历了一个长期积累与演化的过程。但其演化的特征却并不一致：《三国演义》《水浒传》是在历史真实的基础上加以生发与虚构，是"实"与"虚"的结合而以"真"的假象问世；而《西游记》的演化过程则是将历史的真实不断地神化、幻化，最终以"幻"的形态定型。

小说以整整七回的大闹天宫故事开始，把孙悟空的形象提到全书首要的地位。第八至十二回写如来说法，观音访僧，唐僧出世等故事，交代取经的缘起。从十三回到全书结束，讲述了孙悟空被压于五行山下，五百年后，观音向孙悟空道出自救的方法：他须随唐三藏到西方取经，作其徒弟，修成正果之日便得救；孙悟空遂紧随唐三藏上路，途中屡遇妖魔鬼怪，二人与猪八戒、沙僧等合力对付，经过各种磨难，展开了一段艰辛的取西经之旅。

内容分为三大部分：第一部分（一到七回）介绍孙悟空的神通广大，大闹天宫；第二部分（八到十二回）叙三藏取经的缘由；第三部分（十三到一百回）是全书故事的主体，写孙悟空等降伏妖魔，最终到达西天取回真经。

《西游记》自问世以来在中国乃至世界各地广为流传，被翻译成多种语言。书中孙悟空这个形象，以其鲜明的个性特征，在中国文学史上立起了一座不朽的艺术丰碑。《西游记》不仅内容极其丰富，故事情节完整严谨，而且人物塑造鲜活、丰满，想象多姿多彩，语言也朴实通达。更为重要的是，《西游记》在思想境界和艺术境界上都达到了前所未有的高度，可谓集大成者。《西游记》作为一部神魔小说，既不是直接地抒写现实生活，又不类于史前的原始神话，在它神幻奇异的故事之中，诙谐滑稽的笔墨之外，蕴涵着某种深意和主旨。

《西游记》的最后写定者是谁，迄今无定论。20世纪20年代，经鲁迅、胡适等人的认定，《西游记》归于吴承恩名下，但仍有学者提出质疑，目前仍将《西游记》的作者暂定为吴承恩。

三、作品导读

《西游记》想通过孙悟空的形象来宣扬"三教合一"化了的心学是一清二楚的。心学的基本思想"求放心""致良知",即是使受外物迷惑而放纵不羁的心,回归到良知的自觉境界。小说特别选用了"心猿"这一典型的比喻躁动心灵的宗教用语来作为孙悟空的别称。一些回目和诗赞也非常直接和明白地表现了这一寓意。全书内容构架由三部分组成:孙悟空大闹天宫;被压于五行山下;西行取经成正果。这实际上隐喻了放心、定心、修心的全过程。这种寓意在小说文本中多有提示。《西游记》在总体上十分清楚地宣扬了与道家"修心炼性"、佛家"明心见性"相融合的心学。

《西游记》的作者在改造和加工传统的大闹天宫和取经的故事时,纳入了时尚的心学的框架,但心学本身在发展中又有张扬个性和道德完善的不同倾向,这与西游故事在长期流传过程中积淀的广大人民群众的意志相结合,就使《西游记》在具体的描绘中实际上所表现的精神,明显地突破、超越了预设的理性框架,并向着肯定自我价值和追求人性完美倾斜。具体而言,假如说前七回主观上想谴责"放心"之害,而在客观上倒是赞颂了自由和个性的话,那么以第七回"定心"为转机,以后取经"修心"的过程,就是反复说明了师徒四人在不断扫除外部邪恶的同时完成了人性的升华,孙悟空最终成了一个有个性、有理想、有能力的人性美的象征。

小说的主要篇幅是描写孙悟空与唐僧师徒经八十一难,去西天取经。这八十一难有不少是模式相同的,前后很难找到某种内在的逻辑联系,因而给人以一种循环往复的感觉。这些周而复始、形形色色的险阻与妖魔,都是用来作为修心过程中障碍的象征。众多形象中,孙悟空尤为鲜明地饱含着作者的理想和时代的精神。

孙悟空在取经过程中,仍然保持着鲜明的桀骜不驯的个性特点。随着他经历八十一难,扫除众魔,自己也由魔变成了佛,这也就自然地使他的品格更显出完美性和普遍性。而事实上,他的那种英雄风采,正是明代中后期人们所普遍追求的一种人性美。孙悟空就成了有个性、有理想、有能力的人性美的象征。

《西游记》这部"幻妄无当"的神魔小说确实与明代中后期的现实世界有着千丝万缕的联系,这部作品整体内涵是十分丰富的。

《西游记》在艺术上的最大特色,就是以诡异的想象、极度的夸张,突破时空,突破生死,突破神、人、物的界限,创造了一个光怪陆离、神异奇幻的境界。这部小说就在极幻之文中,含有极真之情;在极奇之事中,寓有极真之理。这一特点与小说在整体上"幻"与"真"相结合的精神一致。《西游记》塑造人物形象也自有其特色,即能做到物性、神性与人性的统一。《西游记》中的神魔形象之所以能给人以一种真实、亲切的感觉,很重要的一点是注意把人物置于日常的平民社会中,多色调地去刻画其复杂的性格。《西游记》在艺术表现上的另外一个特点,就是能"以戏言寓诸幻笔",中间穿插了大量的游戏笔墨,使全书充满着喜剧色彩和诙谐气氛。

四、精彩文段

第七回　八卦炉中逃大圣　五行山下定心猿

富贵功名,前缘分定,为人切莫欺心。正大光明,忠良善果弥深。些些狂妄天加谴,眼前不遇待时临。问东君因甚,如今祸害相侵。只为心高图罔极,不分上下乱规箴。话表齐天大圣被众天兵押去斩妖台下,绑在降妖柱上,刀砍斧剁,枪刺剑刳,莫想伤及其身。南斗星奋令火部众神，放火煨烧，亦不能烧着。又着雷部众神，以雷屑钉打，越发不能伤损一毫。那大力鬼王与众启奏道："万岁，这大圣不知是何处学得这护身之法，臣等用刀砍斧剁，雷打火烧，一毫不能伤损，却如之何？"玉帝闻言道："这厮这等，这等，如何处治？"太上老君即奏道："那猴吃了蟠桃，饮了御酒，又盗了仙丹。我那五壶丹，有生有熟，被他都吃在肚里，运用三昧火，锻成一块，所以浑做金钢之躯，急不能伤。不若与老道领去，放在八卦炉中，以文武火锻炼。炼出我的丹来，他身自为灰烬矣。"玉帝闻言，即教六丁六甲将他解下，付与老君。老君领旨去讫，一壁厢宣二郎显圣，赏赐金花百朵，御酒百瓶，还丹百粒，异宝明珠，锦绣等件，教与义兄弟分享。真君谢恩，回灌江口不题。

那老君到兜率宫，将大圣解去绳索，放了穿琵琶骨之器，推入八卦炉中，命看炉的道人，架火的童子，将火扇起锻炼。原来那炉是乾、坎、艮、震、巽、离、坤、兑八卦。他即将身钻在"巽宫"位下，巽乃风也，有风则无火，只是风搅得烟来，把一双眼刍红了，弄做个老害病眼，故唤作火眼金睛。

真个光阴迅速，不觉七七四十九日，老君的火候俱全，忽一日，开炉取丹。那大圣双手揉着眼，正自揉搓流涕，只听得炉头声响，猛睁睛看见光明，他就忍不住将身一纵，跳出丹炉，唿喇一声，蹬倒八卦炉，往外就走。慌得那架火看炉与丁甲一班人来扯，被他一个个都放倒，好似癫痫的白额虎，风狂的独角龙。老君赶上抓一把，被他一揸，揸了个倒栽葱，脱身走了。即去耳中掣出如意棒，迎风幌一幌，碗来粗细，依然拿在手中，不分好歹，却又大乱天宫，打得那九曜星闭门闭户，四天王无影无形。好猴精！有诗为证。诗曰：混元体正合先天，万劫千番只自然。渺渺无为浑太乙，如如不动号初玄。炉中久炼非铅汞，物外长生是本仙。变化无穷还变化，三皈五戒总休言。又诗：一点灵光彻太虚，那条挂杖亦如之。或长或短随人用，横竖横排任卷舒。又诗：猿猴道体配人心，心即猿猴意思深。大圣齐天非假论，官封弼马是知音。马猿合作心和意，紧缚牢拴莫外寻。万相归真从一理，如来同契住双林。

这一番，那猴王不分上下，使铁棒东打西敌，更无一神可挡。只打到通明殿里，灵霄殿外。幸有佑圣真君的佐使王灵官执殿，他看大圣纵横，掣金鞭近前挡住道："泼猴何往！有吾在此，切莫猖狂！"这大圣不由分说，举棒就打，那灵官鞭起相迎。两个在灵霄殿前厮浑一处好杀：赤胆忠良名誉大，欺天诳上声名坏。一低一好幸相持，豪杰英雄同赌赛。铁棒凶，金鞭快，正直无私怎忍耐？这个是太乙雷声应化尊，那个是齐天大圣猿猴怪。金鞭铁棒两家能，都是神宫仙器械。今日在灵霄宝殿弄威风，各展雄才真可爱。一个欺心要夺斗牛宫，一个竭力匡扶玄圣界。苦争不让显神通，鞭棒往来无胜败。他两个斗在一处，胜败未分，早有佑圣真君，又差将佐发文到雷府，调三十六员雷将齐来，把大圣围在垓心，各骋凶恶鏖战。那大圣全无一毫惧色，使一条如意棒，左遮右挡，后架前迎。一时，见那众雷将的刀枪剑戟、鞭简挝锤、钺斧金瓜、旄镰月铲，来的甚紧，他即摇身一变，变做三头六臂，把如意棒幌一幌，变作三条，六只手使开三条棒，好便似纺车儿一般，滴流流在那垓心里飞舞，众雷神莫能相近。真个是：圆陀陀，光灼灼，亘古常存人怎学？入火不能焚，入水何曾溺？光明一颗摩尼珠，剑戟刀枪伤不着。也能善，也能恶，眼前善恶凭他作。善时成佛与成仙，恶处披毛并带角。无穷变化闹天宫，雷将神兵不可捉。当时众神把大圣攒在一处，却不能近身，乱嚷乱斗，早惊动玉帝。遂传旨着游奕灵官同翊圣真君上西方请佛老降伏。

那二圣得了旨，径到灵山胜境雷音宝刹之前，对四金刚、八菩萨礼毕，即烦转达。众神随至宝莲台下启知，如来召请。二圣礼佛三匝，侍立台下，如来问："玉帝何事烦二圣下临？"二圣即启道："向时花果山产一猴，在那里弄神通，聚众猴搅乱世界。玉帝降招安旨，封为弼马温，他嫌官小反去。当遣李天王、哪吒太子擒拿未获，复招安他，封做齐天大圣，先有官无禄。着他代管蟠桃园，他即偷桃，又走至瑶池偷肴偷酒，搅乱大会。仗酒又暗入兜率宫，偷老君仙丹，反出天宫。玉帝复遣十万天兵，亦不能收伏。后观世音举二郎真君同他义兄弟追杀，他变化多端，亏老君抛金钢琢打中，二郎方得拿住。解赴御前，即命斩之。刀砍斧剁，火烧雷打，俱不能伤，老君奏准领去，以火锻炼。四十九日开鼎，他却又跳出八卦炉，打退天丁，径入通明殿里，灵霄殿外；被佑圣真君的佐使王灵官挡住苦战，又调三十六员雷将，把他困在垓心，终不能相近。事在紧急，因此玉帝特请如来救驾。"如来闻诏，即对众菩萨道："汝等在此稳坐法堂，休得乱了禅位，待我炼魔救驾去来。"

如来即唤斋阿傩、迦叶二尊者相随，离了雷音，径至灵霄门外，忽听得喊声振耳，乃三十六员雷将围困着大圣哩。佛祖传法旨："教雷将停息干戈，放开营所，叫那大圣出来，等我问他有何法力。"众将果退，大圣也收了法象，现出原身近前，怒气昂昂，厉声高叫道："你是那方善士，敢来止住刀兵问我？"如来笑道："我是西方极乐世界释迦牟尼尊者，南无阿弥陀佛。今闻你猖狂村野，屡反天宫，不知是何方生长，何年得道，为何这等暴横？"大圣道："我本天地生成灵混仙，花果山中一老猿。水帘洞里为家业，拜友寻师悟太玄。炼就长生多少法，学来变化广无边。因在凡间嫌地窄，立心端要住瑶天。灵霄宝殿非他久，历代人王有分传。强者为尊该让我，英雄只此敢争先。"佛祖听言，呵呵冷笑道："你那厮乃是个猴子成精，焉敢欺心要夺玉皇上帝尊位？他自幼修持，苦历过一千七百五十劫，每劫该十二万九千六百年。你算，他该多少年数，方能享受此无极大道？你那个初世为人的畜生，如何出此大言！不当人子！不当人子！折了你的寿算！趁早皈依，切莫胡说！但恐遭了毒手，性命顷刻而休，可惜了你的本来面目！"大圣道："他虽年劫修长，也不应久占在此。常言道，皇帝轮流做，明年到我家。只教他搬出去，将天宫让与我便罢了；若还不让，定要搅攘，永不清平！"佛祖道："你除了长生变化之法，再有何能，敢占天宫胜境？"大圣道："我的手段多哩！我有七十二般变化，万劫不老长生。会驾筋斗云，一纵十万八千里。如何坐不得天位？"佛祖道："我与你打个赌赛：你若有本事，一筋斗打出我这右手掌中，算你赢，再不用动刀兵苦争战，就请玉帝到西方居住，把天宫让你；若不能打出手掌，你还下界为妖，再修几劫，却来争吵。"那大圣闻言暗笑道："你如来十分好呆！我老孙一筋斗去十万八千里。他那手掌，方圆不满一尺，如何跳不出去？"急发声道："既如此说，你可做得主张？"佛祖道："做得！做得！"伸开右手，却似个荷叶大小。那大圣收了如意棒，抖擞神威，将身一纵，站在佛祖手心里，却道声："我出去也！"你看他一路云光，无影无形去了。佛祖慧眼观看，见那猴王风车子一般相似不住，只管前进。大圣行时，忽见有五根肉红柱子，撑着一股青气。他道："此间乃尽头路了。这番回去，如来作证，灵霄宫定是我坐也。"又思量说："且住！等我留下些记号，方好与如来说话。"拔下一根毫毛，吹口仙气，叫："变！"变作一管浓墨双毫笔，在那中间柱子上写一行大字云："齐天大圣到此一游。"写毕收了毫毛，又不庄尊，却在第一根柱子根下撒了一泡猴尿。翻转筋斗云，径回本处，站在如来掌内道："我已去，今来了。你教玉帝让天宫与我。"如来骂道："我把你这个尿精猴子！你正好不曾离了我掌哩！"大圣道："你是不知。我去到天尽头，见五根肉红柱，撑着一股青气，我留个记在那里，你敢和我同去看么！"如来道："不消去，你只自低头看看。"那大圣睁圆火眼金睛，低头看时，原来佛祖右手中指写着"齐天大圣到此一游"，大指丫里，还有些猴尿臊气。大圣吃了一惊道："有这等事！有这等事！我将此字写在撑天柱子上，如何却在他手指上？莫非有个未卜先知的法术。我决不信！不信！等我再去来！"

好大圣，急纵身又要跳出，被佛祖翻掌一扑，把这猴王推出西天门外，将五指化作金木水火土五座联山，唤名五行山，轻轻的把他压住。众雷神与阿傩、迦叶一个个合掌称扬道："善哉！善哉！当年卵化学为人，立志修行果道真。万劫无移居胜境，一朝有变散精神。欺天罔上思高位，凌圣偷丹乱大伦。恶贯满盈今有报，不知何日得翻身。"

五、名家点评

1. 如果我们一定要问他的大旨，则我觉得明人谢肇淛说的"《西游记》……以猿为心之神，以猪为意之驰，其始之放纵，至死靡他，盖亦求放心之喻。"这几句话，已经很足以说尽了。——鲁迅

2. （《西游记》）至多不过是一部很有趣的滑稽小说，神话小说，他并没有什么微妙的意思。——胡适

3. 作《西游记》者不过借妖魔来画个影子耳。——李卓吾

4. 《西游记》是古之儿童唯一能当作童话来读的作品，其实不是童话，鲁迅把它列入"神魔小说"一类是对的，儿童读起来已经有一些不理解不喜欢的东西，成年以后还爱读的，恐怕不会有很多了。——舒芜

5. 《西游记》不仅奠定了神魔小说这一小说品类的基础，开拓了中国长篇小说的表现内容，而且是中国小说中极为少见的描绘了人与自然的关系的作品。——何满子

15 桃 花 扇

（清）孔尚任

一、作者简介

孔尚任（1648—1718），字聘之，又字季重，号东塘，别号岸堂，自称云亭山人。山东曲阜人，孔子六十四代孙，清初诗人、戏曲作家。

37 岁前，在家过着养亲、读书的生活。他接触了一些南明遗民，了解到许多南明王朝兴亡的第一手史料和李香君的轶事，对写一部反映南明兴亡的历史剧萌发浓厚兴趣，开始了《桃花扇》的构思和试笔，但"仅画其轮廓，实未饰其藻采也"（《桃花扇本末》）。

1684 年康熙南巡北归，特至曲阜祭孔，37 岁的孔尚任在御前讲经，颇得康熙的赏识，破格授为国子博士，赴京就任。39 岁，奉命赴江南治水，历时四载。这个时期，他的足迹几乎踏遍南明故地，又与一大批有民族气节的明代遗民结为知交，接受他们的爱国思想，加深了对南明兴亡历史的认识。他积极收集素材，丰富创作《桃花扇》的构思。康熙二十九年（1690 年），奉调回京，历任国子监博士、户部主事等。康熙三十八年（1699 年），52 岁的孔尚任终于写成了《桃花扇》。次年春，《桃花扇》上演，次年三月，孔尚任被免职。

罢官后，孔尚任在京赋闲两年多，接着回乡隐居。康熙五十七年（1718 年），这位享有盛誉的一代戏曲家，就在曲阜石门家中与世长辞了，年 70 岁。他的作品还有和顾采合著的《小忽雷》传奇及诗文集《湖海集》《岸堂文集》《长留集》等，均传世。

二、名著概要

《桃花扇》演的是南明弘光小朝廷的兴亡始末，孔尚任在《桃花扇小引》说明其命意是："场上歌舞，局外指点，知三百年之基业，隳于何人？败于何事？消于何年？歇于何地？不独令观者感慨涕零，亦可惩创人心，为末世之一救矣。"明清易代，引起了人们的心灵震撼，忧愤成思，在清初形成了追忆历史的普遍心理，写史书的人之多，稗史之富，在中国历史上是罕有的。

在大明江山风雨飘摇的危急时刻，忧国忧民的风流名士侯方域和色艺双全的秦淮名妓李香君相遇了。他们的结合，是浪漫而倜傥的，又是多灾多难的。结婚的第一天，一个政治黑影就出现在他们中间：阉党余孽阮大铖为了讨好颇有政治声望的侯方域，竟然转经他人送来了奁资。新娘李香君比丈夫侯方域还要看重名节，馈赠被退回了，冤仇也结下了。阮大铖时刻准备报复。

在那样一个兵荒马乱的年代里，报复的机会是很多的。当时南方的军事政治集团在危难中加剧了矛盾和纷争，侯方域出面劝说左良玉部敛迹安定，阮大铖则向督抚马士英诬告侯方域勾结左良玉，这就使得侯方域不得不离开李香君，投奔史可法。后来，南明小朝廷建立，阮大铖利用权势逼迫李香君给漕抚田仰做妾。李香君一心思念远行的丈夫侯方域，当然不肯从命，当着抢婚人的面以头撞地，把斑斑血迹都溅在侯方域新婚之夜送给她的诗扇上。目睹此景的一位友人深受感动，把扇面上的血迹勾勒成朵朵桃花，成了一面"桃花扇"。李香君托正直的友人苏昆生带着这把包含无限情意的扇子去寻找侯方域。侯方域一回到南京，就被捕入狱，李香君也被迫做了宫中的歌妓。直到清军席卷江南，南明小朝廷覆亡，这对夫妻才分别从狱中和宫中逃出。他们后来在栖霞山白云庵不期而遇，感慨万千。但是国破家亡，他们也不再想重温旧梦了，便各自出家。

《却奁》是《桃花扇》的第七出，是《桃花扇》"借离合之情，写兴亡之感"的关键一出。从这一出开始，才正式把爱情的纠葛和政治的斗争结合起来。对《却奁》这出戏，作者的原评指出："秀才之打也，公子之骂也，皆于此折结穴。侯郎之去也，香君之守也，皆于此折生隙。一官咸凑，百节不松，文章关键也。"戏从第一出《听稗》到第三出《眠香》主要是写侯方域和李香君的结合以及复社文人与阮大铖的矛盾。到第七出《却奁》，由于阮大铖等人的插手，致使侯方域和李香君的结合，并非单纯由男女主人公的郎才女貌，一见钟情，如同一般才子佳人戏所描写的那样，而是直接由一场政治斗争所促成。他们的结合，一开始就陷入了政治斗争的漩涡。由于李香君对政治的敏感，看出了阮大铖助妆的阴谋，所以才有她却奁的壮举，使得阮大铖的阴谋落空，因而怀恨在心，妄图报复。这出戏通过各个人物对待阮大铖助妆这件事的不同态度和表现，展开人物对比，突出刻画李香君疾奸邪、重气节的形象。

《桃花扇》是一部最接近历史真实的历史剧。

三、作品导读

《桃花扇》中塑造了几个社会下层人物的形象，最突出的是妓女李香君和艺人柳敬亭、苏昆生。按照当时的等级贵贱观念，他们属于为衣冠中人所不齿的倡优、贱流，在剧中却是最高尚的人。李香君毅然却奁，使阮大铖卑劣的用心落空；她孤身处在昏君、权奸的淫威下，誓不屈节，敢于怒斥权奸害民误国。柳敬亭行侠好义，奋勇投辕下书，使手握重兵又性情暴戾的左良玉折服。在《桃花扇》稍前演忠奸斗争的戏曲中出现过市井细民的正面形象，但多是忠于主人的义仆，如《一捧雪》中的莫诚，或者是支持忠良的义士，如《清忠谱》中的颜佩韦五人，都还是处在配角的位置上。《桃花扇》中的李香君、柳敬亭等，都是关心国事、明辨是非、有着独立人格的人物，使清流文人相形见绌，更不要说处在被批判地位的昏君、奸臣。这自然是有现实的依据，反映着晚明都会中部分妓女的风雅化以至附庸政治的现象，这种现象在诗歌、传记、笔记中反映出来，但剧中形成的贵贱颠倒的对比，不只是表明孔尚任突破了封建的等级贵贱观念，其中也含有他对尊贵者并不尊贵，卑贱者并不卑贱的现实的愤激情绪，以及对此所作出的思索。这是当时许多旨在存史、寄托兴亡之悲的稗史所不具备的。

《桃花扇》创作的成功还表现在人物形象众多，但大都人各一面，性格不一，即便是同一类人也不雷同。这显示出孔尚任对历史的尊重，如实写出人物的基本面貌。如同是武将，江北四镇都恃武逞强，行事、结局却不同：高杰无能，二刘投降，黄得功争位内讧，却死不降北兵；左良玉对崇祯皇帝无限忠心，但骄矜跋扈，缺少谋略，轻率挥兵东下。侯方域风流倜傥，有几分纨绔气，却关心国事。这其中也反映出孔尚任对人物性格的刻画较其他传奇作家有着更自觉的意识，要将人物写活。如同是权奸，马士英得势后横行霸道，而阮大铖则奸诈狡猾，都表现得淋漓尽致，从而在剧中营造出生动的场面和气氛。杨龙友的形象尤有特色。他周旋于两种力量之间，出面为阮大铖疏通复社文人，带人抓走李香君的假母，在马士英、阮大铖要逮捕侯方域时，又向侯方域通风报信；他趋从、奉迎马士英、阮大铖，在李香君骂筵中面临杀身之危时，又巧言救护李香君，诚如《桃花扇·媚座》批语所说："作好作

多个字。小说描写简洁生动，人物个性刻画鲜明，单是青年女子，就有很多具有典型性格的形象。读《聊斋志异》，就像走进一座五彩缤纷的人物画廊。每个故事的情节安排也都显出作者的智慧和匠心，故事性强，曲折有味让人回味无穷。此书刊行之后，风行海内，几至家置一书，脍炙人口。人们几乎众口一词，公认"小说家谈狐说鬼之书，以《聊斋》为第一。"

三、作品导读

《聊斋志异》构建故事的一种模式是人入异域幻境，其中有入天界，入冥间，入仙境，入梦，入奇邦异国。在《聊斋志异》里，幽冥世界的形式化最为明显。蒲松龄对冥间及鬼官的描写，没有屈从渗透进民间信仰中的本有的观念和固定模式，而是随意涂抹。在这里，人鬼之遇合实际上是为那些惨死者设置的吐苦情、诉幽怨的场合。人鬼遇合是子虚乌有的，而吐诉的却是真实的血和泪，幽婚式的故事里装入的是现实政治主题。

《聊斋志异》构建故事的另一种模式是狐、鬼、花妖、精怪幻化进入人世间。《聊斋志异》中的异类，尤其是女性的，是以人的形神、性情为主题，只是将异类的某种属性特征融入或附加在其身上。所有异类形象又多是在故事进展中或行将结束时，才显示一下其来由和属性，形成"偶见鹘突，知复非人"的艺术情趣。

《聊斋志异》里的狐、鬼、花妖、精怪形象，也是用作关照社会人生的。它们多数是美的、善的，给人（多是书生）带来温馨、欢乐、幸福，给人以安慰、帮助，可以说是寄托意愿，补偿现实的缺憾。如《红玉》中狐女出现于故事的开头和结尾处，主题部分是书生冯相如遭到豪绅的欺凌而家破人亡的惨剧。开头红玉来就穷书生，冯家遭难后再来，为冯相如保存、抚育孩子，以主妇自任，恢复家业。还有一种狐鬼花妖，它们的性格、行为表现的是一种情志、意向，可以称为象征性的文学意象。黄英是菊花精，名字便是由"菊有黄花"化出。菊花由于陶渊明的"采菊东篱下，悠然见南山"诗句，被赋予高洁的品格，常比喻淡泊名利、安贫乐道的清高节操。蒲松龄笔下的黄英，精于种菊、卖菊，以此致富。她与以市井谋利为耻的士子马子才婚前婚后的分歧、纠纷中，马子才总是处在尴尬不能自处的位置上。黄英的形象体现着读书人传统的清高观念的变化。

《聊斋志异》在文言小说的创作艺术上有多方面的创新，虽然有的成功有的并不成功，但毕竟将文言短篇小说推到了空前而后人又难以为继的艺术境界。《聊斋志异》中许多优秀的作品，较之以前的文言小说，更加重了对人物环境、行动状况、心里表现等方面的描写。《聊斋志异》中许多篇章带有诗化的倾向。文言小说中有诗，通常是人物以诗代言，篇中人物多以歌诗通情，反成累赘。《聊斋志异》中只是偶尔使用，而且极少写出整首的诗词，却由此显示出作者以诗入小说的艺术匠心。《聊斋志异》的诗化倾向，不仅表现于小说叙事中运用了诗句、诗意，还表现于许多篇章不同地带有诗的品格特征。《聊斋志异》的叙事也吸取了诗尚含蓄蕴藉的特点。

《聊斋志异》是文言小说，运用的是长期以来文人通用的所谓"古文"语言。《聊斋志异》近500篇的语言风格也不尽一致。就总体说，其语言特点是保持了文言体式的基本规范，适应小说叙事的要求，采用了唐宋以来古文辞日趋平易的一格，又糅合进了一些口语因素，小说人物的语言尤为显著，于是形成了叙述语言平易简洁，人物语言则灵活多样的特点，并在叙述状物写人诸方面达到了真切晓畅而有意味的境界，完成了各自的艺术使命。《聊斋志异》的叙述语言较一般的文言浅近，行文洗练而文约事丰。

四、精彩文段

红　玉

广平冯翁有一子，字相如，父子俱诸生。翁年近六旬，性方鲠，而家屡空。数年间，媪与子妇又相继逝，井臼自操之。一夜，相如坐月下，忽见东邻女自墙上来窥。视之，美。近之，微笑。招以手，不来亦不去。固请之，乃梯而过，遂共寝处。问其姓名，曰：“妾邻女红玉也。”生大爱悦，与订永好，女诺之。夜夜往来，约半年许。

翁夜起，闻女子含笑语，窥之见女，怒，唤生出，骂曰：“畜产所为何事！如此落寞，尚不刻苦，乃学浮荡耶？人知之，丧汝德；人不知，促汝寿！”生跪自投，泣言知悔。翁叱女曰：“女子不守闺戒，既自玷，而又以玷人。倘事一发，当不仅贻寒舍羞！”骂已，愤然归寝。女流涕曰：“亲庭罪责，良足愧辱！我二人缘分尽矣！”生曰：“父在不得自专。卿如有情，尚当含垢为好。”女言辞决绝，生乃洒涕。女止之曰：“妾与君无媒妁之言，父母之命，逾墙钻隙，何能白首？此处有一佳耦，可聘也。”告以贫，女曰：“来宵相俟，妾为君谋之。”次夜，女果至，出白金四十两赠生。曰：“去此六十里，有吴村卫氏，年十八矣，高其价，故未售也。君重啗之，必合谐允。”言已，别去。

生乘间语父，欲往相之，而隐馈金不敢告。翁自度无赀，以是故，止之。生又婉言：“试可乃已。”翁领之。生遂假仆马，诣卫氏。卫故田舍翁，生呼出引与闲语。卫知生望族，又见仪采轩豁，心许之，而虑其靳于赀。生听其词意吞吐，会其旨，倾囊陈几上。卫乃喜，浼邻生居间，书红笺而盟焉。生入拜媪，居室偪侧，女依母自幛。微睇之，虽荆布之饰，而神情光艳，心窃喜。卫借舍款婿，便言：“公子无须亲迎。待少作衣妆，即合异送去。”生与期而归。诡告翁，言卫爱清门，不责赀。翁亦喜。至日，卫果送女至。女勤俭，有顺德，琴瑟甚笃。

逾二年，举一男，名福儿。会清明抱子登墓，遇邑绅宋氏。宋官御史，坐行贿免，居林下，大煽威虐。是日亦上墓归，见女艳之。问村人，知为生配。料冯贫士，诱以重赂，冀可摇，使家人风示之。生骤闻，怒形于色，既思势不敌，敛怒为笑，归告翁。大怒，奔出，对其家人，指天画地，诟骂万端。家人鼠窜而去。宋氏亦怒，竟遣数人入生家，殴翁及子，汹若沸鼎。女闻之，弃儿于床，披发号救。群篡舁之，哄然便去。父子伤残，吟呻在地，儿呱呱啼室中。邻人共怜之，扶之榻上。经日，生杖而能起。翁忿不食，呕血寻毙。生大哭，抱子兴词，上至督抚，讼几遍，卒不得直。后闻妇不屈死，益悲。冤塞胸吭，无路可伸。每思要路刺杀宋，而虑其扈从繁，儿又罔托。日夜哀思，双睫为不交。

忽一丈夫吊诸其室，虬髯阔颔，曾与无素。挽坐，欲问邦族。客遽曰：“君有杀父之仇，夺妻之恨，而忘报乎？”生疑为宋人之侦，姑伪应之。客怒眦欲裂，遽出曰：“仆以君人也，今乃知不足齿之伧！”生察其异，跪而挽之，曰：“诚恐宋人餂我。今实布腹心：仆之卧薪尝胆者，固有日矣，但怜此褓中物，恐坠宗祧。君义士，能为我杵臼否？”客曰：“此妇人女子之事，非所能。君所欲托诸人者，请自任之；所欲自任者，愿得而代庖焉。”生闻，崩角在地，客不顾而出。生追问姓字，曰：“不济，不任受怨；济，亦不任受德。”遂去。生惧祸及，抱子亡去。

至夜，宋家一门俱寝，有人越重垣入，杀御史父子三人，及一媳一婢。宋家具状告官，官大骇。宋执谓相如，于是遣役捕生，生遁不知所之，于是情益真。宋仆同官役诸处冥搜，夜至南山，闻儿啼，迹得之，系缧而行。儿啼愈嗔，群夺儿抛弃之，生冤愤欲绝。见邑令，问："何杀人？"生曰："冤哉！某以夜死，我以昼出，且抱呱呱者，何能逾垣杀人？"令曰："不杀人，何逃乎？"生词穷，不能置辨，乃收诸狱。生泣曰："我死无足惜，孤儿何罪？"令曰："汝杀人子多矣，杀汝子，何怨？"生既褫革，屡受梏惨，卒无词。令是夜方卧，闻有物击床，震震有声，大惧而号。举家惊起，集而烛之，一短刀，铦利如霜，剁床入木者寸余，牢不可拔。令睹之，魂魄丧失。荷戈遍索，竟无踪迹。心窃馁，又以宋人死，无可畏惧，乃详诸宪，代生解免，竟释生。

生归，瓮无升斗，孤影对四壁。幸邻人怜馈食饮，苟且自度。念大仇已报，则辗然喜；思惨酷之祸，几于灭门，则泪潸潸堕；及思半生贫彻骨，宗支不续，则于无人处，大哭失声，不复能自禁。如此半年，捕禁益懈。乃哀邑令，求判还卫氏之骨。及葬而归，悲恒欲死，辗转空床，竟无生路。忽有款门者，凝神寂听，闻一人在门外，譨譨与小儿语。生急起窥觇，似一女子。扉初启，便问："大冤昭雪，可幸无恙？"其声稔熟，而仓卒不能追忆。烛之，则红玉也。挽一小儿，嬉笑跨下。生不暇问，抱女呜哭，女亦惨然。既而推儿曰："汝忘尔父耶？"儿牵女衣，目灼灼视生，细审之，福儿也。大惊，泣问："儿那得来？"女曰："实告君，昔言邻女者，妄也。妾实狐。适宵行，见儿啼谷中，抱养于秦。闻大难既息，故携来与君团聚耳。"生挥涕拜谢。儿在女怀，如依其母，竟不复能识父矣。

天未明，女即遽起。问之，答曰："奴欲去。"生裸跪床头，涕不能仰。女笑曰："妾诳君耳。今家道新创，非夙兴夜寐不可。"乃翦莽拥彗，类男子操作。生忧贫乏，不自给。女曰："但请下帷读，勿问盈歉，或当不至饿死。"遂出金治织具，租田数十亩，雇佣耕作。荷镵诛茅，牵萝补屋，日以为常。里党闻妇贤，益乐赀助之。约半年，人烟腾茂，类素封家。生曰："灰烬之余，卿白手再造矣。然一事未就安妥，如何？"诘之，答曰："试期已迫，巾服尚未复也。"女笑曰："妾前以四金寄广文，已复名在案。若待君言，误之已久。"生益神之。是科遂领乡荐。时年三十六，腴田连阡，夏屋渠渠矣。女袅娜如随风欲飘去，而操作过农家妇；虽严冬自苦，而手腻如脂。自言三十八岁，人视之，常若二十许人。

异史氏曰："其子贤，其父德，故其报之也侠。非特人侠，狐亦侠也。遇亦奇矣！然官宰悠悠，竖人毛发，刀震震入木，何惜不略移床上半尺许哉？使苏子美读之，必浮白曰：惜乎击之不中！"

五、名家点评

1. 姑妄言之姑听之，豆棚瓜架雨如丝。料应厌作人间语，爱听秋坟鬼唱诗（时）。——王士禛

2. 写鬼写妖高人一等，刺贪刺虐入骨三分。——郭沫若

3. 用传奇法，而以志怪。——鲁迅

4. 鬼狐有性格，笑骂成文章。——老舍

5. 直到现在，我仍然爱着《聊斋志异》与俗气的巴黎时装报告，便是为了这种有吸引力的字眼。——张爱玲

17 儒林外史

（清）吴敬梓

一、作者简介

吴敬梓（1701—1754），字敏轩，号粒民，安徽全椒人，清代小说家。吴敬梓生于清圣祖康熙四十年，卒于高宗乾隆十九年，年54岁（一生54年，在全椒23年，在赣榆10年，在南京21年）。

幼即颖异，善记诵。稍长，补官学弟子员。尤精《文选》，赋援笔立成。不善治生，性豪迈，不数年，旧产挥霍俱尽，时或至于绝粮。雍正十三年，（1735年）巡抚赵国麟举以应"博学鸿词"，不赴。移家金陵，为文坛盟主。又集同志建先贤两于雨花山麓，祀泰伯以下230人。

吴敬梓一生创作了大量的诗歌、散文和史学研究著作，有《文木山房集》12卷，今存四卷。不过，确立他在中国文学史上的杰出地位的，是他创作的长篇讽刺小说《儒林外史》。这部小说大约用了他近20年的时间，直到49岁时才基本完稿。人们在他的家乡建立了"吴敬梓纪念馆"；南京秦淮河畔桃叶渡也建立了"吴敬梓故居"。

二、名著概要

明宪宗成化末年，山东兖州府汶上县有一位教书先生，名叫周进，他为了能够出人头地，荣耀乡里，屡次参加科举考试，可是60多岁了，却连秀才也未考上。

一天，他与姐夫来到省城，走进了贡院。他触景生情，悲痛不已，一头撞在了号板上，不省人事，被救醒后，满地打滚，哭得口中鲜血直流。几个商人见他很是可怜，于是凑了二百两银子替他捐了个监生。他马上就向众人磕头，说："我周进变成驴变成马也要报效！"

不久，周进凭着监生的资格竟考中了举人。顷刻之间，不是亲的也来认亲，不是朋友的也来认做朋友，连他教过书的学堂居然也供奉起了"周太老爷"的"长生牌"。过了几年，他又中了进士，升为御史，被指派为广东学道。在广州，周进发现了范进。为了照顾这个54岁的老童生，他把范进的卷子反复看了三遍，终于发现那是一字一珠的天地间最好的文章，于是将范进取为秀才。过后不久，范进又去应考，中了举人。

当时，范进因为和周进当初相似的境遇，在家里备受冷眼，妻子对他呼东唤西，老丈人对他更是百般呵斥。当范进一家正在为揭不开锅，等着卖鸡换米而发愁时，传来范进中举的喜报，范进从集上被找了回来，知道喜讯后，他高兴得发了疯。好在他的老丈人胡屠户给了他一耳光，才打醒了他，治好了这场疯病。转眼工夫，范进时来运转，不仅有了钱、米、房子，而且奴仆、丫环也有了。范进母亲见此欢喜得一下子胸口接不上气，竟然死了。胡屠户也一反常态，到处说他早就知道他的女婿是文曲星下凡，不会与常人一样的，对范进更是毕恭毕敬。后来，范进入京拜见周进，由周进荐引而中了进士，被任为山东学道。范进虽然凭着八股文发达了，但他所熟知的不过是四书五经。当别人提起北宋文豪苏轼的时候，他却以为是明朝的秀才，闹出了天大的笑话。

科举制度不仅培养了一批庸才，同时也豢养了一批贪官污吏。进士王惠被任命为南昌知让读者直接与生活见面，大大缩短了小说形象与读者之间的距离。

《儒林外史》将讽刺艺术发展到新的境界，"秉持公心，指摘时弊""戚而能谐，婉而多讽""于是说部中乃始有足称讽刺之书"。讽刺的生命是真实。《儒林外史》通过精神的白描，写出"常见""公然""不足为奇"的人事的矛盾、不和谐，显示其蕴含的意义。《儒林外史》通过不和谐的人和事进行婉曲而又锋利的讽刺。《儒林外史》具有悲喜交融的美学风格。吴敬梓能够真实地展示出讽刺对象中戚谐组合、悲喜交织的二重结构，显示出滑稽的现实背后隐藏着的悲剧性内蕴，从而给读者以双重的审美感受。作者敏锐地捕捉人物瞬间行为，把对百年知识分子命运的反思和他们瞬间的行为巧妙地结合在一起，使讽刺具有巨大的文化容量和社会意义。

《儒林外史》将中国讽刺小说提升到与世界讽刺名著并列而无愧的地位，这是吴敬梓对中国小说史的巨大贡献。《儒林外史》一书为吴敬梓赢得了不朽的身后名，它是我国古代讽刺文学中最杰出的代表作，标志着我国古代讽刺小说艺术发展的新阶段。

四、精彩文段

严监生疾终正寝

不觉到了除夕，严监生拜过了天地祖宗，收拾一席家宴，严监生同赵氏对坐，奶妈带著儿子坐在底下。吃了几杯酒，严监生吊下泪来，指着一张橱里，向赵氏说道："昨日典铺内送来三百两利钱，是你王氏姐姐的私房。每年腊月二十七八日送来，我就交与他，我也不管他在那里用。今年又送这银子来，可怜就没人接了！"赵氏道："你也莫要说大娘的银子没用处，我是看见的。想起一年到头，逢时遇节，庵里师姑送盒子，卖花婆换珠翠，弹三弦琵琶的女瞎子不离门，那一个不受他的恩惠？况他又心慈，见那些穷亲戚，自己吃不成，也要把人吃；穿不成的，也要把人穿。这些银子，够做甚么！再有些也完了。倒是两位舅爷从来不沾他分毫。依我的意思，这银子也不费用掉了，到开年替奶奶大大的做几回好事，剩下来的银子，料想也不多，明年是科举年，就是送与两位舅爷做盘程，也是该的。"

严监生听着他说。桌子底下一个猫就趴在他腿上，严监生一靴头子踢开了。那猫吓的跑到里房内去，跑上床头，只听得一声大响，床头上掉下一个东西来，把地板上的酒坛子都打碎了。拿烛去看，原来那瘟猫把床顶上的板跳蹋一块，上面掉下一个大篾篓子来。近前看时，只见一地黑枣子拌在酒里，篾篓横睡着。两个人才扳过来，枣子底下，一封一封，桑皮纸包着。打开看时，共五百两银子。严监生叹道："我说他的银子那里就肯用完了！像这都是历年聚积的，恐怕我有急事好拿出来用的。而今他往那里去了！"一回哭着，叫人扫了地，把那个干枣子装了一盘，同赵氏放在灵前桌上，伏着灵床子，又哭了一场。因此，新年不出去拜节，在家哽哽咽咽，不时哭泣，精神颠倒，恍惚不宁。

过了灯节后，就叫心口疼痛。初时撑着，每晚算帐，直算到三更鼓，后来就渐渐饮食少进，骨瘦如柴，又舍不得银子吃人参。赵氏劝他道："你心里不自在，这家务事就丢开了罢。"他说道："我儿子又小，你叫我托那个？我在一日，少不得料理一日！"不想春气渐深，肝木克了脾土，每日只吃两碗米汤，卧床不起，及到天气和暖，又勉强进些饮食，挣起来家前屋后走走。挨过长夏，立秋以后病又重了，睡在床上。想着田上要收早稻，打发了管庄的仆人下乡去，又不放心，心里只是急躁。

那一日，早上吃过药，听着萧萧落叶打的窗子响，自觉得心里虚怯，长叹了一口气，把脸朝床里面睡下。赵氏从房外同两位舅爷进来问病，就辞别了到省城里乡试去。严监生叫丫环扶起来勉强坐着。王德、王仁道："好几日不曾看妹丈，原来又瘦了些——喜得精神还好。"严监生请他坐下，说了些恭喜的话，留在房里吃点心，就讲到除夕晚里这一番话，叫赵氏拿出几封银子来，指着赵氏说道："这倒是他的意思，说姐姐留下来的一点东西，送与二位老舅添着做恭喜的盘费。我这病势沉重，将来二位回府，不知可会得着了？我死之后，二位老舅照顾你外甥长大，教他读读书，挣着进个学，免得像我一生，终日受大房里的气！"二位接了银子，每位怀里带着两封，谢了又谢，又说了许多的安慰的话，作别去了。

自此，严监生的病，一日重似一日，再不回头。诸亲六眷都来问候。五个侄子穿梭的过来陪郎中弄药。到中秋已后，医家都不下药了。把管庄的家人都从乡里叫了上来。病重得一连三天不能说话。晚间挤了一屋的人，桌上点着一盏灯。严监生喉咙里痰响得一进一出，一声不倒一声的，总不得断气，还把手从被单里拿出来，伸着两个指头。大侄子走上前来问道："二叔，你莫不是还有两个亲人不曾见面？"他就把头摇了两三摇。二侄子走上前来问道："二叔，莫不是还有两笔银子在那里，不曾吩咐明白？"他把两眼睁的的溜圆，把头又狠狠摇了几摇，越发指得紧了。奶妈抱着哥子插口道："老爷想是因两位舅爷不在跟前，故此记念。"他听了这话，把眼闭着摇头，那手只是指着不动。赵氏慌忙揩揩眼泪，走近上前道："爷，别人都说的不相干，只有我晓得你的意思！"只因这一句话，有分教：

争田夺产，又从骨肉起戈矛；继嗣延宗，齐向官司进词讼。

不知赵氏说出甚么话来，且听下回分解。

话说严监生临死之时，伸着两个指头，总不肯断气。几个侄儿和些家人，都来讧乱着问，有说为两个人的，有说为两件事的，有说为两处田地的，纷纷不一；只管摇头不是。赵氏分开众人，走上前道："爷，只有我能知道你的心事。你是为那灯盏里点的是两茎灯草，不放心，恐费了油。我如今挑掉一茎就是了。"说罢，忙走去挑掉一茎。众人看严监生时，点一点头，把手垂下，登时就没了气。合家大小号哭起来，准备入殓，将灵柩停在第三层中堂内。

五、名家点评

1. 譬如吴道子画鬼：画牛头已极牛头之丑恶矣；及画马面，又有马面之丑恶。吾不知作者之胸中能容得下多少怪相耶！——卧闲草堂点评《儒林外史》第二十一回总评

2. 想作者学太史公读书，遍历天下名山大川，然后具此种胸襟，能写出此种境况也。——卧闲草堂点评《儒林外史》第三十三回总评

3. 一部书中人听见做官未有不喜者，少卿独如此避之，亦足当第三人之目。——黄小石点评《儒林外史》第三十三回

4. 《儒林外史》描绘了一幅色彩斑斓的士林长卷，居于画卷中心位置的是形形色色的儒士和名士，可以称为封建末世士林百态的浮世绘。——李汉秋

5. （《儒林外史》）机锋所向，犹在士林。——鲁迅

18 红 楼 梦

（清）曹雪芹

一、作者简介

曹雪芹（约1715—约1763），名霑（读作"zhān"），字梦阮，号雪芹，又号芹圃、芹溪。清代伟大的小说家、诗人、画家，先世原是汉人，后为满洲正白旗人。

曹雪芹的高祖因随清兵入关有功得受官职，曹雪芹的曾祖父曹玺，祖父曹寅，父辈的曹颙和曹頫等祖辈多代相继担任江宁织造，兼任两淮巡盐监察御使，达60余年之久，颇受康熙帝宠信。

康熙六下江南，其中四次由曹寅负责接驾，并住在曹家。曹家也因此成为当时财势熏天的"百年望族"，曹雪芹自幼便是在这"秦淮风月"之地的"繁华"生活中长大。

雍正初年，曹家开始失势。雍正五年，曹頫被革职抄家。在曹雪芹十三四岁时，随家迁回北京。这一转折，使曹雪芹深感世态炎凉，更清醒地认识了社会制度的实质。从此他的生活一贫如洗，但他能诗会画，擅长写作，以坚韧的毅力专心致志地从事小说《红楼梦》的写作和修订，披阅十载，增删五次，写出了这部把中国古典小说创作推向巅峰的文学巨著。

乾隆二十七年（1762年），幼子夭亡，曹雪芹陷入极度的忧伤和悲痛之中，到这一年的除夕，终因贫病交加而逝世，遗留下来的只有一部未完成的《红楼梦》。

二、名著概要

《红楼梦》最初以80回抄本的形式在社会上流传，本名《石头记》。习惯上称其为"脂评本"或"脂本"。《红楼梦》全书120回，后40回一般认为是高鹗续写。高鹗（1738—1815），字兰墅，祖籍辽东铁岭，属汉军镶黄旗。

女娲补天之石剩一块未用，弃在大荒山无稽崖青埂峰下。一日，茫茫大士、渺渺真人经过此地，施法使其有了灵性，神瑛侍者对绛珠仙草有浇灌之恩，欲下凡游历人间。元宵之夜，甄士隐的女儿甄英莲被拐走，不久葫芦庙失火，甄家被烧毁。甄士隐带妻子投奔岳父，岳父卑鄙贪财，甄士隐贫病交攻，走投无路。后遇一跛足道人，听其《好了歌》后，将《好了歌》解注。

经道人指点，士隐醒悟随道人出家。贾雨村到盐政林如海家教林黛玉读书。林如海的岳母贾母因黛玉丧母，要接黛玉去身边。黛玉进荣国府，除外祖母外，还见了大舅母，即贾赦之妻邢夫人，二舅母，即贾政之妻王夫人，年轻而管理家政的王夫人侄女、贾赦儿子贾琏之妻王熙凤，以及贾迎春、贾探春、贾惜春和衔玉而生的贾宝玉。宝黛二人初见有似曾相识之感，宝玉因见表妹没有玉，认为玉不识人，便砸自己的通灵宝玉，惹起一场不快。贾雨村在应天府审案时，发现英莲被拐卖。薛蟠与母亲、妹妹薛宝钗一同到京都荣国府住下。宁国府梅花盛开，贾珍妻尤氏请贾母等赏玩。

贾宝玉睡午觉，住在贾珍儿媳秦可卿卧室，梦游太虚幻境，见"金陵十二钗"图册，听演"红楼梦曲"，与仙女可卿云雨，醒来后因梦遗被丫环袭人发现，二人发生关系。沦落乡间务农的京官后代王狗儿让岳母刘姥姥到荣国府找王夫人打秋风。凤姐给了二十两银子。宝钗曾得癞头和尚赠金锁治病，后一直佩戴。黛玉忌讳"金玉良缘"之说，常暗暗讥讽宝钗、警示宝玉。贾珍之父贾敬放弃世职求仙学道，贾珍在家设宴为其庆生。林如海得病，贾琏带黛玉去姑苏，其族弟贾瑞调戏凤姐，被凤姐百般捉弄而死。秦可卿病死。

贾政长女元春加封贤德妃，皇帝恩准省亲。荣国府为了迎接这大典，修建极尽奢华的大观园，又采办女伶、女尼、女道士，出身世家、因病入空门的妙玉也进荣府。

元宵之夜，元春回娘家待了一会儿，要宝玉和众姐妹献诗。宝玉和黛玉两小无猜，情意绵绵。书童茗烟将《西厢记》等书偷进园给宝玉，宝玉和黛玉一同欣赏。宝玉庶弟贾环嫉妒宝玉，抄写经书时装失手弄倒蜡烛烫伤宝玉，王夫人大骂赵姨娘。赵姨娘又深恨凤姐，便请马道婆施魔法，让凤姐、宝玉中邪几死。

癞和尚、跛道人擦拭通灵玉，救好二人。黛玉性格忧郁，暮春时节伤心落花，将它埋葬，称为"花冢"，并作《葬花吟》。恰巧宝玉路过听到，深喜知心。王夫人丫环金钏与宝玉调笑，被王夫人赶出，投井而死。宝玉结交琪官，贾政大怒，将其打得半死。袭人向王夫人进言，深得王夫人欢心，被王夫人看作心腹，并决定将来袭人给宝玉做妾。大观园中无所事事，探春倡导成立诗社，并各人起了名号。第一次咏白海棠，蘅芜君夺魁；第二次作菊花诗，潇湘妃子压倒众人。

刘姥姥二进荣国府，贾母在大观园摆宴，把她作女清客取笑，刘姥姥便以此逗贾母开心。贾母又带刘姥姥游大观园各处。在栊翠庵，妙玉招待黛玉、宝钗饮茶，宝玉也得沾光。由于行酒令黛玉引了几句《西厢记》曲文，被宝钗察觉，并劝解她，二人关系好转。黛玉模仿《春江花月夜》写出《秋窗风雨夕》，抒发自己的哀愁。贾赦垂涎贾母丫环鸳鸯，让邢夫人找贾母，鸳鸯不肯，贾母也不愿意，斥责邢夫人，贾赦母子关系更加不好。薛蟠在一次宴席上调戏柳湘莲，被柳毒打，柳怕报复逃往他乡，薛蟠无脸也外出经商。

其妾香菱（即英莲）到大观园学诗。薛宝琴、李绮、李纹等几家亲戚的姑娘来到，大观园中作诗、制灯谜，空前欢乐热闹。袭人因母病回家，晴雯夜里受寒伤风发高烧。贾母给宝玉一件孔雀毛织的雀金裘，不慎烧个洞，街上裁缝不能修补。宝玉要为舅舅庆寿，晴雯带重病连夜补好。贾府戏班解散，芳官成为宝玉丫鬟，宝玉为其庆生，众姊妹抽花签行酒令，黛玉为芙蓉花，宝钗为牡丹花。贾敬吞丹丧命。

尤氏因丧事繁忙，请母亲和妹妹尤二姐、尤三姐来帮忙。贾琏见二姐貌美，要作二房，偷居府外。二姐和贾珍原有不清白，贾琏又想把三姐给贾珍玩弄，尤三姐将珍、琏大骂，三姐意中人为柳湘莲，贾琏外出办事，路遇薛蟠、柳湘莲。贾琏为柳提媒，柳答应。到京城后，柳先向三姐之母交订礼，遇宝玉闲谈尤氏一家而起疑，又去索礼退婚，尤三姐自刎，柳出家。

凤姐知道贾琏偷娶之事，便将计就计装贤惠，将二姐接进府，请贾母等应允。贾琏回来，因办事好，贾赦又赏一妾。凤姐借妾手逼得尤二姐吞金自杀。黛玉作桃花诗，众人议重开诗社，改海棠社为桃花社。湘云填柳絮词，黛玉邀众填柳絮词。众人放风筝，欲放走晦气，黛玉风筝线断，众人齐将风筝放飞。傻大姐在园中拾到一个绣有春宫画的香囊，王夫人大怒，在王善宝家的撺掇下抄检大观园。探春悲愤，认为抄家是不祥之兆。后又因王善宝家的掀她衣服，大怒并扇王善宝家的一耳光。

贾府中秋开夜宴，贾母邀大家一起到凸碧山庄赏月，众人击鼓吃酒。黛玉见贾府中许多人赏月，贾母犹叹人少，不似当年热闹，不觉对景感怀。湘云过来陪她，二人来到凹晶溪馆

的外表之下充满了污浊丑恶的贵族家庭，只有门前一对石狮子是干净的，并且和整个社会的污浊丑恶连成一片。写出了这样丰富深刻的美，写出了美与丑之间这样复杂的相生相克的矛盾，这就是《红楼梦》艺术上的伟大成就。它一出世就受到读者的欢迎，因为读者一接触它，便感受到那种芳香美丽，那种青春的纯洁的气息，这在中国古典小说中是空前绝后的。（摘编自舒芜为《红楼梦》写的前言）

四、精彩文段

第二十回　王熙凤正言弹妒意　林黛玉俏语谑娇音

话说宝玉在林黛玉房中说"耗子精"，宝钗撞来，讽刺宝玉元宵不知"绿蜡"之典，三人正在房中互相讥刺取笑。那宝玉正恐黛玉饭后贪眠，一时存了食，或夜间走了困，皆非保养身体之法；幸而宝钗走来，大家谈笑，那林黛玉方不欲睡，自己才放了心。忽听他房中嚷起来，大家侧耳听了一听，林黛玉先笑道："这是李嬷嬷和袭人叫嚷呢。那袭人也罢了，李嬷嬷再要认真排揎他，可见老背晦了。"

宝玉忙要赶过来，宝钗忙一把拉住道："你别和李嬷嬷吵才是，他老糊涂了，倒要让他一步为是。"宝玉道："我知道了。"说毕走来，只见李嬷嬷拄着拐棍，在当地骂袭人："忘了本的小娼妇！我抬举起你来，这会子我来了，你大模大样地躺在炕上，见我来也不理一理。一心只想妆狐媚子哄宝玉，哄的宝玉不理我，听你们的话。你不过是几两臭银子买来的毛丫头子罢咧，这屋里你就作起耗来了，好不好的拉出去配一个小子，看你还妖精似的哄人不哄人！"袭人先只道李嬷嬷不过为他躺着生气，少不得分辩说："病了，才出汗，蒙着头，原没看见你老人家。"后来只管听他说"哄宝玉"，又说"配小子"，由不得又愧又委屈，禁不住哭起来。

宝玉虽听了这些话，也不好怎样，少不得替袭人分辩说："病了，吃药……"又说："你不信，只问别的丫头们。"李嬷嬷听了这话，越发气起来了，说道："你只护着那起狐狸，那里还认得我了？叫我问谁去？谁不帮着你呢？谁不是袭人拿下马来的！我都知道那些事。我只和你在老太太、太太跟前去讲了。把你奶了这么大，到如今吃不着奶了，把我丢在一旁，逞着丫头们要我的强。"一面说，一面也哭起来。彼时黛玉宝钗等也走过来劝说："妈妈，你老人家担待他们一点子就完了。"李嬷嬷见他二人来了，便拉住诉委屈，将当日吃茶，茜雪出去，与昨日酥酪等事，唠唠叨叨说个不清。

可巧凤姐正在上房算完了输赢账，听得后面一片声嚷，便知是李嬷嬷老病发了，又值他今儿输了钱，迁怒于人，排揎宝玉的丫头。便连忙赶过来，拉了李嬷嬷，笑道："好妈妈，别生气。大节下，老太太才喜欢了一日，你是个老人家，别人高声，你还要管他们呢；难道你反不知道规矩，在这里嚷起来，叫老太太生气不成？你只说谁不好，我替你打他。我家里烧的滚热的野鸡，快来跟我吃酒去。"一面说，一面拉着走，又叫："丰儿，替你李奶奶拿着拐棍子，擦眼泪的手帕子。"那李嬷嬷脚不沾地跟了凤姐走了，一面还说："我也不要这老命了，索性今儿没了规矩，闹一场子，讨个没脸，强如受那娼妇蹄子的气！"后面宝钗黛玉见凤姐儿这般，都拍手笑道："亏这一阵风来，把个老婆子撮了去了。"

宝玉点头叹道："这又不知是那里的账，只拣软的排揎。昨儿又不知是那个姑娘得罪了，上在他账上。"一句未了，晴雯在旁笑道："谁又疯了，得罪他作什么？便得罪了他，就有本事承认，不犯带累别人！"袭人一面哭，一面拉着宝玉道："为我得罪了一个老奶奶，你这会子又为我得罪这些人，这还不够我受的，还只是拉别人。"宝玉见他这般病势，又添了这些烦恼，连忙忍气吞声，安慰他仍旧睡下出汗。又见他汤烧火热，自己守着他，歪在旁边，劝他只养着病，别想着些没要紧的事生气。袭人冷笑道："要为这些事生气，这屋里一刻还站不得了。但只是天长日久，尽着这样闹，可叫人怎么样过呢？你只顾一时为我得罪了人，他们都记在心里，遇着坎儿，说的好说不好听的，大家什么意思。"一面说，一面禁不住流泪，又怕宝玉烦恼，只得又勉强忍着。

一时杂使的老婆子煎了二和药来。宝玉见他才有汗意，不肯叫他起来，自己便端着就枕与他吃了，即命小丫头子们铺炕。袭人道："你吃饭不吃饭，到底老太太、太太跟前坐一会子，和姑娘们顽一会子再回来。我就静静的躺一躺也好。"宝玉听说，只得替他去了簪环，看他躺下，自往上房来。同贾母吃毕饭，贾母犹欲同那几个老管家嬷嬷斗牌解闷，宝玉惦记着袭人，便回至房中，见袭人朦胧睡去。自己要睡，天气尚早。彼时晴雯、绮霞、秋纹、碧痕都寻热闹，找鸳鸯琥珀等耍戏去了，独见麝月一个人在外间房里灯下抹骨牌。宝玉笑问道："你怎不同他们顽去？"麝月道："没有钱。"宝玉道："床底下堆着那些，还不够你输的？"麝月道："都顽去了，这屋里交给谁呢？那一个又病了，满屋里上头是灯，地下是火。那些老妈妈子们，老天拔地，伏侍一天，也该叫他们歇歇；小丫头子们也是伏侍了一天，这会子还不叫他顽顽去。所以让他们都去罢，我在这里看着。"

宝玉听了这个话，公然又是一个袭人。因笑道："我在这里坐着，你放心去罢。"麝月道："你既在这里，越发不用去了，咱们两个说话顽笑岂不好？"宝玉笑道："咱两个作什么呢？怪没意思的。也罢了，早上你说头痒，这会子没什么事，我替你篦头罢。"麝月听了便道："就是这样。"说着，将文具镜匣搬来，卸去钗钏，打开头发，宝玉拿了篦子替他一一的梳篦。只篦了三五下，只见晴雯忙忙走进来取钱。一见了他两个，便冷笑道："哦，交杯盏还没吃，倒上头了！"宝玉笑道："你来，我也替你篦一篦。"晴雯道："我没那么大福。"说着，拿了钱，便摔帘子出去了。

宝玉在麝月身后，麝月对镜，二人在镜内相视。宝玉便向镜内笑道："满屋里就只是他磨牙。"麝月听说，忙向镜中摆手，宝玉会意。忽听唿一声帘子响，晴雯又跑进来问道："我怎么磨牙了？咱们倒得说说。"麝月笑道："你去你的罢，又来问人了。"晴雯笑道："你又护着。你们那瞒神弄鬼的，我都知道。等我捞回本儿来再说话。"说着，一径出去了。这里宝玉通了头，命麝月悄悄的伏侍他睡下，不肯惊动袭人。一宿无话。

至次日清晨起来，袭人已是夜间发了汗，觉得轻省了些，只吃些米汤静养。宝玉放了心，因饭后走到薛姨妈这边来闲逛。彼时正月内，学房中放年学，闺阁中忌针指，却都是闲时。贾环也过来顽，正遇见宝钗、香菱、莺儿三个赶围棋作耍。贾环见了也要顽。宝钗素习看他亦如宝玉，并没他意。今儿听他要顽，让他上来坐了一处。一注十个钱，头一回自己赢了，心中十分欢喜。后来接连输了几盘，便有些着急。赶着这盘正该自己掷骰子，若掷个七点便赢，若掷个六点也该赢，掷个三点就赢了。因拿起骰子来，狠命一掷，一个作定了二，那一个乱转。莺儿拍着手只叫"幺"，贾环便瞪着眼，"六——七——八"混叫。那骰子偏生转出幺来。贾环急了，伸手便抓起骰子来，然后就拿钱，说是个六点。莺儿便说："分明是个幺！"宝钗见贾环急了，便瞅莺儿说道："越大越没规矩，难道爷们还赖你？还不放下钱来呢！"

莺儿满心委屈，见宝钗说，不敢则声，只得放下钱来，口内嘟囔说："一个作爷的，还赖我们这几个钱，连我也不放在眼里。前儿我和宝二爷顽，他输了那些，也没着急。剩下的钱，还是几个小丫头子们一抢，他一笑就罢了。"宝钗不等说完，连忙断喝。贾环道："我拿什么比宝玉呢。你们怕他，都和他好，都欺负我不是太太养的。"说着，便哭了。宝钗忙劝他："好兄弟，快别说这话，人家笑话你。"又骂莺儿。

正值宝玉走来，见了这般形况，问是怎么了。贾环不敢则声。宝钗素知他家规矩，凡作兄弟的，都怕哥哥。却不知那宝玉是不要人怕他的。他想着："弟兄们一并都有父母教训，何必我多事，反生疏了。况且我是正出，他是庶出，饶这样还有人背后谈论，还禁得辖治他了？"更有个呆意思存在心里。

你道是何呆意？因他自幼姊妹丛中长大，亲姊妹有元春、探春，伯叔的有迎春、惜春，亲戚中又有史湘云、林黛玉、薛宝钗等诸人。他便料定，天地间灵淑之气只钟于女子，男儿们不过些渣滓浊沫而已。因此把一切男子都看成混沌浊物，可有可无。只是父亲叔伯兄弟之伦，因是圣人遗训，不可违忤，所以，弟兄之间不过尽其大概的情理就罢了，并不想自己是男子，须要为子弟之表率。是以贾环等都不怕他，只因怕贾母不依，才让他三分。如今宝钗恐怕宝玉教训他，倒没意思，便连忙替贾环掩饰。宝玉道："大正月里哭什么？这里不好，你到别处顽去。你天天念书，倒念糊涂了。比如这件东西不好，横竖那一件好，就舍了这一件取那一件。难道你守着这个东西哭一会子就好了不成？你原是取乐儿，倒招的自己烦恼。还不快去呢。"贾环听了，只得回来。

赵姨娘见他这般，因问："又是那里垫了踹窝来了？"贾环便说："同宝姐姐顽的，莺儿欺负我，赖我的钱，宝玉哥哥撵了我来了。"赵姨娘啐道："谁叫你上高台盘去了？下流没脸的东西！那里顽不得？谁叫你跑了去讨这没意思！"

正说着，可巧凤姐在窗外过，都听到耳内。便隔着窗户说道："大正月里，怎么了？兄弟们小孩子家，一点半点儿错了，你只教导他，说这样话作什么？凭他怎么着，还有老爷太太管他呢，就大口啐他？他现是主子，不好横竖有教导他的人，与你什么相干？环兄弟，出来，跟我顽去。"

贾环素日怕凤姐比怕王夫人更甚，听见叫他，忙唯唯的出来。赵姨娘也不敢则声。

凤姐向贾环道："你也是个没气性的东西！时常说给你：要吃，要喝，要顽，要笑，只爱同那一个姐姐妹妹哥哥嫂子顽，就同那个顽。你总不听我的话，反叫这些人教的你歪心邪意，狐媚子魔道的。自己又不尊重，要往下流走，安着坏心，还只怨人家偏心呢。输了几个钱？就这么个样儿！"因问贾环："你输了多少钱？"贾环见问，只得诺诺的回说："输了一二百钱。"凤姐啐道："亏了你还是爷，输了一二百钱就这样！"回头叫丰儿："去取一吊钱来，姑娘们都在后头顽呢，把他送了顽去。你明儿再这么狐媚子，我先打了你，再叫人告诉学里，皮不揭了你的！为你这个不尊重，你哥哥恨得牙根痒痒，不是我拦着，窝心脚把你的肠子窝出来呢。"喝命："去罢！"贾环诺诺的跟了丰儿，得了钱，自己和迎春等顽去。不在话下。

且说宝玉正和宝钗顽笑，忽见人说："史大姑娘来了。"宝玉听了，抬身就走。宝钗笑道："等着，咱们两个一齐走，瞧瞧他去。"说着，下了炕，同宝玉来至贾母这边。只见史湘云大笑大说的，见他两个，忙站起来问好。正值林黛玉在旁，因问宝玉打那里的？宝玉便说："在宝姐姐那里来。"黛玉冷笑道："我说呢，亏了绊住，不然早就飞了来了。"宝玉道："只许和你顽，替你解闷儿。不过偶然去他那里，就说这些闲话。"林黛玉道："好没意思的话！去不去管我什么事，我又没叫你替我解闷儿。可许你从此不理我呢！"说着，便赌气回房去了。

宝玉忙跟了来，问道："好好的又生气了？就是我说错了，你到底也还坐坐儿，和别人说笑一会子啊。"林黛玉道："你管我呢！"宝玉笑道："我自然不敢管你，只是你自己糟蹋坏了身子呢。"林黛玉道："我作践坏了身子，我死我的，与你何干！"宝玉道："何苦来，大正月里，死了活了的。"林黛玉道："偏说死！我这会子就死！你怕死，你长命百岁的，如何？"宝玉笑道："要像只管这样闹，我还怕死吗？倒不如死了干净。"黛玉忙道："正是了，要是这样闹，不如死了干净。"宝玉道："我说我自己死了干净，别听错了话赖人。"正说着，宝钗走来道："史大妹妹等你呢。"说着，便推宝玉走了。这里黛玉越发气闷，只向窗前流泪。

没两盏茶的工夫，宝玉仍来了。林黛玉见了，越发抽抽噎噎的哭个不住。宝玉见这样，知难挽回，打叠起千百样的款语温言来劝慰。不料自己没张口，只见黛玉先说道："你又来作什么？死活凭我去罢了，横竖如今有人和你顽，比我又会念，又会作，又会写，又会说笑，又怕你生气，拉了你去映着你，你又来作什么呢？"宝玉听了，忙上来悄悄的说道："你这么个明白人，难道连'亲不间疏，后不僭先'也不知道？我虽糊涂，却明白这两句话。头一件，咱们是姑舅姊妹，宝姐姐是两姨姊妹，论亲戚，他比你疏。第二件，你先来，咱们两个一桌吃，一床睡，从小儿一处长大的，他是才来的，岂有个为他疏你的？"林黛玉啐道："我难道叫你疏他？我成了个什么人了呢？我为的是我的心。"宝玉道："我也是为的是我的心。你难道就知你的心，不知我的心不成？"

林黛玉听了，低头一语不发，半日说道："你只怨人行动嗔怪了你，你再不知道你自己恼人难受。就拿今日天气比，分明冷些，你怎么倒脱了青肷披风呢？"宝玉笑道："何尝不穿，见你一恼，我一暴躁就脱了。"林黛玉叹道："回来伤了风，又该讹着吵吃的了。"

二人正说着，只见湘云走来，笑道："爱哥哥，林姐姐，你们天天一处顽，我好容易来了，也不理我一理儿。"黛玉笑道："偏是咬舌子爱说话，连个'二'哥哥也叫不出来，只是'爱'哥哥'爱'哥哥的。回来赶围棋儿，又该你闹'幺爱三'了。"宝玉笑道："你学惯了他，明儿连你还咬起来呢。"史湘云道："他再不放人一点儿，专会挑人。就算你比世人好，也不犯着见一个打趣一个。我指出一个人来，你敢挑他，我就伏你。"黛玉忙问是谁。湘云道："你敢挑宝姐姐的短处，就算你是好的。"黛玉听了，冷笑道："我当是谁，原来是他！我那里敢挑他呢。"宝玉不等说完，忙用话岔开。

湘云笑道："这一辈子我自然比不上你。我只保佑着明儿得一个咬舌的林姐夫，时时刻刻你可听'爱''厄'的去。阿弥陀佛，那才现在我眼里！"说的众人一笑，湘云忙回身跑了。要知端的，下回分解。

五、名家点评

1. 不读五遍《红楼梦》，没必要发表评论。——毛泽东

2. 单是命意，就因读者的眼光而有种种：经学家看见《易》，道学家看见淫，才子看见缠绵，革命家看见排满，流言家看见宫闱秘事。——鲁迅

3. 其实，贾宝玉是意象化的小说人物，是作家的心灵映象。——袁世硕

4. 《红楼梦》写的是一个以少男少女——特别是少女为主的世界，然而并不是幼稚无知的世界，作者也是以阅尽沧桑的炯炯双眸，看透了这个世界的深处。——舒芜

5. 满纸荒唐言，一把辛酸泪。都云作者痴，谁解其中味？——曹雪芹

19 纳兰词集

（清）纳兰性德

一、作者简介

纳兰性德（1655—1685），原名成德，因避讳改名性德，字容若，号楞伽山人，满洲正黄旗人。他出身于贵族家庭，父亲纳兰明珠是康熙朝权倾一时的大学士。容若是康熙十五年进士，后晋一等侍卫，深受恩宠，常扈从康熙出巡边塞。容若是清初成就卓著的词人，其词主要集中在《侧帽集》《饮水集》（后多合称为《纳兰词》）。在他生前，他的词集（《饮水集》）刻本出版后产生过"家家争唱饮水词"（曹寅语）的轰动效应，其传唱程度直逼"凡有井水饮处皆能歌柳词"的柳永词。况周颐甚至评价其为"国初第一词人"。容若与曹贞吉、顾贞观合称"京华三绝"。容若有着高贵的出身，再加上自己天资颖慧，博通经史，书法、丹青、骑射无所不通，但因其厌倦仕宦生涯和看不惯官场的腐败，其更向往普通人的生活。

二、名著概要

纳兰性德以他的词而垂名于史。他在清代词坛和整个词的历史上都占有重要地位。有人尊他为清初第一词人，有人称他可与朱彝尊、陈维崧"鼎足词坛"，也有人说他与项莲生、蒋春霖"二百年中，分鼎三足"，当然王国维对其更是赞赏有加。

纳兰性德早年曾把他的部分词作集成《侧帽集》，他去世后，友人顾贞观、张纯修都为他编过词集，名《饮水词》，他的老师徐乾学为他编了《通志堂集》，内有词四卷。后人又不断收辑、增补、重刻，定名为《纳兰词》。

纳兰词清新流畅，格调高远，缠绵婉约，幽艳凄美，而且像民歌一样通俗易懂，较少矫揉造作、堆砌典故等习气，风格近于南塘李后主和北宋晏几道。他的咏物词不滞于形态而摄其神，故超脱飘逸，有言外之味。他的爱情词，很有特色。尤其值得指出的是他的悼亡词。他的原配妻子卢氏去世后，性德非常悲痛，写了不少悼亡词。悼亡词在我国古代诗歌中数量并不多，可以举出的，似乎只有苏轼的《江城子》和贺铸的《半死桐》。而纳兰词中标出悼亡的有七阕，未标题目而词近追恋亡妇、怀念旧情的有三四十首，情深意苦，哀感动人。"纳兰的悼亡词不仅拓开了容量，更主要的是赤诚淳厚，情真意挚，几乎将一颗哀恸追怀、无尽依恋的心活泼泼地吐露到纸上。所以是继苏轼之后在词的领域内这一题材作品最称卓特的一家。"（严迪昌《清词史》）性德的边塞词，也可以说在宋词之外别开生面。性德由于职务关系，经常扈从康熙帝到塞北和关外去巡视，熟悉漠北荒寒之景。他笔下的边塞词雄浑苍凉，令人耳目一新。

纳兰词运笔如行云流水，纯任感情在笔端倾泻。他还吸收了李清照、秦观的婉约特色，铸造出个人的独特风格。《蕙风词话》的作者况周颐甚至把他推到"国初第一词人"的位置。

三、作品导读

在纳兰词中，我们看不到不可一世的纨绔子弟和浪荡公子的影子，相反，通过纳兰词，我们很容易读懂其思想，其作品到处充满了平民化的情态。

（一）自是人间惆怅客——情和爱思想的平民化

众所周知，纳兰性德祖父于清初入关，战功显赫，其父明珠系康熙朝权倾一时的首辅，出身于这样的家庭，再加上容若自身的优秀，多少女孩应该是心向往之而求之不得，容若本身也不必为爱情婚姻发愁，但在他的词里，我们看到最多的就是他的关于情和爱的爱情词和悼亡词。容若像普通的平民一样全身心地去对待情和爱。

1. 这种情和爱的平民化首先表现在对待爱情的态度与追求上

容若和普通人一样，从小也有一个一起的玩伴——表妹，二人青梅竹马。当大家都认为才子和佳人是最佳组合时，表妹却按照旗规被选入宫中，这位身份显赫的公子第一次发现自己是如此的无助，那皇权是他无法逾越的高峰。但对表妹的思念还是让他冒了不小的风险。趁着皇宫办道场，混了进去。但虽有追求爱情的苦心，但终究没有得到爱情的能力。"待将低唤，直为凝情恐人见。欲诉幽怀，转过回阑扣玉钗。"（《减字木兰花》）这次虽然看到了表妹，最终连句话都没能说，最多也只不过在回阑轻叩示意了一下。

容若有追求爱情的实际行动，但更多的时候却是对爱情的无奈，作为一个"自是人间惆怅客"的词人，也许像普通人一样"求之不得，寤寐思服。"（《诗经·周南·关雎》）容若在词中就经常表达对爱情的苦闷。"拨灯书尽红笺也，依旧无聊。玉漏迢迢，梦里寒花隔玉萧。几竿修竹三更雨，叶叶萧萧。分付秋潮，莫误双鱼到谢桥。"（《采桑子》）虽然这首词是写给谁的，我们很难确知，但通过字面意思不难看出，作者把红笺写尽也不能驱赶那萦绕心头的无聊，而迢迢的玉漏又显示时间是那么的漫长，这样的相思愁苦唯有爱情吧。

容若的爱情词大多数都是写凄苦和无奈的，但也有少数是写得比较明快的。"重见星娥碧海查，忍笑却盘鸦。寻常多少，月明风细，今夜偏佳。休笔彩笔闲书字，街鼓已三挝。烟丝欲袅，露光微泫，春在桃花。"（《眼儿媚》）这首词就写了作者归家与妻子重逢相聚的喜悦。这次重逢看到妻子是如此的貌美，胜过往昔，以致干脆放下纸笔文字，看个痛快，虽夜已深，仍是喜不自待。只可惜像这样明快放松的词，在作者短暂的一生中是少之又少。

2. 这种情和爱的平民化还表现在相思以及悼亡的内容上

容若词中有不少词是写对妻子的相思的，当发妻卢氏去世后，年轻的容若更是怀念至极，写了非常多的悼亡词。相思和悼亡的内容并不是容若的独创，从潘岳、元稹到苏轼，悼亡诗词已经达到了很高的高度，容若并没有刻意追求写法，只不过把自己对卢氏的真情付诸笔端，可谓情到自然深。在《浣溪纱》（谁念西风独自凉）中，萧飒的秋景勾勒出孤寂凄清的氛围，作者睹物思情，回忆起自己和卢氏以前的种种幸福的往事。虽然都是和李清照夫妇一样的"赌书泼茶"的小事，但这样的"寻常"的小事现在再也找寻不到，妻子卢氏再也回不到自己身边，这一切成了永远的回忆。《蝶恋花》（辛苦最怜天上月）是一首典型的悼亡词。前三句作者写月，月圆时间少，其余时间都是缺，自己和妻子卢氏的爱情就像天上的月一样，快乐的时间是如此之短，大多数时间是自己在苦苦怀恋中度过。如果爱情能像月亮那样皎洁和圆满，自己宁愿"不辞冰雪"，"为卿"付出一切。现如今，燕子依然在帘间呢喃，但那人却一去不返，"物是人非事事休"，独留自己空惆怅。除了愁我还能做什么呢？真心希望能够像蝴蝶一样，双双而去。作者对妻子的悲悼之情，毫无达官贵人的矫饰和做作，而是像平民一样，尽情释放。"容若小令，凄婉不可卒读"纳兰悼亡之词，真可谓以血书者也。

（二）聒碎乡心梦不成——思念故乡思想的平民化

作为贵族子弟和一等贴身侍卫，容若没有像其他年轻人一样怀有建国立业的伟大志向和抱负，或者这种志向和抱负因某种原因消失了。从 1676 年 22 岁第一次开始护卫康熙帝出塞，在以后的九年里，容若经常随康熙帝外出他乡。在出塞这样的时期所写的诗词，年轻的容若没有表现出建功立业的豪情，更多的是表达羁旅的愁苦和对家乡的深深思念，这一点在皇亲贵族里是非常难得的。在外出的这些日子里，容若像一般的平民一样，满怀对家乡的深情，并把这种深情书写在纳兰词中。

《长相思》（山一程）描述作者翻过一座座山，踏过一条条河，向关外行进，仍未到达目的地，今晚又要野营露宿了，这都没什么。让人可恨的是夜里的风和雪一阵又一阵，直把人吵得做个思乡的梦都不成。故乡当然也有这样的风雪，在他乡连刮风吹雪的声音都没故乡的好听吧。这样的思乡情感，作者直抒胸臆。在短短的一则小令中，既表现出景象的宏阔壮观，更抒发了情思深苦的绵长心境，由小见大中表现真情。

《如梦令》（万丈穹庐人醉）写作者在外伴君的生活确实孤寂不好受，怎么办呢？那就借酒浇胸中块垒吧，酒可以暂时麻醉自己入睡。家乡虽然暂时回不去，但可以梦中巡游一番，但这白狼河声实在太大，搅得自己不能入眠，更不要说做个归家乡的梦了。但尽管这样，还是想办法睡觉吧，要不然醒着的话思乡之情更难捱。词篇中作者远行在外的孤寂无聊和深沉的思乡之情不是谁都能解的。王国维对这两首词评价甚高，尤其是"夜深千帐灯"，"万丈穹庐人醉，星影摇摇欲坠。"几句所造的境界，真乃千古壮语。

（三）一片伤心欲画难——对待友人思想的平民化

容若从小就文静孤单，落落寡合，玩伴不多，能和他一起吟诗填词的朋友更是少之又少。但后来凭借自己的爱好和人格魅力结交的"皆一时俊异，于世所称落落难合者"。这些不肯落俗的皆是当时赫赫有名的文人。容若不仅仗义疏财，更敬重这些朋友的为人和学识。在其住所渌水亭和一批志同道合的汉族文人顾贞观、严绳孙、朱彝尊、陈维崧、姜宸英等谈诗论道。容若更是与这些人惺惺相惜，结下深厚友谊。在其词作中，也时常流露对朋友的这份真情。

《于中好·送梁汾南还，为题小影》（握手西风泪不干）写的内容是顾贞观在家中突遭变故南还时，容若的送别之作。开篇连用握手、西风、泪不干三个带有离别和凄凉意境的词塑造伤感的送别氛围。接着就感叹自己和好友多年来一直是聚少离多，这次更不知好友要去多久。下一句是想象着离别后好友独自夜深人静时听着窗外雨声思念自己的情形，虽是写对方，自己又何尝不是如此念着远方的朋友呢。转而又回忆一起雪后看山的事情，这样在一起的机会现在看来真是太少了，所以作者对这样美好的时刻更是深刻记在心里。临别叮嘱好友，一定要照顾好自己，约定桂花开时再相聚。赠别的画像很容易就画好了，但这送别朋友的伤心难过的心情恐怕是很难画出来吧。从词中根本看不出这竟然是与皇室有密切关系的位高权重人对朋友的倾诉，容若的这种突破民族、门第观念的对待友人的平民化的思想非常难能可贵。容若写这首送别词是真情的自然流露，真乃"欢愉之辞难工，愁苦之言易巧。"

当然还有一件事情更能说明容若和大多数常人一样地去结交朋友，而没有高高在上的优越感。作为容若的好友顾贞观，与同属南方的吴兆骞相交甚笃，吴兆骞因科场案被流徙宁古塔，于是顾贞观向容若求援，容若未立即答应，顾贞观纯以性情作了两首《金缕曲》给吴兆骞，容若读之泣下，于是向其父明珠求援，吴兆骞得以生还。这件事更能看出容若和朋友的交往完全是交心，不是"门当户对"，而是彻底的平民化的。

（四）不是人间富贵花——向往常人生活的平民化

平常人尤其是平常的文人，其生活无外乎写诗填词的文墨之事，作为出身豪门，文武双全的一等侍卫，容若却更向往常人的生活，在其词中也多次透露这种平民化的思想。

"小构园林寂不哗，疏篱曲径仿人家。昼长吟罢风流子，忽听楸枰响碧纱。添竹石，伴烟霞。拟凭樽酒慰年华。休嗟髀里今生肉，努力春来自种花。"（《于中好》）这"与世隔绝"寂静没有喧哗的园林，虽然算不上真正的田园，尽管只是"仿人家"，但至少白天可以和文友吟诗作词，晚上还可以安心下棋取乐，若再加以竹石和着烟霞的相伴，人间的幸福还缺什么呢？即使"髀里生肉"，老大一事无成，又何妨，这样每天与朋友分享作文心得，下棋取乐地闲适一生，不也是很幸福的吗？还是"努力春来自种花"，在这里尽情享受田园之乐吧。因为身份和经历的不同，容若的这种境界和陶渊明当然不能相提并论，但对于一个生活在封建门第时代，与皇室有着千丝万缕的关系，且过着人人羡慕、大多数人可望而不可及的生活的年轻的容若来讲，这种向往平民生活的思想真的出人意料。金钱和功名一切都不重要，重要的是只要能"自种花"。

在纳兰词中还有一些咏物的作品，比如《采桑子·塞上咏雪花》，作者虽是咏雪花，其实也是在写自己。虽然自己身处高贵之家，但并"不是人间富贵花"，而是"别有根芽"，富贵并不是自己想要的，自己更向往自由和平民化的生活。

容若的平民化也包括其懂得感恩。在《临江仙·谢饷樱桃》中作者就表达了这种感情。容若"独卧文园方病渴"，因生病耽误了重要的殿试，老师于是赠他樱桃以表慰藉，容若感念老师的勉励，甚是感动，于是作词以表谢意，但又不想让老师对自己太牵挂，便反过来宽慰恩师一番，"感卿珍重报流莺。惜花须自爱，休只为花疼。"关心学生的同时更要照顾好老师您自己啊。

容若短暂的一生，词成了其生活的重要部分。在词中，他尽情地书写自己。"容若以自然之眼观物，以自然之笔写情。"词是其生活的写照。在其词作中，无论对爱情的感悟，对妻子的悼亡，对故乡的思念，对友人的不舍以及对常人生活的向往，这些都渗透出作者平民化的创作思想，虽然身处社会顶层，但其思想里更多的是对平民生活的向往。

四、精彩文段

1. 一生一代一双人，争教两处销魂。相思相望不相亲，天为谁春？

浆向蓝桥易乞，药成碧海难奔，若容相访饮牛津，相对忘贫。——《画堂春》

2. 谁念西风独自凉，萧萧黄叶闭疏窗，沉思往事立残阳。被酒莫惊春睡重，赌书消得泼茶香，当时只道是寻常。——《浣溪纱》

3. 辛苦最怜天上月。一昔如环，昔昔都成玦。若似月轮终皎洁，不辞冰雪为卿热。无那尘缘容易绝。燕子依然，软踏帘钩说。唱罢秋坟愁未歇，春丛认取双栖蝶。——《蝶恋花》

4. 山一程，水一程，身向榆关那畔行，夜深千帐灯。风一更，雪一更，聒碎乡心梦不成，故园无此声。——《长相思》

5. 万丈穹庐人醉，星影摇摇欲坠。归梦隔狼河，又被河声搅碎。还睡，还睡，解道醒来无味。——《如梦令》

6. 握手西风泪不干，年来多在别离间。遥知独听灯前雨，转忆同看雪后山。凭寄语，

98

劝加餐。桂花时节约重还。分明小像沉香缕，一片伤心欲画难。——《于中好·送梁汾南还，为题小影》

7. 人生若只如初见，何事秋风悲画扇。等闲变却故人心，却道故人心易变。

骊山语罢清宵半，泪雨霖铃终不怨。何如薄幸锦衣郎，比翼连枝当日愿。——《木兰花·拟古决绝词柬友》

五、名家点评

1. 北宋以来，一人而已。——王国维

2. 顾梁汾曰：容若词，一种凄婉处，令人不能卒读。——冯金伯辑《词苑萃编》

3. 容若《饮水词》，在国初亦推作手，较《东白堂词》似更闲雅。——陈廷焯《白雨斋词话》

4. 八旗词家，向推纳兰容若《饮水词》《侧帽》二词，清微淡远。——李佳《左庵词话》

5. 清初小令之工，无有过于容若者矣。——吴梅《词学通论》

20 阿Q正传

鲁迅

一、作者简介

周树人（1881—1936），浙江绍兴人，原名周樟寿，字豫山，1892年进三味书屋读书时改名为豫才。1898年去南京求学时取学名周树人。鲁迅出身于没落的封建士大夫家庭，因家庭从小康坠入困顿，他深深领略了社会的世态炎凉。1898年到南京江南水师学堂，第二年又转入矿务铁路学堂学习。青年时代受进化论、尼采超人哲学和托尔斯泰博爱思想的影响。1902年鲁迅考取官费去日本留学，原在仙台医学院学医，后意识到改变国民思想的重要而从事文艺工作，企图用以改变国民精神。1905—1907年，参加革命党人的活动，发表了《摩罗诗力说》《文化偏至论》等重要论文。期间曾回国奉母命结婚，夫人为朱安。1908年起，与其弟周作人一起合译外国短篇小说，合编为《域外小说集》。同年回国，先后在杭州、绍兴任教。辛亥革命后，曾应蔡元培之邀，到南京临时政府教育部任职。1918年5月，首次用"鲁迅"的笔名，发表中国现代文学史上第一篇白话小说《狂人日记》，奠定了新文学运动的基石。五四运动前后，参加《新青年》杂志工作，成为"五四"新文化运动的主将。1918—1926年间，陆续创作出版了小说集《呐喊》《彷徨》，论文集《坟》，散文诗集《野草》，散文集《朝花夕拾》，杂文集《热风》《华盖集》《华盖集续编》等专集。其中，1921年12月发表的中篇小说《阿Q正传》，是中国现代文学史上的不朽杰作。1930年起，先后参加中国自由运动大同盟、中国左翼作家联盟和中国民权保障同盟，反抗国民党政府的独裁统治和政治迫害。1927—1936年，创作了历史小说集《故事新编》中的大部分作品和大量的杂文。1936年10月19日，鲁迅在上海逝世。鲁迅在学术上也有很高的造诣，著有《中国小说史略》《汉文学史纲要》等。此外还有《鲁迅书信集》《鲁迅日记》等存世。鲁迅是新文化运动的领导人、左翼文化运动的支持者，是20世纪中国重要作家，是中国现代文学的奠基人之一。鲁迅把毕生精力献给了中国现代文学事业。鲁迅的思想是中国20世纪最宝贵的精神财富之一。

二、名著概要

《阿Q正传》是鲁迅先生1921年12月至1922年2月创作的一部中篇小说。小说最初发表在北京的《晨报副刊》上，后来收入其小说集《呐喊》中。《阿Q正传》是中国现代小说史上的一个杰出创作，是最早走向世界文坛的中国现代小说，也是鲁迅唯一的一部中篇小说。《阿Q正传》共九章，采用章回体的形式写成，向人们展现了辛亥革命前后一个畸形的中国社会和一群畸形的中国人的真面貌。

小说的主要人物阿Q是未庄一个没有土地、没有家，住在土谷祠里地道赤贫的乡村劳动者。他没有固定的职业，靠打短工、做帮工维持生活，是一个被剥夺得一无所有的贫困农民。由于没有固定的职业，他常常被挤进游手好闲之徒的队伍中去。阿Q又是一个深受封建观念侵蚀和毒害，带有小生产者狭隘保守特点的落后、不觉悟的农民。他在未庄不敢正视现实，常常以健忘来解脱自己的痛苦；他同时又妄自尊大，进几回城就瞧不起未庄人，又因城里人有不符合未庄生活习惯的地方便鄙薄城里人；他身上有"看客"式的无聊和冷酷，他向人们炫耀自己看到过杀革命党，并口口声声"杀头好看"；他更有不符合"圣经贤传"的思想，如"不孝有三无后为大"，严于"男女之大防"等。当然，他也有守旧的心态，对钱大少爷的剪辫子深恶痛绝，认为"辫子而至于假，就没有了做人的资格"，称其为"假洋鬼子"；他更畏强凌弱、势利……阿Q对"革命"的态度更是复杂的，由"以为革命党便是造反，造反便是与他为难"一向是"深恶而痛绝之"的不希望革命，到革命后可以欺压未庄的看不习惯的那些人等，阿Q的革命观是封建传统观念和小生产狭隘保守意识结合的产物。

《阿Q正传》中除了主要人物阿Q之外，还有赵太爷、吴妈、假洋鬼子、王胡、小D等。小说共九章，分别是：

第一章　序
第二章　优胜记略
第三章　续优胜记略
第四章　恋爱的悲剧
第五章　生计问题
第六章　从中兴到末路
第七章　革命
第八章　不准革命
第九章　大团圆

三、作品导读

阅读这部作品，我们可以从写作背景、写作意图、人物特征等方面去把握。

（一）写作背景

辛亥革命推翻了统治中国两千多年的封建帝制，使民主共和的观念深入人心，但它并没有完成反帝反封建的民主革命的伟大任务。资产阶级把有强烈革命要求的农民拒之门外，而与封建势力妥协，这就不可能解决中国人民尤其是占人口绝大多数的农民的问题。因此，广大农民在革命之后，仍处于帝国主义和封建主义的残酷剥削和压迫之下，承受着政治上的压迫、经济上的剥削和精神上的奴役。他们仍然"想做奴隶而不得"。

封建统治者为了维护自己的统治，向来采取暴力镇压和精神奴役的政策。就后者说，是利用封建礼教、封建迷信和愚民政策。在未庄尤其在阿Q身上，我们可以看出封建精神奴役的"业绩"和被奴役者严重的精神"内伤"。

统治者的"精神胜利法"和对人民进行的封建麻醉教育，正是造成劳动人民不觉醒的精神状态的麻醉剂。这种麻醉剂只能使劳动人民忘却压迫和屈辱，无反抗，无斗志，永远处在被压迫、被剥削、受毒害的状态中，成为封建统治者的奴才和顺民。

鲁迅以思想家的冷静和深邃思考，以文学家的敏感和专注，观察、分析着所经历所思考的一切，感受着时代的脉搏，逐步认识自己所经历的革命、所处的社会和所接触的人们的精神状态。这便是《阿Q正传》基本的写作背景。

（二）写作意图

鲁迅先生一生都在思考国民性问题，他一生以笔为刀，解剖中国人的灵魂，对民族精神的消极方面给予彻底地暴露和批判。鲁迅先生创作《阿Q正传》意在"画出这样沉默的国民的魂灵"让世人清醒头脑。鲁迅先生试图着眼于启蒙，写出中国人的人生，主要是广大受剥削压迫的劳动人民的苦难、悲惨而又愚昧落后的人生，希望改良这悲惨的人生，唤醒沉睡的民众。作者在这篇小说中，为疗救这样病态的社会、病态的国民而发出痛苦的呐喊。

（三）人物特征

阿Q的主要性格特征是精神胜利法。所谓精神胜利法，就是在现实生活中处于失败者的地位，但不正视现实，用盲目的自尊自大、自轻自贱、畏强凌弱、健忘、忌讳缺点、以丑为荣等种种手法来自欺自慰，自我陶醉于虚伪的精神胜利之中。精神胜利法是一种麻醉剂，它使得阿Q不能正视自己的现实处境，不能清醒地认识自己的悲惨命运，虽然受尽欺凌，却并无真正的不平。但尽管如此，阿Q作为一个劳动人民，还是表现出自发的革命要求。当辛亥革命爆发的消息传来时，他就想"投降革命党"，希望从此能够改变自己的命运。不过他的"革命观"是与落后农民的私欲和许多糊涂观念联系着的，他并没有真正地觉醒。

阿Q的精神胜利法，概括了极其深广的社会历史内容，是普遍存在于中华民族各阶层的一种国民性的弱点。所以，阿Q又是一个"现代的我们国人的魂灵"。同时，由于人类各民族都程度不同地存在着类似的病态心理，因此，阿Q的精神胜利法也是对人类的一种普遍的精神弱点的形象概括。另一方面，通过阿Q这一典型新形象与革命的关系，也深刻地总结了辛亥革命失败的历史教训，通过阿Q的悲惨结局，鲁迅深刻地揭示了辛亥革命的不彻底性，总结了辛亥革命没有发动和依靠农民而最终失败的历史教训，提出了农民问题在中国民族革命中的重要性。

四、精彩文段

第二章　优 胜 记 略

阿Q不独是姓名籍贯有些渺茫，连他先前的"行状"也渺茫。因为未庄的人们之于阿Q，只要他帮忙，只拿他玩笑，从来没有留心他的"行状"的。而阿Q自己也不说，独有和别人口角的时候，间或瞪着眼睛道：

"我们先前——比你阔得多啦，你算是什么东西！"

阿Q没有家，住在未庄的土谷祠里；也没有固定的职业，只给人家做短工，割麦便割麦，舂米便舂米，撑船便撑船。工作略长久时，他也或住在临时主人的家里，但一完就走了。所以，人们忙碌的时候，也还记起阿Q来，然而记起的是做工，并不是"行状"；一闲空，连阿Q都早忘却，更不必说"行状"了。只是有一回，有一个老头子颂扬说："阿Q真能做！"这时阿Q赤着膊，懒洋洋的瘦伶仃的正在他面前，别人也摸不着这话是真心还是讥笑，然而阿Q很喜欢。

阿Q又很自尊，所有未庄的居民，全不在他眼神里，甚而至于对于两位"文童"也有以为不值一笑的神情。夫文童者，将来恐怕要变秀才者也；赵太爷钱太爷大受居民的尊敬，除有钱之外，就因为都是文童的爹爹，而阿Q在精神上独不表格外的崇奉，他想：我的儿子会阔得多啦！加以进了几回城，阿Q自然更自负，然而他又很鄙薄城里人，譬如用三尺长三寸宽的木板做成的凳子，未庄叫"长凳"，他也叫"长凳"，城里人却叫"条凳"，他想：这是错的，可笑！油煎大头鱼，未庄都加上半寸长的葱叶，城里却加上切细的葱丝，他想：这也是错的，可笑！然而未庄人真是不见世面的可笑的乡下人呵，他们没有见过城里的煎鱼！

阿Q"先前阔"，见识高，而且"真能做"，本来几乎是一个"完人"了，但可惜他体质上还有一些缺点。最恼人的是在他头皮上，颇有几处不知起于何时的癞疮疤。这虽然也在他身上，而看阿Q的意思，倒也似乎以为不足贵的，因为他讳说"癞"以及一切近于"赖"的音，后来推而广之，"光"也讳，"亮"也讳，再后来，连"灯""烛"都讳了。一犯讳，不问有心与无心，阿Q便全疤通红的发起怒来，估量了对手，口讷的他便骂，气力小的他便打；然而不知怎么一回事，总还是阿Q吃亏的时候多。于是他渐渐的变换了方针，大抵改为怒目而视了。

谁知道阿Q采用怒目主义之后，未庄的闲人们便愈喜欢玩笑他。一见面，他们便假作吃惊的说：

"哙，亮起来了。"

阿Q照例的发了怒，他怒目而视了。

"原来有保险灯在这里！"他们并不怕。

阿Q没有法，只得另外想出报复的话来：

"你还不配……"这时候，又仿佛在他头上的是一种高尚的光容的癞头疮，并非平常的癞头疮了；但上文说过，阿Q是有见识的，他立刻知道和"犯忌"有点抵触，便不再往底下说。

闲人还不完，只撩他，于是终而至于打。阿Q在形式上打败了，被人揪住黄辫子，在壁上碰了四五个响头，闲人这才心满意足的得胜的走了，阿Q站了一刻，心里想，"我总算被儿子打了，现在的世界真不像样……"于是也心满意足的得胜的走了。

阿Q想在心里的，后来每每说出口来，所以凡有和阿Q玩笑的人们，几乎全知道他有这一种精神上的胜利法，此后每逢揪住他黄辫子的时候，人就先一着对他说：

"阿Q，这不是儿子打老子，是人打畜生。自己说：人打畜生！"

阿Q两只手都捏住了自己的辫根，歪着头，说道：

"打虫豸，好不好？我是虫豸——还不放么？"

但虽然是虫豸，闲人也并不放，仍旧在就近什么地方给他碰了五六个响头，这才心满意足的得胜的走了，他以为阿Q这回可遭了瘟。然而不到十秒钟，阿Q也心满意足的得胜的走了，他觉得他是第一个能够自轻自贱的人，除了"自轻自贱"不算外，余下的就是"第一个"。状元不也是"第一个"么？"你算是什么东西"呢!?

阿Q以如是等等妙法克服怨敌之后，便愉快的跑到酒店里喝几碗酒，又和别人调笑一通，口角一通，又得了胜，愉快的回到土谷祠，放倒头睡着了。假使有钱，他便去押牌宝，一堆人蹲在地面上，阿Q即汗流满面的夹在这中间，声音他最响：

"青龙四百！"

"咳～～开～～啦！"桩家揭开盒子盖，也是汗流满面的唱。"天门啦～～角回啦～～！人和穿堂空在那里啦～～！阿Q的铜钱拿过来～～！"

"穿堂一百——一百五十！"

阿Q的钱便在这样的歌吟之下，渐渐的输入别个汗流满面的人物的腰间。他终于只好挤出堆外，站在后面看，替别人着急，一直到散场，然后恋恋的回到土谷祠，第二天，肿着眼睛去工作。

但真所谓"塞翁失马安知非福"罢，阿Q不幸而赢了一回，他倒几乎失败了。

这是未庄赛神的晚上。这晚上照例有一台戏，戏台左近，也照例有许多的赌摊。做戏的锣鼓，在阿Q耳朵里仿佛在十里之外；他只听得桩家的歌唱了。他赢而又赢，铜钱变成角洋，角洋变成大洋，大洋又成了叠。他兴高采烈得非常：

"天门两块！"

他不知道谁和谁为什么打起架来了。骂声打声脚步声，昏头昏脑的一大阵，他才爬起来，赌摊不见了，人们也不见了，身上有几处很似乎有些痛，似乎也挨了几拳几脚似的，几个人诧异的对他看。他如有所失的走进土谷祠，定一定神，知道他的一堆洋钱不见了。赶赛会的赌摊多不是本村人，还到那里去寻根柢呢？

很白很亮的一堆洋钱！而且是他的——现在不见了！说是算被儿子拿去了罢，总还是忽忽不乐；说自己是虫豸罢，也还是忽忽不乐：他这回才有些感到失败的苦痛了。

但他立刻转败为胜了。他擎起右手，用力的在自己脸上连打了两个嘴巴，热剌剌的有些痛；打完之后，便心平气和起来，似乎打的是自己，被打的是别一个自己，不久也就仿佛是自己打了别个一般，——虽然还有些热剌剌，——心满意足的得胜的躺下了。

他睡着了。

五、名家点评

1. 我却以为真实的鲁迅并不是神，也不是狗，而是个人，有文学天才的人。——陈独秀

2. 如问中国自有新文学运动以来，谁最伟大？谁最能代表这个时代？我将毫不踌躇地回答：是鲁迅。鲁迅的小说，比之中国几千年来所有这方面的杰作，更高一步。——郁达夫

3. 鲁迅是个自由主义者，绝不会为外力所屈服，鲁迅是我们的人。——胡适

4. 20世纪亚洲最伟大作家。——大江健三郎（日本著名作家，诺贝尔文学奖获得者）

5. 鲁迅是（中国）20世纪无人可及也无法逾越的作家。——顾彬（德国著名汉学家）

6. 中国现代文学主流的唯一代表者。——山上正义（日本作家）

21 志摩的诗

徐志摩

一、作者简介

徐志摩（1897—1931），原名徐章垿，浙江海宁人。1916年到天津、北京读大学，曾拜梁启超为师。1918年8月赴美国留学，获文学硕士学位。1920年为追随思想家罗素而赴英国，后进入康桥大学（剑桥大学）选课听讲。两年的康桥大学的学习经历，让徐志摩形成了独特的人生观和审美观。1922年徐志摩回国，先后在北京、上海等地的大学任教。1921年开始诗歌创作，曾与胡适、梁实秋、闻一多等创办《新月》月刊。1924年印度诗人泰戈尔访华后，徐随其漫游欧洲。回国后编辑《晨报》副刊，又任《晨报·诗镌》主编。1931年因飞机失事身亡。短短的十年诗歌创作生涯，徐志摩留下了四部诗集：《志摩的诗》《翡冷翠的一夜》《猛虎集》《云游集》。

二、名著概要

徐志摩的诗歌除了少数作品流露出一些消极、虚幻的情思外，大都具有比较积极的思想意义，真挚地独抒心灵，追求爱与美以实现个性的解放，在一定程度上反映了五四的时代精神，格调清新健康。

作品中作者透露了向往追求光明与自由的理想。徐志摩出身豪富，后又长期接受英美式资产阶级教育，他的关于"新的政治、新的人生"的理想，是英美式的民主政治与空想社会主义的混合物。当然，由于他的政治理想与中国现实情况的矛盾，徐志摩又感到这理想好比一个梦，他的内心也不无悲凉之感慨。在这些诗篇中，闪耀着个性主义的诗魂。

作品中还舒唱爱与美的追求。对爱情的执着追求是其中最重要的主题。既有初恋的美好心情，又有期待爱情的焦灼；既有对爱的欢快憧憬，又有爱情破裂的痛苦。他有时以自己的感情经历为基础，有时则以假想的异性为对象。在这类吟唱人生风景线的诗作之中，《雪花的快乐》是代表作，它位于诗集的首篇，可以看出诗人对它的喜爱程度，它从内容到形式都充分体现了徐志摩诗作的风格和情趣。值得回味的是，他在追求美的过程中丝毫不感痛苦、绝望，恰恰相反，他充分享受着选择的自由、热爱的快乐。雪花"飞扬，飞扬，飞扬"，这是多么坚定、欢快和轻松自由的执着。而这个美的"她"，住在清幽之地，出入雪中花园，浑身散发朱砂梅的清香，心胸恰似万缕柔波的湖泊！她是现代美学时期永恒的幻象。清醒的诗人避开现实藩篱，把一切展开建筑在"假如"之上。"假如"使这首诗定下了柔美、陵肌的格调，使其中的热烈和自由无不笼罩于淡淡的忧伤的光环里。雪花的旋转、延宕和最终归宿完全吻合诗人优美灵魂的自由、坚定和执着。这首诗的韵律是大自然的音籁、灵魂的交响。重复出现的"飞扬，飞扬，飞扬"形成诗歌优雅飘逸、摇曳多姿的主旋律。

徐志摩赋予大自然以特有的个性，它不依附于人，而性灵之人、恋人们因为不甘社会礼俗之束缚，向往与投入不带任何人为色彩的大自然，把它认作性灵的理想栖息地。他的诗把大自然称为"最伟大的一部书"。他的不少诗作里，经常出现大海星空、白云流泉、空谷幽兰、落叶秋声等众多美丽的物象景观。情爱的性灵主题、歌颂自然的主题，互为生发，情爱、性灵主题因此取得了超乎世俗的高贵、雅洁、清新。

《沙扬娜拉十八首》最后一首（赠日本女郎）以一个构思精巧的比喻，描摹了少女的娇羞之态："低头的温柔"与"水莲花不胜凉风的娇羞"，两个并列的意象妥帖地重叠在一起，人耶？花耶？抑或花亦人，人亦花？我们已分辨不清了，但感到一股陵肌的美感透彻肺腑，像吸进了水莲花的香气一样。接下来，是阳关三叠式的互道珍重，情透纸背，浓得化不开。"蜜甜的忧愁"当是全诗的诗眼，使用矛盾修辞法，不仅拉大了情感之间的张力，而且使其更趋于饱满。"沙扬娜拉"是迄今为止对日语"再见"一词最美丽的移译，既是杨柳依依地挥手作别，又仿佛在呼唤女郎温柔的名字。悠悠离愁，千种风情，尽在不言之中！这首诗是简单的，也是美丽的；其美丽也许正因为其简单。诗人仅以寥寥数语，便构建起一座审美的舞台，将司空见惯的人生戏剧搬演上去，让人们品味其中亘古不变的世道人情！

三、作品导读

徐志摩的抒情诗是其诗作的一部分，也具有很高的艺术造诣。

构思精巧，意象新颖。在《雪花的快乐》中，诗人以"雪花"自比，那飞扬的雪花的意象，巧妙地传达了执著追求真挚爱情和美好理想的心声。《婴儿》用一个行将临盆的产妇对腹中婴儿的企望，象征地表现了作者对理想的向往，构思不落俗套。《落叶小唱》有哈代《十一月之夜》的影子，节奏模式又似济慈的《无情女郎》，但却非杂凑，诗人转益多师冶于一炉，有自我人生的体验。

韵律和谐，富于音乐美。他认为"一首诗的秘密也就是它的内含的音节的匀整与流动"，音节是诗的"血脉"。在他大量的四行一节的抒情诗中，徐志摩常常使用重叠、反复、排比、对偶等手法，《雪花的快乐》中"飞扬、飞扬、飞扬"的连用，《再别康桥》开头的短短四行中，三次反复"轻轻的"，缠绵中不乏轻快的韵律。在用韵上，他采用西洋诗押韵的方法，《先生！先生!》用随韵（AABB），《为要寻一颗明星》用抱韵（ABBA），《他怕他说出口》用交韵（ABAB），使诗韵在和谐中显出变化。

章法整饬，灵活多样。徐志摩作为新格律派的代表诗人，十分讲究诗型和章法。他的诗虽以四行一节式较多，但从整体上看，节式、章法、句法、韵脚都各有变化，不太拘泥，讲究诗形而不为其束缚，整饬中有变化，呈现出灵活多样的体式。《再别康桥》每节四行，隔行押韵，一、三行稍短，大抵六字，二、四行稍长，大抵八字，诗行有规律地长短错落，又大段整齐、匀称；《爱的灵感》长达396句；《沙扬娜拉》只有四句；《翡冷翠的一夜》一节74行；而《火车擒住轨》一节仅二行，足见其句法、章法的变化多端。

辞藻华美，风格明丽。徐志摩的诗思富于想象力，同时又有很强的驾驭语言的能力，因而他诗歌的文词非常丰富，辞藻显示出华丽、浓艳的特色。《她是睡着了》《半夜深巷琵琶》《秋月》都写得妩媚明丽，有很高的审美价值。《在病中》一口气连用七个比喻（博喻）形容病中的心情——瞬间的回忆。

四、精彩文段

再别康桥

— —

轻轻的我走了，

正如我轻轻的来；

我轻轻的招手，

作别西天的云彩。

那河畔的金柳，
是夕阳中的新娘；
波光里的艳影，
在我的心头荡漾。

软泥上的青荇，
油油的在水底招摇；
在康河的柔波里，
我甘心做一条水草！

那榆阴下的一潭，
不是清泉，是天上虹；
揉碎在浮藻间，
沉淀着彩虹似的梦。

寻梦？撑一支长篙，
向青草更青处漫溯，
满载一船星辉，
在星辉斑斓里放歌。

但我不能放歌，
悄悄是别离的笙箫；
夏虫也为我沉默，
沉默是今晚的康桥！

悄悄的我走了，
正如我悄悄的来；
我挥一挥衣袖，
不带走一片云彩。

本诗写于1928年11月6日，初载1928年12月10日《新月》月刊第1卷第10号，署名徐志摩。

雪花的快乐

假如我是一朵雪花，
翩翩的在半空里潇洒，
我一定认清我的方向——
飞扬，飞扬，飞扬，
这地面上有我的方向。

不去那冷寞的幽谷，
不去那凄清的山麓，
也不上荒街去惆怅——
飞扬，飞扬，飞扬，——
你看！我有我的方向！

在半空里娟娟的飞舞，

认明了那清幽的住处，
等著她来花园里探望——
飞扬，飞扬，飞扬，——
啊，她身上有朱砂梅的清香！
那时我凭借我的身轻，
盈盈的，沾住了她的衣襟，
贴近她柔波似的心胸——
消溶，消溶，消溶——
溶入了她柔波似的心胸！

此诗写于 1924 年 12 月 30 日。发表于 1925 年 1 月 17 日《现代评论》第一卷第 6 期。

沙扬娜拉一首
赠日本女郎

最是那一低头的温柔，
像一朵水莲花不胜凉风的娇羞，
道一声珍重，道一声珍重，
那一声珍重里有蜜甜的忧愁——
沙扬娜拉！

本诗写于 1924 年 5 月陪泰戈尔访日期间。这是组诗《沙扬娜拉十八首》中的最后一首。《沙扬娜拉十八首》收入 1925 年 8 月版《志摩的诗》，再版时删去前十七首，仅留这一首。沙扬娜拉，日语"再见"的音译。

偶然

我是天空里的一片云，
偶尔投影在你的波心——
你不必讶异，
更无须欢喜——
在转瞬间消灭了踪影。
你我相逢在黑夜的海上，
你有你的，我有我的，方向；
你记得也好，
最好你忘掉，
在这交会时互放的光亮！

写于 1926 年 5 月，初载同年 5 月 27 日《晨报副刊·诗镌》第 9 期，署名志摩。这是徐志摩和陆小曼合写剧本《卞昆冈》第五幕里盲人老者的唱词。

五、名家点评

1. 他的人生观，真是一种单纯的信仰——这里面只有三个大字：一个是爱，一个是自由，一个是美。他梦想这一个理想的条件能够会合在一个人生里。他的一生历史，只是他追求这个单纯信仰实现的历史。——胡适

2. 志摩的诗之异于他人者，在于他的丰富的情感之中带着一股不可抵抗的"媚"。这妩媚，不可形容，你不会觉不到，它直诉诸你的灵府。——梁实秋

3. 徐志摩是才气横溢的一路诗人。他给我们在课堂上讲英国浪漫诗派，特别是讲雪莱，眼睛朝着窗外，或则对着天花板，实在是自己在作诗，天马行空，天花乱坠，大概雪莱就是化在这一片空气里了。——卞之琳

22 子 夜

茅盾

一、作者简介

茅盾（1896—1981），原名沈德鸿，字雁冰。浙江省嘉兴桐乡县乌镇人，中国现代作家及文学评论家。常用的笔名有茅盾、玄珠、方璧、止敬、蒲牢、形天等。在文学创作方面，茅盾于1928年发表首部小说三部曲《蚀》，《蚀》由三个系列中篇（《幻灭》《动摇》《追求》）组成。《蚀》是茅盾小说的处女作，原稿笔名为"矛盾"，可见作者的心境，后由叶圣陶改为"茅盾"。

1932年前后到1937年抗战爆发，是茅盾创作的鼎盛时期，很多的重要作品都创作于这期间。长篇小说《子夜》的问世，奠定了茅盾在中国现代文学史上举足轻重的地位。接着他写了"农村三部曲"（《春蚕》《秋收》《残冬》）和《林家铺子》等短篇小说，更展示了茅盾作为一个革命现实主义作家强大的创作生命力。期间还有中篇小说《多角关系》和《少年印刷工》，出版了短篇集《春蚕》《泡沫》《烟云集》等，散文集《印象·感想·回忆》《速写与随笔》《话匣子》《茅盾散文集》等。

抗战时期，辗转于香港、新疆、延安、重庆、桂林等地。1939—1944年发表了长篇小说《腐蚀》和《霜叶红似二月花》等。新中国成立后，他历任文联副主席、文化部长、作协主席，并任全国政协副主席，由于工作繁忙，他实际已很难分身创作。1979年茅盾当选为中国文联名誉主席，作协主席。1981年3月27日因病医治无效，于北京逝世，其在故乡桐乡乌镇的居所茅盾故居被列为全国重点文物保护单位。

二、名著概要

1933年1月，《子夜》由开明书店出版，它标志着茅盾创作的一个高峰，也显示了左翼文学的实绩。《子夜》是"应用真正的社会科学，在文艺上表现中国的社会关系和阶级关系"的扛鼎之作。《子夜》原名《夕阳》，中心人物是民族资本家吴荪甫。

1930年的一天夜晚，上海裕华丝厂总经理吴荪甫偕妻子林佩瑶和姐姐吴芙芳、姐夫杜竹斋（上海恒丰银行总经理），到码头接吴老太爷来沪。吴老太爷是因为乡下农民抗租暴动，吴家开设的当铺首当其冲，才匆匆逃到上海的。初到灯红酒绿的上海，吴老太爷突然感到头晕眼花，天旋地转……突发脑溢血于子夜死去。吴老太爷开丧的日期，吴公馆宾朋满座，成了工商界名流聚会的好机会。

这天，在孙吉人、王和甫等倡议下，吴荪甫决定自己办银行，几家合资筹办益中信托公司。濒于破产的德丰丝厂总经理朱吟秋恳求杜竹斋借款展期，不料吴荪甫存心要榨出他囤积的干茧，怂恿杜再借款给他，等一个月后把丝厂吞并。当时，丝厂工人正在酝酿罢工，开展经济斗争。裕华丝厂工人听到老板削减工钱的消息，开始消极怠工。吴荪甫听到总管莫干丞的报告，怒不可遏，要追查走漏消息的人。他决定开除已被查明向工人透露风声的小职员屠维岳。屠非但不认错，反倒平起平坐地同吴议论起如何才能既少花钱又能制止罢工的办法来。

23 骆 驼 祥 子

老舍

一、作者简介

老舍（1899—1966），原名舒庆春，字舍予，笔名老舍，北京满族正红旗人，中国现代著名小说家、文学家、戏剧家，被称为"人民艺术家"。

老舍出生于北京西城小羊圈胡同一个贫民家庭。兄弟姐妹八人，活下来的只有三个姐姐、一个哥哥和老舍。父亲舒永寿是皇城的护军，每月只领三两饷银。1900年，父亲在抵抗八国联军的战斗中殉国，此后家境更加困窘。后老舍在别人资助下入私塾读书。老舍幼年性格抑郁寡欢，读书期间，就以口才出众与习诗作文而引人瞩目。1921年开始发表新诗与短篇小说。1922年加入基督教。1926年，在小说月报上发表了第一部长篇小说《老张的哲学》。1936年写出长篇小说文学代表作品《骆驼祥子》。抗战期间老舍团结和组织广大文艺工作者，利用各种文艺形式为抗日作贡献。他自己也以团结抗日为题材，运用各种文学体裁创作了大量作品，其中的代表作为长篇小说《四世同堂》。老舍于1946年3月接受美国国务院邀请，赴美讲学，在美国写完了《四世同堂》第三部及长篇小说《鼓书艺人》。1950年创作话剧《龙须沟》，引起热烈反响。1957年7月，发表堪称中国话剧经典的《茶馆》。由于不堪"文革"期间受到的迫害，1966年8月24日深夜，老舍含冤自沉于北京西北的太平湖，享年67岁。

老舍一生创作了大量的小说（尤其是长篇小说）、剧本、散文、诗歌（新式之外包括歌词、古词和旧体诗等），几乎什么形式都涉及了。已经出版的《老舍全集》19卷，总共有1000万字之多。老舍是笑着走上文坛，最后以悲愤至极的方式辞别人间的。笑与泪贯穿了他的生命历程与文学世界，也构成了老舍风格的显著特征。

二、名著概要

祥子是北平的一位较自由的洋车夫，他属于年轻力壮，而且自己有车的那一类高等车夫。这可不是一件容易的事。一滴汗，两滴汗，不知道多少万滴汗；风里雨里的咬牙，饭里茶里的自苦；经过一切挣扎与困苦的结果才挣出这辆车。

祥子生长在乡下，由于失去了父母及几亩薄田，18岁便跑到城里来，带着乡间小伙子的健壮与诚实，凡是以卖力气就能吃饭的事，他几乎全做过了。但唯有拉车是件容易挣钱又相对体面的事。"祥子头不很大，圆眼，肉鼻子，两条眉很短很粗，头上永远剃得发亮。腮上没有多余的肉，脖子可是几乎与头一边儿粗；脸上永远红扑扑的，特别亮的是颧骨与右耳之间一块不小的疤——小时候在树下睡觉，被驴啃了一口。""他确乎有点像一棵树，坚强，沉默，而又有生气。"祥子是个有主见的人，他决定去拉车就拉车去了。赁了辆破车先练练腿，咬着牙过了拉车必须经过的一关：脚脖子肿疼。两三个星期的功夫把腿练出来了。脚好了以后他敢跑了，路远没关系，好在年轻有力气，加上地名熟悉，腿长脚大，腰里非常稳，跑起来没多大响声，车把稳、座儿安全舒服，他停车，利落准确，在车夫行中算是出名的。

　　整整的三年，祥子凑足了一百块钱，他买了一辆新车——属于自己的新车。从此他的生活过得越来越起劲了。照这样下去，干上二年，至多二年，他就又可以买新车，一辆，二辆……他也可以开车厂了。因为高兴胆子也就大起来，自从买了车，祥子跑得更快了，而且格外小心。他觉得用力拉车去挣口饭吃是天下最有骨气的事，外面的谣言他不大往心里听。但战争的消息与谣言几乎每年随着春麦一块长。谣言已经有十来天了，东西都涨了价，战争似乎还在老远，一时半会儿不会打到北平来，祥子照常拉车。有一天祥子和光头矮子往清华拉学生，出乎意料的在从高梁桥走便道的地方被十来个兵连车带人劫了去。吃苦，他不怕，可是再弄上一辆车不是随便一说就行的事；至少还得几年的工夫！过去的成功全算白饶，他得重新打鼓另开张打头儿来！祥子落了泪！他不但恨那些兵，而且恨世上的一切了。凭什么把人欺侮到这个地步？"凭什么？"他喊了出来。这使他马上想起危险来。别的不去管他，逃命要紧！祥子从退却的军营中拉了三匹骆驼换了三十五块很亮的现洋，两个棒子面饼子，一件能护到胸的破白小褂子，想要一步迈到城里去。

　　祥子在海淀的一家小店躺了三天，身上忽冷忽热，心中迷迷忽忽，牙床上起了一溜紫泡，只想喝水，不想吃什么。饿了三天，火气降下去，身上软得像皮糖似的。就在这三天里，他与三匹骆驼的关系由梦话和胡话中被人家听了去。他已经是"骆驼祥子"了。晃晃悠悠的他放开了步，决定进城去。他的铺盖还在西安门大街人和车厂呢，自然他想奔那里去。因为没有家小，他一向是住在车厂里，虽然并不永远拉厂子里的车。人和车厂老板刘四爷已快七十岁的人了；是虎相，有一个三十七、八岁的虎女——知道刘四爷的人也必知道虎妞，她长得虎头虎脑，因此吓住了男人：帮父亲办事是把好手，可是没人敢娶她作为太太。刘四爷主外，虎妞打内，父女俩把车厂治理得铁筒一般。人和车厂成了洋车界的权威。

　　祥子租了刘四爷的车又住进了人和车厂，开始早出晚归拉散客拉包月，拼命跑车，为的是能早日买辆新车。虎妞姑娘见祥子没等病好就拼命跑车，多次嘱咐他："买车也得悠着来，哪能当你是铁作的！你应当好好的歇三天！"对祥子她真是无微不至的关心、爱护。为了拉包月，祥子离开了人和车厂，来到曹宅。临近年节，虎妞亲自到曹宅找到祥子让他找刘四爷绕着弯子提亲；恰逢曹先生被诬陷惹祸上身，祥子受牵连被侦探抢去血汗钱，祥子无奈之下听从虎妞的安排去了刘家。经过一番折腾，虎妞与刘四爷闹翻，随祥子离开车厂，在一个大杂院租房，并热热闹闹办了婚礼。

　　结婚后祥子继续跑车，最大的损失是被雨水淋病，昏昏沉沉睡了两昼夜，虎妞着了慌。过了八月十天，祥子又去出车，虎妞有了身孕。不料没拉几天，祥子又病了，还添了痢疾。虎妞在车厂存的钱也快用完了。半年来由秋而冬，祥子一半对付，一半挣扎，不敢偷懒，低头苦奔，但钱进的少，不能剩下，一天一个干净，但虎妞的"月子"是转年的二月初。祥子尽自己的所能去供给虎妞，去伺候。过了年，虎妞不让祥子在晚间出去，她害怕。闹到月底灯节左右，虎妞让祥子去请收生婆，她支撑不住了。最后请来虾蟆大仙陈二奶奶，求神拜佛为虎妞催生。不论什么办法都没能使虎妞安静，还是翻滚地闹，直闹了一点多钟，虎妞的眼珠慢慢地上翻，只剩下了大口地咽气，不会出声，祥子已经没办法了。夜里十二点，带着个死孩子的虎妞断了气。为了安葬虎妞，祥子不得不把生活理想象征的车卖掉。祥子已经无家可归。虎妞安葬后祥子又开始拉包月，到了雍和宫附近的夏家。他想娶同病相怜而心心相印的小福子，可是负不起养活她两个弟弟和一个醉爸爸的责任。等到他生计稍有安顿、前来接小福子时，小福子早已在下等妓院里不堪蹂躏而自缢身亡了。经过一连串的沉重打击之的生意不错，可是躺了两天，他的脚脖子肿得像两条瓠子似的，再也抬不起来。他忍受着，不管是怎样的疼痛。他知道这是不可避免的事，这是拉车必须经过的一关。非过了这一关，他不能放胆地去跑。

脚好了之后，他敢跑了。这使他非常的痛快，因为别的没有什么可怕的了：地名他很熟习，即使有时候绕点远也没大关系，好在自己有的是力气。拉车的方法，以他干过的那些推，拉，扛，挑的经验来领会，也不算十分难。况且他有他的主意：多留神，少争胜，大概总不会出了毛病。至于讲价争座，他的嘴慢气盛，弄不过那些老油子们。知道这个短处，他干脆不大到"车口儿"上去；哪里没车，他放在哪里。在这僻静的地点，他可以从容地讲价，而且有时候不肯要价，只说声："坐上吧，瞧着给！"他的样子是那么诚实，脸上是那么简单可爱，人们好像只好信任他，不敢想这个傻大个子是会敲人的。即使人们疑心，也只能怀疑他是新到城里来的乡下老儿，大概不认识路，所以讲不出价钱来。及至人们问到，"认识呀？"他就又像装傻，又像要俏的那么一笑，使人们不知怎样才好。

两三个星期的工夫，他把腿溜出来了。他晓得自己的跑法很好看。跑法是车夫的能力与资格的证据。那撇着脚，像一对蒲扇在地上扇乎的，无疑是刚由乡间上来的新手。那头低得很深，双脚蹭地，跑和走的速度差不多，而颇有跑的表示的，是那些五十岁以上的老者们。那经验十足而没什么力气的却另有一种方法：胸向内含，度数很深；腿抬得很高；一走一探头；这样，他们就带出跑得很用力的样子，而在事实上一点也不比别人快；他们仗着"作派"去维持自己的尊严。祥子当然决不采取这几种姿态。他的腿长步大，腰里非常的稳，跑起来没有多少响声，步步都有些伸缩，车把不动，使座儿觉到安全，舒服。说站住，不论在跑得多么快的时候，大脚在地上轻蹭两蹭，就站住了；他的力气似乎能达到车的各部分。脊背微俯，双手松松拢住车把，他活动，利落，准确；看不出急促而跑得很快，快而没有危险。就是在拉包车的里面，这也得算很名贵的。

他换了新车。从一换车那天，他就打听明白了，像他赁的那辆——弓子软，铜活地道，雨布大帘，双灯，细脖大铜喇叭——值一百出头；若是漆工与铜活含糊一点呢，一百元便可以打住。大概地说吧，他只要有一百块钱，就能弄一辆车。猛然一想，一天要是能剩一角的话，一百元就是一千天，一千天！把一千天堆到一块，他几乎算不过来这该有多么远。但是，他下了决心，一千天，一万天也好，他得买车！第一步他应当，他想好了，去拉包车。遇上交际多，饭局多的主儿，平均一月有上十来个饭局，他就可以白落两三块的车饭钱。加上他每月再省出个块儿八角的，也许是三头五块的，一年就能剩起五六十块！这样，他的希望就近便多多了。他不吃烟，不喝酒，不赌钱，没有任何嗜好，没有家庭的累赘，只要他自己肯咬牙，事儿就没有个不成。他对自己起下了誓，一年半的工夫，他——祥子——非打成自己的车不可！是现打的，不要旧车见过新的。

他真拉上了包月。可是，事实并不完全帮助希望。不错，他确是咬了牙，但是到了一年半他并没还上那个誓愿。包车确是拉上了，而且谨慎小心地看着事情；不幸，世上的事并不是一面儿的。他自管小心他的，东家并不因此就不辞他；不定是三两个月，还是十天八天，吹了；他得另去找事。自然，他得一边儿找事，还得一边儿拉散座；骑马找马，他不能闲起来。在这种时节，他常常闹错儿。他还强打着精神，不专为混一天的嚼谷，而且要继续着积储买车的钱。可是强打精神永远不是件妥当的事：拉起车来，他不能专心致志的跑，好像老想着些什么，越想便越害怕，越气不平。假若老这么下去，几时才能买上车呢？为什么这样呢？难道自己还算个不要强的？在这么乱想的时候，他忘了素日的谨慎。皮轮子上了碎铜烂瓷片，放了炮；只好收车。更严重一些的，有时候碰了行人，甚至有一次因急于挤过去而把车轴盖碰丢了。设若他是拉着包车，这些错儿绝不能发生；一搁下了事，他心中不痛快，便有点愣头愣脑的。碰坏了车，自然要赔钱；这更使他焦躁，火上加了油；为怕惹出更大的祸，他有时候懒睡一整天。及至睁开眼，一天的工夫已白白过去，他又后悔，自恨。还有呢，在这种时期，他越着急便越自苦，吃喝越没规则；他以为自己是铁作的，可是敢情他也会病。病了，他舍不得钱去买药，自己硬挺着；结果，病越来越重，不但得买药，而且得一气儿休息好几天。这些个困难，使他更咬牙努力，可是买车的钱数一点不因此而加快的凑足。

整整的三年，他凑足了一百块钱！

他不能再等了。原来的计划是买辆最完全最新式最可心的车，现在只好按着一百块钱说了。不能再等；万一出点什么事再丢失几块呢！恰巧有辆刚打好的车（定作而没钱取货的）跟他所期望的车差不甚多；本来值一百多，可是因为定钱放弃了，车铺愿意少要一点。祥子的脸通红，手哆嗦着，拍出九十六块钱来："我要这辆车！"铺主打算挤到个整数，说了不知多少话，把他的车拉出去又拉进来，支开棚子，又放下，按按喇叭，每一个动作都伴着一大串最好的形容词；最后还在钢轮条上踢了两脚，"听听声儿吧，铃铛似的！拉去吧，你就是把车拉碎了，要是钢条软了一根，你拿回来，把它摔在我脸上！一百块，少一分咱们吹！"祥子把钱又数了一遍，"我要这辆车，九十六！"铺主知道是遇见了一个心眼的人，看看钱，看看祥子，叹了口气："交个朋友，车算你的了；保六个月：除非你把大箱碰碎，我都白给修理；保单，拿着！"

祥子的手哆嗦得更厉害了，揣起保单，拉起车，几乎要哭出来。拉到个僻静地方，细细端详自己的车，在漆板上试着照照自己的脸！越看越可爱，就是那不尽合自己的理想的地方也都可以原谅了，因为已经是自己的车了。把车看得似乎暂时可以休息会儿了，他坐在了水簸箕的新脚垫儿上，看着车把上的发亮的黄铜喇叭。他忽然想起来，今年是二十二岁。因为父母死得早，他忘了生日是在哪一天。自从到城里来，他没过一次生日。好吧，今天买上了新车，就算是生日吧，人的也是车的，好记，而且车既是自己的心血，简直没什么不可以把人与车算在一块的地方。

怎样过这个"双寿"呢？祥子有主意：头一个买卖必须拉个穿得体面的人，绝对不能是个女的。最好是拉到前门，其次是东安市场。拉到了，他应当在最好的饭摊上吃顿饭，如热烧饼夹爆羊肉之类的东西。吃完，有好买卖呢就再拉一两个；没有呢，就收车；这是生日！

自从有了这辆车，他的生活过得越来越起劲了。拉包月也好，拉散座也好，他天天用不着为"车份儿"着急，拉多少钱全是自己的。心里舒服，对人就更和气，买卖也就更顺心。拉了半年，他的希望更大了：照这样下去，干上二年，至多二年，他就又可以买辆车，一辆，两辆……他也可以开车厂了！

可是，希望多半落空，祥子的也非例外。

五、名家点评

1. 老舍到底不愧为幽默大家，即使在这样一部（《骆驼祥子》）悲剧作品里，他也没有完全排除幽默，而是从人物性格与作品情境出发，恰到好处地投射以幽默视角。《骆驼祥

120

子》进一步证明了老舍的语言不仅能在喜剧天地里纵横驰骋，而且能在悲剧世界里运斤如风。——秦弓

2. 《骆驼祥子》的语言造诣，充分表现了老舍是一位致力于民主化与大众化的语言艺术大师。——朱栋霖等主编《中国现代文学史》

3. 老舍小说的背景北京"是相当真实的，山水名胜古迹胡同店铺基本上用真名，大部分经得起实地核对和验证"。——舒乙

24 边 城

沈从文

一、作者简介

沈从文（1902—1988），湖南凤凰县人，原名沈岳焕，汉族，京派小说代表人物，身上流淌着汉、苗、土家等民族的血液。其父为汉族，沈从文祖母是苗族，沈从文母亲是土家族。现代著名作家、历史文物研究家。笔名休芸芸、甲辰、懋琳、上官碧、璇若等。沈从文6岁进入私塾读书，14岁时，他投身行伍，浪迹湘川黔边境地区，1924年开始文学创作，抗战爆发后到西南联大任教，1946年回到北京大学任教，新中国成立后在中国历史博物馆和中国社会科学院历史研究所工作，主要从事中国古代服饰的研究，1988年5月因心脏病突发，在其北京寓所逝世。虽然沈从文生活在当代，但是他的文学作品主要集中在1949年之前，所以只称其为现代作家。沈从文先生一生写下很多部小说和散文集，《边城》奠定了沈从文先生在文学史上的历史地位。主要著作有：小说《龙朱》《旅店及其它》《石子船》《月下小景》《边城》《长河》，散文《从文自传》《记丁玲》《湘行散记》《湘西》，文论《废邮存底》及续集《烛虚》《云南看云集》等。

二、名著概要

这部作品故事情节相对比较简单，人物也不多，把握起来不难。可以多了解把握里面的风土人情及作者描写的自然风光。

《边城》是沈从文最负盛名的代表作。它是沈从文创作的一首美好的抒情诗、一幅秀丽的风景画，也是支撑他所构筑的湘西世界的坚实柱石，是我国文学史上一部优秀的抒发乡土情怀的中篇小说。

地处湘川黔三省交界的茶峒（今湖南花垣县边城镇），青山绿水，美不胜收。秀丽的自然风光教化着的小溪白塔旁边，住着一户两个相依为命的摆渡人。独门独院里，只有爷爷老船夫和孙女翠翠两个人，还有一只颇通人性的黄狗。这一老一小便在渡船上悠然度日。茶峒城里有个船总叫顺顺，他是个洒脱大方，喜欢交朋结友，且慷慨助人的人。他只有两个儿子，老大叫天保，像他一样豪放豁达，不拘俗套小节。老二的气质则有些像他的母亲，不爱说话，秀拔出群，叫傩（nuó）送。小城里的人提起他们三人的名字，没有不竖大拇指的。端午节翠翠去看龙舟赛，偶然相遇相貌英俊的青年水手傩送，傩送在翠翠的心里留下了深刻的印象。可巧的是，傩送的兄长天保也喜欢上了翠翠，并先傩送一步托媒人提了亲。兄弟两人都决定把话挑明了，于是老大就把心事全告诉了弟弟，说这爱是两年前就已经植下根苗的。弟弟微笑着把话听下去，且告诉哥哥，他爱翠翠是三年前的事，做哥哥的也着实吃了一惊。

然而此时，当地的团总以新磨坊为陪嫁，想把女儿许配给傩送。而傩送宁肯继承一条破船也要与翠翠成婚。爷爷自然是晓得孙女的心事，却让她自己做主。兄弟俩没有按照当地风俗以决斗论胜负，而是采用公平而浪漫的唱山歌的方式表达感情，让翠翠自己从中选择。傩送是唱歌好手，天保自知唱不过弟弟，心灰意冷，断然驾船远行做生意。碧溪边只听过一夜弟弟傩送的歌声，后来，歌却再没有响起来。老船夫忍不住去问，本以为是老大唱的，却得知：唱歌人是老二傩送，老大讲出实情后便去做生意。几天后老船夫听说老大坐水船出了事，淹死了……码头的船总顺顺忘不了儿子死的原因，所以对老船夫变得冷淡。老船夫操心着孙女的心事，后终于耐不住去问，傩送却因天保的死十分责怪自己，很内疚，便自己下桃源去了。船总顺顺也不愿意翠翠再做傩送的媳妇，毕竟天保是因她而死。老船夫只好郁闷地回到家，翠翠问他，他也没说起什么。夜里下了大雨，夹杂着吓人的雷声。爷爷说，翠翠莫怕，翠翠说不怕。两人便默默地躺在床上听那雨声雷声。第二天翠翠起来发现船已被冲走，屋后的白塔也冲塌了，翠翠吓得去找爷爷，却发现老人已在雷声将息时死去了……

老军人杨马兵热心地前来陪伴翠翠，也以渡船为生，等待着傩送的归来。傩送也许永远不会回来了，也许"明天"就会回来。

三、作品导读

（一）人物介绍

翠翠

翠翠天真善良、温柔清纯，是作者倾注"爱"与"美"的理想的艺术形象。翠翠来到人间，便是爱的天使与爱的精灵。她爷爷把她养大，一老一少相依为命。她既是爱情的女儿，又是大自然的女儿。在她身上"天人合一"，她是美的精灵与化身。翠翠身上的"美"，是通过她的爱情故事逐步表现出来的。第一阶段：翠翠爱情萌生阶段。她在小镇看龙舟初遇傩送，爱情的种子就萌芽了。第二阶段：翠翠爱情的觉悟阶段。两年后又进城看龙舟，她的爱情意识已完全觉醒。第三阶段：翠翠对爱情执著的阶段。她在爱上傩送后，没想到傩送的哥哥也爱上了她。出于对爱情的忠贞，她明确向爷爷表示拒绝。然而，她与傩送的爱情却忽然受到严重挫折，傩送远走他乡，爷爷也死了，这使她一夜之间"长成大人"。最后，她像爷爷那样守住摆渡的岗位，苦恋并等待着傩送的归来，这些充分表现了翠翠性格坚强的一面。

爷爷

爷爷保有着中国传统的美德，他对孙女翠翠亲情无限。为翠翠的亲事操心担忧，尽力促成翠翠爱情的实现。在生活上，对翠翠也是无比关怀，不让翠翠坐热石头，唯恐翠翠生病；在感情上尽力体谅翠翠的心思，翠翠忧伤寂寞时为她讲故事、说笑话、唱歌。他也是淳朴厚道却也倔强的老人，他为翠翠美丽而自信骄傲，为了翠翠嫁一个好人家，他不计地位的贫寒低贱，内心凄苦忧虑与责任自信交错。

天保

天保个性豪爽、慷慨。他是船总的大儿子，却爱上了贫苦摆渡人的翠翠。他知道弟弟也爱翠翠，两人唱歌"决斗"，他却因为自己先提了亲，"作哥哥的走车路占了先"，一定要弟弟先唱；弟弟"一开口"，他知道自己不是"敌手"，就很大度地成全了弟弟，充分表现了他的手足之情。后来他外出闯滩，既是为了弟弟的幸福，也是为了消解自己心中的失望和难过，"好忘却了上面的一切"。最后意外遇难，可以说他是为了亲情和爱情而死的。

傩送

傩送有着他母亲的美好品格——细腻。傩送孤独地追求着爱情，和哥哥的"决斗"，夜半唱情歌，却并不为心上人所知。最后也孤独地出走，不知漂泊到什么地方。

顺顺

前清解甲流落军官"顺顺"凭着一些积蓄经营木船，事业兴旺发达，又因大方洒脱，仗义慷慨，诚信公道，被众举为"掌水码头"，一方豪杰绅士。

（二）艺术特色

首先，从思想内容上看，《边城》寄托着沈从文先生"美"与"爱"的美学理想，是他的作品中最能表现人性美和人情美的一部小说。文中美的化身——翠翠在茶峒的青山绿水中长大，大自然既赋予她清明如水晶的眸子，也养育了她清澈纯净的性格。翠翠人性的光华，在对爱情理想的探寻中显得分外娇艳灿烂。当然其他人物也具有精神美的力量。这里的"一切莫不极有秩序，人民也莫不安分乐生"。

其次，从表现手法上看，《边城》采用了兼具抒情诗和小品文的优美笔触描绘了湘西特有的风土民情。小说开头三章集中笔力描绘了湘西山水图画和风俗习惯。幽碧的远山、清澈的溪水、溪边的白塔、翠绿的竹篁等山水风景与端午赛龙舟、捉鸭子比赛及男女唱山歌等民俗事象相互交融，使我们充分感受到了边地的安静和平、淳朴浑厚的文化氛围。

最后，忧伤的基调给予了作品深入人灵魂的悲剧美。《边城》的忧郁不是作者故意渲染出来的，而是从作品中自然流淌宣泄出来的。作品的忧伤基调没有削弱作品的可读性，反而增加了作品的厚度与魅力。通过几个主人公的种种悲剧的描写，表达了作者对湘西下层人民不能自主地把握命运，一代又一代继承悲凉的人生命运的深深慨叹。

四、精彩文段

茶峒地方凭水依山筑城，近山的一面，城墙如一条长蛇，缘山爬去。临水一面则在城外河边留出余地设码头，湾泊小小篷船。船下行时运桐油青盐，染色的桛子。上行则运棉花棉纱以及布匹杂货同海味。贯串各个码头有一条河街，人家房子多一半着陆，一半在水，因为余地有限，那些房子莫不设有吊脚楼。河中涨了春水，到水逐渐进街后，河街上人家，便各用长长的梯子，一端搭在屋檐口，一端搭在城墙上，人人皆骂着嚷着，带了包袱、铺盖、米缸，从梯子上进城里去，水退时方又从城门口出城。某一年水若来得特别猛一些，沿河吊脚楼必有一处两处为大水冲去，大家皆在城上头呆望。受损失的也同样呆望着，对于所受的损失仿佛无话可说，与在自然安排下，眼见其他无可挽救的不幸来时相似。涨水时在城上还可望着骤然展宽的河面，流水浩浩荡荡，随同山水从上流浮沉而来的有房子、牛、羊、大树。于是在水势较缓处，税关趸船前面，便常常有人驾了小舢板，一见河心浮沉而来的是一匹牲畜，一段小木，或一只空船，船上有一个妇人或一个小孩哭喊的声音，便急急地把船桨去，在下游一些迎着了那个目的物，把它用长绳系定，再向岸边桨去。这些诚实勇敢的人，也爱利，也仗义，同一般当地人相似。不拘救人救物，却同样在一种愉快冒险行为中，做得十分敏捷勇敢，使人见及不能不为之喝彩。

那条河水便是历史上知名的酉水，新名字叫作白河。白河下游到辰州与沅水汇流后，便略显浑浊，有出山泉水的意思。若溯流而上，则三丈五丈的深潭皆清澈见底。深潭为白日所映照，河底小小白石子，有花纹的玛瑙石子，全看得明明白白。水中游鱼来去，全如浮在空气里。两岸多高山，山中多可以造纸的细竹，长年作深翠颜色，逼人眼目。近水人家多在桃杏花里，春天时只需注意，凡有桃花处必有人家，凡有人家处必可沽酒。夏天则晒晾在日光下耀目的紫花布衣裤，可以作为人家所在的旗帜。秋冬来时，房屋在悬崖上的，滨水的，无不朗然入目。黄泥的墙，乌黑的瓦，位置则永远那么妥帖，且与四围环境极其调和，使人迎面得到的印象，实在非常愉快。一个对于诗歌图画稍有兴味的旅客，在这小河中，蜷伏于一只小船上，作三十天的旅行，必不至于感到厌烦，正因为处处有奇迹，自然的大胆处与精巧处，无一处不使人神往倾心。

白河的源流，从四川边境而来，从白河上行的小船，春水发时可以直达川属的秀山。但属于湖南境界的，则茶峒为最后一个水码头。这条河水的河面，在茶峒时虽宽约半里，当秋冬之际水落时，河床流水处还不到二十丈，其余只是一滩青石。小船到此后，既无从上行，故凡川东的进出口货物，皆由这地方落水起岸。出口货物俱由脚夫用杉木扁担压在肩膀上挑抬而来，入口货物也莫不从这地方成束成担的用人力搬去。

这地方城中只驻扎一营由昔年绿营屯丁改编而成的戍兵，及五百家左右的住户。（这些住户中，除了一部分拥有了些山田同油坊，或放账屯油、屯米、屯棉纱的小资本家外，其余多数皆为当年屯戍来此有军籍的人家。）地方还有个厘金局，办事机关在城外河街下面小庙里，经常挂着一面长长的幡信。局长则住在城中。一营兵士驻扎老参将衙门，除了号兵每天上城吹号玩，使人知道这里还驻有军队以外，其余兵士皆仿佛并不存在。冬天的白日里，到城里去，便只见各处人家门前皆晾晒有衣服同青菜。红薯多带藤悬挂在屋檐下。用棕衣作成的口袋，装满了栗子榛子和其他硬壳果，也多悬挂在屋檐下。屋角隅各处有大小鸡叫着玩着。间或有什么男子，占据在自己屋前门限上锯木，或用斧头劈树，把劈好的柴堆到敞坪里去一座一座如宝塔。又或可以见到几个中年妇人，穿了浆洗得极硬的蓝布衣裳，胸前挂有白布扣花围裙，躬着腰在日光下一面说话一面做事。一切总永远那么静寂，所有人民每个日子皆在这种单纯寂寞里过去。一分安静增加了人对于"人事"的思索力，增加了梦。在这小城中生存的，各人也一定皆各在分定一份日子里，怀了对于人事爱憎必然的期待。但这些人想些什么？谁知道。住在城中较高处，门前一站便可以眺望对河以及河中的景致，船来时，远远的就从对河滩上看着无数纤夫。那些纤夫也有从下游地方，带了细点心洋糖之类，拢岸时却拿进城中来换钱的。船来时，小孩子的想象，当在那些拉船人一方面。大人呢，孵一巢小鸡，养两只猪，托下行船夫打副金耳环，带两丈官青布或一坛好酱油、一个双料的美孚灯罩回来，便占去了大部分作主妇的心了。

这小城里虽那么安静和平，但地方既为川东商业交易接头处，因此城外小小河街，情形却不同了一点。也有商人落脚的客店，坐镇不动的理发馆。此外饭店、杂货铺、油行、盐栈、花衣庄，莫不各有一种地位，装点了这条河街。还有卖船上用的檀木活车、竹缆与罐锅铺子，介绍水手职业吃码头饭的人家。小饭店门前长案上，常有煎得焦黄的鲤鱼豆腐，身上装饰了红辣椒丝，卧在浅口钵头里，钵旁大竹筒中插着大把红筷子，不拘谁个愿意花点钱，这人就可以傍了门前长案坐下来，抽出一双筷子到手上，那边一个眉毛扯得极细脸上擦了白粉的妇人就走过来问："大哥，副爷，要甜酒？要烧酒？"男子火焰高一点的，谐趣的，对内掌柜有点意思的，必装成生气似的说："吃甜酒？又不是小孩，还问人吃甜酒！"那么，酽冽的烧酒，从大瓮里用竹筒舀出，倒进土碗里，即刻就来到身边案桌上了。杂货铺卖美孚油及点美孚油的洋灯，与香烛纸张。油行屯桐油。盐栈堆火井出的青盐。花衣庄则有白棉纱、大布、棉花以及包头的黑绉绸出卖。卖船上用物的，百物罗列，无所不备，且间或有重至百斤以外的铁锚搁在门外路旁，等候主顾问价的。专以介绍水手为事业，吃水码头饭的，则在河街的家中，终日大门敞开着，常有穿青羽缎马褂的船主与毛手毛脚的水手进出，地方像茶馆却不卖茶，不是烟馆又可以抽烟。来到这里的，虽说所谈的是船上生意经，然而船只的上下，划船拉纤人大都有一定规矩，不必作数目上的讨论。他们来到这里大多数倒是在

"联欢"。以"龙头管事"作中心,谈论点本地时事,两省商务上情形,以及下游的"新事"。邀会的,集款时大多数皆在此地,扒骰子看点数多少轮作会首时,也常常在此举行。真正成为他们生意经的,有两件事:买卖船只,买卖媳妇。

大都市随了商务发达而产生的某种寄食者,因为商人的需要,水手的需要,这小小边城的河街,也居然有那么一群人,聚集在一些有吊脚楼的人家。这种妇人不是从附近乡下弄来,便是随同川军来湘流落后的妇人,穿了假洋绸的衣服,印花标布的裤子,把眉毛扯得成一条细线,大大的发髻上敷了香味极浓俗的油类。白日里无事,就坐在门口做鞋子,在鞋尖上用红绿丝线挑绣双凤,或为情人水手挑绣花抱兜,一面看过往行人,消磨长日。或靠在临河窗口上看水手起货,听水手爬桅子唱歌。到了晚间,则轮流的接待商人同水手,切切实实尽一个妓女应尽的义务。

由于边地的风俗淳朴,便是作妓女,也永远那么浑厚,遇不相熟的人,做生意时得先交钱,再关门撒野,人既相熟后,钱便在可有可无之间了。妓女多靠四川商人维持生活,但恩情所结,则多在水手方面。感情好的,互相咬着嘴唇咬着颈脖发了誓,约好了"分手后各人皆不许胡闹",四十天或五十天,在船上浮着的那一个,同留在岸上的这一个,便皆呆着打发这一堆日子,尽把自己的心紧紧缚定远远的一个人。尤其是妇人感情真挚,痴到无可形容,男子过了约定时间不回来,做梦时,就总常常梦船拢了岸,一个人摇摇荡荡的从船跳板到了岸上,直向身边跑来。或日中有了疑心,则梦里必见男子在桅上向另一方面唱歌,却不理会自己。性格弱一点儿的,接着就在梦里投河吞鸦片烟,性格强一点儿的便手执菜刀,直向那水手奔去。他们生活虽那么同一般社会疏远,但是眼泪与欢乐,在一种爱憎得失间,揉进了这些人生活里时,也便同另外一片土地另外一些年轻生命相似,全个身心为那点爱憎所浸透,见寒作热,忘了一切。若有多少不同处,不过是这些人更真切一点,也更近于糊涂一点罢了。短期的包定,长期的嫁娶,一时间的关门,这些关于一个女人身体上的交易,由于民情的淳朴,身当其事的不觉得如何下流可耻,旁观者也就从不用读书人的观念,加以指摘与轻视。这些人既重义轻利,又能守信自约,即便是娼妓,也常常较之讲道德知羞耻的城市中人还更可信任。

掌水码头的名叫顺顺,一个前清时便在营伍中混过日子来的人物,革命时在著名的陆军四十九标做个什长。同样做什长的,有因革命成了伟人名人的,有杀头碎尸的,他却带着少年喜事得来的脚疯痛,回到了家乡,把所积蓄的一点钱,买了一条六桨白木船,租给一个穷船主,代人装货在茶峒与辰州之间来往。气运好,半年之内船不坏事,于是他从所赚的钱上,又讨了一个略有产业的白脸黑发小寡妇。数年后,在这条河上,他就有了大小四只船,一个铺子,两个儿子了。

但这个大方洒脱的人,事业虽十分顺手,却因欢喜交朋结友,慷慨而又能济人之急,便不能同贩油商人一样大大发作起来。自己既在粮子里混过日子,明白出门人的甘苦,理解失意人的心情,故凡因船只失事破产的船家,过路的退伍兵士,游学文墨人,凡到了这个地方闻名求助的,莫不尽力帮助。一面从水上赚来钱,一面就这样洒脱散去。这人虽然脚上有点小毛病,还能泅水;走路难得其平,为人却那么公正无私。水面上各事原本极其简单,一切皆为一个习惯所支配,谁个船碰了头,谁个船妨害了别一个人别一只船的利益,皆照例有习惯方法来解决。惟运用这种习惯规矩排调一切的,必需一个高年硕德的中心人物。某年秋天,那原来执事人死去了,顺顺作了这样一个代替者。那时他还只五十岁,为人既明事明

126

理，正直和平，又不爱财，故无人对他年龄怀疑。

到如今，他的儿子大的已十八岁，小的已十六岁。两个年轻人皆结实如小公牛，能驾船，能泅水，能走长路。凡从小乡城里出身的年轻人所能够作的事，他们无一不作，作去无一不精。年纪较长的，如他们爸爸一样，豪放豁达，不拘常套小节。年幼的则气质近于那个白脸黑发的母亲，不爱说话，眼眉却秀拔出群，一望即知其为人聪明而又富于感情。

两兄弟既年已长大，必须在各种生活上来训练他们，作父亲的就轮流派遣两个小孩子各处旅行。向下行船时，多随了自己的船只充伙计，甘苦与人相共。荡桨时选最重的一把，背纤时拉头纤二纤，吃的是干鱼，辣子，臭酸菜，睡的是硬邦邦的舱板。向上行从旱路走去，则跟了川东客货，过秀山、龙潭，酉阳作生意，不论寒暑雨雪，必穿了草鞋按站赶路。且佩了短刀，遇不得已必需动手，便霍的把刀抽出，站到空阔处去，等候对面的一个，接着就同这个人用肉搏来解决。帮里的风气，既为"对付仇敌必须用刀，联结朋友也必须用刀"，故需要刀时，他们也就从不让它失去那点机会。学贸易，学应酬，学习到一个新地方去生活，且学习用刀保护身体同名誉，教育的目的，似乎在使两个孩子学得做人的勇气与义气。一分教育的结果，弄得两个人皆结实如老虎，却又和气亲人，不骄惰，不浮华，不倚势凌人，故父子三人在茶峒边境上为人所提及时，人人对这个名姓无不加以一种尊敬。

作父亲的当两个儿子很小时，就明白大儿子一切与自己相似，却稍稍见得溺爱那第二个儿子。由于这点不自觉的私心，他把长子取名天保，次子取名傩送。意思是天保佑的在人事上或不免有龃龉处，至于傩神所送来的，照当地习气，人便不能稍加轻视了。傩送美丽得很，茶峒船家人拙于赞扬这种美丽，只知道为他取出一个诨名为"岳云"。虽无什么人亲眼看到过岳云，一般的印象，却从戏台上小生岳云，得来一个相近的神气。

五、名家点评

1. 除了鲁迅，还有谁的文学成就比他高呢？——汪曾祺

2.《边城》表现出受过长期压迫而又富于幻想和敏感的少数民族在心坎那一股沉忧隐痛。唱出了少数民族的心声。——朱光潜

3. 可以设想，非西方国家的评论家包括中国的在内，总有一天会对沈从文作出公正的评价：把沈从文、福楼拜、斯特恩、普罗斯特看成成就相等的作家。——余介甫

4.《边城》是一颗晶莹圆润的艺术之珠，其人性美与艺术美珠玉生辉，达到高度的一致。——（朱栋霖等主编《中国现代文学史》）

25　围　城

钱锺书

一、作者简介

钱锺书（1910—1998），原名仰先，字默存，号槐聚，曾用笔名中书君，江苏无锡人。中国现代著名作家、文学研究家。其父是著名国学家钱基博，在父亲的影响和督责下，自幼打下了良好的国学基础。1933年毕业于清华大学外文系。晚年就职于中国社会科学院，任副院长。1941年出版散文集《写在人生边上》。用英文撰写了《十六、十七、十八世纪英国文学里的中国》。1946年出版短篇小说集《人·兽·鬼》。1947年，长篇小说《围城》出版。此外还有诗学著作《谈艺录》。1949年后，学术著作主要有《宋诗选注》《管锥编》《七缀集》等。钱锺书还参与《毛泽东选集》的外文翻译工作。主持过《中国文学史》唐宋部分的编写工作。钱锺书在文学、国故、比较文学、文化批评等领域的成就，推崇者甚至冠以"钱学"。钱先生的治学特点是贯通中西、古今互见，融汇多种学科知识，探幽入微，钩玄提要，在当代学术界自成一家。因其多方面的成就，被誉为文化昆仑。几十年来，钱锺书先生致力于人文社会科学研究，淡泊名利，甘愿寂寞，辛勤研究，饮誉海内外，为国家和民族作出了卓越贡献，培养了几代学人，是中国的宝贵财富。夫人杨绛也是著名作家，育有一女钱瑗。

二、名著概要

《围城》是钱锺书的代表作，是现代文学史上最著名的长篇小说之一。小说创作于抗日战争时期和解放战争时期的动乱年代，它展示的不是战火硝烟的世界，而是旧社会中上层知识分子的生活。

方鸿渐在欧洲留学四年换了三所大学，最后从爱尔兰骗子手中买了子虚乌有的克莱登大学哲学博士学位，四年后与苏文纨乘同一条船回国。同学的时候，苏文纨并没把方鸿渐放在眼里，她把自己的爱情看得太名贵了，身为女博士，她反觉得崇高的孤独，没人敢攀上来。这次同船回国对方鸿渐的家世略有所知，人也不讨厌，似乎也有钱，已准备向方鸿渐示爱。但因为稍微矜持了一点，方鸿渐竟被已有未婚夫的放荡的鲍小姐引诱了去。苏小姐妒火中烧，骂他们无耻。然而鲍小姐刚刚下船，她就马上打扮得袅袅婷婷来找方鸿渐。

回到上海，方鸿渐住在已去世的未婚妻周淑英家。周淑英的父亲是上海点金银行的经理，就是周家出钱让方鸿渐出国留学的。方鸿渐回到本县探望自己的父母，听说方家留洋的博士回来了，当地的校长想请方鸿渐为学生们作一次演讲，谁知方鸿渐竟对学生们大讲特讲起鸦片和梅毒来，这让校长很尴尬。

方鸿渐回到上海，出于礼貌去拜访苏文纨，在苏家认识了苏文纨的表妹唐晓芙和赵辛楣。赵辛楣的父亲跟苏文纨的父亲是同僚，辛楣和文纨从小一起玩，辛楣对文纨一往情深，可苏文纨的心思却在方鸿渐身上，赵辛楣与方鸿渐初次见面，就产生醋意。方鸿渐借看苏小姐为名去看唐晓芙，并暗中与唐晓芙恋爱。而赵辛楣和"新派诗人"曹元朗却与他争风吃醋，苏文纨也希望借此来抬高自己的身价。而赵辛楣也真的醋意大发，从不放过任何一个扫

128

方鸿渐面子的机会。在一次聚会上，赵辛楣故意将方鸿渐灌醉，让方鸿渐当着苏文纨的面出丑，苏文纨对方鸿渐表示关心，并送方鸿渐回家，这让赵辛楣感到很失望。

方鸿渐无意与赵辛楣为敌，因为他并不爱苏小姐，他爱的是年轻漂亮、聪明活泼的唐晓芙。苏小姐明白了这一切之后，恼羞成怒，将方鸿渐以往买假文凭、与鲍小姐鬼混等丑事添油加醋地告诉了唐晓芙。唐晓芙退回了方鸿渐写给她的情书，并让方鸿渐把她的信也全部退回。方鸿渐感到像从昏厥里醒过来一样，开始不觉地心痛，就像因蜷曲而麻木的四肢，到伸直了血脉流通，就觉得刺痛。

方鸿渐在报馆里的差使没了，赵辛楣为了让他远离苏文纨，介绍他到三闾大学去任教，而三闾大学的校长高松年一再催赵辛楣到三闾大学任政治系主任，他被苏小姐拒绝后就答应了。

赵辛楣、方鸿渐、孙柔嘉、李梅亭四人费尽了周折终于到了三闾大学。三闾大学是为了躲避战乱而重新组建的学校，学校只有158位学生，刚刚聘好的教授十之八九托故不来了。因方鸿渐的学历中没有学位证书而被聘为中文系副教授。

在一次晚宴上，方鸿渐听范小姐说陆子潇追求孙柔嘉，给孙小姐写了好多信。这件事仿佛在复壁里咬东西的老鼠，扰乱了他，他想自己并未爱上孙小姐，何以不愿她跟陆子潇要好？孙小姐有她的可爱，不过她妩媚得不稳固，妩媚得勉强，不是真实的美丽。孙柔嘉已有意于方鸿渐，故意就此事向方鸿渐请教处理办法。方鸿渐对孙小姐虽然还只是朦朦胧胧有些好感，却下意识起了妒意，建议孙小姐将陆子潇的情书，不加任何答复地全部送还。

赵辛楣与中文系主任汪处厚的年轻太太有了越轨交往，而老校长高松年也对汪太太抱有非分之想，于是就向汪处厚揭发他们的私情，赵辛楣只得离开三闾大学。他到了重庆进了国防委员会，颇为得意，比起出走时的狼狈，像换了一个人。

赵辛楣走后，方鸿渐也不想在三闾大学待下去了，自己筹划着退掉高松年的聘书，并在信中痛痛快快地批评校政一下，借此发泄这一年来的气愤。谁知他并未接到聘书，孙小姐倒是有聘约的，连薪水也升了一级。孙柔嘉退掉聘书与方鸿渐一同离开三闾大学。

方鸿渐想从桂林坐飞机到香港，然后再回上海，写信让赵辛楣给他弄飞机票，赵辛楣回信说他母亲也要从重庆到香港。方鸿渐与孙柔嘉在香港举行了婚礼，在香港遇到赵辛楣和苏文纨，而此时的苏文纨已是曹元朗的夫人了。苏文纨怠慢了方鸿渐和孙柔嘉，孙柔嘉感到受了委屈，回到旅馆免不了与方鸿渐大吵一顿。

回到上海后，孙柔嘉不想立刻去婆家，要先回娘家，婆婆嫌孙柔嘉架子太大，不柔顺。对她初次见面没有给公婆叩头也耿耿于怀，因而常常旁敲侧击、指桑骂槐地撩拨她和儿子的关系。柔嘉有两个妯娌，这两个人本来矛盾重重，但有一次听见公公夸孙柔嘉是新式女性能自立的话，便马上把她认作共同的敌人，尽释前嫌，一致对外。孙柔嘉做梦也想不到她成了妯娌二人的和平使者。她们不仅背后对孙柔嘉挑剔诽谤，当面说话也常常暗藏机锋。

孙柔嘉和方鸿渐二人之间也总是争吵不断，他们都想按着自己的意志行事，结果经常发生冲突。他们为了择职吵，为了亲戚吵，为了朋友吵，甚至无缘无故，为了随便一句话也要吵。夫妻结合犹如冤家相逢，互相把对方当作出气筒。柔嘉让鸿渐到她姑母的厂里去做事，而鸿渐想到重庆去找赵辛楣，两人为此事又大吵一顿，最后鸿渐离家出走。一个人在大街上闲逛，最后还是决定回家与柔嘉和好，等他到家时发现柔嘉已经走了。

三、作品导读

这是一部有着多层意蕴的小说。一方面，作者在小说中刻画了一大批三四十年代的知识分子形象。他们游离于当时的抗日烽火之外，虽然都是留学归来，受到了西方文化的熏陶，但他们没有远大的理想，又缺乏同传统势力和思想斗争的勇气，结果甚至无法把握自己的生活，像主人公方鸿渐，"冷若冰霜、艳若桃李"的苏文纨，庸俗贪财的学术骗子李梅亭，柔顺之下深藏心机的孙柔嘉等……作者以机智的幽默和温情的讽刺，剖析了这群人的个性与道德上的弱点，揭示了他们的精神困境，所以有人评论《围城》是"现代的《儒林外史》"。

另一方面，作者通过对方鸿渐经历的叙述，传达出自己对于生活的思考。要理解这层意蕴，首先需要了解"围城"的含义。作品在人物的对话中作了提示：

第三章中，褚慎明说英国有句古话："结婚仿佛金漆的鸟笼，笼子外面的鸟想住进去，笼内的鸟想飞出来；所以结而离，离而结，没有了局。"苏文纨说："法国也有这么一句话。不过，不说是鸟笼，说是被围困的城堡，城外的人想冲进去，城里的人想逃出来。"

第五章中，方鸿渐说："我还记得那一次褚慎明还是苏小姐讲的什么'围城'。我近来对人生万事，有这个感想。譬如我当初很希望到三闾大学去，所以接了聘书，近来愈想愈乏味，这时候自恨没有勇气原船退回上海。我经过这一次，不知道何年何月会结婚，不过我想你真娶了苏小姐，滋味也不过尔尔。狗为着追求水里肉骨头的影子，丧失了到嘴的肉骨头！跟爱人如愿以偿结了婚，恐怕那时候肉骨头下肚，倒要对水怅惜这不可再见的影子了。"

从婚姻是"围城"，到最后感慨人生是"围城"。方鸿渐不断渴望冲出"围城"，却又不得不进入另一个"围城"。生活好像故意跟他作对，老是与他自己的想法背道而驰：他不想结婚，但父亲却塞给他一个老婆，却也因"祸"得福，有机会出国留学；他不想得什么学位，在父亲和岳父的催促下，才买了一个假文凭充数；他不爱对自己一片痴情的苏文纨，爱上了温柔伶俐的唐晓芙，眼看就成了，却因为误会分了手；到了三闾大学，他不愿意在履历表上填上假学历，以求心理上的平衡，却受到同样是"克莱登大学博士"的外文系主任韩学愈的排挤；他害怕自己爱上孙小姐，却糊里糊涂地答应了孙小姐的婚事……。有人认为这是一部"探讨人的孤立和彼此无法沟通的小说"；也有人认为这部小说阐释了生活是荒谬的这一哲学命题；还有人把人物的命运和现实的斗争生活结合起来，认为这种荒谬性是由于他们精神上的围城造成的，只有面对广阔的生活，才能摆脱各种围城的束缚。每一种理解都有道理，这也正是这部小说的魅力所在。

小说所写的人物和事件与当时的社会环境十分隔膜，与时代结合并不紧密，我们不可能像其他小说那样通过社会背景和时代背景的分析去考察小说的主题。虽然有评论者认为小说一上来就点明了时间——1937年，结尾也说明是1939年，整部作品的时代背景是抗日战争，因此描写三闾大学的明争暗斗、官场的腐朽堕落，"展示了抗日战争的复杂性"。这可以看作是一种解读，但是有强为之说的嫌疑。作者在序中说："在这本书里，我想写现代中国某一部分社会、某一类人物"，他并没有刻意突出时代性，阅读的时候，可以直接进入文本阅读，切忌把对小说的理解往政治和时代上靠。

《围城》是一部学人小说，他的语言体现了钱锺书作为学者的一面，虽然有的地方似乎是在故意卖弄才情，但总体而言，并不使人感到沉闷，因为许多话语有着丰富的文化底蕴和知识含量，时常散发出机智的锋芒，不断有新奇的比喻和警句，这一切都可以给我们的写作以有益的借鉴。

130

四、精彩文段

西洋赶驴子的人，每逢驴子不肯走，鞭子没有用，就把一串胡萝卜挂在驴子眼睛之前、唇吻之上。这笨驴子以为走前一步，萝卜就能到嘴，于是一步再一步继续向前，嘴愈要咬，脚愈会赶，不知不觉中又走了一站。那时候它是否吃得到这串萝卜，得看驴夫的高兴。一切机关里，上司驾驭下属，全用这种技巧；譬如高松年就允许鸿渐到下学期升他为教授。自从辛楣一走，鸿渐对于升级这胡萝卜，眼睛也看饱了，嘴忽然不馋了，想暑假以后另找出路。他只准备聘约送来的时候，原物退还，附一封信，痛痛快快批评校政一下，算是临别赠言，借此发泄这一年来的气愤。这封信的措词，他还没有详细决定，因为他不知道校长室送给他怎样的聘约。有时他希望聘约依然是副教授，回信可以理直气壮，责备高松年失信。有时他希望聘约升他做教授，这么一来，他的信可以更漂亮了，表示他的不满意并非出于私怨，完全为了公事。不料高松年省他起稿子写信的麻烦，干脆不送聘约给他。孙小姐倒有聘约的，薪水还升了一级。有人说这是高松年开的玩笑，存心拆开他们俩。高松年自己说，这是他的秉公办理，决不为未婚夫而使未婚妻牵累——"别说他们还没有结婚，就是结了婚生了小孩子，丈夫的思想有问题，也不能'罪及妻孥'，在二十世纪中华民国办高等教育，这一点民主作风应该具备。"鸿渐知道孙小姐收到聘约，忙仔细打听其他同事，才发现下学期聘约已经普遍发出，连韩学愈的洋太太都在敬聘之列，只有自己像伊索寓言里那只没尾巴的狐狸。这气得他头脑发烧，身体发冷。计划好的行动和说话，全用不着，闷在心里发酵。这比学生念熟了书，到时忽然考试延期，更不痛快。高松年见了面，总是笑容可掬，若无其事。办行政的人有他们的社交方式。自己人之间，什么臭架子、坏脾气都行；笑容愈亲密，礼貌愈周到，彼此的猜忌或怨恨愈深。高松年的工夫还没到家，他的笑容和客气仿佛劣手仿造的古董，破绽百出，一望而知是假的。鸿渐几次想质问他，一转念又忍住了。在吵架的时候，先开口的未必占上风，后闭口才算胜利。高松年神色不动，准是成算在胸，自己冒失寻衅，万一下不来台，反给他笑，闹了出去，人家总说姓方的饭碗打破，老羞成怒。还他一个满不在乎，表示饭碗并不关心，这倒是挽回面子的妙法。吃不消的是那些同事的态度。他们仿佛全知道自己解聘，但因为这事并未公开，他们的同情也只好加上封套包裹，遮遮掩掩地奉送。往往平日很疏远的人，忽来拜访。他知道他们来意是探口气，便一字不提，可是他们精神和说话里包含的惋惜，总像圣诞老人放在袜子里的礼物，送了才肯走。这种同情比笑骂还难受，客人一转背，鸿渐咬牙来个中西合璧的咒骂："To Hell 滚你妈的蛋！"

孙柔嘉在订婚以前，常来看鸿渐；订了婚，只有鸿渐去看她，她轻易不肯来。鸿渐最初以为她只是个女孩子，事事要请教自己；订婚以后，他渐渐发现她不但很有主见，而且主见很牢固。她听他说准备退还聘约，不以为然，说找事不容易，除非他另有打算，别逞一时的意气。鸿渐问道："难道你喜欢留在这地方？你不是一来就说要回家么？"她说："现在不同了。只要咱们两个人在一起，什么地方都好。"鸿渐看未婚妻又有道理，又有情感，自然欢喜，可是并不想照她的话做。他觉得虽然已经订婚，和她还是陌生得很。过去没有订婚经验——跟周家那一回事不算数的——不知道订婚以后的情绪，是否应当像现在这样平淡。他对自己解释，热烈的爱情到订婚早已是顶点，婚一结一切了结。现在订了婚，彼此间还留着情感发展的余地，这是桩好事。他想起在伦敦上道德哲学一课，那位山羊胡子的哲学家讲的话："天下只有两种人。譬如一串葡萄到手，一种人挑最好的先吃，另一种人把最好的留在最后吃。照例第一种人应该乐观，因为他每吃一颗都是吃剩的葡萄里最好的；第二种应该悲观，因为他每吃一颗都是吃剩的葡萄里最坏的。不过事实上适得其反，缘故是第二种人还有希望，第一种人只有回忆。"从恋爱到白头偕老，好比一串葡萄，总有最好的一颗，最好的只有一颗，留着做希望，多少好？他嘴快把这些话告诉她，她不作声。他和她讲话，她回答的都是些"唔"，"哦"。他问她为什么不高兴，她说并未不高兴。他说："你瞒不过我。"她说："你知道就好了。我要回宿舍了。"鸿渐道："不成，你非讲明白了不许走。"她说："我偏要走。"鸿渐一路上哄她，求她，她才说："你希望的好葡萄在后面呢，我们是坏葡萄，别倒了你的胃口。"他急得跳脚，说她胡闹。她说："我早知道你不是真的爱我，否则你不会有那种离奇的思想。"他赔小心解释了半天，她脸色和下来，甜甜一笑道："我是个死心眼儿，将来你讨厌——"鸿渐吻她，把她这句话有效地截断，然后说："你今天真是颗酸葡萄。"她强迫鸿渐说出来他过去的恋爱。他不肯讲，经不起她一再而三的逼，讲了一点。她嫌不够，鸿渐像被强盗拷打招供资产的财主，又陆续吐露些。她还嫌不详细，说："你这人真不爽快！我会吃这种隔了年的陈醋么？我听着好玩儿。"鸿渐瞧她脸颊微红，嘴边强笑，自幸见机得早，隐匿了一大部分的情节。她要看苏文纨和唐晓芙的照相，好容易才相信鸿渐处真没有她们的相片，她说："你那时候总记日记的，一定有趣得很，带在身边没有？"鸿渐直嚷道："岂有此理！我又不是范懿认识的那些作家、文人，为什么恋爱的时候要记日记？你不信，到我卧室里去搜。"孙小姐道："声音放低一点，人家全听见了，有话好好的说。只有我哪！受得了你这样粗野，你倒请什么苏小姐呀、唐小姐呀来试试看。"鸿渐生气不响，她注视着他的脸，笑说："跟我生气了？为什么眼睛望着别处？是我不好，逗你。道歉！道歉！"

所以，订婚一个月，鸿渐仿佛有了个女主人，虽然自己没给她训练得驯服，而对她训练的技巧甚为佩服。他想起赵辛楣说这女孩子利害，一点不错。自己比她大了六岁，世事的经验多得多，已经是前一辈的人，只觉得她好玩儿，一切都纵容她，不跟她认真计较。到聘书的事发生，孙小姐慷慨地说："我当然把我的聘书退还——不过你何妨直接问一问高松年，也许他无心漏掉你一张。你自己不好意思，托旁人转问一下也行。"鸿渐不听她的话，她后来知道聘书并非无心遗漏，也就不勉强他。鸿渐开玩笑说："下半年我失了业，咱们结不成婚了。你嫁了我要挨饿的。"她说："我本来也不要你养活。回家见了爸爸，请他替你想个办法。"他主张索性不要回家，到重庆找赵辛楣——辛楣进了国防委员会，来信颇为得意，比起出走时的狼狈，像换了一个人。不料她大反对，说辛楣和他不过是同样地位的人，求他荐事，太丢脸了；又说三闾大学的事，就是辛楣荐的，"替各系打杂，教授都没爬到，连副教授也保不住，辛楣荐的事好不好？"鸿渐局促道："给你这么一说，我的地位更不堪了。请你说话留点体面，好不好？"孙小姐说，无论如何，她要回去看她父亲母亲一次，他也应该见见未来的丈人丈母。鸿渐说，就在此地结了婚罢，一来省事，二来旅行方便些。孙小姐沉吟说："这次订婚已经没得到爸爸妈妈的同意，幸亏他们喜欢我，一点儿不为难。结婚总不能这样草率了，要让他们作主。你别害怕，爸爸不凶的，他会喜欢你。"鸿渐忽然想起一件事，说："咱们这次订婚，是你父亲那封信促成的。我很想看看，你什么时候把它拣出来。"孙小姐愣愣的眼睛里发问。鸿渐轻轻拧她鼻子道："怎么忘了？就是那封讲起匿名信的信。"孙小姐扭头抖开他的手道："讨厌！鼻子都给你拧红了。那封信？那封信我当时看了，一生气，就把它撕了——唔，我倒真应该保存它，现在咱们不怕谣言了，"说完紧握着他的手。

五、名家点评

1.《围城》是"中国近代文学中最有趣、最用心经营的小说，可能是最伟大的一部"。——夏志清

2.《围城》只是一部虚构的小说，尽管读来好像真有其事，实有其人。——杨绛

3.《围城》由于对帝国主义吹嘘的"历史上曾为自由主义与民主政治的脊骨"的上层知识分子，别开生面地作了深刻的揭露、解剖、讽刺和批判，正好为大家认清"民主个人主义拥护者"的面目，提供了一份生动的形象材料。——沈鹏年

4. 全书似缺乏通体计划，行云流水，信笔而写。——司马长风

26 半 生 缘

张爱玲

一、作者简介

张爱玲（1920—1995），中国现代著名女作家，本名张瑛，生于天津，后随家迁居上海。张爱玲的祖父张佩纶是清末名臣，其父则是遗少型人物。祖母李菊耦是朝廷重臣李鸿章的长女。1937年张爱玲从上海圣玛利女校毕业，后到香港大学读书，大学三年级时，太平洋战争爆发，学业中断。1942年张爱玲回到上海。1943年在《紫罗兰》创刊号发表《沉香屑：第一炉香》。1944年1月张爱玲在《万象》刊出长篇小说《连环套》，2月在《天地》刊出散文《烬余录》。后发表《花雕》《谈女人》《红玫瑰与白玫瑰》等一系列小说、散文。8月，张爱玲与胡兰成结婚。9月，张爱玲的小说集《传奇》由《杂志》出版。1947年4月，张爱玲在《大家》月刊创刊号发表小说《华丽缘》。1950年，张爱玲以梁京为笔名在《亦报》上连载长篇小说《十八春》。1951年5月，张爱玲仍以梁京为笔名在《亦报》上连载中篇小说《小艾》。1954年，《秧歌》《赤地之恋》英文版出版，后中文版也问世。1966年，长篇小说《怨女》《PinkTears》（中文版）在香港《星岛日报》连载。同时改写《十八春》为《半生缘》。张爱玲一生创作大量文学作品，包括小说、散文、电影剧本以及文学论著等，她的书信也被人们作为著作的一部分加以研究。1973年，张爱玲定居洛杉矶，1995年9月8日，张爱玲逝世于加利福尼亚州韦斯特伍德市罗彻斯特大道的公寓，终年75岁。

二、名著概要

《半生缘》原名《十八春》，该名著尽显张爱玲的文学天才。这样的故事也只能发生在上海。其实故事是从一个很明快的气氛中开幕的。顾曼桢、许叔惠、沈世钧三人同在一个纺织厂工作，曼桢个性温柔坚强，叔惠开朗活泼。在相处中，曼桢与温和敦厚的世钧相爱了，并且二人的相恋是那样的美好和自然，真是羡煞了旁人，让人看了之后真的想象他们约会和相处的画面是那样的自然和神往。如果故事按照这样的逻辑发展下去，是最合理不过了。然而，就像一湖水如果没有一点涟漪，那叫死水一样，故事没有曲折就不叫故事。曼桢的姐姐曼璐为照料全家老小七人，17岁时离开初恋情人豫谨开始了舞女生涯，但家人并不能真正理解曼璐，认为她丢尽了家人颜面。如今曼璐年华老去，为了后半生有所依靠，决定嫁一个靠得住的人，这个人就是祝鸿才。从此，维护"祝太太"这个名分成了她最重要的生活支柱。世钧与曼桢的爱情也受到了世钧母亲的极力反对。沈母一直希望世钧能与青梅竹马的南京名门石家小姐石翠芝结合，不料与世钧同来南京的叔惠却与石翠芝相爱，但由于石母的门第之见，叔惠伤心之余出国留学！婚后的祝鸿才原形毕露，花天酒地，曼璐为保住名分，决定生一个孩子来留住祝鸿才。然而以往的多次堕胎使她有心无力，觉察到丈夫看上了妹妹曼桢后，曼璐策划出一条姐妹共侍一夫的毒计。懦弱的顾母默许了曼璐的做法，趁世钧回南京之际，祝鸿才强暴了曼桢。从南京回来的世钧从顾母处听说曼桢嫁给了豫谨，郁闷中接受了与石翠芝的婚姻，而备受凌辱的曼桢在生下一个男孩后终于逃离祝公馆，去了一个小地方教书。曼璐积郁成病，不久离开人世。曼桢为照顾亲生骨肉又回到祝鸿才身边，和平生最痛恨的男人同住一个屋檐下。十八年一晃而过，世钧与曼桢又在上海重逢，然而世事沧桑，二人恍若隔世，都知道已经无法回到过去，人生就是如此。

曼桢，这样一个有追求有理想，坚强吃苦的女孩子，本应将要过上很幸福的生活，何况她所倾心的沈世钧也不是那种不求上进之人，这样善良的女子本应有美好的前程。然而，阴差阳错地和沈闹了矛盾后又被自己的亲姐姐陷害，让自己的姐夫强暴了，命运的改变就在一夜之间。怀了姐夫的孩子，又被囚禁起来把孩子生下来，幸好得到好心人的帮助才得以逃脱姐夫的魔掌。就这样曼桢也就罢了，然而，鬼使神差，曼璐死了之后，曼桢为了孩子却又和她最厌恶的、强暴了她的姐夫结婚了，虽然其姐夫祝鸿才也喜欢过曼桢，但婚后的琐碎生活以及他那喜新厌旧的毛病，终究注定曼桢仍摆脱不了姐姐曼璐的老路，最终举债离婚，勉强得到其儿子。世事的无情使得曼桢和世钧从十四年前初次相识相恋到最后离别到几年后再次相遇，两人只能找一个僻静的饭馆抱头痛哭，今非昔比，物是人非。让人断肠，令人唏嘘！

"我要你知道，在这个世界上总有一个人是等着你的，不管在什么时候，不管在什么地方，反正你知道，总有这么个人。"是啊，曼桢是一直等着世钧的，犹如张爱玲一直在等胡兰成一样。

张爱玲的文字很通俗，不矫揉造作，也没有太多的煽情，所有的话都是那样的自然，没有一句是多余的。但文字里透出的那种情却是那样的让人伤感，犹如其命运一样。

三、作品导读

城市对于人们既是熟悉的，又是陌生的，因为这里的一切都带有临时性。张爱玲的小说真实地表现了现代化进程中人生的风貌。在其作品中，张爱玲精细地描写了人物的衣饰及环境。她具有清晰的时代感和精细的把握能力，通过衣饰与环境的描写，将时代社会的变化在物上、在空间的描写上生动具体地表现出来。

张爱玲自小一方面受到中国古典文学及传统文化的熏陶，另一方面又就学于教会学校，较早地接受了西方现代文化的教育，从而形成了她独特的文学素质。她的小说既有传统小说叙述套路的痕迹，又带有"现代派"味道，诸如注重写人物意识的流动、注意暗示与象征、善用联想，特别是对人物病态心理的描写与揭示等，都显示出这一特点。张爱玲的小说具有雅俗融合的特征，也即所谓"新旧文学界的糅合，新旧意识的交错"。从所写生活看，她对于人生之世俗层面的饮食男女、衣食住行投以极大的关注，同时对于人物的深层意识、人性予以剖析。从叙事看，张爱玲的小说大抵是讲述一个个娓娓动听的故事，故事结构完整，但又与传统小说大异其趣，它们不仅仅是传奇，她的故事是以人、以人性的探索（他们的人生与情欲、嫉妒、虚荣、疯狂）为中心，情欲的变化，情欲与环境的关系，人物意识的流动，叙事中声、色、动作的描写与人物心理展示的结合，呈现出现代小说的特征。

张爱玲小说中具有繁复、丰富的意象。张爱玲的意象具有鲜明的都市特征。她曾说过："生长在都市文化中的人，总是先看海的图画，后看见海；先读到爱情小说，后知道爱；我们对于生活的体验往往是第二轮的，借助于人为的戏剧，因此在生活与生活的戏剧化之间很难划清界限。""第一次看见香港的海的时候，联想到明信片上一抹色的死蓝的海"。这生动地说明了她作为一个出生于都市中人的感觉、联想习惯。自然成了本体，人工物品成了喻体，自然人工化，环境物品化，世界装饰化。这种独特的意象，带来了张爱玲小说独特的风貌。

《半生缘》这部小说中处处有对人生无奈的讽刺与苦笑，人人想方设法去争夺眼前的金苹果，费尽心摘到手才后才发现完全不如自己的想象。许大少奶奶尽力拉拢小叔和娘家妹子，翠芝过门后倒与她成了对头；许太太偏心小生子，待到一起同住却又矛盾无穷；鸿才为了得到曼桢费了无限心机，后来却觉得她索然无味，"就像一碗素虾仁"；曼璐为了系住丈夫的心，不惜赔上亲生妹子，结果不但拴不住鸿才，反而连妹妹都失去了……多少纷乱的追求与肥皂泡般的幻灭，拼凑起来大概就是人生。悲哀的故事里满含着作者小小的讽刺，我们仿佛能听见这位有着孤零身世的旷世才女冷伶仃的一粒粒笑声。

四、精彩文段

他和曼桢认识，已经是多年前的事了。算起来倒已经有十四年了——真吓人一跳！马上使他连带地觉得自己老了许多。日子过得真快，尤其对于中年以后的人，十年八年都好像是指顾间的事。可是对于年轻人，三年五载就可以是一生一世。他和曼桢从认识到分手，不过几年的工夫，这几年里面却经过这么许多事情，仿佛把生老病死一切的哀乐都经历到了。

曼桢曾经问过他，他是什么时候起开始喜欢她的。他当然回答说："第一次看见你的时候。"说那个话的时候是在那样的一种心醉的情形下，简直什么都可以相信，自己当然绝对相信那不是谎话。其实他到底是什么时候第一次看见她的，根本就记不清楚了。

是叔惠先认识她的。叔惠是他最要好的同学，他们俩同是学工程的，叔惠先毕了业出来就事，等他毕了业，叔惠又把他介绍到同一个厂里来实习。曼桢也在这爿厂里做事，她的写字台就在叔惠隔壁，世钧好两次跑去找叔惠，总该看见她的，可是并没有印象。大概也是因为他那时候刚离开学校不久，见到女人总有点拘束，觉得不便多看。

他在厂里做实习工程师，整天在机器间里跟工人一同工作，才做熟了，就又被调到另一个部门去了。那生活是很苦，但是那经验却是花钱买不到的。薪水是少到极点，好在他家里也不靠他养家。他的家不在上海，他就住在叔惠家里。

他这还是第一次在外面过阴历年。过去他对于过年这件事并没有多少好感，因为每到过年的时候，家里例必有一些不痛快的事情。家里等着父亲回来祭祖宗吃团圆饭，小公馆里偏偏故意地扣留不放。母亲平常对于这些本来不大计较的，大除夕这一天却是例外。她说"一家人总得像个人家"，做主人的看在祖宗分上，也应当准时回家，主持一切。

事实上是那边也照样有祭祖这一个节目，因为父亲这一个姨太太跟了他年份也不少了，生男育女，人丁比这边还要兴旺些。父亲是长年驻跸在那边的。难得回家一次，母亲也对他客客气气的。惟有到了过年过节的时候，大约也因为这种时候她不免有一种身世之感，她常常忍不住要和他吵闹。这么大年纪的人了，也还是哭哭啼啼的。每年是这个情形，世钧从小看到现在。今年倒好，不在家里过年，少掉许多烦恼。可是不知道为什么，一到了急景凋年的时候，许多人家提早吃年夜饭，到处听见那疏疏落落的爆竹声，一种莫名的哀愁便压迫着他的心。

除夕那一天，世钧在叔惠家里吃过年夜饭，就请叔惠出去看电影，连看了两场——那一天午夜也有一场电影。在除夕的午夜看那样一出戏，仿佛有一种特殊的情味似的，热闹之中稍带一点凄凉。

他们厂里只放三天假，他们中午常去吃饭的那个小馆子要过了年初五才开门。初四那天他们一同去吃饭，扑了个空。只得又往回走，街上满地都是掼炮的小红纸屑。走过一家饭铺子，倒是开着门，叔惠道："就在这儿吃了吧。"这地方大概也要等到接过财神方才正式营业，今天还是半开门性质，上着一半排门，走进去黑洞洞的。新年里面，也没有什么生意，一进门的一张桌子，却有一个少女朝外坐着，穿着件淡灰色的旧羊皮大衣，她面前只有一副杯箸，饭菜还没有拿上来，她仿佛等得很无聊似的，手上戴着红绒线手套，便顺着手指缓缓地往下抹着，一直抹到手丫里，两只手指夹住一只，只管轮流地抹着。叔惠一看见她便咦了一声道："顾小姐，你也在这儿！"说着，就预备坐到她桌子上去，一回头看见世钧仿佛有点踌躇不前的样子，便道："都是同事，见过的吧？这是沈世钧，这是顾曼桢。"她是圆圆的脸，圆中见方——也不是方，只是有轮廓就是了。蓬松的头发，很随便地披在肩上。世钧判断一个女人的容貌以及体态衣着，本来是没有分析性的，他只是笼统地觉得她很好。她的两只手抄在大衣袋里，微笑着向他点了个头。当下他和叔惠拖开长凳坐下，那朱漆长凳上面腻着一层黑油，世钧本来在机器间里弄得浑身稀脏的，他当然无所谓，叔惠却是西装笔挺，坐下之前不由得向那张长凳多看了两眼。

这时候那跑堂的也过来了，手指缝里夹着两只茶杯，放在桌上。叔惠看在眼里，又连连皱眉，道："这地方不行，实在太脏了！"跑堂的给他们斟上两杯茶，他们每人叫了一客客饭。叔惠忽然想起来，又道："喂，给拿两张纸来擦擦筷子！"那跑堂的已经去远了，没有听见。曼桢便道："就在茶杯里涮一涮吧，这茶我想你们也不见得要吃的。"说着，就把他面前那双筷子取过来，在茶杯里面洗了一洗，拿起来甩了甩，把水洒干了，然后替他架在茶杯上面，顺手又把世钧那双筷子也拿了过来，世钧忙欠身笑道："我自己来，我自己来！"等她洗好了，他伸手接过去，又说"谢谢"。曼桢始终低着眼皮，也不朝人看着，只是含着微笑。世钧把筷子接了过来，依旧搁在桌上。搁下之后，忽然一个转念，桌上这样油腻腻的，这一搁下，这双筷子算是白洗了，我这样子好像满不在乎似的，人家给我洗筷子倒仿佛是多事了，反而使她自己觉得她是殷勤过分了。他这样一想，赶紧又把筷子拿起来，也学她的样子端端正正架在茶杯上面，而且很小心地把两只筷子头比齐了。其实筷子要是沾脏了也已经脏了，这不是掩人耳目的事么？他无缘无故地竟觉得有些难为情起来，因搭讪着把汤匙也在茶杯里淘了一淘。这时候堂倌正在上菜，有一碗蛤蜊汤，世钧舀了一匙子喝着，便笑道："过年吃蛤蜊，大概也算是一个好口彩——算是元宝。"叔惠道："蛤蜊也是元宝，芋艿也是元宝，饺子蛋饺都是元宝，连青果同茶叶蛋都算是元宝——我说我们中国人真是财迷心窍，眼睛里看出来，什么东西都像元宝。"曼桢笑道："你不知道，还有呢，有一种'蓑衣虫'，是一种毛毛虫，常常从屋顶掉下来的，北方人管它叫'钱串子'。也真是想钱想疯了！"世钧笑道："顾小姐是北方人？"曼桢笑着摇摇头，道："我母亲是北方人。"世钧道："那你也是半个北方人了。"叔惠道："我们常去的那个小馆子倒是个北方馆子，就在对过那边，你去过没有？倒还不错。"曼桢道："我没去过。"叔惠道："明天我们一块儿去，这地方实在不行。太脏了！"

从这一天起，他们总是三个人在一起吃饭；三个人吃客饭，凑起来有三菜一汤，吃起来也不那么单调。大家熟到一个地步，站在街上吃烘山芋当一餐的时候也有。不过熟虽熟，他们的谈话也只限于叔惠和曼桢两人谈些办公室里的事情。叔惠和她的交谊仿佛也是只限于办公时间内。出了办公室，叔惠不但没有去找过她，连提都不大提起她的名字。有一次，他和世钧谈起厂里的人事纠纷，世钧道："你还算运气的，至少你们房间里两个人还合得来。"叔惠只是不介意地"唔"了一声，说："曼桢这个人不错。很直爽的。"世钧没有再往下说，不然，倒好像他是对曼桢发生了兴趣似的，待会儿倒给叔惠俏皮两句。

还有一次，叔惠在闲谈中忽然说起："曼桢今天跟我讲到你。"世钧倒呆了一呆，过了一会方才笑道："讲我什么呢？"叔惠笑道："她说怎么我跟你在一起的时候，总是只有我一个人说话的份儿。我告诉她，人家都说我欺负你，连我自己母亲都替你打抱不平。其实那不过是个性关系，你刚巧是那种唱滑稽的充下手的人才。"世钧笑道："充下手的怎么样？"叔惠道："不怎么样，不过常常给人用扇子骨在他头上敲一下。"说到这里，他自己呵呵地笑起来了。又道："我知道你倒是真不介意的。这是你的好处。我这一点也跟你一样，人家尽管拿我开心好了，我并不是那种只许他取笑人，不许人取笑他的。……"叔惠反正一说到他自己就没有完了。大概一个聪明而又漂亮的人，总不免有几分"自我恋"吧。他只管滔滔不绝地分析他自己个性中的复杂之点，世钧坐在一边，心里却还在那里想着，曼桢是怎样讲起他来着。

五、名家点评

1. 《半生缘》对《十八春》的改写，凸现了张爱玲新的艺术构思，是张爱玲式"倾城之恋美学"的灿烂重现，虽与《十八春》同源共根，结出的却是不同的更为艳异的果实。——陈子善

2. 张爱玲受到通俗小说的影响很大，但《半生缘》却把通俗小说升华到了高雅深沉的程度。——止庵

3. 张爱玲是当代最重要的作家，也是五四以来最优秀的作家。别的作家……在文字上，在意象的运用上，在人生观察和透彻深刻方面，实在都不能同张爱玲相比。——著名学者、哥伦比亚大学教授夏志清

27 谈美书简

朱光潜

一、作者简介

朱光潜（1897—1986），字孟实，笔名孟实、孟石。安徽省桐城县人，北京大学教授，中国美学家、文艺理论家、教育家、翻译家、中国现代美学奠基人。1897年出生，少时课读于孔城高小，考入桐城中学，毕业后任教于北乡大关小学。青年时期在桐城中学、武昌高等师范学校学习，后肄业于香港大学文学院。他还请桐城著名书法家方守敦题写"恒、恬、诚、勇"四字的条幅，作为座右铭。五四运动中，他毅然放弃文言文，改写白话文。1921年，朱光潜发表了白话处女作《福鲁德的隐意识说与心理分析》，随后又发表《行为派心理学之概略及其批评》《进化论证》等读书心得，初步形成自己对治学和学术研究活动的看法。1922年，他在《怎样改造学术界》中，倡导培养"爱真理的精神""科学的批评精神""创造精神"和"实证精神"。这些观点一直影响着他漫长的学术道路。香港大学毕业后，先后在上海大学吴淞中国公学中学部、浙江上虞白马湖春晖中学任教。1924年，撰写第一篇美学文章《无言之美》。又到上海与叶圣陶、胡愈之、夏衍、夏丏尊、丰子恺等成立立达学会，创办立达学园，广泛进行新型教育的改革试验，倡导教育的自由独立。1925年出国留学，先后肄业于英国爱丁堡大学、伦敦大学，法国巴黎大学、斯特拉斯堡大学，获文学硕士、博士学位。1933年回国，先后在国立北京大学、国立四川大学、国立武汉大学、国立安徽大学任教，并任中华全国美学学会名誉会长。历任全国政协委员、常委，民盟中央委员，中国美学学会会长、名誉会长，中国作协顾问，中国社科院学部委员。

新中国成立后，朱光潜系统接触到马克思主义，并支持马克思主义。提出了美是主客观的辩证统一的美学观点，《西方美学史》是朱光潜新中国成立后出版的最重要的一部著作，也是我国学者撰写的第一部美学史著作，代表了中国研究西方美学思想的水平，具有开创性的学术价值。1950年以后提出主客观统一说。20世纪60年代，他强调马克思主义的实践观点，把主观视为实践的主体"人"，认为客观世界和主观能动性统一于实践。1986年3月6日，朱光潜在北京逝世，享年89岁。

朱光潜主要编著有《文艺心理学》《悲剧心理学》《谈美》《诗论》《谈文学》《克罗齐哲学述评》《西方美学史》《美学批判论文集》《谈美书简》《美学拾穗集》等，并翻译了《歌德谈话录》、柏拉图的《文艺对话集》、莱辛的《拉奥孔》、黑格尔的《美学》、克罗齐的《美学》、维柯的《新科学》等。

二、名著概要

朱光潜先生学贯中西，博古通今。他以自己深湛的研究沟通了西方美学和中国传统美学，沟通了旧的唯心主义美学和马克思主义美学，沟通了"五四"以来中国现代美学和当代美学。他是中国美学史上一座横跨古今、沟通中外的"桥梁"，是我国现当代最负盛名并赢得崇高国际声誉的美学大师。

《谈美书简》是朱光潜先生众多美学著作中的一部，是朱光潜先生对自己漫长美学生涯和美学思想的一次回顾和整理。在这部作品中，朱光潜先生就青年朋友们普遍关心的美和美感、美的规律、美的范畴等一系列美学问题进行了深入浅出的探讨，同时也对文学的审美特征、文学的创作规律及特点作了详尽的阐释，既是思想上的，又是方法上的，是初涉美学者学习美学知识的重要参考书，也是大众对于文艺作品感触、欣赏等具体美感的指导书。《谈美书简》一书共13个大的专题，都是朱光潜先生针对读者提出的有代表性的问题给予的回信，在回信中既有关于美学理论的论述，比如马列主义美学体系、美与美感、形象思维等；也有就具体的美学问题进行探讨，提出自己看法的，比如典型环境与典型性格问题、浪漫主义与现实主义问题、悲剧性与喜剧性等；同时还有作者根据自己平时的学习和经验，总结自己切身的体会，根据自己系统掌握的知识对某些错误思想和观点进行批判的，比如号召大家冲破人性论、人道主义和人情味等文艺创作和美学中的禁区，等等。13封回信主题分别是：

1. 代前言：怎样学美学？
2. 从现实生活出发还是从抽象概念出发
3. 谈人
4. 关于马克思主义与美学的一些误解
5. 艺术是一种生产劳动
6. 冲破文艺创作和美学中的一些禁区
7. 从生理学观点谈美与美感
8. 形象思维与文艺的思想性
9. 文学作为语言艺术的独特地位
10. 浪漫主义和现实主义
11. 典型环境中的典型人物
12. 审美范畴中的悲剧性和喜剧性
13. 结束语："还须弦外有余音"

三、作品导读

什么是美？无论对于任何人、任何事情这都是一个很基本的问题。但毫无意外地，我们大多数人并不知道它的确切答案。当然，美并没有一个具体的标准，每个人对于什么是美可能有不同的定义。在《谈美书简》中，朱光潜先生给了我们一个大家都比较认同的答案，也给了我们很多寻找美的方法和途径。许多人都认为，看过去舒服的就是美的，也许更深一层，会说心灵美也是一种美。但所有的这些都是比较浅显的，而深入研究，对美的理解又是望尘莫及的事了。通常我们对于美、美感、美的规律、美的范畴等这些问题感到很深奥，也研究甚少。关于这些问题，朱光潜先生在此书中都一并回复了，而且回复得很详尽。在回信中朱光潜先生引用、列举了大量的事例，使美学这一深奥的问题让普通的读者都能容易明白，对于学习文学、艺术、心理学、历史和哲学甚至理工科的人都具有重要的指导作用。

这本书是作者以回复读者朋友的信件的方式组成的，因此也就比较浅显易懂。本书共有13封给读者的回信。在每封回信中朱光潜先生都引用了很多名人对于文学、美学的观点，这让我们也提前了解了一些这些方面的知识。虽然此书写于几十年前，不是一本完整的鸿篇巨制的美学著作，13封回信也只构成一本小册子，但是作者却从一些很重要的角度对美学的入门问题进行了解答，读后让人受益匪浅。例如在《典型环境中的典型人物》一文中，作者比较具体、完整地讲解了在文学与戏剧作品中人物与环境的关系。他首先回顾了这一理论产生与发展的历史，进而指出，典型人物是能够体现社会历史发展的某些规律并且具有鲜明个性特点的人物形象，而典型环境则是典型人物所处的能够反映社会历史发展现状和趋势的具体情景和背景。典型人物应生活在典型环境中，而不能与环境相脱节。在这里，共性是通过个性来表现的，是在特殊中显示一般。文学之所以能在偶然性中见出必然性，是与再现"典型环境中的典型人物"这一理论分不开的。

当然，对于文学中常用到的现实主义与浪漫主义的美学思想，朱光潜也进行了详细的论述。"我个人仍认为两种创作方法虽然是客观存在，却不宜过分渲染，使旗帜那样鲜明对立。……"这一观点对于我们现在的学习仍具有指导意义。

类似这样的论述在回信中俯拾皆是。

四、精彩文段

审美范畴中的悲剧性和喜剧性

朋友们：

诸位来信有问到审美范畴的。范畴就是种类。审美范畴往往是成双对立而又可以混合或互转的。例如与美对立的有丑，丑虽不是美，却仍是一个审美范畴。讨论美时往往要联系到丑或不美，例如马克思在《1844 年经济学哲学手稿》里就提到劳动者创造美而自己却变成丑陋畸形。特别在近代美学中丑转化为美已日益成为一个重要问题。丑与美不但可以互转，而且可以由反衬而使美者愈美，丑者愈丑。我们在第二封信里就已举例约略谈到丑转化为美以及肉体丑可以增加灵魂美的问题。这还涉及自然美和艺术美的差别和关系的问题。对这类问题深入探讨，可以加深对辩证唯物主义的理解。

美与丑之外，对立而可混合或互转的还有崇高和秀美以及悲剧性与喜剧性两对审美范畴。既然叫做审美范畴，也就要隶属于美与丑这两个总的范畴之下。崇高（亦可叫做"雄伟"）与秀美的对立类似中国文论中的"阳刚"与"阴柔"。我在旧著《文艺心理学》第十五章里曾就此详细讨论过。例如狂风暴雨、峭岩悬瀑、老鹰古松之类自然景物以及莎士比亚的《李尔王》、米琪尔安杰罗的雕刻和绘画、贝多芬的《第九交响曲》、屈原的《离骚》、庄子的《逍遥游》和司马迁的《项羽本纪》、阮籍的《咏怀》、李白的《古风》一类文艺作品，都令人起崇高或雄伟之感。春风微雨、娇莺嫩柳、小溪曲涧荷塘之类自然景物和赵孟頫的字画、《花间集》、《红楼梦》里的林黛玉、《春江花月夜》乐曲之类文艺作品都令人起秀美之感。崇高的对象以巨大的体积或雄伟的精神气魄突然向我们压来，我们首先感到的是势不可挡，因而惊惧，紧接着这种自卑感就激起自尊感，要把自己提到雄伟对象的高度而鼓舞振奋，感到愉快。所以崇高感有一个由不愉快而转化到高度愉快的过程。一个人多受崇高事物的鼓舞可以消除鄙俗气，在人格上有所提高。至于秀美感则是对娇弱对象的同情和宠爱，自始至终是愉快的。刚柔相济，是人生应有的节奏。崇高固可贵，秀美也不可少。这两个审美范畴说明美感的复杂性，可以随人而异，也可以随对象而异。

至于悲剧和喜剧这一对范畴在西方美学思想发展中一向就占据特别重要的地位，这方面的论著比任何其他审美范畴的都较多。我在旧著《文艺心理学》第十六章"悲剧的喜感"里和第十七章"笑与喜剧"里已扼要介绍过，在新著《西方美学史》里也随时有所陈述，现在不必详谈。悲剧和喜剧都属于戏剧，在分谈悲剧与喜剧之前，应先谈一下戏剧总类的性质。戏剧是对人物动作情节的直接摹仿，不是只当做故事来叙述，而是用活人为媒介，当着观众直接扮演出来，所以它是一种最生动鲜明的艺术，也是一种和观众打成一片的艺术。人人都爱看戏，不少的人都爱演戏。戏剧愈来愈蓬勃发展。黑格尔曾把戏剧放在艺术发展的顶峰。西方几个文艺鼎盛时代，例如古代的希腊，文艺复兴时代的英国、西班牙和法国，浪漫运动时代的德国，都由戏剧来领导整个时代的文艺风尚。我们不禁要问：戏剧这个崇高地位是怎样得来的？要回答这个问题，还要"数典不能忘祖"。不但人，就连猴子鸟雀之类动物也爱摹仿同类动物乃至人的声音笑貌和动作来做戏。不但成年人，就连婴儿也爱摹仿所见到的事物来做戏，表现出离奇而丰富的幻想，例如和猫狗乃至桌椅谈话，男孩用竹竿当做马骑，女孩装着母亲喂玩具的奶。这些游戏其实就是戏剧的雏形，也是对将来实际劳动生活的学习和训练。多研究一下"儿戏"，就可以了解关于戏剧的许多道理。首先是儿童从这种游戏中得到很大的快乐。这种快乐之中就带有美感。人既然有生命力，就要使他的生命力有用武之地，就要动，动就能发挥生命力，就感到舒畅；不动就感到"闷"，闷就是生命力被堵住，不得畅通，就感到愁苦。汉语"苦"与"闷"连用，"畅"与"快"连用，是大有道理的。马克思论劳动，也说过美感就是人使各种本质力量能发挥作用的乐趣。人为什么爱追求刺激和消遣呢？都是要让生命力畅通无阻，要从不断活动中得到乐趣。因此，不能否定文艺（包括戏剧）的消遣作用，消遣的不是时光而是过剩的精力。要惩罚囚犯，把他放在监狱里还戴上手铐脚镣，就是逼他不能自由动弹而受苦，所以囚犯总是眼巴巴地望着"放风"的时刻。我们现在要罪犯从劳动中得到改造，这是合乎人道主义的。我们正常人往往进行有专责的单调劳动，只有片面的生命力得到发挥，其他大部分生命力也遭到囚禁，难得全面发展，所以也有定时"放风"的必要。戏剧是一个最好的"放风"渠道，因为其他艺术都有所偏，偏于视或偏于听，偏于时间或偏于空间，偏于静态或偏于动态，而戏剧却是综合性最强的艺术，以活人演活事，使全身力量都有发挥作用的余地，而且置身广大群众中，可以有同忧同乐的社会感。所以戏剧所产生的美感在内容上是最复杂、最丰富的。

　　无论是悲剧还是喜剧，作为戏剧，都可以产生这种内容最复杂也最丰富的美感。不过望文生义，悲喜毕竟有所不同，类于悲剧的喜感，西方历来都以亚里士多德在《诗学》里的悲剧净化论为根据来进行争辩或补充。依亚里士多德的看法，悲剧应有由福转祸的结构，结局应该是悲惨的。理想的悲剧主角应该是"和我们自己类似的"好人，为着小过失而遭到大祸，不是罪有应得，也不是完全无过错，这样才既能引来恐惧和哀怜，又不致使我们的正义感受到很大的打击。恐惧和哀怜这两种悲剧情感本来都是不健康的，悲剧激起它们，就导致它们的"净化"或"发散"（Katharsis），因为像脓包一样，把它戳穿，让它发散掉，就减轻它的毒力，所以对人在心理上起健康作用。这一说就是近代心理分析派弗洛伊德（S. Freud）的"欲望升华"或"发散治疗"说的滥觞。依这位变态心理学家的看法，人心深处有些原始欲望，最突出的是子对母和女对父的性欲，和文明社会的道德法律不相容，被压抑到下意识里形成"情意综"，作为许多精神病例的病根。但是这种原始欲望也可采取化装的形式，例如神话、梦、幻想和文艺作品往往就是原始欲望的化装表现。弗洛伊德从这种观点出发，对西方神话、史诗、悲剧乃至近代一些伟大艺术家的作品进行心理分析来证明文艺是"原始欲望的升华"。这一说貌似离奇，但其中是否包含有合理因素，是个尚待研究的问题。他的观点在现代西方还有很大的影响。

　　此外，解释悲剧喜感的学说在西方还很多，例如柏拉图的幸灾乐祸说，黑格尔的悲剧冲突与永恒正义胜利说，叔本华的悲剧写人世空幻、教人退让说，尼采的悲剧为酒神精神和日神精神的结合说。这些诸位暂且不必管，留待将来参考。

关于喜剧，亚里士多德在《诗学》里只留下几句简短而颇深刻的话：喜剧所摹仿的是比一般人较差的人物。"较差"并不是通常所说的"坏"（或"恶"），而是丑的一种形式。可笑的对象对旁人无害，是一种不致引起痛感的丑陋或乖讹。例如喜剧的面具既怪且丑，但不致引起痛感。这里把"丑"或"可笑性"作为一种审美范畴提出，其要义就是"谑而不虐"。不过这只是现象，没有说明"丑陋或乖讹"何以令人发笑，感到可喜。近代英国经验派哲学家霍布士提出"突然荣耀感"说作为一种解释。霍布士是主张性恶论的，他认为"笑的情感只是在见到旁人的弱点或自己过去的弱点时突然想起自己的优点所引起的'突然荣耀感'"，觉得自己比别人强，现在比过去强。他强调"突然"，因为"可笑的东西必定是新奇的，不期然而然的"。

此外关于笑与喜剧的学说还很多，在现代较著名的有法国哲学家柏格荪的《笑》（Le Rire）。他认为笑与喜剧都起于"生命的机械化"。世界在不停地变化，有生命的东西应经常保持紧张而有弹性，经常能随机应变。可笑的人物虽有生命而僵化和刻板公式化，"以不变应万变"，就难免要出洋相。柏格荪举了很多例子。例如一个人走路倦了，坐在地上休息，没有什么可笑，但是闭着眼睛往前冲，遇到障碍物不知回避，一碰上就跌倒在地上，这就不免可笑。有一个退伍的老兵改充堂倌，旁人戏向他喊："立正！"他就慌忙垂下两手，把捧的杯盘全都落地打碎，这就引起旁人大笑。依柏格荪看，笑是一种惩罚，也是一种警告，使可笑的人觉到自己笨拙，加以改正。笑既有这样实用目的，所以它引起的美感不是纯粹的。"但笑也有几分美感，因为社会和个人在超脱生活急需时把自己当作艺术品看待，才有喜剧。"

现代值得注意的还有已提到的弗洛伊德的"巧智与隐意识"，不过不是三言两语可以介绍清楚的。他的英国门徒谷列格（Greig）在一九二三年编过一部笑与喜剧这个专题的书目就有三百几十种之多。诸位将来如果对这个专题想深入研究，可以参考。

我提出悲剧和喜剧这两个范畴作为最后一封信来谈，因为戏剧是文艺发展的高峰，是人民大众所喜闻乐见的综合性艺术。从电影剧、电视剧乃至一般曲艺的现状来看，可以预料到愈到工业化的高度发展的时代，戏剧就愈有广阔而光明的未来。社会主义时代是否还应该有悲剧和喜剧呢？在苏联，这个问题早已提出，可参看卢那察尔斯基的《论文学》中"社会主义现实主义"章。近来我国文艺界也在热烈讨论这个问题。这是可喜的现象。我读过有关这些讨论的文章或报告，感到有时还有在概念上兜圈子的毛病，例如恩格斯在复拉萨尔的信里是否替悲剧下过定义，我们所需要的是否还是过去的那种悲剧和喜剧之类。有人还专从阶级斗争观点来考虑这类问题，有时也不免把问题弄得太简单化了。我们还应该多考虑一些具体的戏剧名著和戏剧在历史上的演变。

从西方戏剧发展史来看，我感到把悲剧和喜剧截然分开在今天已不妥当。希腊罗马时代固然把悲剧和喜剧的界限划得很严，其中原因之一确实是阶级的划分。上层领导人物才做悲剧主角，而中下层人物大半只能侧身于喜剧。到了文艺复兴时代资产阶级（所谓"中层阶级"）已日渐登上政治舞台，也就要求登上文艺舞台了，民众的力量日益增强了，于是悲剧和喜剧的严格划分就站不住了。英国的莎士比亚和意大利的瓜里尼（G. Guarini）不约而同地创造出悲喜混杂剧来。瓜里尼还写过一篇《悲喜混杂剧体诗的纲领》，把悲喜混杂剧比作

"寡头政体和民主政体相结合的共和政体"。这就反映出当时意大利城邦一般人民要和封建贵族分享政权的要求。莎士比亚的悲喜混杂剧大半在主情节（mainplot）之中穿插一个副情节（subplot），上层人物占主情节，中下层人物则侧居副情节。如果主角是君主，他身旁一般还有一两个喜剧性的小丑，正如塞万提斯的传奇中堂吉诃德之旁还有个桑丘·潘沙。这部传奇最足以说明悲剧与喜剧不可分。堂吉诃德本人既是一个喜剧人物，又是一个十分可悲的人物。到了启蒙运动时在狄德罗和莱辛的影响之下，市民剧起来了，从此就很少有人写古典型的悲剧了。狄德罗主张用"严肃剧"来代替悲剧，只要题材重要就行，常用的主角不是达官贵人而是一般市民，有时所谓重要题材也不过是家庭纠纷。愈到近代，科学和理智日渐占上风，戏剧已不再纠缠在人的命运或诗的正义这些方面的矛盾，而要解决现实世界所面临的一些问题，于是易卜生和萧伯纳式的"问题剧"就应运而生。近代文艺思想日益侧重现实主义，现实世界的矛盾本来很复杂，纵横交错，很难严格区分为悲喜两个类型。就主观方面来说，有人偏重情感，有人偏重理智，对戏剧的反应也有大差别。我想起法国人有一句名言："世界对爱动情感的人是个悲剧，对爱思考的人是个喜剧。"上文我已提到堂吉诃德，可以被人看成喜剧的，也可以被人看作悲剧的。电影巨匠卓别林也许是另一个实例。他是世所公认的大喜剧家，他的影片却每每使我起悲剧感，他引起的笑是"带泪的笑"。看《城市之光》时，我暗中佩服他是现代一位最大的悲剧家。他的作品使我想起对丑恶事物的笑或许是一种本能性的安全瓣，我对丑恶事物的笑，说明我可以不被邪恶势力压倒，我比它更强有力，可以和它开玩笑。卓别林的笑仿佛有这么一点意味。

因此，我觉得现在大可不必从概念上来计较悲剧喜剧的定义和区别。我们当然不可能"复兴"西方古典型的单纯的悲剧和喜剧。正在写这封信时，我看到最近上演的一部比较成功的话剧《未来在召唤》，在感到满意之余，我就自问：这部剧本究竟是悲剧还是喜剧？它的圆满结局不能使它列入悲剧范畴，它处理现实矛盾的严肃态度又不能使它列入喜剧。我从此想到狄德罗所说的"严肃剧"或许是我们的戏剧今后所走的道路。我也回顾了一下我们自己的戏剧发展史，凭非常浅薄的认识，我感到我们中国民族的喜剧感向来很强，而悲剧感却比较薄弱。其原因之一是我们的"诗的正义感"很强，爱好大团圆的结局，很怕看到亚里士多德所说的"像我们自己一样的好人因小过错而遭受大的灾祸"。不过这类不符合"诗的正义"（即"善有善报，恶有恶报"）的遭遇在现实世界中却是经常发生的。"诗的正义感"本来是个善良的愿望，我们儒家的中庸之道和《太上感应篇》的影响也起了不小的作用。悲剧感薄弱毕竟是个弱点，看将来历史的演变能否克服这个弱点吧。

现在回到大家在热烈讨论的"社会主义时代还要不要悲剧和喜剧"这个问题，这只能有一个实际意义：社会主义社会里是否还有悲剧性和喜剧性的人和事。过去十几年林彪和"四人帮"的血腥的法西斯统治已对这个问题作出了明确的答复：当然还有！在理论上辩证唯物主义和历史唯物主义也早就对这个问题作了根本性的答复。历史是在矛盾对立斗争中发展的，只要世界还在前进，只要它还没有死，它就必然要动，动就有矛盾对立斗争的人和事，即有需要由戏剧来反映的现实材料和动作情节。这些动作情节还会是悲喜交错的，因为悲喜交错正是世界矛盾对立斗争在文艺领域的反映，不但在戏剧里是如此，在一切其他艺术里也是如此；不但在社会主义时代如此，在未来的共产主义时代也还是如此。祝这条历史长河永流不息！

144

五、名家点评

光潜先生理论以外的文字确实另有一种气象。他和宗白华先生一样，都提倡"不通一艺莫谈艺"，对文学尤多会心，又曾是现代"京派"的中坚，倘若卸去理论的华衣，他还是一个过硬的词章家，不像后来的"美学工作者"，除几条半通不通的理论外，谈到文学艺术，简直要隔上十万八千里。光潜先生的文章，尽管有时轻于变化，不能持论，但济之以学识，增之以藻采，从容不迫，明白晓畅，又实在是一个优点。——郜元宝《〈朱光潜〉编后记》

28　朦胧诗新编

洪子诚　程光炜

一、作者简介

洪子诚，1939 年 4 月生，广东揭阳人。1956 年就读于北京大学中文系文学专业。1961年毕业后，一直留校任教，任中文系教授，博士生导师。主要著述有《当代中国文学概观》《当代中国文学的艺术问题》《作家的姿态与自我意识》《中国当代文学史》《1956：百花时代》《问题与方法》等。与人合著有《中国当代新诗史》《中国当代文学史料选》《两意集》等。

程光炜，1956 年 12 月生，江西婺源人。中国人民大学中文系教授、博士生导师。著有《朦胧诗实验诗艺术论》《艾青传》《中国现代文学史》《程光炜诗歌时评》《中国当代诗歌史》《雨中听枫》和《文化的转轨》等。

二、名著概要

《朦胧诗新编》广泛吸收 20 多年来对朦胧诗和朦胧诗运动的研究成果，摒弃历史成见。对发生于 20 世纪 70 年代末至 80 年代初的朦胧诗和朦胧诗运动作了认真、客观而必要的整理。在"文革"结束后的历史转折时代，朦胧诗是当时激动人心的思想，文学"解放"潮流的重要组成部分，同时也是当代新诗革新的起点。它所表现的激情与表达方式，为后来的新诗写作者开启了富有成效的创造空间。至今尽管已有多种选本面世，但它们大多出现在十多年前，很多重要诗人和诗歌由于各种原因都有所遗漏；更由于 20 多年来学术研究的进步、诗歌思想的发展，人们对朦胧诗也有了更多的认识。今天，出于诗歌史研究上的考虑，也是为着对朦胧诗的那些并未失去的价值的重新确认，重新编选这些作品，希冀给当代诗歌研究者和爱好者提供一个更好的阅读文本。

"文革"结束以后，当代诗歌的创新活力，主要来自"复出"诗人的创作，特别是来自"崛起"的、以青年诗人为主体的"新诗潮"。"文革"期间延续下来的传抄诗仍是主要手段，而自办诗报、诗刊、自印诗集成为重要方式。最早创办并影响广泛，后来与朦胧诗有密切关联的自办刊物，是出现于北京的《今天》。《今天》、"今天诗群"的作品，在后来的诗歌史叙述中，被看作是朦胧诗的核心，甚至被看作就是朦胧诗。1980 年第 8 期《诗刊》刊载了《令人气闷的"朦胧"》（章明）的文章，对那些"写得十分晦涩、怪僻，叫人读了几遍也得不到一个明确印象，似懂非懂，半懂不懂，甚至完全不懂，百思不得其解"的作品，称为"朦胧体"。后"朦胧诗"的名称遂被广泛使用。朦胧诗，是指以舒婷、顾城等一批"文革"中成长的青年诗人为代表的具有探索性的新诗潮。对人的自我价值的重新确认，对人道主义和人性复归的呼唤，对人的自由心灵的探险构成了朦胧诗的思想核心。朦胧诗的重要特征是意象化、象征化和立体化。《今天》以及朦胧诗，都不是传统意义上的诗歌流派。但这些诗人在诗歌精神和探索的主导意向上具有共同点，其时代意义和诗学贡献是多方面的。在精神向度与诗歌写作上，"个体"精神价值的提出与强调，是最值得重视的一点。

朦胧诗主要诗人：

148

就让所有苦水都注入我心中；
如果陆地注定要上升，
就让人类重新选择生存的峰顶。
新的转机和闪闪的星斗，
正在缀满没有遮拦的天空。
那是五千年的象形文字，
那是未来人们凝视的眼睛。

1976.4

这是四点零八分的北京
食指

这是四点零八分的北京
一片手的海浪翻动
这是四点零八分的北京
一声尖厉的汽笛长鸣
北京车站高大的建筑
突然一阵剧烈地抖动。
我吃惊地望着窗外
不知发生了什么事情
我的心骤然一阵疼痛，一定是
妈妈缀扣子的针线穿透了心胸
这时，我的心变成了一只风筝
风筝的线绳就在妈妈的手中。
线绳绷得太紧了，就要扯断了
我不得不把头探出车厢的窗棂
直到这时，直到这个时候
我才明白发生了什么事情
——一阵阵告别的声浪
就要卷走车站
北京在我的脚下
已经缓缓地移动
我再次向北京挥动手臂
想一把抓住他的衣领
然后对她亲热地叫喊：
永远记着我，妈妈啊北京
终于抓住了什么东西
管他是谁的手，不能松
因为这是我的北京
这是我的最后的北京

1968.12.20

神女峰
舒婷

在向你挥舞的各色花帕中
是谁的手突然收回
紧紧捂住了自己的眼睛
当人们四散离去，谁
还站在船尾
衣裙漫飞，如翻涌不息的云
江涛
  高一声
    低一声
美丽的梦流下美丽的忧伤
人间天上，代代相传
但是，心
真能变成石头吗
为眺望远天的杳鹤
而错过无数次春江月明
沿着江岸
金光菊和女贞子的洪流
正煽动新的背叛
    与其在悬崖上展览千年
    不如在爱人肩头痛哭一晚
             1981.6

远和近
顾城

你，
一会看我
一会看云。
我觉得
你看我时很远，
你看云时很近。

中国，我的钥匙丢了
梁小斌

中国，我的钥匙丢了。
那是十多年前，
我沿着红色大街疯狂地奔跑，
我跑到了郊外的荒野上欢叫，
后来，
我的钥匙丢了。

150

心灵，苦难的心灵
不愿再流浪了，
我想回家
打开抽屉、翻一翻我儿童时代的画片，
还看一看那夹在书页里的
翠绿的三叶草。
而且，
我还想打开书橱，
取出一本《海涅歌谣》，
我要去约会，
我向她举起这本书，
作为我向蓝天发出的
爱情的信号。
这一切，
这美好的一切都无法办到，
中国，我的钥匙丢了。
天，又开始下雨，
我的钥匙啊，
你躺在哪里？
我想风雨腐蚀了你，
你已经锈迹斑斑了；
不，我不那样认为，
我要顽强地寻找，
希望能把你重新找到。
太阳啊，
你看见了我的钥匙了吗？
愿你的光芒
为它热烈地照耀。
我在这广大的田野上行走，
我沿着心灵的足迹寻找，
那一切丢失了的，
我都在认真思考。
1979.12—1980.8

春天
芒克

太阳把它的血液
输给了垂危的大地
它使大地的躯体里
开始流动阳光

也使那些死者的骨头

长出绿色的枝叶

你听，你听见了吗

那些从死者骨头里伸出的枝叶

在把花的酒杯碰得叮当响

这是春天

少女波尔卡
多多

同样的骄傲，同样的捉弄

这些自由的少女

这些将要长成皇后的少女

会为了爱情，到天涯海角

会跟随坏人，永不变心

1973

偈子
杨炼

为期待而绝望

为绝望而期待

期待是最漫长的绝望

绝望是最完美的期待

期待不一定开始

绝望也未必结束

或许召唤只有一声——

最嘹亮的，恰恰是寂静

五、名家点评

1. 一批新诗人在崛起——谢冕

2. 一种新的美学原则的崛起——孙绍振

3. 《崛起的诗群》——徐敬亚

4. 早期抒情诗的纯净程度上来看，至今尚无他人能与之（食指）相比。——多多

5. 过去的已经过去，未来尚且遥远，对于我们这代人来说，今天，只有今天！——《致读者》（《今天》代发刊词，北岛执笔）

29　射雕英雄传

金庸

一、作者简介

金庸（1924—　），香港"大紫荆勋贤"。原名查良镛，江西省婺源县人，出生于浙江海宁，当代著名作家、新闻学家、企业家、社会活动家，《香港基本法》主要起草人之一。金庸是新派武侠小说最杰出的代表作家，被普遍誉为武侠小说作家的"泰山北斗"，更有金迷们尊称其为"金大侠"或"查大侠"。

金庸博学多才，文思敏捷，眼光独到。在武侠小说方面，他继承古典武侠小说之精华，开创了形式独特、情节曲折、描写细腻且深具人性和豪情侠义的新派武侠小说先河。金庸对历史、政治、古代哲学、宗教、文学、艺术、电影等都有研究，作品中琴棋书画、诗词典章、天文历算、阴阳五行、奇门遁甲、儒道佛学均有涉猎。金庸还是香港著名的政论家、企业家、报人，曾获法国总统"荣誉军团骑士"勋章，英国牛津大学董事会成员及两所学院荣誉院士，多家大学名誉博士。

二、名著概要

《射雕英雄传》以宁宗庆元五年（1199 年）至成吉思汗逝世（1227 年）这段历史为背景，反映了南宋抵抗金国与蒙古两大强敌的斗争，充满爱国的民族主义情愫。《射雕英雄传》又名《大漠英雄传》，故事是以宋、金、蒙古三国对峙作为背景的。南宋偏安，朝廷把杭州当成京都，君臣昏聩，不思朝政。而大金国却虎视眈眈，再加上蒙古成吉思汗表面联宋伐金，暗地里却酝酿着一统江山的野心。经历了靖康之耻的中原江湖，武林至宝《武穆遗书》和《九阴真经》成为练武之人争夺的目标。东邪、西毒、南帝、北丐四大绝世高人以及全真派、丐帮等数大门派纷纷卷入其中……忠良之后，少年郭靖承母命从蒙古草原南下寻找杀父仇人，他偶遇桃花岛主黄药师（东邪）的女儿黄蓉，两人一见倾心，结伴闯荡江湖，在聪慧机敏的黄蓉的帮助下，憨厚朴实的郭靖拜得北丐洪七公为师，得七公传授武林绝学"降龙十八掌"。在机缘巧合下，郭靖又得《九阴真经》与《武穆遗书》，卓然成为一代大侠和用兵大家，他在饱览南宋人民遭受的家国之苦后立誓报国。这位昔日淳朴憨厚、木讷愚钝的射雕英雄终于成为华山论剑、救襄阳国难、为国为民、充满浩然正气的英雄人物。

三、作品导读

金庸从 20 世纪 50 年代开始创作武侠小说。1955 年发表处女作《书剑恩仇录》，接着又创作了《雪山飞狐》《射雕英雄传》《神雕侠侣》《天龙八部》《笑傲江湖》《鹿鼎记》等共15 部 38 册武侠小说。现已全部被改编成电影或电视剧，深受观众喜爱。金庸在《射雕英雄传》之后又写了著名的《神雕侠侣》，加上后来的《倚天屠龙记》，这三部书合称为"射雕三部曲"。其实，《射雕英雄传》一发表便真正确立了金庸"武林至尊"的地位，大家公认金大侠是武侠小说世界中的"真命天子"。在金庸的全部作品中，《射雕英雄传》是影响最大、读者最喜爱的作品之一，被公认是开创了武侠小说的新模式、新格局与新时代的一部作品。同时，他又是地地道道的中国文化与艺术的继承者，因而《射雕英雄传》被认为是金庸小说的创作真正取得超人的成就的标志。下面就以《射雕英雄传》为例谈谈金庸武侠小说的特点。

（一）构思恢弘，思想意蕴深广

金庸武侠小说摆脱了旧有模式，以历史题材编织武侠小说，大多以历史上的民族矛盾与斗争为背景，反映战乱及暴政给人民带来的灾难和痛苦，鞭笞上层统治者的横征暴敛，歌颂威武不屈的民族英雄，高扬爱国主义主旋律。首先，《射雕英雄传》尽情颂扬了质朴厚道的平民英雄郭靖。在蒙古长大的汉人郭靖，不愿做大将军、大元帅和金刀驸马，而冒险出走南归，并与黄蓉共同死守襄阳重镇，协力击退蒙古的围攻。在《射雕英雄传》的结尾，郭靖与成吉思汗有过一段对话，很明确地表达了金庸的观点。虽然成吉思汗一生纵横天下、灭国无数、功业盖世，然而却并不是真正的英雄，并不是真正的可以为当世敬仰并为后世追慕的大英雄。反而是郭靖这位出身草莽、行走江湖的布衣，才是一位真正为民造福、爱护百姓的大英雄。用一部武侠小说来进行这样的历史思辨才使得这部《射雕英雄传》格外的沉重深刻、意义非凡。其次，严厉痛斥了南宋权相秦桧、韩侂胄、史弥远之流私通外敌、祸国殃民的罪行，赞扬了岳飞抗金保江山的高风亮节。《射雕英雄传》第一回的文字就浸透着一种悲愤的激情，为全书奠定了基调。"小桃无主自开花，烟草茫茫带晚鸦。几处败垣围故井，向来一一是人家。"最后，在一定程度上反映了暴政下的平民的痛苦生活，鞭挞了贪官酷吏卖国贼的横征暴敛，讴歌了"富贵不能淫，贫贱不能移，威武不能屈"的民族气节。《射雕英雄传》是一部武侠小说，然而，它与一般的武侠小说的不同之处是它有着其他武侠小说所不具备的历史真实感及忧国忧民之情怀。小说的开头与结尾就充满了一种"乱世之苦难"及"英雄之真义"的历史真实感及其深刻的思想性。小说的开头是写一位说书人在临安牛家村说一段"叶三姐节烈记"的故事，于是引起了杨铁心、郭啸天、曲三等人的不同反应。从而把北方人民的苦难生活情景与南方君臣"暖风熏得游人醉，直把杭州作汴州"的奢靡生活情景两相对照，引得人既愤懑又担心。小说这样开头，既交代了一个极为鲜明的时代背景，又制造了一种使人愤懑忧思的历史氛围。爱民之心、丧国之耻、乱世之痛、英雄之思充斥着整部小说。

（二）塑造了众多血肉丰满的人物形象

在《射雕英雄传》中，金庸塑造了一系列血肉丰满的人物形象：郭靖，大智如愚，大巧为拙，淳朴忠厚，侠烈肝胆，大义磅礴，为国为民，坚毅钝讷；黄蓉，聪明伶俐，多才多艺，娇媚刁钻；老顽童周伯通，学武成痴，心无旁骛，了无心机，天真率性；北丐洪七公，豪爽热诚，全无伪饰，一副济世救民的火热心肠，心胸开朗而又光明磊落；东邪黄药师，聪明绝顶，才智超人，洒脱超逸，偏于乖戾，弹指神通神秘莫测，落英神剑机巧过人，碧海潮生曲更是胸罗甲兵；西毒欧阳锋，为人阴险诡诈，残忍自私，以毒王而自傲于世，贪婪而又阴狠，终于因为逆练九阴真经而变得疯狂；成吉思汗，勇猛稳重，雄才大略，心狠手辣，残忍嗜杀；杨康，生于正而长于邪，性情浮华而贪恋富贵。金庸的武侠小说在人物形象塑造上克服了旧武侠小说人物性格单一、呆板的毛病，着意挖掘人物的内心世界，表现人物的思想情感，故台湾评论界有金庸小说是"武戏文唱"之说。郭靖成了金庸笔下有着巨大的人格魅力的人物形象，在《射雕英雄传》中，突出了郭靖的"知其不可为而为之"乃至鞠躬尽瘁、死而后已的宝贵的精神以及"为国为民，侠之大者"的崇高品格。在《射雕英雄传》

的最后一回中，郭靖、黄蓉第一次面对气势汹汹的蒙古大军，他们两人有过这样一段对话：郭靖叹道："咱们大宋军民比蒙古人多上数十倍，若能万众一心，又何惧蒙古精兵？恨只恨官家胆小昏庸、虐民误国。"黄蓉道："蒙古兵不来便罢，若是来了，咱们杀得一个是一个，当真危急之际，咱们还有小红马可赖。天下事原也忧不得这许多。"郭靖正色道："蓉儿，这话就不是了。咱们既学了《武穆遗书》中的兵法，又岂能不受岳武穆'尽忠报国'四字之教？咱俩虽人微力薄，却也要尽心竭力，为国御侮。纵然捐躯沙场，也不枉了父母师长教养一场。"黄蓉叹道："我原知难免有此一日。罢罢罢，你活我也活，你死我也死就是！"在这一段话中，我们足以看出郭靖性格的基本特征，在郭靖的心中，个人生活是小事，他可以随随便便听黄蓉安排调遣，然而在关系到民族危亡以及个人人格（包括人生观、世界观）的大事上，郭靖则是一板一眼，立场坚定。黄蓉要与他同生共死，除了爱情的力量，还有郭靖人格的力量。金庸的武侠小说对人物的出场也巧于精心安排，或铺垫，或设悬念。《射雕英雄传》中的黄蓉在张家口出场时装扮成衣衫褴褛的少年模样。郭靖在她受人欺侮时替她付了肉馒头钱，她却以肉馒头喂狗；点了几十碗菜，冷后又倒掉，重新再点热菜；才从饭馆出来，又喊肚饿，要进当地最高档的常庆楼。然而郭靖毫不计较这些，只觉得她谈吐不凡，见多识广，真诚爽朗，于是和她十分投契，竟然一见如故。临别时郭靖赠以貂裘，她却又开口向郭靖讨了汗血宝马。金庸不惜许多笔墨来详细描述两人初次见面的情形，就是为了有力地凸显出黄蓉这个自幼失去母亲又跟父亲闹了别扭的姑娘那种聪明得犹如精灵，顽皮到近乎刁钻，纯真而带点任性，孤单而渴求知己的性格，同时也反衬出郭靖的憨厚、诚朴、拙讷、慷慨和豪爽。此外，金庸小说大多写的是群像，是多角形的，很难判定主次；对人物的肖像描写也极富功力，往往通过小说人物的视角去描写人物的外部特征，不作直接描绘。

（三）继承了章回体的传统结构形式，且情节复杂曲折、变幻莫测

金庸小说的情节极为复杂，变化纷纭。有时采用双线交叉结构形式，互相纠缠冲突，迂回发展，如《书剑恩仇录》；有时是众多情节线围绕主线交错展开，错综复杂，环环相扣，如《天龙八部》。而《射雕英雄传》的情节则曲折生动。《射雕英雄传》的主要故事情节是郭靖这一人物与东邪、西毒、南帝、北丐、中神通这"华山五绝"及其门人之间的遭遇与恩怨纠葛。郭靖与东邪黄药师的女儿黄蓉邂逅江湖，结为伴侣，相互深爱对方。可偏偏西毒欧阳锋的侄儿欧阳克也看上了黄蓉，于是欧阳克、郭靖、黄蓉之间的关系就不简单。而郭靖的师傅们"江南七怪"与黄药师的徒弟"黑风双煞"之间又不共戴天，这就更让郭靖烦恼不已。更要命的是郭靖在与黄蓉相遇之前，又与成吉思汗的女儿华筝有婚姻之约。这样就使得这中间的关系变得更为复杂。幸而郭靖因黄蓉之故，拜了北丐洪七公为师，又蒙南帝"一灯大师"相救，还与"中神通"及其弟子"全真七子"之间有着深厚的交往……种种情仇纠葛、恩怨情状、复杂万端。

（四）融入众多的学问和知识，极具丰厚的历史文化内涵

金庸的小说融入了各种学问和知识，如天文地理、佛道儒学、秘籍剑经、武功医术、琴棋书画、中外历史、风土人情等，文化氛围极其浓厚，大大增强了作品的知识性、趣味性和可读性。诸如《射雕英雄传》中的东邪黄药师吹箫与西毒欧阳锋弹琴来比试内功，既匪夷所思，又精妙异常。后来，北丐洪七公又以啸声加入，郭靖则以鼓点相伴……金庸的武侠小说广受欢迎，以至于凡是有中国人的地方就有金庸迷；凡是有中国人的地方，都有人知道金

庸的名字，这当然和金庸武侠小说的这些特色是分不开的。于是金庸热带来了"金学"热，现今的"金学"已经成为一个非同一般的文学研究及文化研究课题，甚至在不久的将来有可能就像"红学"一样成为真正的学术研究。

四、精彩文段

第三十九回 是非善恶（节选）

郭靖纵马急驰数日，已离险地。缓缓南归，天时日暖，青草日长，沿途兵革之余，城破户残，尸骨满路，所见所闻，尽皆触目惊心。一日在一座破亭中暂歇，见壁上题着几行字道："唐人诗云：'水自潺潺日自斜，尽无鸡犬有鸣鸦。千村万落如寒食，不见人烟尽见花。'我中原锦绣河山，竟成胡虏鏖战之场。生民涂炭，犹甚于此诗所云矣。"郭靖瞧着这几行字怔怔出神，悲从中来，不禁泪下。

他茫茫漫游，不知该赴何处，只一年之间，母亲、黄蓉、恩师，世上最亲厚之人，一个个的弃世而逝。欧阳锋害死恩师与黄蓉，原该去找他报仇，但一想到"报仇"二字，花剌子模屠城的惨状立即涌上心头，自忖父仇虽复，却害死了这许多无辜百姓，心下如何能安？看来这报仇之事，未必就是对了。

诸般事端，在心头纷至沓来："我一生苦练武艺，练到现在，又怎样呢？连母亲和蓉儿都不能保，练了武艺又有何用？我一心要做好人，但到底能让谁快乐了？母亲、蓉儿因我而死，华筝妹子因我而终生苦恼，给我害苦了的人可着实不少。

"完颜洪烈、魔诃末他们自然是坏人。但成吉思汗呢？他杀了完颜洪烈，该说是好人了，却又命令我去攻打大宋；他养我母子二十年，到头来却又逼死我的母亲。

"我和杨康义结兄弟，然而两人始终怀有异心。穆念慈姊姊是好人，为甚么对杨康却又死心塌地的相爱？拖雷安答和我情投意合，但若他领军南攻，我是否要在战场上与他兵戎相见，杀个你死我活？不，不，每个人都有母亲，都是母亲十月怀胎、辛辛苦苦的抚育长大，我怎能杀了别人的儿子，叫他母亲伤心痛哭？他不忍心杀我，我也不忍心杀他。然而，难道就任由他来杀我大宋百姓？

"学武是为了打人杀人，看来我过去二十年全都错了，我勤勤恳恳的苦学苦练，到头来只有害人。早知如此，我一点武艺不会反而更好。如不学武，那么做甚么呢？我这个人活在世上，到底是为甚么？以后数十年中，该当怎样？活着好呢，还是早些死了？若是活着，此刻已是烦恼不尽，此后自必烦恼更多。要是早早死了，当初妈妈又何必生我？又何必这么费心尽力的把我养大？"翻来覆去的想着，越想越是糊涂。

接连数日，他白天吃不下饭，晚上睡不着觉，在旷野中踯躅来去，尽是思索这些事情。又想："母亲与众位恩师一向教我为人该当重义守信，因此我虽爱极蓉儿，但始终不背大汗婚约，结果不但连累母亲与蓉儿枉死，大汗、拖雷、华筝他们，心中又哪里快乐了？江南七侠七位恩师都是侠义之士，竟没一人能获善果。欧阳锋与裘千仞多行不义，却又逍遥自在。世间到底有没有天道天理？老天爷到底生不生眼睛？管不管正义、邪恶？"

他在旷野中信步而行，小红马缓缓跟在后面，有时停下来在路边咬几口青草，他心中只是琢磨："我为救撒麻尔罕城数十万男女老少的性命，害死了蓉儿，到底该是不该？这些人跟我无亲无故，从不相识。为了蓉儿，我自己死了也不懊悔。我求大汗饶了这几十万可怜之人，大汗恼怒之极，几乎要杀我的头，而我的同胞部属又个个恼恨我不堪，因为他们辛辛苦苦的攻城破敌，却因我一句话而失了抢劫掳掠的乐趣。我为这些不相识的人害了蓉儿，几乎

30 平凡的世界

路遥

一、作者简介

路遥（1949—1992）原名王卫国，1949 年 12 月 3 日生于陕西榆林市清涧县一个贫困的农民家庭，7 岁时因为家里困难被过继给延川县农村的伯父。曾在延川县立中学学习，1969 年回乡务农。这段时间里他做过许多临时性的工作，并在农村一所小学里教过一年书。1973 年进入延安大学中文系学习，其间开始文学创作。大学毕业后，任《陕西文艺》（今为《延河》）编辑。1980 年发表《惊人动魄的一幕》，获得第一届全国优秀中篇小说奖。1982 年发表中篇小说《人生》，后被改编成电影，轰动全国。1988 年完成百万字的长篇巨著《平凡的世界》，这部小说以其恢宏的气势和史诗般的品格，全景式地表现了改革时代中国城乡的社会生活和人们思想情感的巨大变迁，还未完成即在中央人民广播电台广播，路遥因此而荣获茅盾文学奖。1992 年 11 月 17 日上午 8 时 20 分，路遥因病医治无效在西安逝世，年仅42 岁。

二、名著概要

小说以陕北黄土高原双水村孙、田、金三家的命运为中心，反映了从"文革"后期到改革初期广阔的社会面貌。

第一部写 1975 年初农民子弟孙少平到原西县高中读书，他贫困，自尊，学习和劳动都好，与地主家庭出身的郝红梅互相爱怜，被侯玉英发现并当众说破后，两人不好继续保持互相爱怜的关系，后来郝红梅却与家境优越的顾养民恋爱。少平高中毕业，回乡生产，但他并没有消沉，与县"革委会"副主任田福军的女儿田晓霞建立了友情，在晓霞帮助下关注着外部世界。少平的哥哥少安一直在家劳动，与村支书田福堂的女儿、县城教师润叶青梅竹马，却遭到田福堂反对。经过痛苦的煎熬，少安到山西与勤劳善良的秀莲相亲并结了婚，润叶也只得含泪与向前结婚。这时农村生活混乱，旱灾又火上加油，田福堂为加强自己的威信，组织偷挖河坝与上游抢水，不料出了人命，为了"学大寨"，他好大喜功炸山修田叫人搬家又弄得天怒人怨。生活的航道已到了非改变不可的地步。

第二部写 1979 年春十一届三中全会后百废待兴又矛盾重重，田福堂连夜召开支部会抵制责任制，孙少安却领导生产队率先实行，接着也就在全村推广了责任制。头脑灵活的少安又进城拉砖，用赚的钱建窑烧砖，成了公社的"冒尖户"。少平青春的梦想和追求也激励着他到外面去"闯荡世界"，他从漂泊的揽工汉成为正式的建筑工人，最后又获得了当煤矿工人的好机遇，他的女友晓霞从师专毕业后到省报当了记者，他们相约两年后再相会。润叶远离她不爱的丈夫到团地委工作，导致钟情痴心的丈夫酒后开车致残，润叶因内疚而回到丈夫身边，开始幸福生活。她的弟弟润生也已长大成人，他在异乡与命运坎坷的郝红梅邂逅，终于两人结为夫妻。往昔主宰全村命运的强人田福堂，不仅对新时期的变革抵触，同时也为女儿、儿子的婚事窝火，加上病魔缠身，弄得焦头烂额。

第三部写 1982 年孙少平到了煤矿，尽心尽力干活，成了一名优秀工人。少安的砖窑也有了很大发展，他决定贷款扩建机器制砖，不料因技师根本不懂技术，砖窑蒙受很大损失，后来在朋友和县长的帮助下再度奋起。但是祸不单行，少安的妻子秀莲，在欢庆由他家出资两万元扩建的小学建成庆祝大会上口吐鲜血，确诊肺癌。晓霞在抗洪采访中为抢救灾民光荣献身。润叶生活幸福，生了个胖儿子，润生和郝红梅的婚事也终于得到了父母的承认，并添了可爱的女儿。少平在一次事故中为救护徒弟也受了重伤。但他们并没有被不幸压垮，少平从医院出来，又充满信心地回到了矿山，迎接他的又将是怎样的生活呢？……

三、作品导读

《平凡的世界》共3部，6卷，180多万字，人物近百。作品的时间跨度从1975年初到1985年，它全景式地反映了这十年间我国城乡社会生活的巨大历史性变迁。如此庞大的工程，路遥采用了"三线组合法"，即在情节的发展和人物的活动上安排了三条线索，三条线索都以时间为序，并将这十年间我国所发生的一些重大的历史事件也列入其中。

第一条线索以孙少平为中心，写了由于城乡差别和脑力劳动与体力劳动的差别，孙少平、金波、兰香、金秀等农村青年渴求知识，渴望现代社会城市的文明和丰富的精神生活与物质生活。他们千方百计以各种方式拼命走出农村，进入城市，由此反映了这些由乡而城的青年在追求现代文明的过程中的各种矛盾心态，既有他们与社会或自然环境的矛盾，又有与周围其他人的矛盾或是自身的矛盾，反映了"交叉地带"的社会生活及城乡文化的巨大差别。第二条线索以孙少安为中心，以双水村、石屹节、原西县为主要地点。主要写了极"左"路线给双水村人造成的贫困，以及三中全会后双水村人奔富裕之路的艰难历程。透视了"左倾"政治给农村的政治、经济生活带来的复杂现象——农村"专职政治家"的认识意义。揭示了这种畸形政治是农民长期贫困的原因。表现了三中全会后，农村经济改革、土地承包对"政治家"田福堂，孙玉亭和孙少安这类普通农民受到冲击后的不同表现，揭示了改革大潮是任何人也阻挡不了的真理，也指出了农村改革中存在的一些隐患和危机。第三条线索以田福军的升迁为序，展示了由村到县、地、省的政治斗争和路线斗争，这条斗争线索时明时暗，一直贯穿于作品的始终。它反映了不同历史时期的政治斗争和路线斗争在党内不仅激烈，而且总是那么壁垒分明。歌颂的是正确路线斗争的代表人物，表现了他们为推动历史前进而贡献自己的力量，否定和批判错误路线，并通过一些干部队伍中存在的问题，展开正面描写，指出潜在的弊端。三条线索的人物不同，所反映的主题也不完全相同，这就保持了一种相对的独立性。

但是，如果作品仅仅为了保持相对的独立性，而忽略将三条线索进行交叉汇合，那么作品就会显得零散而单调。反之，一味交叉汇合而无独立性，又会变得呆板、拘谨，不能各显其志。可见"独立"与"汇合"的关系需要作家认真处理。《平凡的世界》将三条线索同时展开，平行发展，利用人物间的关系，情节的相联，选择了一个最恰当的地点作为纽带来联系三条线索，使它们时而交叉直至完全融合。三条线索上的人物相互间都有着千丝万缕的联系，或是亲缘关系，或是恋爱婚姻，或是政治斗争的对立面，这就由人物之间的关系构成了一个完整的整体。路遥善于用历史的眼光去观照现实，也同样善于用现实的眼光去观照历史，他总是将社会生活的内容放在一个长长的历史过程中去加以考虑，所以三条线索反映的生活内容都被他放在了时代的、社会的大背景和大环境中加以描写，因此作品里各情节的构成和联系往往前后相联，疏密相间，错综变化。另外，作者还选定双水村为纽带，联系着孙氏兄弟和田福军，并由人物在双水村的活动而使展开情节的地点不断改变。因此，三条线索在作品里就像三条河流,而双水村就像这三条河流的源头活水,它们时而分别流动,时而交叉汇合一起流动,体现了它们之间除相对独立之外的有机联系和相互照应。这种联系和照应,共同为表现主题服务,反映的社会生活面不仅宽广,而且内涵丰富。

《平凡的世界》这部鸿篇巨制,人物众多,头绪纷繁。如何使尽可能多的人物在尽可能少的篇幅中出场亮相呢?这就需要寻找一种情节契机,即事物转化的关键。造成情节契机的关键是人物,而这个人物又必须是一个能够同时联系两条线索的中心人物。王满银在作品中只是一个次要人物。他在街上碰到一个河南手艺人,从其手中购买了老鼠药,然后进行倒卖。这本是个偶然性的事件,但是王满银一向不务正业,游手好闲,因此这一事件就成为必然的了。他因此而被民兵小分队从罐子村拉到双水村"劳教"。这一情节造成了一种契机,一是作者可以从孙少平这条线索的描写转到孙少安这条线索上来。因为此前作者交代的是孙少平这条线索上的几个人物,即孙少平和他的同学郝红梅、金波、顾养民、田润生及他的姐姐田润叶,只交叉起了孙少平与顾养民的这一对矛盾,而王满银属孙少安这条线索上的人物,他是孙少平的姐夫,又在老丈人的村子"劳教",因此他一头紧连着孙家,这就引出了孙少安一家人和他的叔父孙玉亭一家人,并交叉起了孙家与王满银的矛盾(对全书来说,只是一个极次要的矛盾)。另一头连着"极左"路线的代表人物,双水村的孙玉亭、田福堂,公社一级的徐治功、杨高虎等人。二是按照情节的发展,作者由叙述人物的关系转到了作品在描写三中全会前,由下而上的政治斗争和路线斗争,使这部分的主题很快凸现出来,人物之间的诸种矛盾不仅交织在一起,而且明显化。读者在开篇不久,就进入了"剧情",而作者也为更进一步表现人物的性格,展开各种矛盾冲突开辟了广阔的空间。

这个情节本身也具有很大的容量。作品中一些主要人物的身份、经历及人物活动的环境,都需要向读者介绍。对于这些内容,如果作者作直接地、正面地描写,就需要花费很多的笔墨,而且也容易让读者感到沉闷和乏味。路遥继承了我国传统小说中对自然景观不作孤立、静止的描写,而是将它们融于叙述之中的手法。他充分利用王满银被劳教的事件,让孙少平为其送铺盖和粮食,带领读者沿着他送东西的路线,先到田家圪崂,领略了双水村的风景区——土坪上的枣树林、独具特色的庙坪山,然后蹚过东拉河,走过哭咽河上的小木桥,来到金家湾,又去到双水村小学。每到一处,路遥总是把对地理位置、自然景观的描写与人物的生存状态与精神形态结合在一起,非但无腻味之感,反倒充满了情趣。在看似无意,实则有意描写景物的过程中,不时采用侧笔写上一些小插曲,如讲述哭咽河、神仙山的来由,解释双水村得名的原因,从中推出一个个的小故事,巧妙地叙述金、田两大户族的历史渊源及他们之间从旧社会到新社会,在双水村政治地位和经济地位的变化,交织起了金、田、孙三大户族间的各种大小矛盾。避免了单调、平淡的叙述,增加了色彩变化,平添了阅读的情趣。

此外,作家还将王满银贩卖老鼠药而被劳教的情节进行了延伸,引出了徐治功的对立面白明川,县一级抵制、反对极左做法的代表田福军、张有智及他们的对立面冯世宽、李登云等人。至此,《平凡的世界》中的全部主要人物和大部分次要人物都一一登场亮相。随着这一情节的延伸又交织起了小说中一系列从政人物之间的矛盾冲突。从以上几点分析可以看出,老鼠药事件不仅让人物在情节的运动中出场,而且为全书的许多情节的展开都埋下了伏笔,找到这样一个故事情节发展的契机,应该说是路遥在《平凡的世界》中的一个突出的艺术结构。

《平凡的世界》内容比较复杂，在结构上需要做细致、周密、妥帖的安排，因此它以人物为中心，按照主要人物思想性格发展的逻辑和人物之间的关系及情节前后照应，各部分之间保持有机联系来安排作品的结构。但是如果只抓主要脉络、主要矛盾，而忽视次要人物、次要矛盾的描写，也就会使主要人物黯然失色，致使整部作品在结构上不能完整、和谐和统一。

刘玉升在《平凡的世界》里只是一个次要人物。但路遥却精心地描写和设计这个人物，使这个人物在作品结束时，不仅成为一个完整的艺术形象，而且具有了一种独立存在的艺术价值，并包蕴着多种社会意义。他第一次出现是在孙玉亭与王彩娥的桃色风波中，虽说作者只用了一两句话作交代，但已给读者留下了深刻的印象。这是因为他及时向王家告密，而引起了金、王、田三大户族的武斗流血事件。而到小说快要结束时，他却表现得有声有色，激动人心。这种效果的产生，得力于路遥精心细致地结构艺术。艺术结构的和谐与完整，在于作者对刘玉升进行的具体描写和在对田福堂、孙少安的陪衬上。刘玉升在双水村成立庙会，自任会长，且秘而不宣地搜刮愚昧庄稼人的钱财，一进自己的腰包，二来修复庙坪那个已经残破不堪的庙宇。这些生动有力的描写与作者对田福堂在"极左"路线统治时，一味地高喊突出政治，乱抓阶级斗争，践踏人权，轻视农村经济的发展，使双水村人民在贫困线上苦苦挣扎的描写，形成了鲜明的映衬。同时，正是在这两个人物的相互映衬中，给读者的思想上带来了沉重感，心理上带来了压抑感，揭示出左倾路线给人民带来精神生活匮乏、物质生活贫困的罪行。而在转型时期，是"愚昧落后"使人们陷入封建迷信的泥淖，指出了农民的文化素质有待提高。这种映衬作用，平添了作品对封建事物的批判和否定的力量，增强了作品的韵味。

作品在孙少安这个人物行动的终点上，对刘玉升的描写也为人物、情节、题旨的统一进行了有力的、鲜明的对照和陪衬。孙少安的一段心理活动的描写结束之后，一个重大的行动刹那间决定了："你刘玉升修庙，我孙少安建校！咱们就唱它个对台戏！"这种具有深刻思想意义的文化对抗和意识形态领域内的斗争，在作品中构成了对峙的两座山峰，也给读者的感情造成了巨大的落差。这种对立，体现了作品在结构上的完整和统一。刘玉升的愚昧落后反衬了孙少安的先进与高尚，更显示出孙少安此举的光彩照人，从而深化感情，强化作品主题，使其更具艺术吸引力。

《平凡的世界》中还有一系列的次要人物，如：王彩娥、杜丽丽、田润生、田福高、张有智等。他们在作品中都为推动故事情节的发展变化，为塑造主要人物作陪衬，也为小说在结构上的完整和统一而尽职尽责。

四、精彩文段

第二十三章（节选）

田晓霞静静地立在黄原地委门口，一直目送着孙少平的背影消失在北大街的尽头。

暮色已经临近，满城亮起了耀眼的灯火。不远处的电影院刚刚散场，清冷的街道顿时出现了喧闹。嘈杂的人群散乱地流向东西南北，街巷中自行车的铃声响个不停。

片刻功夫，大街上重新安静了。雨已停歇，满天破碎的云彩像溃退的队伍似的在暗夜中向南逃遁。四面的群山只能模糊地分辨出一些轮廓。

田晓霞心绪极其纷乱，一时无心回家去。

她索性离开地委大门口，来到了街道上。她在人行道梧桐树下的暗影里，慢慢地溜达着，情不自禁向北走去。说来奇怪，她怀着某种侥幸，希望孙少平还能在这条路上转回来。她现在才觉得，她和少平两年后第一次相遇，几乎没有交谈多少。他倒说了一些，她几乎没说什么。唉，实际上，她刚看见少平时，感到又陌生又震惊，简直顾不上说什么！是的，孙少平已经变了，变得让她几乎都认不出来了。这倒不是说他的模样变了——模样的确也变了，但主要的变化并不是他的外表。

师专以后，本来她已经习惯于同周围的那些男男女女相处。她认为自己也告别了过去的生活，开始了人生的一个新阶段。尽管她仍然保持着自己的个性，但基本上和新的环境融为一体。过去的一切，包括中学时期的朋友，渐渐地开始淡忘；而将自己的生活迅速地投入到另外一个天地。国家在多少年禁锢以后，许多似乎天经地义的观念一个个被推倒；新的思潮像洪水一般涌来，令人目不暇接。她整天兴奋地沉醉于和同学们交换各种信息，辩论各种问题；回家以后，又和父母亲唇枪舌剑一番。她周围的青年，一个个都是以天下为己任的雄辩家；古今中外，旁征博引，思想一个比一个解放，幻想一个比一个高远，对社会流弊的抨击一个比一个猛烈。他们学习刻苦钻研，吃穿日新月异，玩起来又痛快淋漓……可是，她猛然间发现了另外一种类型的同龄人。

孙少平和过去有什么不同？从外表看，他脸色严峻，粗胳膊壮腿，已经是一副十足的男子汉架势。他仍然像中学时那样忧郁，衣服也和那时一样破烂。但是，和过去不同的是，他已经开始独立地生活，独立地思考，并且选择了一条艰难的奋斗之路。说实话，尽管她以前对这个人另眼相看，认为他身上有许多不一般的东西，但上大学后，她似乎认定，孙少平最终不会逃脱大多数农村学生的命运：建家立业，生儿育女，在广阔天地自得其乐。现在农村政策宽了，像少平这样的人，在农民中间肯定是出类拔萃的人物，说不定会发家致富，成为村民们羡慕不已的"冒尖户"。记得高中毕业时，她还对他说过，希望他千万不能变成个世俗的农民，满嘴说的都是吃，肩膀上搭着个褡裢，在石圪节街上瞅着买个便宜猪娃……为此，在少平回村的那两年里，她不断给他奇书和《参考消息》，并竭力提示他不要丧失远大理想……后来，她才渐渐认识到，实际生活是冷酷的；因为种种原因，这些不能进入大学门，又进入不了公家门的农村青年，即是性格非凡，天赋很高，到头来仍然会被环境所征服。当然，不是说农村就一定干不出什么名堂；主要是精神境界很可能被小农意识的汪洋大海所淹没……尽管田晓霞如此推断了孙少平未来的命运，但出于中学时期深切的友谊，上大学后，她还不准备断绝和少平的联系。只是她一年前写信给他以后，他再没有给她回信，她这才在遗憾之中似乎也感到了某种解脱。她一生不会忘记这个少年时期的朋友；但她知道，她也许在今后的岁月中甚至不会再和他相遇，充其量只是在记忆中留下深刻印象的往日的朋友……

可是，她今天无意中在黄原街头碰见了他。

莎士比亚是她崇拜和敬仰的作家，根据《哈姆雷特》改编的电影《王子复仇记》在黄原放映第一场，她就去看了。看了一遍还不过瘾，碰巧今天有一张票，她就准备再看第二场……结果，便在人丛中发现了蓬头垢面、一身褴褛的孙少平。从把他引到父亲的办公室到刚才送走他，几个小时中，她都震惊得有些恍惚，如同电影中哈姆雷特看见了父亲的鬼魂……

现在，她一个人漫游在夜晚的黄原街头，细细思索着孙少平这个人和他的道路。她从他的谈吐中，知道这已经是一个对生活有了独特理解的人。

是的，他在我们的时代属于这样的青年：有文化，但没有幸运地进入大学或参加工作，因此似乎没有充分的条件直接参与到目前社会发展的大潮之中。而另一方面，他们又不甘心把自己局限在狭小的生活天地里。因此，他们往往带着一种悲壮的激情，在一条最为艰难的道路上进行人生的搏斗。他们顾不得高谈阔论或愤世嫉俗地忧患人类的命运。他们首先得改变自己的生存条件，同时也放弃最主要的精神追求；他们既不鄙视普通人的世俗生活，但又竭力使自己对生活的认识达到更深的层次……在田晓霞的眼里，孙少平一下子变成了一个她十分钦佩的人物。过去，都是她"教导"他，现在，他倒给她带来了许多对生活新鲜的看法和理解。尽管生活逼迫他走了这样一条艰苦的道路，但这却是很不平凡的。她马上为在自己的生活中有这样一个朋友而感到骄傲。她想她要全力帮助他。毫无疑问，生活不会使她也走和他相同的道路——她不可能脱离她的世界。但她完全理解孙少平的所作所为。她兴奋的是，孙少平为她的生活环境树立了一个"对应物"；或者说给她的世界形成了一个奇特的"坐标"。

田晓霞不知不觉已经溜达到了麻雀山下的丁字路口。现在她不再幻想少平还会调过头来找她——这已经是夜晚了。她于是调过头，又慢慢往回溜达。

街道上已经没什么人了，路灯在水迹斑斑的街面上投下长长的光影。对面山上，立锥似的九级古塔在朦胧中直指乱云翻飞的夜空。没有星星，没有月亮；清冷的风吹过远山的树林，掀起一阵喧哗。黄原河雄浑的涛声和小南河朗朗的流水声，听起来像二重奏……她也忍不住唱起来——快乐的风啊！

你给我们唱个歌吧！

快乐的风啊！

你吹遍全世界的高山和海洋，全球都听到你的歌声。

唱吧，风呀！

对着险峻的山峰，对着神秘的海洋，对着鸟雀的细语，对着蔚蓝的天际，对着勇敢伟大的人物。

谁要是能够为胜利而奋斗，就让他同我们齐歌唱。

谁要快乐就能微笑，谁要做就能成功，谁要寻找就能得到……这是苏联电影《格兰特船长的孩子们》中的插曲。她没有看过这电影，但喜欢唱这首歌。

田晓霞怀着兴奋的心情，随着自己的歌声，脚步竟渐渐变成了进行式。她穿过空荡荡的街道往家里走去。她觉得她和少平的交往将会带有一种神秘的色彩，可能像浪漫小说中描写的故事一样——想到这点使她更加激动！

五、名家点评

1. 将农村一代又一代人生活的悲哀和心酸，同农村家庭生活、人伦关系的温暖情愫，溶解于人的经济、政治关系中，让严酷的人生氤氲着温暖的人情味，是路遥作品的共性。而透视这种人情，我们不难看出作家对农村生活方式、精神内核的洞见与理解，那就是对家庭伦理思想的关注，这一点在《平凡的世界》里体现得最明显。——石世明

2. 在当代文学中，《平凡的世界》是为数不多的具备了史诗品格的长篇小说之一。——陈行之

31　穆斯林的葬礼

霍达

一、作者简介

霍达，女，生于 1945 年 11 月 26 日，回族，北京人，经名法图迈。中国电影编剧，国家一级作家。1961 年曾就读于解放军艺术学院学习话剧表演，后不久因患心脏病而不得不离开话剧舞台从而中断了表演艺术生涯。之后就读于北京建筑工程学院学习英语专业，1966 年毕业。大专毕业后，长期在四机部、北京市园林局、文物局从事外文情报翻译工作，博览群书，同时坚持业余写作。

作品有短篇小说《追日者》《年轮》《魂归何处》《芸芸众生》《沉浮》《猫婆》《"合作家"轶事》《罢宴》《革面》等，中篇小说《红尘》和长篇小说《穆斯林的葬礼》。其中《穆斯林的葬礼》的深度与风格则标志着她现实主义小说创作的高峰。接着她以人民作家的责任感和参与意识创作了一系列悲怆与慷慨的报告文学作品，揭露社会弊端，反映民众呼声，探讨改进措施。《起步于黄帝陵前》《渔家傲》《弄潮大西洋》《万家忧乐》《小巷匹夫》《民以食为天》《国殇》等都是报告文学的代表。

二、名著概要

20 世纪 20 年代的北平，信仰伊斯兰教的奇珍斋主人梁亦清为汇远斋老板蒲寿昌雕制玉作《郑和航海图》，却功败垂成，命丧当场。梁家母女三人（白氏、梁君璧、梁冰玉）也被蒲寿昌逼迫赔偿，生活陷入绝境。梁亦清的徒弟韩子奇为了复仇毅然投到蒲寿昌门下，完成了师傅遗愿《郑和航海图》的玉作，并结识了英国玉器商人沙蒙·亨特。三年后，韩子奇还完债重返奇珍斋，娶梁亦清的大女儿梁君璧为妻。韩子奇苦心经营十年，奇珍斋名冠京城玉器行。韩子奇从一个警察侦缉队长手中购得了当年号称"玉魔"的遗宅——"博雅宅"，也像当年的"玉魔"一样醉心于寻访天下美玉，研究赏玩，其收藏极为丰厚。韩子奇 32 岁得子，取名韩天星。为了庆祝天星满百天，韩子奇举办了一个"览玉盛会"，名震京城玉器行业，不仅博得"玉王"之美誉，而且彻底压倒了汇远斋老板蒲寿昌。

抗日战争爆发后，为了保护自己收藏的宝玉，韩子奇带着还在燕京大学读书的小姨子梁冰玉随沙蒙·亨特来到英国避难。而妻子梁君璧因恋家未能同去英国。在异国他乡，韩子奇与梁冰玉产生了爱情，私下结为夫妇，并生下一个女儿，取名韩新月。抗日战争结束，他们带着女儿回到了北京，回到博雅斋。梁冰玉不堪忍受姐姐梁君璧的羞辱，将不满 3 岁的女儿韩新月留在家中，又一个人远走异乡。

新中国成立后，韩子奇成了国家干部，还一直珍藏着他那批宝玉，别人却以为他在解放前就已破产了。此时，韩新月已经长大并且考上了北京大学，喜欢上他的班主任楚雁潮。韩新月纯洁美好的心灵、含蓄忧郁的气质也强烈地吸引着楚雁潮。他们互相倾慕，彼此相爱了。一次意外晕倒，新月被诊断得了一种致命的疾病——急性风湿性心脏病。住院期间，楚雁潮无微不至地关怀照顾韩新月，并向她吐露了深藏在心中许久的爱情，新月在病床上幸福地接受了老师楚雁潮的爱情。从此，两颗炽热的心紧紧贴在了一起。楚雁潮的爱极大鼓舞了韩新月战胜病魔的信心，病情稳定后，新月出院参加了哥哥韩天星和好朋友陈淑彦的婚礼。韩子奇的太太，新月的现在妈妈梁君璧以楚雁潮不是穆斯林为由，力图阻止他和韩新月的爱情。妈妈梁君璧多年以来的冷酷、残忍、绝情使韩新月产生了怀疑，新月在对父亲韩子奇质问后得知自己并不是梁君璧的亲生女儿，并亲眼看到了亲生母亲梁冰玉离家时留给自己的一封信。韩新月精神上无法承受如此沉重的打击，旧病复发，被送进了急救室。在楚雁潮急急奔向医院的路上，在飞雪漫天的清晨，新月没有等到她的老师恋人楚雁潮来到身边，就永远地离开了这个世界。

"文革"开始了，韩家被红卫兵查抄，韩子奇珍藏的那批宝玉也难逃厄运。把自己的收藏视为命根子的韩子奇病倒了，在痛苦与忏悔中，他想起了师傅梁亦清，想起了他深爱的依然飘零他乡的梁冰玉，想起了比他早走一步的女儿韩新月。临终之际，在主的面前韩子奇终于透露了一个惊人的秘密：他是一个汉人，并不是一个穆斯林。

1979年夏天，在国外漂泊了33年的梁冰玉回到了北京博雅宅，她再没有见到朝思暮想的丈夫和女儿。阴历六月初五，是女儿韩新月的生日，在新月的坟前梁冰玉看到一个中年男子（楚雁潮）久久地伫立在一棵树旁，脸色沉郁，神情凄楚。

三、作品导读

《穆斯林的葬礼》这部50余万字的长篇小说，描写了一个穆斯林家族60年的兴衰，三代人命运的沉浮，揭示了他们在华夏文化与伊斯兰文化的撞击与融合中的心路历程。作品中着力塑造了梁亦清、韩子奇、梁君碧、梁冰玉、韩新月、楚雁潮等一系列栩栩如生的人物形象。整个故事内容时间跨越了近60年，作者独具匠心地进行了文本的结构安排，让故事娓娓道来，巧妙地展现在读者面前。如此的叙事结构特色，让小说故事情节跌宕起伏，扣人心弦，牵动着广大读者的心。独具匠心的小说整体构架按照现代结构主义理论，事物的结构就是把其中各个部分联系起来的整体，从而创造出一种新颖独特的性质。霍达在作品的后记中谈到"我在落笔之前设想过各种技巧，写起来却又都忘了"，但是在文本中却处处显示出她极其精心的构架安排，翻开小说的目录，你就已经感受到了这一点。《穆斯林的葬礼》这部小说由序曲、尾声以及正文十五章共同构成，首先就形成了小说完整的结构。看看各个标题，玉魔——玉殇——玉缘——玉王——玉游——玉劫——玉归——玉别讲述的是玉器世家梁亦清、韩子奇这两代人在历史社会大环境下的命运变迁，折射出在伊斯兰文化与中国传统文化撞击下玉器世家的奋斗过程。月梦——月冷——月清——月明——月晦——月情——月恋——月落——月魂则讲述的是以韩新月为代表的第三代人冲破文化束缚，要求寻找追求自我的故事。这两条主线清晰明朗，但是作者故意安排它们相间出现，形成以"月"和"玉"两条时空线索为中心平行推进而又交叉铺叙的文本结构。小说第二章"月冷"故事时间是1960年7月，引出了主人公韩新月对上大学的渴望以及家人对此事不同的态度。第三章的时间又迅速回到了民国时期，讲述了韩子奇拜师学艺，梁亦清将整个生命都献给了宝船的雕琢的故事。而第四章又是与第二章的故事在时空上相衔接的，写韩新月终于如愿，考上了自己喜欢的大学。主体十五章，故事情节就是这样交替着，每章结尾的"断"，隔章结尾的"续"，造成时空上的来来回回，让整部小说读起来回肠荡气，余韵绕梁。从这里，我们可以感受到结构所具有的本体构造力量，同样的材料以不同的结构关系联系起来，其效果是大相径庭的。如此的结构安排，不仅让整个文本新颖独到，而且形成了读者在接受活动中的"间隔"感受。所谓"间隔"，是指属于同一故事链的各个事件之间相衔接的距离。一部成功的小说文本是对这种距离调度控制得恰到好处的结果：距离太小会使作品密度过大，距离过大又会冲淡读者对故事的完整印象。在《穆斯林的葬礼》这个小说文本中，故事情节的交错安排，正是作者为读者创设的"间隔"。初次看来，似乎让人觉得"间隔"过大，读者在阅读中有割断的感觉，但作者在各章节中的细心安排，使这个问题得到了很好的解决。第一章"玉魔"的开端写已中年的韩子奇买下博雅宅，第二章韩新月的故事就是在这个宅里进行的，历史悠悠地延续着，我们感受到生命中一种不可逃脱的必然联系，正是这样的"间隔"，一方面让读者感知到时光，提高故事的魅力，另一方面利于作者设疑，使读者的欣赏兴致达到饱和。

四、精彩文段

第十四章　月落（9）

最后一次"泰克毕尔"念完之后，阿訇和穆斯林们向各自的左右两侧出"赛俩目"："按赛俩目尔来坤！"向天使致意。每个穆斯林的双肩都有两位天使，左边的记着他的罪恶，右边的记着他的善功！

全体穆斯林把双手举到面前，接"堵阿以"。在这一刹那，亡人的灵魂才确切地感知自己已经亡故了，该走向归宿了！

穆斯林们抬起安放着新月遗体的"埋体匣子"，为她送行，新月离家远行的时刻到了！"博雅"宅，永别了！

"新月！新月！……"陈淑彦哭喊着奔出来，扑在"埋体匣子"上，舍不得放开妹妹；"新月！新月！……"韩子奇沙哑地呼唤着奔出来，扑在"埋体匣子"上，舍不得放开女儿！

穆斯林们没有一个不洒下了泪水，但是谁也留不住新月了，她必须启程了！

韩太太含泪拉住丈夫和儿媳："让她走吧，让她放心地走，没牵没挂地走！新月，走吧，孩子，别挂牵家！等到七日，妈再去看你！"

"埋体匣子"缓缓地移动，韩子奇扶着女儿，踉踉跄跄往前追去……

遗体抬出了"博雅"宅，抬上了等在门口的敞篷卡车。

胡同里挤满了穆斯林，等着为新月送行。

送葬的人都上了车，车子起动了……

陈淑彦扳着汽车的栏板，哭喊着，不肯放手！为什么不许女人去送葬呢？她怎么能不送一送新月？

天星突然伸出手去，把她拉上了车，人们不忍心再把她赶下去，自古以来的习俗为她破例了！

汽车开走了，走在穆斯林人群当中，走在洁白的雪路上。

"新月！新月啊！……"韩子奇无力地嘶喊着，扑倒在雪地上……

"新月，新月！……"徘徊在胡同里的郑晓京和罗秀竹呼唤着她们的同窗，向汽车追去……

汽车越开越快，她们追不上了！

汽车驶出胡同，转进大街。开斋节中，清真寺前的大街上涌流着成千上万的穆斯林，交通阻塞了，车辆早就不能通行了。人们为新月让开了一条道儿，怀着真诚的祝愿，目送这位姑娘离去……

阿訇一路默念着真经；天星和陈淑彦一路扶着妹妹；汽车沿着新月上学的路向西北方向驶去，这条路，她有去无回了；汽车驶出北京城区，新月生活了十七年的古都，永别了；汽车驶过北京大学的门口，新月念念不忘的母校，你的女儿再也不能返回了；汽车绕过颐和园，沿着燕山脚下的公路，向西，向西……

巍巍西山，皑皑晴雪。

山脚下的回民公墓，一片洁白：林木披着白纱，地上铺着白毡。

雪地上，一片褐黄的新土，一个新挖的墓穴，这是新月将永远安息的地方。

远远的，一个孤寂的身影伫立在树下，默默地凝望着这片新土。他久久地伫立，像是一棵枯死的树桩，像是一块没有生命的石头。

送葬的队伍来了，他们稳稳地抬着新月，快步向前走去，走向那片新土。没有高声呼唤，没有捶胸顿足的哭号，只有低低的饮泣和踏着雪的脚步声：沙，沙，沙。穆斯林认为，肃穆地步行着送亡人入土，是最珍贵的。

伫立在树下的那个孤寂的身影，一阵战栗！他默默地向送葬的人群走去，踏着脚下的白雪，沙，沙，沙。

送葬的队伍停下了，停在那褐黄色的墓穴旁边。

他们肃立在墓穴的东侧，凝视着这人人都将有权享有的处所：七尺墓穴，一抔黄土，连着养育他们的大地。

那个身影悄无声息地走近墓穴，站住，又不动了。

"您……"陈淑彦发现了他，眼泪噎住了她的喉咙，望着与新月生死不渝的恋人，她什么话也说不出来。

天星悲痛地抱住他的肩，抓住他的手！"我知道您会来送新月的，一定会来的！"

楚雁潮一言不发，脸上毫无表情，像一块冰。他一动不动，凝视着那墓穴。一个生命就要消失在这里吗？连接着两颗心的爱、地久天长的爱，能够被这黄土隔断吗？

"亡人的亲人，给她试试坑吧！"一个悲凉的声音，昭示着那古老的风俗。

这声音，把他惊醒了，也把天星惊醒了。

试坑，穆斯林向亡人最后表达情感的一种方式。墓穴的大小容得下亡人的遗体吗？底部平整吗？为了让亡人舒适地长眠，他的亲人要以自己的身体先试一试。尽这项义务的，只有亡人的至亲，或者是儿子，或者是兄弟。新月，这个未满二十岁的少女，能够为她试坑的也只有她的哥哥了。

被悲哀摧垮了的天星跳下墓穴；被痛苦粉碎了的楚雁潮跳下墓穴！

天星一愣！但并没有阻拦他，在这个世界上，他是新月最亲的亲人！

没有任何人阻拦他。除了天星和陈淑彦，谁也不认识他，谁也不知道他不是穆斯林，这个墓地上也绝不会有汉人来。他们认为，这个人毫无疑问是新月的亲人了！

楚雁潮凝望着直坑西侧的"拉赫"，那是一个椭圆形的洞穴，底部平整，顶如穹庐，幽暗而阴冷。这是新月永久的卧室、永久的床铺、永久的家！

他跪在坑底，膝行着进入"拉赫"。他从未到过这种地方，却又觉得似曾相识，是在什么时候、什么地方见过？"四近无生人气，心里空空洞洞。"他伸出颤抖的手，抚摩着穹顶，抚摩着三面墙壁，抚摩着地面，冰冷的，冻土是冰冷的。新月将躺在这个冰冷的世界！

他用手掌抹平穹顶和三面墙壁，把那些坑坑洼洼都抹平；他仔细地抚摩着地面，把土块

168

和石子都捡走，把碎土铺平，按实，不能有任何一点儿坎坷影响新月的安息！

泪水洒在黄土上，他不能自持，倒了下来，躺在新月将长眠的地方，没有力气再起来了，不愿意离开这里了！

剧痛撕裂了天星的心！他强迫着自己把楚雁潮拉起来："好了……让新月……入土吧！"

地面上，"埋体匣子"打开了，穆斯林们抬出了新月的遗体，缓缓地放下去。

楚雁潮和天星一起站起来，伸出手臂，迎接她，托住她，新月在他们手中缓缓地飘落……

他们跪在坑底，托着新月，送往"拉赫"。

楚雁潮的手臂剧烈地颤抖，凝望着将要离别的新月，泪如雨下，洒在洁白的"卧单"上，洒在褐黄的泥土上。在这最后的时刻，他不肯放开新月了！

"放开她吧，楚老师！"悲痛欲绝的天星纯粹凭着意志这样忍心劝着他、求着他，两双手轻轻地把新月送进洞口。

五、名家点评

霍达的《穆斯林的葬礼》通过对北京玉器世家梁家发生的一系列事情的描写，重点塑造了韩子奇、梁君璧、梁冰玉、韩新月等人物形象，回顾了中国穆斯林漫长而又艰难的足迹，揭示了他们在华夏文化与伊斯兰文化的撞击和融合中的心路历程以及在政治、宗教的氛围中对人生真谛的困惑与追求，鞭挞了反人道的陈规陋习和价值观念，形象地说明了穆斯林的某些传统信仰已成为其自身前进的障碍和束缚，穆斯林只有挣脱信仰的绝对束缚，才能更好地发展，展示了人性的复杂多变，歌颂了纯洁、真挚、美好的爱情及"人最可贵的自由本质"；小说明暗双线并进而又主次分明，结构严谨而浑然一体，"京味"浓，民族色彩强；同时，小说也存在着对穆斯林生活礼仪的有些描写有点生硬、韩子奇的性格发展前后之间"跨度"太大等缺憾。——廖四平

32 活 着

余华

一、作者简介

余华，当代作家，1960年4月3日生于浙江杭州，三岁时随父母迁至海盐，在海盐读完小学和中学。曾经从事过五年的牙医工作，1983年开始写作，著有中短篇小说《十八岁出门远行》《鲜血梅花》《一九八六年》《四月三日事件》《世事如烟》《难逃劫数》《河边的错误》《古典爱情》《战栗》等。长篇小说《在细雨中呼喊》《活着》《许三观卖血记》《兄弟》等作品已经被翻译成20多种语言。也写了不少散文、随笔、文论及音乐评论。

余华是20世纪90年代异军突起的先锋派小说家之一，《活着》《许三观卖血记》奠定了他在当代文坛不可动摇的地位，他的小说温情地直面苦难，深刻体味中国老百姓的生存状况，表现出悲天悯人的情怀和人道主义关怀。

二、名著概要

《活着》其实就是关于死亡的极端叙述，它以福贵身边的亲人不断死亡的事件来构架全文。小说的主人公福贵是地主家出身，年轻时是个浪荡公子，经常去城里的一家妓院吃喝嫖赌，而且，由于他的丈人是城里一家米行的老板，他竟经常要一个妓女背着他上街，每次从丈人的米行经过，"都要揪住妓女的头发，让她停下，脱帽向丈人敬礼：'近来无恙?'"，然后便"嘻嘻笑着过去了"，其品行之放荡堕落可见一斑。后来他中了别人的套，把家里包括田地、房产的全部家产输了个精光，于是全家一夜间从大地主沦为了穷人，福贵的父亲郁闷而故。这个打击如当头棒喝，亦如一瓢冷水，使福贵清醒过来，决定重新做人。从此，他成了租种过去属于他家的田地的佃户，穿上了粗布衣服，拿起了农具，开始了他一生的农民生涯。

不久，福贵的母亲生病了，他拿了家里仅剩的两块银元，去城里请医生。可是在城里发生了意外：他被国民党军队抓了壮丁。辗转两年，最后他被解放军俘虏并释放了，他"跟着解放军的屁股后面"过了长江，回到了家乡。这时，他的母亲早已故去，女儿凤霞也在一次高烧后成了聋哑人。母亲死前还一遍一遍对他的妻子家珍说："福贵不会是去赌钱的"……

福贵的一生经历了中国历史的变迁、社会的动荡，如新中国成立后的土地改革、人民公社制度、大炼钢铁、三年自然灾害、"文革"等，都通过男主人公的眼睛和亲身经历得到了一定程度的生动的再现。而在此期间，福贵也经历了与每个亲人、朋友的悲欢离合：为了让儿子有庆上学，他把女儿送给了别人，不久后女儿跑了回来，全家重又团圆；县长的老婆生孩子需要输血，结果儿子被一个不负责任的大夫抽血过量致死，后来发现县长竟是福贵在国民党军队时的小战友春生——春生在后来的"文革"中经不住迫害，悬梁自尽；几年后，凤霞嫁了个好女婿，可不久死于产后大出血；两个孩子去后，妻子家珍也撒手人寰，只剩下他和女婿二喜、外孙苦根祖孙三代相依为命；几年后，二喜在一次事故中惨死，福贵便把外孙接到了乡下和他一起生活；可是好日子没几年，小苦根也在一次意外中失去了幼小的生

170

命。最后，福贵买了一头要被宰杀的老水牛，也给它取名叫"福贵"，一个人平静地生活下去。

三、作品导读

追求"真实"是余华创作的初衷和动力。余华小说在20世纪90年代之后，其叙事风格基本上是向着朴素、坚实，且具有强烈民间意识的方向转变的。《活着》与《许三观卖血记》一直被评论界看作是余华小说从先锋走向世俗后的代表作。"世俗性"使得《活着》呈现出纯朴自然的艺术风格。

首先，在结构上《活着》依时间为顺序，采用"复线式"链接，从作者"我"去乡间收集民间歌谣起笔，到路遇主人公"我"（徐福贵）开始讲述"家史"，以主人公"我"的讲述为主线，以作者"我"的穿插论述、询问为副线而展开故事情节。作者"我"的故事发生在一个"充满阳光"的下午，而主人公"我"讲述的则是自己的"一生"。从现在写到过去、再由过去回到现在，并构成几个"螺旋式的回环"。主人公"我"的故事，给人以"活生生的故事就发生在眼前"的感觉。作者"我"和我们一道听故事、一道评说议论，从"充满阳光"的午后一直到"黑夜来临"，这样的构思是为了架构整个故事，使整篇小说首尾呼应、浑然天成。这两部分的文笔风格迥异，前一部分幽默清新，洋溢着乡村之风；后一部分以福贵的口吻记述，质朴生动。福贵的故事被"我"的叙述分割成五部分。但是很显然，福贵的故事是主旋律，是华彩乐章，"我"的间断叙述就是间奏曲或间歇。

其次，在叙述方法上作者采用了"第一人称"的叙述方式，显得亲切、自然。作者"我"通过和主人公"我"（福贵）的对话向读者讲述他自己十年前到乡间收集民歌的经历，特别是在一个"充满阳光的下午"，遇到福贵，并为他的故事所吸引和陶醉的过程。无论是作者的"自言"还是"借言"，所产生的艺术效果都是我们在解读这一个"我"的经历时，处在旁观者的立场上，冷静地审视那个叫作"福贵"的饱经沧桑的老人。主人公"我"则是直接向读者叙述他40年的人生经历。这一部分是小说的核心情节，此时，作者"我"则处于旁观者的位置。这种叙事策略的意义在于，它起到了一种中介作用，使得核心故事不直接地展示给读者，而通过"我"这个"中介"转述给读者。经过了这一层中介的过滤，现实人生中的大悲痛就往往在这貌似平静的叙述中淡化了许多，而浓重的悲哀却沉沉地积淀于人物的生命中，我们不得不和主人公"我"一起一次次地面对死亡，面对命运，面对苦难，真切地感受着生命的喜怒哀乐，痛苦而无奈。人的命运的悲剧性和这种悲剧的不可把握性——人类的千古悲慨就这样传达出来。从这个角度上说，余华很有点哲人的意味。在作品中，作者"我"和主人公"我"交替出现，使得故事舒缓有致，随意间歇，在必要时作者"我"将故事拉回来，好让主人公稍作休息，"我"若隐若现，控制着叙述的距离，时而感到故事遥远，时而又仿佛置身其间，震惊的同时也产生认同。从人的接受和心理承受方面看，这很像民间说书的"歇场"，让演员和观众都有一个休息的机会、自由活动的时间。这是《活着》的独到之处。

再次，在语言上《活着》显得质朴、简洁、生动。作者"我"评价他"对自己的经历如此清楚，又能如此精彩地讲述自己"，"他的讲述像鸟爪抓住树枝那样紧紧抓住我"。又如当儿子有庆因"献血"意外死后，媳妇家珍哭得死去活来，富贵欲哭无泪，却是这样的感受："我看着那条弯曲着通向城里的小路，听不到我儿子赤脚跑来的声音，月光照在路上，像是撒满了盐。"很显然，这是作者有意识的情感淡化处理。虽寥寥数语，却极富表现力，具有令人咀嚼不尽的人生况味，表现了余华作为一个训练有素的作家的特征。

据此我们就可以读懂余华小说在叙述方面的特点。尤其是结尾，福贵，这个家庭中唯一活下来的人，呼喊着他的那头老牛。故事的讲述者看着他们两个渐渐远去、消失了，留下讲述者自己在慢慢降临下来的夜幕中。他的充满策略性的叙述给人的感觉是：一切惨烈的结果在福贵老人的讲述中都显得那么波澜不惊，很有些阅尽沧桑之后的平静。这是人生的高境界，是饱经忧患后的超然和知命。到达了这个境界，他从此就可以举重若轻，化悲为喜。

四、精彩文段

我进去时天还没黑，看到有庆的小身体躺在上面，又瘦又小，身上穿的是家珍最后给他做的衣服。我儿子闭着眼睛，嘴巴也闭得很紧。我有庆有庆叫了好几声，有庆一动不动，我就知道他真死了，一把抱住了儿子，有庆的身体都硬了。中午上学时他还活生生的，到了晚上他就硬了。我怎么想都想不通，这怎么也应该是两个人，我看看有庆，摸摸他的瘦肩膀，又真是我的儿子。我哭了又哭，都不知道有庆的体育教师也来了。他看到有庆也哭了，一遍遍对我说："想不到，想不到。"体育老师在我边上坐下，我们两个人对着哭，我摸摸有庆的脸，他也摸摸。过了很久，我突然想起来，自己还不知道儿子是怎么死的。我问体育老师，这才知道有庆是抽血被抽死的。当时我想杀人了，我把儿子一放就冲了出去。冲到病房看到一个医生就抓就住他，也不管他是谁，对准他的脸就是一拳，医生摔到地上乱叫起来，我朝他吼道："你杀了我儿子。"吼完抬脚去踢他，有人抱住了我，回头一看是体育老师，我就说："你放开我。"体育老师说："你不要乱来。"我说："我要杀了他。"体育老师抱住我，我脱不开身，就哭着求他："我知道你对有庆好，你就放开我吧。"体育老师还是死死抱住我，我只好用胳膊肘拼命撞他，他也不松开。让那个医生爬起来跑走了，很多的人围了上来，我看到里面有两个医生，我对体育老师说："求你放开我。"体育老师力气大，抱住我我就动不了，我用胳膊肘撞他，他也不怕疼，一遍遍地说："你不要乱来。"这时有个穿中山服的男人走了过来，他让体育老师放开我，问我："你是徐有庆同学的父亲？"我没理他，体育老师一放开我，我就朝一个医生扑过去，那医生转身就逃。我听到有人叫穿中山服的男人县长，我一想原来他就是县长，就是他女人夺了我儿子的命，我抬腿就朝县长肚子上蹭了一脚，县长哼了一声坐到了地上。体育老师又抱住了我，对我喊："那是刘县长。"我说："我要杀的就是县长。"抬起腿再去蹭，县长突然问我："你是不是福贵？"我说："我今天非宰了你。"县长站起来，对我叫道："福贵，我是春生。"他这么一叫，我就傻了。我朝他看了半晌，越看越像，就说："你真是春生。"春生走上前来也把我看了又看，他说："你是福贵。"看到春生我怒气消了很多，我哭着对他说："春生你长高长胖了。"春生眼睛也红了，说道："福贵，我还以为你死了。"我摇摇头说："没死。"春生又说："我还以为你和老全一样死了。"一说到老全，我们两个都呜呜地哭上了。哭了一阵我问春生："你找到大饼了吗？"春生擦擦眼睛说："没有，你还记得？我走过去就被俘虏了。"我问他："你吃到馒头了吗？"他说："吃到的。"我说："我也吃到了。"说着我们两个人都笑了，笑着笑着我想起了死去的儿子，我抹着眼睛又哭了，春生的手放到我肩上，我说："春生，我儿子死了，我只有一个儿子。"春生叹口气说："怎么会是你的儿子？"我想到有庆还一个人躺在那间小屋里，心里疼得受不了，我对春生说："我要去看儿子了。"我也不想再杀什么人了，谁料到春生会突然冒出来，我走了几步回过头去对春生说："春生，你欠了我一条命，你下辈子再还给我吧。"那天晚上我抱着有庆往家走，走走停停，停停走走，抱累了就把儿子放到背脊上，一放到背脊上心里就发慌，又把他重新抱到了前面，我不能不看着儿子。眼看着走到了村口，我就越走越难，想想怎么去对家珍说呢？有庆一死，家珍也活不长，家珍已经病成这样了。我在村口的田埂上坐下来，把有庆放在腿上，一看儿子我就忍不住哭，哭了一阵又想家珍怎么办？想来想去还是先瞒着家珍好。我把有庆放在田埂上，回到家里偷偷拿了把锄头，再抱起有庆走到我娘和我爹的坟前，挖了一个坑。

要埋有庆了，我又舍不得。我坐在爹娘的坟前，把儿子抱着不肯松手，我让他的脸贴在我脖子上，有庆的脸像是冻坏了，冷冰冰地压在我脖子上。夜里的风把头顶的树叶吹得哗啦哗啦响，有庆的身体也被露水打湿了。我一遍遍想着他中午上学时跑去的情形，书包在他背后一甩一甩的。想到有庆再不会说话，再不会拿着鞋子跑去，我心里是一阵阵酸疼，疼得我都哭不出来。我那么坐着，眼看着天要亮了，不埋不行，我就脱下衣服，把袖管撕下来蒙住他的眼睛，用衣服把他包上，放到了坑里。我对爹娘的坟说："有庆要来了，你们待他好一点，他活着时我对他不好，你们就替我多疼疼他。"有庆躺在坑里，越看越小，不像是活了十三年，倒像是家珍才把他生出来，我用手把土盖上去，把小石子都拣出来，我怕石子硌得他身体疼。埋掉了有庆，天蒙蒙亮了，我慢慢往家里走，走几步就要回头看看，走到家门口一想到再也看不到儿子，忍不住哭出了声音，又怕家珍听到，就捂住嘴巴蹲下来，蹲了很久，都听到出工的吆喝声了，才站起来走进屋去。凤霞站在门旁睁圆了眼睛看我，她还不知道弟弟死了。

邻村的那个孩子来报信时，她也在，可她听不到。家珍在床上叫了我一声，我走过去对她说："有庆出事了，在医院里躺着。"家珍像是信了我的话，她问我："出了什么事？"我说："我也说不清楚，有庆上课时突然昏倒了，被送到医院，医生说这种病治起来要有些日子。"家珍的脸伤心起来，泪水从眼角淌出，她说："是累的，是我拖累有庆的。"我说："不是，累也不会累成这样。"家珍看了看我又说："你眼睛都肿了。"我点点头："是啊，一夜没睡。"说完我赶紧走出门去，有庆才被埋到土里，尸骨未寒啊，再和家珍说下去我就稳不住自己了。

五、名家点评

1. 余华的小说，像读者比较熟悉的《现实一种》《一九八六年》《世事如烟》《呼喊与细雨》《活着》等，都密集而刺目地铺陈人间的苦难。浓烈恣肆地暴露和渲染苦难，使余华成为20世纪80年代之后中国文学界一位极具诱惑力也非常令人困惑的作家。——郜元宝

2. 余华是个超验主义者，他的小说是非通俗的，不可能像王朔那样在知识分子与市民之间两头走红，但他的小说充满了先知式的预言和对人生不祥征兆的感悟。——陈思和

3. 题为《活着》的小说，叙述的却是十个人的死：爹、娘、儿子、妻子、女儿、女婿、外孙以及战友老全、冤家龙二、县长（亦为战友）春生先后以不同的方式死去，故事主人公徐福贵则以送别的姿态活着。在目睹和耳闻的死亡中，活着竟变得悲壮起来了。尤其是那样一个人，由富贵跌入贫穷，美满跌入不幸，能在厄运后不绝望，确也让人噫嘻，正因为有死，活着才显得难能可贵，似乎活着就是为了活着，活着成了唯一的目的和理由。——赵月斌

33 白 鹿 原

陈忠实

一、作者简介

陈忠实，1942 年 6 月 22 日出生于陕西，1962 年 9 月至 1964 年 8 月在西安郊区毛西公社蒋村小学任教；1964 年 9 月至 1968 年 7 月在西安郊区毛西公社农业中学任教，任团支部书记；1968 年 12 月至 1978 年 7 月在西安郊区毛西公社工作；1978 年 7 月至 1980 年 3 月任西安郊区文化馆副馆长；1980 年 3 月至 1982 年 11 月任西安市灞桥区文化局副局长兼文化馆副馆长；1982 年 11 月至今在陕西作家协会工作，1985 年任陕西作家协会副主席，1993 年任陕西作家协会主席。

主要创作体裁：小说；1965 年开始发表散文，处女作散文《夜过流沙沟》。出版有中短篇小说集《乡村》《到老白杨树背后去》《蓝袍先生》《地窑》等多种，1993 年长篇小说《白鹿原》获第四届茅盾文学奖，并因此被看作是"陕军东征"的代表人物。

二、名著概要

《白鹿原》是陈忠实的代表作，获第四届茅盾文学奖。这是一部渭河平原 50 年变迁的雄奇史诗，一轴中国农村斑斓多彩、触目惊心的长幅画卷。主人公娶六丧六，第六房女人胡氏死去后，他从山里娶回第七个女人吴仙草，同时带回罂粟种子。结婚一年后，这个小厢房厦屋的土炕上传出一声婴儿尖锐的啼哭。然而，第二个孩子出生以后取名骡驹，这个家庭里的关系才发生了根本性变化。由罂粟引种成功骤然而起的财源兴旺和两个儿子相继出生带来的人丁兴旺，彻底扫除了白家母子心头的阴影和晦气。她第八次坐月子，生了白灵。

白嘉轩在去请阴阳先生的路上，无意间发现了传说中的白鹿。白嘉轩用先退后进的韬略，借助冷先生的撮合，谋到了白鹿家的那块风水宝地。随即给父亲迁坟。

活在今天的白鹿村的老者平静地说，这个村子的住户永远超不过二百，人口冒不过一千，如果超出便有灾祸降临。这个村庄后来出了一位颇有思想的族长，他提议把原来的侯家村改为白鹿村，同时决定换姓。侯家老兄弟两个要占尽白鹿的全部吉祥，商定族长老大那一条蔓的人统归白姓，老二这一系列的子子孙孙统归鹿姓；白鹿两姓合祭一个祠堂的规矩，一直把同根同种的血缘维系到现在。改为白姓的老大和改为鹿姓的老二在修建祠堂的当初就立下规矩，族长由长门白姓的子孙承袭下传。

白嘉轩怀里揣着一个修复祠堂的详细周密的计划走进了鹿子霖家的院子。翻修祠堂的工程已经拉开。这年夏收后，学堂开学了。白嘉轩的两个儿子也都起了学名，马驹叫白孝文，骡驹叫白孝武，他们自然坐在里边。鹿子霖的两个儿子鹿兆鹏和鹿兆海也从神禾村转回本村学堂。在白嘉轩的劝说下，鹿三让黑娃进了学堂。

黑娃外出打工，却引回了举人家的小老婆——小娥回到白鹿村，被白鹿两家不容后，他们住进了村子东头一孔破塌的窑洞。

一队士兵开进白鹿原，进驻田福贤总乡约的白鹿仓里。杨排长用乌黑的枪管对白嘉轩说："马上回村给我敲锣。"白嘉轩敲了锣。白鹿村的男女老幼都被吆喝到祠堂门外的大场上。杨排长讲了话，征粮的规矩是一亩一斗，不论水地旱地更不按"天时地利人和"六个等级摊派。黑娃受兆鹏鼓舞夜里烧了白鹿仓。

白嘉轩在乌鸦兵逃离后的第五天鸡啼时分，就起身出门去看望在城里念书的宝贝女儿灵灵，却发现她和鹿兆海在一起。鹿兆海在补堵被围城的军队用枪炮轰塌的城墙豁口时，挨了枪子儿，白灵几乎天天都到临时抢救医院去看望他。鹿兆海即将出院的时候，加入了共产党，黑娃受兆鹏的鼓动在白鹿原掀起了"风搅雪"，砸了祠堂，抓了田福贤。

蒋介石策动了"四·一二"政变，国共分裂。鹿兆海认为国民党才是他的选择，而白灵却改投共产党，两个人的感情出现了裂痕，鹿兆鹏和黑娃等人开始了亡命的生活。习旅长观看完黑娃的射击比赛就把他调进旅部警卫排，在队伍被打散后，黑娃慌不择路地当上了土匪"二拇指"，在打家劫舍中，他唆使手下打折了白嘉轩的挺直的腰杆，并且杀死了鹿太桓。田福贤下套捕捉黑娃，小娥为了救黑娃去求鹿子霖，鹿子霖乘机"爬灰"，却被白嘉轩搅了兴致，为了报复，他唆使小娥勾引白孝文，年轻的一代在小娥的"教育"下真正成"人"了。

一场异常的年馑临到白鹿原上。饥馑是由旱灾酿成的。白孝文在分家之后，饥饿难忍之下卖掉了土地，在毒瘾的逼迫下又卖掉了房屋，终于沦为乞丐。

到滋水县保安大队仅仅一个月，孝文身体复原了，信心也恢复了，他第一次领饷之后，就去酬答指给他一条活路的恩人田福贤和鹿子霖，并打算把剩余的钱给小娥，但小娥却神秘地死了。鹿三抖出句话来——人，是我杀的。

白灵很快成为党的骨干力量，就在此时她与鹿兆鹏发生了感情，当鹿兆海来哥的住宅接嫂子时却发现是已怀孕的白灵。白灵在兆海的掩护下逃到了南梁根据地，然而在肃清运动中，遭到了"清洗"被活埋了。

白鹿原又一次陷入毁灭性的灾难之中——一场空前的大瘟疫在原上所有或大或小的村庄里蔓延。白鹿村被瘟神吞噬的第一个人却是鹿三的女人鹿惠氏，仙草倒显得很镇静。从午后拉出绿屎以后，她便断定了自己走向死亡的无可更改的结局。鹿三被小娥附了身，一身正气的族长，力排众议造了镇妖塔，瘟疫终于停歇了。

鹿子霖许久以来就陷入一种精神危机当中。鹿子霖瞥见被公开枪毙的郝县长的一瞬间，眼前出现了一个幻觉，那被麻捆缚的人不是郝县长，而是儿子鹿兆鹏。

白孝文终于从大姑父朱先生口里得到了父亲的允诺，准备认下他这个儿子，宽容他回原上。白孝文开始进入人生的佳境，升为一营营长，负责县城城墙圈内的安全防务，成为滋水县府的御林军指挥。

滋水县境内最大的一股土匪归服保安团的消息轰动了县城。鹿黑娃的大名鹿兆谦在全县第一次公开飞扬。黑娃被任命为营长，并且娶了妻子，开始向有思想的人转化，他回乡去探亲，重新被这个家族容纳了。而鹿三却在孤独中死去。黑娃接受鹿兆鹏的意见倒戈反将，却依旧死于肃反派的屠刀之下。

鹿子霖重新雇了长工，赎回坐监期间被女人卖掉的土地，家底开始垫实起来。可是在枪毙岳维山、田福贤和鹿黑娃时，他变成了痴呆。白嘉轩双手拄着拐杖，盯着鹿子霖的眼睛说："子霖，我对不住你。我一辈子就做下这一件见不得人的事，我来生再世给你还债补心。"

三、作品导读

作者塑造了一系列真实而又有独创意义的中国农民形象。白嘉轩是其中的第一主人公，他是几千年中国宗法封建文化所造变的一个人格典型。在他身上包容了中国传统文化全部的价值——既有正面又有负面。他既是一个刚直的男子汉、富有远见的一家之长、仁义的族长，又是一个封建文化、封建制度的身体力行者。

写法上，《白鹿原》在总体写实的基础上，糅以民间传说和灵怪色彩，既表现出关中地区的民情风俗，又有一种亦真亦幻的感染力。小说的语言朴素、平实，是高密度的大笔勾勒，具有节奏感和耐人的韵味。

总之，厚重深邃的思想内容，复杂多变的人物性格，跌宕曲折的故事情节，绚丽多彩的风土人情，形成作品鲜明的艺术特色和令人震撼的真实感，是不可多得的长篇力作。

《白鹿原》以渭河平原上白鹿村的历史变迁为背景，围绕白、鹿两家几代人的争夺和冲突，全方位地展示了从清末到新中国成立 50 年间中国政治的、经济的、文化的生存状态。作为一部民族的"秘史"，小说较少正面触及阶级斗争和社会矛盾，而是从文化哲学的高度，将政治意识形态、革命历史与儒家文化、宗法礼仪、民情风俗以及性与暴力结合在一起，以文化史诗的框架，完成对 20 世纪上半叶中国社会政治风云演变史的叙述。其中白嘉轩这一典型形象作为民族文化的人格代表被着力塑造，在他身上复杂地凝聚着民族文化的温情与乖谬。作为白鹿村的一族之长，其道德人品完全符合宗法家长的规范：耕读持家，行善积德，就是在动荡不安的年代里，他也不忘修祠堂、立族规、办学校、兴家业，使村里的人们能够安居乐业；同时作为长者，白嘉轩又大有忠孝仁义、温柔敦厚的儒者风范。但是他性格中也有保守、虚伪、专断乃至残酷的一面，俨然一个卫道者形象，这在鹿子霖、白孝文、黑娃、田小娥等人所遭遇的家法族规中可见一斑。通过这一人物，作者向我们展示了民族文化的精髓与糟粕相生相克的状态，并寄托了对民族文化价值取向的深沉思考和探索。

《白鹿原》以西北黄土地上一块沉积着丰厚民族传统文化内涵的坡塬为特定时空，从文化视角切入，将半个世纪的政治斗争、民族矛盾放到浓厚的文化氛围特别是民间、民族的宗法文化氛围中加以表现，显示了作者力图把已被绝对化了的"阶级斗争"还原为文化冲突的努力。作为一部具有史诗品格的长篇小说，它与以往传统历史小说的最大不同就是叙事立场和态度上的这种文化性和民间性。正是这种文化性和民间性，使《白鹿原》获得了"民族秘史"和"民族心灵史"的品格。

陈忠实以其凝重、苍茫、悲壮、深沉的史诗风格，在《白鹿原》创作中有意识地突破了传统现实主义的理性疆界，把潜意识、非理性、魔幻手法、死亡意识、性与暴力等现代主义因素融入其中，内容深沉丰厚，思想博大精深，艺术瑰丽神奇，结构博大宏伟、跌宕起伏、曲折多变、繁而不乱，使这一作品被认为是"20 世纪 90 年代初在社会主义长篇创作领域所出现的难得的艺术精品"。

四、精彩文段

很古很古的时候（传说似乎都不注重年代的准确性），这原上出现过一只白色的鹿，白毛白腿白蹄，那鹿角更是莹亮剔透的白。白鹿跳跳蹦蹦像跑着又像飘着从东原向西原跑去，倏忽之间就消失了。庄稼汉们猛然发现白鹿飘过以后麦苗忽地蹿高了，黄不拉几的弱苗子变成黑油油的绿苗子，整个原上和河川里全是一色绿的麦苗。白鹿跑过以后，有人在田坎间

176

发现了僵死的狼，奄奄一息的狐狸，阴沟湿地里死成一堆的癞蛤蟆，一切毒虫害兽全都悄然毙命了。更使人惊奇不已的是，有人突然发现瘫痪在炕的老娘正潇洒地捉着擀杖在案上擀面片，半世瞎眼的老汉睁着光亮亮的眼睛端看筛子拣取麦子里混杂的沙粒，秃子老二的癞痢头上长出了黑乌乌的头发，歪嘴斜眼的丑女儿变得鲜若桃花……这就是白鹿原。

嘉轩刚刚能听懂大人们不太复杂的说话内容时，就听奶奶母亲父亲和村里的许多人无数次地重复讲过白鹿神奇的传说，每个人讲的都有细小的差异，然而白鹿的出现却是不容置疑的。人们一代一代津津有味地重复咀嚼着这个白鹿，尤其在战乱灾荒瘟疫和饥饿带来不堪忍受的痛苦里渴盼白鹿能神奇地再次出现，而结果自然是永远也没有发生过，然而人们仍然继续兴味十足地咀嚼着。那确是一个耐得咀嚼的故事。一只雪白的神鹿，柔若无骨，欢欢蹦蹦，舞之蹈之，从南山飘逸而出，在开阔的原野上恣意嬉戏。所过之处，万木荣，禾苗苗壮，五谷丰登，六畜兴旺，疫麻廓清，毒虫灭绝，万家乐康，那是怎样美妙的人乎盛世！这样的白鹿一旦在人刚解知人言的时候进人心间，便永远也无法忘记。嘉轩现在捏看自己刚刚书下那只白鹿的纸，脑子里已经奔跃着一只活泼的白色神鹿了。他更加确信自己是凡人而姐夫是圣人的观念。他亲眼看见了雪地下的奇异的怪物亲手画出了它的形状，却怎么也判斯不出那是一只白鹿。圣人姐夫一眼便看出了白鹿的形状，"你画的是一只鹿啊！"一句话点破了凡人眼前的那一张蒙脸纸，豁然朗然了。凡人与圣人的差别就在眼前的那一张纸，凡人投胎转世都带着前世死去时蒙在脸上的蒙脸纸，只有圣人是被天神揭去了那张纸投胎的。凡人永远也看不透眼前一步的世事，而圣人对纷纭的世事洞若观火。凡人只有在圣人揭开蒙脸纸点化时才恍悟一回，之后那纸又变得黑瞎糊涂了。圣人姐夫说过"那是一只鹿啊"之后，就不再说多余的一句话了，而且低头避脸。嘉轩明白这是圣人在下逐客令了，就告辞回家。

一路上脑子里都浮动着那只白鹿。白鹿已经溶进白鹿原，千百年后的今天化作一只精窍显现了，而且是有意把这个吉兆显现给他白嘉轩的。如果不是死过六房女人，他就不会急迫地去找阴阳先生来观穴位；正当他要找阴阳先生的时候，偏偏就在夜里落下一场罕见的大雪；在这样铺天盖地的雪封门坎的天气里，除了死人报丧谁还会出门呢？这一切都是冥冥之中的神灵给他白嘉轩的精确绝妙的安排。再说，如果他像往常一样清早起来在后院的茅厕里撒尿，而不是一直把那泡尿憋到土岗上去撒，那么他就只会留心脚下的跌滑而注定不敢东张西望了，自然也就不会发现几十步远的慢坡下融过雪的那一坨湿漉漉的土地了。如果不是这样，他永远也不会涉足那一坨慢坡下的土地，那是人家鹿子霖家的土地。他一路思索，既然神灵把白鹿的吉兆显示给我白嘉轩，而不是显示给那块土地的主家鹿子霖，那么就可以按照神灵救助自家的旨意办事了。如何把鹿子霖的那块慢坡地买到手，倒是得花一点心计。要做到万无一失而又不露蛛丝马迹，就得把前后左右的一切都谋算得十分精当。办法都是人谋划出来的，关键是要沉得住气，不能急急慌慌草率从事。一当把万全之策谋划出来，白嘉轩实施起来是迅猛而又果敢的。

五、名家点评

1.《白鹿原》的重要人物，每个人都代表着一种作者所重视的"文化心理结构"。——陈忠实

2.《白鹿原》真实地描写了中国历史社会的家族式结构，以白家为焦点展现了一幅家

族生活图画。(郑万鹏《白鹿原》研究. 时代文艺出版社,1998 年 07 月第 1 版.)

3. 陈忠实的《白鹿原》,是 20 世纪 90 年代,中国长篇小说创作的重要收获之一,能够反映那一时期小说艺术所达到的最高水平。把这部作品放在整个 20 世纪中国文学的大格局里考量,无论就其思想容量还是就其审美境界而言,都有其独特的、无可取代的地位。即使与当代世界小说创作中的那些著名作品比,《白鹿原》也可以说是独树一帜的。——何西来

34 长 恨 歌
王安忆

一、作者简介

王安忆，1954 年出生于南京，1955 年随母到沪。1970 年赴安徽插队落户，1972 年考入徐州地区文工团，1978 年调回上海，任《儿童时代》小说编辑，1987 年进入上海作家协会专业创作至今。自 1976 年发表第一篇散文，至今出版发表有小说《雨，沙沙沙》《本次列车终点站》《流逝》《小鲍庄》《叔叔的故事》《69 届初中生》《长恨歌》等短、中、长篇，约有 400 万字，以及若干散文、文学理论。其作品被翻译成英、法、荷、德、日、捷、韩等文字。

二、名著概要

王忆安的《长恨歌》，一曲娓娓道来，弦音顿挫，台上的人咿咿啊啊，热闹非凡；台下的人看得清晰，不过是赶了一回繁华，只是低回慢转都作着告别，曲终人要散，幕台上的冷清无人眷恋，不过是述说着无法挽回的难过。

《长恨歌》里有的是似女人小性子的潮粘的梅雨季风，有的是似肌肤之亲般的性感的挨挤的上海弄堂，有的是带阴沉气息如云似雾的虚张声势的乱套流言。也有处于嘈杂混淆中如花蕾一样纯洁娇嫩的闺阁，盛载的都是不为人知的心事。还有把城市的真谛都透彻领悟的自由群鸽，它们在密匝的屋顶盘旋，带着劫后余生的目光哀怨地看着这一片城市废墟。

那是属于上海的废墟，上海夜夜笙歌，歌声是带着形式般迫不得已的热闹，却是没有高山流水纯粹清澈，在这废墟里，袅袅娜娜地浮出一个清新雅致的影子，那是王琦瑶。

她是典型的上海女儿，追逐潮流讲究小情小调，平易近人，心比天高。若是出身不好，被虚荣牵着鼻子走，都是要走上无奈的不归路的。

小说分三条清晰的线索：第一条是王琦瑶的遭遇，从片厂拍戏到登上摩登杂志到舞会流连再到选举上海小姐，把她推到一个前所未有的众人羡慕吹捧的高度，这不是幸事，而是为她的悲剧奠下基础。到这里是小说的高峰，月已满，则要亏，水到满，则溢出。王琦瑶戏剧的荣耀开始走下坡路，在人们意味深长的眼里她成了交际花，勾三搭四，堕了胎，成了最卑微的女人。最后死于他杀，无人同情。

第二条线索是从王琦瑶的友情出发。从吴佩珍到蒋文丽到严家师母再到张永红，这些友情不过如水般淡薄，各有各的利益计较，讲不清道不明地各怀鬼胎，但彼此做了个寂寞途里的聊友也未尝不可。

第三条线索是王琦瑶的爱情。从程先生到李主任到阿二到康明逊到萨特再到老克腊，王琦瑶并非多情也非滥情，而是生活所逼。一开始，王琦瑶的生存意识是在爱情前面的；到有那么一刹那爱情的尾巴跳跃到她眼前，也是转瞬即逝，留也留不住。忧伤的缠绵，总是带着无可奈何的悲情，像随时都要消逝般。

王琦瑶对程先生，她是明白他的一颗心全在自己身上。她高高在上，带着些许的骄傲，因为这垫底的骄傲，于是她不承诺。"不承诺是一根细钢丝，她是走钢丝的人，技巧是第一，沉着镇静也是第一。"退到最后，还有个程先生，她心安理得地这样想。

命运的齿轮启转，慢慢为她垫起一层又一层的高度。她的心本是高的，只是受了现实的限制，这种矛盾终于在爱丽丝公寓里得到缓解——她当起了李主任的姨太太。名副其实的交际花，却只能在暗无天日的等待中默默枯萎。她爱他，却留不住他。这种爱是无端生出的被动的回应，在寂寞的光影里度过的。她说："我还不能走，我要留在这里等他，我要是走了，他倒回来了，那怎么办？他要回来，见我不在，一定会怪我的。"终于，小女人的任性还是抵不住命运的无情宣判——李主任飞机失事。

到阿二，他只是懵懂少年。见着她，把她当成了童话和向往。她是他一个繁华的梦，真是不愿醒来。但王琦瑶也没放在心上，只隔着一层暧昧。情缘再流转，王琦瑶由邬桥重回到上海，当了注射护士，认识了康明逊和萨沙。康明逊和她是两情相悦，却是不能在一起，当有了孩子，康明逊又无法承担。王琦瑶不怪他，她想，她是很爱这个男人的，不愿他受委屈。她对他不仅是爱，还是体恤。于是她独自承担。平安里的流言三传四传，王琦瑶不得不找来萨沙当垫背的孩子的父亲。也是略施小技，却也掩不过情场浪子萨沙的眼睛。最后他也离开。

轮转了一圈，还是又回到原点，遇到程先生，他无怨无悔地照顾她和她的孩子。王琦瑶心想，若是他提出，她也定是不会拒绝他；但程先生是君子，从不在她那里过夜。两人都明白王琦瑶此刻对他只有恩没有爱。他爱她，却只能不告而别。到底是回不去了。

当年的王琦瑶犹如白绢似的。后来渐渐写上字，字成了句，成了历史。历史沉淀得深，不过是漫天扬起的灰尘。那华丽的旗袍，抖落的不单是繁花似锦，还有的是抑制不住的落寞和惆怅。时间是最具有腐蚀力的，洗尽了铅华，那夺目荣耀，不过过眼云烟，留不住的风景，竹篮打水一场空，到头来，只剩空旷的虚无。人什么都没有。

三、作品导读

王安忆中期作品的杰出之作《长恨歌》中，女主角王琦瑶在前往当铺的路上偶遇 12 年未见的程先生。在 20 世纪 40 年代晚期，人物摄影师陈先生给王琦瑶拍摄了一张照片，照片上了杂志，之后她赢得了上海小姐选美比赛第三名——她生命中的一个小巅峰。他们再度重逢，已是 20 世纪 60 年代。悲剧和不幸的浪漫主义让王琦瑶声名扫地；她怀上了情人的孩子，却拒绝透露对方的身份。当时的食品短缺让很多人难以为继，程先生出于同情，邀请王琦瑶共进一顿有米有肉的简单午餐。在他的公寓里，"眼睛适应了黑暗之后，她看到内在的小世界几乎没有变化，那个小房间好像被装入了时间的密封舱……王琦瑶没能理解，正是这个神秘不变的小世界，成了变动不居的外部世界的一张底根"。

这些观察可以成为这部美妙小说的题词，在诸多主题中，小说考虑的是什么能够持久，什么能够保持不变——什么能够抵挡住时间的流逝，又是什么会在剧烈的社会变迁中屈服。本书的时间跨度始于 1945 年，终于 40 年之后，这一点以及内容方面对女性生活的关注，都可以看成对张戎《野天鹅》的追忆，后者的作品是对她的家庭在那个时代遭受的痛楚的回忆录。但事实上，两部小说却完全不同。

小说中，上海独特而神秘的弄堂和它的市民一样具有强烈的现场感，为诸多诗意的描绘提供了场景，正如这段少女卧房的描绘"一切都可能发生，即使忧愁都是喧哗吵闹的。下雨时，雨点在窗上写下'忧愁'两个字。弄堂后巷里的迷雾也模棱两可地令人忧郁……"对于渴望逃离这些空间的少女而言，历史也经过了时尚透镜的过滤。共产党的到来让蓝色的

"解放装"代替了她们精致的绣花旗袍；然而，当服装店在林荫大道上开业，购物的热情在人群中传染，王琦瑶的女儿和女儿的同学敏锐追逐"街头最热门的时尚"时，我们知道，一个更自由的时代已经开启了。与此同时，这个城市已经变得令人难以辨认。到最后一章，老上海已经成了一个受污染的现代都会，弄堂的迷宫蒙上了丑陋的高层建筑的阴影。

形成对比的是，小说的角色，或是或非，都有一种独特不变的特质，不光超然于历史的教训之外，也丝毫不受个人经验的影响。多少强制的"解放"都无法让王琦瑶的邻居超越他们的谈话，无法让他们原谅王琦瑶和有钱有权的李主任在一起的罪恶。王琦瑶的闺中好友蒋莉莉成为坚定的毛泽东思想的信仰者之后，穿上了军装，努力用自我训练替代原先的自我放纵。她年轻时的"舞风弄月被钢铁般的觉醒和无私的牺牲言语所替代。"蒋莉莉仍然仰慕温文尔雅的程先生，可程先生的心却在给王琦瑶拍过照片之后就永远地属于了后者。

最后，是王琦瑶，承受了最多，却改变得最少，正是王安忆对女主角复杂而敏锐的描述，最好地展现了她作为小说家的天赋。迈克尔·贝里和苏珊·张·伊根优雅的翻译中，只有少数被不和谐的美式俚语破坏，有助于我们了解，王安忆何以成为华语世界最受好评的作家之一。

尽管有人告诉我们，王安忆的女主角无时无刻不在思考、感受，她的本质特点对我们来说却很明显——只要我们观察到在其一生中不断出现的模式就能发现，她有意无意地将自己置于三角关系之中，无法看到在过程中她造成的痛苦，尽管处世分寸得体，却没能充分理解他人情感的炽热激烈。

小说尤其敏锐地阐释了女性友谊的主题，什么让女孩和女人们在一起，又是什么让她们分开。王琦瑶对女儿的爱甚至不如对女儿最好的朋友的爱，后者与生俱来的自如的时尚感唤醒了王琦瑶年轻时的魅力。

当王琦瑶终于理解，（并在某种程度上）回应了自己激发的男人对她的热情之后，却为时晚矣，她已伤害他们太深，以至于身边的男人没有选择，只能离开她。但尽管有种种不是，她却从未无情过。作为一个异常美丽却平凡的女人，她太容易在时尚、财富和欢愉面前盲目，而认识忠诚和仁慈的价值却太过缓慢。当《长恨歌》归于暴力、忧郁、悲伤的恰当结尾时，读者或许可以感到对小说中逝去时光普鲁斯特式的怀念，萦绕于王琦瑶心头的忧伤，弥漫在迷人的、几乎消失殆尽的上海弄堂的悲伤。

四、精彩文段

2. 外婆

邬桥是王琦瑶外婆的娘家。外婆租一条船，上午从苏州走，下午就到了邬桥。王琦瑶穿一件蓝哔叽骆驼毛夹袍，一条开司米围巾包住了头，抽着手坐在船篷里。外婆与她对面坐，捧一个黄铜手炉，抽着香烟。外婆年轻时也是美人，倾倒苏州城的。送亲的船到苏州，走上岸的情形可算是苏杭一景。走的也是这条水路，却是细雨纷纷的清明时节，景物朦胧，心里也朦胧。几十年过去，一切明白如话，心是见底的心了。外婆看着眼前的王琦瑶，好像能看见四十年以后。她想这孩子的头没有开好，开头错了，再拗过来，就难了。她还想，王琦瑶没开好头的缘故全在于一点，就是长得忒好了。这也是长得好的坏处。长得好其实是骗人的，又骗的不是别人，正是自己。长得好，自己要不知道还好，几年一过，便蒙混过去了。可偏偏是在上海那地方，都是争着抢着告诉你，唯恐你不知道的。所以，不仅是自己骗自己，还是齐打伙地骗你，让你以为花好月好，长聚不散。帮着你一起做梦，人事皆非了，梦还做不醒。王琦瑶本还可以再做几年梦的。这是外婆怜惜王琦瑶的地方，外婆想，她这梦破得太早了些，还没做够呢，可哪里又是个够呢？事情到了这一步，就只得照这一步说，早点梦醒未必是坏事，趁了还有几年青春，再开个头。不过，这开头到底不比那开头了，什么都是经过一遍，留下了痕迹，怎么打散了重来，终究是个继续。

撑船的老大是昆山人，会唱几句昆山调，这昆山调此时此刻听来，倒是增添凄凉的。日头也是苍白，照和不照一样，都是添凄凉的。外婆的铜手炉是一片凄凉中的一个暖热，只是炭气熏人，微微的头痛。外婆想这孩子一时三刻是回不过神来的，她好比从天上掉到地上，先要糊涂一阵才清楚的。外婆没去过上海，那地方，光是听说，就够受用的。是纷纷攘攘的世界，什么都向人招手。人心最经不起撩拨，一拨就动，这一动便不敢说了，没有个到好就收的。这孩子的心已经撩起了，别看如今是死了一般的止住的，疼过了，痛过了，就又抬头了。这就是上海那地方的危险，也是罪孽。可好的时候想却是如花似锦，天上人间，一日等于二十年。外婆有些想不出那般的好是哪般的好，她见的最繁闹的景色便是白兰花、褥子花一齐开，真是个香雪海啊！凤仙花的红是那冰清玉洁中的一点凡心。外婆晓得曾经沧海难为水的道理，她知道这孩子难了，此时此刻还不是最难，以后是一步难似一步。

手炉的烟，香烟的烟，还有船老大的昆山调，搅成一团，昏昏沉沉，催人入睡。外婆心里为王琦瑶设想的前途千条万条，最终一条是去当尼姑，强把一颗心按到底，至少活个平安无事。可莫说是王琦瑶，就是外婆也为她心不甘的。其实说起来，外婆要比王琦瑶更懂做人的快活。王琦瑶的快活是实一半，虚一半，做人一半，华服美食堆砌另一半。外婆则是个全部。外婆喜欢女人的美，那是什么样的花都比不上，有时看着镜子里的自己，心里不由想：她投胎真是投得好，投得个女人身。外婆还喜欢女人的幽静，不必像男人，闹哄哄地闯世界，闯得个刀枪相向，你死我活。男人肩上的担子太沉，又是家又是业，弄得不好，便是家破业败，真是钢丝绳上走路，又艰又险。女人是无事一身轻，随着有福同享、有难同当便成了。外婆又喜欢女人的生儿育女，那苦和痛都是一时，身上掉下的血肉，却是心连心的亲，做男人的哪里会懂得？外婆望着王琦瑶，想这孩子还没享到女人的真正好处呢！这些真好处看上去平常，却从里及外，自始至终，有名有实，是真快活。也是要用平常心去领会的，可这孩子的平常心已经没了，是走了样的心，只能领会走了样的快活。

有几只水鸟跟了船走，外外地叫几声，又飞去了。外婆问王琦瑶冷不冷；她摇头；问饿不饿，她也摇头。外婆晓得她如今只比木头人多口气，魂不知去了哪里，也不知游多久才回来。回来也是惨淡，人不是旧人，景不是旧景，往哪里安置？这时，船靠了一个无名小镇，外婆嘱那老大上岸买些酒，在炭火里温着，又从舱里向岸上买些茶叶蛋和豆腐干，下酒吃。外婆给王琦瑶也倒上半杯，说不喝也暖暖手。又指点王琦瑶看那岸上的人车房屋，说是缩小的邬桥的样子。王琦瑶的眼睛只看到船靠的石壁上，厚厚的绿苔藓，水一拍一拍地打着。

王琦瑶望着蒙了烟雾的外婆的脸，想她多么衰老，又陌生，想亲也亲不起来。她想"老"这东西真是可怕，逃也逃不了，逼着你来的。走在九曲十八绕的水道中，她万念俱灰里只有这一个"老"字刺激着她。这天是老，水是老，石头上的绿苔也是年纪，昆山籍的船老大看不出年纪，是时间的化石。她的心掉在了时间的深渊里，无底地坠落，没有可以攀附的地方。外婆的手炉是成年八古，外婆鞋上的花样是成年八古，外婆喝的是陈年的善酿，茶叶蛋豆腐干都是百年老汤熬出来的。这船是行千里路，那车是走万里道，都是时间垒起的铜墙铁壁，打也打不破的。水鸟唱的是几百年一个调，地里是几百度的春种秋收。什么叫地老天荒？这就是。它是叫人从心底里起畏的，没几个人能顶得住。它叫人想起萤火虫一类的短命鬼，一霎即灭的。这是以百年为计数单位，人是论代的，鱼撒子一样弥漫开来。乘在这船上，人就更成了过客，终其一生也是暂时。船真是个老东西，打开天辟地就开始了航行，专门载送过客。外婆说的那邬桥，也是个老东西，外婆生前就在的，你说是个什么年纪了？

桥一顶一顶地从船上过去，好像进了一扇一扇的门。门里还是个地老天荒，却是锁住的。要不是王琦瑶的心木着，她就要哭了，一半是悲哀一半是感动。这一日，邬桥的画面是铅灰色的线描，树叶都掉光了，枝条是细密的，水面也有细密的波纹。绿苔是用笔尖点出来，点了有上百上千年。房屋的板壁，旧纹理加新纹理，乱成一团，有着几千年的纠葛。那炊烟和木样声，是上古时代的笔触，年经月久，已有些不起眼。洗衣女人的围兜和包头上，土法印染着鱼和莲的花样，图案形的，是铅灰色画面中一个最醒目，虽也是年经月久，却是有点不灭的新意，哪个岁月都用得着似的，不像别的，都是活着的化石。它是那种修成正果的不老的东西，穿过时间的隧道，永远是个现在。是扶摇在时间的河流里，所有的东西都沉底了，而它却不会。什么是仙，它们就是。有了它们，这世界就更老了，像是几万年的炼丹炉一样。

那桥洞过也过不完，把人引到这老世界的心里去。炊烟一层浓似一层，木树声也一阵紧似一阵，全在作欢迎状的。外婆的眼睛里有了活跃的光芒，她熄了香烟，指着舱外对王琦瑶说，这是什么，那是什么，王琦瑶却置若罔闻。她的心不知去了哪里，她的心是打散了的，溅得四面八方，哪一日再重新聚拢来，也不免是少了这一块，缺了那一片的。船老大的昆山调停了，问外婆哪里哪里，外婆回答这里那里的。船在水道里周折着，是回了家的样子。后来，外婆说到了，那船就了当地下锚，又摇荡了一会儿，稳在了岸边。外婆引了王琦瑶往舱外走，舱外原来有好太阳，照得王琦瑶眯缝起眼。外婆扶了船老大上了岸，捧着手炉站了一时，告诉王琦瑶当年嫁去苏州那一日的热闹劲；临河的窗都推开着，伸了头望；箱笼先上船，然后是花轿；栀子花全开了，雪白雪白的，唯有她是一身红；树上的叶子全绿了，水也是碧碧蓝，唯有她一身红；房上的瓦是黑，水里的桥墩是黑，还是唯有她一身红。这红是亘古不变的世界的一转瞬，也是衬托那亘古的，是逝去再来，循回不已，为那亘古添砖加瓦，是设色那样的技法。

五、名家点评

1. 《长恨歌》里的王琦瑶是上海弄堂里走出来的典型的上海小姐，她似乎被动地被上海所塑造，所接纳，自然而然地、按部就班地走着上海女性走过的或期望走过的路，而在这漫长的路上，她领略并保存着这城市的精华。她的存在是一个城市的存在，她时时提醒人们回望日益阑珊的旧时灯火，即使当王琦瑶飘零为一个街道护士时，她依然能复活人们的城市记忆。——汪政晓华

2. 从《长恨歌》到《上种红菱下种藕》，作家一步一步地竭力远离那新意识形态的老上海，在她和那个老上海故事之间，明显有一种对峙，一种精神的紧张。——王晓明

35 额尔古纳河右岸

迟子建

一、作者简介

迟子建，女，中国作家协会第六届全委会委员，黑龙江省作家协会副主席，一级作家。1964 年元宵节出生于中国的北极村——漠河，童年在黑龙江畔度过。1984 年毕业于大兴安岭师范学校，1987 年入北京师范大学与鲁迅文学院联办的研究生班学习。1990 年毕业后到黑龙江省作家协会工作至今。

她 1983 年开始写作，至今已发表文学作品 500 万字，出版单行本 40 余部。主要作品有：长篇小说《树下》《晨钟响彻黄昏》《伪满洲国》《越过云层的晴朗》；小说集《北极村童话》《白雪的墓园》《向着白夜旅行》《逝川》《白银那》《朋友们来看雪吧》《清水洗尘》《雾月牛栏》《当代作家选集丛书——迟子建卷》《踏着月光的行板》，以及散文随笔集《伤怀之美》《听时光飞舞》《我的世界下雪了》《迟子建随笔自选集》等。出版有《迟子建文集》四卷和《迟子建作品精华》三卷。

二、名著概要

《额尔古纳河右岸》是迟子建对古老的鄂温克民族历史的个人解读，以"天人合一"的理念描绘了一个与自然携手风雨的民族的生死轮回的故事，以及这个古老的民族在现代文明的渗透下渐渐走向衰落的必然现实。作品笼罩了淡淡的悲情意味，用淡定而温婉的笔法从容地表现出来。这是第一部描述我国东北少数民族鄂温克人生存现状及百年沧桑的长篇小说。似一壁饱得天地之灵气，令人惊叹却难得其解的神奇岩画；又似一卷时而安恬、时而激越，向世人诉说人生挚爱与心灵悲苦的民族史诗。著名女作家迟子建，以一位年届九旬，这一弱小民族最后一个酋长女人的自述，向我们娓娓道来——在中俄边界的额尔古纳河右岸，居住着一支数百年前自贝加尔湖畔迁徙而至，与驯鹿相依为命的鄂温克人。他们信奉萨满，逐驯鹿喜食物而搬迁、游猎，在享受大自然恩赐的同时也艰辛备尝，人口式微。他们在严寒、猛兽、瘟疫……的侵害下求繁衍，在日寇的铁蹄、"文革"的阴云……乃至种种现代文明的挤压下求生存。他们有大爱，有大痛，有在命运面前的殊死抗争，也有眼睁睁看着整个民族日渐衰落的万般无奈。然而，一代又一代的爱恨情仇，一代又一代的独特民风，一代又一代的生死传奇，显示弱小民族顽强的生命力及其不屈不挠的民族精神。

小说语言精妙，以简约之美写活了一群鲜为人知、有血有肉的鄂温克人。小说以小见大，以一曲对弱小民族的挽歌，写出了人类历史进程中的某种悲哀，其文学主题具有史诗品格与世界意义。

三、作品导读

作为表现鄂温克民族百年兴衰的史诗性作品，以一位 90 岁高龄的老妇人——最后一位酋长的妻子的独特视角展开叙述，在一片淡淡的哀愁与无奈的意境之中，讲述了一个家族、一个部落 100 年间的心路历程。作为女性文学的领军人物之一，迟子建用其溢满温暖与爱心的笔调，将那段蛮荒的历史变成优美的山歌，悠扬与感叹并重，将血迹斑斑的命运写在纸上却是那么的清澈如流水，平缓与漩涡并存。唯美的女性赞歌小说的背景就设立在东北大兴安岭的白山黑水之间，而主要人物就是一群过着打猎游牧生活的鄂温克人，他们的生活没有受现代文明的浸染和洗礼。小说中有许多描写鄂温克人的生活片段，在作者的引领下，读者们如同观看了一部纪录鄂温克民族风俗传统的纪录片，其中包括平时居住的希棱柱，临产搭建的亚塔珠，狩猎前后的仪式，驯鹿放养的方式，锯鹿茸，挤鹿奶的技巧，婚礼的仪式经过，独特的风葬，森林中的路标——树号。通过这些叙述，作者试图将已经消失的游牧生活栩栩如生地展现在读者面前，每每阅读这些章节，就好像看到了时间老人借助迟子建的笔端复活了这个民族的精魂，当你抱着一颗虔诚的心进行阅读时，你会因为在世界上曾经存在过如此的一群人而心怀敬畏。小说以时间顺序为叙述主轴，以最后一个酋长的女人"我"为线索人物，勾勒了一个民族的百年历程，其中重点刻画了日本人的野蛮统治及以伊万为代表的鄂温克人对侵略的反抗、进入新社会后面临定居还是放牧的抉择。面对这些一一展开的历史画卷，作者以一个女性的独特视角，没有给这些伤害进行悲壮的渲染，而是通过平静地叙述，在读者面前铺陈出一幅画：世外桃源中人的欢乐悲喜。几代女性形象的塑造，则用山水画般的写意笔触，勾勒出身处不同时代的几代女性人物的喜乐与哀愁。

第一代的女性，达玛拉和依芙琳。前者是叙述者"我"的母亲，后者则是"我"的姑姑。两人性格迥异，达玛拉"在全乌力楞的女人中是最能干的。她有着浑圆的胳膊，健壮的腿。她宽额头，看人时总笑眯眯的，很温存"。如果达玛拉是勤劳与坚贞美德的代表者，那么依芙琳则是个性与极端的代表者，依芙琳有一个好胜的性子，爱憎分明，疾恶如仇，在面对日本军人时能说出"人就一个脑袋，别人不砍的话，它自己最后也得像熟透的果子烂在地上，早掉晚掉有什么？"这样无畏的话，然而这位一辈子都敬慕英雄的女人，她的丈夫坤得却是一个懦弱的人，这段婚姻折磨了两人一生。依芙琳是小说中最富于个性的女性形象，她有如同《金锁记》中曹七巧那样的极端个性，依芙琳与曹七巧一样，因为无爱婚姻的折磨，心灵空虚的痛苦每时每刻折磨她，使得她已不会再用平静的心态来面对丈夫与婚姻，最终对儿女也有了变态的控制欲，但依芙琳心态中却没有曹七巧心灵中最可怕的异化畸形。曹七巧信仰金钱，而依芙琳信仰英雄与正义；如果是大上海的五光十色催化了曹七巧的欲望与贪婪，那么鄂温克人所生活的世外桃源般的大兴安岭，则使依芙琳扭曲的心态舒缓与放松。这种质朴纯粹的桃源生活平静淡然但却能够舒缓安适地抚慰人心，最终它安慰了依芙琳痛苦的心灵，它如同最出色的心理医生，运用山间的清风，清新的鹿鸣，甚至每次迁徙，跳神与篝火舞，它如一剂无形的良药，用无形力量治疗着这样一颗空虚的心灵。依芙琳是小说中最具立体感的人物形象，她很像《红楼梦》中王熙凤，"恨凤姐，骂凤姐，不见凤姐想凤姐"，依芙琳也是这样一个可以骂她怨她，但也同时因她哭为她痛的鲜活的真女人。

第二代女人，以"我"与妮浩为代表。作品采用第一人称的叙述，但通篇没有出现叙述者"我"的名字，但"我"却是一位酋长的女儿，两位酋长的妻子，一位酋长的姐姐；妮浩则既是一位酋长的妻子又是整个氏族的萨满，拥有可以救人的天赋神力。但她却为救其他人的性命，一次次用她自己孩子们的性命为代价挽救他人，因为"天要那个孩子去，我把他留下来了，我的孩子就要顶替他去那里。"但一次次失去自己的孩子后，她仍然不得不继续这种救人的使命，她曾说"我是萨满，怎么能见死不救呢？"在生命的尽头，她用自己的生命祈求到了大雨，用以熄灭兴安岭的火灾，谱写了一曲高尚的生命赞歌。妮浩是整部作品中真正的悲剧人物，她的悲剧源于命运的安排，上苍赋予了她神圣的使命，但每每履行自身责任时却都以最无情的交换为代价。这是一道命运交付的选择题，他人还是自身，责任还是情感，奉献还是保留，良知的谴责还是内心的煎熬……

第三代女人，以达吉亚娜为代表，在与汉族的交流中，达吉亚娜作为接受汉族文化的第一代，在失去女儿后毅然决定带领族人走出大山，"达吉亚娜开始为建立一个新的鄂温克猎民定居点而奔波。她说激流乡太偏僻，交通不便，医疗没有保障，孩子们所受的教育程度不高，将来就业困难，这个民族面临着退化的命运。"她是过渡的一代，从原始走向现代的一代，从自然森林走向水泥城市的一代。

第四代女人，以伊莲娜为代表，她真正接受了现代化的高等教育，并成为一名优秀的画家，她同时承载了两种文化，经历了原始与文明，平静与躁动的双重冲击，"依莲娜在山上待烦了，会背着她的画返回城市。然而要不了多久，她又会回来。她每次回来时都兴冲冲的，说是城市里到处是人流，到处是房屋，到处是车辆，到处是灰尘，实在是无聊。她说回到山上真好，能和驯鹿在一起，晚上睡觉时能看见星星，听到风声，满眼看到的是山峦溪流，花朵飞鸟，实在是太清新了。然而她这样过上不到一个月，又会嫌这里没有酒馆，没有电话，没有电影院，没有书店，她就会酗酒，醉酒后常常冲自己未完成的画发脾气，说它们是垃圾，把画扔进火塘里毁掉。"最终，伊莲娜无法在世俗的快感与心灵的寂静中达到平衡，最终走上了自杀的道路。伊莲娜也许就是鄂温克这个民族在走出大山之后的精神矛盾的缩影，现代化的社会中的人们认为，"放下了猎枪的民族，才是一个文明的民族，一个有前途和出路的民族"。这未免是一个自以为是的说法，现代社会也许带来了物质的丰富，但无可避免地更带来了精神世界的荒芜。

四、精彩文段

三天后鲁尼真的回来了，他带来的猎物就是妮浩。他的猎物是由阿来克护送着的，他带来了送亲的队伍，一行人喜气洋洋地来到我们乌力楞。鲁尼是怎么说服了阿来克，让他在妮浩还没有完全成人的情况下，心甘情愿地把女儿嫁给他，我们并不知道。我们看到的，是被打扮得花枝招展的小妮浩，她那娇羞的笑容让人感觉出她内心的喜悦，她一定是非常喜欢跟鲁尼在一起的。

尼都萨满主持了鲁尼和妮浩的婚礼。他看了一眼坐在篝火旁却仍然打着冷战的达玛拉，意味深长地对鲁尼说，从今天起，妮浩就是你的女人了。男人的爱就是火焰，你要让你爱的姑娘永远不会感受到寒冷，让她快乐地生活在你温暖的怀抱中！他又把头转向妮浩，对她说，从今天起，鲁尼就是你的男人了。你要好好爱他，你的爱会让他永远强壮，神会赐给你们这世上最好的儿女的！

尼都萨满的话让几个女人的表情发生了变化，妮浩笑了，依芙琳撇着嘴，玛利亚赞叹地点着头，而达玛拉，她不再打寒战了，她眼睛湿湿地望着尼都萨满，脸上仿佛映照着夕阳，现出久违的柔和的表情。

太阳下山了，人们手拉着手，围着篝火跳舞的时候，达玛拉突然带着已经老眼昏花的伊兰出现了。伊兰无精打采的，达玛拉却神采飞扬，这实在太出人意料了。

我永远忘不了母亲那天的衣着，她上穿一件米色的鹿皮短衣，下穿尼都萨满送她的羽毛裙子，脚蹬一双高腰狍皮靴子。她把花白的刘海和鬓发掖在头发里，向后梳，高高绾在脑后，使她的脸显得格外的素净。她一出场，大家不约而同发出惊叹声。那些不熟悉她的送亲的人惊叹她的美丽，而我们则惊叹她的气质。她以前佝偻着腰、弯曲着脖子，像个罪人似的，把脑袋深深埋进怀里。可是那个瞬间的达玛拉却高昂着头，腰板挺直，眼睛明亮，让我们以为看见了另外一个人。与其说她穿着羽毛裙子，不如说她的身下缀着一片秋天，那些颜色仿佛经过了风霜的洗礼，五彩斑斓的。

达玛拉开始跳舞了，她跳起来还是那么的轻盈。她边跳边笑着，我从未听见她那么畅快地笑过。已经老迈的伊兰趴在篝火旁，歪着脑袋，无限怜爱地看着它的主人。淘气的小维克特见伊兰那么老实，就把它当作了一个皮垫子，坐了上去。他一坐上去就对拉吉达嚷着，阿玛，阿玛，这个皮垫子是热乎的！维克特捡了一根草棍，用它拨弄伊兰的眼睛，边拨弄边说，明天你的眼睛就会亮了，我再给你肉，你就能看见了！原来，有一天维克特朝伊兰扔了一块肉，谁知它睬都不睬，低着头走掉了。我明白它是不想吃肉了，想把身体里的热量尽快耗光，可是小维克特认为伊兰的眼睛不好使了。

妮浩很喜欢达玛拉的裙子，她像只围绕着花朵的蝴蝶，在达玛拉身边转了一圈，又转了一圈，羡慕地看着那条裙子。鲁尼大约觉得母亲穿着羽毛裙子在众人面前舞蹈不太庄重，他让我想办法把她叫走。可我不忍心那么做。她看上去是那么的充满生机，我不愿意驱散那样的生机。何况除了依芙琳和金得之外，大家都为鲁尼和妮浩的事而高兴着。高兴的时候是可以放纵情怀的。

篝火渐渐淡了，跳舞的人也越来越少了。送亲的人都到伊万那里休息去了。只有达玛拉，她还在篝火旁旋转着。开始时我还陪着她，后来实在是困倦得无法自持，就回希楞柱了。我走的时候，陪伴着母亲的，只有昏睡的伊兰、惨淡的篝火和天边的残月。

我有点不放心鲁尼，怕他太鲁莽，妮浩承受不起，会弄伤她，因为她实在是太小了。我没有回自己的希楞柱，而是到了鲁尼那里，想听听动静。结果还没到那里，就见妮浩跑了出来。她哭着，见了我扑到我怀里，说鲁尼是个坏东西，他身上带着一支箭，要暗害她。把我听得笑了起来。我一边安抚妮浩，一边责备鲁尼，对妮浩保证，如果鲁尼再敢用箭伤害她，我就惩罚他，妮浩这才回去了。她边走边嘟囔嫁男人是个受罪的事。鲁尼有些不好意思地看着我，我对他说，你着急把她抢来了，她是你的人不假，可她太小了，你先陪着她玩两年，再做新郎吧。鲁尼叹了口气，冲我点了点头。所以最初的那两年，鲁尼和妮浩虽然住在一起，但他们的关系却像兄妹一样纯洁。

我回到希楞柱里，想着母亲孤独地舞蹈着，就觉得周身寒冷。我牙齿打颤，拉吉达在黑暗中把我拉入他温暖的怀抱。可我仍然觉得冷，不管他把我抱得多么紧，身上还是打哆嗦。我睡不着，眼前老是闪现着母亲跳舞的身影。

天上出现曙光的时候，我披衣起来，走到昨夜大家欢聚着的地方。结果我看到了三种灰烬：一种是篝火的，它已寂灭；一种是猎犬的，伊兰一动不动了；另一种是人的，母亲仰面倒在地上，虽然睁着眼睛，但那眼睛已经凝固了。只有她身上的羽毛裙子和她斑白的头发，被晨风吹得微微抖动着。这三种灰烬的同时出现，令我刻骨铭心。

林克走了，母亲也走了。我的父母一个归于雷电，一个归于舞蹈。我们把母亲葬在树上，不同于父亲的是，我们为她选择的风葬的树木不是松树，而是白桦树。做母亲殓衣的，是那条羽毛裙子。尼都萨满为达玛拉主持葬礼的时候，南归的大雁从空中飞过，它们组成的形态像树杈，更像闪电。不同的是闪电是在乌云中现出白光，而大雁是在晴朗中呈现黑色的线条。尼都萨满为达玛拉唱了一支送葬的歌，这首与"血河"有关的歌，让我看出了尼都萨满对母亲的那份深深的爱。

我们祖先认为，人离开这个世界，是去了另一个世界了。那个世界比我们曾经生活过的世界要幸福。在去幸福世界的途中，要经过一条很深很深的血河，这条血河是考验死者生前行为和品德的地方。如果是一个善良的人来到这里，血河上自然就会浮现出一座桥来，让你平安渡过；如果是一个作恶多端的人来到这里，血河中就不会出现桥，而是跳出一块石头来。如果你对生前的不良行为有了悔改之意，就会从这块石头跳过去，否则，将会被血河淹没，灵魂彻底地消亡。

尼都萨满是不是怕母亲渡不过这条血河，才这样为她歌唱？

滔滔血河啊，
请你架起桥来吧，
走到你面前的，
是一个善良的女人！
如果她脚上沾有鲜血，
那么她踏着的，
是自己的鲜血；
如果她心底存有泪水，
那么她收留的，
也是自己的泪水！
如果你们不喜欢一个女人
脚上的鲜血
和心底的泪水，
而为她竖起一块石头的话
也请你们让她，
平安地跳过去。
你们要怪罪，
就怪罪我吧！
只要让她到达幸福的彼岸，
哪怕将来让我融化在血河中
我也不会呜咽！

尼都萨满唱歌的时候，妮浩一直打着哆嗦，好像歌中的每一个字都化成了黄蜂，一下一下地蜇着她。那时我们并不知道，她的前世与这样的神歌是有缘的，她其实像一条鱼一样，一直生活在我们看不见的河流中，尼都萨满的神歌是撒下的诱饵，把她击中了。但那时我们以为她是被死亡吓的，鲁尼很心疼她，一直拉着她的手。妮浩在离开母亲的风葬之地的时候说：她的骨头有一天会从树上落下来——落到土里的骨头也会发芽的。

达玛拉去世后，尼都萨满更懒得搭理日常生活了。什么时候狩猎，什么时候给驯鹿锯茸，什么时候搬迁，他都不闻不问的。他消瘦得越来越快。大家觉得他已不适合做族长了，就推举拉吉达为新族长。

五、名家点评

1. 迟子建怀着素有的真挚澄澈的心，进入鄂温克族人的生活世界，以温情的抒情方式诗意地讲述了一个少数民族的顽强坚守和文化变迁。这部"家族式"的作品可以看作是作

188

者与鄂温克族人的坦诚对话，在对话中她表达了对尊重生命、敬畏自然、坚持信仰、爱憎分明等被现代性所遮蔽的人类理想精神的彰扬。迟子建的文风沉静婉约，语言精妙。小说具有史诗般的品格和文化人类学的思想厚度，是一部风格鲜明、意境深远、思想性和艺术性俱佳的上乘之作。——茅盾文学奖《额尔古纳河右岸》授奖辞

2. 茅盾文学奖选择了《额尔古纳河右岸》是我的幸运。在此我还想说，那些没有获得本届茅盾文学奖的一些作家和他们的作品，如轮椅上的巨人史铁生先生，他们的作品也值得我们深深的尊敬，他们的作品也依然是过去四年中，中国长篇小说的重要收获。——迟子建

36　文化苦旅

余秋雨

一、作者简介

余秋雨，1946年生，汉族，浙江人。文化史学家、艺术学教授、博士生导师。现任上海戏剧学院教授，上海写作学会会长。十余年来越野历险万公里，实地考察了包括中华文化在内的人类各大文明的兴衰脉络，沿途写下了《文化苦旅》《山居笔记》《霜冷长河》《千年一叹》《行者无疆》等著作。这些著作出版后，一直位居全球华文书排行榜前列。

二、名著概要

本书为当代著名散文作家、世界级文化学者余秋雨的第一部散文合集，其中有些文章曾在各类文学评奖中获得首奖，余秋雨的散文素以文采飞扬、思维敏捷、知识丰厚、见解独到而备受万千读者喜爱。他的历史散文更是别具一格，见常人所未见，思常人所未思，善于在美妙的文字中一步步将读者带入文化意识的河流，启迪哲思，引发情致，具有极高的审美价值和史学意义上的文化价值。其中《道士塔》《阳关雪》等，是通过一个个古老的物像，描述了大漠荒荒的黄河文明的盛衰，历史的深邃苍凉之感见于笔端。《白发苏州》《江南小镇》等却是以柔丽凄迷的小桥流水为背景，把清新婉约的江南文化和世态人情表现得形神俱佳。《风雨天一阁》《青云谱随想》等直接把笔触指向文化人格和文化良知，展示出中国文人艰难的心路历程。此外，还有早已传为名篇的论析文化走向的文章《上海人》《笔墨祭》以及读者熟知的充满文化感慨的回忆散文《牌坊》《庙宇》《家住龙华》等。作者依仗着渊博的文学和史学功底，丰厚的文化感悟力和艺术表现力所写下的这些文章，不但揭示了中国文化巨大的内涵，而且也为当代散文领域提供了崭新的范例。散文写成美文不易，写出点历史文化意味更难。余秋雨的历史散文，也许可以让人二者兼得。本作品主要包括两部分，一部分是历史、文化散文，散点论述，探寻文化；另一部分是回忆散文。

三、作品导读

余秋雨先生依仗着渊博的文学和史学功底，丰厚的文化感悟力和艺术表现力所写下《文化苦旅》，不但揭示了中国文化巨大的内涵，而且也为当代散文领域提供了崭新的范例。正是这些充满灵性、悟性和责任、承担的散文开创了"文化散文"或"学者散文"的先河，引领散文这种古老的文体走向新的辉煌和新的高度，并给读者带来美的享受和心的震撼。

《文化苦旅》是文化散文的代表作，它在艺术形式和技巧方面有着突出的特色，表现为散文语言的整齐节制和对比参照之美。首先，《文化苦旅》善于运用对偶句法，有单句的对偶，也有复杂的对偶，使文章看上去整齐匀称，抑扬顿挫，富有节奏感，语音感较强烈，概括力极强。其次，《文化苦旅》中的多篇散文都可见出汉大赋的遗风，极尽铺张扬丽之能事，把三个或三个以上句式相同，结构相似，语气一致的语句排列在一起，构成排比句，来表达同一性质、同一范围的事物，达到语义加强，感情加深的效果。再次，《文化苦旅》还运用了很多的反复、顶真、回环等修辞方式，增强了文章的可阅读性和艺术价值。

《文化苦旅》在内容上突出的表现为对于古老中国文明的深刻反思和中国古代文人的文化人格的生动展现。首篇《道士塔》是整部《文化苦旅》的缩影。文中的王道士出身于"湖北麻城的农村，逃荒到甘肃，作了道士，几经周折，不幸当了莫高窟的家，把持着中国古代最灿烂的文化。"道士当了佛窟的家，竟然有此等荒唐之事，真是莫名其妙；这样的事情只可能发生在中国，越俎代庖，不，是畸形，是扭曲。古老中国的混乱与无序由此可见。再者，莫高窟文物发现之后，知县、学台、巡抚等科举出身、饱读诗书的文人知晓洞窟的价值，却因为"东西很多，运费不低，官僚们犹豫了。只有王道士一次次随手取一点出来的文物，在官场上送来送去。"这种情况，不是因为没钱，也不是因为没有学识素养，而是因为"他们没有那副赤肠，下个决心，把祖国的遗产好好保护一下。"此时，欧美的学者文人们正不远万里，风餐露宿，朝敦煌赶来。他们变卖家财，充当路费，也做好了被打、被杀的准备，只是为了得到莫高窟的一两件文物。两相对比之下，我们得知，文明古国的人们对文化的漠视、糟蹋和作践竟然到了无以复加的程度，即使是有学识有素养的官僚文人也麻木不仁，无所作为。《文化苦旅》正是在人性的高度上，批判了文化人格的萎缩与卑下，以及愚昧。而这些正是作者的"苦"之所在，"苦"之由来，"苦"之际遇。

在艺术风格上，文字雍容典雅，把理性融入感性的叙述之中。他在《狼山脚下》一文中，如此写道："狼山蹲在长江边上。长江走了那么远的路，到这里快走完了，即将入海。江面在这里变得非常宽阔，渺渺茫茫看不到对岸。长江一路上曾穿过多少崇山峻岭，在这里画一个小小的句号。狼山对于长江，是欢送，是告别，它要归结一下万里长江的不羁野性，因而把自己的名字也喊得粗鲁非凡。"这一段真是神来之笔，写得优雅俊逸、轻快迷人。那一个"蹲"字，是多么形象传神；而那一个"句号"，又是那么贴切自然。在《西湖梦》中，作家则是如此点染苏小小的心灵世界："由情至美，始终围绕着生命的主题。苏东坡把美衍化成了诗文和长堤，林和靖把美寄托于梅花与白鹤，而苏小小，则一直把美熨帖着自己的本体生命。她不做太多的物化转换，只是凭借自身，发散出生命意识的微波"。文辞雍容典雅，而又不显出雕琢的气息。在淡淡的叙述中，又蕴涵有浓浓的抒情意味。《文化苦旅》中的散文，是一篇篇的美文，是一篇篇经过精心打造的文学佳作。我们再看下面一系列排比句式的运用："是历史，是无数双远去的脚，是一代代人登攀的虔诚，把这条山道连结得那么通畅，踩踏得那么殷实，流转得那么潇洒自如。"（《寂寞天柱山》）"只要是智者，就会为这个民族产生一种对书的企盼。他们懂得，只有书籍，才能让这么悠远的历史连成缆索，才能让这么庞大的人种产生凝聚，才能让这么广阔的土地长存文明的火种。"（《风雨天一阁》）在《文化苦旅》中，几乎到处都可以找到这种精雕细琢、雍容典雅的文字，给文章增添了诗意，增强了作品的艺术魅力。《文化苦旅》既不同于纯粹的学者论著，又不同于一般的游记文学。其中的散文，既有较为严密的逻辑分析，又有丰富飞扬的文学想象；既有引人入胜的情节，又有具体可感的意境，而这些，得益于余秋雨对文化人类学、比较文化学、文学、文艺学、美学和史学等多方面的研究，充分显示了一个文化学者的优势。

四、精彩文段

洞庭一角

中国文化中极其夺目的一个部位可称之为"贬官文化"。随之而来，许多文化遗迹也就是贬官行迹。贬官失了宠，摔了跤，孤零零的，悲剧意识也就爬上了心头；贬到了外头，这里走走，那里看看，只好与山水亲热。这一来，文章有了，诗词也有了，而且往往写得不坏。过了一个时候，或过了一个朝代，事过境迁，连朝廷也觉得此人不错，恢复名誉。于是，人品和文品双全，传之史册，诵之后人。他们亲热过的山水亭阁，也便成了遗迹。地因人传，人因地传，两相帮衬，俱著声名。

例子太多了。这次去洞庭湖，一见岳阳楼，心头便想：又是它了。1046 年，范仲淹倡导变革被贬，恰逢另一位贬在岳阳的朋友滕子京重修岳阳楼罢，要他写一篇楼记，他便借楼写湖，凭湖抒怀，写出了那篇著名的《岳阳楼记》。直到今天，大多数游客都是先从这篇文章中知道有这么一个楼的。文章中"先天下之忧而忧，后天下之乐而乐"这句话，已成为一般中国人都能随口吐出的熟语。

不知哪年哪月，此景此楼，已被这篇文章重新构建。文章开头曾称颂此楼"北通巫峡，南极潇湘"，于是，人们在楼的南北两方各立一个门坊，上刻这两句话。进得楼内，巨幅木刻中堂，即是这篇文章，书法厚重畅丽，洒以绿粉，古色古香。其他后人题咏，心思全围着这篇文章。

这也算是个有趣的奇事：先是景观被写入文章，再是文章化作了景观。借之现代用语，或许可说，是文化和自然的互相生成罢。在这里，中国文学的力量倒显得特别强大。

范仲淹确实是文章好手，他用与洞庭湖波涛差不多的节奏，把写景的文势张扬得滚滚滔滔。游人仰头读完《岳阳楼记》的中堂，转过身来，眼前就会翻卷出两层浪涛，耳边的轰鸣也更加响亮。范仲淹趁势突进，猛地递出一句先忧后乐的哲言，让人们在气势的卷带中完全吞纳。

于是，浩淼的洞庭湖，一下子成了文人骚客胸襟的替身。人们对着它，想人生，思荣辱，知使命，游历一次，便是一次修身养性。

胸襟大了，洞庭湖小了。

但是，洞庭湖没有这般小。

范仲淹从洞庭湖讲到了天下，还小吗？比之心胸揪隘的文人学子，他的气概确也令人惊叹，但他所说的天下，毕竟只是他胸中的天下。

大一统的天下，再大也是小的。普天之下，莫非王土。于是，优耶乐耶，也是丹墀金銮的有限度延伸，大不到哪里去。在这里，儒家的天下意识，比之于中国文化本来具有的宇宙意识，逼仄得多了。

而洞庭湖，则是一个小小的宇宙。

你看，正这么想着呢，范仲淹身后就闪出了吕洞宾。岳阳楼旁侧，躲着一座三醉亭，说是这位吕仙人老来这儿，弄弄鹤，喝喝酒，可惜人们都不认识他，他便写下一首诗在岳阳楼上：

　　朝游北海暮苍梧，

　　袖里青蛇胆气粗。

　　三醉岳阳人不识，

　　朗吟飞过洞庭湖。

他是唐人，题诗当然比范仲淹早。但是范文一出，把他的行迹掩盖了，后人不平，另建三醉亭，祭祀这位道家始祖。若把范文、吕诗放在一起读，真是有点"秀才遇到兵"的味道，端庄与顽泼，执著与旷达，悲壮与滑稽，格格不入。但是，对着这么大个洞庭湖，难道就许范仲淹的朗声悲抒，就不许吕洞宾的仙风道骨？中国文化，本不是一种音符。

吕洞宾的青蛇、酒气、纵笑，把一个洞庭湖搅得神神乎乎。至少，想着他，后人就会跳出范仲淹，去捉摸这个奇怪的湖。一个游人写下一幅著名的长联，现也镌于楼中：

一楼何奇，杜少陵五言绝唱，范希文两字关情，滕子京百废俱兴，吕纯阳三过必醉。诗耶？儒耶？史耶？仙耶？前不见古人，使我怆然泪下。

诸君试看，洞庭湖南极潇湘，扬子江北通巫峡，巴陵山西来爽气，岳州城东道岩疆。潴者，流者，峙者，镇者，此中有真意，问谁领会得来？

他就把一个洞庭湖的复杂性、神秘性、难解性，写出来了。眼界宏阔，意象纷杂，简直有现代派的意韵。

那么，就下洞庭湖看看罢。我登船前去君山岛。

这天奇热。也许洞庭湖的夏天就是这样热。没有风，连波光都是灼人烫眼的。记起了古人名句："气蒸云梦泽，波撼岳阳楼"，这个"蒸"字，我只当俗字解。

丹纳认为气候对文化有决定性的影响，我以前很是不信。但一到盛暑和严冬，又倾向于信。范仲淹写《岳阳楼记》是九月十五日，正是秋高气爽的好天气。秋空明净，可让他想想天下；秋风萧瑟，又吹起了他心底的几丝悲壮。即使不看文后日期，我也能约略推知，这是秋天的辞章。要是他也像今天的日子来呢？衣冠尽卸，赤膊裸裎，挥汗不迭，气喘吁吁，那篇文章会连影子也没有。范仲淹设想过阴雨霏霏的洞庭湖和春和景明的洞庭湖，但那也只是秋天的设想。洞庭湖气候变化的幅度大着呢，它是一个脾性强悍的活体，仅仅一种裁断哪能框范住它？

推而广之，中国也是这样。一个深不见底的海，顶着变幻莫测的天象。我最不耐烦的，是对中国文化的几句简单概括。哪怕是它最堂皇的一脉，拿来统摄全盘总是霸道，总会把它丰富的生命节律抹煞。那些委屈了的部位也常常以牙还牙，举着自己的旗幡向大一统的霸座进发。其实，谁都是渺小的。无数渺小的组合，才成伟大的气象。

终于到了君山。这个小岛，树木葱茏，景致不差。尤其是文化遗迹之多，令人咋舌。它显然没有经过后人的精心设计，突出哪一个主体遗迹。只觉得它们南辕北辙而平安共居，三教九流而和睦相邻。是历史，是空间，是日夜的洪波，是洞庭的晚风，把它们堆涌到了一起。

挡门是一个封山石刻，那是秦始皇的遗留。说是秦始皇统一中国，巡游到洞庭，恰遇湖上狂波，甚是恼火，于是摆出第一代封建帝王的雄威，下令封山。他是封建大一统的最早肇始者，气魄宏伟，决心要让洞庭湖也成为一个驯服的臣民。

但是，你管你封，君山还是一派开放襟怀。它的腹地，有尧的女儿娥皇、女英坟墓，飘忽瑰艳的神话，端出远比秦始皇老得多的资格，安坐在这里。两位如此美貌的公主，飞动的裙裾和芬芳的清泪，本该让后代儒生非礼勿视，但她们依凭着乃父的圣名，又不禁使儒生们心旌缭乱，不知定夺。

岛上有古庙废基。据记载，佛教兴盛时，这里曾鳞次栉比，拥挤着寺庙无数。缭绕的香烟和阵阵钟磬声，占领过这个小岛的晨晨暮暮。吕洞宾既然几次来过，道教的事业也曾非常蓬勃。面对着秦始皇的封山石，这些都显得有点邪乎。但邪乎得那么长久，那么隆重，封山石也只能静默。

岛的一侧有一棵大树，上嵌古钟一口。信史凿凿，这是宋代义军杨么的遗物。杨么为了对抗宋廷，踞守此岛，未廷即派岳飞征剿。每当岳军的船只隐隐出现，杨么的部队就在这里鸣钟为号，准备战斗。岳飞是一位名垂史册的英雄，他的抗金业绩，发出过民族精神的最强音。但在这里，岳飞扮演的是另一种角色，这口钟，时时鸣响着民族精神的另一方面。我曾在杭州的岳坟前徘徊，现在又对着这口钟久久凝望。我想，两者加在一起，也只是民族精神的一小角。

可不，眼前又出现了柳毅井。洞庭湖的底下，应该有一个龙宫了。井有台阶可下，直至水面，似是龙宫入口。一步步走下去，真会相信我们脚底下有一个热闹世界。那个世界里也有霸道，也有指令，但也有恋情，也有欢爱。一口井，只想把两个世界连结起来。人们想了那么多年，信了那么多年，今天，宇航飞船正从另外一些出口去寻找另外一些世界。

杂乱无章的君山，静静地展现着中国文化的无限。

君山岛上只住着一些茶农，很少闲杂人等。夜晚，游人们都坐船回去了，整座岛阒寂无声。洞庭湖的夜潮轻轻拍打着它，它侧身入睡，怀抱着一大堆秘密。

回到上海之后，这篇洞庭湖的游记，迟迟不能写出。

突然从报纸上看到一则有关洞庭湖的新闻，如遇故人。新闻记述了一桩真实的奇事：一位湖北的农民捉住一只乌龟，或许是出于一种慈悲心怀，在乌龟背上刻名装环，然后带到岳阳，放入洞庭湖中。没有想到，此后连续 8 年，乌龟竟年年定时爬回家来。每一次，都"将头高高竖起来，长时间地望着主人，似乎在静静聆听主人的教诲，又似乎在向主人诉说自己一年来风风雨雨的经历"。

这不是古代的传说。新闻注明，乌龟最后一次爬回，是 1987 年农历五月初一。

至少现代科学还不能说明，这个动物何以能爬这么长的水路和旱路，准确找到一间普通的农舍，而且把年份和日期搞得那样清楚。难道它真是龙宫的族员？

洞庭湖，再一次在我眼前罩上了神秘的浓雾。

我们对这个世界，知道得还实在太少。无数的未知包围着我们，才使人生保留迸发的乐趣。当哪一天，世界上的一切都能明确解释了，这个世界也就变得十分无聊。人生，就会成为一种简单的轨迹，一种沉闷的重复。因此，我每每以另一番眼光看娥皇、女英的神话，想柳毅到过的龙宫。应该理会古人对神奇事端作出的想象，说不定，这种想象蕴含着更深层的真实。洞庭湖的种种测量数据，在我的书架中随手可以寻得。我是不愿去查的，只愿在心中保留着一个奇奇怪怪的洞庭湖。

我到过的湖可谓多矣。每一个，都会有洞庭湖一般的奥秘，都隐匿着无数似真似幻的传说。

我还只是在说湖。还有海，还有森林，还有高山和峡谷……那里会有多少蕴藏呢？简直连想也不敢想了。然而，正是这样的世界，这样的国度，这样的多元，这样的无限，才值得来活一活。

五、名家点评

1. 我想《文化苦旅》至少是有一种勇敢，它的勇敢在于，它不避嫌疑地让散文这种日见轻俏的文体承载起一些比较重大的心灵情节。——王安忆

2. 余秋雨同志的《文化苦旅》，是我近年来难得读到的一本好书。文笔简劲而隽美，思想丰富而又深刻。——蒋孔阳

3. 秋雨是散文大家，《文化苦旅》是神品。历史、文化、山川、人物，在秋雨笔下立意颖脱，情致益然。如此美文似乎绝不是在小小的稿纸上一格一格地爬出来的，而像是秋雨羽

194

扇纶巾，焚香抚琴，在古城头，在云水间，从心底流出来的，所以才那么儒雅，那么潇洒，那么淋漓，那么高格，而且又那么具有现代感！《文化苦旅》是精致文化的代表作。时下一些个别文章，满纸污言秽语，一副流氓腔调，自以为时髦，实令人作呕！读《文化苦旅》可疗文坛时疾。什么叫文化，什么叫修养，什么叫高尚，什么叫文章，《文化苦旅》的每一篇都会给你答案。——沙叶新

37　丰　乳　肥　臀

莫言

一、作者简介

莫言，山东高密人，1955 年生。著有《红高粱家族》《酒国》《丰乳肥臀》《檀香刑》《生死疲劳》《蛙》等长篇小说 11 部；《透明的红萝卜》《司令的女人》等中短篇小说 100 余部；并著有剧作、散文多部。其中许多作品已被翻译成英、法、德、意、日、西、俄、韩、荷兰、瑞典、挪威、波兰、阿拉伯、越南等多种语言，在国内外文坛上具有广泛影响。莫言和他的作品获得过"联合文学奖"（中国台湾），"华语文学传媒大奖·年度杰出成就奖"，法国"Laure Bataillin（儒尔·巴泰庸）外国文学奖""法兰西文化艺术骑士勋章"，意大利"NONINO（诺尼诺）国际文学奖"，日本"福冈亚洲文化大奖"，中国香港浸会大学"世界华文长篇小说奖·红楼梦奖"，美国"纽曼华语文学奖"，中国长篇小说最高奖"茅盾文学奖"以及诺贝尔文学奖。

二、名著概要

小说热情讴歌了生命最原初的创造者——母亲的伟大、朴素与无私，生命的沿袭的无与伦比的重要意义（在小说中既表现为"种"的生殖与繁衍）。并且在这一幅生命的流程图中，弥漫着历史与战争的硝烟，真实，不带任何偏见，再现了一段时期内的历史。

小说中通过母亲，含辛茹苦、艰难地抚育着一个又一个儿女，并且视上官金童为生命一般重要，其用意在于说明：人永远是宇宙中最宝贵的，生命具有无可争辩的意义，是第一本位的，"种"的繁衍生殖（即上官金童的重要与受宠）自然就具有无与伦比的重要意义。生命的承传、沿袭是人类赖以永恒存在的源泉。宇宙中的一切事物，因为有了生命的存在才显示了自身的价值和意义。小说也正是在这种意义上揭示了：人不仅是历史的主体，也是美的主体、生命的承传、延续是当最受到礼赞的。没有生命的宇宙和世界，无论美与丑、纯洁与肮脏、卑鄙与高尚，都不再具有意义。所以我们才悟得了《易传》中"天地之大德曰生"的真正含义。小说或作者的深刻性也就在于将这个看似简单又普遍深刻的道理蕴含在母亲率领儿女们的顽强的求生保种的生命过程中。

那么生命的创造者——母亲无疑要受到尊敬与赞美。母亲是无私，是爱，是奉献，是生命的载体。对母亲由衷的尊敬与感恩，也表明了人们对生命的终极崇拜和热爱。由此我们似乎可以看出作者的母性意识或说女性意识在小说中起着主导作用。创造社会历史的可能是男性为主，创造生命历史的，或说人类历史的却是母亲生命源初的女性。这里似乎既体现了作家的心灵深沉着的恋母情结，而上官金童，作为作家思想意识的化身，他对母乳的依恋——恋乳症，在这里也找到了情感的回答，它源出于作家本人的一种情结。

小说主体仍然是展示生命的过程，讴歌生命的本体意义及母亲的伟大性。对于历史的再现与表现，以及城市生活的描写是为揭示人性之变曲，并提出问题，但不是小说的主旨。作者用笔仍然着力于刻画与表现讴歌的主题仍然是：生命、母亲，历史只是作为副线贯穿其中，着力突出的是历史的主体——人。纵观整篇小说，我们说这是一部具有相当力度与厚度的作品，它蕴含了作家对生命、母亲、历史的深沉思索，对于社会历史与时代问题的独特、新颖的思考与探索，具有很强的思想性与独创性。

三、作品导读

莫言作为当代著名作家，和其他很多优秀作家一样充满争议，但是他始终保持了自己的创作特色和叙事方式，最终形成了自己的独特风格。他的叙事方式主要有反讽、复议、狂欢叙事以及宏大叙事等方式，这些叙事方式在其作品《丰乳肥臀》中表现得淋漓尽致。主要体现在：

（一）《丰乳肥臀》中狂欢的叙事方式

《丰乳肥臀》中作者采用了狂欢的叙事方式。比如，作者描写了很多欢快的节日，这些民间的传统节日具有古色古香的民间韵味，属于人民大众自娱自乐的方式，但是很具有狂欢化的特色。这些节日都主要是让普通的底层老百姓有宣泄自己各种情绪的作用，比如作者在小说中描写的雪集。在《丰乳肥臀》这部作品中还戏剧性地创造了一些狂欢式的人物。比如，在《丰乳肥臀》前部分的"孙大姑的五个哑巴孙子"，他们都很不健康，其实都傻得很，是属于傻子中的代表人物，但是他们只是精神错乱，而他们的身体都是好的，属于心灵上的傻，莫言主要是想用这五个哑巴来讽刺那些社会上的不正常的现象。

（二）《丰乳肥臀》中宏大叙事的方式

宏大叙事方式需要有几个要素：激烈的社会冲突、高大的英雄形象、对社会历史的驾驭、题材的深度和广度等。叙述者需要有史学家的眼光即要以历史的眼光来处理社会上的宏大题材。莫言在《丰乳肥臀》中力图从母亲的角度深度描写女人对人类的繁衍所起的重要作用，以及女人同时作为母亲为保持人类的延续及人类的生存，所作出的巨大努力和牺牲。作者对女人的这种原始意义之一即生殖意义给予了充分肯定和高度的赞赏。作者主要从男人和女人的角度来看人类的发展史，并把女人作为书中的主角来写。小说中描写了司马库、沙月亮、司马亭、日本人、鲁立人等人，他们都表现出一个共同特点：对权力与财富的崇拜和贪婪、冷酷、残暴。司马库先是参加国民党，沙月亮开始是抗日，后转而效忠日本人，鲁立人是共产党。他们分别代表三种势力，这三种势力在中原地带展开战斗，人民生灵涂炭。文中描写的母亲及她的八个女儿却在战火中不断生育、抚养生命。他们遇到危机时，他们的母亲一律加以保护。作者将这种母亲狭隘、是非不清及落后的形象定义为出于生殖意义上母亲本能地对生命的珍视与保护。母亲及其八个女儿是作者着力描写的对象，但却难以区分她们的个性特征和文化心理的缺失。作者曾经说过，这部小说的灵感来源于一尊母系社会的雕像，"乍一看这雕像又粗糙又丑陋：两只硕大的乳房宛若两只水罐，还有丰肥的腹与臀，雕像的面部模糊不清"。

（三）《丰乳肥臀》中反讽的叙事方式

在《丰乳肥臀》这部小说中作者还采用了反讽这种叙事艺术。主要从语言和观念上能够看出来。首先在语言上，作者将文学语言、脏话和流行歌曲等混在一起，通过用这种方式来突出人物的性格，使作品更有艺术魅力。比如小说中的一些语言如：大丈夫一言既出，驷马难追；好马不吃回头草；不蒸馒头争口气，咱们人穷志不穷；等等。作者在语言上采用了反讽的手段来使人物的性格更加丰满，使塑造的人物更加有血有肉。其次对正统观念的反讽。比如上官家族将女人的贞操看得十分贵重，但是上官鲁氏却一次次借种生子。最后这个家族的几个生父各异的儿女是对封建贞操观、道德观无情地嘲弄。作者这样的描述使人不得不深思作品的深层含义。

（四）《丰乳肥臀》中复调的叙事方式

读过《丰乳肥臀》的人都会感到小说不好把握，在小说中经常回响着两种不同的声音，好像有两个中心一样。这几种声音相互交织，汇在一起，使该小说表现出明显的复调特征。由于传统的小说只是用一种声音在叙述，这已经束缚了作者的艺术思维，所以莫言在创作小说时通常用几种"声音"来表达他的艺术思维。《丰乳肥臀》中通常是几种声音在"诉说"，同时各种声音都保持自己的独立性和价值性。比如，小说中的上官金童的形象是又傻又痴，也不经常说话，但在他的内心中却有自己对事物的判断标准，而这和作者的判断标准并不一致。作者将视野中心的主人公和他的生活变换到视野边缘，并使他面向自己，让他按照作者的方式来看待世界，使他以作者的生活态度来看待周围的世界。

四、精彩文段

第三章

西厢房的石磨台上，点着一盏遍体污垢的豆油灯，昏黄的灯火不安地抖动着，尖尖的火苗上，挑着一缕盘旋上升的黑烟。燃烧豆油的香气与驴粪驴尿的气味混合在一起。厢房里空气污浊。石磨的一侧，紧靠着青石驴槽。上官家临产的黑驴，侧卧在石磨与驴槽之间。

上官吕氏走进厢房，眼睛只能看到豆油灯火。黑暗中传来上官福禄焦灼的问话："他娘，生了个啥？"

上官吕氏对着丈夫的方向撇了撇嘴，没回答。她越过地上的黑驴和跪在黑驴身侧按摩驴肚皮的上官寿喜，走到窗户前，赌气般地把那张糊窗的黑纸扯了下来。十几条长方形的金色阳光突然间照亮了半边墙壁。她转身至石磨前，吹熄了磨石上的油灯。燃烧豆油的香气迅速弥漫，压住了厢房里的腥臊气。上官寿喜黑油油的小脸被一道阳光照耀得金光闪闪，两只漆黑的小眼睛闪烁着，宛若两粒炭火。他怯生生地望着母亲，低声道："娘，咱也跑吧，福生堂家的人都跑了，日本人就要来了……"

上官吕氏用恨铁不成钢的目光直盯着儿子，逼得他目光躲躲闪闪，沁满汗珠的小脸低垂下去。

"谁告诉你日本人要来？"上官吕氏恶狠狠地质问儿子。

"福生堂大掌柜的又放枪又吆喝……"上官寿喜抬起一条胳膊，用沾满驴毛的手背揩着脸上的汗水，低声嘟哝着。与上官吕氏粗大肥厚的手掌相比较，上官寿喜的手显得又小又单薄。他的嘴唇突然停止了吃奶般的翕动，昂起头，竖起那两只精巧玲珑的小耳朵，谛听着，他说，"娘，爹，你们听！"

司马亭沙哑的嗓音悠悠地飘进厢房："大爷大娘们——大叔大婶们——大哥大嫂子们——大兄弟大姊妹们——快跑吧，逃难吧，到东南荒地里庄稼棵子里避避风头吧——日本人就要来了——我有可靠情报，并非虚谎，乡亲们，别犹豫了，跑吧，别舍不得那几间破屋啊，人在青山在呐，有人有世界呐——乡亲们，跑吧，晚了可就来不及了——"

上官寿喜跳起来，惊恐地说："娘，听到了吧？咱家也跑吧……"

"跑，跑到哪里去？！"上官吕氏不满地说，"福生堂家当然要跑，我们跑什么？上官家打铁种地为生，一不欠皇粮，二不欠国税，谁当官，咱都为民。日本人不也是人吗？日本人占了东北乡，还不是要依靠咱老百姓给他们种地交租子？他爹，你是一家之主，我说得对不对？"

198

上官福禄咧着嘴，龇出两排结实的黄牙齿，脸上的表情哭笑难分。

上官吕氏怒道："我问你呐，龇牙咧嘴干什么？碌碡压不出个屁来！"

上官福禄哭丧着脸说："我知道个啥？你说跑咱就跑，你说不跑咱就不跑呗！"

上官吕氏叹息一声，道："是福不是祸，是祸躲不过。还愣着干什么？快给它按肚皮！"

上官寿喜翕动着嘴唇，鼓足了勇气，用底气不足的高声问道："她生了没有？"

"男子汉大丈夫，一心不可二用，你只管驴，妇人的事，不用你操心。"上官吕氏说。

"她是我老婆嘛……"上官寿喜喃喃着。

"没人说她不是你的老婆。"上官吕氏说。

"我猜她这一次怀的是男孩，"上官寿喜按着驴肚子，道，"她肚子大得吓人。"

"你呀，无能的东西……"上官吕氏沮丧地说，"菩萨保佑吧。"

上官寿喜还想说话，但被母亲哀怨的目光封住了嘴。

上官福禄道："你们在这忙着，我上街探看动静。"

"你给我回来！"上官吕氏一把抓住丈夫的肩头，把他拖到驴前，怒道："街上有什么动静你看？按摩驴肚皮，帮它快点生！菩萨啊，天主啊，上官家的老祖宗都是咬铁嚼钢的汉子，怎么养出了这样一些窝囊子孙！"

上官福禄在驴前弯下腰，伸出那两只与他儿子同样秀气的小手，按在黑驴抽搐的肚皮上。他的身体与儿子的身体隔驴相对。父子二人面对面相觑，都咧嘴，都龇牙，活脱脱一对难兄难弟。他们父起子伏，父伏子起，宛如踩在一条跷跷板两端的两个孩童。随着身体的起伏，他们的手在驴肚皮上浮皮潦草地揉动着。父子俩都没有力气，轻飘飘，软绵绵，灯心草，败棉絮，漫不经心，偷工减料。站在他们身后的上官吕氏懊丧地摇摇头，伸出铁钳般的大手，捏住丈夫的脖子，把他拎起来，咤几声："去去，到一边去！"然后，轻轻一推，欺世盗名的打铁匠上官福禄便踉踉跄跄地扑向墙角，趴在一麻袋草料上。"起来！"上官吕氏呵斥儿子，"别在这儿碍手碍脚，饭不少吃，水不少喝，干活稀松！天老爷，我好苦的命哟！"上官寿喜如同遇了大赦般跳起来，到墙角上与父亲会合。父子二人黑色的眼睛油滑地眨动着，脸上的表情既像狡诈又像木讷。这时，司马亭的喊叫声又一次涌进厢房，父子二人的身体都不安地绞动起来，仿佛屎逼，好像尿急。

上官吕氏双膝跪在驴腹前，全然不避地上的污秽。庄严的表情笼罩着她的脸。她挽起袖子，搓搓大手。她搓手的声音粗糙刺耳，宛若搓着两只鞋底。她把半边脸贴在驴的肚皮上，眯着眼睛谛听着。继而，她抚摸着驴脸，动情地说："驴啊，驴，豁出来吧，咱们做女子的，都脱不了这一难！"然后，她跨着驴脖子，弓着腰，双手平放在驴腹上，像推刨子一样，用力往前推去驴发出哀鸣，四条蜷曲的腿猛地弹开，四只蹄子哆嗦着，好像在迅速地敲击着四面无形的大鼓，杂乱无章的鼓声在上官家的厢房里回响。驴的脖子弯曲着扬起来，滞留在空中，然后沉重地甩下去，发出潮湿而粘腻的肉响，"驴啊，忍着点吧，谁让咱做了女的呢？咬紧牙关，使劲儿……使劲儿啊，驴……"她低声念叨着，把双手收到胸前，蓄积起力量，屏住呼吸，缓缓地、坚决地向前推压。驴挣扎着，鼻孔里喷出黄色的液体，驴头甩得呱呱唧唧，后边，羊水和粪便稀里糊涂迸溅而出。上官父子惊恐地捂住了眼睛。

"乡亲们，日本鬼子的马队已经从县城出发了，我有确切情报，不是胡吹海谤，跑吧，再不跑就来不及了……"司马亭忠诚的喊叫声格外清晰地传入他们的耳朵。

上官父子睁开眼睛，看到上官吕氏坐在驴头边，低着头呼呼哧哧喘息。汗水溻湿了她的白布褂子，显出了她的僵硬、凸出的肩胛骨形状。黑驴臀后，汪着一摊殷红的血，一条细弱纤巧的骡腿，从驴的产道里直伸出来。这条骡腿显得格外虚假，好像是人恶作剧，故意戳到里边去的。

上官吕氏把剧烈抽搐着的半边脸再次贴到驴腹上，久久地谛听着。上官寿喜看到母亲的脸色像熟透了的杏子一样，呈现出安详的金黄颜色。司马亭孜孜不倦的吼叫飘来飘去，宛若追腥逐臭的苍蝇，粘在墙壁上，又飞到驴身上。他感到一阵阵心惊肉跳，好像大祸要临头。他想逃离厢房，但没有胆量。他朦胧地感觉到，只要一出家门，必将落到那些据说是个头矮小、四肢粗短、蒜头鼻子、铃铛眼睛、吃人心肝喝人鲜血的小日本鬼子手中，被他们吃掉，连骨头渣子也不剩。而现在，他们一定在胡同里成群结队地奔跑着，追逐着妇女和儿童，还像撒欢的马驹一样尥蹶子、喷响鼻。为了寻求安慰和信心，他侧目寻找父亲。他看到伪冒假劣的打铁匠上官福禄满脸土色，双手抓着膝盖坐在墙角的麻袋上，身体前仰后合，脊背和后脑持续不断地撞击着墙壁形成的夹角。上官寿喜的鼻子一阵莫名其妙地酸楚，两行浊泪，咕嘟嘟冒了出来。

上官吕氏咳嗽着，慢慢地把头抬起来。她抚摸着驴脸，叹道："驴啊驴，你这是咋啦？怎么能先往外生腿呢？你好糊涂，生孩子，应该先生出头来……"驴那失去了光彩的眼睛里涌出泪水。她用手擦去驴眼睑上的泪，响亮地擤了擤鼻涕，然后转过身，对儿子说："去叫你樊三大爷吧。我原想省下这两瓶酒一个猪头，嗨，该花的省不下，叫去吧！"

上官寿喜往墙角上退缩着，双眼惊恐地望着通向胡同的大门，咧着嘴，嗫嚅着："胡同里尽是日本人，尽是日本人……"

上官吕氏怒冲冲地站起来，走过穿堂，拉开大门。带着成熟小麦焦香的初夏的西南风猛地灌了进来。胡同里静悄悄的，一个人影也没有，只有一群看上去十分虚假的黑色蝴蝶像纸灰一样飞舞着。上官寿喜的脑海里留下了一片片旋转得令人头晕眼花的黑色的不吉利的印象。

五、名家点评

1. 我之所以将小说命名为《丰乳肥臀》，就是为了重新寻找这庄严的朴素，就是为了追寻一下人类的根本。这是解释之一。——莫言

2. 我决定不写那种零打碎敲的小文章分散和稀释我的感情，我决定写一篇大文章献给母亲，写一部长篇小说告慰母亲在天之灵。……这就是我为什么将此书命名为《丰乳肥臀》的解释之二。——莫言

3. 丰乳与肥臀是大地上乃至宇宙中最美丽、最神圣、最庄严，当然也是最朴素的物质形态，她产生于大地，象征着大地。这就是我把小说命名为《丰乳肥臀》的解释之三。——莫言

38　蛙

莫言

一、作者简介

莫言，原名管谟业，1955 年 2 月 17 日生，山东高密人，中国现代著名作家。香港公开大学荣誉文学博士，青岛科技大学客座教授。他自 20 世纪 80 年代中期以一系列乡土作品崛起，充满"怀乡"以及"怨乡"的复杂情感，被归类为"寻根文学"作家。其作品深受魔幻现实主义影响，写的是一出出发生在山东高密东北乡的"传奇"。莫言在他的小说中构造独特的主观感觉世界，天马行空般的叙述，陌生化的处理，塑造神秘的对象世界，带有明显的"先锋"色彩。2011 年 8 月，莫言创作的长篇小说《蛙》获第八届茅盾文学奖。2012 年 10 月，莫言获得诺贝尔文学奖。代表作有：《红高粱家族》《檀香刑》《丰乳肥臀》《透明的红萝卜》《蛙》等。

二、名著概要

《蛙》是莫言酝酿十余年、笔耕四载、三易其稿、潜心打造的一部触及国人灵魂最痛处的长篇力作。

小说由剧作家蝌蚪写给日本作家杉谷义人的四封长信和一部话剧构成，讲述了姑姑——一个乡村妇产科医生的人生经历，在用生动感人的细节展示乡土中国 60 年波澜起伏的生育史的同时，毫不留情地剖析了当代知识分子卑微的灵魂。

与莫言以往小说更注重历史幻想色彩不同的是，《蛙》更接近历史现实的书写，主要讲述的是乡村医生"姑姑"的一生。"姑姑"的父亲是八路军的军医，在胶东一带名气很大。"姑姑"继承衣钵，开始在乡村推行新法接生，很快取代了"老娘婆"们在妇女们心中的地位，用新法接生了一个又一个婴儿。"姑姑"接生的婴儿遍布高密东北乡，可丧生于"姑姑"之手的未及出世的婴儿也遍布高密东北乡。姑姑一面行医，一面带领着自己的徒弟们执行计划生育政策。让已经生育的男人结扎，让已经生育的怀孕妇女流产，成了"姑姑"的两件大事。描述国家为了控制人口剧烈增长、实施计划生育国策所走过的艰巨而复杂的历史过程。

《蛙》是一部对中国当代乡村的现实看得很深、思考得很透的作品。"蛙"到底象征着什么呢？那些不断鸣叫、有着旺盛的繁殖能力却又是如此"低贱平常"的生物，承载着莫言的深刻思考。在这些思考的背后，则是对中国现代命运的深切忧虑和反思——这也是莫言小说的一贯主题。小说的题材有着独特意义和相当的敏感性。计划生育作为基本国策，在中国具有合法性和必然性，因为人口是一个国家走向繁荣的前提，而控制人口又是后发展现代国家实现艰难的现代转型的无奈但必要之举。生育，是人的基本权利；而控制生育，又是人实现理性生存的必要手段——特别是对于中国这样曾经的半工业化的农业国家，也面临着国际上从"人权"角度而来的种种责难与批评，而在此国策的具体执行过程中更是由于文化、传统、伦理、政治、权力、金钱等各种因素而变得异常复杂。在新时期以来的文学作品中，计划生育一方面被作为中国现代化进程的"进步事业"得到充分肯定；另一方面，则成为

20世纪90年代以来主旋律乡土文学突出乡村基层政治尴尬现状和困境的点缀性情节。于是，被不理解、不支持的农村群众撵得到处跑的"乡镇干部"形象，就在几分黑色幽默的喜剧色彩中，将计划生育政策与人性的冲突轻松地嫁接为"分享艰难"的主旋律阐释。莫言的《蛙》显然不想漫画化、戏剧性地处理这个题材，也并不是要理论性地探讨、评判计划生育本身的功过是非，而是要把计划生育处理成一个精神事件和精神背景，以此来表现其对中国人的生存、生命以及精神和灵魂的影响。

三、作品导读

（一）《蛙》整体结构的创新

《蛙》的整个结构是以写实为主的四封书信、超现实主义的话剧为基础，书信与话剧相互映衬，戏中有戏。写信的对象是作者虚拟的一个日本作家杉谷义人，他以书信的方式向杉谷义人讲述姑姑的故事。从作品看，作者描述书信部分的原动力来自2002年大江健三郎的高密之行，姑姑的故事也与此次高密之行有关。作品的题材摒弃了传统的叙事风格，在整个结构的安排上具有拓荒性，但这种标新立异的叙事风格蕴含着很深刻的哲理。莫言的《蛙》从伦理的叙述角度去讨论伦理困境，并对生命的救赎产生独立的思考，针对姑姑老年之后生活的叙述表现了一个作家对生命和良知的反思。第五部分九幕话剧虽然在前四部分书信之后，但是话剧却是整部作品最重要的一部分，莫言曾针对这部作品有过这样的言说：最后的章节变成了一个话剧，彻底的虚构，又推翻了前四章的真实性，是为了跟前面形成一个互相补充、互相完善的互文关系。这也是小说里面蝌蚪和杉谷义人一直通信不断讨论的东西，他想把姑姑的故事写成一个话剧，他不断地把他姑姑的一切、包括他本人的一切告诉这个杉谷义人，他姑姑的故事讲完了，他自己的故事也差不多讲完了，话剧也就完成了。作家运用这种在往常作品中没有尝试过的结构形式来展现生命主体的内在精神，融合在作者心里的经历、记忆、情感等一些复杂的情绪。《蛙》打破常规的创作结构让莫言在写作的过程中出入自如，书中刚刚还在讲大奶奶因姑姑的婚事不成而最终离世，又马上跳到四十之后因侄子被"招飞"姑姑带着茅台来道贺，而后喝干杯中酒，说，是他毁了我，也是他救了我。莫言按照自己的心境去描述，看似模糊的情节却早已在构思之初把这些混合的情绪填充在这看不见的结构之中。作为读者的我们体会到了作品的混合情绪却忽视了如何去审视作品的整体性和审美布局。作者对这种矛盾的写作心理其实早已作出了选择，对需要突出的文段部分作了着重的修饰，因而作家落笔之初就涉及了不可思议的整体，这个奇妙的整体靠语言组成而建立在语言之中，这个整体形态已说在作家用笔之前了。语言形态就是转义、借代和隐喻，它们中没有一样来自自然而成，正相反，它们是作家对世界的认识从而使得人类逐步获得对世界和事物的认识。在创作时所面临的情感、回忆以及语言的组织，这些都需要作者参与其中，这就要求作者在整体把握时要有他自己的独特之处。《蛙》这部作品无论是在内容上还是在意义上都展示了莫言对生命的态度、对世界的看法、对人性的褒赞。小说结构上的创新使故事变得更加有意义，人物与人物之间的多角度对话，也使得生命的庄重更加突显。

（二）《蛙》的审美意蕴

作家在完成创作艺术作品的过程中自觉或不自觉地将自己的审美意蕴和语言表现在作品的内容和形式中，因而语言、审美意蕴的创新是直接影响到作品结构创新的关键，因为在文学创作中，意象词不能脱离体现它的本体，这样文学作品才能体现它所表达的实际意义。所有意象词以及符号在文学作品中出现的本身不可能超越作品所要表达的含义。因而，构成作品的成分不能是僵硬的、具象的，而是要以实际意义的形式出现。《蛙》的结构创新证明了莫言对艺术形式的创新，莫言真正探究到了生活的本质，他的审美意蕴在于走进人物的内心深处。读者在阅读的过程中能设身处地的感受当时的生活状态以及人物的情感变化，正是这种人物内心情感的变化使得作家自己内心体验到的这种特别的情感让作品中的人物体现了情感体验喷涌回旋的景观。这些旋涡也成为其作品得以成立的枢纽或关键。《蛙》虽然以姑姑作为妇科医生为写作背景去叙述，但却反思了那个年代的历史，反思中无论是作家还是读者都要向历史之外去看。姑姑所承受的煎熬来自国家的政策和传统道德的撕扯，在最初的几年，姑姑作为民间道德的捍卫者，成为民间百姓眼里的送子观音，但自从成为国家计生干部之后她就此站在了民间道德的对立面，成为国家政策的代言人，一旦发现异常就会像穿着铠甲的战士披荆斩棘。到了晚年，姑姑却开始对自己的身份产生了质疑：姑姑好像生产违禁物品的人突然被人发现了似的，有些惊慌，有些手忙脚乱。她试图用衣襟遮掩那些娃娃，但遮掩不住，便停止了遮掩，说：不想瞒你们。……姑姑将手中的泥娃娃，放置在最后一个空格子里，然后，退后一步，在房间正中的一个小小的供桌前，点燃三炷香，跪下，双手合掌，口中念念有词。……我猜测，姑姑是将她引流过的那些婴儿，通过姑父的手，一一再现出来。姑姑是用这种方式来弥补她心中的歉疚，但这不能怨她啊。她不做这事情，也有别人来做。而且，那些违规怀胎的男女们，自身也有不可推卸的责任。而且，如果没人来做这些事情，今天的中国，会是个什么样子，还真是不好说。莫言对姑姑晚年皈依人性世界的文本处理方式削弱了当年姑姑对计生工作狠硬的处事原则，给予了姑姑感动的力量。莫言抓住了人物内心情感以及生命体验，因而在他的这部作品当中没有理性客观的写作理念，引起读者产生引力作用的是莫言的情感体验，这种情感体验对作品的部分或整体形成都起到了决定性作用。对生命的感念是从生命的本位角度出发并提出了原罪说，无论是直接执行计生政策的姑姑还是间接执行这一工作的小狮子抑或把王仁美送到手术台上最终丧命的蝌蚪，都是无法摆脱罪恶感的撕裂。作品最后的话剧从"生育"的叙述转为对人性行为的探讨，书中的姑姑、小狮子，和作为知识分子的蝌蚪开始赎罪，话剧部分正是自我救赎的一种解构。莫言对《蛙》的审美意蕴也正源于此处。

（三）《蛙》结构中的情感叙述

莫言描述姑姑的情感采用的是倒叙的方式，结局和过程采用倒叙和插叙的方式娓娓道来，小说运用姑姑周围的人物来衬托姑姑一生经历的情感。姑姑本人是根正苗红的红军医院院长的女儿，有文化，人长得也很漂亮，又从事着令人羡慕的妇科医生工作，在 20 世纪 50 年代赢得了众人的仰视和拥护。单是姑姑和飞行员谈恋爱就让姑姑从天堂跌落到地狱，还好有一本飞行员逃走之后留下的日记，又让跌落地狱的姑姑重新获得行医的资格和党的信任。当国家计划生育开始普及的时候她又铁面无私地到处搜索违规怀孕的孕妇，押她们去手术台，并和产妇家属斗智斗勇，这个时候的姑姑展现得亦神亦魔。她这一生手上沾满了鲜血，有血腥味又有芳香的味道。既被老百姓称为救人的活菩萨，又被老百姓诅咒成杀人的恶魔。天使与恶魔的名称同时体现在姑姑的身上，也使姑姑的性格产生了内在分裂，人物随着小说的结构模式，她的形象也越加清晰。《蛙》中的"蛙"是因为作品中的感情而使作家对其施以灵性和情感，因而"蛙"展现了作者对人物情感以及内心的苦闷最强烈的诉求，同时对作品展示人物命运和人物形象的塑造作为最根本的追求。莫言就像一个国王，在他的王国里每一个人物都饱含七情六欲，每个人物都无所不能，所有各色人物的多彩性格最终都走向统一，成为一种文化象征最后渗透在每一个时代当中。莫言作品里的女性，形象真切、性格饱满、追求自由，面对几千年的封建传统制度和男性中心文化，女主人公们顽强抵抗，在生与死的挣扎中展现人性美的光芒。莫言对张拳、王肝、王胆、王仁美、陈鼻等一些人物的描述自然而娓娓道来，这些人物是民间传统道德的捍卫者，他们会为自己的利益据理力争，这些人代表着社会每一个言论方向，继而把这些人物拉扯与各个方向，这种拉扯更像是撕扯，这样撕扯所带来的伤痛更多的是来自每一个时代的悲哀。姑姑与这些人物发生共性关系时，小说人物之间的特征就此呈现了出来。小说结构的创新使得人物之间的纠缠表现的不是单纯的道德观那么简单，而是个体人生在功利伦理和人性伦理、理性伦理和自然伦理之间矛盾徘徊并不断被撕裂的状态，这使得小说的故事伦理远远超越了单纯生育政治的探讨，而具有了关怀整体存在及其困境的哲学高度。因而，在伦理中理性和自然产生强烈冲突时，功利与人性的伦理互相缠绕，道出了当代人类共同面临的处境。书信形式是《蛙》最显著的写作形式，作者一直以一个叙述者的方式与一个日本作家通信，这也构成了《蛙》的五个部分。莫言曾说过："我不愿四平八稳地讲一个故事，当然有也不愿搞一些过分前卫、让人摸不着头脑的东西。我希望能够找到巧妙的、精致的、自然的结构……结构与叙事视角有关，人称的变化就是视角的变化，而崭新的人称叙事视角，实际上制造出来一个新的叙述天地。"小说通过书信的形式一点点地拉开姑姑出场的序幕，展现姑姑作为一名农村妇产科医生的传奇般的经历，在和杉谷义人作家的信中描述对要写有关姑姑的话剧进行材料收集的同时，那个年代那些和莫言以及同辈们一起经历计划生育的当事人们，一辈子与生育相关的生命问题还有他们命运的悲欢离合被用一个符号化的形式演示出来。莫言接近民间的语言，开启了小说背后的意蕴，同时作为表述小说结构的一个载体它所承担的是作者表述生命体验的出口，这种出口无论是从具体还是抽象的角度都能呈现作品的激情与感性。娜塔丽·萨洛特曾说过："言语在对话者最无戒备的时候打动他……其速度之快无与伦比，而且直抵对话者最隐蔽最脆弱的地方，停留在他的内心最深处，他既不想，也没有办法和时间回击，其准确是无与伦比的，然而言语留在他身上，膨胀、爆炸，在周围激起波纹和旋涡，而这些波纹与旋涡又上升，露头，在外面展开，成为言语……"。莫言以其创新的结构和日常化的语言解构了小说《蛙》，带给读者关于一个生命的严肃思考。

（田山民．《蛙》结构特征分析 [J]．作家．2013.）

四、精彩文段

第一章　4

先生，姑姑接生的第二个孩子是我。

我娘临盆时，奶奶按照她的老规矩，洗手更衣，点了三炷香，插在祖先牌位前，磕了三个头，然后把家里的男人都轰了出去。我娘不是初产，在我前头有两个哥哥，一个姐姐。奶奶对我娘说：你是轻车熟路了，自个儿慢慢生吧。我娘对我奶奶说：娘，我感到很不好，这一次，跟以前不一样。奶奶不以为然，说，有什么不一样的？难道你还能生出个麒麟？

我娘的感觉是正确的。我哥哥姐姐们，都是头先钻出来，我呢，先伸出了一条腿。

看着我那条小腿，奶奶其实是吓呆了。因为乡间有俚语曰：先出腿，讨债鬼。什么叫讨债鬼呢？就是说，这个家庭前世欠了别人的债，那债主就转生为小孩来投胎，让那产妇饱受苦难，他或者与产妇一起死去，或者等长到一定年龄死去，给这个家庭带来巨大的物质损失和精神痛苦。但奶奶还是伪装镇静，说：这孩子，是个跑腿的，长大了给官听差。奶奶说：

不要怕，我有办法。奶奶到院子里拿了一个铜盆，提在手里，站在炕前，用擀面棍子敲打着，像敲锣一样，发出"铛铛"的响声。奶奶一边敲一边吆喝：出来吧——出来吧——你的老爷差你去送鸡毛信，再不出来就要挨打了——

我娘感觉到了事情的严重性，她用扫炕笤帚敲打着窗户，招呼正在院子里听动静的我姐姐：嫚啊，快去叫你姑姑！

我姐姐非常聪明，她跑到村办公室让袁脸摇通了乡卫生所的电话。那台古老的摇把子电话机现在被我收藏。因为它救了我的命。

那天是六月初六，胶河里发了一场小洪水。桥面被淹没，但根据桥石激起的浪花，大概可以判断出桥面所在。在河边钓鱼的闲人杜脖子亲眼看到我姑姑从对面河堤上飞车而下，自行车轮溅起的浪花有一米多高。水流湍急，如果我姑姑被冲到河里，先生，那就没有我了。

姑姑水淋淋地冲进家门。

我娘说姑姑一进门，她就像吃了一颗定心丸。我娘说姑姑一进门就把奶奶揉到一边，嘲讽道：婶子，你敲锣打鼓，他怎么敢出来？奶奶强词夺理地说：小孩子都喜欢看热闹，听到敲锣打鼓还能不出来看？姑姑后来说，她扯着我的腿，像拔萝卜一样把我拔了出来。我知道这是玩笑。姑姑把陈鼻和我接生出来之后，陈鼻的母亲和我的母亲，成了姑姑的义务宣传员。她们到处现身说法，袁脸的老婆和闲人杜脖子也逢人便说姑姑的飞车绝技，于是姑姑名声大振，那些"老娘婆"，很快就无人问津，成了历史陈迹。

1953年至1957年，是国家生产发展，经济繁荣的好时期，我们那地方也是风调雨顺，连年丰收。人们吃得饱、穿得暖，心情愉快，妇女们争先恐后地怀孕、生产。那几年可把姑姑忙坏了。高密东北乡十八个村庄里，每条街道、每条胡同里都留下了她的自行车辙，大多数人家的院子里，都留下了她的脚印。

1953年4月4日至1957年12月31日，姑姑共接生1612次，接下婴儿1645名，其中死亡婴儿六名，但这六名死婴，五个是死胎，一个是先天性疾病，这成绩相当辉煌，接近完美。

1955年2月17日，姑姑加入中国共产党。那天，也是她接生第1000个婴儿的日子。这个婴儿，就是我们的师弟李手。

姑姑说你们的于老师是最潇洒的产妇。姑姑说她在下边紧着忙活，于老师还在那里举着一本课本备课呢。

姑姑到了晚年，经常怀念那段日子。那是中国的黄金时代，也是姑姑的黄金时代。记不清有多少次了，姑姑双眼发亮，心驰神往地说：那时候，我是活菩萨，我是送子娘娘，我身上散发着百花的香气，成群的蜜蜂跟着我飞，成群的蝴蝶跟着我飞。现在，现在他妈的苍蝇跟着我飞……

我的名字也是姑姑起的：学名万足，乳名小跑。

对不起，先生，我对您解释一下：万足是我的原名，蝌蚪是我的笔名。

五、名家点评

这是我的创作《蛙》出版近两年，期间多次接受过媒体采访，许多人也问我这部小说到底写什么的，我说写人，写姑姑这样一个从医50多年乡村妇科医生的人生传奇，她的悲欢离合，她内心深处的矛盾，她的反思与忏悔，她的伟大与宽厚，她的卑微与狭隘，写出她的职业道德与时代的对抗与统一，写的看似一个人实则是一群人。《蛙》其实也是写我的，学习鲁迅，写那个躲在旗袍里小时候的我，几十年来我一直在写他们、写外部事件，这次写自己、写内心，是吸纳心情、排除毒素，揭露社会阴暗面容易，揭露自己内心阴暗困难，这是人之常情。作家写作必须洞察人之常情，但又必须与人之常情对抗，因为人之常情经常制造罪恶。在《蛙》中我自我批判的彻底吗？不彻底，我知道今后必须向彻底的方向努力，敢对自己下狠手，不仅仅是忏悔而是剖析，用放大镜盯着自己写，盯着自己写也是盯着人写的重要步骤。得了茅盾奖当然是好事，但得了奖则忘乎所以是可耻的行为，必须清楚地知道与这个时代相匹配的好小说还没被创造出来，要把目光往那个方向看，盯着那个在荆棘丛生没有道路的地方，那里有绝佳的风景，那里有伟大的小说在向我们招手。——莫言

外国文学卷

39 伊索寓言
（古希腊）伊索

一、作者简介

伊索（公元前620—公元前560），是公元前6世纪古希腊的一个寓言家，生活在小亚细亚，弗里吉亚人。他与克雷洛夫、拉·封丹和莱辛并称世界四大寓言家。他曾是萨摩斯岛雅德蒙家的奴隶，并被转卖多次，但因知识渊博，聪颖过人，最后获得自由。自由后，伊索开始环游世界，为人们讲述他的寓言故事，深受古希腊人民的喜爱，后来被德尔菲人杀害。

13世纪发现的一部《伊索传》的抄本中，他被描绘得丑陋不堪，从这部传记产生了很多有关他的故事。公元前5世纪末，"伊索"这个名字已是古希腊人尽皆知的名字了，当时的古希腊寓言都归在他的名下。现在常见的《伊索寓言传》是后人根据拜占廷僧侣普拉努得斯搜集的寓言以及后来陆陆续续发现的古希腊寓言传抄本编订的。

二、名著概要

《伊索寓言》是源自古希腊的一系列寓言，是世界上最古老的寓言，反映了古代希腊人对生活和自然界以及人与人之间的关系的看法，对欧洲的寓言文学影响很大。法国拉·封丹著名的《寓言诗》即以《伊索寓言》为主要素材。

1世纪初有拜特路斯用拉丁文撰写《伊索寓言》五卷。2世纪又有巴勃利乌斯（Babrius）以希腊韵文写寓言共122则。罗马人亚微亚奴斯（Avianus）又以拉丁韵文写寓言42首。15世纪君士坦丁堡的修道士普拉努得斯（Maximus Planudes）搜集的《伊索寓言》150则，后由巴勒斯（Bonus Accursius）印刷出版，普拉努得斯并因此被教会迫害。教会认为普拉努得斯根本没见过伊索寓言，只是以伊索的名义自己进行编造。1546年罗伯特·史蒂芬出版《伊索寓言》，这个版本增加了巴黎皇家图书馆抄本内容。1453年著名意大利学者洛伦佐·维勒（Lorenzo Valla）将《伊索寓言》译成拉丁文，广泛印行。1610年瑞士学者艾萨克（Isaac Nicholas Nevelet）刊印的《伊索寓言》，题为 *Mythologia Aesopica*，是目前最详尽的故事集，包括136则自梵蒂冈图书馆里发现的伊索寓言，但很多不是伊索的故事。瑞士学者耐弗莱特曾说过，巴勃利乌斯应为《伊索寓言》的作者之一。法国人弗朗西斯（Francis Vavassor）认为《伊索寓言》中的《猴子和海豚》（*The Monkey and the Dolphin*）这一篇里提到的 Piraeus，是在伊索死后200年才有的海港。

《伊索寓言》的主角大多是动植物，如狼和羊、狮子和狐狸、橡树和芦苇；也有部分为希腊神话人物，如爱神阿佛洛狄忒、太阳神阿波罗、主神宙斯等。通过生动的小故事，或揭示早期人类生活状态，或隐喻抽象的道理，或暗示人类的种种秉性和品行，多维地凸显了古希腊民族本真的性格。简短的故事最后往往以一句话画龙点睛地揭示蕴含的道理。

三、作品导读

《伊索寓言》共收集了三四百个小故事，其文字凝练，故事生动，想象丰富，饱含哲理，融思想性和艺术性于一体。这些小故事与抒情诗主要反映贵族奴隶主的思想感情不同，它主要来自民间，所以社会底层人民的生活和思想感情得到了较突出的反映。《伊索寓言》主要分为以下两大主题：

1. 影射当时的社会现实

（1）揭露当时统治者的残暴和蛮横，如《狼和羊》。

狼来到小溪边，看见小羊在那儿喝水。

狼想吃小羊，就故意找碴儿，说："你把我喝的水弄脏了！你安的什么心？"

小羊吃了一惊，温和地说："我怎么会把您喝的水弄脏呢？您站在上游，水是从您那儿流到我这儿来的，不是从我这儿流到您那儿去的。"

狼气冲冲地说："就算这样吧，你总是个坏家伙！我听说，去年你在背地里说我的坏话！"

可怜的小羊喊道："啊，亲爱的狼先生，那是不可能的，去年我还没生下来哪！"

狼不想再争辩了，龇着牙，逼近小羊，大声嚷道："你这个小坏蛋！说我坏话的不是你就是你爸爸，反正都一样。"说着就往小羊身上扑去。

（2）表现穷人对为富不仁者的不满，如《赫拉克勒斯和财神》。

赫拉克勒斯被承认为神以后，宙斯为他设宴庆贺。宴会上，赫拉克勒斯热情友好地向众神一一问好。最后，当财神进来时，他却转过身去，背对着财神，低着头看地板。宙斯对此觉得非常奇怪，便问他为什么与其他神都高高兴兴地打招呼，唯独对财神却另眼相看。他回答说："我对他另眼相看，是因为在人间，总见到他与坏人在一起。"

2. 表现劳动人民生活的经验和智慧

（1）告诫人们对恶人千万不能心慈手软，如《农夫和蛇》。

冬日的一天，农夫发现一条冻僵了的蛇。他很可怜它，就把它放在怀里。当他身上的热气把蛇温暖以后，蛇很快苏醒了，露出了残忍的本性，给了农夫致命的伤害。农夫临死之前说："我竟然去可怜毒蛇，就应该受到这种报应啊。"

（2）要分清好人和坏人，以免上当受骗，如《狐狸和山羊的故事》《小男孩与蝎子》。

有个小男孩在城墙前捉蚱蜢，一会儿就捉了许多。忽然看见一只蝎子，他以为也是蚱蜢，便用两手去捕捉它。蝎子举起它的毒刺，说道："来吧，如果你真敢这样做，就连你捉的蚱蜢也会统统失掉。"

——《小男孩与蝎子》

（3）说明任何事物都有自己的规律性，不可违背规律，如《乌龟和老鹰》。

乌龟请求老鹰教它飞翔，老鹰劝告他，说他的本性根本不适合飞翔。乌龟再三恳求，老鹰便把它抓住，带到空中，然后扔下。乌龟掉到石头上，摔得粉碎。

（4）嘲笑吹牛皮说大话的人，如《鼹鼠》。

传说鼹鼠的眼睛是瞎的，可小鼹鼠却对妈妈说他能看得见。妈妈想试验他一下，便拿来一小块香喷喷的食物，放在他面前，并问他是什么。他说是一颗小石头。母亲说："啊，不幸的孩子，你不但眼睛看不见，连鼻子也没用了。"

（5）讽刺好逸恶劳的人，如《蚂蚁与蝉》

208

　　一场秋雨过后，绿叶和青草都换了一身金黄色的衣服。太阳出来了，蚂蚁兄弟开始准备过冬的粮食，它们来到树下，将树上掉下来的果子收集起来，整整齐齐地摆在树下晒成干儿，然后一点点地运回家。蚂蚁兄弟的粮仓可真大啊！那里有许多好吃的东西，但是为了使粮仓里的粮食充足一些，蚂蚁兄弟仍然四处寻找食物，汗水顺着它们的脸直往下流，它们谁也顾不上擦汗。这时，玩了一夏天的蝉从它们头上飞过，看到蚂蚁累得那幅情景，便嘲笑说："傻瓜，又在自讨苦吃，你们看我多么自在，你们什么时候才能和我一样自在呢？……"说着飞到了蚂蚁兄弟头上的树枝上，跳了一会儿舞，那舞姿实在是太美了，蝉在心里赞美着自己。转眼间，冬天到了，蚂蚁兄弟推开门想呼吸一下新鲜空气，这时蝉飞了过来，它有气无力地说："好兄弟，给我点吃的吧，不然我会饿死的。"蚂蚁兄弟说："那你夏天为什么不找些过冬的粮食？""夏天我正忙着唱歌呢。"蚂蚁笑着说："你夏季如要唱歌，那么冬季就去跳舞吧。"

　　（6）批评贪得无厌的人，如《骆驼与宙斯》

　　骆驼羡慕牛有漂亮的角，自己也想要长两只角。于是，他来到宙斯那里，请求宙斯给他加上一对角。宙斯因为见骆驼不满足已有庞大的身体和强大的力气，还要妄想得到更多的东西，气愤不已，不仅没让他长角，还把他的耳朵砍掉一大截。

　　由此可见，《伊索寓言》是古希腊人生活和斗争的概括、提炼和总结，是古希腊人留给后人的一笔精神遗产。它不仅是向少年儿童灌输善恶美丑观念的启蒙教材，也是一本生活的教科书，其中教导人们正直、善良、勇敢、知足的道理至今仍然适用。

　　当然，由于时代的局限性，《伊索寓言》中不可避免地存在一些消极的东西，如"宿命论"的思想，但它主流还是积极向上富有教益的。

　　四、精彩文段

狐狸和葡萄

　　一个炎热的夏日，狐狸走过一个果园，他停在一大串熟透而多汁的葡萄前。狐狸想：我正口渴呢。于是他后退了几步，向前一冲，跳起来，却无法够到葡萄。狐狸后退又试。一次，两次，三次，但是都没有够到葡萄。狐狸试了一次又一次，都没有成功。最后，他决定放弃，他昂起头，边走边说：我敢肯定它是酸的。

　　寓意：比喻有些人无能为力，做不成事，就借口说时机未成熟。

狼和鹭鸶

　　狼误吞下了一块骨头，十分难受，四处奔走，寻访医生。它遇见了鹭鸶，谈定酬金请他取出骨头，鹭鸶把自己的头伸进狼的喉咙里，叼出了骨头，便向狼要定好的酬金。狼回答说："喂，朋友，你能从狼嘴里平安无事地收回头来，难道还不满足，怎么还要讲报酬？"

　　寓意：这则寓言说明，对坏人行善的报酬，就是认识坏人不讲信用的本质。

掉在井里的狐狸和公山羊

　　一只狐狸失足掉到了井里，不论他如何挣扎仍然不能成功地爬上去，只好待在那里。公山羊渴极了，四处找水喝，终于发现了这口井。他探着头，看见狐狸在井下，便问他水好不好喝。狐狸觉得机会来了，心中暗喜，马上镇静下来，极力赞美井水好喝，说这是天下第一井水，清甜爽口，并劝山羊赶快下来，与它痛饮。一心只想喝水的山羊信以为真，便不假思索地跳了下去，当他咕咚咕咚痛饮完后，就不得不与狐狸共同商议爬上去的办法。狐狸早有准备，他对山羊说："我倒有一个方法，你用前脚趴在井墙上，再把角竖直了，我踩着你的后背跳上去，再拉你上来，我们不就都得救了吗?"公山羊同意了它的提议，狐狸踩着他的后脚，跳到他背上，然后再从角上用力一跳，跳到了井沿上。狐狸上去以后，准备独自逃离。公山羊指责狐狸不信守诺言。狐狸回过头对公山羊说："喂，朋友，你的头脑如果像你的胡须那样完美，你就不至于在没看清出口之前就盲目地跳下去了。"

寓意：这则故事说明，聪明的人应当事先考虑清楚事情的结果，然后才去做。

徒劳的寒鸦

上帝宙斯准备为鸟类立一个王，于是指定一个日期，要求众鸟全都按时参加，挑选最美丽的鸟为王。鸟儿都纷纷跑到河里去梳洗打扮，全力为参赛做准备。

寒鸦也想参加比赛，可是它知道自己没有一个地方能够拿出去，于是就来到河边，捡起鸟儿们梳洗落下的羽毛，小心翼翼地插在自己身上，再用胶粘住。

比赛的日期到了，所有的鸟都一齐来到宙斯面前，都希望自己能够获得青睐，当鸟中之王。可是宙斯一看，在众鸟之中，花花绿绿的寒鸦显得格外漂亮，准备立寒鸦为王。

众鸟十分气愤，纷纷从寒鸦身上拔下本属于自己的羽毛。于是，寒鸦身上美丽的羽毛一下全没了，又变成了一只丑陋的寒鸦了。

寓意：借助别人的东西可以得到美的假象，但那本不属于自己的东西被剥离时，就会原形毕露。

驴子与蝉

驴子听见蝉唱歌，被蝉美妙动听的歌声所打动，自己也渴望发出同样悦耳动听的声音，便羡慕地问蝉都吃些什么，才能发出如此美妙的声音来。蝉答道："吃露水。"驴子便也只吃露水，没多久就饿死了。

寓意：这个故事告诉人们不要企望非分之物。

五、名家点评

1. 《伊索寓言》大可看得。它至少给予我们三种安慰。第一，这是一本古代的书，读了可以增进我们对于现代文明的骄傲。第二，它是一本小孩子读物，看了愈觉得我们是成人了，已超出那些幼稚的见解。第三，这部书差不多都是讲禽兽的，从禽兽变到人，你看这中间需要多少进化历程!——钱锺书

2. 读惯先秦寓言的中国人，初次读到《伊索寓言》是要惊讶的，因为那是两种截然不同的思维方式。先秦寓言冷峻而酷刻，《伊索寓言》热烈而宽厚；先秦寓言是老于世故的，《伊索寓言》是极富童趣的。《伊索寓言》全面而深刻地影响了后世的欧洲童话及其表现形式，而先秦寓言却没有催生反而抑制了中国童话的萌芽——中国没有童话。

——著名作家，张远山

40 堂吉诃德

（西班牙）塞万提斯

一、作者简介

米盖尔·德·塞万提斯·萨维德拉（1547—1616）是文艺复兴时期西班牙的小说家、剧作家、诗人。他被誉为是西班牙文学世界里最伟大的作家。

他生于西班牙中部一个破落贵族家庭，父亲是一个终生潦倒的医生。他自幼酷爱读书，但由于贫困，只读到中学。1569 年他作为红衣主教的随从到了意大利，翌年在那里参加了西班牙驻军，1571 年参加对土耳其海战，身负重伤，左手残疾。接着他又参加了占领突尼斯等战役，并屡立战功，得到了元帅嘉奖。1575 年他高兴地带着部队司令官请求国王提升他为军官的推荐信回国，不料，途中被海盗掳去，做了五年俘囚，直到 1580 年才由他的祖父筹钱替他赎身回国。回国后他无处谋差，便以写作为业，但仍无法维持生计。1587 年他好不容易在无敌舰队谋到军需官的职务，却因不肯为乡绅通融减税而被诬陷入狱。出狱后他改当税吏，又因将税款交给一家银行保管而银行倒闭再次入狱。第二次出狱后他穷困潦倒，不名一文，居住环境很恶劣，一次楼下酒馆有人打架而他出于同情救人却未救活而代人受过，以涉嫌谋杀第三次入狱坐牢。这前后十五年间他跋涉全国各地，目睹民间疾苦，深深影响了他的思想和写作。

塞万提斯最初写的是剧本，以悲剧《努曼西亚》（1584 年）最为成功。其他作品有短篇小说《惩恶扬善的故事》（1613 年）、长诗《巴尔纳斯游记》（1614 年）、《八出喜剧和八出幕间短剧集》（1615 年）以及一些诗歌。

他在 50 多岁后开始写作长篇小说《堂吉诃德》，该小说是文艺复兴时期西班牙和欧洲最杰出的作品之一。第一部出版于 1605 年，当即在国内外广为流传，以致出现伪劣续篇，他愤慨之中加紧完成第二部，并于 1615 年出版。这部作品无论在内容上还是在形式上都起到了欧洲现实主义文学里程碑的作用。

二、名著概要

小说《堂吉诃德》原名《奇情异想的绅士堂·吉诃德·德·拉·曼恰》，叙述了一个没落贵族吉哈达改名为堂吉诃德，因沉迷于骑士小说，而以骑士自居三次出游行侠的故事。

作者写作《堂吉诃德》的初衷是讽刺荒诞不经的骑士小说，他在序言中申明："这部书只不过是对骑士文学的一种讽刺"，目的在于"把骑士文学的地盘完全摧毁"。但实际上，这部作品的社会意义超过了作者的主观意图。在这将近 100 万字的作品中，展现了西班牙 16 世纪末和 17 世纪初的整个现实社会的生活图景，公爵、公爵夫人、封建地主、僧侣、牧师、兵士、手艺工人、牧羊人、农民，不同阶级的男男女女约 700 个人物，尖锐地、全面地批判了这一时期封建西班牙的政治、法律、道德、宗教、文学、艺术以及私有财产制度，使它成为一部"行将灭亡的骑士阶级的史诗"，一部伟大的现实主义文学名著。

三、作品导读

小说以堂吉诃德企图恢复骑士道来扫尽人间不平的主观幻想与西班牙社会的丑恶现实之

间的矛盾作为情节基础，巧妙地把堂吉诃德的荒诞离奇的游侠与16世纪末17世纪初的西班牙社会现实结合起来，逼真地再现贵族绅士的专横跋扈和普通百姓的辛酸苦难，揭露专制制度的黑暗与腐朽。

小说主人公堂吉诃德是欧洲文学史上不朽的艺术典型，也是一个极为复杂的矛盾组合体。因此，要欣赏《堂吉诃德》，就得首先了解堂吉诃德这一艺术形象。

首先，堂吉诃德是一个神志不清、尽干傻事、满脑子骑士幻想、疯狂而可笑的幻想家。他怀着对骑士的狂热，三次出游，欲铲除人间的不平。他处处模仿传说中的骑士，一切以骑士准则为准绳。例如，找一个不曾谋面的高大结实的养猪女作为自己日思夜想的意中人，像骑士那样"在穷林荒野里过夜，想念自己的意中人，好几夜都睡不着觉"，不吃晚饭，"决计靠甜蜜的相思来滋养自己"。在他眼中，处处都有妖魔鬼怪，时时都是他行侠冒险、创立骑士伟业的机会。明明是风车，他却当成巨人，勇敢地冲上去厮杀一番，最后弄得遍体鳞伤。明明是规规矩矩的修士，他却说是抢劫贵妇的强盗，把他们杀散。

其次，他又是一个为理想而奋斗的战士，真理的捍卫者。他代表着高度的道德原则、无畏的精神、英雄的行为、对正义的坚信以及对爱情的忠贞等。他越疯疯癫癫，造成的灾难也越大，几乎谁碰上他都会遭到一场灾难，但他的优秀品德也越鲜明。他的随从桑丘·潘沙本来为当"总督"而追随堂吉诃德，后看无望，却不舍离去也正为此。

堂吉诃德既可笑又可悲，既可亲又可敬，在他身上喜剧性和悲剧性奇妙地结合在一起，正如作者在小说结局处所说："他活着是个疯子，死了却是个智者。"这成为古往今来文学史上独一无二的艺术形象，也正是通过这一典型，塞万提斯怀着悲哀的心情宣告了信仰主义的终结。这一点恰恰反映了文艺复兴时期旧的信仰解体、新的信仰（资产阶级的）尚未提出的信仰断裂时期的社会心态。

堂吉诃德的侍从桑丘·潘沙也是一个典型形象。这位侍从的性格特点与他的主人之间，既有相同方面的陪衬烘托，也有相反方面的衬托对比。他是一个农民，有小私有者的缺点，然而到真正把他放在治理海岛（实际上是一个村）的位置上时，他又能够秉公办事，不徇私情，不贪污受贿，后来由于受不了贵族们的捉弄离了职。他说："我赤条条来，又赤条条去，既没有吃亏，也没有占便宜，这是我同其他总督不同的地方。"他与堂吉诃德之间产生了对比的效果。堂吉诃德充满幻想，桑丘·潘沙则事事从实际出发；堂吉诃德是禁欲主义的苦行僧，而桑丘·潘沙则是伊壁鸠鲁式的享乐派；堂吉诃德有丰富的学识，而桑丘·潘沙是文盲；堂吉诃德瘦而高，桑丘·潘沙胖而矮。朱光潜先生在评价堂吉诃德与桑丘·潘沙这两个人物时说："一个是满脑子虚幻理想、持长矛来和风车搏斗，以显出骑士威风的堂吉诃德本人，另一个是要从美酒佳肴和高官厚禄中享受人生滋味的桑丘·潘沙。他们一个是可笑的理想主义者，一个是可笑的实用主义者。但是堂吉诃德属于过去，桑丘·潘沙却属于未来。随着资产阶级势力的日渐上升，理想的人就不是堂吉诃德，而是桑丘·潘沙了。"

从艺术价值角度讲，塞万提斯通过《堂吉诃德》的创作奠定了世界现代小说的基础。现代小说的一些写作手法，如真实与想象、严肃与幽默、准确与夸张、故事中套故事，甚至作者走进小说对小说指指点点等，在《堂吉诃德》中都出现了。除了堂吉诃德和桑丘，书中还塑造了700个不同职业、不同性格的人物形象，他们从不同的角度反映时代、反映现实。它所带来的影响，对于17世纪——文学刚刚启蒙复兴的时代来说是巨大的，对于近现代小说的发展来说是深刻的、革命性的。塞万提斯是现代小说第一人，正因为他是第一人，他的《堂吉诃德》对西班牙文学、欧洲文学，乃至整个世界文学的影响也是不可估量的。

四、精彩文段

这时候，他们远远望见郊野里有三四十架风车。堂吉诃德一见就对他的侍从说：

"运道的安排，比咱们要求的还好。你瞧，桑丘·潘沙朋友，那边出现了三十多个大得出奇的巨人。我打算去跟他们交手，把他们一个个杀死，咱们得了胜利品，可以发财。这是正义的战争，消灭地球上这种坏东西是为上帝立大功。"

桑丘·潘沙道："什么巨人哪？"

他主人说："那些长胳膊的，你没看见吗？有些巨人的胳膊差不多二哩瓦长呢。"

桑丘说："您仔细瞧瞧，那不是巨人，是风车；上面胳膊似的东西是风车的翅膀，给风吹动了就能推转石磨。"

堂吉诃德道："你真是外行，不懂冒险。他们确是货真价实的巨人。你要是害怕，就走开些，做你的祷告去，等我一人来和他们大伙儿拼命。"

他一面说，一面踢着坐骑冲出去。他的侍从桑丘大喊说，他前去冲杀的明明是风车，不是巨人。他满不理会，横着念头那是巨人，既没听见桑丘叫喊，跑近了也没看清是什么东西，只顾往前冲，嘴里嚷道：

"你们这伙没胆量的下流东西！不要跑！来跟你们厮杀的只是个单枪匹马的骑士！"

这时微微刮起一阵风，转动了那些庞大的翅翼。堂吉诃德见了说：

"即使你们挥舞的胳膊比巨人布利亚瑞欧的还多，我也要和你们见个高！"

他说罢一片虔诚向他那位杜尔西内娅小姐祷告一番，求她在这个紧要关头保佑自己，然后把盾牌遮稳身体，托定长枪飞马向第一架风车冲杀上去。他一枪刺中了风车的翅膀；翅膀在风里转得正猛，把长枪进作几段，一股劲儿把堂吉诃德连人带马直扫出去；堂吉诃德滚翻在地，狼狈不堪。桑丘·潘沙趱驴来救，跑近一看，他已经不能动弹，驽骍难得把他摔得太厉害了。

桑丘说："天哪！我不是跟您说了吗，仔细着点儿，那不过是风车。除非自己的脑袋里有风车打转儿，谁还不知道这是风车呢？"

堂吉诃德答道："甭说了，桑丘朋友，打仗的胜败最拿不稳。看来把我的书连带书房一起抢走的弗瑞斯冬法师对我冤仇很深，一定是他把巨人变成风车，来剥夺我胜利的光荣。可是到头来，他的邪法毕竟敌不过我这把剑的锋芒。"

桑丘说："这就要瞧老天爷怎么安排了。"

桑丘扶起堂吉诃德；他重又骑上几乎跌歪了肩膀的驽骍难得。他们谈论着方才的险遇，顺着往拉比塞峡口的大道前去，因为据堂吉诃德说，那地方来往人多，必定会碰到许多形形色色的奇事。

——《堂吉诃德（第一卷第八章）》

"好，谁要来，来吧！即使和头号的魔鬼交手，我也有这胆量！"插着旗子的大车已经近前来。车上没几个人，只有几头骡子拉车，赶车的骑着当头一匹，另有个人坐在车头上。堂吉诃德跑去拦在车前道：

"老哥们哪儿去？这是什么车？车上拉的是什么东西？车上插的是什么旗？"

赶车的答道：

"这是我的车，车上拉的是关在笼里的两头凶猛的狮子，是奥兰总督进贡朝廷、奉献皇上的礼物。车上插的是咱们万岁爷的旗子，标明这里是他的东西。"

堂吉诃德问道："狮子大不大？"

坐在车门前的那人答道："大得很；非洲运来的许多狮子里，最大的都比不上这两头。我是管狮子的，运送过别的狮子，像这样的我还没见过。这是一公一母，前头笼里是公的，后面笼里是母的；两头狮子今天还没喂过，都饿着肚子呢。所以请您让开一步，我们得赶到前头站上去喂它们。"

堂吉诃德听了冷笑道：

"拿狮崽子来对付我吗？挑这个时候，拿狮崽子来对付我！好吧，我凭上帝发誓，我要叫运送它们的两位先生瞧瞧，我是不是害怕狮子的人！老哥，你请下车；你既是管狮子的，请打开笼子，放那两头畜生出来！魔术家尽管把狮子送来，也吓不倒我！你们两位可以在这片野地里瞧瞧我堂吉诃德·台·拉·曼却究竟是个什么样的人！"

那位绅士暗想：

"罢了！罢了！我们这位好骑士露了馅了！准是给乳酪泡软了脑袋，脑子发酵了。"

这时桑丘赶来对绅士说：

"先生，请您看在上帝的份上，想个办法叫我主人堂吉诃德别和狮子打架；不然的话，咱们大家都要给狮子撕成一块块了。"

绅士说："你怕你主人和那么凶猛的野兽打架呀？你以为他会干这种事吗？他竟疯到这个地步吗？"

桑丘说："他不是疯，是勇敢。"

绅士说："我去劝他。"

堂吉诃德正在催促管狮子的打开笼子；绅士赶到他面前，对他说：

"骑士先生，游侠骑士应该瞧事情干得成功才去冒险；决计办不到的事，就不去冒险。勇敢过了头是鲁莽，那样的人就算不得勇士，只是疯子。况且这两头狮子又没来干犯您；它们一点没这个意思啊。那是献给皇上的礼物，拦着不让走是不行的。"

堂吉诃德答道："绅士先生，您照管您那些驯良的竹鸡和凶猛的白鼠狼去；各人有各人的事，您甭插手。我是干自己份里的事；狮子先生和狮子夫人是不是来找我的，我心里明白。"

他转身向管狮子的人说：

"先生，我对天发誓，要是你这混蛋不马上打开这两个笼子，我就用这支长枪把你钉在车上！"

赶车的瞧这个浑身披挂的怪人固执得很，就说：

"我的先生，请您行个方便，让我先卸下这几头骡，安顿了它们，再打开笼子。我没别的产业，只有这辆车和这几头骡，要是牲口给狮子咬死，我这一辈子就完了。"

堂吉诃德答道："你真是个没有信心的！下车把骡儿卸下吧；你要干什么，干吧。你回头就知道这都是白费手脚。"

赶车的跳下车，急忙卸下那几匹骡子。管狮子的人就高声叫道：

"在场的各位先生们请做个见证：我开笼放出这两头狮子是迫不得已。我还要警告这位先生：两头畜生闯下的祸、外加我的工资和全部损失，都得归在他账上。各位快躲开吧，我就要开笼了。我是不怕的，狮子不会伤我。"

绅士又劝堂吉诃德别干这种丧心病狂的事去讨上帝的罚。堂吉诃德说,他干什么事自己有数。绅士说他准有误会,劝他仔细考虑。

堂吉诃德说:"好吧,先生,您如果以为我这件事准没好下场,不愿意亲眼看我遭难,您不妨踢动您的灰马,躲到安全的地方去。"

桑丘听了这话,含泪求堂吉诃德别干这种事。他主人从前碰到风车呀,碰到吓坏人的砑布机呀,反正他主人一辈子遭逢的桩桩件件,比了这件事都微不足道了。

桑丘说:"您想吧,先生,这里没有魔术的障眼法。我从笼子门缝里看见一只真狮子的脚爪;一只爪子就有那么大,可见那狮子准比一座山还大呢。"

堂吉诃德说:"你心上害怕,就觉得狮子比半个世界还大。桑丘,你躲开去,甭管我。我如果死在这里,你记得咱们从前约定的话,你就去见杜尔西内娅,我不用再吩咐你。"

堂吉诃德还讲了许多话,显然要他回心转意是办不到的了。绿衣人想拦阻他,可是赤手空拳,敌不过他的武器,而且堂吉诃德明明是个十足的疯子,自己犯不着和疯子打架。堂吉诃德又催促管狮子的人,连声恫吓。当时那位绅士、桑丘和赶车的只好趁狮子还没放出来,个个催动自己的牲口,赶紧逃得越远越好。桑丘深信主人这番要在狮子爪下丧命了,只顾哭,又诅咒自己的命运,怪自己千不该、万不该再出门当侍从。他一面自嗟自怨,一面不停手地打着他的灰驴往远处跑。管狮子的瞧那一群人都已经跑得老远,就对堂吉诃德再次来一番警告。堂吉诃德说,这些话他听过了,不用再提,枉费唇舌;他只催促快把笼门打开。

堂吉诃德趁管狮子的还没开笼,盘算一下,和狮子步战还是马战。他驽骍难得见了狮子害怕,决计步战。他就跳下马,抛开长枪,拔剑挎着盾牌,仗着泼天大胆,一步一步向大车走去,一面虔诚祈祷上帝保佑,然后又求告杜尔西内娅小姐保佑。本书作者写到这里,不禁连声赞叹说:"堂吉诃德·台·拉·曼却啊!你的胆气真是非言语可以形容的!你是全世界勇士的模范!你可以和西班牙骑士的光荣、堂玛奴艾尔·台·雷翁先后比美!我哪有文才来记述你这番惊心动魄的事迹呢?叫我怎样写来才能叫后世相信呢?我竭力尽致的赞扬,也不会过分呀。你是徒步,你是单身;你心雄胆壮,手里只一把剑,还不是镌着小狗的利剑;你的盾牌也不是百炼精钢打成的;你却在等候非洲丛林里生长的两头最凶猛的狮子!勇敢的曼却人啊,让你的行动来显耀你吧!我只好哑口无言,因为找不出话来夸赞了。"

作者的赞叹到此为止,言归正传。管狮子的瞧堂吉诃德已经摆好阵势,他如果不打开狮笼,这位威气凛凛的骑士就要不客气了。他就把前面笼子的门完全打开;里面是一头公狮子。那狮子大得吓人,形状狰狞可怕。它原是躺在笼里,这时转过身,撑出一只爪子,伸了一个懒腰;接着就张开嘴巴,从容打了一个大呵欠,吐出长有两手掌左右的舌头来舐眼圈上的尘土,洗了个脸;然后把脑袋伸出笼外,睁着一对火炭也似的眼睛四面观看,那副神气,可以使大勇士也吓得筋酥骨软。堂吉诃德只是目不转睛地看着它,专等它跳下车来相搏,就把它砍成肉丁。

他的疯劲儿真是破天荒的。可是那只气象雄伟的狮子并不摆架子,却彬彬斯文,对胡闹无理的冒犯满不在乎。它四面看了一下,掉转身子把屁股朝着堂吉诃德,懒洋洋、慢吞吞地又在笼里躺下了。堂吉诃德瞧它这样,就吩咐管狮子的打它几棍,叫它发了火跑出来。

管狮子的人说:"这个我可不干,我要惹火了它,我自己先就给它撕成一片片了。骑士先生,您刚才的行为真是勇敢得没法儿说;您这就够了,别把坏运气招上身来。笼门敞着呢,狮子出来不出来都由得它;不过它这会儿还不出来,那就一天也不会出来了。您的盖世神威已经有目共睹，依我说，决斗的人有勇气挑战，有勇气出场等待交手，就是勇敢透顶；对方不出场，那是对方出丑，胜利的桂冠就让那个等待交手的人赢得了。"

堂吉诃德说："这话不错。朋友，把笼门关上吧。我还请你做个见证，把你这会儿亲眼看见我干的事，尽力向大家证实一番：就是说，你放开了狮子，我等着它出来；它不出来，我还等着；它还是不出来，又躺下了。我该做的都已经做到；魔术家啊，滚开吧！上帝庇佑正道和真理！庇佑真正的骑士道！现在你照我的话关上笼子，我就去招呼逃走的人，让他们从你嘴里，听听我这番作为。"

——《堂吉诃德（第二卷十七章）》

五、名家点评

1. 塞万提斯发明了现代小说。——（捷克）米兰·昆德拉

2. 《堂吉诃德》是一个童话故事，正如《荒凉山庄》也是一个童话故事，《死魂灵》也是一个童话故事，《包法利夫人》和《安娜·卡列尼娜》都是最优秀的童话故事。倘若没有这些童话故事，世界就会变得不真实。——（美）纳博科夫

3. 在欧洲所有一切著名文学作品中，把严肃和滑稽，悲剧和喜剧，生活中的琐屑庸俗与伟大美丽如此水乳交融……这样的范例仅见于塞万提斯的《堂吉诃德》。——（俄）别林斯基

4. 我感到塞万提斯的小说，真是一个令人愉快又使人深受教益的宝库。——（德）歌德

5. 塞万提斯的创作是如此的巧妙，可谓天衣无缝，主角与桑丘骑着各自的牲口，浑然一体，可笑又可悲，感人至极……——（法）雨果

41　鲁滨逊漂流记

（英）丹尼尔·笛福

一、作者简介

丹尼尔·笛福（1660—1731）被誉为"英国与欧洲的小说之父"，他的作品《鲁滨逊漂流记》《摩尔·弗兰德斯》等对英国及欧洲小说的发展起了巨大的作用。

笛福生于伦敦一个商人家庭，到20多岁的时候他已是一个体面的商人，他从事过内衣业、烟酒贸易，还开过砖瓦厂，经历过破产。同时他还从事政治活动，代表当时日益上升的资产阶级出版大量的政治性小册子，并因此被捕，后来靠疏通关系才得以出狱。

他开始写作时主要是写政论文，如《纯血统的英国人》《对付非国教徒的最简便办法》《枷刑颂》等。《对付非国教徒的最简便办法》使他被判枷号示众三天，而《枷刑颂》却使他在示众时受到人们的欢呼、敬酒和献花。笛福晚年才开始小说创作，写于1719年的《鲁滨逊漂流记》使他一举成名。此后又陆续写了一批骗子冒险小说，如《辛格顿船长》《杰克上校》等；后来又写了属于历史小说雏形的作品，如《伦敦大疫记》《一个骑士的回忆录》等。

二、名著概要

《鲁滨逊漂流记》是笛福文学创作的里程碑，同时也是英国文学史上第一部现实主义小说。

小说讲述了英国青年鲁滨逊不安于中产阶级的安定平庸生活，三次出海经商的故事。因遇海盗被摩尔人掳住，做了几年奴隶后逃往巴西，成了种植园主。为解决劳动力缺乏问题，在去非洲贩卖黑奴途中遇风暴只身漂流到一座无人荒岛。小说主要写他在岛上28年的生活。他战胜悲观情绪，建住所、制器皿、驯野兽、耕土地，用各种方法寻找食物，终于战胜自然，改善了生活环境。在第17年救了一个土著，经训练成为自己忠实的奴仆。后又获得新的居民，成为该岛的统治者，最后乘英国商船回国。作品歌颂了资本主义原始积累时期冒险进取的精神，在歌颂人和自然界斗争的同时又极力美化殖民掠夺行为。鲁滨逊成了资产阶级企业家的英雄典型。

三、作品导读

《鲁滨逊漂流记》取材于当时的真实事件：一个名叫亚历山大·塞尔柯克的苏格兰水手，因为在航行中与船长发生冲突，被船长遗弃在距离智利海岸约500海里，周围约36海里的菲南德岛上（1704年9月）。这里荒无人烟，偶尔有到这里补充淡水或修理船只的船路过，塞尔柯克在这里住了4年零4个月，被有名的航海家罗吉斯发现，塞尔柯克被救，1711年回到英国。

塞尔柯克在荒岛上并没有作出什么值得颂扬的英雄事迹。但笛福塑造的鲁滨逊却成了当时中小资产阶级心目中的英雄人物，是西方文学上第一个理想化的新兴资产阶级者形象。

鲁滨逊是一位富于冒险精神，不安于现状，总在寻求更新鲜、更刺激的生活的冒险家。他不安于中产阶级家庭平庸的生活，心中总有一种到浩瀚的大海去闯荡的冲动，便不顾父母的反对，只身登上一艘商船，开始了他的海上旅行。他先后四次出海，前两次遇到了风暴，第三次遇到了海盗，一度沦为摩尔人的奴隶。后来，他逃往巴西，并在那里建立起了自己的种植园。本来可以在这里有一番作为，但他又一次放弃了舒适的生活，与别人合伙，冒着更大的风险前往非洲进行奴隶贸易。

他也是一位富有开拓创新精神，勇敢无畏的勇士。第四次出海时，他们的船只遇难，他的同伴都淹死了，只有他幸存下来，流落到一个荒岛上。这时候的荒岛没有人烟，一穷二白，连最基本的生存条件都不具备。但鲁滨逊没有被困难吓倒，凭着对上帝的信仰，他坚信只要运用自己的聪明才智和勤劳的双手，就一定能开创出一片崭新的天地。没有房子，他自己搭建；没有食物，他尝试着打猎、种谷子、驯养山羊、晒野葡萄干；他还自己摸索着做桌椅、做陶器，用围巾筛面粉做面包……通过他辛勤的劳动，生活所需的物品不但没有减少，反而逐渐增加起来。他凭借百折不挠的毅力和开拓创新的精神，克服了常人难以想象的重重困难，经过 28 年的艰苦努力，在荒无人烟的荒岛上创造了自己的王国。

小说通篇采用第一人称的叙述方式及具体而真实的现实主义写作手法，语言明白晓畅，朴素生动，通过鲁滨逊这个人物形象展现资本原始积累时期，新兴资产阶级艰苦卓绝、奋发向上的创业精神和要求"个性自由"，发挥个人才智，勇于冒险，追求财富的进取精神。鲁滨逊坚毅、顽强的品质得到了美化，他成了资产阶级心目中的英雄人物，成了欧洲文学史上最早的一个理想化的资产者形象。

四、精彩文段

我父亲原来指望我学法律，但是我却一心想去航海。有一天，我去赫尔城，我的一位同伴正要坐他父亲的船到伦敦去，再没有什么比这更让我动心了，我必须跟他而去——这是1651 年的 8 月，当时我十九岁。船刚驶出海口，便碰到了可怕的风浪，使我感到全身说不出的难过，心里十分恐怖。我在痛苦中发了誓，假如上帝在这次航行中留下我的命，我在登上陆地后，就一直待在我慈爱的父母身边，从此一定听从他们的忠告办事。

可是第二天风停了，浪也歇了。太阳西沉，继之而来的是一个美丽可爱的黄昏，这时又喝了我的同伴酿的一碗甜酒，我就把这次航行后便回家的决心丢到九霄云外去了。我的这种习性给我的一生招来了巨大的不幸——任性的行动常给我带来灾难，可我总不肯在灾难来临的时刻乘机悔改。待到危险一过去，就忘掉了所有的誓言，又不顾一切地投入了我的毫无名堂的生活。

在第一次狂风暴雨似的航行后，我又有过几次不同的冒险。在去非洲的几内亚做生意时，我被一艘土耳其的海盗船俘虏，被卖为奴隶，经历许多危险，我逃到了巴西，在那里独自经营一个甘蔗种植园，生活过得很顺遂。可这时我却又成了诱惑的牺牲品。巴西因为人工不足，有几个种植园主知道我曾为做生意而到过非洲的一些奴隶市场口岸，他们竭力哄诱我作一次航行，到那一带去为他们的种植园买些黑奴回来。

听从坏主意，人就会倒霉。我们的船在南美洲北岸一个无名岛上触了礁，所有的水手及乘客全都淹死了，上帝保佑，只有我一个人被高高的海浪卷到了岸上，保住了一条命。当时我所有的只是一把刀、一只烟斗和一个盒子里装的一点儿烟草。待到我的体力恢复，可以走路了时，我就沿着海岸走去。使我大为高兴的是，我发现了淡水。喝了水后，又拿一小撮烟草放在嘴里解饿。我就在一棵树上栖身，舒舒服服地睡了一觉振作了精神，海上风平浪静。但最叫我高兴的是我看见了那艘船，待到潮水退下，看到它竟离海岸很近，我发现可以很方便地游到船上去。船上只剩下一只狗和两只猫，再没有别的生物。不过船上有大量的生活必需品，这样，我就干了起来。为了把那些东西运到这个岛的一个水湾里，我专门制造了一只木筏，还把岛上有淡水而且比较平坦的一块高地作了我的住所。面包、大米、大麦和小麦、干酪和羊肉干、糖、面粉、木板、圆木、绳子——所有这些，再加上几支滑膛枪、两支手枪、几支鸟枪、一把锤子，还有——那是最没有用的——三十六镑英币。所有这些东西我都一天又一天——在两次退潮之间——从船上运到了岸上。到了第三十天夜里，我的搬运工作做完了，我躺下来时，虽然像平常一样害怕，但我心里也满怀感恩之情，因为我知道，我已为以后对付这个荒岛做好了准备而心里感到踏实了。

岛上有不少野果树，但这是我过了好久才发现的。岛上还有到处乱跑的山羊，但要不是我从船上取来了枪支弹药，它们对我又有何好处呢？因此，我有理由感谢仁慈的上帝，让船搁在海岸边，直至使我搬来了对我有用的一切东西。

要想确保我能在这个岛上生存下来，还有许多事情要做。我尽可能地相继办了几件我非办不可的事。但是我的努力并非总是交上好运道。我在第一次播下大麦和稻子的种子时，这些宝贵的存货就浪费了一半，原因是播种得不是时候。我辛辛苦苦花了几个月工夫，挖了几个地窖以备贮存淡水。花了四十二天时间，才把一棵大树砍劈成我的第一块长木板。我起劲地干了好几个星期，想制造一个捣小麦的石臼，最后却只好挖空了一大块木头。我足足花了五个月工夫，砍倒一棵大杉木，又劈又削，让它成了一只很像样的独木舟，以备用来逃离这个小岛，可结果却因为怎么也没法子使它下到海里去而不得不把它丢弃了。不过，每一桩失败的事，都教给了我以前不知道的一些知识。

至于自然环境，岛上有狂风暴雨，还有地震。我那时也对一切都适应了。我种植和收获了我的大麦和小麦；我采来野葡萄，把它们晒成了很有营养的葡萄干；我饲养温驯的山羊，然后杀了吃，又熏又腌的。由于食物这样多种多样，供应还算不差。如此过了十二个年头，其间，岛上除了我本人之外，我从来没见到过一个人迹。这样一直到了那重大的一天，我在沙滩上偶然发现了一个人的光脚印。

我当时好像挨了一个晴天霹雳。我侧耳倾听，回头四顾，可是什么也没听见，什么也没看见。我跑到海岸上，还下海去查看，可是总共就只有那么一个脚印！我惊吓到了极点，像一个被人跟踪追捕的人似地逃回到我的住处。一连三天三夜，我都不敢外出。

这是人怕人的最好说明！经过十二年的痛苦和苦干，十二年跟自然环境相抗争，竟然会因一个人的一只脚印而恐怖不安！但事情就是这样。经过观察，我了解到这是那块大陆上的那些吃人生番的一种习惯。他们把打仗时抓来的俘虏带到这个岛上我很少去的那个地方，杀死后大吃一顿。有一天早晨，我从望远镜里看见三十个野蛮人正在围着篝火跳舞。他们已煮食了一个俘虏，还有两个正准备放到火上去烤，这时我提着两支上了子弹的滑膛枪和那柄大刀往下朝他们跑了去，及时救下了他们来不及吃掉的一个俘虏。我把我救下的这个人起名为"星期五"，以纪念他是这一天获救的，他讲话的声音成了我在这个岛上二十五年来第一次听到的人声。他年轻，聪明，是一个较高级的部族的野蛮人，后来在我留在岛上的那段时间，他始终是我的一个可靠的伙伴。在我教了他几句英语后，星期五跟我讲了那大陆上的事。我决定离开我的岛了。我们制造了一只船，这次不是在离海岸很远的地方造。正当我们差不多已准备驾船起航时，又有二十一个野蛮人乘着三只独木船，带了三个俘虏到这个岛上来开宴会了。其中一个俘虏是个白人，这可把我气坏了。我把两支鸟枪、四支滑膛枪、两支手枪都装上双倍弹药，给了星期五一把小斧头，还给他喝了好多甘蔗酒，我自己带上了大刀，我们冲下山去，把他们全杀死了，只逃走了四个野蛮人。

俘虏中有一个是星期五的父亲。那个白人是西班牙人，是我前几年看见的那艘在我的岛上触礁的船上的一个幸存者，当时我还从那艘船上取来了一千二百多枚金币，但对这些钱我毫不看重，因为它们并不比沙滩上的许多沙子更有价值。

我给了那个西班牙人和星期五的父亲枪支和食物，叫他们乘着我新造的船去把那艘西班牙船上遇难的水手们带到我的岛上来。正在等待他们回来时，有一艘英国船因水手闹事而在我的岛附近抛了锚。我帮那位船长夺回了他的船，跟他一起回到了英国。我们走时带走了两个也想回英国去的老实的水手，而让闹事闹得最凶的一些水手留在了岛上。后来，那些西班牙人回来了，都在岛上居留了下来。开始时他们双方争吵不和，但定居后，终于建立起了一个兴旺的殖民地，过了几年，我有幸又到那个岛上去过一次。

我离开那个岛时，已在岛上待了二十八年两个月二十九天。我总以为我一到英国就会高兴不尽，没想到我在那里却成了一个异乡人。我的父母都已去世，真太令人遗憾了，要不我现在可以孝敬地奉养他们，因为我除了从那艘西班牙船上取来的一千二百个金币之外，还有两万英镑等待着我到一个诚实的朋友那儿去领取，这位朋友是一位葡萄牙船长，在我去干那项倒霉的差事之前，我委托他经营我在巴西的庄园。正是为了去干那差事，使我在岛上住了二十八年。我见他如此诚实，十分高兴，我决定每年付给他一百葡萄牙金币，并在他死后每年付给他儿子五十葡萄牙金币，作为他们终生的津贴。

我结了婚，生了三个孩子，我除了因为要到那个上面讲的我住过的岛上去看看，又作了一次航行之外，再没作漫游了。我住在这儿，为我不配得到的享受而心怀感激，决心现在就准备去作一切旅行中最长的旅行。如果说我学到了什么的话，那就是要认识退休生活的价值和祈祷在平静中过完我们的余日。

五、名家点评

1. 《鲁滨逊漂流记》体现了人类的普遍性。——柯尔律治

2. 每个正在成长的男孩都应该先读读这本书。——卢梭

3. 他（鲁滨逊）一方面是封建社会诸形态下的产物；另一方面他又是16世纪以来新发展的生产力的产物。——马克思

42　少年维特之烦恼

（德）歌德

一、作者简介

歌德，原名约翰·沃尔夫冈·冯·歌德（1749—1832），是 18 世纪末 19 世纪初德国的伟大诗人、作家和思想家，他的创作把德国文学推向一个前所未有的高峰，并对欧洲文学的发展作出了巨大贡献。

歌德出生于法兰克福市一个富裕市民家庭。父亲是法学博士，曾买得宫廷顾问的职务。1765 年，歌德按照父亲的意愿到莱比锡大学攻读法律，但他对此不感兴趣，却对自然科学和艺术肯下功夫钻研，1768 年因病回故乡修养。

1770 年，歌德改往斯特拉斯堡求学，在那里他结识了许多"狂飙"诗人，积极参加了当时旨在反对封建专制、要求民族发展和个性解放的"狂飙突进"运动。这时期歌德创作了很多抒情诗，如《五月歌》《欢乐与离别》《野玫瑰》等。

1771 年，歌德结束了大学生活回到故乡担任一名律师，但他还是把主要精力放在了文学创作上，写出了一批体现"狂飙突进"精神的优秀作品，有历史剧《铁手骑士葛兹·冯·贝利欣根》（1773 年）、书信体小说《少年维特之烦恼》（1774 年）、诗剧《普罗米修斯》（1773 年）等。

之后，歌德曾在魏玛充任枢密顾问和首相等官职，还担任过艺术和科学院总监、魏玛宫廷剧院领导，同时潜心从事文学创作和自然科学研究。

他的代表作是诗剧《浮士德》，先后写了 60 年时间，第一部完成于 1806 年，第二部完成于 1831 年，描写的是一个新兴资产阶级进步知识分子的典型。其他著名作品有长篇小说《威廉·麦斯特》，上部是《学习时代》，下部是《漫游时代》等。

二、名著概要

《少年维特之烦恼》给歌德带来极大声誉。作品充满着一个处在德国"狂飙突进"时代的青年人的爱和恨，对美好生活的向往和对腐朽社会的控诉。书中的维特是一个能诗善画、纯洁多情、热爱自然的青年。他来到了一个僻静的乡村，完全沉浸于大自然的生命中，就像一只蝴蝶，在香海里遨游。与小孩儿和平民的接触，更使他和悦天真。不久他在一次舞会上认识了一位年轻活泼的姑娘绿蒂，对她一见倾心。可是绿蒂已经订了婚，不能把爱情献给维特。7 月，绿蒂的未婚夫回来了，维特终于从甜梦中惊醒，他想就此离开；于是，维特自己哄自己，徘徊流连不忍离去。但是，他以前纯真的天趣，已不复存在了；心胸里开始矛盾了，情感与理智开始冲突了。他认识到自己矛盾的现状，却没有力量超脱，他已经想到了自杀……

作为爱情故事来说，有些地方接近伤感主义，但它的价值在于通过这个故事揭露了日趋衰亡的封建社会里的种种腐朽和虚伪的现象，并对他们进行了无情的批判。同时，作品也反映了德国知识分子的精神苦闷。

三、作品导读

《少年维特之烦恼》是歌德根据自己 1772 年在魏茨拉实习时的一段生活经历，又综合了其他的一些见闻而写成的作品。主人公维特和绿蒂的一段爱情悲剧构成了作品的情节基础。

维特是 18 世纪德国进步青年的典型形象，他能诗善画、才华出众、热情奔放、渴望自由。他热爱自然，向往着人的自然天性能得到解放。但是，围绕着他的环境却是一个腐朽、顽固、庸俗的社会。维特与周围的现实格格不入，孤独而苦闷。当他看到善良贤淑的绿蒂时，他把绿蒂看作是质朴纯真的人的自然本性的体现，便寄以全部的热情和无限的崇拜。然而，绿蒂也跳不出平庸的生活圈子，宁肯服从礼俗而牺牲爱情。这就使维特陷入了绝望的境地，他既憎恶腐朽的社会，渴望的爱情又成为泡影，他受不了一连串的打击，在隆冬的季节里，他唱着奥西恩的悲歌，留下令人不忍卒读的遗书，用手枪结束了自己的生命。维特的自杀是他对那个令人窒息的社会所进行的孤独而消极的反抗，也是他憎恨社会又找不到出路的必然结果。

小说采用维特致友人与绿蒂的书信以及他的日记片断的方式写成。这种文学形式把叙事、抒情、描写、议论自然地融为一体，既便于直抒胸臆，使全书带有强烈的感情色彩，又便于对素材进行自由灵活的裁剪，通过主人公的主观感受，深刻地反映社会现实，对当时德国的丑恶现实进行了深刻的批判。

这部作品突出地表达了德国进步青年的情绪，所以它一出版就受到了青年们的狂热欢迎，一时形成了"维特热"。它不仅在德国风行一时，而且很快就被译成欧洲各国的文字，在国际上引起轰动。

四、精彩文段

五月二十七日

我发现，我着迷了，一味打比方，发议论，忘了把这两个孩子后来的情形向你讲完。我在犁头上坐了两个小时，我的思绪完全陶醉于作画中，昨天的信上已零零碎碎地对你谈起过。傍晚，一位手挎小篮的年轻女子朝着一直一动不动地坐在那儿的两个孩子走来，她老远就喊道："菲利普斯，你真乖。"——她问候了我，我谢过她，站起身来，走到她跟前，问她是不是孩子的母亲。她作了肯定的回答，同时给了大孩子半块面包，抱起小的，以满怀深情的母爱亲吻他。——"我把这个小的交给菲利普斯照看，"她说，"我同大儿子进城买面包、糖和煮稀饭的沙锅去了。"——在她揭开盖的篮子里我看到了这些东西。——"晚上我要煮点稀粥给汉斯（这是那个最小的孩子的名字）喝；我那大儿子是个淘气包，昨天他同菲利普斯争吃沙锅里的一点剩粥时，把锅打碎了。"——我问起她大儿子的情况，她说他在草地上放鹅，刚说着，他就连蹦带跳地来了，还给老二带来一根榛树枝。我跟这女人继续聊着，得知她是学校教师的女儿，她丈夫到瑞士取他堂兄的遗产去了。——"他们想吃掉他的这笔遗产，"她说，"连回信都不给他，所以他亲自到瑞士去了。但愿他没遭到什么不测，我一直没有得到他的消息。"——离开这女人时，我心里很难过，便给每个孩子一枚克罗采，最小的孩子的一枚给了他妈妈，等她进城时好买个面包给他就粥吃，随后我们便彼此道别。

告诉你，我最珍贵的朋友，这样的人在他们狭窄的生活圈子里过得快快活活，泰然自若，一天天凑合过去，看见树叶落了，心里只想到冬天来了。每当我情绪不好的时候，一看

222

到他们，我紊乱的心境就会平静下来。

打那以后，我便常常在外面待着。孩子们同我搞得很熟了，我喝咖啡的时候，就给他们糖吃，晚上他们还分享我的黄油面包和酸牛奶。星期天，他们总会得到我给的克罗采，要是我做完祷告不回去，便委托女店主代为分发。

孩子都跟我很亲密，什么事都告诉我。每逢村里有很多孩子来我这里，流露着热烈的情绪以及直截了当地表达他们想要的东西时，我更是乐不可支。

孩子的母亲总觉得他们给我添了麻烦，心里过意不去，我费了很大的劲才把她的顾虑打消。

五月十三日

你问需不需要寄书给我？——好朋友，我求你看在上帝的份儿上，千万别再拿它们来烦扰我吧。

我不愿意再被指导，被鼓舞，被激动；我这颗心本身已够不平静的了。我需要的是催眠曲；而我的荷马，就是一首很长很长的催眠曲。为了使自己沸腾的血液冷静下来，像我这颗心似的反复无常。变化莫测哟，我的爱友！关于这点我对你毋须解释；你不是已经无数次地见过我从忧郁一变而为喜悦，从感伤一变而为兴奋，因而担惊受怕过什么？我自己也把我这颗心当作一个生病的孩子，对他有求必应呐。别把这话讲出去，传开了有人会骂我的。

绿蒂呀，只要能为你死，为你献身，我就是幸福的！我愿勇敢地死，高高兴兴地死，只要能给你的生活重新带来宁静，带来快乐。可是，唉，人世间只有很少数高尚的人肯为自己的亲眷抛洒热血，以自己的死在他们的朋友中鼓动起新的，百倍的生之勇气。

五、名家点评

1. 歌德是站在奥林帕斯山上的宙斯。——弗里德里希·恩格斯

2. 歌德并没成就一门爱情心理学，但凭着人生的经验和敏锐的洞察力，他无疑已是一位通晓此道的专家。《少年维特之烦恼》堪称是一部恋爱经典。一位钢琴圣手用琴键能弹奏出世间组成乐曲的最最细微的音响，歌德则用文字谱写出世间组成爱情的最最精致的情愫，维特从一见钟情的情感流泻，到情感受阻的惊涛拍岸，至生命欲息的焰火闪烁，婉转多姿，完成了爱神祭典仪式的全部过程。——浙江师范大学，毛竹生

43 傲慢与偏见

（英）简·奥斯汀

一、作者简介

简·奥斯汀是英国现实主义小说的古典作家。她出身于牧师家庭，她的父亲毕业于牛津大学，兼任两个教区的主管牧师。她的长兄对英国文学有相当高的造诣。奥斯汀所受的学校教育很少，全靠父兄指导。家庭环境对她文学兴趣的发展起了不小的作用。

奥斯汀于18世纪末期就开始写小说，但是她的作品到19世纪初期才得到出版。1796年，她完成了《最初的印象》（即《傲慢与偏见》）的初稿，但没机会出版。就在这一年，她又开始写《埃莉诺与玛丽安》，以后她又写《诺桑觉寺》，于1799年写完。十几年后，《最初的印象》经过改写，换名为《傲慢与偏见》，《埃莉诺与玛丽安》经过改写，换名为《理智与情感》，分别得到出版。至于《诺桑觉寺》，则是和她最后一部作品《好事多磨》在她去世后才出版。由于现实主义小说在18世纪末还不十分受重视，奥斯汀迟迟未被大家所注意，直到1815年年底《爱玛》出版以后才为大家所赏识。

奥斯汀一共写了六部小说：《理智与情感》（1811）刻画了两姐妹截然相反的性格。《傲慢与偏见》（1813）通过婚姻问题的描写，展现了当时社会的某些画面。《曼斯斐苑林》（1814）描写一个身无分文的穷姑娘在阔亲戚家成长的历史。《爱玛》（1815）描写一个主观盲目、自以为是的年轻女继承人逐步在现实生活中接受教训的故事。《诺桑觉寺》（1818）描写一个漂亮、聪明的女郎的冒险经历，对当时流行的传奇文学进行了嘲讽。《好事多磨》（1818）描写一个家道中落的女子在亲友的劝阻之下，长期耽搁自己婚事的故事。据说这个故事在一定程度上反映了作者本人的恋爱经过。

奥斯汀终其一生都生活在封建势力强大的乡村，加之家境殷实，所以生活圈子很小。这使得她的作品往往局限于普通乡绅的女儿恋爱结婚的故事当中，而她的作品也从某种程度上反映出了封建势力的观点。但是她用现实主义的笔法，通过绅士太太们的日常对话交际反映出了当时的社会百态，用幽默的语言来讽刺了唯利是图、爱慕虚荣的现象，通过喜剧性的场面嘲讽人们的愚蠢、自私、势利和盲目自信等可鄙可笑的弱点。差不多与奥斯汀同时期的英国作家司各特对奥斯汀的现实主义创作方法作过很高的评价。司各特说："这位年轻的小姐在描写人们的日常生活、内心感情以及许多错综复杂的琐事方面，确实具有才能，这种才能极其难能可贵，我从来也没有见过。说到写些规规矩矩的文章，我也像一般人那样，能够动动笔；可是要我以这样细致的笔触，把这些平平凡凡的事情和人物，刻画得这样惟妙惟肖，我实在办不到。"

二、名著概要

《傲慢与偏见》是简·奥斯汀最早完成的作品，她在1796年开始动笔，原名《最初的印象》（First Impressions），是奥斯汀的代表作，小说讲述了乡绅之女伊丽莎白·班内特的爱情故事。这部作品以日常生活为素材，一反当时社会上流行的感伤小说的内容和矫揉造作的写作方法，生动地反映了18世纪末到19世纪初处于保守和闭塞状态下的英国乡镇生活和世态人情。这部社会风情画式的小说不仅在当时吸引着广大的读者，时至今日，仍给读者以独特的艺术享受。也有根据书本改编的电影。

书中的男女主人公都有傲慢与偏见的表现，并不能说傲慢代表达西，而偏见代表伊丽莎白。

三、作品导读

小说核心主题是围绕着18世纪末19世纪初，英国地主乡绅贵族的情感和婚姻问题。通过班纳特五个女儿对待终身大事的不同处理，表现出乡镇中产阶级家庭出身的少女对婚姻爱情问题的不同态度，从而反映了作者本人的婚姻观：为了财产、金钱和地位而结婚是错误的；而结婚不考虑上述因素也是愚蠢的。因此，她既反对为金钱而结婚，也反对把婚姻当儿戏。她强调理想婚姻的重要性，并把男女双方感情作为缔结理想婚姻的基石。

书中的女主人公伊丽莎白出身于小地主家庭，为富豪子弟达西所热爱。达西不顾门第和财富的差距，向她求婚，却遭到拒绝。伊丽莎白对他的误会和偏见是一个原因，但主要原因是她讨厌他的傲慢。因为达西的这种傲慢实际上是地位差异的反映，只要存在这种傲慢，他与伊丽莎白之间就不可能有共同的思想感情，也不可能有理想的婚姻。以后伊丽莎白亲眼观察了达西的为人处世和一系列所作所为，特别是看到他改变了过去那种骄傲自负的神态，消除了对他的误会和偏见，从而与他缔结了美满姻缘。伊丽莎白对达西先后两次求婚的不同态度，实际上反映了女性对人格独立和平等权利的追求。这是伊丽莎白这一人物形象的进步意义。

从小说看，伊丽莎白聪敏机智，有胆识，有远见，有很强的自尊心，并善于思考问题。就当时一个待在闺中的小姐来讲，这是难能可贵的。正是由于这种品质，才使她在爱情问题上有独立的主见，并促使她与达西组成美满的家庭。

在《傲慢与偏见》中，奥斯汀还写了伊丽莎白的几个姐妹和女友的婚事，这些都是陪衬，用来与女主人公理想的婚姻相对照。如夏绿蒂和柯林斯尽管婚后过着舒适的物质生活，但他们之间没有爱情，这种婚姻实际上是掩盖在华丽外衣下的社会悲剧。

奥斯汀的小说尽管题材比较狭窄，故事相当平淡，但是她善于在日常平凡事物中塑造鲜明的人物形象。不论是伊丽莎白、达西那种作者认为值得肯定的人物，还是柯林斯这类遭到讽刺挖苦的对象，她都将他们写得真实动人。同时，奥斯汀的语言是经过锤炼的，她在对话艺术上讲究幽默、讽刺，常以风趣诙谐的语言来烘托人物的性格特征。这种艺术创新使她的作品具有自己的特色。伊丽莎白是一个具有独立灵魂的人物，她睿智而美丽，她敢于做那个受名利束缚时代的真正的女性，她真挚善良的心，令人动容。那是不容一丝玷污和污蔑的，如兰草般芳香美好。

四、精彩文段

吉英，这时候，她突然吓了一跳，因为门铃响了起来，准是有客人来了。她并没有听到马车声，心想，可能是咖苔琳夫人来了，于是她就疑虑不安地把那封写好一半的信放在一旁，免得她问些鲁莽的话。就在这当儿，门开了，她大吃一惊，万万想不到走进来的是达西先生，而且只有达西一个人。

达西看见她单独一人，也显得很吃惊，连忙道歉说，他原以为太太小姐们全没有出去，所以才冒昧闯进来。

他们俩坐了下来，她向他问了几句关于罗新斯的情形以后，双方便好像都无话可说，大

225

有陷于僵局的危险。因此，非得想点儿什么说说不可；正当这紧张关头，她想起了上次在哈福德郡跟他见面的情况，顿时便起了一阵好奇心，想要听听他对那次匆匆的离别究竟有些什么意见，于是她便说道：

"去年十一月你们离开尼日斐花园多么突然呀，达西先生！彬格莱先生看见你们大家一下子都跟着他走，一定相当惊奇吧；我好像记得他比你们只早走一天。我想，当你离开伦敦的时候，他和他的姐妹们一定身体都很好吧？"

"好极了，谢谢你。"

她发觉对方没有别的话再回答她了，隔了一会儿便又说道：

"我想，彬格莱先生大概不打算再回到尼日斐花园来了吧？"

"我从来没有听到他这么说过；不过，可能他不打算在那儿久住。他有很多朋友，像他这样年龄的人，交际应酬当然一天比一天多。"

"如果他不打算在尼日斐花园久住，那么，为了街坊四邻着想，他最好干脆退租，让我们可以得到一个固定的邻居，不过彬格莱先生租那幢房子，说不定只是为了他自己方便，并没有顾念到邻舍，我看他那幢房子无论是保留也好，退租也好，他的原则都是一样。"

达西先生说："我料定他一旦买到了合适的房子，马上会退租。"

伊丽莎白没有回答。她唯恐再谈到他那位朋友身上去；既然没有别的话可说，她便决定让他动动脑筋，另外找个话题来谈。

他领会了她的用意，隔了一会儿便说道："柯林斯先生这所房子倒好像很舒适呢。我相信他初到汉斯福的时候，咖苔琳夫人一定在这上面费了好大一番心思吧。"

"我也相信她费了一番心思，而且我敢说，她的好心并没有白费，因为天底下再也找不出一个比他更懂得感恩报德的人了。"

"柯林斯先生娶到了这样一位太太真是福气。"

"是呀，的确是福气；他的朋友们应当为他高兴，难得有这样一个头脑清楚的女人肯嫁给他，嫁了他又能使他幸福，我这个女朋友是个绝顶聪明的人，不过她跟柯林斯先生结婚，我可不认为是上策。她倒好像极其幸福，而且，用普通人的眼光来看，她这门婚姻当然攀得很好。"

"她离开娘家和朋友都这么近，这一定会使她很满意的。"

"你说很近吗？快五十英里呢。"

"只要道路方便，五十英里能算远吗？只需要大半天就到得了，我认为很近。"

伊丽莎白嚷道："我从来没有认为道路的远近，也成了这门婚姻的有利条件之一，我决不会说柯林斯太太住得离家很近。"

"这说明你自己太留恋哈福德郡。我看你只要走出浪搏恩一步，就会嫌远。"

他说这话的时候，不禁一笑，伊丽莎白觉得自己明白他这一笑的深意：他一定以为她想起了吉英和尼日斐花园吧，于是她红了脸回答道：

"我并不是说，一个女人家就不许嫁得离娘家太近。远近是相对的，还得看各种不同的情况来决定。只要你出得起盘缠，远一些又何妨。这儿的情形却不是这样。柯林斯夫妇虽然收入还好，可也经不起经常旅行；即使把目前的距离缩短到一小半，我相信我的朋友也不会以为离娘家近的。"

达西先生把椅子移近她一些，说道："你可不能有这么重的乡土观念。你总不能一辈子

226

待在浪搏恩呀。"

伊丽莎白有些神色诧异。达西也觉得心情有些两样，便把椅子拖后一点，从桌子上拿起一张报纸看了一眼，用一种比较冷静的声音说：

"你喜欢肯特吗？"

于是他们俩把这个村庄短短地谈论了几句，彼此都很冷静，措辞也颇简洁。一会儿工夫，夏绿蒂跟她妹妹散步回来了，谈话就此终止。夏绿蒂姐妹俩看到他们促膝谈心，都觉得诧异。达西先生把他方才误闯进来遇见班纳特小姐的原委说了一遍，然后稍许坐了几分钟就走了，跟谁也没有多谈。

他走了以后，夏绿蒂说："这是什么意思？亲爱的伊丽莎，他一定爱上你啦，否则他决不会这样随随便便来看我们的。"

伊丽莎白把他刚才那种说不出话的情形告诉了她，夏绿蒂便觉得自己纵有这番好意，看上去又不像是这么回事。她们东猜西猜，结果只有认为他这次是因为闲来无聊，所以才出来探亲访友，这种说法倒还算讲得过去，因为到了这个季节，一切野外的活动都过时了，待在家里虽然可以和咖苔琳夫人谈谈，看看书，还可以打打弹子，可是男人们总不能一直不出房门；既然牧师住宅相隔很近，顺便散散步荡到那儿去玩玩，也很愉快，况且那家人又很有趣味，于是两位表兄弟在这段做客时期，差不多每天都禁不住要上那儿去走一趟。他们总是上午去，迟早没有一定，有时候分头去，有时候同道去，间或姨母也跟他们一起去。女眷们看得非常明白，费茨威廉来访，是因为他喜欢跟她们在一起……这当然使人家愈加喜欢他，伊丽莎白跟他在一起就觉得很满意，他显然也爱慕伊丽莎白，这两种情况使伊丽莎白想起了她以前的心上人乔治·韦翰；虽说把这两个人比较起来，她觉得费茨威廉的风度没有乔治·韦翰那么温柔迷人，然而她相信他脑子里的花样更多。

可是达西先生为什么常到牧师家里来，这仍然叫人不容易明白。他不可能是为了要热闹，因为他老是在那儿坐上十分钟一句话也不说，说起话来也好像是迫不得已的样子，而不是真有什么话要说……好像是在礼貌上委曲求全，而不是出于内心的高兴。他很少有真正兴高采烈的时候。柯林斯太太简直弄他不懂。费茨威廉有时候笑他呆头呆脑，可见他平常并不是这样，柯林斯太太当然弄不清其中的底蕴。她但愿他这种变化是恋爱所造成的，而且恋爱的对象就是她朋友伊丽莎白，于是她一本正经地动起脑筋来，要把这件事弄个明白。每当她们去罗新斯的时候，每当他来到汉斯福的时候，她总是注意着他，可是毫无效果。他的确常常望着她的朋友，可是他那种目光究竟深意何在，还值得商榷。

他痴呆呆地望着她，的确很诚恳，可是柯林斯太太还是不敢断定他的目光里面究竟含有多少爱慕的情意，而且有时候那种目光简直是完全心不在焉的样子。

她曾经有一两次向伊丽莎白提示过，说他可能倾心于她，可是伊丽莎白老是一笑置之；柯林斯太太觉得不应该总在这个问题上唠叨不休，不要撩得人家动了心，到头来却只落得一个失望；照她的看法，只要伊丽莎白自己觉得已经把他抓在手里，那么，毫无疑问，一切厌恶他的情绪自然都会消失的。她好心好意处处为伊丽莎白打算，有时候也打算把她嫁给费茨威廉，他真是个最有风趣的人，任何人也比不上他；他当然也爱慕她，他的社会地位又是再适当也没有了；不过，达西先生在教会里有很大的权力，而他那位表兄弟却根本没有，相形之下，表兄弟这些优点就无足轻重了。

五、名家点评

1. "简·奥斯汀是一位喜剧艺术家",她"在纯粹喜剧艺术方面仅次于莎士比亚"。
——英国著名文学家和评论家基布尔

2. 我相信,广大的读者已经认定《傲慢与偏见》是奥斯汀的杰作,我认为他们的评价是很中肯的。使一部作品成为经典名著的,不是评论家们的交口赞誉、教授们的阐述研究、用作学校里的教科书,而是使一代又一代的读者在阅读这部作品时得到愉悦,受到启迪,深受教益。我个人认为,《傲慢与偏见》总体来说,是所有小说中最令人满意的一部作品。
——威廉·萨默塞特·毛姆

3. 我认为简·奥斯汀是英国文学史上最伟大的技巧巨匠之一,她在文学方面炉火纯青,就像莫扎特在音乐方面完美无缺一样。
——弗兰克·奥康纳

44　安徒生童话

（丹麦）安徒生

一、作者简介

汉斯·克里斯蒂安·安徒生（1805—1875），丹麦19世纪著名的童话作家、诗人，也是世界文学童话的代表人物之一，被誉为"世界儿童文学的太阳"。他出生于欧登塞城一个贫穷的鞋匠家庭，童年生活贫苦。早年在慈善学校读过书，当过学徒工。受父亲和民间口头文学影响，他从小热爱文学。

安徒生的文学生涯始于1822年，从编写剧本开始。进入大学后，他的创作日趋成熟，曾发表游记和歌舞喜剧，出版诗集和诗剧。1833年出版长篇小说《即兴诗人》，为他赢得国际声誉，是他成人文学的代表作。他最著名的童话故事有《小锡兵》《海的女儿》《拇指姑娘》《卖火柴的小女孩》《丑小鸭》《皇帝的新装》等。安徒生生前曾得到皇家的致敬，并被高度赞扬：给全欧洲的一代孩子带来了欢乐。他的作品《安徒生童话》已经被译为150多种语言，成千上万册童话书在全球陆续发行和出版。11岁时父亲病逝，母亲改嫁。为追求艺术，他14岁时只身来到首都哥本哈根。经过八年奋斗，终于在诗剧《阿尔芙索尔》的剧作中崭露才华。因此，被皇家艺术剧院送进斯拉格尔塞文法学校和赫尔辛欧学校免费就读，历时五年。1828年，升入哥本哈根大学。毕业后始终无工作，主要靠稿费维持生活。1838年获得作家奖金——国家每年拨给他200元非公职津贴。

二、名著概要

《安徒生童话》包括安徒生创作的全部童话作品。阅读它，我们可以从中了解安徒生童话的全貌，感受其无穷的魅力。其中，给人印象最深的莫过于《丑小鸭变白天鹅》《拇指姑娘》《皇帝的新装》《海的女儿》《卖火柴的小女孩》《小锡兵》《老爹做的事总是对的》等名篇。

《安徒生童话》中有157篇童话，童话的内容从人类覆盖到大自然，题材广泛。以人类为题材的，上至国王、王子、公主、贵族，下至商人、贫苦百姓；以大自然为题材的，从天空到森林、池塘、大海、草地、建筑。《安徒生童话》大多取材于民间故事或引用民间歌谣和传说，继承并发扬了民间文学朴素清新的格调，既立足于现实生活，又充满了对人类美好未来的想象和期望；而对人间的黑暗和各种不合理现象，则给予无情的揭露和讽刺。作品的语言生动活泼、睿智幽默，充分体现了儿童的心理特点，具有很高的艺术性。

三、作品导读

安徒生的童话创作分早、中、晚三个时期。

早期童话多充满绮丽的幻想、乐观的精神，体现现实主义和浪漫主义相结合的特点。代表作有《打火匣》《小意达的花儿》《拇指姑娘》《海的女儿》《野天鹅》《丑小鸭》《皇帝的新衣》。

中期童话，幻想成分减弱，现实成分相对增强。在鞭挞丑恶、歌颂善良中，表现了对美好生活的执著追求，也流露了缺乏信心的忧郁情绪。代表作有《卖火柴的小女孩》《冰雪皇后》《影子》《一滴水》《母亲的故事》《演木偶戏的人》。

晚期童话比中期更加面对现实，着力描写底层民众的悲苦命运，揭露社会生活的阴冷、黑暗和人间的不平。作品基调低沉。代表作有《柳树下的梦》《她是一个废物》《单身汉的睡帽》《幸运的贝儿》。

安徒生的童话不单是写给少年儿童的，也是写给成年人的。作品里面有许多东西，甚至在我们老年时也值得回味，值得我们多想想。这就是安徒生的童话独具的魅力和价值。他的童话不同于一般民间故事的转述，更多的是根据现实生活而作，表现出他对社会现象的深刻观察和分析，对社会阴暗面的揭露和批判，同时也有不少的篇章表现出他对人们的高尚品质的歌颂。作品充满了浓厚的浪漫主义气息和美丽的幻想，读起来像诗。此外，虽然他的童话创作不是民间故事的转述，但语言和风格却洋溢着民间的风趣，因而也使人感到非常亲切。

他的作品鲜明地表现出他的爱和憎：对于统治阶级的昏庸、腐朽和残酷、虚伪，他的揭露和讽刺是无情的。他希望人间出现一个幸福美满的世界，在这个世界里人们都具有高尚的品质和理想，都具有勇敢和舍己为人的献身精神。他在这方面创造出了不少令人难忘的形象：如"海的女儿"、《野天鹅》中的"艾丽莎""拇指姑娘"……这些崇高的理想赋予他的童话作品一种非凡的力量，那是一种生命壮大的力量，那是一种人类精神文明进步的力量。

四、精彩片段

红舞鞋

从前有一个小女孩，一个非常可爱的、漂亮的小女孩。不过她夏天得打着一双赤脚走路，因为她很贫穷。冬天她拖着一双沉重的木鞋，脚背都给磨红了，这是很不好受的。

在村子的正中央住着一个年老的女鞋匠。她用旧红布匹，坐下来尽她最大的努力缝出了一双小鞋。这双鞋的样子相当笨，但是她的用意很好，因为这双鞋是为这个小女孩缝的。这个小姑娘名叫珈伦。

在她的妈妈入葬的那天，她得到了这双红舞鞋。这是她第一次穿。的确，这不是服丧时穿的东西；但是她却没有别的鞋子穿。所以她就把一双小赤脚伸进去，跟在一个简陋的棺材后面走。

这时候忽然有一辆很大的旧车子开过来了。车子里坐着一位年老的太太。她看到了这个小姑娘，非常可怜她，于是就对牧师说：

"把这个小姑娘交给我吧，我会待她很好的！"

珈伦以为这是因为她那双红舞鞋的缘故。不过老太太说红舞鞋很讨厌，所以把这双鞋烧掉了。不过现在珈伦却穿起干净整齐的衣服来。她学着读书和做针线，别人都说她很可爱。不过她的镜子说："你不但可爱；你简直是美丽。"

有一次皇后旅行全国；她带着她的小女儿一道，也就是小公主。老百姓都拥到宫殿门口来看，珈伦也在他们中间。那位小公主穿着美丽的白衣服，站在窗子里面，让大家来看她。她既没有拖着后裾，也没有戴上金王冠，但是她穿着一双华丽的红鞣皮鞋。比起那个女鞋匠为小珈伦做的那双鞋来，这双鞋当然是漂亮得多。世界上没有什么东西能跟红舞鞋比较！

现在珈伦已经很大，可以受坚信礼了。她将会有新衣服穿；她也会穿到新鞋子。城里一个富有的鞋匠把她的小脚量了一下，这件事是在他自己店里、在他自己的一个小房间里做的。那儿有许多大玻璃架子，里面陈列着许多整齐的鞋子和擦得发亮的靴子。这些鞋子都很漂亮，不过那位老太太的眼睛看不清楚，所以她不感兴趣。在这些鞋子中，有一双红舞鞋；它跟公主所穿的那双一模一样。它们是多么美丽啊！鞋匠说这双鞋是为一位伯爵的小姐做的，但是它们不太合她的脚。

"那一定是漆皮做的，"老太太说，"因此才这样发亮！"

"是的，发亮！"珈伦说。

鞋子很合她的脚，所以她就买下来了。不过老太太不知道那是红色的，因为她绝不会让珈伦穿着一双红舞鞋去受坚信礼。但是珈伦却去了。

所有的人都在望着她的那双脚。当她在教堂里走向那个圣诗歌唱班门口的时候，她就觉得好像那些墓石上的雕像，那些戴着硬领和穿着黑长袍的牧师，以及他们的太太的画像都在盯着她的那双红舞鞋。牧师把手搁在她的头上，讲着神圣的洗礼、她与上帝的誓约以及当一个基督徒的责任，正在这时，她心中只想着她的这双鞋。风琴奏出庄严的音乐来，孩子们悦耳的声音唱着圣诗，那个年老的圣诗队长也在唱，但是珈伦只想着她的红舞鞋。

那天下午老太太听大家说那双鞋是红的。于是她就说，这未免太胡闹了，太不成体统了。她还说，从此以后，珈伦再到教堂去，必须穿着黑鞋子，即使是旧的也没有关系。

下一个星期日要举行圣餐。珈伦看了看那双黑鞋，又看了看那双红舞鞋，再一次又看了看红舞鞋，最后决定还是穿上那双红舞鞋。

太阳照耀得非常美丽。珈伦和老太太在田野的小径上走着。路上有些灰尘。

教堂门口有一个残疾的老兵，拄着一根拐杖站着。他留着一把很奇怪的长胡子。这胡子与其说是白的，还不如说是红的，因为它本来就是红的。他把腰几乎弯到地上去了；他回老太太说，他可不可以擦擦她鞋子上的灰尘。珈伦也把她的小脚伸出来。

"这是多么漂亮的舞鞋啊！"老兵说，"你在跳舞的时候穿它最合适！"于是他就用手在鞋底上敲了几下。老太太送了几个银毫给这个老兵，然后便带着珈伦走进教堂了。

教堂里所有的人都望着珈伦的这双红舞鞋，所有的画像也都在望着这双鞋。当珈伦跪在圣餐台面前、嘴里衔着金圣餐杯的时候，她只想着她的红舞鞋，它们似乎浮在她面前的圣餐杯里。她忘记了唱圣诗；她忘记了念祷告。

现在大家都走出了教堂。老太太走进她的车子里，珈伦也抬起脚踏进车子里。这时，站在旁边的那个老兵说："多么美丽的舞鞋啊！"

珈伦经不起这番赞美：她要跳几个步子。她一开始，一双腿就不停地跳起来。这双鞋好像控制住了她的腿似的。她绕着教堂的一角跳，她没有办法停下来。车夫不得不跟在她后面跑，把她抓住，抱进车子里去。不过她的一双脚仍在跳，结果她猛烈地踢到那位好心肠的太太身上去了。最后他们脱下她的鞋子；这样，她的腿才算安静下来。

这双鞋子被放在家里的一个橱柜里，但是珈伦忍不住要去看看。

现在老太太病得躺下来了；大家都说她大概是不会好了。她得有人看护和照料，但这种工作不应该是别人而应该是由珈伦做的。不过这时城里有一个盛大的舞会，珈伦也被请去了。她望了望这位好不了的老太太，又瞧了瞧那双红舞鞋，她觉得瞧瞧也没有什么害处。她穿上了这双鞋，穿穿也没有什么害处。不过这么一来，她就去参加舞会了，而且开始跳起舞来。

但是当她要向右转的时候，鞋子却向左边跳。当她想要向上走的时候，鞋子却要向下跳，要走下楼梯，一直走到街上，走出城门。她舞着，而且不得不舞，一直舞到黑森林里去。

树林中有一道光。她想这一定是月亮了，因为她看到一个面孔。不过这是那个有红胡子的老兵。他在坐着，点着头，同时说：

"多么美丽的舞鞋啊！"

这时她就害怕起来，想把这双红舞鞋扔掉。但是它们扣得很紧。于是她扯着她的袜子，但是鞋已经生到她脚上去了。她跳起舞来，而且不得不跳到田野和草原上去，在雨里跳，在太阳里也跳，在夜里跳，在白天也跳。最可怕的是在夜里跳。她跳到一个教堂的墓地里去，不过那儿的死者并不跳舞：他们有比跳舞还要好的事情要做。她想在一个长满了苦艾菊的穷人的坟上坐下来，不过她静不下来，也没有办法休息。当她跳到教堂敞着的大门口的时候，她看到一位穿白长袍的安琪儿。她的翅膀从肩上一直拖到脚下，她的面孔是庄严而沉着的，手中拿着一把明晃晃的剑。

"你得跳舞呀！"她说，"穿着你的红舞鞋跳舞，一直跳到你发白和发冷，一直跳到你的身体干缩成一架骸骨。你要从这家门口跳到那家门口。你要到一些骄傲自大的孩子们住着的地方去敲门，好叫他们听到你，怕你！你要跳舞，不停地跳舞！"

"请饶了我吧！"珈伦叫起来。

不过她没有听到安琪儿的回答，因为这双鞋把她带出门，到田野上去了，带到大路上和小路上去了。她得不停地跳舞。有一天早晨她跳过一个很熟识的门口。里面有唱圣诗的声音，人们抬出一口棺材，上面装饰着花朵。这时她才知道那个老太太已经死了。于是她觉得她已经被大家遗弃，被上帝的安琪儿责罚。

她跳着舞，她不得不跳着舞，在漆黑的夜里跳着舞。这双鞋带着她走过荆棘的野蔷薇；这些东西把她刺得流血。她在荒地上跳，一直跳到一个孤零零的小屋子面前去。她知道这儿住着一个刽子手。她用手指在玻璃窗上敲了一下，同时说：

"请出来吧！请出来吧！我进来不了呀，因为我在跳舞！"刽子手说：

"你也许不知道我是谁吧？我就是砍掉坏人脑袋的人呀。我已经感觉到我的斧子在颤动！"

"请不要砍掉我的头，"珈伦说，"因为如果你这样做，那么我就不能忏悔我的罪过了。但是请你把我这双穿着红舞鞋的脚砍掉吧！"

于是她就说出了她的罪过。刽子手把她那双穿着红舞鞋的脚砍掉。不过这双鞋带着她的小脚跳到田野上，一直跳到漆黑的森林里去了。

他为她配了一双木脚和一根拐杖，同时教给她一首死囚们常常唱的圣诗。她吻了一下那只握着斧子的手，然后就向荒地上走去。

"我为这双红舞鞋已经吃了不少的苦头，"她说，"现在我要到教堂里去，好让人们看看我。"

于是她就很快地向教堂的大门走去，但是当她走到那儿的时候，那双红舞鞋就在她面前跳着舞，弄得她害怕起来。于是她又走回来了。

她悲哀地过了整整一个星期，流了许多伤心的眼泪。不过当星期日到来的时候，她说：

"唉，我受苦和斗争已经够久了！我想我现在跟教堂里那些昂着头的人没有什么两样！"

于是她就大胆地走出去。但是当她刚刚走到教堂门口的时候，她又看到那双红舞鞋在她面前跳舞：这时她害怕起来，马上往回走，同时虔诚地忏悔她的罪过。

232

她走到牧师的家里，请求在他家当一个佣人。她愿意勤恳地工作，尽她的力量做事。她不计较工资；她只是希望有一个住处，跟好人在一起。牧师的太太怜悯她，把她留下来做活。她是很勤快和用心思的。晚间，当牧师在高声地朗读《圣经》的时候，她就静静地坐下来听。这家的孩子都喜欢她。不过当他们谈到衣服、排场的时候，她就摇摇头。

第二个星期天，一家人全到教堂去做礼拜。他们问她是不是也愿意去。她满眼含着泪珠，凄惨地把她的拐杖望了一下。于是这家人就去听上帝的训诫了。只有她孤独地回到她的小房间里去。这儿不太宽，只能放一张床和一张椅子。她拿着一本圣诗集坐在这儿，用一颗虔诚的心来读里面的字句。风儿把教堂的风琴声向她吹来。她抬起被眼泪润湿了的脸，说："上帝啊，请帮助我！"

此刻，阳光明媚，一位身穿白衣服的安琪儿，就是她有一天晚上在教堂门口见到过的那位安琪儿，在她面前出现了。不过她手中不再是拿着那把锐利的剑，而是拿着一根开满了玫瑰花的绿枝。她用它触了一下天花板，于是天花板就升得很高。凡是她所触到的地方，就有一颗明亮的金星出现。她把墙触了一下，于是墙就分开了。这时她就看到那架奏着音乐的风琴和绘着牧师及牧师太太的一些古老画像。做礼拜的人都坐在很讲究的席位上，唱着圣诗集里的诗。如果说这不是教堂自动来到这个狭小房间里的可怜的女孩面前，那就是她已经身在教堂里面了。她和牧师家里的人一同坐在席位上。当他们念完了圣诗、抬起头来看的时候，他们就点点头，说："对了，珈伦，你也到这儿来了！"

"我得到了宽恕！"她说。

风琴奏着音乐。孩子们的合唱是非常好听和可爱的。明朗的阳光温暖地从窗外射到珈伦的椅子上。她的心充满了阳光、和平和快乐。她的灵魂飘在太阳的光线里飞进天国。谁也没有再问起她的那双红舞鞋。

五、名家点评

1. 安徒生在童话故事里一再强调的这个"永恒"正是他自己毕生追求的。安徒生永生了。安徒生得到了他要的永生的魂灵了。他的魂灵，他的思想，他的精神，他的情操，依然活在这个世界上，活在任何一个有文字的角落。

——林桦（1997年 H．C．安徒生荣誉奖得主，2002年 Rungstedlund 奖得主）

2. "我的一生是一篇美丽的童话，既那么丰富多彩，又那么幸福快乐。"他把自己生活里的阿拉丁神灯般的遭遇看成是上帝的仁慈怜爱和慷慨恩赐，因而直言不讳地宣扬他所得到的一切荣耀都应完全归于上帝，并且在他的作品中不遗余力地颂扬上帝的伟大和仁慈，要世人虔诚地信仰并敬畏上帝。出于这种受宠若惊和感恩戴德的心情，安徒生童话中充斥了浓郁的宗教色彩和说教，尤其是他晚年的作品，更是有如在唱赞美诗一般。

——石琴娥（《安徒生童话与故事全集》译者，北欧文学专家）

45 简·爱

（英）夏洛蒂·勃朗特

一、作者简介

夏洛蒂·勃朗特是英国 19 世纪著名的女作家之一，代表作有《简·爱》《雪而莉》《维耶特》《教师》等。

她生于英格兰北部约克郡山区的一个穷苦牧师家庭。父亲是鳏夫，身边带着五女一子，只好把女儿送到寄宿学校，两个大女儿即死在那里。夏洛蒂 19 岁时留在该校任教师，后来又去做家庭教师。当时的寄宿学校无异于贫民院与孤儿院，而家庭教师近乎女仆。为了摆脱这种境遇，她曾到生活费用低廉的布鲁塞尔学法文，准备回来与两个妹妹共办学校。

勃朗特姐妹自幼生活在荒僻的教区，极少与外界往来，在家随父亲读书，思想十分早熟，对文学、美术、音乐、政治都很感兴趣，并从少年时代就开始写作。在姐妹分头去做家庭教师时也没停笔。姐妹三人合出了一本小诗集，虽然最后只卖出了两本，但是不管怎么说，诗集的出版对她们来说总是一件大事，她们的创作热情受到了激励，于是三姐妹又开始埋头写小说。这时，夏洛蒂已 30 岁。她花了将近一年时间，写成一部长篇小说，取名《教师》；妹妹艾米莉和安妮则分别写了长篇小说《呼啸山庄》和《艾格尼斯·格雷》，三部书先后被出版。

勃朗特三姐妹在文学创作上的成功，给勃朗特一家带来了极大的欢乐。但是不久，家里就发生了一连串不幸事件。弟弟勃兰威尔和妹妹艾米丽相继因病去世，小妹妹安妮不久也去世了。孤独的夏洛蒂在 1855 年婚后的数月内便病逝了，时年 39 岁。

夏洛蒂的长篇小说多以自身经历为蓝本，擅长描写景物、刻画人物肖像和心理活动。在她的小说中，最突出的主题就是女性要求独立自主的强烈愿望。这一主题可以说在她所有的小说中都顽强地表现出来，而将女性的呼声作为小说主题，这在她之前的英国文学史上是不曾有过的——她是表现这一主题的第一人。

二、名著概要

《简·爱》是 19 世纪英国著名的女作家夏洛蒂·勃朗特的代表作，人们普遍认为《简·爱》是夏洛蒂·勃朗特"诗意的生平写照"，是一部具有自传色彩的作品。作品创作时的英国已是世界上的头号工业大国，但英国妇女的地位并没有改变，依然处于从属、依附的地位，女子的生存目标就是要嫁入豪门，即便不能生在富贵人家，也要努力通过婚姻获得财富和地位，女性职业的唯一选择是当个好妻子、好母亲。而以作家为职业的女性会被认为是违背了正当女性气质，会受到男性的激烈攻击，从夏洛蒂姐妹的作品最初都假托男性化的笔名一事，可以想象当时的女性作家面临着怎样的困境。而《简·爱》这一经典名著所讲述的就是一位从小变成孤儿的英国女子在各种磨难中不断追求自由与尊严，坚持自我，最终获得幸福的故事。小说引人入胜地展示了男女主人公曲折起伏的爱情经历，歌颂了摆脱一切旧习俗和偏见，成功塑造了一个敢于反抗，敢于争取自由和平等地位的妇女形象。

三、作品导读

《简·爱》是一部具有浓厚浪漫主义和自传色彩的现实主义小说。主人公的人生追求有两个基本旋律：富有激情、幻想、反抗和坚持不懈的精神；对人间自由幸福的渴望和对更高精神境界的追求。小说通过对孤女坎坷不平的人生经历的刻画，成功地塑造了一个不安于现状、不甘受辱、敢于抗争的女性形象。

女主人公简·爱，是一个性格坚强，朴实，刚柔并济，独立自主，积极进取的女性。她出身卑微，相貌平凡，但她并不以此自卑。她蔑视权贵的骄横，嘲笑他们的愚笨，显示出自立自强的人格和美好的理想。她有顽强的生命力，从不向命运低头，最后有了自己所向往的美好生活。简·爱生活在一个父母双亡，寄人篱下的环境里，从小就承受着与同龄人不一样的待遇：姨妈的嫌弃，表姐的蔑视，表哥的侮辱和毒打。但她并没有绝望，她并没有自我摧毁，并没有在侮辱中沉沦。所带来的种种不幸的一切，相反，换回的却是简·爱的无限信心，却是简·爱的坚强不屈的精神，一种不可战胜的内在人格力量。她对自己的命运、价值、地位的思考和努力把握，对自己的思想和人格有着理性的认识，对自己的幸福和情感有着坚定的追求。从简·爱身上，也可以看到当今新女性的形象：自尊、自重、自立、自强，对于自己的人格、情感、生活、判断、选择的坚定理想和执著追求。

男主人公罗切斯特，是桑菲尔德庄园主，拥有财富和强健的体魄，大约三十六七岁年纪（比简爱大了将近20岁），心地善良，表面上看起来有些冷漠，有点顽固，起初在简·爱眼中，他性格阴郁而又喜怒无常，有一种男子汉气概。他身体强健，不算很英俊，但面孔十分坚毅，有一头浓密的黑卷发和一双又大又亮的黑眼睛。年轻时他被父兄迫害，受骗娶了疯女人伯莎·梅森，那个女人荒淫无度，过着放浪的生活，成天吼叫，罗切斯特非常厌恶她，但由于强烈的责任心和当时的一些要求不能抛弃她。罗切斯特先生为了追求新的生活到欧洲各国旅游，但一直都没有找到自己的心上人，反而频频遭到背叛。后来他决心认真生活，便回到了桑菲尔德庄园，认识了家庭女教师简·爱，爱上了她，并向她求婚，但已婚的事实被揭发。简·爱离开，他悲痛欲绝，又由于疯子妻子的疯狂放火而失去一条胳膊和一只眼睛，另一只眼睛也失明了。最后他成为简·爱的丈夫，婚后两年眼睛复明。

小说主要描写了简·爱与罗切斯特的爱情，通过罗切斯特两次截然不同的爱情经历，批判了以金钱为基础的婚姻和爱情观，并始终把简·爱和罗切斯特之间的爱情描写为思想、才能、品质与精神上的完全默契，以此说明人最美好的生活是人的尊严加爱。

整部作品运用了大量的心理描写，构思精巧，情节波澜起伏，给读者制造出一种阴森恐怖的气氛，而又不脱离一个中产阶级家庭的背景。作者还以精妙的笔法描写了主人公之间的真挚爱情和自然风景，感情色彩丰富而强烈。在风景描绘上，作者以画家的审美角度去鉴赏，以画家的情趣去把握光和影的和谐。

《简·爱》的结构是一种《神曲》式的艺术构架。简·爱经历了地狱（盖茨赫德和罗沃德）的烤炙，炼狱（桑菲尔德和沼泽地）的净化，最后到达可大彻大悟的理想境界（与罗切斯特结合并诞生了象征新生的下一代）。作者运用渲染气氛、噩梦、幻觉、预感来营造地狱的气氛，构筑寓言式的环境。在盖茨赫德，简·爱从生活中感觉到了"阴森森的祭奠气氛"，看到时隐时现的"幽灵"，而压抑恐怖、令人毛骨悚然的"红房子"则几乎成了地狱的化身。在罗沃德，"死亡成了这里的常客"，"围墙之内笼罩着阴郁和恐怖"，散发着"死亡的恶臭"，对简·爱来说，无疑是刚跳出火坑，却又被投进了一个更为可怕的地狱。在桑菲尔德，疯女人像鬼魂一样频频出现，暴风骤雨不断袭击桑宅。同时为了赋予一部普通的爱情小说以经典意义和神话的内涵，作者反复引用《圣经》、神话、史诗、古典名著、历史典故以及莎士比亚的著作。

《简·爱》是一部有一定影响力的书，百余年来，简·爱的形象是不朽的，而这部小说一直受到世界各国人民的欢迎。小说中男女主人公诗歌般的抒情对话对此后的文学产生一定的影响，其语言特色更是成为广大读者喜爱的重要原因，尤其是青年读者，而其社会现实意义尤其是妇女解放方面更值得深思。

四、精彩文段

谁要责怪我，他可以责怪，可我还是要说。有时候，我独自一人在庭院里散步，有时候，我走到大门口，朝门外的大路望去，或者趁阿黛尔和保姆玩耍，费尔法克斯太太在贮藏室里做果冻时，我爬上三道楼梯，推开阁楼的活门，来到铅皮屋顶上，极目眺望僻静的田野和山冈，眺望着朦胧的天际。每当这种时候，我总是渴望我的目力能够超越那个极限，看到繁华的世界，看到我曾听说却从未见过的充满生机的城镇和地区。每当这种时候，我总是企盼自己能有比现在更多的人生阅历，能跟比这儿更多的和我同样的人交往，能结识更多不同性格的人。我珍视费尔法克斯太太身上的优点，我珍视阿黛尔身上的优点，但我相信世界上还有另外的更加鲜明突出的优点，我希望能亲眼见到我相信存在的东西。

谁责怪我呢？毫无疑问，一定会有很多人。他们会说我不知足。我没有办法。我生性就不安分，有时候这使我非常苦恼。这时，我唯一的安慰是独自一人在三楼的走廊里来回踱步，安然地待在这儿的幽静和孤寂之中，任凭自己心灵的眼睛注视着面前升起的清晰的幻象——不用说，幻象是既多又灿烂夺目的；可以听任自己的心因欢乐的活动而起伏，因骚动纷扰而激昂不已，因充满活力而舒展开怀。而最最美好的是，可以听任我的心灵的耳朵倾听一个永远不会结束的故事——这是个由我的想象不断创造和叙述出来的故事，我渴望经历，在我的实际生活中并不存在的事件、生活、激情和感受，使这个故事变得非常生动有趣。说什么人应该满足于平静的生活，说这话是白费力气。他们必须有行动，即使找不到行动的机会，他们也会创造它。千百万人注定要处在比我更加死气沉沉的困境中，而千百万人在默默地反抗自己的命运。

谁也不知道，在这大千世界的芸芸众生中，除了政治反叛以外，还酝酿着多少其他的反叛。通常认为女人是非常安静的，可是女人也有着和男人一样的感情。她们像她们的兄弟一样，也要施展自己的才能，也要有她们的用武之地。她们对过于严厉的束缚，对过于绝对的停滞，也会说什么她们应该只限于做做布丁，织织袜子，弹弹钢琴，绣绣钱包，那他们的胸襟未免太狭窄了。要是她们想要超出习俗许可的女性范围，去做更多的事情，去学更多的东西，他们因而就谴责她们，嘲笑她们，那他们也未免太没有头脑了。

路面坚硬，空气凝滞，我的旅途是寂寞的。开始我走得很快，直到身上暖和起来，我才放慢脚步，享受和品味此时此景所赋予我的欢乐。三点了，我从钟楼下面经过时，教堂的钟声正好敲响。此时此刻的魅力，就在于天色临近黄昏，在于徐徐沉落和霞光渐淡的太阳。这时，我离桑菲尔德已有一英里，正行进在一条小径上。这条小径，夏天以野蔷薇闻名，秋天以坚果和黑莓著称。即使现在，也还长有一些珊瑚色珠宝般的野蔷薇果实和山楂。不过，这儿冬天最迷人的地方，还在于它无比的寂静和树叶落尽后的安宁。即使拂过一阵微风，这儿也不会发出一丝生息，因为没有一株冬青，没有一棵常绿树可以沙沙作响，光秃秃的山楂和

236

榛树丛都静悄悄的，就像铺在小径中间那些磨光了的白石子。路的两旁，举目望去，只见一片田野，此时已没有牛羊在那儿吃草。偶尔在树篱间出现几只褐色的小鸟，看上去仿佛就像几片忘了落下的枯叶。这条小径顺着山坡往上一直通到干草村。

走到中途，我在路边通到田野去的台阶上坐了下来。我把斗篷裹紧，双手藏进皮手筒，我并没有觉得冷，虽然天气冷得彻骨。这一点从覆盖在路面上的那层薄冰就可看出，这是现在已结了冰的小溪，前几天突然解冻时溪水漫到这儿来造成的。从我坐着的地方，我可以俯瞰整个桑菲尔德。那座有锥堞的灰色府第，是我脚下的山谷里的主要景物。在它的西边是一片宅边林子和黑压压的鸭群。我在这儿一直逗留到太阳西沉进树丛，闪着灿灿的红霞沉落在树丛的后面。然后我转脸朝向东方，在我上方的山顶上，挂着初升的月亮，虽然此时还像云朵般惨淡，但随时随刻都在变得更加明亮。她俯照着干草村，村子半掩在树丛间，疏疏落落的不多几只烟囱里，冒出缕缕青烟。离那儿还有一英里路程，可是在这万籁俱寂中，我已能清楚地听出那儿轻微的生活之声。我的耳边还传来了水流的声音。我说不出这声音来自哪个溪谷，发自哪个深潭，不过在干草村那边有很多小山，无疑有许多溪流正在穿过它们的隘口。这种黄昏的寂静，同样也泄露出了最近处的小溪淙淙声和最远处的山涧潺潺声。

突然间，从远处传来一阵清晰的嘈杂声，打破了这优美动听的淙淙声和潺潺声。那是一种沉重的践踏声，一种刺耳的得得声，它淹没了轻柔的声波荡漾，犹如在一幅图画中，用浓墨重彩在前景画上大块巉岩，或者是粗大的橡树树干，而把青翠的山峦、明丽的天际和斑斓的云彩构成的茫茫远景给压倒了。这嘈杂声是从小径上发出的。有匹马正朝这边过来，眼下小径的曲曲弯弯还遮着它，可是它正在渐渐走近。我刚想离开台阶，由于小径过窄，我只好坐着不动等它过去。那时候我还年轻，脑子里装满各种各样光明和黑暗的幻想，童话故事和其他一些乱七八糟的东西，都还留在我的记忆里。每当它们在脑海中浮现时，正在成熟的青春又给它们增添了童年时代无法赋予的活力和生机。当马儿渐渐走近，我等待着它从暮色中出现时，我想起了贝茜见过的几个故事，讲的是英格兰北部一个叫"盖特拉希"的妖精，它经常变成马、骡子或者大狗的形状，出没在荒野小径上，有时会突然出现在赶夜路的人面前，就像这匹马现在就要出现在我面前一样。

五、名家点评

1. 一位伟大天才的杰作。——萨克雷
2. 充满生气勃勃的个性。——欧仁·福萨德
3. 《简·爱》的结尾过于圆满了，甚至脱离了那个时代女性不具备地位的社会特点，它是"败笔"。——辛克莱·刘易斯

46 双城记

（英）查尔斯·狄更斯

一、作者简介

查尔斯·狄更斯（1812—1870）是英国19世纪批判现实主义文学的杰出代表，维多利亚时代首屈一指的小说家。他特别注意描写生活在英国社会底层的"小人物"的生活遭遇，深刻地反映了当时英国复杂的社会现实，为英国批判现实主义文学的开拓和发展作出了卓越的贡献。

狄更斯生于波特西近郊，由于父亲负债累累，全家曾被迫迁入债务拘留所。他12岁开始独立谋生，当了学徒，初次尝到了痛苦、屈辱的生活，这也使他更接近了社会底层。16岁当了律师事务所的书记员，不久又当上了记者，这使他广泛接触社会，目睹种种社会黑暗。这期间他开始尝试写作，在三年的时间里陆续写成了两卷记述伦敦生活的《特写集》，1836年以"波兹"为笔名出版。1836年至1837年，他又分期发表了第一部长篇小说《匹克威克外传》，受到读者普遍欢迎。

狄更斯在30多年中创作了14部长篇小说和许多中短篇小说。从创作的发展过程来说，他的创作大致可以分为三个时期：

第一个时期的创作包括19世纪30年代至40年代初的作品。这是资产阶级进行议会改革的年代，也是宪章运动活跃的年代。这一时期狄更斯创作的长篇小说主要有《匹克威克外传》《雾都孤儿》《尼古拉斯·尼古贝》《老古玩店》和《巴纳比·拉奇》。在这些作品里，作者揭露了伪善的慈善机构，抨击了黑暗的学校教育，讽刺了选举和法院的腐败，描写了小私有者在高利贷者剥削下的破产和历史上的人民革命运动，但批判是比较温和的。

第二个时期的创作包括19世纪40年代中期的作品。这一时期早期创作中"仁爱"的资产者不见了，作者对他们的乐观幻想已经基本破除。他强调为富不仁者必须经过破产或其他折磨，接受感情教育，才能真正懂得"仁爱"与"谅解"。代表作有《马丁·朱什尔维特》和《董贝父子》。自传性的长篇小说《大卫·科波菲尔》虽然写作于稍后的时间，但大致还可以归入这个时期。

第三个时期的创作包括19世纪五六十年代的作品，这是他创作的高峰。这时欧洲大陆的革命失败了，英国宪章运动最后一次高潮也被镇压了，资本主义社会出现了一个表面上稳定和繁荣的局面。这一时期的代表作品有《荒凉山庄》《艰难时世》《双城记》和《远大前程》等。作者在这些作品中，不再以个别孤立的人物和事件作为抨击的对象，而是对资产阶级政府、议会、法院、监狱、家庭、学校、道德、哲学等进行揭露。但由于资本主义社会矛盾的日益尖锐化，狄更斯对社会的改造逐渐丧失了信心，晚年的作品中流露出一种悲观失望的情绪。

二、名著概要

《双城记》写于作者的晚年，以法国大革命为背景真实地反映了革命前夕封建贵族对农民的残酷迫害。其文构思巧妙，表达了作者深邃的人道主义情怀。

早在创作《双城记》之前很久，狄更斯就对法国大革命极为关注，反复研读英国历史学家卜莱尔的《法国革命史》和其他学者的有关著作。他对法国大革命的浓厚兴趣发端于对当时英国潜伏着的严重的社会危机的担忧。1854 年年底，他说："我相信，不满情绪像这样冒烟比火烧起来还要坏得多，这特别像法国在第一次革命爆发前的公众心理，这就有危险。由于千百种原因——如收成不好、贵族阶级的专横与无能把已经紧张的局面最后一次加紧、海外战争的失利、国内偶发事件等——变成那次从未见过的一场可怕的大火。"可见，《双城记》这部历史小说的创作动机在于借古讽今，以法国大革命的历史经验为借鉴，给英国统治阶级敲响警钟；同时，通过对革命恐怖的极端描写，也对心怀愤懑、希图以暴力对抗暴政的人民群众提出警告，幻想为社会矛盾日益加深的英国现状寻找一条出路。

小说描写了法国贵族厄弗里蒙地侯爵兄弟肆意蹂躏农家妇女并且杀害了她的弟弟。梅尼特医生目睹这一暴行，写信向朝廷告发。不幸信件落到侯爵手里，梅尼特医生受到诬陷，在巴士底监狱被关了 18 年。厄弗里蒙地侯爵弟弟所乘的马车压死了一个农民的孩子，又杀死了孩子的父亲。狄更斯满怀同情地描写了法国农民的悲惨遭遇，愤怒地谴责了封建贵族的为非作歹、为所欲为。

三、作品导读

《双城记》是狄更斯最重要的代表作之一，是他迟暮之年的巅峰之作。

小说深刻地揭露了法国大革命前深深激化了的社会矛盾，强烈地抨击了贵族阶级的荒淫残暴，并深切地同情下层人民的苦难。作品揭示了一条真理：压抑在法国农民心头的愤怒，必将像火山一样爆发出来，不可避免地要发生一场大革命。狄更斯从人道主义出发，阐明了法国革命的合理性。小说还描绘了起义人民攻击巴士底狱等壮观场景，表现了人民群众的伟大力量。但革命爆发后，他又强烈地谴责革命中的暴力行为，把革命描写成失去理智的冲动。梅尼特医生的管家得伐石的妻子对封建贵族的斗争最坚决，但在狄更斯笔下，却被描写成一个嗜血成性的疯狂的复仇者。狄更斯在小说中还塑造了代尔那和卡尔登两个人道主义的理想人物。代尔那是侯爵的儿子，他主动放弃贵族的特权，到英国居住，和梅尼特医生的女儿结了婚。为了营救管家，他冒着生命危险回到法国，被革命者逮捕，判处死刑。卡尔登为了营救朋友，混入监狱，冒名顶替，代替和他长得十分相似的代尔那上了断头台。小说着力宣传代尔那和卡尔登的高尚品质，把他们舍己为人的自我牺牲精神和革命者的"暴乱"和"残杀"相对照，更加衬托出他们的"英雄"行为。狄更斯从资产阶级人道主义立场出发，反对一切形式的压迫。他既反对封建贵族对农民的迫害，也反对革命胜利后革命人民对封建贵族的专政。这部小说集中反映了狄更斯资产阶级人道主义思想的历史进步作用和它的阶级局限性。

《双城记》有其不同于一般历史小说的地方，它的人物和主要情节都是虚构的。在法国大革命广阔的真实背景下，作者以虚构人物梅尼特医生的经历为主线索，把冤狱、爱情与复仇三个互相独立而又互相关联的故事交织在一起，情节错综，头绪纷繁。作者采取倒叙、插叙、伏笔、铺垫等手法，使小说结构完整严密，情节曲折紧张而富有戏剧性，表现了卓越的艺术技巧。这部小说风格肃穆、沉郁，充满忧愤，但缺少早期作品的幽默。

四、精彩文段

那是最好的时代，那是最糟糕的时代；那是智慧的年头，那是愚昧的年头；那是信仰的时期，那是怀疑的时期；那是光明的季节，那是黑暗的季节；那是希望的春天，那是失望的冬天；我们全都直奔天堂，我们全都直奔在相反的方向——地狱。

内心有种种废弃的力量，周围是一片荒漠，这个人跨下一步沉寂的台阶，却站定了。瞬息之间他在眼前荒野里看到了一座由荣耀的壮志、自我克制以及坚毅顽强组成的海市蜃楼。在那美丽的幻影城里有虚无缥缈的长廊，长廊里爱之神和美之神遥望着他；有悬满了成熟生命之果的花园；有在他眼中闪着粼粼波光的希望之湖。可这一切转瞬之间却都消失了。他在层层叠叠的屋宇之巅爬到了一间高处的居室，衣服也不脱便扑倒在一张没有收拾过的床上，枕头上流的眼泪点点斑斑，还是潮的。

太阳凄凉地、忧伤地升了起来，照在一个极可悲的人身上。那是个很有才华、感情深厚的人，却无法施展自己的才能，用那才华和情感为自己获取幸福。他明知道它的危害，却听之任之，让自己消磨憔悴。

若是西德尼·卡尔顿在别的地方也有发出光彩的时候，他在曼内特医生家可从来就暗淡无光。整整一年了，他常去他们家，却永远是那样一个沮丧的忧伤的闲人……。他那对一切都漠不关心的阴云却总以一种致命的黑暗笼罩着他，极少为他内心的光芒所刺破。

然而，他对那座房屋附近的街道和它那有知觉的铺路石却很感兴趣。有多少个无从借酒浇愁的夜晚，他曾在那道路上茫然而忧伤地徘徊过。有多少个凄凉的破晓曾照出他逡巡不去的孤独身影，即使当晨曦的光芒鲜明地勾勒出为黑夜隐藏的教学尖塔和高楼大厦的建筑之美时，他仍然在那儿流连不去。其实在那个平静的时刻，他也许是可以想起一些在别的时候被忘却的和得不到的美好事物的。近来法学会大院那张被忽视的床比过去更少跟他见面了。他常常是倒在床上不到几分钟便又翻身爬起来，又回到那一带转悠去了。

回声很少反应西德尼·卡尔顿的实际脚步。他一年最多只有五六次使用不请自来的特权，来后也只在他们之间坐一个晚上，跟以往一样。他从不带着酒意。回声的悄语里也反响着一种来自他的东西，那是真诚的回声，千百年来总要震荡反响的。若一个男人真正爱上了一个女人，失去了她，却还能在她做了妻子和母亲之后准确无误地理解她，而且挚爱如初，那么她孩子们对他总会有一种奇特的情感共鸣的，一种本能的微妙的爱怜。

斯特莱佛先生像一艘在汹涌的急流中破浪前进的大型汽轮，在法学界横冲直撞，把他那很有用的朋友拖在身后，像拖了一只小船。受到这种宠爱的小船总是灾难重重，大部分时间都淹没在水里……

夜色渐渐淡去，他走在桥头，听着河水拍打巴黎河堤，堤岸的房屋与大教堂在月光下泛着白光，融浑交汇，有如图画。白日冷清清地到来了，像从空中露出了一张死尸的脸。然后月亮和星星便淡成灰白，退去了。一时之间，大千世界仿佛交给了死神统治。但是辉煌的太阳升起来了，仿佛用它那万丈光芒把夜间他沉重的词句直接送进了他的心窝，给了他一片温暖。他用手肃然地遮住眼睛，迎着阳光望去，看到一道光桥架在空中，把他和太阳联结起来，阳光下河水波光粼粼地闪耀着。清晨静谧之中的澎湃的潮水是那么迅疾，那么深沉，那么可信，有如意气相投的挚友。他远离了房舍，沿着河边走去，竟沐着太阳的光亮与温暖，倒在岸边睡着了。他醒来站起身子，还在那儿逗留了一会儿，望着一个旋涡漫无目的的旋转着，旋转着，终于被流水吸去，奔向大海，"跟我一样"。

我看见一座美丽的城市和一个灿烂的民族从这个深渊中升起。在他们争取真正的自由的奋斗中，在他们的胜利与失败之中，在未来的漫长岁月中，我看见这一时代的邪恶和前一时代的邪恶逐渐赎去自己的罪孽，并逐渐消失。我看见我为之献出生命的人在英格兰过着平静、有贡献、兴旺、幸福的生活……。我看见躺在她怀里以我命名的孩子长大成人，在我曾走过的道路上奋勇前行。

我现在已做的远比我所做过的一切都美好；这是我获得的最甜美的休息，远比我所知道的一切都甜蜜。

五、名家点评

1. 小说界的莎士比亚。——20 世纪英国批评大师李维斯夫妇

2. 狄更斯的人物与但丁和莎士比亚的人物一样，都属于诗的范畴。只要用一句话，不管是这些人物说的，还是别人对他们的评论，就能使他们完整地再现在我们眼前。

——艾略特

3. 了不起的天才。——（英）萨克雷

47 母 亲

(俄) 马克西姆·高尔基

一、作者简介

马克西姆·高尔基（1868—1936）是俄国伟大的无产阶级作家。他以丰富的艺术创作开创了无产阶级文学的新纪元，列宁称他为"无产阶级艺术的最杰出的代表"。

高尔基生于俄国中部一个木工家庭，四岁丧父后随母亲寄居于外祖父家。他在苦难中度过"童年"，十岁便走向"人间"，当学徒、做工人，干过多种职业。他只读过两年书，1884年到喀山后，靠自学和投身社会活动，完成了他的"大学"。1892年发表处女作短篇小说《马卡尔·楚德拉》，并决心专门从事写作，这时他当了报纸编辑，写了不少杂文和小品。1898年他的《特写与短篇小说集》出版，开始引人注目。

进入20世纪后，他的作品更富有战斗性，如名诗《海燕》、剧本《小市民》《底层》等，而1906年《母亲》和《敌人》的发表则标志着他的创作达到了高峰。

此后为避迫害先后到法、美、英等国，最后旅居意大利，写出《奥库洛夫镇》《夏天》《马特维克日米亚金的一生》《意大利童话》《俄罗斯童话》等。后来又写了自传体三部曲《童年》《人间》和《我的大学》。

他还写有特写《苏联游记》《英雄的故事》及一些剧本，以及长篇巨著《克里木·萨姆金的一生》，从某种意义上说，这部长篇小说是高尔基全部创作生活的总结。

二、名著概要

《母亲》是俄国伟大的无产阶级作家高尔基最优秀的作品之一。这部小说深刻地反映了20世纪初俄国无产阶级政党领导下波澜壮阔的群众革命斗争，第一次塑造了具有社会主义觉悟的无产阶级英雄的形象。

小说一开始就揭示出在沙皇专制统治下，在工厂主残酷的剥削下工人的苦难生活。作品的主人公母亲尼洛夫娜和她的儿子巴威尔，就生活在这种阴沉冷漠的深渊里。那时的母亲，每天要承担着繁重的家务劳动，经常忍受着丈夫的殴打、虐待和宗教神权的束缚，成了一个非常孤独、愚昧无知、胆小怕事、逆来顺受的妇女。丈夫死后，她把一切都寄托在巴威尔身上。巴威尔开始与党的地下组织接触，阅读禁书，接受马克思主义思想。一些先进的青年工人，组成学习小组，经常在他家里聚会，他成了这个小组的领导人。他们一面学习，一面开展斗争。他们经常在工厂里散发传单，揭露资本主义的剥削制度，号召工人团结起来进行斗争。当母亲知道了儿子走上了革命道路的时候，十分恐惧，为儿子的命运担心。后来在儿子的启发和帮助下，在青年们的谈话和活动的影响下，母亲开始帮助儿子，同情儿子所憧憬的革命目标。不久，在工厂里爆发了"沼地戈比"事件。在这一事件中，巴威尔向群众宣传工人阶级必须团结起来，依靠自己救自己，并勇敢地同工厂主进行了面对面的斗争。斗争失败，巴威尔被捕入狱。母亲冒着危险，替儿子给党的地下印刷所送稿子，去工厂散发传单。在巴威尔等革命工人的组织领导下，母亲和广大工人群众一起参加"五一节"示威游行。在游行中，巴威尔举旗开路，迎着沙皇军队的刺刀前进，充分显示出一个布尔什维克的大无畏的革命精神。巴威尔第二次被捕，母亲非常悲痛。地下党把她接到城里来住，成为党领导下的地下工作者。从此，母亲更加坚定地走上了广阔的革命道路。她经常扮成女商人、富足的小市民或圣地的巡礼者，身背口袋或手拿提箱到全省各地去散发传单和输送书报，不论在轮船、火车上，还是在旅馆、客栈里，她总是主动地对广大人民群众进行观察和鼓动工作。革命斗争的实际锻炼，不断地增强了母亲的革命胆略和才干。最后，她在车站被捕时，宪兵已经抓住了她的衣领，她还不放过向群众宣传的机会。这充分表现了尼洛夫娜已是一个坚贞不屈、勇于牺牲、坚信共产主义事业必胜的无产阶级战士了。

作品通过母亲的成长，描写了20世纪初俄国革命人民的觉醒和成长，热情地歌颂了那些奋不顾身的革命者。同沙皇专制政体和反动的统治阶级进行英勇斗争的过程，充分体现了无产阶级为社会主义理想而斗争，必然取得最后胜利的前景。

《母亲》是第一部社会主义文学的奠基作品，成功地塑造了工人阶级的典型，为无产阶级文学的发展确定了正确的方向。它在世界文学中占有重要的地位。

三、作品导读

《母亲》取材于1902年索尔莫沃地区的工人"五一游行"事件，但它不局限于真人真事。高尔基站在马克思主义的立场上，总结了1905年革命的经验教训，经过典型化的艺术概括，创作了这部文学名著。

这部长篇小说第一次生动地描写了工人阶级反对地主、资产阶级专制统治的革命斗争，歌颂了无产阶级不屈不挠的革命精神和英雄气概，塑造了具有社会主义觉悟的无产阶级革命战士的光辉形象，奠定了社会主义、现实主义的新型创作方法，在世界无产阶级文学史上具有划时代的意义。

小说的前两章以十分简练的笔法描写了俄国工人在资本家残酷压榨下的悲惨命运。从第三章开始，小说的重心转向描写工人阶级的革命觉醒和英勇斗争。随着马克思主义的广泛传播，老弗拉索夫的儿子巴维尔和少数青年工人在革命知识分子的帮助下，接受了革命思想的影响，离开父辈走过的生活道路，向着新的目标奋进。他们秘密组织革命小组，阅读禁书，学习革命理论，向工人群众传播真理的火花。

"沼地戈比"事件是工人阶级和资产阶级第一次针锋相对的斗争。工人群众反对工厂主克扣工资，举行抗议集会，这是一场自发性的经济斗争。巴维尔挺身而出，一方面积极支持和领导工人同工厂主进行面对面的说理辩论；另一方面，他向工人群众宣传马克思主义革命思想，号召他们团结起来，自己解放自己，并明确提出罢工的主张，力图把自发经济斗争引向自觉的政治斗争。但是由于广大工人尚未觉醒，巴维尔也缺乏斗争经验，这场斗争以失败结束，巴维尔被逮捕入狱。

"五一游行"是一场有组织有领导的自觉的政治斗争。经过"沼地戈比"事件和狱中斗争的锻炼，巴维尔逐渐成熟，工人群众日益觉醒。"五一"前夕，工人小组对游行示威活动进行了严密的组织发动工作，巴维尔不顾女友沙馨卡的劝阻，毅然担负起领导和指挥游行示威的重任，表现了无产阶级大公无私的献身精神。在游行示威的过程中，巴维尔威风凛凛地高举红旗，走在游行队伍的最前面。工人群众像铁屑被磁铁吸住一样，紧紧地聚集在他的周围。他们高呼口号，高唱战歌，同前来镇压的反动军警英勇搏斗，表现了大无畏的斗争精神和英雄气概。

"五一游行"遭到沙皇政府野蛮镇压，巴维尔再次被捕。巴维尔把敌人的法庭变成斗争阵地，他大义凛然，发表激昂慷慨的演说，痛斥沙皇专制统治的暴行，宣布共产党人推翻资本主义、实现社会主义的战斗纲领。巴维尔终于从一个普通工人成长为无产阶级革命战士。他经历了俄国工人运动从马克思主义理论的传播到无产阶级政党的建立，从自发斗争到自觉斗争，从经济斗争到政治斗争的整个历史发展过程。

母亲尼洛夫娜是小说的中心人物。她是一个身受政权、夫权和神权三重压迫的劳动妇女。政治上受奴役，经济上受剥削，思想上受宗教迷信的束缚，在家庭生活中受丈夫的虐待，这使她养成了胆小怕事、逆来顺受的性格。然而，马克思主义革命思想和蓬勃发展的工人运动毕竟闯进了她狭小的生活天地，促使她的思想感情发生深刻的变化。当她第一次发现儿子巴维尔参加秘密活动的时候，内心异常恐惧。但是，巴维尔和工人小组成员的革命言论和优秀品质又使她深受教育。"沼地戈比"事件斗争失败后，她目睹警察搜捕革命者的野蛮暴行，既害怕又憎恨，但她终于迈出了走向革命的第一步：代替儿子去工厂散发传单。当然，她的行动主要是出于母爱，是为了营救自己的儿子。

"五一游行"时，尼洛夫娜和革命工人一起走上街头，同敌人英勇搏斗。儿子被捕后，她主动向周围的群众宣传革命道理，这表明她的革命意识已经觉醒。此后，尼洛夫娜作为一个自觉的革命战士，积极参加党所领导的革命斗争。她经常冒着生命危险，不顾艰苦劳累，到工厂、农村去散发书报和传单，向农民宣讲革命道理，执行秘密联络任务，营救被捕的革命同志，全心全意地献身于伟大的无产阶级革命事业。她的觉悟提高了，眼光开阔了，思想解放了，斗争经验丰富了，她不再害怕敌人，也不再笃信上帝了。

"车站被捕"是小说的结尾，也是尼洛夫娜形象的最后完成。当她发现自己被敌人严密盯梢的时候，沉着镇定，置安危于度外。她从容不迫地将随身携带的传单向群众散发，然后进行宣传鼓动，直到军警残暴地抓住她的衣领，她仍不顾一切地大声呼喊："大家要齐心协力，团结一致啊！""真理是用血的海洋也扑灭不了的……"。这个时候的尼洛夫娜已不再是落后无知、温顺柔弱的家庭妇女，而是一名勇敢、坚定、成熟的无产阶级革命战士。

尼洛夫娜思想发展变化的过程，贯穿于整部小说的始终。通过尼洛夫娜对革命斗争和周围生活的观察、感受来展示她复杂微妙的内心活动，是这部小说一个突出的艺术特点，而尼洛夫娜的觉醒则标志着广大劳动人民的普遍觉醒，反映了马克思主义思想和无产阶级革命事业不断深入人心，变得不可抗拒的历史潮流。

农民雷宾的形象也具有重要意义。他出身贫苦，对统治阶级怀有本能的仇恨，但又囿于狭隘的农民意识，他不相信革命知识分子，不相信革命书刊，只相信农民"自己的智慧"，相信基督教的《圣经》。他凭着个人的自发性斗争去反抗统治势力，结果屡遭失败。后来，他在巴维尔等先进工人的教育、帮助下，接受了马克思主义革命思想，并在斗争实践中成长为农民革命的领导人，得到广大农民的支持、拥护。雷宾被捕时遭受警察残酷毒打，但他坚贞不屈，视死如归，表现了无产阶级坚定、彻底的革命精神。雷宾的转变代表着农民群众的觉醒，表明无产阶级革命运动由城市扩展到了农村，同时也说明无产阶级政党领导下的工农联盟，是革命胜利的重要保证。

小说还塑造了尼古拉·伊凡诺维奇、叶戈尔、沙馨卡和娜达莎等革命知识分子的形象。他们大都出身于剥削阶级家庭，但背叛了自己的阶级，献身无产阶级革命事业。他们在传播马克思主义方面发挥了重要作用，并在斗争实践中与工农群众相结合，不断改造自己。小说肯定了革命知识分子的历史功绩，同时也指明了他们的正确道路。

在旧文学中，劳动人民往往只是作为陪衬出现的，往往遭到歪曲和丑化。他们或者被描写成剥削制度可怜的牺牲品，或者被描写成地主资本家的忠顺奴仆。高尔基的《母亲》和资产阶级批判现实主义文学有着本质的区别，无产阶级革命战士成了作品的主人公，无产阶级的革命斗争构成了作品的主要情节，这是世界文学中破天荒的大事。从这个意义上说，《母亲》不愧为无产阶级的艺术丰碑。

四、精彩文段

母亲走到街上，严寒干燥的空气紧紧地包围住她的身体，直透到咽喉，使鼻子发痒，有一刻工夫使她不能呼吸。母亲站定了，四面看了一看：离她不远的街角上站着一个戴皮帽的马车夫，远远地有一个男子弯着背缩着头走着，一个兵士搓着耳朵在那人前面连蹦带跳地跑着。

"大概是派了兵到小铺子里来了！"母亲这样想着，又向前走去，满意地听她脚下的雪发出的清脆的声音。她很早就到了车站，她要乘的那班火车还没有准备好，但是肮脏的被煤烟熏黑了的三等候车室里面已经挤着许多人，寒冷将铁路工人赶到这里，马车夫和穿得很单薄的熊皮大衣的肥胖的商人，一个牧师带着女儿——一个麻脸的姑娘，四五个兵士，几个忙忙碌碌的市民。人们吸着烟，谈着话，喝着茶和伏特加。车站小吃店前面有人高声笑着，一阵阵的烟从头上飞过。候车室的门开关的时候吱吱地响着，当它被砰的一声关上的时候，玻璃发出震动的声音。烟叶和咸鱼的臭味强烈地冲进鼻子。

母亲坐在门口容易被看见的地方等着。每次开门的时候，就有一阵云雾似的冷空气吹到她脸上，这使她觉得很爽快，于是她把冷空气深深地吸进去。有几个人提着包裹进来，他们穿得很厚，拙笨地堵在门口，嘴里骂着，把包裹丢在地上或凳子上，抖落大衣领上和衣袖上的干霜，又把胡须上的霜擦去，喉咙里发出咳咳的声音。

一个年轻人手里拿着一只黄色手提箱走进来，很快地朝周围看了一遍，一直走到母亲面前。

"到莫斯科去吗？"那人低声问。

"是的，到塔尼亚那里去。"

"对了！"

他把箱子放在母亲身边的凳子上，很快地掏出一支烟卷点着，稍微举了举帽子，默默地向另外一扇门走去。母亲用手摸了摸箱子的冰冷的皮，将臂肘靠在上面，很满意地望着大家。过了一会儿，她站起身来，向靠近通月台的门口的一条凳子走去。她手里毫不吃力地提着箱子——箱子并不大——走过去，她抬起了头，打量着在她面前闪现的人们的脸。

一个穿着短大衣把衣领竖起的年轻人同她撞了一撞，举起手来在头旁边挥动了一下，默默地跑开了。母亲觉得这人好像有些面熟，她回过头来一看，只见那人正用一只浅色的眼睛从衣领后面对她望着。这种注意的眼光好像针一样刺着她。她提着箱子的那只手抖动了一下，手里的东西突然觉得沉重起来。

"我在什么地方看见过他！"母亲想了一想。她想用这个念头来抑制胸中的隐隐不快的感觉，而不想用别的言语来说出这种慢慢地而又有力地使她的心冷得紧缩起来的感觉。但是这种感觉增长起来，升到喉咙口，嘴里充满了干燥的苦味。母亲忍不住想要回头再看一次。她这样做了，那人站在原地，小心地两脚交替地踏着，好像他想做一件事而又没有决心去做。他的右手塞在大衣的纽扣之间，左手放在口袋里，因此，他的右肩好像比左肩高些。

母亲不慌不忙地走到凳子跟前，小心地慢慢地坐下去，好像怕弄破自己里面的什么东西似的。强烈的灾祸的预感使她想起这个人曾经在她面前出现过两次，第一次是在城外的旷地里，是在雷宾脱狱以后，第二次是在法院里，那人和在雷宾逃走后向母亲问路而被她骗过的那个乡警站在一起。他们认识她，她被他们盯住了，这是很明白的。

"完蛋了吗？"母亲问自己。但是接着就颤抖地回答："大约还不妨吧……"

可是，她立刻又鼓着勇气严厉地说："完蛋了！"

她向周围望了一遍，什么也看不见，各种想法在她脑子里像火花似的一个个爆发，然后又熄灭了。

"丢掉箱子逃吗？"

但是另外一个火花格外明亮地闪了一下。

"丢掉儿子的演说稿？让它落在这种家伙的手里……"

她把箱子拿到身边。

"那么带了箱子逃吗？……赶快跑！……"

这些想法都不是她原来有的，好像是有人从外面硬给她塞进去的。这些想法好像烧痛了她，剧烈地刺激她的头脑，好像一根根燃烧着的绳子抽打着她的心。这些想法使母亲痛苦，并且侮辱了她，逼着她离开自己，离开巴威尔，离开已经和她的心联系在一起的那一切。母亲觉得，有一种敌对的力量执拗地紧抓住她，紧压着她的肩膀和胸部，玷辱她，使她陷在死一般的恐怖里。她太阳穴里的血管猛烈跳起来，头发根觉得发热。

这时候，她心里鼓起一股好像震动了全身的猛劲，吹灭了这一切狡猾而微弱的小火星，像命令一般地对自己说："可耻啊！"

她立刻觉得振作起来，她把主意完全打定之后，又添上一句："不要给儿子丢脸！没有人害怕。"

她的眼光接触到一道没有精神的胆怯的视线。后来脑子里闪过了雷宾的脸。几秒钟的动摇好像使她更坚定了，心也跳得比较平稳起来。

"现在会怎么样呢？"她一边观察，一边这样想。

那暗探把路警叫来，眼睛望着母亲轻轻地对路警说了几句。路警打量着她，一面退了出去。又来了一个路警，皱着眉头听暗探说着。这是一个身材高大没有刮脸的白发老头。他对暗探点了点头，向母亲坐的凳子走过来，暗探就很快地消失了。

老头从容不迫地一步一步地走过来，用好像生气的眼光注意地望着母亲的脸。母亲在凳子上把身体朝后面挪了一下。

"只要能不挨打……"

老头站在她旁边，沉默了一会儿，然后声音不高地严厉地问："在看什么？"

"不看什么。"

"哼，女贼！上了年纪，还要干这种勾当！"

她觉得他的话好像重重地在她脸上打了两下。这些恶毒的嘶哑的话使母亲感到好像脸皮被撕破，眼睛被打坏一般地疼痛。

"我？你瞎说，我不是贼！"母亲用全身的气力喊道。

她眼前的一切在她愤激的旋风里回转起来，心里感到受辱的苦味。她把箱子猛地一拉，把箱子打开。

"你看吧！大家来看吧！"母亲站起身来，抓了一把传单举到头顶上，这样喊着。透过耳边的喧哗声，母亲听见聚拢来的人们的喊声，同时看到人们很快地从四面八方跑来。

"什么事？"

"有暗探！……"

"什么事？"

"说那女人偷了东西……"

"啊呀，看样子倒很体面！"

"我不是贼！"母亲看见人们从四面密密地拥上来，稍微安心了些，放开嗓子说："昨天审判了一批政治犯，里面有一个叫符拉索夫的，是我的儿子！他在法庭上讲了话，这就是他演说的稿子！我要把它带给大家，让大家看看，想想真理……"

有人小心地从她手里抽了几张传单。她把手在空中一挥，把传单扔到人群里去。

"这样干是不好的！"有人害怕地说。

母亲看见人们拾了传单，将它藏在怀里和衣袋里，这种情形又使她振作起来。她全身紧张，感到觉醒的自豪感在心里成长，被压制的喜悦燃烧着，她说话更镇静更有力了。她不断从箱子里取出传单，忽左忽右地朝群众的渴望的灵活的手抛去。

"我的儿子和跟他一起的人为什么要被判罪，你们知道吗？请你们相信母亲的心和她的白发，我可以告诉你们——因为他们要向你们诸位传达真理，所以昨天被判了罪！我到昨天方才知道，这种真理……没有人能够反抗，没有人能够反抗！"

群众静了下来。他们越来越挤，人数不断地增加，用肉体的圈子紧紧地围住了母亲。

"贫困、饥饿和疾病，这就是你们劳动的报酬。一切都是我们的敌人。我们一辈子都在劳动里，在污泥里，在欺骗里，一天一天地葬送自己的生命！可是别人却利用我们的血汗来享乐，坐享其成。我们好像被锁着的狗，一辈子被幽禁在无知和恐怖里，我们什么都不知道，我对什么都害怕！我们的生活就是黑夜，就是墨黑的黑夜！"

"对啊！"有人低声说。

"勒住她的喉咙！"

在群众后面，母亲看见了暗探和两个宪兵。她想赶快分散最后几束传单，但是当她把手伸到箱子里去的时候，她的手碰到了另外一个人的手。

"拿吧，拿吧！"她俯着身子说。

"散开！"宪兵排开群众，喊着。群众不情愿地走开，一面走着一面推撞着宪兵，阻挡着他们，也许并不是故意的。他们被这个容貌善良生着一双正直的大眼睛的白发妇人有力地吸引住了。他们本来被生活隔开，互相隔绝，现在被她的热烈的言语所鼓动，融成了一个整体。这些话也许在很久之前就是那些受不平等生活凌辱的人们所追求和渴望着的。近旁的人们默默地站着，母亲看见了他们的饥渴一般注视着的眼睛，自己脸上也感到了温暖的呼吸。

五、名家点评

1. 是一本非常及时的好书。——列宁

2. 除了高尔基，任何时候，任何人都不曾如此出色地把世界文化的事迹同革命结合起来。

——罗曼·罗兰

3. 高尔基是我们的导师。——鲁迅

48 飞 鸟 集

（印度）拉宾德拉纳特·泰戈尔

一、作者简介

拉宾德拉纳特·泰戈尔（1861—1941），印度著名诗人、文学家、社会活动家、哲学家和印度民族主义者。

1861年5月7日，拉宾德拉纳特·泰戈尔出生于印度加尔各答一个富有的贵族家庭，由于是父母最小的儿子，拉宾德拉纳特被家人亲昵地叫作"拉比"，成为家庭中每个成员钟爱的孩子，但大家对他并不溺爱。泰戈尔在文学方面的修养首先来自家庭环境的熏陶。他进过东方学院、师范学院和孟加拉学院。但是他生性自由，厌恶刻板的学校生活，没有完成学校的正规学习课程。他的知识主要来源于父兄和家庭教师的耳提面命，以及自己的广泛阅读。他从小就醉心于诗歌创作，从13岁起就开始写诗，诗中洋溢着反对殖民主义和热爱祖国的情绪。1913年，他凭借《吉檀迦利》成为第一位获得诺贝尔文学奖的亚洲人。他的诗中含有深刻的宗教和哲学的见解，泰戈尔的诗在印度享有史诗的地位，代表作有《吉檀迦利》《飞鸟集》《眼中沙》《四个人》《家庭与世界》《园丁集》《新月集》《最后的诗篇》等。

二、名著概要

《飞鸟集》是印度诗人泰戈尔的代表作之一，也是世界上最杰出的诗集之一，它包括300余首清丽的无标题小诗。白昼和黑夜、溪流和海洋、自由和背叛，都在泰戈尔的笔下合二为一，短小的语句道出了深刻的人生哲理，引领世人探寻真理和智慧的源泉。

这是一部富于哲理的英文格言诗集，共收录诗325首（英文版共326首，中文译版少第263节），初版于1916年完成。其中一部分由诗人译自自己的孟加拉文格言诗集《碎玉集》（1899年），另外一部分则是诗人1916年造访日本时的即兴英文诗作。诗人在日本居留三月有余，不断有淑女求其题写扇面或纪念册，诗人曾经盛赞日本俳句的简洁，他的《飞鸟集》显然受到了这种诗体的影响。因此，深刻的智慧和简短的篇幅为其鲜明特色。美籍华人学者周策纵先生认为，这些小诗"真像海滩上晶莹的鹅卵石，每一颗自有一个天地。它们是零碎的、短小的；但却也是丰富的、深刻的。"可谓言之有理。

三、作品导读

《飞鸟集》的译者郑振铎在译完泰戈尔的这部散文诗集后，曾深情地称它"包涵着深邃的大道理"，并形象地指出，泰戈尔的这部散文诗集"像山坡草地上的一丛丛野花，在早晨的太阳光下，纷纷地伸出头来。随你喜爱什么吧，那颜色和香味是多种多样的。"

《飞鸟集》中译自《尘埃集》的作品，大都是寓言诗，在动植物、景物的对话、情态描写中，歌颂真善美，揭露假丑恶，间接反映社会现实、人际关系。比如，第69节、第134节、第71节中赞美的献出全部水的瀑布、使树枝硕果累累的树根、给斧头木柄的大树，实际上是无私奉献者的化身。第30节中，通过晨月的回答，赞扬了甘为人梯的宽阔胸襟。第234节中月亮给人的启示是：世无完人，有一分热发一分光，就是实现了人生价值。第172节，倡导的是爱护弱小的高尚行为。第53节中鄙视泥灯、奉承皓月的玻璃灯身上，不难看

248

到欺凌平民、攀附权贵的小人的影子。第107节中，揭露了忘恩负义者的拙劣行径。第201节暗寓对眼高手低、不学无术者的善意嘲讽。第127节，勾勒了知恩图报者和以怨报德者的不同面貌。第240节，是对不知天高地厚的庸人的告诫。

《飞鸟集》中不少诗行，类似于格言，浓缩了诗人对大千世界、对人类社会现象的剖析和精辟见解，意蕴深厚，颇耐咀嚼。比如，第24节，用眼皮对眼珠的保护，说明休息对于工作是必不可少的。第130节和243节，营构了真理之河流过错误的沟渠和把错误关在门外就是把真理关在门外这两个意境，辩证地阐明了正确和错误的关系，告诫人们不要怕犯错误，只要正视错误，找到犯错误的原因，错误就是通往真理的桥梁。第57节，说明了"谦虚使人进步"，谦虚使人臻于崇高的道理。第65节，对小草的赞美，其实也是对在平凡的岗位上默默地勤奋工作，不追求功名利禄的高贵品质的赞美。第231节，给家长的深刻启迪是，对孩子的溺爱，给孩子的过多享受，不利于孩子的健康成长。第40节和第75节，涉及的是主观和客观的关系。改造世界的前提，是正确认识世界，了解世界。不能正确认识世界，一味埋怨客观原因，无助于事业的成功。第230节提醒人们，不要光听表扬，也要虚心倾听别人的批评，才能逐步完善人格。

诗人在第56节、第84节、第92节、第99节、第225节、第252节、第282节中，表述了对生死的哲学观点。诗人所说的"生死"，并非完全是指一般意义上人的降生和老死。按照诗人的泛神论，生死不过是物质转换的形式而已。诗人在致斯里拉蒙特罗·松德尔·德丽黛维的信中说："我是人，因而我也是尘埃、泥土、树木、飞禽走兽，我就是万物。我的存在中，汇集了所有的生物、非生物。"这种唯心主义观点隐藏在诗情画意中。你看，"生命之岛四周，日夜翻涌着死亡之海"。诗人宣称：我将死了又死，从而知道生是无穷无尽的。当然，诗人的生死颇有合理成分：从微观世界的角度分析，人体内无时不发生细胞的生死，每个人和一秒钟之前的自己，其实是不一样的，但从外表是不易察觉的，所以诗人在第173节中说："谁像命运似地推我往前走呀？""是我自己，在我身后大步走哩。"

泰戈尔是印度诗坛泰斗，但他向来平易近人，国内外的亲朋好友请他题诗，他无不给予满足。《飞鸟集》中的第80节、第122节、143节、第224节，显然是赠诗。但根据现有的资料，无从确定哪一首诗，在何种背景下，为哪个人题写的，因而目前很难作出正确评价。

《飞鸟集》的题材面是很广的。诗人在第49节中，表明了他的志向："不当殖民统治的车轮，而要与被压迫的群众站在一起。要像叶片那样，谦逊地为民众服务（第217节）。"第93节中，对权势表现了极大的蔑视，把它称作是"王座上的囚徒"。第158节，显然是对强权势力为了自身利益而牺牲弱者的愤怒抨击。第204节，以空中的无限和地面上的无限，形象地阐明了诗的特质。

《飞鸟集》中的第11节、第16节、第23节、第29节、第41节、第72节、第116节、第165节、第182节、第198节、第270节等篇，与我国的"无题"诗相似。诗人在这些短诗中，驰骋想象，营造一两个或明丽、或幽微、或阔大、或精致的意象，蕴含着只可意会的欢快、喜悦或沉郁的情绪，给人以美的享受。

《飞鸟集》汇集了诗人的哲理思索，可谓一本人生阅历的简易百科全书，读者随着年龄的增长将不断从中得到有益的启示。

四、精彩文段

1

夏天离群的鸟儿，飞到我的窗前啁啾鸣唱，一会儿又飞走了。

秋天的黄叶没有可唱的歌儿，叹息着落在窗前。

2

哦，世界的一小队流浪者，请把你们的脚印留在我的诗行里。

3

世界面对它所爱的人，摘下它硕大无比的面具。

4

是大地的泪水，使她的笑颜成为永不凋谢的鲜花。

5

浩瀚无际的沙漠狂热地追求着一叶绿草的爱，但她摇摇头，莞尔一笑飞走了。

五、名家点评

1. 跟泰戈尔老人在一起，我的灵感就有了翅膀，总是立刻就能找到最好的感觉。——著名诗人徐志摩

2. 泰戈尔！谢谢你以快美的诗情，救治我天赋的悲感；谢谢你以卓越的哲理，慰藉我心灵的寂寞。——冰心

3. 泰戈尔将名噪欧洲，他掌握了英文的种种妙处，他的诗歌有一种特别的宁静感。与泰戈尔这个淳朴的东方人相比，我自己显得像是个身披兽皮的野人。我们发现了自己的新希腊。

——美国现代主义诗人庞德

4. 好书，要能经得起时间的考验。我藏书十万册，有些书不值得看，有些书已经过时，有些书写得还没我好。泰戈尔这本《飞鸟集》，成书已有92年，现在读来，仍像是壮丽的日出，诗中散发的哲思，有如醍醐灌顶，令人茅塞顿开。

——著名历史学家、作家、政论家李敖

49　钢铁是怎样炼成的

（俄）奥斯特洛夫斯基

一、作者简介

尼古拉·亚历克塞耶维奇·奥斯特洛夫斯基的短促而光辉的一生，是布尔什维克战士的一生。作为一个作家，他在苏联和世界文学史上都占有特殊地位。

奥斯特洛夫斯基生在乌克兰的一个小村落里，出身于工人家庭，从小就靠自己的劳力维持生活。1919年当红军进入乌克兰时，他第一批参加了共青团，紧接着投入红军作战部队。1920年奥斯特洛夫斯基因受伤而转入政治工作，曾先后担任过边区共青团州委书记等职。1924年入党，次年健康情况恶化，瘫痪和失明的威胁迫使他改用笔杆为武器继续战斗。他在病床上修完共产主义夜大学的课程，系统地学习了马克思主义经典和古典文学作品。1928年在半失明状态中写出了关于科多夫斯基师团战士英勇事迹的中篇小说，但唯一的一份初稿却在给战士们看过之后寄回的途中遗失了。

1929年起奥斯特洛夫斯基全身瘫痪，双目失明。在这种情况下，他于1930年秋开始写作《钢铁是怎样炼成的》，先是在纸板上摸着写，后来在党和同志们的关怀支持下，有了专门的打字员和秘书给他做记录、整理工作。1932年起《钢铁是怎样炼成的》陆续在《青年近卫军》杂志上发表。1934年全书单行本出版。这部不朽的著作至今被全世界进步青年当作自己生活的教科书；主人公保尔·柯察金永远是青年学习的榜样。

1934年底奥斯特洛夫斯基又开始写另一部长篇小说《暴风雨所诞生的》，原计划分三卷，不幸在1936年第一卷出版的那一天作家就与世长辞了。

奥斯特洛夫斯基的政论、演说和书信也像他的小说一样充满共产主义的激情。他热烈颂扬社会主义制度的优越性，无情揭露资产阶级道德的虚伪，并以自己的实际行动和革命乐观主义的精神教育青年一代。奥斯特洛夫斯基的一生，使他可以无愧地说："我的整个生命和全部精力，都已经献给世界上最壮丽的事业——为人类的解放而斗争。"

二、名著概要

《钢铁是怎样炼成的》描述了主人公保尔·柯察金在革命和建设中从普通工人子弟成长为无产阶级英雄的历程，表现了革命初期青年一代的革命英雄主义和爱国主义精神。主人公保尔的英雄形象和高贵品质教育了千千万万青年。

小说分两部。

第一部有九章：保尔出身于乌克兰一个工人家庭。父亲早亡，母亲做女佣，哥哥是铁路工人。保尔12岁就当小伙计，饱受欺压。

十月革命初期，外国侵略军和匪徒侵占保尔的家乡。红军一度解放了他的家乡，又撤走了。老布尔什维克朱赫来留下做地下工作。一次，朱赫来被匪徒抓住，在路上，保尔救了朱赫来。一个贵族儿子告密，保尔被捕。保尔出狱后参加了军队，英勇作战，两次负伤，仍然坚持战斗。

第二部有九章：1921年，保尔和350名共青团员抢修运输木材的轻便铁路。保尔是铁路总厂的团委书记，带领青年艰苦筑路。省肃反委员会主席朱赫来到工地视察。看到青年筑路的动人场面说："钢铁就是这样炼成的!"保尔因饥饿和劳累而病倒。1922年4月，保尔第四次跨过死亡的门槛，又回到基辅的铁路工厂，并且加入了共产党。1923年，保尔忘我地参加建设工作，热情地做共青团的工作。创伤、疾病、劳累，摧毁了保尔的健康。保尔一度想自杀，免得自己成为累赘。经过激烈的思想斗争，保尔终于认识了生命的价值。他重新安排生活，并结了婚。保尔先是双腿瘫痪，接着双目失明，但是他坚强不屈，开始创作中篇小说。经过长期艰苦的劳动，小说终于完成了。小说受到出版社的赞赏。保尔感到"铁环已经被砸碎，现在他又拿起新的武器，回到战斗的队伍中，开始了新的生活。"

三、作品导读

20世纪20年代末30年代初，随着新经济政策的结束和斯大林政治经济体制的确立，在文艺界也要求建立高度集中统一的局面。斯大林时期的国家用"一统化"思想教育青少年，尤其重视文学艺术在培养青少年的共产主义道德品质中的重要作用，斯大林要求文学作品要"追求直接的宣传目的"，许多作品的写作目的就是为了向青年灌输"共产主义理想"。官方强调文学用"社会主义精神改造和教育劳动人民"的任务，文学艺术要完成这种教育功能最直接的手段就是塑造体现社会主义精神和共产主义理想的英雄人物。这一时期，苏联文学的主题是歌颂社会主义改造和建设，歌颂党和领袖，塑造苏维埃新人的光辉形象，苏联文学的任务就是根据共产主义意识形态创造出一个绝对信仰共产主义的人物并把他描绘得真实可信。奥斯特洛夫斯基响应官方的号召开始撰写《钢铁是怎样炼成的》，保尔朴素的阶级感情、狂热的献身精神、对共产主义的美好憧憬和对领袖的绝对服从正是斯大林推行其路线所需要的。

《钢铁是怎样炼成的》以作者的亲身经历为基础，以主人公保尔·柯察金从一个普通工人子弟成长为革命英雄为主要线索，生动地描绘了十月革命后，以保尔为代表的苏联第一代共青团员，在老一辈布尔什维克的带领下，为保卫和巩固新生的无产阶级政权，为恢复国民经济、建设社会主义，同国内外阶级敌人及各种困难进行顽强斗争的革命历程，从而充分说明了无产阶级革命事业的接班人，是在阶级斗争和生产斗争的大风大浪中锻炼成长的，同时也深刻揭示了乌克兰地区地主资产阶级的反动统治必然被无产阶级所取代的历史规律。

小说最大的成功之处在于塑造了保尔·柯察金这一完美的艺术典型。作者在刻画这一人物形象时严格地遵循生活的真实，并不把保尔的坚强意志和刚强的性格看成是天生的，而认为是在英勇的战斗和艰苦的劳动中，在刻苦的学习和严格的律己中锻炼出来的。

保尔是20世纪20年代苏联"青年革命者"的典型。他出身于旧俄时代乌克兰的一个贫苦工人家庭，从童年起，他就"窥见了生活的底层"，饱受阶级的压迫和剥削，养成了倔强的性格特点、鲜明的爱憎品格和强烈的反抗精神，他以烟末撒进神父家复活节做蛋糕的面团里的报复行为鲜明地体现了他的性格特征。但这种不满和反抗，都是出自被压迫阶级的自发意识，还不能从根本上明白罪恶的根源以及如何消灭它。十月革命爆发后，年仅15岁的保尔在水兵出身的老布尔什维克朱赫来的教育下，懂得了革命的真理；冒死营救朱赫来和被捕在狱中而坚贞不屈，标志着保尔从自发的反抗走上了革命的道路。在严酷的国内战争战场上，他出生入死，英勇无畏，不止一次负伤又重返火线，为保卫新生政权立下了汗马功劳。在国民经济恢复时期，不论在铁路工厂，还是在边境线上，他都舍生忘死地表现了真正的主人翁精神和共产主义品质。特别是在修筑波耶卡窄轨铁路的斗争中，保尔和他的伙伴面对饥饿、寒冷、潮湿、疾病，还有土匪的骚扰破坏，他们都没有低头，没有退却，而是随时准备承受对自己最严重的打击，经受住了一切考验，出色地完成了党交给的任务。保尔从实践中深刻认识到，一个人只有和祖国人民的命运联系在一起时，才会创造出奇迹，实现自身的价值，他说："我赞成那种认为个人的事情丝毫不能与全体的事业相比的革命者的典型。"

保尔不但在事业上表现出新的风貌，就是在克服自身沾染的旧思想、旧习气（如任性、冲动、好骂人、抽烟等）上，他也称得上是个好汉，表现出严于律己、坚持不懈的自觉革命精神。为了揭示保尔英雄性格的成长过程，作家着意描写了保尔的三次恋爱生活：少年时代和冬妮娅由热恋而决裂，基辅时期最艰苦的岁月中和丽达由相爱而意外分别，争取归队的难忘日子里和达雅由相识而结合。从友谊、爱情、婚姻和家庭的私生活角度，表现出保尔崇高的道德原则、无私的情操、深深的柔情和刚强的性格。当保尔全身瘫痪、双目失明后，他也没有屈服，而是以钢铁般的意志战胜病魔，写成了小说，在这一新的阵地上继续为社会主义革命贡献自己的力量。

保尔的一生是生命不息、战斗不止的一生，他是一个高尚的人、纯洁的人。他对党对人民有高度的责任感，小说通过揭示保尔为了党和人民的事业，敢于战胜任何艰难困苦的刚毅性格，形象地告诉青年一代，什么是共产主义理想，如何为共产主义理想去努力奋斗。革命战士应当有一个什么样的人生，这是小说的主题。保尔在凭吊女战友娃莲的墓地时所说的那段话，就是他的共产主义人生观的自白，也是对小说这一主题的阐发。"人最宝贵的东西是生命，生命属于人只有一次。人的一生应该是这样度过的：当他回首往事的时候，他不会因为虚度年华而悔恨，也不会因为碌碌无为而羞耻。这样，在临死的时候，他就能够说：'我的整个生命和全部精力，都已经献给世界上最壮丽的事业——为人类的解放而斗争。'"

四、精彩文段

保尔双手抱着头，陷入了沉思。他的一生，从童年到现在，一幕幕在他眼前闪过。这二十四年他过得怎样？好，还是不好？他一年又一年地回忆着，像一个铁面无私的法官，检查着自己的一生。结果他非常满意，这一生过得还不怎么坏。

当然也犯过不少错误，有时是因为糊涂，有时是因为年轻，多半则是由于无知。但是最主要的一点是，在火热的斗争年代，他没有睡大觉，在夺取政权的激烈搏斗中，他找到了自己的岗位，在革命的红旗上，也有他的几滴鲜血。

我们的旗帜在全世界飘扬，

它燃烧，放射出灿烂的光芒，

那是我们的热血，鲜红似火……

他小声诵读着他喜爱的一首歌曲中的诗句，难为情地笑了。"老弟，你那点儿英雄浪漫主义，还没有完全扔掉呢。平平常常、普普通通的东西，你总爱给它们抹上一层绚丽的色彩。可要说到辩证唯物主义的钢铁逻辑，老弟，那你就差劲儿啦。忙着生什么病呢？过五十年生也不晚嘛。同志，现在应该学习，正是大好时机。而眼下要紧的是活下去，他妈的。我怎么那么早就给捆住了手脚呢？"他十分痛苦地想着，五年来第一次恶狠狠地骂开了娘。

难道他能料到这种飞来的横祸吗？老天爷给了他一副什么都经受得起的、结结实实的身板。他回想起小时候跟风比赛，飞快地奔跑，爬起树来跟猴子一样灵活，四肢有力、肌肉发达的身子轻而易举从这根树枝挪腾到那根树枝上。但是动乱的岁月要求人们付出超人的力量和意志。他没有吝惜，无保留地把全部精力奉献给了以不灭的火焰照亮他生活之路的斗争。他献出了他拥有的一切，到了二十四岁，风华正茂之时，正当胜利的浪潮把他推上创造性幸福生活的顶峰，他却被击中了。他没有马上倒下，而是像一个魁伟的战士，咬紧牙关，追随着胜利进击的无产阶级的钢铁大军。在耗尽全部精力以前，他没有离开过战斗的队伍。现在他身体垮了，再也不能在前线坚持战斗了，唯一能做的事是进后方医院。他还记得，在进攻华沙的激战中，一个战士被子弹打中了，从马上跌下来，摔倒在地上。战友们给他匆忙地包扎好伤口，把他交给卫生员，又翻身上马，追赶敌人去了。骑兵队伍并没有因为失去一个战士而停止前进。为伟大的事业进行斗争的时候就是这样，也应该是这样。不错，也有例外。他就见到过失去双腿的机枪手，在机枪车上坚持战斗。这些战士对敌人来说是最可怕的人，他们的机枪给敌人送去死亡和毁灭。这些同志意志如钢，枪法准确，他们是团队的骄傲。不过，这样的战士毕竟不多。

现在，他身体彻底垮了，失去了重新归队的希望，他该怎样对待自己呢？他终于使巴扎诺娃吐露了真情，这个女医生告诉他，前面还有更可怕的不幸等待着他。怎么办？这个恼人的问题就摆在面前，逼着他解决。

他已经失去了最宝贵的东西——战斗的能力，活着还有什么用呢？在今天，在凄凉的明天，他用什么来证明自己生活得有价值呢？又有什么来充实自己的生活呢？光是吃、喝、呼吸吗？当一名力不从心的旁观者，看着战友们向前冲杀吗？

就这样成为战斗队伍的累赘吗？他想起了基辅无产阶级的领袖叶夫格妮娅·博什。这位久经考验的女地下工作者得了肺结核，丧失了工作能力，不久前自杀身亡。她在简短的留言中解释了这样做的理由：“我不能接受生活的施舍。既然成了自己的党的病患，我认为继续活下去是不必要的。”把背叛了自己的肉体也消灭掉，怎么样？朝心口开一枪，就完事了！过去既然能够生活得不坏，现在也应该能够适时地结束生命。一个战士不愿再受临终前痛苦的折磨，谁能去责备他呢？

他的手摸到了口袋里光滑的勃朗宁手枪，手指习惯地抓住了枪柄。他慢慢掏出手枪。

“谁想到你会有今天？”

枪口轻蔑地直视着他的眼睛。他把手枪放到膝上，恶狠狠地骂了起来：“这算什么英雄，纯粹是冒牌货，老弟！任何一个笨蛋，随便什么时候，都会对自己开一枪。这样摆脱困境，是最怯懦、最省事的办法。生活不下去——就一死了之。对懦夫来说，也不需要更好的出路。你试过去战胜这种生活吗？你尽一切努力冲破这铁环了吗？你忘了在诺沃格勒-沃伦斯基附近，是怎样一天发起十七次冲锋，终于排除万难，攻克了那座城市吗？把枪藏起来吧，永远也不要对任何人提起这件事。就是到了生活已经无法忍受的时候，也要善于生活下去，要竭尽全力，使生命变得有益于人民。”

他站起来，朝大道走去。一个过路的山里人赶着四轮马车，顺路把他拉进城里。进城后，他在一个十字路口买了一份当地的报纸。报上登着本市党组织在杰米扬·别德内依俱乐部开会的通知。保尔回到住处的时候，已经是深夜了。他在积极分子会议上讲了话，自己也没有想到，这竟是他最后一次在大会上讲话。

五、名家点评

1. "整个苏联文学中暂时还没有如此纯洁感人，如此富有生命力的形象"——苏联作家法捷耶夫

2. 俗话说，猫有九条命。文学作品也应该有几种魂魄。《钢铁是怎样炼成的》至少有三种：第一种，革命者的革命信念和革命行动。第二种，情爱，这是永恒的，不会消失的。保尔对冬妮亚、对丽达的爱，对爱的理念，小说里都有动人的表述。这使作品魅力永存。第三种，与苦难和厄运抗争，战胜生命。这点更没有过时。——著名作家梁晓声

50 欧·亨利短篇小说选

（美）欧·亨利

一、作者简介

欧·亨利（1862—1910），原名威廉·西德尼·波特，是美国最著名的短篇小说家之一，曾被评论界誉为曼哈顿桂冠散文作家和美国现代短篇小说之父。他出身于美国北卡罗来纳州格林斯波罗镇一个医师家庭。他的一生富于传奇性，当过药房学徒、牧牛人、会计员、土地局办事员、新闻记者、银行出纳员。当银行出纳员时，因银行短缺了一笔现金，为避免审讯，离家流亡中美的洪都拉斯。后因回家探视病危的妻子被捕入狱，并在监狱医务室任药剂师。他在银行工作时，曾有过写作的经历，担任监狱医务室的药剂师后开始认真写作。1901 年提前获释后，迁居纽约，专门从事写作。

欧·亨利善于描写美国社会尤其是纽约百姓的生活。他的作品构思新颖，语言诙谐，结局常常出人意料；又因描写了众多的人物，富于生活情趣，被誉为"美国生活的幽默百科全书"。代表作有小说集《白菜与国王》《四百万》《命运之路》等。其中一些名篇如《爱的牺牲》《警察与赞美诗》《带家具出租的房间》《麦琪的礼物》《最后一片叶子》等使他获得了世界声誉。

二、名著概要

欧·亨利的代表作品是《麦琪的礼物》《警察与赞美诗》和《最后一片叶子》，其他著名小说还有《黄雀在后》《市政报告》《带家具出租的房间》《双料骗子》等。真实准确的细节描写、生动简洁的语言使一系列栩栩如生的艺术形象展现在读者面前，也使他在世界短篇小说史上占有重要位置。他的作品构思奇巧，文字生动活泼，经常运用俚语、双关语、讹音、谐音和旧典新意。其短篇小说中占有较大比例、值得重视的是描写美国大城市、尤其是纽约生活的作品，作品常常以出人意料的结局收场。另外，作品中描写了众多生活的情趣，因此，欧·亨利的作品被誉为"美国生活的幽默百科全书"。

欧·亨利在处理小说的结尾时十分个性化，要么人物的心理情景通常在结尾处发生意想不到的突变，要么主人公的命运在结尾发生惊人的逆转，这种结果出人意料，又在情理之中，符合生活实际，构成了独特的艺术魅力，这便是著名的"欧·亨利式结局"。

三、作品导读

美国文学中有一种传统——叫"幽默"。一代代作家，总是善于用一些有趣可笑的故事，来反映一个意味深长的沉重的道理。欧·亨利承袭了这一传统，加上他自身坎坷曲折的经历，形成了一种与众不同的"欧·亨利"式幽默——笑声中充满了辛酸，揶揄中充满了凄苦。

欧·亨利的小说有两大特色：一是擅长对小人物的描写；二是欧·亨利式的小说结尾。欧·亨利的小说没有宏大的图景，没有伟大的英雄，可是那一个个生活在市井之间的小人物，却同样引人注目。欧·亨利深谙底层人民的苦难生活，能切身地感受到他们的无助和辛酸，所以小说中的感情也格外真切。

256

《警察与赞美诗》是欧·亨利的代表作之一，它向读者讲述了一个可笑又可悲的故事。贫困潦倒的流浪汉索比在冬天将要来临之际无处可去，布莱克韦尔岛的监狱成了他朝思暮想的理想去处。因此，他开始想方设法让警察来逮捕他，把他投进监狱里，让他"有饭吃""有衣穿""有床睡"。于是，他想到了去豪华的餐厅骗吃骗喝，用石头砸商店的橱窗，还去调戏妇女……，但他始终没有实现被捕的愿望。这时，一个人立在静静的教堂前，他的灵魂突然发生了奇异的变化，他意识到自己坠入了可耻堕落的深渊，并决定要重新做人。可就在这时，警察来了，毫无理由就把他带走了。

这不禁让人慨叹：上帝真是爱开玩笑！索比在这里既是他自己，也代表着不同的人。为非作歹的人无人过问，可是有心改过、重头再来的人，却被捕入狱了。这是一个多么荒谬的社会呢！

《麦琪的礼物》也是众所周知的名篇。德拉和吉姆是居住在一所公寓里的青年夫妇，他们虽然非常贫穷，却十分恩爱。圣诞节到来之际，他们都想给对方一个惊喜。于是，双方都在对方不知情的情况下，忍痛割爱，换取了一份给对方的厚重的礼物。而最后却是一个让人哭笑不得的结局：德拉卖了她美丽的头发，给吉姆换回了一条贵重而漂亮的表链；可吉姆呢？正是通过卖表，给德拉买回了一整套她觊觎已久，但始终无法拥有的梳子。

虽然这一对年轻人的差错让人觉得有点遗憾，可这种遗憾给我们带来的感动，是那样的深刻和真切，带给我们的是一种"含泪的微笑"。他们拿自己最宝贵的东西，换取了一份"麦琪的礼物"，在圣诞节的夜晚，收获的却是贫穷带给彼此的令人心酸的尴尬。

《爱的牺牲》也是一篇非常典型的欧·亨利式小说。小说讲述了一对追逐艺术的年轻夫妇，背井离乡到纽约去深造，可是贫困的家境难以支持他们对艺术的追求。就在这个时候，双方都主动作出了牺牲。妻子中断了学琴，告诉丈夫她在教音乐，并且"一面教授，一面也能学一些"；而丈夫为了不让妻子一个人承担生活的重担，告诉妻子他停止学画了，到"中央公园去速写"，也可以一边练习画画，一边卖画为生。

然而，一次偶然的事故暴露了真相。为了爱，两人都向对方撒了谎。妻子真实的职业是在洗衣坊帮别人烫衬衣，而她的丈夫却当了烧火工。严酷的现实扼杀了两个青年对艺术理想的追求，可是却无法抹杀他们对生活的热情，他们对爱的执着。小说用轻松的笔调，写了一个沉甸甸的故事，写出了通过牺牲换来的伟大的爱。

通过这几个短篇，欧·亨利短篇小说的独特艺术一览无余地呈现在我们面前了。戏剧性的情节设计，巧妙而恰到好处的伏笔，不露痕迹的层层铺垫，出人意料、又在情理之中的结局——让人不禁拍案称奇，他不愧是世界顶尖级的短篇小说大师！

同时，欧·亨利的短篇小说还饱含着深厚的人道主义精神。繁华鼎盛的都市夜景掩饰下的丑陋和荒诞，生活在社会底层的小人物悲惨无援的处境，而在这种处境下人们仍然积极向善，仍然保持着纯洁、美好的感情……

四、精彩片段

当你爱好你的艺术时，就觉得没有什么牺牲是难以忍受的。

那是我们的前提。这篇故事将从它那里得出一个结论，同时证明那个前提的不正确。从逻辑学的观点来说，这固然是一件新鲜事，可是从文学的观点来说，却是一件比中国的万里长城还要古老的艺术。

乔·拉雷毕来自中西部榆树参天的平原，浑身散发着绘画艺术的天才。他还只六岁的时候就画了一幅镇上抽水机的风景，抽水机旁边画了一个匆匆走过去的、有声望的居民。这件作品给配上架子，挂在药房的橱窗里，挨着一只留有几排参差不齐的玉米的穗轴。二十岁的时候，他背井离乡到了纽约，束着一条飘垂的领带，带着一个更为飘垂的荷包。

德丽雅·加鲁塞斯生长在南方一个松林小村里，她把六音阶之类的玩意儿搞得那样出色，以致她的亲戚们给她凑了一笔数目很小的款子，让她到北方去"深造"。他们没有看到她成——，那就是我们要讲的故事。

乔和德丽雅在一个画室里相遇了，那儿有许多研究美术和音乐的人经常聚会，他们在那讨论明暗对照法、瓦格纳⊖、伦勃朗的作品⊜、瓦尔特杜弗⊜、肖邦⑳、奥朗㉟。

乔和德丽雅互相——或者彼此，随你高兴怎么说——一见倾心，短期内就结了婚——当你爱好你的艺术时，就觉得没有什么牺牲是难以忍受的。

拉雷毕夫妇租了一层公寓，开始组织家庭。那是一个寂静的地方——单调得像是钢琴键盘左端的 A 高半音。可是他们很幸福；因为他们有了各自的艺术，又有了对方。我对有钱的年轻人的劝告是——为了争取和你的艺术以及你的德丽雅住在公寓里的权利，赶快把你所有的东西都卖掉，施舍给穷苦的看门人吧。

公寓生活是唯一真正的快乐，住公寓的人一定都赞成我的论断。家庭只要幸福，房间小又何妨——让梳妆台坍下来作为弹子桌；让火炉架改作练习划船的机器；让写字桌充当临时的卧榻，洗脸架充当竖式钢琴；如果可能的话，让四堵墙壁挤拢来，你和你的德丽雅仍旧在里面，可是假若家庭不幸福，随它怎么宽敞——你从金门进去，把帽子挂在哈得拉斯，把披肩挂在合恩角，然后穿过拉布拉多出去㊀，到头还是枉然。

乔在伟大的马杰斯脱那儿学画——各位都知道他的声望。他取费高昂，课程轻松——他的高昂轻松给他带来了声望。德丽雅在罗森斯托克那儿学习，各位也知道他是一个出名的专跟钢琴键盘找麻烦的家伙。只要他们的钱没用完，他们的生活是非常幸福的。谁都是这样——算了吧，我不愿意说愤世嫉俗的话。他们的目标非常清楚明确。乔很快就能有画问世，那些鬓须稀朗而钱袋厚实的老先生，就要争先恐后地挤到他的画室里来抢购他的作品。德丽雅要把音乐搞好，然后对它满不在乎，如果她看到音乐厅里的位置和包厢不满座的话，她可以推托喉痛，拒绝登台，在专用的餐室里吃龙虾。

但是依我说，最美满的还是那小公寓里的家庭生活：学习了一天之后的情话絮语；舒适的晚饭和新鲜、清淡的早餐；关于志向的交谈——他们不但关心自己的，也关心对方的志向，否则就没有意义了——互助和灵感；还有——恕我直率——晚上十一点钟吃的菜裹肉片和奶酪三明治。

可是没多久，艺术动摇了。即使没有人去摇动它，有时它自己也会动摇的。俗语说得好，坐吃山空，应该付给马杰斯脱和罗森斯托克两位先生的学费也没着落了。当你爱好你的

⊖ 瓦格纳（1813—1883）：德国作曲家。

⊜ 伦勃朗（1606—1669）：荷兰画家。

⊜ 瓦尔特杜弗（1837—1915）：法国作曲家。

⑳ 肖邦（1809—1849），波兰作曲家。

㊀ 奥朗：中国乌龙红茶的粤音。

㊁ 金门是美旧金山湾口的海峡；哈得拉斯是北卡罗来纳州海岸的海峡，与英文的"帽架"谐音；合恩角是南美智利的海峡，与"衣架"谐音；拉布拉多是哈得逊湾与大西洋间的半岛，与"边门"谐音。

258

艺术时，就觉得没有什么牺牲是难以忍受的。于是，德丽雅说，她得教授音乐，以免断炊。

她在外面奔走了两三天，兜揽学生。一天晚上，她兴高采烈地回家来。

"乔，亲爱的，"她快活地说："我有一个学生啦。哟，那家人可真好。一位将军——爱·皮·品克奈将军的小姐，住在第七十一街。多么漂亮的房子，乔——你该看看那扇大门！我想就是你所说的拜占庭式[⊙]。还有屋子里面！喔，乔，我从没见过那样豪华的摆设。

"我的学生是他的女儿克蕾门蒂娜。我见了她就喜欢极啦。她是个柔弱的小东西——老是穿白的；态度又多么朴实可爱！她只有十八岁。我一星期教三次课；你想想看，乔！每堂课五块钱。数目固然不大，可是我一点也不在乎；等我再找到两三个学生，我又可以到罗森斯托克先生那儿去学习了。现在，别皱眉头啦，亲爱的，让我们好好吃一顿晚饭吧。"

"你倒不错，德丽，"乔说，一面用斧子和切肉刀在开一听青豆，"可是我怎么办呢？你认为我能让你忙着挣钱，我自己却在艺术的领域里追逐吗？我以般范纽都·切利尼[⊜]的骨头赌咒，决不能够！我想我以卖卖报纸，搬石子铺马路，多少也挣一两块钱回来。"

德丽雅走过来，勾住他的脖子。

"乔，亲爱的，你真傻。你一定得坚持学习。我并不是放弃了音乐去干别的事情。我一面教授，一面也能学一些。我永远跟我的音乐在一起。何况我们一星期有十五块钱，可以过得像百万富翁那般快乐。你绝不要打算离开马杰斯脱先生。"

"好吧，"乔说，一面去拿那只贝壳形的蓝菜碟。可是我不愿意让你去教课，那不是艺术。你这样牺牲真了不起，真叫人佩服。"

"当你爱好你的艺术时，就觉得没有什么牺牲是难以忍受的，"德丽雅说。

"我在公园里画的那张素描，马杰斯脱说上面的天空很好。"乔说。"丁克尔答应我在他的橱窗里挂上两张。如果碰上一个合适的有钱的傻瓜，可能卖掉一张。"

"我相信一定卖得掉的，"德丽雅亲切地说。"现在让我们先来感谢品克奈将军和这烤羊肉吧。"

接下来的一个星期，拉雷毕夫妇每天一早就吃早饭。乔很起劲地要到中央公园里去在晨光下画几张速写，七点钟的时候，德丽雅给了他早饭、拥抱、赞美、接吻之后，把他送出门。艺术是个迷人的情妇。他回家时，多半已是晚上七点钟了。

周末，愉快自豪、可是疲惫不堪的德丽雅，得意扬扬地掏出三张五块钱的钞票，扔在那八尺阔十尺长的公寓客厅里的八寸阔十寸长的桌子上。

"有时候，"她有些厌倦地说，"克蕾门蒂娜真叫我费劲。我想她大概练习得不充分，我得三翻四复地教她。而且她老是浑身穿白，也叫人觉得单调。不过品克奈将军倒是一个顶可爱的老头儿！我希望你能认识他，乔，我和克蕾门蒂娜练钢琴的时候，他偶尔走进来——他是个鳏夫，你知道——站在那儿捋他的白胡子。"十六分音符和三十二分音符教得怎么样啦？"他老是这样问道。

"我希望你能看到客厅里的护壁板，乔！还有那些阿斯特拉罕的呢门帘。克蕾门蒂娜老是有点咳嗽。我希望她的身体比她的外表强健些。喔，我实在越来越喜欢她了，她多么温柔，多么有教养。品克奈将军的弟弟一度做过驻波利维亚的公使。"

　　⊙　拜占庭式：6～15世纪间，东罗马帝国的建筑式样，圆屋顶、拱门、细工镶嵌。
　　⊜　般范纽都·切利尼（1500—1571）：意大利著名雕刻家。

接着，乔带着基督山伯爵的神气，掏出一张十元、一张五元、一张两元和一张一元的钞票——全是合法的纸币——把它们放在德丽雅挣来的钱旁边。

"那幅方尖碑的水彩画卖给了一个从庇奥利亚来的人，"他郑重其事地宣布说。

"别跟我开玩笑啦，"德丽雅——"不会是从庇奥利亚来的吧！"

"确实是那儿来的。我希望你能见到他，德丽。一个胖子，围着羊毛围巾，唧着一根翎管牙签。他在丁克尔的橱窗里看到了那幅画，起先还以为是座风车呢。他倒很气派，不管三七二十一的，把它买下了。他另外预定了一幅——《勒加黄那货运车站》的油画——准备带回家去。我的画，加上你的音乐课！呵，我想艺术还是有前途的。"

"你坚持下去，真使我高兴，"德丽雅热切地说。"你一定会成功的，亲爱的。三十三块钱！我们从来没有这么多可以花的钱。今晚我们买牡蛎吃。"

"加上炸嫩牛排和香菌，"乔说，"肉叉在哪儿？"

下一个星期六的晚上，乔先回家。他把他的十八块钱摊在客厅的桌子上，然后把手上许多似乎是黑色颜料的东西洗掉。

半个钟头以后，德丽雅回来了，她的右手用绷带包成一团，简直不像样了。

"这是怎么搞的？"乔照例地招呼了之后，问道。德丽雅笑了，可是笑得并不十分快活。

"克蕾门蒂娜，"她解释说，"上了课之后一定要吃奶酪面包。她真是个古怪姑娘，下午五点钟还要吃奶酪面包。将军也在场，你该看看他奔去拿烘锅的样子，乔，好像家里没有佣人似的，我知道克蕾门蒂娜身体不好；神经多么过敏。她浇奶酪的时候泼翻了许多，滚烫的，溅在手腕上。痛得要命，乔。那可爱的姑娘难过极了！还有品克奈将军！——乔，那老头儿差点要发狂了。他冲下楼去叫人——他们说是烧炉子的或是地下室里的什么人——到药房里去买一些油和别的东西来，替我包扎。现在倒不十分痛了。"

"这是什么？"乔轻轻地握住那只手，扯扯绷带下面的几根白线，问道。

"那是涂了油的软纱。"德丽雅说，"喔，乔，你又卖掉了一幅素描吗？"她看到了桌子上的钱。

"可不是吗？"乔说，"只消问问那个从庇奥利亚来的人。他今天把他要的车站图取去了，他没有确定，可能还要一幅公园的景致和一幅哈得逊河的风景。你今天下午什么时候烫痛手的，德丽？"

"大概是五点钟，"德丽雅可怜巴巴地说。"熨斗——我是说奶酪，大概在那个时候烧好。你真该看到品克奈将军，乔，他——"

"先坐一会儿吧，德丽，"乔说，他把她拉到卧榻上，在她身边坐下，用胳臂围住了她的肩膀。

"这两个星期来，你到底在干什么。德丽？"他问道。

她带着充满了爱情和固执的眼色熬了一两分钟，含含混混地说着品克奈将军；但终于垂下头，一边哭，一边说出实话来了。

"我找不到学生，"她供认说，"我又不忍看你放弃你的课程，所以在第二十四街那家大

洗衣房里找了一个烫衬衣的活儿。我以为我把品克奈将军和克蕾门蒂娜两个人编造得很好呢，可不是吗，乔？今天下午，洗衣房里一个姑娘的热熨斗烫了我的手，我一路上就编出那个烘奶酪的故事。你不会生我的气吧，乔？如果我不去做工，你也许不可能把你的画卖给那个庇奥利亚来的人。"

"他不是从庇奥利亚来的，"乔慢慢吞吞地说。

"他打哪儿来都一样。你真行，乔——吻我吧，乔——你怎么会疑心我不在教克蕾门蒂娜的音乐课呢？"

"到今晚为止，我始终没有起疑。"乔说，"本来今晚也不会起疑的，可是今天下午，我把机器间的油和废纱头送给楼上一个给熨斗烫了手的姑娘。两星期来，我就在那家洗衣房的炉子房烧火。"

"那你并没有——"

"我的庇奥利亚来的主顾，"乔说，"和品克奈将军都是同一艺术的产物——只是你不会管那门艺术叫作绘画或音乐罢了。"

他们两个都笑了，乔开口说：

"当你爱好你的艺术时，就觉得没有什么牺牲是——"可是德丽雅用手掩住了他的嘴。"别说下去啦，"她说——"只需要说'当你爱的时候'。"

五、名家点评

1. 欧·亨利的主人公们生活得都很苦。所以女人渴望嫁个大富翁，男人希望找个富婆。想要过上舒心的日子是无可非议的，更何况他们还总是那样善良、那样多情。因而他们也有他们的可爱。他们那不因困窘而失的人性温情仿佛那废墟上的一朵百合，那是困境中的希望，那是悲苦的人们继续生存下去的理由。

——高尔基

2. 我的目的在于指出：每个人的内心都有过上体面生活的愿望，即使那些沦为社会最底层的人，只要力所能及，都愿意回到比较高尚的生活，人性的内在倾向是弃恶趋善的。

——欧·亨利

51　麦田里的守望者

（美）杰罗姆·大卫·塞林格

一、作者简介

杰罗姆·大卫·塞林格（Jerome David Salinger, 1919—2010），美国作家，他的著名小说《麦田里的守望者》被认为是 20 世纪美国文学的经典作品之一。2010 年 1 月 27 日，杰罗姆·大卫·塞林格在位于美国新罕布什尔州的家中去世，享年 91 岁。

塞林格出生于纽约的一个犹太富商家庭，他在 15 岁时就被父亲送到宾夕法尼亚州的一所军事学校。1936 年塞林格从军事学校毕业，1937 年又被做火腿进口生意的父亲送到波兰学做火腿。塞林格在纽约的时候就开始向杂志投稿，其中大部分都是为了赚钱，但也不乏一些好文章，其中包括了《香蕉鱼的好日子》。

第二次世界大战中断了塞林格的写作。1942 年塞林格从军，1944 年他前往欧洲战场从事反间谍工作。战争令塞林格恐惧，他之后写了多本以战争为题材的书。1946 年塞林格退伍，回到纽约开始专心创作。他的第一本长篇小说《麦田里的守望者》于 1951 年出版，获得了很大的成功，塞林格一举成名。他之后的作品包括了《弗兰妮与卓埃》（1961 年）、《木匠们，把屋梁升高》和《西摩：一个介绍》（1963 年）和收录了他的短篇故事的《九故事》（1953 年），但都不像《麦田里的守望者》那么成功。

1999 年，塞林格在 34 年没有发表任何作品后终于发表了新的长篇小说《哈普沃兹 16，1924》。《哈普沃兹 16，1924》最早是以短篇的形式出现在 1965 年的《纽约时报》上的。塞林格将这部作品授权给一个小的出版公司。

二、名著概要

《麦田里的守望者》（The Catcher in the Rye）是美国作家杰罗姆·大卫·塞林格的一部长篇小说，塞林格将故事的起止局限于 16 岁的中学生霍尔顿·考尔菲德从离开学校到曼哈顿游荡的三天时间内，并借鉴了意识流天马行空的写作方法，充分探索了一个十几岁少年的内心世界。愤怒与焦虑是此书的两大主题，主人公的经历和思想在青少年中引起强烈共鸣，受到读者，特别是广大中学生的热烈欢迎。《纽约时报》的书评写道："在美国，阅读《麦田里的守望者》就像毕业要获得导师的首肯一样重要。"其后，《麦田里的守望者》直接影响了这一类小说的创作。

《麦田里的守望者》，通过霍尔顿离开学校在纽约闯荡三天的经历，真实反映出美国传统教育和价值观对青少年自由天性的压抑，强烈表达了他们的孤独、苦闷、彷徨以及对充斥全社会的虚假、伪善、丑恶的愤懑与抗议。

霍尔顿的生活笼罩着悲剧的阴影。他就说自己经历了"倒霉的童年"，聪明可爱的弟弟夭折，给他内心造成极大的伤害，也给他的生活笼罩上了阴影。悲痛欲绝的他"用拳头把汽车间里的玻璃窗全都打碎，以致大人们要送我去作精神分析"。在日后弟弟可爱的身影总是出现在他脑海中，成了他的魂魄所系。弟弟的死给母亲带来了巨大的痛苦，也使她精神极度抑郁。而他被开除，又将给母亲带来沉重的打击。每当想到这点，他的心中就受到极大的折磨。而且他怀疑唯一钟爱的女友琴与无赖同学斯特拉德莱塔有性行为。妹妹的童真，却时时受到她的学校墙壁上脏话的威胁，在霍尔顿的眼里，所有美好的东西都是那么脆弱，而且危机四伏。

三、名作导读

小说用第一人称的手法，从一个中学生的角度，用中学生的口吻和措辞来叙述，既真实可信，有"如闻其声"之功效，又成功地体现了小说的主题。小说使用了大量的俗语和粗话，直接体现了小说的反传统的特点。

小说有异常强烈的讽刺意味。霍尔顿是一个充满理想的人，他想当一个"麦田守望者"，看护那些天真无邪的儿童；他想离家出走，远离尘嚣，过田园般的纯朴生活。但是，现实生活中，他的理想却被一一击破。他抱着美好的幻想去学校找妹妹菲比，眼睛看到的却是墙壁上书写的粗秽词语。当他觉得一切都将如他所愿，向妹妹话别之后就可以踏上离家的旅程之时，妹妹菲比却执意要求要随他同去。霍尔顿心头一阵惊恐，随即改变了主意，和妹妹回家。他的幻想是自己远离家庭和这个"恶浊"的社会，标志着自己成熟长大，而妹妹这样"天真无邪"的儿童在舒适的家居生活中各得其所。然而妹妹执意随他同去，在他描绘的美妙图画上涂了极不和谐的一笔。

《麦田里的守望者》从1951年出版以来，给全世界无数彷徨的年轻人的心灵以慰藉。小说一问世，霍尔顿这个对虚伪的周围环境深恶痛绝的少年形象竟然被千万读者看成是迷人的新英雄，文中的崇尚自由的亲切语言受到热烈欢迎。并且这本小说反映了第二次世界大战以后美国青少年矛盾混乱的人生观和道德观，代表了当时相当一部分人的思想和处境。主人公霍尔顿那种没有清楚目的的反抗，是当时学生和青少年的典型病症。《麦田里的守望者》发表后，学生们争相阅读，家长和教师也视该小说为"必读教材"，并把它当作理解当代青少年的钥匙。

四、精彩文段

突然，我抬头一看衣帽间里的钟，已经十二点三十五了，我开始担起心来，生怕学校里的那个老太太已经偷偷地嘱咐另外那位太太，叫她别给老菲比送信。我担心她或许叫那位太太把那张便条烧了什么的。这么一想，我心里真是害怕极了。我在上路之前，倒真想见老菲比一面，我是说我还拿了她过圣诞节的钱哩。

最后，我看见她了。我从门上的玻璃里望见了她。我之所以老远就望见她，是因为她戴着我的那顶混账猎人帽——这顶帽子你在十英里外都望得见。

我走出大门跨下石级迎上前去。叫我不明白的是，她随身还带着一只大手提箱。她正在穿行五马路，一路拖着那只混账大手提箱。她简直连拖都拖不动。等我走近一看，她拿的原来是我的一只旧箱子，是我在胡敦念书的时候用的。我猜不出她拿了它来究竟他妈的是要干什么。"嘿，"她走近我的时候这么嘿了一声，她被那只混账手提箱累得都上气不接下气了。

"我还以为你不来了呢，"我说。"那只箱子里装的什么？我什么也不需要。我就这样动身，连我寄存在车站里的那两只手提箱我都不准备带走。箱子里到底他妈的装了些什么？"

她把手提箱放下了。"我的衣服，"她说。"我要跟你一块儿走。可以吗？成不成？"

"什么？"我说。她一说这话，我差点儿摔倒在地上了。我可以对天发誓我真是这样。我觉得一阵昏眩，心想我大概又要晕过去了。

"我拿着箱子从后面电梯下来的，所以查丽娜没看见我。箱子不重。我只带了两件衣服，我的鹿皮靴，我的内衣和袜子，还有其他一些零碎东西。你拿着试试，一点儿也不重。你试试看……我能跟你去吗？霍尔顿，我能吗？求你啦。"

"不成。给我住嘴。"

我觉得自己马上要晕过去了。我是说我本来不想跟她说住嘴什么的，可我觉得自己又要晕过去了。

"我干吗不可以？求你啦，霍尔顿；我决不麻烦你——我只是跟你一块儿走，光是跟你走！我甚至连衣服也不带，要是你不让我带的话——我只带我的——" "你什么也不能带。因为你不能去。我只一个人去，所以快给我住嘴。"

"求你啦，霍尔额。请让我去吧。我可以十分、十分、十分——你甚至都不会——" "你不能去。快给我住嘴！把那箱子给我，"我说着，从她手里夺过箱子。我几乎要动手揍她。

我真想给她一巴掌。一点不假，她哭了起来。

"我还以为你要在学校里演戏呢。我还以为你要演班纳迪克特·阿诺德呢，"我说。我说得难听极了。"你这是要干什么？不想演戏啦，老天爷？"

她听了哭得更凶了。我倒是很高兴。一霎时，我很希望她把眼珠子都哭出来。我几乎都有点儿恨她了。我想我恨她最厉害的一点是因为她跟我走了以后，就不能演那戏了。

"走吧，"我说。我又跨上石阶向博物馆走去。我当时想要做的，是想把她带来的那只混账手提箱存到衣帽间里，等她三点钟放学的时候再来取。我知道她没法拎着箱子去上学。"喂，来吧，"我说，可她不肯跟我一起走上石阶。她不肯跟我一起走。于是我一个人上去，把手提箱送到衣帽间里存好，又走了回来。她依旧站在那人行道上，可她一看见我向她走去，就一转身背对着我。她做得出来。她只要想转背，就可以转过背去不理你。"我哪儿也不去了，我已经改变了主意，所以别再哭了，"我说。好笑的是，我说这话的时候她根本没在哭。可我还是这么说了。"喂，走吧。我送你回学校去。喂，走吧。你要迟到啦。"

她不肯答理我。我想拉她的手，可她不让我拉。她不住地转过身去背对着我。

"你吃了午饭没有？你已经吃了午饭没有？"我问她。

她不肯答理我。她只是脱下我那顶红色猎人帽——就是我给她的那顶——劈面朝我扔来。接着她又转身背对着我。我差点儿笑痛肚皮，可我没吭声。我只是把帽子拾了起来，塞进我的大衣口袋。

"走吧，嗨。我送你回学校去，"我说。

"我不回学校。"

我听了这话，一时不知怎么说好。我只是在那儿默默站了一两分钟。

"你一定得回学校去。你不是要演戏吗？你不是要演班纳迪克特·阿诺德吗？"

"不。"

"你当然要演，你一定要演。走吧，喂，咱们走吧，"我说。"首先，我哪儿也不去了，我刚才不是说了吗。我要回家去。你一回学校，我也马上回家。我先上车站取我的箱子，随后直接回——" "我说过我不回学校了。你爱干什么就干什么，可我不回学校，"她说。"所以你给我住嘴。"

她叫我住嘴，这还是破题儿第一道。听起来实在可怕。老天爷，听起来实在可怕。比咒骂还可怕。她依旧不肯看我一眼，而且每次我把手搭在她肩上什么的，她总是不让。

"听着，你是不是想散一会儿步呢？"我问她。"你是不是想去动物园？要是我今天下午不让你上学去，带你散一会儿步，你能不能打消你这种混账念头？"

她不肯答理我，所以我又重复了一遍。"要是我今天下午不让你上学去，带你散一会儿步，你能不能打消你这种混账念头？你明天能不能乖乖上学去？"

"我也许去，也许不去，"她说完，就马上奔跑着穿过马路，也不看看有没有车辆。有时候她简直是个疯子。可我并没跟着她去。我知道她会跟着我，因此我就朝动物园走去，走的是靠公园的那边街上。她呢，也朝动物园的方向走去，只是走的是他妈的另一边街上。她不肯抬起头来看我，可我看得出她大概从她的混账眼角里瞟我，看我往哪儿走。嗯，我们就这样一直走到动物园。我唯一觉得不放心的时候是有辆双层公共汽车开过，因为那时我望不见街对面，看不到她在他妈的什么地方。可等到我们到了动物园以后，我就大声向她喊道："菲比！我进动物园去了！来吧，喂！"她不肯拿眼看我，可我看得出她听见了我的话。我走下台阶进动物园的时候，回头一望，看见她也穿过马路跟我来了。

五、名家点评

1. 当《麦田里的守望者》初出版时，虽然书评极佳，我对这类少年自述生活小说根本没有兴趣。经过朋友怂恿之后，我好奇地向朋友借阅，翻了第一页，就不能释手，聚精会神地把它一口气读完（我 14 岁的女儿也有同感）。这是一种很难得的读书经验。

——美国知名华人书评家董鼎山

2. 《麦田里的守望者》一问世，霍尔顿这个对虚伪深恶痛绝的少年形象竟然被千万读者看成是迷人的英雄，文中的崇尚自由的亲切语言受到热烈欢迎，而塞林格对我的影响可以与海明威相提并论。

——美国著名作家约翰·厄普代克

52 老人与海

（美）欧内斯特·海明威

一、作者简介

欧内斯特·海明威（1899—1961），美国20世纪的著名作家。"迷惘的一代"的代表。

他生于芝加哥郊区的一个医生家庭，中学毕业后曾当过见习记者。第一次世界大战爆发后，他先当新闻记者，不久便以名誉中尉的头衔开往意大利战场当救护车驾驶员，后身负重伤。

第一次世界大战以后，海明威回到美国，由于对美国现实不满，便以驻外记者身份去欧洲，并开始他的写作生活，逐步形成他自己语言简洁、含蓄凝练的风格。20世纪20年代末回国，定居佛罗里达。1936年西班牙内战中，他两次去报道战事。第二次世界大战爆发后，作为前线记者写了不少战地报道，并组织了游击队和德国法西斯作战。

他的长篇小说有："迷惘的一代"的代表作《太阳照样升起》；最优秀的反战作品《永别了，武器》；最终完成了从"我"到"我们"的转变的《有的和没有的》和《丧钟为谁而鸣》；为他赢得1954年诺贝尔文学奖的著名代表作《老人与海》以及遗作《海流中的岛屿》。他的短篇小说主要写斗牛、打猎、拳击等充满阳刚之气的活动，结集有：《在我们的时代》《没有女人的男人》《胜者无所得》等。

海明威在作品中创造了著名的"硬汉"性格：他们忍受了极大的内心痛苦，临危不惧，虽败犹荣。他在写作技巧和语言运用方面有他独特的风格。他的叙述表面上单调平淡，有些意思要经过仔细推敲才能体会得到，而且不论场面怎样壮烈、悲惨、紧张或痛苦，他总是把情感压抑到不容易觉察的地步。他的文笔简洁、清新、明确，他的创作承前启后，把美国散文的水平推到了新的高度。

二、名著概要

《老人与海》是海明威于1952年发表的一部中篇小说。故事情节比较简单，写一个老渔夫连续84天没有捕到鱼，后来好不容易捕到了一条大鱼，返航途中一路和鲨鱼搏斗，结果这条鱼还是被鲨鱼吃掉，最后只剩下一副鱼骨架。他失败了，但是老渔夫在同鲨鱼搏斗中却表现了非凡的毅力，他的劳动人民"硬汉"性格经过这次搏斗，就像琢磨过的钻石一样，更加光芒四射。

作品用象征的手法说明现实世界的残酷无情，但人应该勇敢地面对现实。

《老人与海》是海明威晚年的完美之作，凭借这部作品，他荣获1953年的普利策奖和1954年度的诺贝尔文学奖。同时该书也被评为影响历史的百部经典之一；美国历史上里程碑式的32本书之一；1986年法国《读书》杂志推荐的理想藏书，48小时内卖出530万本，销量排名第一。

小说是根据真人真事写的。第一次世界大战结束后，海明威移居古巴，认识了老渔民格雷戈里奥·富恩特斯。1930年，海明威乘的船在暴风雨中沉没，富恩特斯搭救了海明威。从此，海明威与富恩特斯结下了深厚的友谊，并经常一起出海捕鱼。

1936 年，富恩特斯出海很远捕到了一条大鱼，但由于这条鱼太大，在海上拖了很长时间，结果在归程中被鲨鱼袭击，回来时只剩下了一副骨架。

1936 年 4 月，海明威在《乡绅》杂志上发表了一篇名为"碧水之上：海湾来信"的散文，其中一段记叙了一位老人独自驾着小船出海捕鱼，捉到一条巨大的大马林鱼，但鱼的大部分被鲨鱼吃掉的故事。当时这件事就给了海明威很深的触动，并觉察到它是很好的小说素材，但却一直也没有机会动笔写它！

1950 年圣诞节后不久，海明威产生了极强的创作欲，在古巴哈瓦那郊区的别墅"观景社"，他开始动笔写《老人与海》（起初名为《现有的海》）。到 1951 年 2 月 23 日就完成了初稿，前后仅用了八周。4 月份海明威把手稿送给去古巴访问他的友人们传阅，博得了一致的赞美。海明威本人也认为这是他"这一辈子所能写的最好的一部作品。"

《老人与海》描绘了一场人与自然博斗的惊心动魄的惨剧。老人每取得一点胜利都付出了沉重的代价，最后遭到无可挽救的失败。但是，从另外一种意义上来说，他又是一个胜利者。因为，他不屈服于命运，无论在怎样艰苦卓绝的环境里，他都凭着自己的勇气、毅力和智慧进行了奋勇的抗争。大马林鱼虽然没有保住，但他却捍卫了"人的灵魂的尊严"，显示了"一个人的能耐可以到达什么程度"，是一个胜利的失败者，一个失败的英雄。这样一个"硬汉子"形象，正是典型的海明威式的小说人物。

三、作品导读

海明威采取了纵式结构的方式，即在众多渔夫中选择老人作为他小说中的主人公圣地亚哥，选择了非常可爱的孩子曼诺林作老人的伙伴，选一系列情节的发展按自然的时空顺序安排在两天时间内进行，这样剪裁实际上有许多东西并没有被真正剪裁掉，而是让读者自己去完成，达到"一石多鸟"的艺术效果，寓意深厚。小说在布局上时间非常紧凑，前后只有四天：出海的前一天，以老人从海上归来为引子，让周围的人物一个个出场，交代了他们与老人之间的关系：一个热爱他，跟他在一起学习钓鱼的孩子曼诺林；一群尊敬他，但永远不能理解他的打渔人；一个关心他的酒店老板。老人就生活在这样的人物群体中，相比之下，他与众人有着明显的不同，他很乐观，心胸开阔，是个经验丰富、充满信心、勤劳勇敢、富于冒险、热爱生活的纯朴的古巴渔民。这种结构产生了线索清晰明了、中心集中突出、故事简洁明快的效果。海明威自己在论述节奏时曾这样说："书启动时比较慢，可是逐渐加快节奏，快得让人受不了，我总是让情绪高涨到让读者难以忍受，然后稳定下来，免得还要给他们准备氧气棚。"

小说中的大海在整篇故事中起着举足轻重的作用，它是圣地亚哥老人赖以生存的物质世界，是他生活的全部内容，海为他准备了神秘的大鱼，为他提供了展示其无比的勇气和毅力的场所，从美学角度来讲，大海是一幅"意味着许多东西"的写意画！苍茫而神秘的大海，她是"仁慈的，十分美丽的，但是她有时竟会这样地残忍"，海明威又给大海赋予了女性的身体和灵魂，让她自身蕴含着大量的生殖力和可能性，所以才能为老人准备好一个巨大无比的鱼，她的宽广足以使老人驶入体验不可知的和未知的现实奥秘的领域，她的浩大足以允许老人生活在永恒之中。圣地亚哥与自然的关系也主要体现在他与大海的依存又斗争的关系之上。美国是一个多民族国家，各民族文化在海洋上汇合并经由海洋而输入美国，美国文化的源头也必须追溯至欧洲文化的爱琴海文化。这也是海明威选择"大海"作为渔夫圣地亚哥生存环境的重要原因，而文化的博大精深也非"仁慈、善良"的女性才可容纳的。

而小说中"鲨鱼"的象征意义，则有多种不同的解释，诸如象征复仇女神，象征时间，象征死神等。但海明威自己明确地说过："那可恶的鲨鱼……，就好比所得税。我努力工作，碰上好运气。我得到一张数目可观的支票，于是所得税就像鲨鱼一样跟踪而来，用尖利的牙齿大块大块地咬着吃，那老人没说到这个，我却说到了，显然海明威这里的"鲨鱼"是充斥于他所处世界中恶势力的象征。

另外，在《老人与海》中的垒球手老狄马吉奥，与老人角力的黑人大力士，鼓着长长的黑翅膀在海上盘旋找追捕目标的鹰，以及老人吃的金枪鱼都有一定的寓意，都具有圣地亚哥形象的特质，它们都与作品中其他人物、环境有着符合实际生活本来面目、浑然一体的关系，然而又都是海明威代以传达"意味"的象征体。这与象征主义作家所偏好的那种为追求所谓"主观真实"，面对客观世界支离扭曲，任意构造象征意象的做法是格格不入的，这种差异也许就是海明威不愿接受象征主义桂冠的一个重要原因。

海明威还通过象征性描写隐晦地表达了他对美国现实的极度悲观。小说有多处描写"能够使人联想到距离耶稣蒙难"的情景。当圣地亚哥看到鲨鱼时，他的喊叫就像"一个人感到钉子穿过他的双手钉进木头里而不由自主发出的喊叫声。"这里暗示的"一个人"就是被"钉在十字架上的耶稣"；再如圣地亚哥"他扛着桅杆坐在那儿"，还有他睡觉的姿势，"两条胳膊直直地伸在外面，两只手心朝上，就这样睡着了。"作者用这些象征性描写是在暗示：美国的耶稣又被钉在十字架上了，基督精神死亡了。海明威正是以这种无言的、隐晦的、基督徒或许能够领会的方式，向他的绝大多数信奉耶稣基督的同胞、世人传递他对美国现实的莫大悲哀。

四、精彩文段

圣地亚哥是古巴的一个老渔夫，他年轻时非常出色，强健有力，他曾经和一个黑人比赛掰腕子，比了一天一夜，最后终于战胜了对手。到了晚年，他的精力和反应都不如从前，老婆死后，他一个人孤独地住在海边简陋的小茅棚里。

有一段时间，老渔夫独自乘小船打鱼，他接连打了84天，但一条鱼也没有捕到。本来一个叫曼诺林的男孩子总是跟他在一起，可是日子一久曼诺林的父母认为老头悖运，吩咐孩子搭另一条船出海，果然第一个星期就捕到三条好鱼。孩子每次见到老头每天空船而归，心里非常难受，总要帮他拿拿东西。

圣地亚哥瘦削憔悴，后颈满是皱纹，脸上长着疙瘩，但他的双眼像海水一样湛蓝，毫无沮丧之色。他和孩子是忘年交。老头教会孩子捕鱼，因为孩子很爱他。村里很多打鱼的人都因为老头捉不到鱼拿他开玩笑，但是在曼诺林的眼里，老头是最好的渔夫。他们打鱼不但是为了挣钱，而是把它看作共同爱好的事业。孩子为老头准备饭菜，跟他一起评论棒球赛。老头特别崇拜棒球好手狄马吉奥。他是渔民的儿子，脚跟上虽长有骨刺，但打起球来生龙活虎。老头认为自己已经年迈，体力不比壮年，但他懂得许多捕鱼的诀窍，而且决心很大，因此他仍是个好渔夫。

老人和孩子相约第二天，也就是第85天一早一起出海。半夜醒后他踏着月光去叫醒孩子，两人分乘两条船，出港后各自驶向自己选择的海面。

天还没有亮，老头已经放下鱼饵。鱼饵的肚子里包着鱼钩的把子，鱼钩的突出部分都裹着新鲜的沙丁鱼。鱼饵香气四溢，味道鲜美。

正当圣地亚哥目不转睛地望着钓丝的时候，他看见露出水面的一根绿色竿子急遽地驶入水中。他用右手的大拇指和食指轻轻捏着钓丝。接着钓丝又动了一下，拉力不猛。老头明白，一百英寻之下的海水深处，一条马林鱼正在吃钓丝上的沙丁鱼。他感觉到下面轻轻地扯动，非常高兴。过了一会儿他觉得是一个硬邦邦、沉甸甸的东西，他断定这是一条大鱼。这激起他要向它挑战的决心。

老人先松开钓丝，然后大喝一声，用尽全身的力气收拢钓丝，但鱼并不肯轻易屈服，非但没有上来一英寸，反而慢慢游开去。老头把钓丝背在脊梁上增加对抗马林鱼的拉力，可是作用不大，他眼睁睁地看着小船向西北方飘去。老头想鱼这样用力过猛很快就会死的，但四个小时后，鱼依然拖着小船向浩渺无边的海面游去，老头也照旧毫不松劲地拉住背在脊梁上的钓丝。他们对抗着。

这时，老人回头望去，陆地已从他的视线中消失。太阳西坠，繁星满天。老人根据对星星的观察作出判断：那条大鱼整夜都没有改变方向，夜里天气冷了，老头的汗水干了，他觉得浑身上冷冰冰的。他把一个麻袋垫在肩膀上的钓丝下面减少摩擦，再弯腰靠在船头上，他就感到舒服多了。为了能坚持下去，他不断的和鱼、鸟、大海对话，不断的回忆往事，并想到了曼诺林，他大声地自言自语："要是孩子在这儿多好啊，好让他帮帮我，再瞧瞧这一切。"

破晓前天很冷，老头抵着木头取暖。他想鱼能支持多久我也能支持多久。他用温柔的语调大声说："鱼啊，只要我不死就要同你周旋到底。"太阳升起后，老头发觉鱼还没有疲倦，只是钓丝的斜度显示鱼可能要跳起来，这正是他求之不得的事。他说："鱼啊，我爱你，而且十分尊敬你。可是今天天黑以前我一定要把你弄死。"鱼开始不安分了，它突然把小船扯得晃荡了一下。老头用右手去摸钓丝，发现那只手正在流血。过了一会他的左手又抽起筋来，但他仍竭力坚持。他吃了几片金枪鱼肉好增加点力气来对付那条大鱼。

正在这时钓丝慢慢升起来，大鱼终于露出水里。在阳光下，这浑身明亮夺目，色彩斑斓。它足有 18 英尺长，比他的船还要大。它的喙长得像一根垒球棒，尖得像一把细长的利剑。它那大镰刀似的尾巴入水中后，钓丝也飞快地滑下去。

老人和大鱼一直相持到日落，双方已搏斗了两天一夜，老人不禁回想起年轻时在卡萨兰卡跟一个黑人比赛扳手的经历。他俩把胳膊肘放在桌上划粉笔线的地方，前臂直，两手握紧，就这样相持了一天一夜。八小时后每隔四个钟头就换一个裁判，让他们轮流睡觉。他和黑人的手指甲里都流出血来。赌注给黑人的渔民喝了朗姆酒使出全身力气，竟把他的手压下去将近三英寸，但圣地亚哥又把手扳回原来的位置，并且在第二天天亮时奋力把黑人的手扳倒，从此他成了人们心目中的"冠军"。

老人和大鱼的持久战又从黑夜延续到天明。大鱼跃起十二次后开始绕着小船打转。老人头昏眼花，只见眼前黑点在晃动，但他仍紧紧拉着钓丝。当鱼游到他身边时，他放下钓丝踩在脚下，然后把鱼又高高举起扎进鱼身。大鱼跳到半空，充分展示了它的美和力量，然后轰隆一声落到水里，浪花溅满老头一身，也溅湿了整条小船。

鱼仰身朝天，银白色的肚皮翻上来，从它身体流出来的血染红了蓝色的海水。老人把大鱼绑在船边胜利返航。可是一个多小时后鲨鱼嗅到了大鱼的血腥味跟踪而至抢吃鱼肉。老人见到第一条游来的鲨鱼的蓝色的脊背。他把鱼又准备好，干掉了第一只鲨鱼。几小时后又有两条鲨鱼逼近船尾去咬大鱼的尾巴，老头用刀系在船桨上杀死了两条来犯的鲨鱼，但在随后的搏斗中刀也折断了，他又改用短棍。然而半夜里鲨鱼成群结队涌来时，他已无力对付它们了，但他坚持搏斗，甚至把船舵都打断了，最后鲨鱼还是吃光了老人两天的辛劳，只剩下鱼头和鱼尾……

船驶进小港，老人回到窝棚，天亮后人们看见船旁硕大无比的白色鱼脊骨，大家都惊叹老人圣地亚哥。

第二天早上，孩子来看望老人，见到他疲倦地熟睡不醒时，不禁放声大哭。老人醒来后，孩子给他端一杯热气腾腾的咖啡。两人相约过几天一起去捕鱼，孩子说他还有很多东西要学。孩子离去后，老人睡着了，他又梦见非洲的狮子……

五、名家点评

1. 他荣获此奖是由于他精湛的小说艺术——这在其近著《老人与海》中有充分表现——同时还由于他对当代文体的影响。

——获得诺贝尔文学奖评语

2. 《老人与海》是一部异常有力、无比简洁的作品，具有一种无可抗拒的美。——瑞典文学院院士霍尔斯陶穆

3. 《老人与海》是一首田园诗，大海就是大海，不是拜伦式的，不是麦尔维尔式的，好比荷马的手笔；行文又沉着又动人，犹如荷马的诗。真正的艺术家既不象征化，也不寓言化——海明威是一位真正的艺术家——相反，任何一部真正的艺术品都能散发出象征和寓言的意味，这一部短小但并不渺小的杰作也是如此。

——美国艺术史家，贝瑞孙

53 挪威的森林

（日本）村上春树

一、作者简介

村上春树（1949—）是日本著名畅销书作家，曾在美国普林斯顿大学任客座教授。1949 年生于京都市，是独生子，父亲是国语教师。1961 年移居芦屋市。因为父亲是教师的缘故，村上从小就有了很多的读书机会。在芦屋市精道中学读书期间，他开始接触欧美文学，当时村上家每月订一册《世界文学全集》和《世界文学》，村上在这些书的陪伴下度过了中学时代，这给村上日后从事文学创作打下了坚实的基础。1964 年进入兵库县立神户高中学习，这期间他又开始读英文原著。这些读书的经历决定了以后村上的作品中主要体现出西方文学的影响。村上于 19 岁时考上了早稻田大学文学系戏剧科。1969 年，村上亲身经历了学潮运动。在上大学期间，他热衷于看电影、听音乐。1971 年与同学阳子结婚。1975 年，结束了为期七年的大学生活，毕业论文题目是《美国电影中的行旅思想》。1979 年，他的处女作《且听风吟》获《群像》"新人文学奖"，从此登上文坛。主要作品有《1973 年的弹球游戏机》（1980 年）、《寻羊冒险记》（1982 年，获"野间文艺新人奖"）、《世界尽头与冷酷仙境》（1985 年，获"谷崎润一郎奖"）、《挪威的森林》（1987 年）、《舞！舞！舞！》（1988 年）、《奇鸟行状录》（1994—1995 年，获"读卖文学奖"）等。1996 年访问东京地铁事件的受害者，1997 年发表报告文学《地铁事件》。2006 年年初，村上春树凭借着《海边的卡夫卡》入选美国"2005 年十大最佳图书"。而后，村上春树又获得了有"诺贝尔文学奖前奏"之称的"弗朗茨·卡夫卡"奖。2009 年，长篇小说《1Q84》BOOK1 BOOK2 出版，获得"耶路撒冷文学奖"。时值新一轮巴以冲突高峰期，支持巴勒斯坦的各方力量极力劝阻，但经过慎重考虑之后，村上春树最终前往以色列受奖，并发表了以人类灵魂自由为主题的获奖感言。2011 年，访谈录《和小泽征尔谈音乐》出版，并荣获第 11 届小林秀雄奖。2013 年 4 月推出的长篇小说《没有色彩的多崎作和他的巡礼之年》，该书在发售第 7 天发行量达到 100 万册。2014 年 4 月 18 日，村上春树新作《没有女人的男人们》开始发售。据出版商文艺春秋介绍，新作接受预定，发行量达 30 万册。

村上是一位多产作家，从 1979 年耕耘至今，他的长篇小说、短篇小说、随笔、游记及译文等作品已有 40 多部。村上春树有自己的写作节奏，即长篇小说与短篇小说交替进行。唯独在《挪威的森林》问世后，又继续出版了长篇小说《舞，舞，舞》。村上的写作生活渗透出他执著而纯净的个性——简朴而有规律的生活作息、坚持不懈的慢跑锻炼、绝对准时的交稿作风……这位特立独行的日本作家，又如寻常人般酷爱旅行、喜欢养猫、迷恋爵士乐、热衷马拉松。也许正是这样丰富而个性化的生活，让村上的文字里充满了难以解说的魅力。

二、名著概要

20 世纪 60 年代，日本已经进入高度发达的资本主义社会。经济在快速发展，人们的精神危机也与日俱增。物质生活的丰富与人的欲求膨胀，造成了精神世界的严重失衡。人与人之间的交流减少，心理距离拉大。生活在都市的人们像无根的浮萍，孤独、虚无、失落，却又无力面对强大的社会压力。都市的繁华，掩饰不了人们内心的焦虑。而甲壳虫乐队唱出的曲子 *Norwegian Wood* 给了作者很大的灵感。那是一种微妙的，无以名之的感受。1987 年村上春树就以《挪威的森林》为书名写了一本青春恋爱小说。自该书在日本问世，截至 2012 年在日本共销出 1500 余万册。

小说写的是男主人公渡边和两个姑娘（直子和绿子）之间的爱情故事。开篇写 37 岁的他在飞机降落时听到了乐曲《挪威的森林》，这首曲子是他以前的恋人直子所喜爱的，它引起了渡边对往事的回忆。

渡边的第一个恋人直子原是他高中要好同学木月的女友，但后来木月自杀了，直子一人生活着。一年后，渡边同直子巧遇开始了交往，此时的直子已变得娴静腼腆，眸子里不时掠过一丝阴翳。直子 20 岁生日的晚上两人发生了性关系，不料第二天直子便不知去向。几个月后直子来信说她住进一家远在深山里的精神疗养院。渡边前去探望时发现直子开始带有成熟女性的丰腴与娇美，还认识了和直子同一宿舍的玲子，在离开前渡边表示永远等待直子。

在学校附近的一家小餐馆渡边结识了绿子，因为绿子问他借了《戏剧史 II》的课堂笔记，以后就渐渐熟络。当绿子的父亲去世后，渡边开始与低年级的绿子交往。绿子同内向的直子截然相反，显得十分清纯活泼。

这期间，渡边内心十分苦闷彷徨。一方面念念不忘直子缠绵的病情与柔情，一方面又难以抗拒绿子大胆的表白和迷人的活力。不久传来直子自杀的噩耗，渡边失魂落魄地四处徒步旅行。最后，在直子同房病友玲子的鼓励下，开始摸索此后的人生。

三、名作导读

《挪威的森林》（*Norwegian Wood*）是英国著名的甲壳虫合唱团演唱的一首让无数人怀念的歌曲。村上用这首歌作为小说的背景音乐，并为故事发展定下迷离、凄迷的基调。书中主角直子每听此曲必觉得自己一个人孤零零地迷失在又寒又冻的森林深处。小说以第一人称的方式写作，带有强烈的自述性。主要情节均围绕"我"展开，描写物质高度发达的日本社会里青年一代的苦闷和颓唐。他们都是物质产品的不知餍足的消费者，一般都设置一个"失落—寻找"的情节，荒诞而又滑稽。煞有介事而又毫无意义，其人物特点是平面化、符号化、无性格化、非理性化。

小说以回忆中的故事为线索来表达都市青年面对青春期的孤独与困惑，倾诉他们在成长过程中的无奈与彷徨。

《挪威的森林》的主人公叫作渡边，以 37 岁的心境和口吻讲述自己 18 岁之后的爱情故事：渡边、木月、直子是高中好友，而木月和直子又是青梅竹马的恋人，三个人常常一起约会，在三个人的世界中寻找彼此的安慰。17 岁那年，木月没有留下遗书自杀而死，就在自杀当天的下午，他还与渡边一起逃课去玩撞球。而故事就从渡边和直子的交往中展开。渡边深爱直子，直子的心和记忆却烙印在死去的木月身上。她深爱木月，却不能接受与木月发生肉体关系，她不爱渡边却渴望肉体的释放，这种奇怪的分裂让直子难以承受，以至于进入一座森林深处的疗养院过着与世隔离的生活。一次偶然的相遇，渡边开始与绿子交往。绿子同内向的直子截然相反，"简直就像迎着春天的晨光蹦跳到世界上来的一头小鹿。"这期间的渡边十分苦闷，一方面念念不忘直子的柔情与她生病的事实，一方面又难以抗拒绿子身上散发出来的真实的生活味道。在渡边和直子的关系中，最大的错误就是渡边认为自己可以成为直子的支柱，可以愈合直子心中的伤口。书中渡边搬到吉祥寺附近租用的新房，然后给直子写信，信中说只要直子回来，"我们两人"就可以一起生活。但是信寄出后没有任何回音。最后渡边收到直子室友玲子的来信，得知直子病情恶化的事情。渡边一直认为"直子唯一的问题是缺乏回到现实社会的勇气"。"如果直子重拾回归现实社会的勇气，我们就可以靠两人的力量幸福地生活在一起。"其实，渡边没有明白直子的病正是随着"我"、木月、直子的三角关系的结束而开始的，也正是因为渡边想建立"我们两人"的关系而恶化。如果光是两个人的关系就可以满足的话，木月与直子就不会因心病而迷失了自我。

直子自杀的噩耗传来，渡边变成由两个死人支撑存活的一边，三角关系跨越了生死两界，而渡边如同一棵树孤独地伫立在"挪威森林"的深处。因为心病而以自杀方式结束生命是小说中最为沉重的话题。在《挪威的森林》中，死亡就像在生之世界里目之可及的另一个世界，在那里人们同样生活、相爱、痛苦、孤独和衰老。对渡边而言，木月和直子的死是他一生无法逃避的、挥之不去的痛楚。对直子而言，她一生最爱的人是姐姐和木月，可他们都是在 17 岁时自杀而死，而死亡的阴影最终引领直子步入姐姐和木月的后尘。初美在永泽出国两年后与另一男子结婚，又过了两年之后用剃刀割腕自杀。生死之间那张薄而脆弱的白纸，飘落在读者心底。作者借"死亡"来告诉读者"死并非生的对立面，而是作为生的一部分而存在"。在现实社会中，因为心病而以自杀方式结束生命的人的思维和行为被认为是一种"扭曲"。小说中的人物曾经尝试适应或是修正这种"扭曲"，却又在新的"扭曲"中死亡。

绿子是小说中最有魅力的角色。村上认为绿子"感觉上象征着现实的拯救吧。其他的人物，像永泽啦、直子啦、或玲子，所做的都是一点点地从现实偏离开。但是，绿子这样的女子，却是双脚踏入现实中生存着，并没有脱离存在的现实。我想这一点正成为这本小说的力量。而此后，我再也写不出绿子这样的女子了"。绿子真实、活泼，她为渡边的青春岁月涂上一抹鲜丽的色彩，她是渡边与现实世界相联系的媒介，正如当初木月和直子想借助渡边进入外部的现实世界一样。小说结尾，渡边给绿子挂电话，告诉绿子在这个世界上除了她自己别无所求。渡边认为绿子是自己回归现实世界的唯一出口。

村上春树曾经说《挪威的森林》"是现实主义小说，不折不扣的现实主义"。从总体风格上看，这部小说确实有些像现实主义，但是在前两章中，还是明显地表现出现代小说的叙事方式，其具体表现就是，作者频繁地将所叙述的事情在过去和现在之间转换，以第一章为例，作品先是写渡边在机场的感受，然后开始回忆直子，写到了 18 年前故事发生的环境，按照一般的现实主义的叙事手法，接下来，就要写直子的叙述。但是这里作者却把笔锋转向了现在，开始评论自己的回忆，一边评论自己的回忆，一边对直子的容貌加以描述，然后再回忆当时直子所讲的水井的故事，回忆当时两个人的对话，接着又转过来写渡边现在的感受。这种手法在叙事学上叫"时间倒错"，虽然这是一种古老的叙事策略，但是如此频繁地使用这种手法，却是在现代主义特别是意识流小说兴起以后的事情。

《挪威的森林》的语言非常优美。村上春树对语言非常重视，他曾说过："最重要的是语言，有语言自然有故事。再有故事而无语言，故事也无从谈起。"

小说中语言的最大特点是运用了大量的奇特的比喻。这些比喻往往给人一种新奇和幽默的感觉。如"日丸旗俨然元老院议员的下摆，垂头丧气裹在旗杆上一动不动。""直子微微张开嘴唇，茫然若失地看着我的眼睛，仿佛一架被突然拔掉电源的电器。"

四、精彩文段

我继续旅行，时而住进廉价旅店，洗个澡，刮刮胡须。一次对镜看去，发现我的嘴脸甚是丑恶。由于风吹日晒，皮肤粗糙不堪，双眼下陷，两腮深凹，而且有来历不明的污垢和擦伤，活像刚刚从黑洞穴深处爬出来的。但自己端详，的确是自家嘴脸无疑。

当时我行走的是山阴海岸。鸟取或兵库的北海岸即在这一带。沿着海岸赶路还是轻松的，因为沙滩上肯定找得到惬意的睡眠场所。并且可以捡来海水冲上岸的木柴升起炊火，从鱼店买来干鱼烤熟来吃。我还打开威士忌，一面谛听涛声一面怀念直子。真是奇怪——她已经死了，已经不在这个世界。我无论如何也不能理解这一事实，无论如何也不能相信。我甚至亲耳听到了钉其棺盖的叮当声，然而却无论如何也不能接受她已魂归九泉这一事实。

她给我留下的记忆实在过于鲜明了。她轻轻地吻我，头发垂落在我的小腹——这光景至今历历在目。我还记得她的温情和喘息，以及一泄而出后无可排遣的感伤。这一切就像五分钟前刚刚发生过一样，仿佛直子就在身边，伸手即可触及她的身体。然而她已经不在了，已经不存在这世界的任何一个地方。

在辗转反侧的不眠之夜，我会回想直子的种种音容笑貌，不容我不想起。因为我心里关于直子的记忆堆积如山，只要稍稍开启一点缝隙，它们便争先恐后，鼓涌而出，而我根本无法遏止其突发的攻势。

我想起直子在晨雨中身穿雨衣清扫鸟社和手拿鸟饵口袋的情景，想起坏了半边的生日蛋糕，想起那天夜里浸湿我衬衣的泪水。是的，那天也是个雨夜。冬日来临，她身穿驼绒大衣在我身旁移动步履。她总是戴一个发卡，总是用手摸它，而且总是用晶莹澈明的眸子凝视我的眼睛。她身披一件蓝色睡衣，在沙发上抱膝而坐，下颔搭在膝头。

就是这样，直子的形象如同汹涌而来的潮水向我联翩袭来，将我的身体冲往奇妙的地带。在这奇妙的地带里，我同死者共同生活。直子也在这里活着，同我交谈，同我拥抱。在这个地方，所谓死，并非使生完结的决定性因素，而仅仅是构成生的众多因素之一。直子在这里仍在含有死的前提下继续生存，并且对我这样说："不要紧，渡边君，那不过是一死罢了，别介意。"

在这样的地方，我感觉不出悲哀为何物。因为死是死，直子是直子。"瞧，这有什么，我不是在这里吗？"直子羞涩地笑着说道。她这一如既往的平平常常的一言一行，使我顿感释然，心绪平和如初。于是我这样想到：如果说这就是所谓死，则死并不坏。"是啊，死有什么大不了的。"直子说，"死单单是死罢了。再说我在这里觉得非常快活。"直子在浊浪轰鸣的间歇里这样告诉我。

但为时不久，潮水退去，剩我一个人在沙滩。我四肢无力，欲走不能，任凭悲哀变成深重的夜幕将自己合拢。每当这时，我时常独自哭泣——与其说是哭泣，莫如说任由浑似汗珠的泪滴不由自主地涟涟而下。

木月死时，我从他的死中学到了一个道理，并将其作为大彻大悟的人生真谛铭刻或力图铭刻在心。那便是：

"死并非生的对立面，死潜伏在我们的生之中。"

实际也是如此，我们通过生而同时培育了死，但这仅仅是我们必须懂得的哲理的一小部分。而直子的死还使我明白：无论谙熟怎样的真理，也无意解除所爱之人的死带来的悲哀。无论怎样的哲理，怎样的真诚，怎样的坚韧，怎样的柔情，也无以排遣这种悲哀。我们唯一能做到的，就是从这片悲哀中挣脱出来，并从中领悟某种哲理。而领悟后的任何哲理，在继之而来的意外悲哀面前，又是那样的软弱无力——我形影相吊地倾听着暗夜的涛声和风响，日复一日地如此冥思苦索。我喝光了几瓶威士忌，啃着面包，喝着水筒里的水，满头沾满沙子，背负旅行背囊，踏着初秋的海岸不断西行、西行。

五、名家点评

1. 文章的标题《挪威的森林》正象征着与世隔绝，象征着幽静、清新和纯洁。"既然怎么努力都枉费心机，那么不再努力就是，这样活着就好嘛！换言之，与其勉强通过与人交往来消灭孤独，化解无奈，莫如退回来把玩孤独，把玩无奈。"——林少华

2. 我写作时，总有一种想把自己的悄悄话讲给某处一位朋友听的心情，理解的人自然理解。

——村上春树

54　谁动了我的奶酪

（美）斯宾塞·约翰逊

一、作者简介

斯宾塞·约翰逊，（Spencer Johnson），世界最受欢迎和尊敬的作家之一，美国人，医学博士，全球知名的思想先锋、演说家和畅销书作家。他的许多观点，让成千上万的人发现了生活中的简单真理，使人们的生活更健康、更成功、更轻松。

面对复杂的问题提出简单有效的解决办法，在这方面，他被认为是最好的专家。

作为世界顶尖企业和知名组织广泛使用的工作指南和培训工具，他的作品已经成为一种文化现象，深刻地改变了人们的生活。

斯宾塞博士善于应用生动的故事讲诉现实的智慧，轻松活泼的寓言风格既让人深受鼓舞，又让人深受震撼。

他所著的《谁动了我的奶酪？》一书中提供了应对变化的极好方法。他与传奇式管理咨询专家肯尼斯·布兰查德博士合著的《一分钟经理人》，在《纽约时报》畅销书排行榜上名列第一，是经典的商业图书，曾持续出现在许多著名的畅销书排行榜上。

斯宾塞·约翰逊还写过许多其他的畅销书，如《礼物》《是或否》《道德故事》等；"一分钟系列"里还有五本书：《一分钟推销人》《一分钟母亲》《一分钟父亲》《一分钟教师》和《一分钟的你自己》，还有《是与否》。

他的作品《礼物》《谁动了我的奶酪？》《一分钟经理人》《一分钟推销人》等长居《纽约时报》《出版家周刊》等畅销书排行榜，并被 CNN、BBC、《时代》《商业周刊》《纽约时报》《读者文摘》《华尔街日报》《财富》《今日美国》等广泛报道。他的作品已经被译成41种文字全球发行，并创下销量逾亿册的惊人纪录。继《礼物》之后，斯宾塞博士还为中国读者带来了"幸运选择法"——《为什么幸运的人总幸运，倒霉的人老倒霉》。

二、名著概要

《谁动了我的奶酪？》充满了哲理和睿智，生动地阐述了"变是唯一的不变"这一生活真谛。它只是描述了一个简单的故事，却告诉我们遇到问题时应当怎么做。这本书发行后深受读者欢迎，许多国外大公司甚至将此书定为其员工的阅读书籍。

本书包括三个部分。

第一部分："同学聚会"——讲述一群过去的同窗在一次聚会上讨论如何应对生活中的种种变化。

第二部分：全书的核心——"谁动了我的奶酪"的故事。

第三部分："讨论"——那些同窗好友们围绕这个故事展开的讨论。

书中有四个"人物"——两只小老鼠嗅嗅、匆匆和两个小矮人哼哼，唧唧。

在故事中，你会发现当面对变化时两个老鼠做得比两个小矮人要好，因为他们总是把事情简单化；而两个小矮人所具有的复杂的脑筋和人类的情感，却总是把事情变得复杂化，这并不是说老鼠比人更聪明，我们都知道人类更具智慧。但换个角度想，人类那些过于复杂的智慧和情感有时又何尝不是前进道路上的阻碍呢？

当你观察故事中四个角色的行为时，你会发现，其实老鼠和小矮人代表我们自身的不同方面——简单的一面和复杂的一面。当事物发生变化时，或许简单行事会给我们带来许多的便利和益处。

三、作品导读

《谁动了我的奶酪?》是一个简单的寓言故事，内容充满了人生中有关变化的寓意深长的真理。这是个有趣且能启蒙智慧的故事，描绘了四个住在"迷宫"里的人物，以及他们竭尽所能地寻找能滋养他们身心、使他们快乐的"奶酪"的过程。这四个小人物中，有两只是名叫"嗅嗅"和"匆匆"的老鼠，其他两位则是身体大小和老鼠差不多的小人，名叫"唧唧"和"哼哼"，而且这两个小人的外形与行为和现今的人类差不多。

这里所谓的"奶酪"是一种比喻，它可以被当成我们生命中最想得到的东西。它可能是一份工作、一种人际关系、金钱、财产或者健康、心灵的宁静。书中所谓的"迷宫"代表的是一个你花费时间与精力追寻你所欲求的东西的地方，它可以是你所服务的机构或你所居住的社区，抑或是你生活中的某种人际关系。在故事里，这些人物面临突如其来的变化。最后，他们之中有一个人成功地对这些变化作出适当的应变，并在迷宫的墙上写下他改变自己的心路历程及从中所得到的经验。

作者在本书中实际上制造了一面社会普遍需要的镜子——怎样面对或处理信息时代的变化和危机。每一个细心的人都很容易发现，从20世纪80年代起，世界进入了一个快速、多变和危机的时代。由于科技的飞速发展、信息的丰富与便捷，社会进入了信息时代。在这个新时代里，每个人都面临着不同的境遇，各种外在的强烈变化和内心的冲突相互作用使人们在面对各种问题时十分茫然。"一切似乎都变了！一切都不能理解了！我一点信心都没有！"这是许多人对这个世界从内心发出的最大感慨。

《谁动了我的奶酪?》有趣而不说教，以一则寓言故事激励读者勇于面对工作与生活各方面的变化，以健康、乐观的态度进行有效的自我管理，是一本简练却深刻的好书，读来令人振奋。作者斯宾塞·约翰逊用说故事的方式，让读者了解因应变化的基本诀窍，在轻松有趣的阅读里，帮大家克服无谓的恐惧，积极地面对人生。

四、精彩文段

从前,在一个遥远的地方,住着四个小家伙。为了填饱肚子和享受乐趣,他们每天在不远处的一座奇妙的迷宫里跑来跑去,在哪里寻找一种叫作"奶酪"的黄澄澄、香喷喷的食物。

有两个小家伙是老鼠,一个叫"嗅嗅",另一个叫"匆匆"。另外两个家伙是小矮人,和老鼠一样大小,但和人一个模样,而且他们的行为也和我们今天的人类差不多。他俩的名字,一个叫"哼哼",另一个叫"唧唧"。

由于他们四个实在太小了,他们在干什么当然不太会引起旁人的注意。但如果你凑近去仔细观察,你会发现许多令人惊奇不已的事情!

两个小老鼠和两个小矮人每天都在迷宫中度过,在其中寻找他们各自喜欢的奶酪。嗅嗅、匆匆的大脑和其他啮齿类动物的差不多一样简单,但他们有很好的直觉。和别的老鼠一样,他们喜欢的是那种适合啃咬的、硬一点的奶酪。

而那两个小矮人,哼哼和唧唧,则靠脑袋行事,他们的脑袋里装满了各种各样的信念和情感。他们要找的是一种带字母"C"的那奶酪。他们相信,这样的奶酪会给他们带来幸福。使他们成功。

尽管小老鼠和小矮人的目标各不相同,但他们做的事情是差不多的。每天早上,他们会各自穿上运动服和慢跑鞋,离开他们的小房子,跑进迷宫寻找他们各自钟爱的奶酪。

迷宫中有许多曲折的走廊和好像蜂窝的房间,其中的一些房间里藏着美味的奶酪,但更多的地方是黑暗的角落和隐藏的死胡同,任何人走进去都很容易迷路。

同时,这座迷宫还有一种神奇的力量,对那些找到出路的人,它能使他们享受到美好的生活。

两个小老鼠,嗅嗅和匆匆,总是运用简单低效的反复尝试的办法找奶酪。他们跑进一条走廊,如果走廊的房间都是空的,他们就返回来,再去另一条走廊搜寻。没有奶酪的走廊都会记住。就这样,很快地他们从一个地方找到另一个地方。嗅嗅可以用他那了不起的鼻子嗅出奶酪大致的方向,匆匆则跑在前面开路。然而迷宫太大太复杂,如你所料,他们经常会迷路,离开正道走错了方向,有时甚至还会撞倒墙上。

两个小矮人,哼哼和唧唧,则运用他们思考的能力,从过去的经验中学习。他们靠复杂的脑筋,搞出了一套复杂的寻找奶酪的方法。

哼哼和唧唧的方法比他们的老鼠朋友要高效,因此他们走进死胡同和碰壁的情况要比小老鼠们少得多。他们也为此而时常沾沾自喜很是得意,甚至有些看不起低智商的老鼠朋友。然而有时候,人类复杂的头脑所带来的复杂感情也会战胜他们的理性思维,使他们看问题的眼光变得暗淡起来。这也使得他们在迷宫里的生活更加复杂化,也更具有挑战性了。

但不管怎样,这四个家伙嗅嗅和匆匆,哼哼和唧唧,都以他们各自不同的方式不懈地追寻着他们想要得到的东西。最后,终于有一天,在某个走廊的尽头,在奶酪 C 站,他们都找到了自己想要的奶酪。

这里真是一个天堂,四个小家伙被眼前的情景惊呆了,无数各种各样的奶酪堆积如山,闪着诱人的光亮。四个小家伙呆了半晌,然后就疯了般地冲进奶酪堆,开始狂欢。

从那以后,这四个家伙,小老鼠和小矮人,每天早上穿上他们的跑步装备后便毫不犹豫地直奔奶酪 C 站。不久,他们都建立了熟悉的路线,并形成了各自的生活习惯。

嗅嗅和匆匆仍旧每天都起得很早,然后沿着相同的路线跑进迷宫中。

当老鼠们到达目的地后,他们脱下自己的跑鞋,有条不紊地将两只鞋系在一起,挂在脖子上;以便需要的时候很快穿上。然后他们才开始尽情地享用奶酪。

在开始一段时间里,哼哼和唧唧也是如此行事,每天早上赶到奶酪 C 站,按部就班地把鞋子挂在脖子上,享用在那里等着他们的美味佳肴。

然而不久以后,小矮人们改变了他们的常规。

哼哼和唧唧每天起得比老鼠们晚一些,懒懒地穿好运动服,然后信步走到奶酪 C 站。不管怎样,反正已经找到了奶酪。

他们从没想过,奶酪是从哪里来的,是谁把他们放在那里的。他们只是理所当然地认为,奶酪总是会在那里的。

每天,哼哼和唧唧到奶酪 C 站以后,就像回到自己的家一样,舒服地待在那里。他们脱下运动衣,把它们挂起来,甩掉脚上的鞋子,换上拖鞋。他们找到了奶酪,感觉实在是太惬意了。

"真是太好了!"哼哼说:"这里有这么多奶酪,足够我们享用一辈子了。"小矮人们充满了幸福和成功的感觉，觉得从此可以无忧无虑了。

不久，哼哼和唧唧更理所当然地认定，他们在奶酪C站发现的奶酪就是"他们自己的"奶酪了。这里的奶酪库存是如此的丰富，于是他们决定把家搬到更靠近奶酪C站的地方，还在周围一带开展了他们的社交活动。

为了使这里更有家的感觉，哼哼和唧唧把墙壁装饰了一通，还在墙上写了一些格言，并精心地画上了一些非常可口的奶酪的图案。他们看着这些图画和格言，会心地笑了，其中一幅图画的内容是：

拥有奶酪，就拥有幸福。

有时，他们会带朋友来参观他们在奶酪C站里成堆的奶酪，自豪地指着这些奶酪说："多么美妙可口的奶酪呀，不是吗?"有时，他们还会与朋友们一起分享这些奶酪，而有时则是单独享用。

"我们应该拥有这些奶酪，"哼哼说，"为了找到它们，我们可是付出了长期而艰苦的努力的，我们当然有资格拥有它们。"他一边说着一边拿起一块鲜美的奶酪放进嘴里，享用起来，脸上流露出幸福的光彩。

然后，就像往常一样，哼哼享受完奶酪便睡着了，梦里还露出满足而惬意的笑容。

每天晚上，小矮人们在美美地饱餐了奶酪后，就摇摇摆摆地走回家，第二天早上他们又会信心十足地走进奶酪C站，去享用更多的奶酪。

这样的境况维持了相当长的一段时间。

逐渐地，哼哼和唧唧的自信开始膨胀起来。面对成功，他们开始变得妄自尊大。在这种安逸的生活中，它们丝毫没有察觉到正在发生的变化。

随着时间的流逝，嗅嗅和匆匆日复一日地重复着他们的生活。每天早早地赶到奶酪C站，四处闻一闻、抓一抓，看看这区域和前一天有什么不一样。等到确定没有任何异常后他们才会坐下来细细品味奶酪，好好享受一番。

一天早上，当嗅嗅和匆匆到达奶酪C站时，发现这里已经没有奶酪了。

对此，他们并不感到吃惊，因为他们早已察觉到，最近好像有一些奇异的事情正在奶酪C站里发生，因为这里的奶酪已经越来越小，并且一天比一天少了。他们对这种不可避免的情况早有心理准备，而且直觉地知道该怎么办。

他们相互对望了一眼，毫不犹豫地取下挂在脖子上的跑鞋，穿上脚并系好鞋带。

两只小老鼠对此并没有作什么全面细致的分析，事实上，也没有足够复杂的脑细胞可以支持他们进行这么复杂的思维。

对老鼠来说，问题和答案都是一样的简单。奶酪C站的情况发生了变化，所以，他们也决定随之而变化。

他们同时望向迷宫深处。嗅嗅扬起他的鼻子闻了闻，朝匆匆点点头，匆匆立刻拔腿跑向迷宫的深处，嗅嗅则紧跟其后。

他们开始迅速行动，去别的地方寻找新的奶酪，甚至连头都没有回一下。

同一天的晚些时候，哼哼和唧唧也像往常一样溜溜达达地来到奶酪C站，一路上哼着小曲。他们过去一直没有察觉到这里每天都在发生的细小变化，而想当然地以为他们的奶酪还在那里。

面对新的情况，他们毫无准备。

"怎么！竟然没有奶酪？"哼哼大叫道，然后他开始不停地大喊大叫，"没有奶酪？怎么可能没有奶酪？"好像他叫喊的声音足够大的话，谁就会把奶酪给他们送回来似的。

"谁动了我的奶酪？"他声嘶力竭地呐喊着。

最后，他把手放在屁股上，脸憋得通红，用他最大的嗓门叫道："这不公平！"

唧唧则站在那里，一个劲地摇头，不相信这里已经发生的变化。对此，他同样没有任何心理准备，他满以为在这里照旧可以找到奶酪。他长时间地站在那里，久久不能动弹，完全被这个意外给惊呆了。

哼哼还在疯狂地叫嚷着什么，但唧唧不想听，他不想面对眼前的现实，他拼命告诉自己，这只是一个噩梦，他只想回避这一切。

他们的行为并不可取，而且也于事无补，但我们总还是能够理解的。

要知道找到奶酪并不是一件容易的事情。更何况，对这两个小矮人来说，奶酪绝不仅仅只是一样填饱肚子的东西，它意味着他们悠闲的生活、意味着他们的荣誉、意味着他们的社交关系以及更多重要的事情。

对他们来说，找到奶酪是获得幸福的唯一途径。根据不同的偏爱，他们对奶酪的意义有各自不同的看法。

对有些人而言，奶酪代表的是一种物质上的享受；而对另一些人来说，奶酪则意味着健康的生活，或者是一种安宁富足的精神世界。

对唧唧来说，奶酪意味着安定，意味着某一天能够拥有一个可爱的家庭，生活在名人社区的一座舒适的别墅里。

对哼哼来说，拥有奶酪可以使他成为大人物，可以领导很多的人，而且可以在卡米伯特山顶上拥有一座华丽的宫殿。

由于奶酪对他们实在太重要了，所以这两个小矮人花了很长时间试图决定该怎么办。但他们所能够想到的，只是在奶酪C站里寻找，看看奶酪是否真的不存在了。

当嗅嗅和匆匆已经迅速行动的时候，哼哼和唧唧还在那里不停地哼哼唧唧、犹豫不决。

他们情绪激动地大声叫骂这世界的不公平，用尽一切恶毒的语言去诅咒那个搬走了他们奶酪的黑心贼。然后唧唧开始变得消沉起来，没有了奶酪，明天会怎样？他对未来的计划都是建立在这些奶酪的基础上面的啊！

这两个小矮人不能接受这一切。这一切怎么可能发生呢？没有任何人警告过他们，这是不对的，事情不应该是这个样子的，他们始终无法相信眼前的事实。

那天晚上，哼哼和唧唧饥肠辘辘、沮丧地回到家里。在离开之前，唧唧在墙上写下了一句话：

奶酪对你越重要，你就越想抓住它。

五、名家点评

1. 此书为我的未来开启了一道门。它将影响我的一生。——彼得·德鲁克管理中心董事戴维 A. 希南

2. 我能够描绘出一幅美妙的图画：在燃烧的、温暖的炉火旁，给我的孩子和孙子们讲述着这个精彩的故事，孩子们正用领悟的目光注视着我……——航空科学中心韦恩·沃什

3. 我一读完这本书就马上增订了许多本，以帮助我们解决我们所面对的诸多无情的变化——从改组团队到开发新市场。——惠尔浦公司高效行动专家琼斯·邦克

参 考 文 献

[1] 袁行霈. 中国文学史 [M]. 北京：高等教育出版社，1999.

[2] 司马迁. 中国古典名著百部——史记 [M]. 内蒙古：远方出版社，2006.

[3] 朱东润. 中国历代文学作品选 [M]. 上海：上海古籍出版社，1979.

[4] 刘义庆. 世说新语 [M]. 西安：陕西旅游出版社，2003.

[5] 鲁迅. 唐宋传奇 [M]. 长春：吉林摄影出版社，2003.

[6] 朱自清. 经典常谈 [M]. 北京：中华书局，2009.

[7] 王实甫. 西厢记 [M]. 北京：人民文学出版社，1995.

[8] 罗贯中. 三国演义 [M]. 长沙：岳麓书社，2004.

[9] 施耐庵. 水浒全传 [M]. 乌鲁木齐：新疆人民出版社，1995.

[10] 汤显祖. 牡丹亭 [M]. 徐朔方，杨笑梅，校注. 北京：人民文学出版社，1963.

[11] 吴承恩. 西游记 [M]. 长沙：岳麓书社，2012.

[12] 徐振贵. 孔尚任全集 [M]. 济南：齐鲁书社，2004.

[13] 蒲松龄. 聊斋志异 [M]. 北京：中华书局，2013.

[14] 吴敬梓. 儒林外史 [M]. 北京：中华书局，2009.

[15] 曹雪芹，高鹗. 红楼梦 [M]. 长沙：岳麓书社，1987.

[16] 纳兰性德. 纳兰词集 [M]. 上海：上海古籍出版社，2009.

[17] 徐福义. 由纳兰词看容若创作思想的平民化 [J]. 清远职业技术学院学报，2014 (1).

[18] 鲁迅. 鲁迅小说全集 [M]. 北京：北京燕山出版社，2011.

[19] 徐志摩. 徐志摩诗选 [M]. 北京：北京燕山出版社，2013.

[20] 茅盾. 子夜 [M]. 北京：人民文学出版社，1960.

[21] 老舍. 老舍精选集 [M]. 北京：北京燕山出版社，2008.

[22] 沈从文. 山鬼 [M]. 北京：京华出版社，2005.

[23] 朱栋霖，丁帆，朱晓进. 中国现代文学史 [M]. 北京：高等教育出版社，1999.

[24] 钱锺书. 围城 [M]. 北京：人民文学出版社，1991.

[25] 张爱玲. 半生缘 [M]. 北京：北京十月文艺出版社，2009.

[26] 朱光潜. 谈美书简 [M]. 南京：江苏文艺出版社，2007.

[27] 洪子诚，程光炜. 朦胧诗新编 [M]. 武汉：长江文艺出版社，2004.

[28] 金庸. 射雕英雄传 [M]. 北京：生活·读书·新知三联书店，1992.

[29] 程民生. 宋代地域文化 [M]. 郑州：河南大学出版社，1997.

[30] 严家炎. 金庸小说论稿 [M]. 北京：北京大学出版社，1999.

[31] 陈墨. 金庸小说赏析 [M]. 南昌：百花洲文艺出版社，2000.

[32] 霍达. 穆斯林的葬礼 [M]. 北京：北京十月文艺出版社，1996.

[33] 张建成. 一道民族文化的独特风景线 [J]. 新西部，2007 (10).

[34] 张雪花. 欲上青天揽明月 [J]. 柳州师专学报，2005 (3).

[35] 徐其超. 回民族心灵铸造范围 [J]. 西南民族学院学报. 2002 (9).

[36] 余华. 活着 [M]. 上海：上海文艺出版社，2004.

[37] 潘克锋. 从《活着》中的温情美看余华创作风格的转变 [J]. 重庆文理学院学报：社会科学版，2012.

[38] 寇荣波. 向死而生，为活着而活着——活着的存在主义解读 [J]. 青春岁月，2012.

［39］ 崔颖. 从冷漠旁观到苦难希望——余华和张艺谋共有的"活着"［J］. 济南大学学报：社会科学版，2005.

［40］ 郜元宝. 余华创作中的苦难意识［J］. 文学评论，1994.

［41］ 陈忠实. 白鹿原.［M］. 北京：北京十月文艺出版社，2008.

［42］ 王馥庆.《白鹿原》——双重转换的叙述方式［J］. 宝鸡文理学院学报，2001.

［43］ 张恒学. 白鹿，中国传统农耕文化理想的象征——再论陈忠实的《白鹿原》［J］. 当代文坛，2001.

［44］ 李慧，汤玲. 多重批评理论视野下的《白鹿原》文本解读——陈忠实小说《白鹿原》十年研究综述［J］. 唐都学刊，2005.

［45］ 朱维之，赵澧. 外国文学史［M］. 天津：南开大学出版社，1994.

［46］ 庄文中，朱泳燊. 外国文学名著欣赏［M］. 北京：人民教育出版社，南京：江苏教育出版社，1994.

［47］ 周煦良. 外国文学作品选［M］. 上海：上海译文出版社，1979.

［48］ 王丽，世界文学名著故事集［M］. 北京：九州出版社，2000.

［49］ 褚嘉耘. 小学生标准新阅读优化训练［M］. 西安：陕西师范大学出版社，2008（3）.

［50］ 王林发，尹雪珍. 永恒的纯真［M］. 南京：南京大学出版社，2009.

［51］ 泰戈尔. 泰戈尔诗选［M］. 白开元，译. 长春：吉林文史出版社，2004（1）.

［52］ 王月亮. 人一生必读的100部世界经典（超值典藏）［M］. 长春：吉林出版集团有限责任公司，2011（1）.

［53］ 周辉. 人一生不可不知的中外名著［M］. 南昌：百花洲文艺出版社，2012（1）.

［54］ 徐彩虹. 影响中学生一生的100本书［M］. 长春：吉林大学出版社，2010（4）.

［55］ 张秀枫. 美国中学生必读书导读本［M］. 南昌：二十一世纪出版社，2010（11）.

［56］ 文渊. 百部文学名著一本通（珍藏版）［M］. 北京：当代世界出版社，2011（8）.

［57］ 任浩之. 中外名著全知道［M］. 北京：当代世界出版社，2009（8）.

［58］ 郝红梅. 20部必读的心理励志经典.［M］北京：北京工业大学出版社，2006.